체리레몬칵테일

김규나 장편소설

체리레몬칵테일

초판 인쇄 _ 2019년 1월 25일
초판 발행 _ 2019년 1월 30일

저　자 | 김규나
펴낸이 | 박기봉
펴낸곳 | 비봉출판사
주　소 | 서울 금천구 가산디지털2로 98.
　　　　　2동 808호(롯데IT캐슬)
전　화 | 02-2082-7444
팩　스 | 02-2082-7449
E-mail | bbongbooks@hanmail.net
등록번호 | 2007-43(1980년 5월 23일)

ISBN | 978-89-376-0478-2　03810

값 15,000원

체리레몬칵테일

김규나 장편소설

비봉출판사

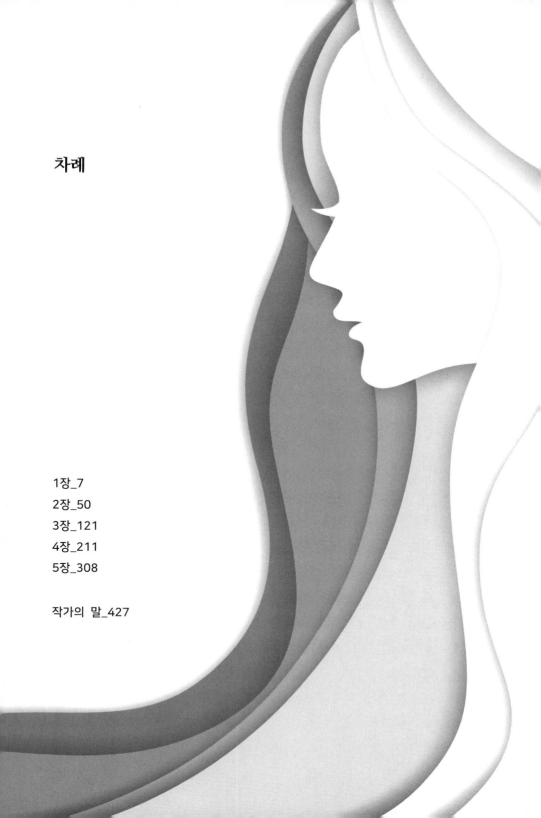

차례

1장

미온

대관령 옛길은 경사가 깊었다. 굽이굽이 고개를 넘어갈수록 운무도 짙어졌다. 미온은 가속기와 브레이크를 번갈아 밟으며 오른쪽 왼쪽, 반복적으로 핸들을 돌렸다. 자동차는 힘겹게 안개를 밀어 올리며 비탈진 도로를 올랐다. 휴가가 시작되는 7월이었지만 평일 오전이어서 대관령 길은 양쪽 차선 모두 한가했다. 새벽까지 송 교수와 대작을 하느라 평소 주량보다 많이 마신 강주는 조수석에서 머리를 까닥거리며 졸고 있었다. 이틀 내내 말이 많던 송 교수도 오랜만에 입을 다문 채였다.

슥슥슥슥. 스마트폰 펜글씨 효과음일까. 송 교수가 앉아 있는 뒤쪽에서 들려오는 정체불명의 낮은 소음이 계속해서 미온의 신경을 곤두세웠다. 캔버스 위에 목탄이나 4B연필로 크로키 하는 능숙한 손놀림이 떠오르기도 했다. 연필로 쓴 것을 지우고 지우개 찌꺼기를 종이에서 쓸어내는 모습도 연상되었다. 스슥스슥. 어쩌면 허물을 벗고 풀숲을 스쳐 가는 뱀, 그것도 이런 소리를 내지 않을까. 오싹, 소름 한 줄기가 미온의 뒷덜미를 훑고 지나갔다.

두꺼운 안개가 굽이마다 진을 치고 있어서 시야는 불과 5미터도 되지 않았다. 도로의 회전 각도는 성급하고 위험했다. 룸미러에 비친 송 교수는 고개를 숙인 채 무언가에 몰두하고 있는 듯 보였다. 수욱수욱 숙숙숙숙, 소리는 미세하게 빨라졌다. 속도와 비례해서 미온의 불안도 터질 듯 팽창되었다. 자동차의 좁은 실내를 떠다니는 불온한 공기의 원인을 확인하지 않고는 잠시도 더 숨을 쉴 수 없을 것 같았다. 그러나 무슨 소리냐고 물어선 안 될 것 같은 비릿한 직감이 미온의 혀를 단단히 붙잡았다. 차를 세운다면 불순한 공기의 실체를 알 기회가 영영 사라질 것 같아 조바심도 났다. 상상조차 할 수 없지만, 절대 모른 척 넘어가서는 안 되는 일이 벌어지고 있는 게 분명했다. 미온은 완만해진 커브 길에서 맞은편에 차가 오지 않는 것을 확인한 뒤 브레이크를 지그시 눌렀다. 자동차의 속도가 한결 줄었을 때 재빨리 오른쪽으로 고개를 돌려 뒤를 돌아보았다. 그 순간, 미온이 벼락같은 비명을 질렀다.

"아악. 지금 뭐 하는 거예요!"

미온이 다시 고개를 돌려 정면을 향한 것과 발작적으로 소리친 것은 거의 동시였다. 그 순간 어떻게 그토록 많은 음소들을 속사포처럼 내지를 수 있었는지 알 수 없었다. 치켜든 뱀의 목덜미처럼 흉물스럽게 곤두선 검붉은 살덩어리. 그것을 쓰다듬고 비벼대는 투박한 두 개의 손. 송 교수의 몽롱한 눈빛은 무아지경에 빠진 듯 발가벗겨진 자신의 사타구니를 내려다보고 있었다.

빠아앙. 귀를 찢을 듯 어디선가 총알처럼 발사된 클랙슨이 대관령의 아흔아홉 고개를 뒤흔들었다. 화들짝 놀란 미온이 브레이크 대신 액셀러레이터를 밟았는지 자동차가 불쑥 튕겨져 나갔다. 안개. 까마득한 절벽. 눈앞이 온통 하앴다. 저만치서 노란 불빛이 깜빡이며 가까워졌다. 미온이 핸들을 오른쪽으로 꺾었다. 다급하게 차가 휘청거렸다. 하행선에서 내려오던 고속버스가 신경질적으로 사이드미러 밖으로 사라졌다.

"아잇, 깜짝이야!"

잠에서 깬 강주가 놀라 그제야 허둥거렸다. 미온의 고함을 듣고 놀란 것인지 비틀거린 차체를 감지한 것인지 알 수 없었다.

"왜 그래? 무슨 일이야?"

강주가 창백한 미온의 얼굴을 돌아보며 물었다. 동시에 힐끗 뒤를 돌아보았지만 다른 낌새를 알아차리지는 못한 것 같았다.

"으응."

미온은 입도 달싹이지 않고 다만 소리 내었다. 대답이 아니었다. 누군가 옆에 있다는 것을 확인하고 목구멍에서 가까스로 내지른 안도감이었다.

"피곤하면 내가 운전할까?"

강주가 물었다. 미온은 절망스럽게 고개를 저었다. 뒷자리에서는 더이상 아무 소리도 들리지 않았다.

강주

까막 잠이 든 것 같았다. 꿈이었을까. 비명소리를 들은 것도 같고 차가 덜컹거린 것도 같았다. 화들짝 놀라 눈을 떴을 때 유리창 밖은 오직 짙은 안개뿐이었다. 미온은 입을 꽉 다문 채 정면을 주시하며 핸들을 쥐고 있었고 슬쩍 돌아본 뒷자리 송 교수는 고개를 젖히고 눈을 감은 채였다. 산짐승이라도 칠 뻔했던 것일까. 애써 생각을 돌려보려 했지만 정체를 알 수 없는 불안이 가슴을 뛰게 했다. 어서 이 여행이 끝났으면, 강주는 머리가 지끈거렸다.

"대필 안 해 볼래?"

강주가 모처럼 전화를 했을 때 미온은 단번에 거절했다.

"재능을 교환하는 거잖아. 그들에겐 돈이 있고 너에겐 문장이 있고. 포르노면 어때? 굶어 죽는 게 더 비참한 거 아냐?"

강주가 말했다. 가끔 윤문이나 가필이 필요한 원고를 맡아주던 미온이었다. 거침없이 말하긴 했지만, 두 권의 장편소설이 초판도 다 팔리지 않는 무명작가이면서도 문학한다는 자부심이 그녀에게 남은 마지막 자존심이라는 걸 모르는 건 아니었다.

"죽어도 안 해."

"새로 쓰는 소설 대박나란 보장은 있고?"

"서빙 아줌마 구하는 데 많아."

"식당 주방에 가서 설거지 할 주변이나 되면……."

악의를 품은 건 아니었다. 늘 꿈을 좇으면서 현실을 하찮게 보는 것 같은 미온을 가끔은 비꼬고 싶을 때가 있었다.

"하고 싶지 않아. 아니 내가 할 수 없는 일이야."

"하고 싶은 일, 할 수 있는 일만 하고 살 수는 없어. 먹고살아야 소설도 쓸 수 있는 거야."

"죽을까봐 절박한 건 너잖아."

"담보로 은행대출 받은 거 남았어. 당분간은 죽지 않아."

"당분간이 지나면? 이자는? 원금상환은? 물결이는 뭐로 키울 건데? 양육비도 안 보낸다면서."

"그렇게 잘 알면, 하지."

강주가 시큰둥하게 말했다.

"많이 불렀어. 너무 흔쾌히 준다고 해서 더 부를 걸, 싶었다니깐. 후다닥 해치우자. 사흘 후 전화할게. 그때 오케이 해."

숨도 쉬지 않고 할 말을 다 한 강주는 미온이 거절하기 전에 서둘러 전화를 끊었다. 모처럼 의뢰받은 송 교수의 자서전은 결코 놓칠 수 없는 기회였고 미온만 한 대필 작가를 구하는 것은 쉽지 않았다. 더구나 미온도 자신만큼이나 돈이 절박하다는 걸, 무엇보다도 자존심을 일으켜 세울 시간이 필요하다는 걸, 강주는 잘 알고 있었다.

결혼 전 중견 출판사 편집자로 일했던 강주는 이혼 후 자비 출판사를 시작했다. 원고와 제작비를 가져오면 어떤 원고든 책으로 만들어주었다. 기록은 인간의 본능일지도 몰랐다. 다음 세대에 유전자를 전달하는 것으로 불멸을 완성하는 동식물과 달리, 인간은 수만 년 전 원시 동굴에 새겨진 벽화처럼 자신의 흔적을 남기길 원했다. 문학에 대한 꿈을 잃지 않은 이들은 틈틈이 적어둔 시나 수필, 소설을 들고 왔다. 정치인이나 기업인 또는 교육자들은 자서전이나 회고록을 만들었다. 자녀의 그림일기를 꼼꼼하게 챙겨두었다가 한 권의 책으로 묶어주는 부모가 있는가 하면, 오래전 부모의 편지글이나 사진을 엮어 회갑이나 고희연에 출판기념회를 열어주는 자식들도 있었다. 쉰 살 넘어 한글을 깨친 노인은 천 매가 넘는 원고를 가지고 왔다. 낮엔 밭을 매고 과수원에 약을 치고, 가족들이 잠든 밤이면 다락방에 올라가 소설을 썼다고 했다.

"사장님 보시기엔 우습겠지만, 소설을 쓰고 있는 새벽이면 그렇게 행복할 수 없어요. 비로소 내가 살아 있는 것 같거든요."

햇볕에 까맣게 그을린 얼굴에 깊이 팬 주름살이 하회탈처럼 웃었다.

일흔일곱 생일을 앞두었던 할머니는 배운 것도 없고 가진 것도 없지만 죽기 전에 자신의 책 한 권을 갖는 게 소원이었다. 초등학교에 다니는 손자가 쓰다 버린 공책과 신문지에 끼워오는 광고지 뒷면에 그녀가 연필로 꾹꾹 눌러 쓴 한 많은 삶이 빼곡하게 채워져 있었다. 출판비용은 폐지와 빈 병을 팔아 평생 모은 쌈짓돈이었다. 족두리 쓰고 시집가던 날의 설렘과 짧지만 달콤했던 신혼, 남편의 외도와 장성한 아들을 가슴에 묻어야 했던 슬픔. 특별할 것도 없는 인생이었지만, 철자법도 틀리고 문장도 허술했지만, 그녀의 천진스러운 글 속엔 능숙하게 다듬어진 작품에서는 느낄 수 없는 삶의 애잔함이 진득하게 녹아 있었다.

돈을 받고 만들어준 책인데도 그들은 고맙다며 밭에서 캔 흙 묻은 감자나 고구마, 추수한 쌀을 보내왔다. 애써 담근 김장김치를 부쳐오기도 했다. 문학적 가치를 따질 수는 없었다. 금전적으로 큰 보상이 있는 일도 아니었다. 그래도 자신의 책을 갖는 것만으로도 기쁨을 얻는 그들에게서 강주는 미약하나마 삶의 소중함을 배우곤 했다.

의뢰인들 모두가 인쇄된 활자에 만족하는 것은 아니었다. 사업 홍보를 위해 명함 대신 책을 내거나 문단 권력에서 인정받지 못해 아웃사이더에 머물던 저자들 중 일부는 자신의 책이 베스트셀러가 될 거라고 확신했다. 호언이 크면 클수록 사고는 편협했고 문장은 교만했다. 작가의 명성도 전무하고 마케팅 비용을 투자할 수도 없는 상태에서 욕심껏 서점으로 나갔던 책들은 한 달도 못되어 저자의 손으로 돌아가거나 창고비만 축내다가 파지가 되었다. 그들의 자괴감과 원망은 고스란히 강주의 발밑에 떨어졌다.

"은 사장 이혼했다면서? 아직 젊은데 외롭겠어."

원고를 맡기고 계약서에 사인을 한 뒤 거의 매일 사무실에 찾아와 신소리를 늘어놓는 속물들은 언제나 있었다.

"요 앞에 새로 지은 오피스텔 말이야. 2억에 나왔던데, 사무실 옮겨줄까?"

고객이라는 위치에서 노골적으로 거는 수작들, 밥을 먹자는, 술을 마시자는, 교외로 드라이브를 하러 가자는 제안을 얼굴 찡그리지 않고 거절하는 일은, 뒤죽박죽 의미가 잡히지 않는 그들의 문장을 칭찬하거나 형편없는 맞춤법과 띄어쓰기를 눈알 빠지게 다듬는 일보다 더 성가시고 귀찮은 일이었다.

컴퓨터 하나로 시작할 수 있는 1인 출판사가 급증한 것도 강주를 어렵게 했다. 제 살 파먹기 식의 저가 경쟁이 치열했다. 인터넷 검색어 광고를 내면 문의전화 한 통 없이 적립금이 쏙쏙 빠져나갔다. 계약금만 내고 사업 판촉용으로 자서전 오천 권을 납품받은 저자가 제작비를 지불하지 않은 채 연락이 두절된 사건은 한 달 한 달 가까스로 버티고 있던 강주를 낭떠러지로 내몰았다.

"골프장 완공되면 평생 회원권까지 얹어 준다니까. 사업하는 사람이 그렇게 성질 급해서야 어떻게 성공을 하겠나. 법대로 하고 싶으면 한번 해 보든지."

가까스로 연락이 된 저자는 일방적으로 전화를 끊고 잠적해버렸다. 계약서에 있는 주소지로 찾아갔지만 사업장은 본인 명의가 아니었고 주민등록번호도 가짜였다. 법적으로 강주와 계약한 사람은 세상에 없었다. 명백한 사기였지만 무료상담을 해준 법률사무소의 변호사는 고개를 저었다. 법적으로 존재하지 않는 사람은 고소 자체가 불가능하며, 상대를 찾아 고소할 수 있다고 해도 상당한 시간이 소요되는데다 변호사 비용을 따져보면 남는 게 없다는 것이었다. 계약금으로 받은 금액은 인쇄, 제본 비용을 결제하기에도 턱없이 모자랐다. 설상가상으로 사무실을 내주겠다고 희롱하던 시인은 팔리지 않는 책에 대해 강주가 판매량을 속이고 인세를 주지 않는다며 저작권 침해와 사기죄로 경찰에 고소했다. 한 번도 그의 욕망에 기꺼이 응해주지 않은 데 대한 대가였다.

"여기 오시는 분들 모두 억울해 하십니다. 하지만 고소를 당하셨기 때문에 죄가 있는지 없는지 검찰에서 판단할 수 있도록 사실 여부를 조사하는 것이 저희의 일입니다. 제 질문에 사실대로 대답해 주셔야 합니다. 말씀은 모두 기록되며 위증이 확인될 시 법적 불이익을 당하실 수도 있다는 점을 알려드립니다."

조사실에 마주 앉은 경위가 말했다. 그의 태도는 정중하고 깍듯했지만 피고소인 자격으로 조사석에 앉아 취조를 당하는 일은 분하면서도 두려운 일이었다. 경찰서 조사실의 분위기도 강주를 주눅 들게 했다. 고소인이 고발한 내용을 일일이 반박하며 강주는 준비해간 도서 제작부수와 서점 배포 자료들을 증거로 제출했다. 일상적인 관행이 의도된 불법행위로 해석되고, 구두로 합의했던 약속들이 악의적으로 매도되었다. 확신했던 진실과 당연했던 사실들이 고소인에 의해 범죄로 와전된 상황 앞에서 강주는 할 말을 잃었다.

"기록된 진술이 사실이라는 것을 인정하시죠? 여기에 도장 찍고 가시면 됩니다."

프린트되어 나온 경위서를 받아든 강주는 핏빛 인주를 묻혀 지장을 찍었다. 사실은 없었다. 진실도 없었다. 오로지 그쪽의 주장과 이쪽의 해명이 있을 뿐이었다. 세상의 법이 자신을 지켜주지 못할지도 모른다는 공포와 모멸감을 다시 한번 느끼며 강주는 경찰서를 나왔다. 가까스로 부정하고 있던 패배의 통증이 강주의 심장을 관통했다. 사람들은 세상을 어떻게 견디며 사는 것일까. 익사할 수 있을 만큼 눈물을 쏟아낼 수 있을 것만 같았다.

무혐의 판결이 날 때까지 시인은 출판사 인터넷 홈페이지에 악의적인 항의와 매도의 글을 연달아 올렸다. 광고비도 낼 수 없는 상황에서 출판의뢰는 들어오지 않았다. 강주는 창고 대행사에 맡겼던 책들을 일일이 저자에게 돌려보내거나 파기했다. 사무실로 임대했던 오피스텔을 닫고 컴퓨터와 팩스기를 집으로 옮겼다. 돌려받은 보증금으로 오피스텔의 마지막 월세를 송금하고 인쇄소와 제본소의 밀린 대금 결제를 마치자 통장의 잔고는 바닥이 났다.

삶의 중반을 넘기면 인생의 핸들을 꽉 쥐고 원하는 방향으로 거침없이 달릴 수 있을 줄 알았다. 하지만 어느 날 돌아보았을 때 결혼도 사랑도, 꿈도 현실도 무너져 버렸다. 싸우려고 하면 할수록, 이겨 보려 하면 할수록 눈앞에 있는 삶은 거대했다. 멀리서 보면 만만해 보이지만 다가갈수록 높고 험해지는 산이었다. 혼자라면 가루로 산산이 부서져도 상관없었다. 그러나 강주에겐 물결이가 있었다.

"더 이상 이렇게 살 수는 없어!"

선인장처럼 텅 빈 몸속에 남은 건 외마디 비명이었다. 그때마다 강주는 소리 지르지 않으려고 어금니를 악물었다.

미온

대관령 휴게소를 지나 횡성 방향으로 내려오자 안개는 흔적 없이 사라졌다. 땡볕이었다. 사람들이 눈살을 찌푸리며 피하는 것도 아랑곳하지 않고 태양은 머리 위로 뜨겁게 내리쬐었다. 길 양옆으로 고랭지 배추들이 통통 영근 속살을 만개한 꽃처럼 활짝 벌리고 있었다. 아무 일도 없었다는 듯 자동차에서 내린 송 교수가 전나무 숲길을 성큼성큼 앞장서서 걸었다. 그 뒤를 강주가 따라갔다. 미온은 조금 뒤처져서 무겁게 걸음을 옮기고 있었다.

"좀 늦어질 거 같아. 수업 끝나면 햄버거 사먹고, 학원으로 곧장 가."

강주는 학교 점심시간에 맞춰 물결이와 통화를 하는 중이었다. 귀 기울여 듣고 답하느라 속도가 느려진 강주와 미온의 거리가 좁아졌다. 태어나서 처음으로 혼자 자는 것도 무섭지 않았다고, 알람에 맞춰 일어나서 샤워하고, 교복 챙겨 입고, 토스트와 우유까지 먹은 다음 늦지 않게 등교했다며 스스로도 대견한 듯 종알거렸을 딸아이가 강주는 자랑스러우면서도 애틋한 것 같았다.

"어서들 와요. 경치가 아주 좋아."

쌩쌩 앞서 올라가던 송 교수의 목소리가 우렁우렁 들렸다. 내내 입을 다물고 있던 송 교수는 자신이 정당하다고 스스로 설득하는 데 성공한 것 같았다. 기억을 말끔히 지운 것인지도, 애초에 수치심 같은 건 느끼지 못하는지도 알 수 없었다.

"네, 교수님. 지금 가요. 아휴, 기운도 좋으시네요."

어깨에 멘 토드백에 휴대폰을 밀어 넣으며 강주가 큰 소리로 대답했다.

"힘들어?"

잊고 있었다는 듯, 문득 돌아보며 강주가 물었다. 일사병에 걸린 것처럼 창백해진 미온은 거의 발을 떼지 못하고 있었다. 송 교수의 모습은 숲에 가려 어느새 보이지 않았다.

"못 하겠어."

미온이 말했다.

"뭘?"

"답사. 대필. 모두 다."

"이제 와서 왜?"

강주의 물음에는 서울을 떠날 때부터 드러내고 있는 미온의 불만을 더 이상 참아주지 않겠다는 의지가 내포되어 있었다. 출장이라고, 남의 돈 버는 게 쉬운 줄 아느냐고, 그깟 자존심 팽개치고 엄살 좀 그만 부리라고, 강주는 필요 이상으로 한바탕 훈계를 쏟아내고 싶은 표정이었다. 하지만 이내 자신의 질문이 잘못되었다는 것을 깨달았다는 듯 강주의 눈동자는 두려움으로 흔들렸다. '말하지 마. 난 알고 싶지 않아.' 외치고 있는 것 같았다.

"송 교수……."

미온이 아랫입술을 깨물었다. 어떻게 설명을 해야 할지 줄곧 생각하고 있었지만, 더 늦기 전에 말해야 한다고 결심했지만, 소설을 쓸 때조차 상상해 본 적이 없는 장면이었다. 입이 떨어지지 않았다. 사실 무엇이 이토록 자신을 무력하게 만들고 있는 것인지조차 미온은 이해할 수 없었다.

"그 짓, 하고 있었던 거지?"

강주가 확인했다. 가능하다면 모른 척 넘어가고 싶었던 불안의 정체를 정면으로 마주 보는 순간이었다. 미온은 허공을 응시한 채 고개를 끄덕이지도 응, 하고 대답하지도 않았다. 가까이 서 있던 느티나무에 등을 대고 미끄러지듯 주저앉았다. 강주는 이마를 일그러뜨린 채 악, 비명이라도 지르는 것처럼 잠시 입을 다물지 못했다.

"너 천치야? 등신이야? 차를 세웠어야지. 저 새끼 멱살 잡고 대관령에 패대기치고 왔어야지!"

강주는 혼란을 털어내듯 비난의 말들을 쏟아냈다. 송 교수에게 화가 난 것인지, 미온에게 화가 난 것인지는 알 수 없었다. 가방에 손을 넣어 전화기를 찾았다. 쉽게 잡히지 않는지 초조해 보였다. 마침내 휴대폰을 손에 쥐고 강주가 화면을 열었다. 그러나 무엇을 터치해야 할지 몰라 혼란스러운 것 같았다. 간신히 다이얼 숫자 패드를 찾아 번호를 누르려다가 또 머뭇거렸다. 119, 아니 112인가? 중얼거리는 강주의 손가락이 가늘게 떨리고 있었다. 주먹을 꼭 쥐고는 끄응, 한숨을 내쉬었다. 시간이 지나 화면이 자동으로 꺼질 때까지 전화기를 바라볼 뿐 넋이 나간 사람처럼 꼼짝도 하지 않았다. 그런 강주를 미온은 말없이 지켜보고 있었다.

"마누라 그늘 벗어나더니 저 노인네가 정신 줄을 놨구나. 젊은 두 여자하고 여행한다고 흥분한 거야. 미친놈. 점잖은 척은 혼자 다 하더니."

의미 없는 혼잣말을 숨도 쉬지 않고 중얼거리던 강주는 휴대폰을 손에 꼭 쥔 채 이쪽저쪽을 오가며 서성였다. 매미들이 여름을 찢어발길 것처럼 울어댔다. 하늘 곳곳에서 붉은 잠자리들이 날아다녔다. 두 마리가 짝을 지어 부끄러움도 없이 교미비행을 했다.

"어떻게 하고 싶어?"

마침내 걸음을 멈춘 강주가 냉정을 되찾은 얼굴로 물었다. 무슨 뜻일까, 미온이 강주를 올려다보았다.

"네가 싫다면 할 수 없지만."

강주의 판단은 냉정했고 선택은 신속했다.

"그냥 넘어갔으면 해."

눈빛은 흔들리지 않았다.

"너와 내가 있는 공간에서 그 짓을 했다는 건 불쾌해. 하지만 우릴 건드린 건 아니잖아. 나는 졸고 있었고 운전하는 네가 돌아볼 줄 몰랐겠지."

강주가 말했다. 거인의 무릎뼈처럼 땅 위로 드러난 뿌리 위에 걸터앉아 있던 미온은 몇 걸음 떨어져 서 있는 강주를 올려다보았다. 침을 삼킬 때마다 그녀의 입에서 불쑥불쑥 튀어나오는 '너'와 '나'가 가시처럼 목구멍을 찔렀다. 시야를 가리고 있던 안개가 비로소 걷히는 것 같았다. 강주는 '너'와 '나' 사이에 금을 주욱 그어놓고도 그녀 자신을 '우리' 안에 우겨넣고 있다는 걸 인식하지 못하고 있었다.

"넌 아주 우연히, 파렴치하고 야만스런 수컷의 사타구니를 본 것뿐이야. 수치스러워 해야 할 것은 저 인간이지 우리가 아니라고."

강주가 잠깐 말을 쉬었다.

"아까 바로 이야기했다면 모를까. 이제 와서 좀 우습잖아. 신고한들 증거도 없고. 본 게 없으니까 내가 증인이 될 수도 없지. 저 인간이 그런 적 없다고 하면 그만이야. 세상은 우리보다 저 인간 말을 더 신뢰할 테니까."

강주가 미온을 내려다보며 말했다.

"그런 눈으로 보지 마. 나도 같은 공간에 있었어. 기분 나빠. 하지만 내가 만나는 고객의 대부분은 남자야. 격려한답시고, 혹은 고맙다며 단둘이 있는 오피스텔 사무실에서 슬쩍 끌어안으려는 사내들은 얼마든지 있어. 아메리칸 스타일이라고 주장하지만, 지들이 아메리칸이 아니라는 건 그들도 알고 나도 알지. 음흉하게 어깨를 떡 주무르듯 하는 놈도 있고, 바지 걷어 장딴지를 내보이며 얼마나 단단한지 만져보라는 늙은이도 있어. 의도적으로 음란한 얘기를 늘어놓으며 반응을 기대하는 그들 앞에서 내가 어떻게 해야 한다고 생각하니?"

강주의 눈빛은 증오와 타협이 뒤섞여 흔들렸다.

"그런데 그게 어때서? 그들도 내 고객이야. 그 사람들이 나한테 일을 줘. 그 덕분에 내가 먹고산다고."

카랑카랑하게 쏟아낸 웅변과 달리 강주는 절망적으로 이를 악물었다. 미온은 시선을 돌려 아득히 먼 산을 바라보았다. 운전대를 집어던지고 당장이라도 차에서 뛰어내리고 싶었다. 송 교수와 멀리 떨어져서 강주에게 사건에 대해 발설하고 싶었다. 미온은 얼마나 간절히 이 순간을 바라며 대관령을 넘어왔는지 깨달았다. 그러나 무엇을 바랐던 것일까. 자신은 하지 못했으면서도 어떻게 강주가 명쾌하게 시비를 가려 해결할 수 있을 거라고 믿었던 것일까. 후욱, 미온은 들이마셨던 뜨거운 공기를 가늘고 길게 토해냈다.

"이 일이 알려지면 너와 나에게 좋을 게 없어. 나한텐 갚아야 할 빚이 있고, 너도 소설 쓰고 살아야 하잖아."

강주가 모질게 말했다. 그녀의 말이 옳을지도 몰랐다. 아무 일도 일어나지 않은 것처럼, 송 교수와 농담하고 웃으며 서울로 돌아갈 수도 있었다. 하지만 그래도 되는 것일까. 물리적으로 어떤 폭력이 일어난 것은 아니었다. 그런데 왜 무너질 것처럼 바닥에 주저앉아 있는 것일까. 미온은 무언가 중요한 걸 놓치고 있는 것만 같았다. 미온은 몸을 일으켜 강주와 마주섰다.

"만약에 물결이라면……."

"그 입 다물어! 추악한 일에 내 아이, 끌어들이지 마!"

강주가 온 힘을 다해 소리쳤다. 세상에서 가장 무서운 괴물을 마주한 사람처럼, 작은 주먹 하나만을 불끈 움켜쥔 채 죽음을 불사하고 맞서 싸우리라 다짐한 전사처럼, 강주가 입술을 앙다물고 미온을 노려보앗다. 얼음장 밑에서 건져 올린 강아지처럼, 가엽게도 바들바들 몸을 떨었다.

햇볕이 폭설처럼 쏟아졌다. 뙤약볕 한가운데를 헤엄치듯 쇠통을 멘 사내들이 고랭지 배추밭에 올라와 약을 치고 있었다. 넓게 펼쳐진 들판 위로 뜨거운 열기가 아지랑이처럼 하얗게 피어올랐다. 문득 생각났다는 듯 강주는 아직도 가늘게 떨고 있는 손으로 백을 열었다. 짙은 갈색 선글라스를 꺼내 눈을 가렸다. 가면처럼 두려움을 감추고서야 스스로 안심이 되는 것처럼 보였다.

"넌 여기 있어."

미온이 아! 하고 입을 다물지 못하는 동안, 강주가 그녀의 손에서 카메라와 녹음기를 빼앗듯 챙겼다. 화가 난 사람처럼 씩씩거리며 강주는 송 교수가 기다리고 있는 산으로 올라갔다.

자서전 대필을 맡아달라는 강주의 전화를 받은 건, 출판 거절 통보를 받고 집으로 돌아오는 길이었다. 이메일 대신 우편으로 보냈던 작품에 대한 회신은 두 달이 넘도록 들을 수 없었다. 출판사까지 찾아온 미온을 어이없다는 듯 쳐다보던 직원은 투고 리스트를 열어본 뒤 작품은 좋다고, 그러나 출판사가 지향하는 방향과는 거리가 멀다는 의례적인 말을 들려주었다. 면전에 대고 거절당할 것이 뻔한 출판사까지 찾아간 이유가 오기 때문은 아니었다. 원고를 돌려달라고 고집했을 때 직원은 뭐 이런 작가가 다 있나, 황당하다는 듯 미온을 쳐다보았다. 반환하지 않는 것이 관행이라는 것은 알고 있었다. 노트북에 소설 원본 파일이 없는 것도 아니었다. 파기했을지도 모른다며 귀찮은 표정을 감추지 않던 직원은 마지못해 의자에서 무거운 엉덩이를 일으켰다. 힐끗 미온을 눈으로 가리키며 파티션 너머에서 다른 직원과 이야기하던 그녀는 잠시 후 먼지 풀풀 날리는 원고뭉치를 손에 들고 돌아왔다. 잃어버렸던 아이를 되찾은 어미처럼 미온이 원고를 품에 안았다.

"김미온 작가님."

사무실을 나오려는데 직원이 큰소리로 불러 세웠다. 모니터를 들여다보고 있던 몇몇 직원들의 시선이 미온에게 집중되었다.

"혹시 발표되지 않은 김지형 선생님의 원고는 없을까요? 소설이 아니라도 상관없는데."

직원이 순진한 얼굴로 생글생글 웃으며 물었다. 지형의 원고는 SG 출판그룹과 독점계약이 되어있다는 사실은, 출판사에서 일하는 사람이라면 신입이라도 모를 리 없었다. 창고까지 뛰어가 수고를 끼친 데 대한 사소한 복수였을 것이다. 있어도 너희에게 줄 리 없잖아,라는 뜻을 담아 입가에 웃음을 띨 수도 있었지만, 미온은 대답하지 않았다. 고개를 빳빳이 들고 출판사를 빠져나왔다. 뒤통수가 따가운 것쯤 아무래도 상관없었다.

"여름 호에 실린 작품을 읽었어. 욕망의 무의식을 통해 드러나는 관계 속에서 함부로 훼손되는 개인의 상처와 치유, 삶의 근원에 대한 작가의 집요한 성찰이 읽히더군. 이번 작품을 통해 너의 재능과 열정을 신뢰하게 됐다. 실토하자면 너의 문장과 정신에 반했다고나 할까. 지금도 소설을 쓰고 있니? 너는 소설을 쓰고 있을 때 가장 아름다운 사람일 테지. 그것이 너의 본연의 모습이고 현재와 미래의 모습일 거야. 미온, 네 안의 작가를 진심으로 믿어봐. 예술가에게는 자기 자신에 대한 믿음만큼 강렬한 위안은 없거든. 곧 비가 쏟아질 것처럼 먹구름이 호흡을 가다듬고 있다. 너와 함께 비가 내리는 창을 가질 수 있다면 얼마나 좋을까."

가슴에 품고 있는 원고를 당장이라도 쓰레기통에 던져버릴 수 없는 이유는 3년 전 술자리에서 처음 만난 후에 준경이 늘어놓은 격려 때문일지도 몰랐다. 지방 대학에서 문예창작을 강의하고 있는 준경은 2, 3

년에 한 번씩 부패한 판사를 주인공으로 하는 시리즈 법정소설을 발표했다. 베스트셀러는 아니어도 일정한 독자층을 확보하고 있었다.

"왜 하필 추악한 주인공이야?"

미온이 물은 적 있었다. 추악이란 단어 선택이 마음에 들지 않는다는 듯 준경이 눈살을 찌푸렸다.

"글쎄. 부와 권력을 움켜쥔 주인공의 비리와 불의를 비난하면서도 독자들은 어쩌면 그런 성공을 내심 욕망하는 게 아닐까?"

준경은 어깨를 으쓱 올렸다 내렸다. 청렴한 척, 순결한 척, 고결한 척, 그러나 뒤에서는 온갖 비리를 저지르며 지킬과 하이드처럼 낮과 밤, 겉과 안이 다른 주인공이 미온은 마음에 들지 않았다. 더구나 독자의 어두운 욕망을 충족시키기 위해 쓰는 것일지도 모른다는 의혹마저 일게 하는 그의 대답도 개운치 않았다.

미온은 결혼을 꿈꾼 적이 없었다. 미온에게 결혼이란 자칫 발을 헛디뎌 낭떠러지로 떨어질지도 모르는 에베레스트 정상에 텐트를 치는 일이었다. 희박한 자유를 호흡하며 가장 가깝다고 믿었던 사람이 툭 밀치기만 해도 바닥이 없는 절벽으로 추락하고 말 위태로운 모험이었다. 척박한 환경에서 바락바락 울어대는 아이라도 하나 낳고 키워야 한다면, 결코 벗어날 수 없는 감옥이었다.

미온은 어머니 옥임이 그랬던 것처럼 아내란 이름으로 살고 싶지 않았다. 까만 눈동자를 되록되록 굴리며 제 생존만을 위해 떼를 쓰고 젖을 빠는 아이의 어미도 되고 싶지 않았다. 그렇다고 연애조차 하지 않은 것은 아니었다. 달뜬 감정으로 만나던 남자들이 결혼하자고 할 때마다 질겁하며 도망쳐버렸다. 미온이 원한 건 연애나 결혼이 아니었다. 그 누구와도 비교하지 않고 미온이 쓴 소설로 그녀의 가치를 인정해줄 사람이라면 충분하다고 믿었다. 준경의 메일을 받던 그날, 미온의 심장은 아주 오랜만에 살아 있다고 아우성치고 있었다. 그에게 아내가 있는 걸 알면서도 바로 이 사람이야! 그녀의 본능은 섣불리 단정해버렸다.

　편의점에서 천 원짜리 김밥 한 줄을 사 들고 언덕길을 올라오는 동안 올려다 본 하늘은 울다 지친 아이의 충혈 된 눈망울만큼이나 붉었다. 이른 봄 까치집만 겨우 남겨놓고 뭉텅뭉텅 가지치기를 당했던 가로수들은 머잖아 다시 헐벗게 될 줄 모르고 한껏 울창해진 잎들을 나른하게 흔들고 있었다. 미온은 전화기를 손에 꼭 쥐고 걸었다. 괜찮다고, 급하게 생각하지 말라고 준경이 말해주었으면 싶었다. 그래서 전화벨이 울렸을 때 준경일까, 미온은 가슴이 뛰었다. 하지만 "대필해보지 않을래?" 하는 강주의 목소리를 듣고 위태롭게 버티던 마음은 곤두박질쳤다. 생각해보고 대답해 달라는 강주의 목소리가 사라지기도 전에 미온은 숄더백 안에 휴대폰을 던져 넣었다.

　열쇠를 꺼내 대문을 열었다. 한때는 방금 깎은 잔디처럼 풀냄새가 싱그럽던 정원이었다. 벽돌담을 따라 붉은 넝쿨장미가 흐드러지게 피어 있었다. 옥임이 매일 말을 걸고 웃어주고 쓰다듬어줄 때, 푸른 수국과 하얀 불두화는 탐스러웠고 가지와 오이, 토마토와 고추는 야무지게 통통 살을 찌웠다. 그러나 옥임의 손길이 사라지기 무섭게 생명은 자신들의 질서대로 살아가기 시작했다. 보호를 받으며 도도하게 번성했던 것들은 시들고 말라 죽었다. 뿌리째 뽑혀 버려졌던 개망초와 클로버, 질기고 질긴 환삼덩굴이 무적의 군대처럼 마당을 점령해나갔고 능숙한 암벽등반 전문가처럼 뻗어 나간 담쟁이는 2층 양옥을 온통 초록으로 뒤덮었다. 감나무를 차지한 까치와 매미는 서로 제 집이라고 으르렁대듯 소란하게 짖어댔고, 하루하루 숫자가 늘어나는 참새 무리는 저마다 날아올랐다가 저녁이 되면 정어리 떼처럼 우르르 덤불숲으로 돌아오곤 했다. 느릿느릿 품위 있는 걸음으로 마당을 가로지르는 얼룩 고양이들도 보였다. 가끔 시동만 걸어줄 뿐 오래 달리지 않아 뿌옇게 먼지를 뒤

집어쓴 옥임의 구형 흰색 그랜저만 세상을 달관한 노인처럼, 마당 한쪽에 졸린 듯 앉아 있었다.

녹아내릴 듯 더웠다. 미온은 샤워를 하고 옷을 갈아입었다. 2층으로 올라가 침대에 누웠다. 벌떡 일어나 노트북을 열고 거절당한 원고를 폈다. 몇 줄의 문장을 지웠다 쓰고 다시 지웠다. 자신의 원고에 만족하는 작가도 어디엔가는 존재할 것이다. 그러나 미온에게 소설이란, 끔찍한 고독의 발원지가 자기 자신이었음을 매 순간 절망적으로 확인하는 과정이었다. 미온은 깜빡이는 커서만 노려보다가 일어나 아래층으로 내려갔다.

냉장고를 열었다. 하나 둘 셋 넷…… 준경이 올 때마다 언덕 아래편의점에서 사 들고 왔던 소주병들이 칸 하나를 온통 차지하고 있었다. 냉장고의 차가운 빛 속에서 미온은 한참을 서 있었다. 도로를 질주하는 자동차 소리가 간간이 들려올 뿐, 한가롭고 불안한, 그리고 쓸쓸한 밤이었다. 거실과 주방의 불을 환하게 밝혔다. 먼지가 뽀얗게 앉은 브라운관 텔레비전을 켰다. 빛과 소음이 텅 빈 집을 왕왕 채우도록 놓아둔 채 식탁에 던져두었던 김밥을 가져왔다. 텔레비전 앞에 멍청하게 앉아 김밥을 입에 넣고 우물우물 씹었다. 다른 손으로는 리모컨을 눌러 채널을 계속 바꾸었다.

"소설가 김지형을 기념하는 문학관이 개관을 앞두고 마무리 작업에 한창입니다. 기념관이 건립된 베가마을은 그의 유작 〈베가의 연인〉의 공간적 배경이 되고 있는 곳인데요, 지역자치 문화사업의 일환으로 추진된 이번 사업은 김지형의 작품을 독점 출판해온 SG출판그룹 장석훈 회장의 전폭적인 후원과……."

지역 문화계 소식을 전하는 뉴스 꼭지였다. 리포터의 멘트와 함께 한 번도 가보지 않은 문학관 전경이 화면을 가득 채우고 있었다. 불에 덴 것처럼 미온은 리모컨을 눌러 텔레비전을 꺼버렸다. 전등 스위치를

눌러 끄고 도망치듯 2층으로 올라가려던 미온은 문득 멈춰 섰다. 돌아
서서 천천히 지형의 서재로 다가갔다. 한동안 열어본 적 없는 방문을
열었다. 박스만 몇 개 남았을 뿐 책상도, 책장도, 수천 권의 책도 사라
진 방에서 흘러나오는 공기는 한여름인데도 서늘하기만 했다. 유령이
살기에 알맞은 환경이 완성된 것 같았다. 지형은 비로소 이 집에 살고
있는지도 몰랐다. 미온은 불도 켜지 않은 채 켜켜이 쌓여 있는 어둠과
적막을 들여다보았다. 그에게도 절망의 시간이 있었을까. 한 글자도 쓰
지 못한 불면의 밤이 있었을까.

"언젠가 네 아버지 문학관이 건립될 거야."

옥임은 지형이 출근했다 퇴근해 들어올 사람처럼, 하루에 두 번씩
서재를 털고 쓸고 닦았다. 아파트로 이사하라고 장 회장이 아무리 권해
도 옥임은 꿈쩍도 하지 않았다. 미온이 태어나고 지형이 마지막까지 머
물던 집이라고, 세상을 떠날 때까지 이 집을 떠나지 않았다. 집안에는
사람의 기가 골고루 베어야 한다며 아무리 애를 써도 주인 없는 방은
하루하루 생기를 잃어갔다. 어린 시절 미온은 이따금 문턱에 서서 텅
빈 아버지의 자리를 들여다보곤 했다. 정지해 있는 시간 속으로 불쑥
들어설 수 없었다. 무덤처럼 차갑고 어두운 곳에 존재하는 만질 수 없
는 영혼, 미온에게 아버지란 그런 것이었다.

미온은 뒤를 돌아보았다. 지형의 방 맞은편에 있는 방문을 열고 전
등 스위치를 켰다. 미온의 방은 소공녀의 그것처럼 잘 꾸며 놓았지만,
주방 옆의 작은 방은 노란 장판과 빛바랜 꽃무늬 벽지, 오래된 두 쪽짜
리 자개장롱과 앉은뱅이 화장대만 초라하게 남겨져 있었다. 옥임의 기
다림만 무덤처럼 남아 있는 방. 지형이 잠시 머물다가 떠나버린 증거.
남편을 놓치지 않으려고 평생 움켜쥐고 살았던 아내의 집이었다.

강주가 제시한 대필료는 유혹적이었다. 학교에 사표를 던진 지 4년
이 지났고, 퇴직금으로 받은 돈은 바닥을 드러내고 있었다. 강주의 부

탁으로 가끔 맡아보던 원고 교정조차 하지 않고 지낸 반 년 가까이, 미온에겐 수입이 없었다. 수십 년 동안 통장에 쌓인 지형의 인세는 적지 않았지만 단 한 푼도 꺼내 쓸 생각은 없었다. 집을 팔 수 있다면 얼마간의 목돈을 쥘 수 있을 텐데 그토록 허무한 아버지의 유산을, 어머니가 평생 움켜쥐고 살았던 지형의 그림자를, 미온은 어떻게 놓아야 하는지 알지 못했다. 할 수만 있다면 이 집을 떠나고 싶었다. 그럴 수 있다면 재능 없이 유전된 소설에 대한 가여운 열망도 놓아줄 수 있을 것 같았다. 그러면 아주 간단히 준경을 버릴 수도 있을 것이다. 자유롭게, 삶의 모든 기쁨을 누리며 살아갈 수 있을지도 몰랐다. 그러나 어떻게, 그러나 무엇을, 그러나 왜? 미온은 대답할 수 없었다.

강주

벌초를 한 게 언제인지 무덤을 뒤덮은 잡초들이 무성했다. 젖을 다 빨린 납작한 가슴처럼 봉분도 무너져 있었다. 주변의 풀모가지를 몇 차례 비틀어 뜯어 버리던 송 교수가 산소 발치에 소주를 흩뿌린 후 불 붙인 담배 한 개비를 내려놓았다. 차 안에서 저지른 일을 강주가 알고 있을까봐 불안한 것일지도 모른다는 생각이 들 만큼 예를 올릴 때까지 잠자코 있었지만, 절을 마치자 송 교수는 백골이 되어 누워 있는 망자와 외가의 내력에 대해 여지없이 늘어놓았다. 첫 손자여서 끔찍이도 귀여움을 받았다고 강조하면 할수록, 비석과 사당까지 세운 친가 쪽과는 비교할 수도 없을 만큼 초라한 산소가 정말 그의 외할머니의 것일까, 강주는 의심스럽기까지 했다. 미온은 왜 함께 올라오지 않았느냐고 송 교수는 묻지 않았다. 자신의 이야기에 빠져 대관령 안개 속에서 일으킨 사건은 까맣게 잊은 것인지도 몰랐다. 병적인 나르시시스트라기보다는 수치를 모르는 사람이 아닐까, 강주는 송 교수를 처음 만났던 날을 떠올렸다.

"자수성가라는 말을 나는 좋아하지 않아. 세속적인 성공만을 목표로 달려온 속물처럼 편협하게 느껴진단 말이야."

평창동에 있는 송 교수의 2층 응접실은 사면이 통유리로 되어 있어서 인왕산이 한눈에 들어왔다. 창밖으로 까치 두 마리가 서로를 희롱하듯 목련나무 이쪽 가지에서 저쪽 가지로 날아다니고 있었다. 서울 한복판이라는 게 믿어지지 않을 만큼 시야가 여유로운 전망이었다.

"시대와 사람을 읽을 줄 아는 인물로 그려야지. 글이 천박해선 안 돼. 내 인격과 인생의 가치를 빛내줘야 하는 거야. 품격 있는 문장으로 말이야. 그래야 독자가 감동을 해."

소파에 깊이 몸을 묻은 송 교수는 다리를 넓게 벌린 채 양쪽 팔걸이에 손을 올려놓고 자서전의 서술 방향에 대해 말을 이어갔다. 자신의 인격이 작가의 손끝에서 완성된다고 말하는 송 교수를 빤히 쳐다보고 있던 미온의 낯빛은 호기심을 넘어 충격과 혐오로 하얗게 질려가고 있었다. 출판사에서 책을 기획하고 작가를 섭외하고 저자 인세와 출판 비용을 투자하는 것과 달리, 저자 쪽에서 원고와 비용을 부담하는 자비출판의 경우 권력은 그들에게 있었다. 강주에게는 익숙한 상황이었지만 고객을 처음 만나본 미온은 출판 방향뿐 아니라 이렇게 저렇게 글을 써야 한다고 강의하는 송 교수를 보며 나는 왜 여기에 있는 것일까, 하고 자괴감을 느끼는 게 분명했다. 못하겠다고, 당장이라도 벌떡 일어나 뛰쳐나갈 것만 같았다.

"작가 선생님이 어련히 알아서 잘 쓰시겠어요."

강주와 미온의 마음을 모두 안다는 듯, 맞은편에 앉아 우아한 손놀림으로 차를 따르고 있던 권 여사가 말했다. 목소리는 나직하고 미소는 온화했다. 옥빛으로 물들인 모시 한복이 잘 어울리는 권 여사는 전문

코디네이터의 손길이 닿은 듯 머리끝부터 발끝까지 세련된 기품을 과시했다. 그러나 오랜만에 카메라 앞에 선 노후한 여배우의 길고 진한 속눈썹처럼 과장된 느낌을 지울 수는 없었다.

"소설가라고 해서 하는 말이지. 있지도 않은 걸 그럴듯하게 쓰는 게 소설 아닌가. 그러니까 안 팔리는 거야. 난 거짓말은 질색이거든. 사실만 쓰라고 사실만. 진실만큼 감동스러운 건 없으니까."

송 교수는 아주 중요한 것을 가르쳐준다는 듯 오른쪽 검지로 허공을 찌르며 자신의 말을 강조했다. 송 교수를 빤히 쳐다보던 미온은 기어이 붉어진 얼굴로 입술을 꾹 깨문 채 고개를 숙였다. 그런 미온의 손을 지그시 누르며 강주는 고개를 끄덕이거나 웃거나 추임을 넣으며 성의를 다해 맞장구를 쳤다.

시사프로그램에서 정치평론가로 출연하고 있는 그는 정년퇴임을 한 나이인데도 미꾸라지처럼 광택이 나는 얼굴을 하고 있었다. 통속적으로 잘 생긴 남자라는 인상을 주었지만 이야기를 하는 동안 손으로 턱을 매만지거나 뻐근한 듯 목 뒤를 주무르는 그의 호흡에서는 야생의 날 비린내가 났다. 아내가 옆에 있는데도 젊은 두 여자 앞에서 힘을 가진 수컷임을 과시하고 싶은 게 역력했다.

"아이 참, 여보."

권 여사가 어린아이 달래듯 송 교수의 말을 부드럽게 덮었다.

"우리 교수님이 좀 완고해 보이죠?"

그리고는 강주를 향해 말했다.

"아시겠지만 대학에서 오랫동안 정치철학을 강의하셨잖아요. 방송을 통해 대중을 올바르게 일깨우는 일은 또 얼마나 어려운 일이에요. 큰일 하시는 분이다보니 소소한 개인의 감정을 드러내시는 일은 아무래도 익숙하지 않으세요."

애교스러운 미소를 지으며 권 여사가 말했다. 듣는 사람이 불편할 정도로 남편에게 깍듯이 존칭과 경어를 쓰는 그녀는 송 교수보다 두 살이 많다고 했지만 너덧 살은 젊어 보였다.

"교수님 방송하시는 거 보고 저도 팬이 됐어요. 명쾌하시더라고요."

권 여사의 말에 동의하며 강주가 말했다. 만족스럽다는 듯 송 교수의 얼굴은 자부심으로 더욱 번들거렸다. 사실은 자서전을 맡게 된 후 인터넷 동영상을 몇 개 찾아봤을 뿐이었다. 세상을 해석하는 그의 안목은 비뚤어져 있었고 무엇보다 자신에 대한 과신에서 비롯된 식견은 협소하고 옹졸했다. 그러나 느끼고 생각한 것을 언제나 솔직하게 드러낼 필요가 없다는 것쯤 강주는 잘 알고 있었다.

"염려 놓으세요. 교수님. 우리 김미온 소설가, 잘 쓰는 작가예요."

차를 한 모금 삼킨 후 테이블 위에 잔을 내려놓으며 강주가 말했다.

"그러니까 은 사장, 소설을 쓰지 말라는 거야. 있는 그대로만 쓰면 그까짓 소설보다 몇 배는 더 감동적일 테니까. 나는 말이야……."

대화의 주제가 자신에게서 벗어나는 걸 참을 수 없는지 송 교수는 '나'를 주어로 한 문장들을 더욱 열정적으로 쏟아냈다. 그 사이 찻잔을 물끄러미 바라볼 뿐, 입술을 앙다문 채 무릎 위에 올려놓은 두 손을 꼭 움켜쥐고 있는 미온을 권 여사는 유심히 바라보았다. 인생을 달관한 연장자가 고군분투하는 젊은 사람에게 보내는 격려 같기도 했고, 미온이 애써 견디고 있는 자존심에 대한 이해와 연민 같기도 했다. 그러나 송 교수에게 집중되어야 할 스포트라이트를 빼앗을 만큼 권 여사는 어리석지 않았다.

"다섯 살이었다죠. 한번은 시어머님께서 나물을 캐러 갈 때 이이를 데리고 가셨대요. 동네 아주머니들과 함께 한참 바구니를 채우고 있는데 아름 꺾어온 들꽃을 시어머니 머리 위에 왕관처럼 얹어 주더라지 뭐예요. 시골 아낙이라고 꽃이 이쁜 걸 모르겠어요. 다들 시어머님을 부러워하며 효자 아들이라고 칭찬을 했지요. 시어머님도 잠시 일손을 놓고 자신을 여왕으로 만들어준 아들의 머리를 쓰다듬어주셨어요. 그러자 꽃들을 매만지며 이이가 뭐라고 했는지 아세요?"

권 여사는 송 교수의 빈 잔에 차를 다시 채워주며 강주에게 물었다. 테이블 위에 켜둔 녹음기의 빨간 불빛이 깜빡이고 있었다.

"꽃들아. 내가 꺾어서 아팠지? 미안해. 하지만 너희 덕에 어머니를 기쁘게 해줄 수 있었단다. 고마워, 하고 말했대요. 정말 순수하고 아름다운 소년이었지요?"

권 여사가 흐뭇하게 소리 내어 웃었다. 강주가 감탄스럽다는 듯 고개를 끄덕였다. 송 교수에게 그런 어린 시절이 정말 있었는지는 확인할 수 없었다. 다만 송 교수가 자신을 어떻게 보이고 싶어 하는지, 그런 남편을 위해 자신이 무엇을 해야 하는지 권 여사는 정확히 알고 있었다.

그 후 보름 동안 미온은 평창동을 오가며 송 교수의 이야기를 청취했다. 한 인간이 자신의 인생에 대해 그토록 자부심을 표출할 수 있다는 것이 경악스럽다고 고개를 저으면서도 미온은 잘 참아냈다. 매번 권 여사가 동석해서 송 교수를 미화하는 데 공헌한 건 물론이었다. 철딱서니 없는 망아지처럼 천방지방 뛰노는 송 교수와 울타리를 쳐서 행동반경을 조절하고 상처 나지 않도록 위험한 물건들을 멀찌감치 치워놓는 권 여사. 그렇게 만들어진 남편과 그런 사내가 자신의 최고 작품인 양 흡족하게 지켜보는 아내. 이것이 그들 부부가 함께 살아오며 분담해온 역할인 것 같았다.

녹취가 끝나고 대강의 구성을 잡아 보내온 초고는 과잉된 자의식의 거품을 담백하게 제거하고 송 교수의 인간적인 면모를 돋보이게 하려고 애쓴 미온의 노력이 돋보였다. 마무리만 잘하면 회고록의 품격을 갖출 수 있을 거라고 강주는 판단했다. 그러나 원고를 검토한 뒤 송 교수는 강주를 따로 불러 마뜩잖다는 표정을 지어보였다. 인물에 생동감이 없고 현실감이 부족하다는 것이었다. 아무래도 자신의 고향에 함께 다녀오는 게 좋겠다고 서둘렀다. 형제와 친지, 친구들과 이웃을 직접 만나보면 글이 훨씬 생생해질 거라는 주장이었다. 자기 사람들의 증언이 거짓을 더욱 풍성하게 할 재료라는 것을 그는 잘 인지하고 있었다. 송교수가 바라는 것은 작가가 자신의 뜻을 헤아려 사실과 무관하게 미화시켜 주는 것이었다. 그는 자신의 인생에 아무런 흥미를 느끼지 못하는 미온의 문장을 부풀려줄 이스트가 아주 많이 필요하다고 생각한 것 같았다.

고객이 말을 꺼낸 이상 거부할 명분을 찾기는 힘들었다. 오히려 출판사 쪽에서 적극적으로 먼저 제안했어야 할 사안이었다. 매일 몇 시간씩 송 교수의 이야기를 듣고 집으로 돌아와 녹음한 것을 정리하고 원고를 써야 했던 미온은 그들 부부와 1박 2일을 보내야 한다는 사실에, 그동안 썼던 원고 내용과 방향을 모두 뒤집어야 한다는 소식에 질겁을 했다. 이유를 딱 꼬집어 설명할 수는 없었지만 강주조차 썩 내키지 않는 출장이었다.

송 교수는 운전기사가 딸린 자신의 차를 타고 가자고 했지만 그렇게 되면 일행이 다섯 명이었다. 강주와 미온 누구도 권 여사와 송 교수 틈에 끼어 몇 시간씩 앉아 있어야 하는 상황을 원하지 않았다. 강주의 소형차 또한 그들과 함께 먼 길을 여행하기에는 적합하지 않았다. "그랜저로 갈래?" 어쩔 수 없다는 듯 미온이 물었고 "너 차 있었니?" 강주의 눈이 휘둥그레졌다. 몰랐느냐는 표정으로 미온이 "응." 하고 대답했다. '돈 없다더니……' 이상하게는 생각하면서도 크고 넓은 차로 드라이브할 수 있다는 게 다행스러웠다. 운행 경비는 강주가 부담하고 운전은 미온이 하기로 합의를 보았다.

그러나 강주는 자신을 데리러 온 미온의 차를 보자 당황스러움을 감추지 못했다. 직선으로 단정하게 날을 세운, 이제는 전설이 되어버린 일명 각角 그랜저였다. '이 골동품이 잘 달려줄까?' 의심스럽기도 했지만 차를 타고 내릴 때, 도로를 달릴 때 사람들의 이목을 끌 것을 생각하니 어쩐지 얼굴이 화끈거렸다. 하지만 미온은 그런 건 전혀 개의치 않는다는 듯 염려 말라고, 주행 기록도 얼마 되지 않고 안전점검도 꼬박꼬박 받고 있다고 강주를 안심시켰다.

"자그마치 몇 년이야?"

송 교수를 픽업하러 가는 길, 조수석에 앉아 차 내부를 둘러보며 강주는 혼잣말처럼 중얼거렸다. 오래전 미온의 집에 놀러갔을 때 마당 한쪽에 서 있던 차가 분명했다. 아득히 먼 시간이었다. 마치 타임머신을 타고 과거로 돌아가고 있는 것 같았다.

"이거 팔고 중고라도 작은 신형으로 바꾸면 어때? 유지비도 훨씬 적게 들 텐데."

"그렇게 맘에 들지 않으면, 직접 쓰라고 하지."

강주의 말은 못 들은 척 미온이 혼잣말처럼 중얼거리며 화제를 돌렸다.

"종편하고 라디오 출연만 하루에 대여섯 군데래. 시간이 있다 해도 쓸 능력이 있을 리 없잖아."

그랜저와 과거 시간에 대해 이야기하는 것은 포기하고 강주도 송 교수에 대해 이야기했다.

"위인전을 원하는 거야?"

"영웅전일걸."

강주가 훗, 하고 한숨처럼 웃으며 말을 이었다.

"송 교수, 논문표절 의혹으로도 유명해. 외국 논문 통 복사. 그마저도 조교를 시켰을 테지만."

"그런데 문제없이 정년퇴임을 했다고?"

"지식인이라고 어깨에 힘 좀 들어간 사람들, 논문표절에서 떳떳하지 않은 경우 꽤 될 걸."

미온이 놀라 입을 하, 벌리고는 조수석에 앉은 강주를 쳐다보았다.

"사기꾼."

"순진하긴."

강주가 말했다. 미온이 고개를 돌려 정면을 주시했다. 전기 작가가 아닌 대필 작가를 써서 자신의 이름으로 자서전을 내고 출판기념회를 하는 성공한 기업가나 유명인의 삶을 신뢰하지 않는다고 미온이 덧붙였다.

"대필하는 넌? 그 책을 만드는 나는?"

"공범이지."

미온이 말했다.

그렇게까지 자학해야 할까, 강주는 생각했다. 남의 글을 그대로 베껴내도 아무 문제없이 석, 박사가 되는 세상이다. 그런 사람들일수록 훔친 글로 지성인인 양 떳떳이 가르치고, 사회지도층으로 행세하며 부와 권력을 축적했다. 그런 일에 비하면 구술 후 대필한 인생 회고록을 갖는 것이, 그것을 만드는 일이 범죄 취급을 받을 일은 아니었다. 글에 대해 지나친 순결주의를 갖고 있는 미온의 생각에 강주는 동의할 수 없었다.

글은 공평한 것이었다. 누구나 인생을 되돌아볼 권리가 있었고 그것을 쓸 자유도 있었다. 하지만 누구나 멋있는 옷과 맛있는 빵을 만들 수 없는 것처럼 글을 쓰는 게 누구에게나 쉬운 건 아니었다. 자신의 이름을 내건 블랑제나 디자이너가 있지만 공장에서 대량으로 빵을 만드는 제빵사나 기성복 디자이너도 있는 것이다. 유령작가가 쓴 것으로 뒷소문이 자자한 책들이 베스트셀러 자리를 차지하는 경우는 드물지 않았다. 미온의 말대로 전기 작가를 쓴다면 떳떳하겠지만 타인의 재능과 이름을 빌려 자신의 인생을 기록하는 것을 비난해야 할 일이라고 강주는 생각하지 않았다. 더구나 글을 얻은 대가로 그들은 적지 않은 금액을 지불하고 있었다. 유명인의 대필 작가를 하고 싶어 하는 이들도 찾아보면 얼마든지 있었다. 기업을 일으키고 후학을 양성하는 일은 글을 쓰는 것과는 또 다른 의미에서 고귀한 일이었고, 그들의 인생을 그들의 목소리로 대신 정리해 주는 일 또한 생각하기에 따라 가치 있는 일이었다. 자기 글을 쓰지 않는다고 해서 그들의 인격과 업적을 폄훼할 수는 없었다. 송 교수와 같이 대필 회고록을 내는 사람들이 비난받아야 한다면, 순수문학을 고집하며 자신이 쓰는 글만 신성하다고 믿는 미온의 고집이 강주에게는 훨씬 독선적으로 느껴졌다. 다만 진실이 배제된 픽션을 쓰는 일이 꾸물거리며 살아 있는 것을 목구멍에 쳐넣는 것만큼이나 미온에게 고역스러운 일이었으리라는 것까지 이해 못하는 것은 아니었다. 미온 또한 현실과 이상이 다르다는 것을 부정하지는 않았다. 소설뿐 아니라 대필 작가로도 재능이 없긴 마찬가지라고, 알량한 자존심 말고는 능력도 재주도 없는, 무엇보다 제 힘으로 먹고살 수 없는 무능한 작가라고 자조하는 것으로 미온은 입을 다물었다.

평창동으로 가는 동안 교통 흐름은 더디고 강주와 미온 사이에는 어색한 침묵이 이어졌다. 도무지 벗어날 수 없을 것 같은 내부순환로의 정체 구간에서 강주의 전화벨이 울렸다. 권 여사였다. 이른 아침, 아흔이 넘은 친정어머니가 위독하다는 연락이 와서 요양원에 가는 중이라고 했다.

"어머님이 벌써 여러 번 고비를 넘기셨어요. 혹시라도 임종을 못하면 두고두고 후회가 될 것 같아서요. 여행을 다음으로 미루자고 했는데도 책이 늦게 나오면 안 된다고 저렇게 서두르시네요. 우리 송 교수님, 차에 타면 내내 주무실 거예요. 두 분 선생님이 조금 불편하겠지만 잘 부탁드릴게요."

통화를 마친 강주는 아무 말도 하지 않았다. 내용을 듣고 상태를 유추할 수 있던 미온도 입을 열지 않았다. 평창동에 도착할 때까지 둘 사이의 침묵은 점점 무게를 더해갔다. 원인 모를 불길한 예감의 정체가 어렴풋이 실체를 드러내는 것 같았다.

"이야, 이거 족보 있는 차네."

송 교수가 신기하다는 듯 미온의 그랜저를 앞뒤로 살피며 말했다. 빨간 티셔츠와 파란색 반바지, 노란색 모자에 초록색 배낭까지 메고 나온 송 교수는 유치원 소풍가는 아이처럼 상기되어 있었다. 1986년도에 그랜저가 처음 출시되자마자 그라나다를 팔고 바꿔 탔다고, 미온의 차는 1세대 모델이긴 하지만 후면 램프의 디자인으로 보아 1990년 형이라고 설명했다. 그 후 여러 사양을 거쳐 현재 6세대 모델까지 나왔다며 송 교수는 자동차 역사를 줄줄 꿰었다. 그러나 뒷바퀴를 발로 툭툭 차며 "중고로 팔면 백만 원이나 받으려나." 입맛을 쩍 다셨다. 시간이 흐르면서 가치가 떨어진다고, 안전성이나 디자인에서 국내 브랜드는 외제 수입차를 따라올 수 없다고, 얼마 전 BMW 최신 모델을 새로 구입했다며 자기 과시로 결론을 맺는 것도 잊지 않았다.

"사장님인데 상석에 타야지. 내가 조수석에 탈 테니."

송 교수가 말했다. 미온이 깜짝 놀라 커다랗게 눈을 뜨고 건너편 강주를 쳐다보았다.

"아이고, 교수님도 참. 옆에 계시면 떨려서 김 작가가 어떻게 운전을 하겠어요. 뒷자리에 편히 모실게요."

강주가 웃으며 말하자 마지못해 차에 오른 송 교수는 안쪽으로 옮겨 앉았다. 옆에 타라는 것이었다.

"김 작가가 길을 잘 몰라요. 교수님."

차 안에 내비게이션도 스마트폰 거치대도 없기 때문에 자신이 길을 알려주어야 한다고 설명을 한 뒤에야 강주는 겨우 앞자리에 오를 수 있었다. 너무 예민하게 구는 건가 싶었지만 상식적으로 무리한 요구라는 생각을 강주는 지울 수 없었다. 뒷자리에 혼자 앉게 된 송 교수는 무안한 것인지 화가 난 것인지 한동안 말이 없었다. 하지만 서울 도심을 빠져나간 뒤 속도가 붙자 다시 마음이 들뜨는 것 같았다.

"날씨가 기가 막히게 좋군. 아침에 장모님이 편찮으시다는 말을 듣고는 우울했는데, 역시 나오길 잘했어."

"저도 서울을 떠나는 게 오랜만이에요. 여행 가방을 챙기다 보니 모처럼 설레지 뭐예요."

송 교수의 기분을 맞추면서 강주가 말했다.

"그게 여자와 남자의 차이야. 여자는 가방을 싸면서 즐거워지고 남자들은 길을 떠난 후에 자유를 느끼지. 사내란 역시 집밖에 나왔을 때 살아있음을 만끽하게 되는 거야."

송 교수의 목소리는 생기로 넘쳤고 권 여사의 말과 달리 고향에 도착할 때까지 단 1분도 졸지 않았다. 미온은 운전을 한다는 이유로 줄곧 입을 다물고 있었다. 차라리 운전을 할 걸, 송 교수의 말 한마디 한마디, 기분을 맞춰주며 대꾸하느라 피로를 느낀 강주가 후회했지만 자신이 핸들을 쥐었어도 상황은 마찬가지였으리라는 것을 모르지는 않았다.

영동고속도로를 빠져나와 동해고속도로에 접어든 뒤 지방도로를 한참이나 달려서야 송 교수의 큰형이 종가를 이루고 있다는 마을에 도착했다. 홈그라운드에 선 송 교수는 더욱 의기양양해졌다. 미온과 강주를 데리고 다니며 낫 한 자루에까지 담겨 있는 거짓말 같은 전설을 풀어내느라 여념이 없었다. 진언을 올렸다가 임금의 노여움을 사서 낙향한 탓에 증조할아버지 대까지는 가난했지만 선대 조상이 정승을 지낸 뼈대 있는 집안이라고 어깨에 힘을 주었다. 숨이 차게 선산에 오른 송 교수는 봉우리와 골짜기의 산세를 두루 가리키며 기러기 떼가 날아가는 형상인데 할아버지 묘 터야말로 풍수지리학적으로 새의 우두머리 자리라고 했다. 기러기 산이란 이름이 유래된 것도 그 자리 때문이라는 것이었다. 그의 어머니는 새벽마다 정화수를 떠놓고 치성을 드렸고 기어이 용을 품는 태몽을 꾸고 둘째 아들을 낳았다. 명당을 쓰고 난 뒤 발복의 기운이 서서히 자손들에게 미치더니 마침내 송 교수가 태어난 것이다. 첫 발을 떼면서부터 천재라는 소문이 이웃마을까지 퍼져나갔고 학교에 다니는 동안 한번도 1등을 놓친 적이 없었다. 반장과 회장을 도맡던 어린 송 교수는 형제와 친구들 사이에서도 유난히 지혜롭고 의협심이 뛰어난, 일찍부터 장래가 촉망되는 소년이었다.

"천지만물과 대화를 나누며 낙엽을 타고 하늘을 날아다니기도 한다고 써야겠구나."

미온이 한숨을 끄응, 내쉬며 강주에게 작은 소리로 말했다. 실제로 송 교수는 고향에서 크게 성공한 사람으로 인정받고 있었다. 버스가 들어올 수 있도록 길을 넓히고 개울 위에 다리도 놓아주었다. 모교인 초등학교에는 냉난방기를 설치해 주었으며 동네 노인정을 지어준 것도 송 교수라고 했다. 크고 작은 일에 돈을 꽤 쓴 모양이었다. 마을 회관에는 개관 테이프를 끊고 여러 인사들과 악수를 하는 송 교수의 사진들이 벽면마다 걸려 있었다. 마을은 송 교수의 작은 왕국이었다. 고향 사람들 모두가 송 교수 앞에서 깍듯했다. 그의 형조차 동생에게 말을 놓지 않을 정도였다.

그의 고향 집 마당은 몰려온 마을 사람들로 밤새 북적거렸다. 서울에 있는 출판사에서 사장님과 작가 선생님이 왔다며 잔칫집같이 떠들썩했고 몇 순배나 술잔이 돌았다. 술을 마시지 못한다고, 내일 또 운전을 해야 한다며 선을 분명히 그은 미온을 대신해서 강주가 송 교수네 일당들과 대작했다. 얼마 전 당선된 의원이 불법정치자금 수수 혐의로 재판 중인데 아직 판결이 나진 않았지만 보궐선거가 기정사실화되는 분위기라며, 분명 송 교수가 출마하게 될 거라는 말들이 술자리에서 오갔다. 그제야 자서전 출간이 송 교수의 정치적 기반을 닦는 기초 작업이라는 것을 강주는 알 수 있었다.

　다음 날 아침, 송 교수가 앞장서 이끄는 대로 그들 조상의 위폐가 모셔진 사당을 찾아 참배를 하고 돌아와 형수가 정성껏 차려준 푸짐한 아침상을 물리고서야 강주는 후유, 한숨을 돌리며 서울로 올라갈 준비를 서둘렀다. 혼자 있는 물결이가 걱정스럽기도 했지만 머리가 지끈거려서 강주는 집에 가서 눕고만 싶었다. 그런데 느긋하게 지인들과 오전을 보낸 송 교수는 점심때가 다 되어 마을을 벗어나자 들러야 할 곳이 한 군데 더 있다고 말했다. 대관령 옛길을 넘어 횡성 방향으로 가는 길에 자신을 애지중지 아껴준 외할머니의 산소가 있다는 것이었다.

　"이제 나 죽을 날도 머지않았는데 오늘 아니면 또 언제 오겠나."

　송 교수는 강주와 미온이 거절할 수 없다는 걸 잘 알고 있었다. 의도했던 것은 아닐지라도 자신의 일탈 행동에 대해서도 항의할 수 없으리라, 송 교수는 계산했는지도 몰랐다.

미온

　"미온아, 저 원두막 앞에 차 세워봐."

　강주가 손가락으로 '찰옥수수 팔아요.'라고 쓴 입간판을 가리켰다. 미온이 도로변에 차를 세우고 비상등을 켰다. 자동차에서 내린 강주가 문을 쾅, 닫았다. 심장에 칼이 퍽! 하고 꽂히는 것 같았다. 아무 일도 없는 것처럼 넘어가자고 했던 강주의 입장은 이해할 수도 있었다. 그러나 어떻게 이 좁은 차 안에 송 교수와 둘만 남겨둘 수 있는 것일까. 그 순간 미온은 자신과 강주의 입장이 전혀 다르다는 것을 절감했다.

30분 후 산에서 내려온 송 교수와 강주는 농담을 주고받으며 소리 내어 웃을 만큼 여유를 찾은 것 같았다. "옥수수 맛있겠다." 고속도로에 접어들기 전 옥수수 밭을 지나치며 강주가 말했고 "강원도에 왔으면 옥수수를 먹어야지." 송 교수가 동의했다. 미온은 앞 유리창으로 보이는 강주의 걸음을 따라 시선을 옮겼다. 옥수수를 파는 노파와 이야기를 하고 옥수수를 고르고 돈을 내고 거스름돈을 받는 강주를 뚫어지게 지켜보았다. 뒷자리 송 교수는 숨소리조차 내지 않았다. 그래서 더욱, 뒷덜미에 칼을 들이대고 있는 강도를 만난 택시기사처럼 미온은 꼼짝도 하지 못했다. 뒤를 돌아보면 송 교수가 그 벌건 살덩이를 주무르고 있을 것만 같았다. 송 교수에 대해 느끼는 감정이 두려움인지 모욕감인지 혐오감인지 미온은 혼란스러웠다. 오직 송 교수와 멀리 떨어져 있고 싶을 뿐이었다.

언젠가 소설을 쓰기 위해 자료를 조사하면서 성폭력 조항에 대해 자세히 읽은 적 있었다. 법률은 '성을 매개로 상대방의 의지에 반해 이루어지는 모든 가해행위'를 성폭력으로 규정하고 있었다. 강간이나 강제추행이 아니더라도 그 자리에 없는 사람을 대상으로 성적 이야기를 주고받는 대화나 채팅, 신체접촉이 전혀 없는 희롱 또한 성폭력에 해당되었다. 강주의 말대로 입증하는 것이 쉽지 않지만, 그래서 악의적인 피해자와 억울한 가해자가 생길 수 있다는 우려를 배제할 수 없지만, 은밀한 곳에서 이루어지는 범죄 특성상 피해자의 일관된 증언만으로도 처벌은 가능했다.

하지만 일명 바바리맨의 경우처럼, 성적 변태 행위에 대한 처벌은 쉽지 않았다. 언제 어디서 나타날지 모르지만 그렇다고 마약사범이나 살인범을 체포할 때처럼 장비와 인력을 투입해 장기간 잠복근무를 하는 건 무리였다. 현장 체포를 한다 해도 피해자에게 물리적인 상해를 입힌 것이 아닐 뿐더러 그런 행위를 드러내놓고 할 수 있는 자의 정신

상태는 정상이라고 보기 어려웠다. 심신장애로 판단되어 정신과 치료를 선고받는 것이 대부분이었지만 그나마 가족의 동의 없이는 강제 입원 치료가 불가능했다.

미온은 사건의 전말에 대해 말하기 전까지 강주와 자신이 똑같은 피해자라고 생각했었다. 털끝 하나 만지지 않았지만 동의한 바 없으므로, 미온과 강주가 있는 공간에서 저지른 송 교수의 외설행위가 성범죄인 것은 분명했다. 하지만 강주는 묵인하자고 분명히 의사를 밝혔다. 현장을 눈으로 목격한 것과 목격하지 않은 것의 차이인지, 서류상 갑으로 계약을 맺은 관계이기 때문인지, 미온은 강주의 입장을 정확히 해석할 수 없었다. 더구나 강주는 사건이 일어난 밀폐된 공간에 행위의 당사자인 송 교수와 미온을 남겨두고 나갈 만큼 무신경하거나, 미온이 느끼는 위기를 알고도 모른 척 방치하고 있는 셈이었다. 강주의 태도로 판단할 때 만약 신고를 한다면 미온 혼자의 싸움이 되리라는 것은 명백했다.

물론 미온은 다른 누군가 대신 책임져 주어야 할 미성년자가 아니었다. 감금을 당한 것도 아니었고 협박이나 물리적인 구속을 받는 것도 아니었다. 송 교수를 내치거나 그가 없는 곳으로 박차고 나가는 것은 미온이 분명한 의지를 갖고 있다면 할 수 있는 일이었고, 논리적이고 객관적 판단을 할 수 있다면 당연히 해야 하는 일이었다. 그러나 추행을 저지른 송 교수와 그 사실을 알고도 묵과하는 강주 사이에서 이중의 폭력을 느끼고 있던 미온은 무저항의 상태를 쉽게 벗어던지지 못했다. 오히려 별 것 아닌 일에 유난을 떨고 있는 것은 아닐까, 자책과 의혹마저 일었다. 이렇게 우유부단한 반응은 추후 법정에 서게 됐을 때, 충격으로 인한 정신적 공황 상태, 일시적 외상 후 스트레스 장애로 그리고 사건의 특성상 여성인 미온이 사건에 대해 되짚어 기억하고 발설해야 하는 데 대한 심리적 부담을 원인으로 변호될 수 있을 테지만, 반대쪽 변호사에 의해서는 자발적 탈출 의지가 없었다고, 그러한 상황을 오히려 즐긴 것 아니냐고 공격받을 수 있는 빌미를 제공하는 일이었다.

강주가 옥수수를 담은 검은 비닐봉투를 들고 차로 다가오고 있었다. 미온이 외면하듯 고개를 돌렸다. 지방 소도시의 왕복 2차선 도로는 한산했고 옥수수 밭이 펼쳐진 이쪽과 달리 건너편에는 낮은 건물들이 나란히 줄지어 서 있었다. 앗싸노래방, 희망이발소, 학사공인중개사, 참새방앗간, 농협. 그리고 옆 건물 입구에 하얀색 표지판이 서 있었다.

'모든 범죄는 112로 신고합시다.'

건물 옥상에 플래카드가 바람에 펄럭이는 것도 보였다.

'경찰은 항상 여러분 가까이 있습니다.'

태극무늬의 무궁화를 가슴에 안고 하늘 높이 날아오르는 참수리를 상징한 경찰 마크가 건물 입구에 선명히 새겨져 있었다. 도로 건너편에, 차에서 내려 뛰어가면 10초면 닿을 수 있는 거리에 파출소가 있었다. 미온의 심장이 빠르게 뛰었다. 입에 침이 바짝 말랐다. 주먹을 쥐었다 폈다. 지금이었다. 미온은 운전석의 문을 열고 뛰쳐나가기 위해 손잡이를 움켜쥐었다.

자동차 문이 열렸다. 금방 가마솥에서 꺼낸 거라 뜨겁다고, 강주가 차에 오르며 말했다. 비닐 팩에서 꺼낸 옥수수를 하나씩 나눠주었다. 모락모락 피어오르는 하얀 김을 미온은 망연히 쳐다보았다. 손잡이에서 천천히 손을 뗐다. 한 손으로 핸들을 움켜잡고 다른 손으로 옥수수를 받아 쥐었다. 델 것처럼 뜨거웠지만 그렇다고 팔팔 뛰며 못 견디겠다고 비명을 지를 만큼은 아닌, 그러나 놓아버리지 않으면 자신도 모르는 사이 벌겋게 데어서 물집이 잡히고 피부가 벗겨지고 말, 체념과 절망의 온도.

알이 탱탱하게 잘 익었다고, 부드럽고 쫀득하다고, 간이 잘 베개 삶아졌다고 강주와 송 교수가 말을 주고받는 동안, 미온은 무릎에 그 뜨거운 것을 올려놓은 채 차를 출발시켰다. 파출소 앞을 스쳐 지나갔다. 바람에 펄럭이던 흰색 플래카드조차 사이드미러에서 곧 사라지고 말았다. 탈선하지 않고 레일을 달리는 기차처럼 고속도로에 들어선 미온은 앞만 보고 달렸다. 강주와 송 교수는 의미 없는 이야기들을 간간이 나누었고 가끔씩 졸았다. 정면을 주시한 채 방향을 놓치지 않으려고 애썼지만 차선을 바꾸느라 오른쪽 사이드미러를 보려고 고개를 돌리면 송 교수가 다리를 쩍 벌리고 천하태평 졸고 있는 게 언뜻 보이기도 했다. 감시 카메라가 없는 구간마다 미온은 힘껏 가속기를 밟았다. 미온이 할 수 있는 건 오직 불온한 동행을 빨리 끝내는 것이었다. 마법처럼 단번에 서울로 날아가고 싶었다. 서울이라면 차를 버리고서라도 이 좁은 공간을 무작정 뛰쳐나갈 수 있을 것 같았다.

하지만 송 교수는 급하지 않았다. 덕평휴게소에 들렀을 때 소머리국밥이 유명하다고, 자신이 사겠다고, 꼭 한번 먹어보라며 점심도 아니고 저녁도 아닌 국밥 셋을 주문했다. 미온은 싫다고도 입맛이 없다고도 말하지 않았다. 빨리 해치워야 풀려날 수 있다고 약속받은 죄수처럼, 학대하듯 국그릇에 얼굴을 처박고, 자신의 몫으로 나온 시뻘건 국밥을, 건더기도 국물도 남기지 않고 꾸역꾸역 욱여넣었다.

"배고팠구나."

그런 미온을 보며 강주가 말했다. 미온이 강주를 멀뚱히 쳐다보았다.

"여행을 하면 식욕이 돋는 거야. 김 작가는 살 좀 쪄도 돼. 많이 먹으라고."

언제 무슨 일이 있었느냐는 듯 송 교수마저 냅킨으로 입을 닦으며 그 사건 이후 처음으로 미온에게 말을 건넸다. 안개가 걷히듯 모든 게 시간 속에서 지워진 것 같았다. 무릎 꿇고 쓰러지지 않는 한, 사람들은 사막을 걷는 낙타의 등에 더 많은 짐을 싣는 법이다. 죽음에 이르도록 무거운 짐을 견디는 이유는 발버둥 치고 비명을 지르지 않았기 때문이

다. 명치끝이 아팠다. 창자가 뒤틀리는 것 같았다. 목구멍에 손가락을
집어넣고 안엣 것들을 몽땅 게워내고 싶었다.

휴게소에서 출발하기 전 강주가 운전을 교대해주겠다고 했지만 미
온은 핸들을 놓지 않았다. 식어빠진 옥수수를 입에 넣고 씹었다. 오디오
스위치를 눌렀다. 음악이 흘러나왔다. 미쳐가고 있는 것인지도 모르겠
다고 생각하면서도 입 밖으로 흥얼흥얼, 알지도 못하는 멜로디를 허밍
으로 불렀다. 아무것도 하지 않고는 그들과의 시간을 견딜 자신이 없었
다. 그러나 서울이 가까워질수록 퇴근 차량과 뒤섞인 탓에 속도는 더뎠
다. 자동차 안의 공기는 압착기처럼 미온을 내리눌렀다.

"고단하시겠어요."

다섯 시간 만에 평창동에 도착했을 때 강주가 얼른 내려 자동차 뒷
문을 열어주었다.

"미온아."

강주가 미온을 부르며 눈짓을 했다. 미온은 마지못해 운전석에서 내
려 그 자리에 시선을 내리고 서 있었다.

"원고 정리되는 대로 보내드릴게요."

"그래. 애썼어."

차에서 내린 송 교수가 강주의 어깨를 격려하듯 두드렸다.

"두 사람, 나중에 차라도 한잔 마셔."

송 교수가 뒷주머니에서 지갑을 꺼내 오만 원 권 두 장을 내밀었다.
이러시면 안 된다고 사양했지만 품 넓은 호인인 양 송 교수가 강주의
손에 거듭 쥐어주었다.

"고맙게 잘 쓰겠습니다."

강주가 쾌활하게 인사했고 송 교수는 가볍게 손을 흔들었다. 그리고
마침내, 대문 안으로 사라졌다.

"차 마시고 갈래?"

아파트 주차장에 도착했을 때 강주가 물었다. 미온은 앞 유리창만 바라본 채 대답하지 않았다.

"그럼, 주유하고 가."

송 교수가 건넸던 지폐를 미온의 눈앞에 불쑥 내밀었다. 미온이 고개를 돌려 질려버린 얼굴로 강주를 쳐다보았다.

"돈 버는 게 쉬운 줄 알았니?"

강주의 눈빛은 냉정했고 목소리는 차분하게 가라앉아 있었다.

"일부러 파출소 앞에 세운 건데, 넌 달려가지 않더구나."

자동차 문을 열고 내리려던 강주가 고개를 돌려 말했다. 미온의 입술이 파르르 떨렸다.

"운명은 친절하지 않다는 거, 너한테도 예외는 아니라는 거, 인정한 거 아니었어?"

피곤해 죽을 것처럼 한숨을 내쉬고는 미온의 대답을 기다리지 않고 강주는 차에서 내렸다. 문을 탕, 닫았다.

있는 힘껏 미온이 페달을 밟았다. rpm 눈금이 성급히 올라가며 튕겨져 나가듯 자동차는 아파트 단지를 빠져나왔다. 도로에 들어선 미온은 조금만 길이 열리면 액셀러레이터를 밟았다. 신호에 걸려 멈춰 설 때마다 몸이 앞으로 꺾일 만큼 성급히 멈추었다. 앞에 끼어드는 차를 향해 신경질적으로 클랙슨을 눌렀다. 목동을 빠져나와 올림픽도로에 들어서고서야 속력을 낼 수 있었다. 마침내 혼자가 되자 억눌려 있던 감각이 살아나고 짓누르고 있던 감정들이 제어할 수 없는 힘으로 밀려들었다.

"북상하고 있는 태풍의 영향으로 서울과 경기 지역에 강풍과 폭우가 예상되고 있습니다. 오늘 밤 예상 강수량은……."

틀어놓은 줄도 몰랐던 라디오에서 일기예보를 알려주는 리포터의 목소리가 들렸다. 에어컨의 건조하고 냉랭한 바람 때문인지 참을 수 없이 머리가 지끈거렸다. 토할 것처럼 속이 매스꺼웠다. 미온은 앞뒤 창문을 모두 내렸다. 어두워진 하늘은 금방이라도 비를 쏟아낼 것처럼 먹빛으로 무겁게 내려앉고 있었다. 긴 호흡으로 바깥 공기를 들이마셨다. 추월하던 공항리무진이 일으킨 바람이 아스팔트의 뜨거운 열기와 뒤섞여 얼굴로 훅 덮쳤다.

"아악! 아아악!! 아아아악!"

두 손으로 핸들을 꼭 잡고 비명을 질러댔다. 목이 찢어질 것처럼 아팠다. 눈앞이 뿌옇게 흐려졌다. 왜 눈물이 나는 것인지 알 수 없었다. 미온을 인질로 잡고 있었던 건 그들이 아니었다. 강주의 말대로 대관령에서 차를 세우고 송 교수를 멱살 잡아 끌어낼 수도 있었다. 언제든 신고전화를 할 수도 있었다. 차 문을 열어젖히고 도로를 가로지를 수도, 핸들을 꺾어 파출소로 뛰어들 수도 있었다. 고속도로건 휴게소건 마음만 먹으면 미온은 그들로부터 떠날 수 있었다. 하지만 미온은 그렇게 하지 않았다. 수많은 가능성을 마다하고 아무것도 하지 않은 채 그 모든 걸 견디도록 강요한 건, 다른 누구도 아닌 미온의 결정이었다. 미온은 그제야 알 것 같았다. 고작 자동차 뒷자리에서 제 몸을 가지고 장난치는 송 교수 따위가 겁나는 게 아니었다. 모른 척 외면하는 강주가 원망스러웠던 게 아니었다.

한 번도 운명을 거스른 적 없었다. 그렇다고 긍정한 것도, 사랑한 것도 아니었다. 행복했던 것은 더더욱 아니었다. 주어진 대로, 정해진 대로 반항하지 못하면서 세상을 다 알고 있다는 듯 오만하게 비웃었을 뿐이었다. 다가오는 것을 거부하지 못하고, 가는 것을 붙잡지도 못하면서, 자신의 무능보다는 세상을 마음 깊이 원망하고 운명을 조롱하는 것만이 지성이라고 생각했다. 그것이 작가의 운명을 진 자의 저항이라고 믿었다. 미온은 무엇 하나 자신의 손으로 바꾸어보려 한 적 없었다. 꼼짝 않고 앉아 바람이 스치기만 해도 살 껍질이 벗겨지는 고통을 느끼며 순교자인 양 고개를 빳빳이 들고 숭고한 표정을 지으려 애썼다. 감상적인 비련의 주인공을 연기하면서 위대한 비극의 히로인이라고 착각하며 스스로 만족해온 것이다.

그러나 속으로는 한없이 두려웠던 것은 아니었을까. 저 사람이 나빠서가 아니라, 세상이 악해서가 아니라, 모두가 내 탓이라는 걸 알게 될까봐 겁이 났던 것은 아니었을까. 꼭꼭 감추어둔 연약한 마음 한 귀퉁이에서는 동화처럼 용맹한 기사가 나타나 상황을 역전시켜주길, 어둡고 깊은 함정에 뛰어들어 칼을 휘두르며 괴물 같이 느껴지는 삶으로부터 부디 구원해주기를 은밀하고 간절하게 바라고 또 바랐던 것은 아니었을까. 미온의 가슴 깊은 곳에서부터 그동안 외면해 왔던 수많은 질문들이 꽉 막힌 배수관으로 역류하는 오물처럼 꾸역꾸역 밀고 올라오고 있었다.

핸들을 잡지 않은 손으로 미온은 명치끝을 꾹 눌렀다. 위장이 조여들 듯 아팠다. 매슥매슥 올라오는 구역질을 더 이상 참을 수가 없었다. 갓길에 차를 세웠다. 비상등을 켜놓고 차에서 뛰어내려 목을 쥐고 뱃속의 것들을 토해냈다. 씹지도 않고 삼켰던 옥수수알들이, 휴게소에서 욱여넣었던 소머리해장국이, 살이 발린 소뼈와 뇌수까지 밤새 고아냈을 국물과 소화되지 않은 살덩이들이 단단하게 명치끝에 뭉쳐 있던 무와 콩나물과 함께 핏빛으로 뒤엉켜서 미온의 몸 밖으로 거침없이 쏟아져 나왔다. 죽을 것 같았다. 그래서 겨우 살 것 같았다.

"한바탕 쏟아질 텐데요."

아직 한도가 초과되지 않은 신용카드를 찾아 휘발유를 가득 채운 뒤 자동세차기 앞으로 차를 돌리며 클랙슨을 눌렀을 때, 사무실 안에서 에어컨을 쐬고 있던 남자가 느린 걸음으로 다가와 물었다. 먹구름으로 뒤덮인 저녁 하늘을 가리키는 표정은 만사가 다 귀찮은 것 같았다. 어딘가는 벌써 비가 쏟아지고 있는지 멀리서 천둥소리가 들렸다.

"상관없어요."

미온이 말했다. 남자는 어깨를 으쓱 올렸다 내리고는 터널식 자동세차기 안으로 차를 들여보내 주었다. 미온은 기어를 중립에 놓고 브레이크에서 발을 뗐다. 물이 쏟아졌다. 앞 유리창에 세제가 뿌려지고 커다란 세척 솔이 앞뒤로 이동하며 차를 닦았다.

휴대폰 벨이 울렸다. 허리를 굽혀 조수석 아래 놓아두었던 가방을 더듬어 전화기를 꺼냈다. 장석훈 회장이었다. 모른 체 미온이 관심을 두지 않고 있는 문학관 때문일 터였다. 한 달 앞으로 다가온 개관식에 꼭 참석하라는 말이거나, 기념관 관장직을 맡으라고 다시 설득하기 위해서일 것이다. 미온은 전화를 받는 대신 휴대폰을 조수석에 던져두었다. 지형의 모든 책을 출판하고 지형을 대신해서 옥임과 미온을 살뜰히 돌봐준 장 회장이었다. 그런 놈은 벌을 받아야 해, 왜 신고하지 않았니? 혼쭐을 내주고 말겠다, 장 회장이라면 틀림없이 호통을 치며 일을 바로 잡아 줄 것이다. 그래서 미온은 장 회장에게만은 말하고 싶지 않았다. 왁스와 물이 흩뿌려진 후 바람이 물기를 말리는 사이 전화벨은 끊어졌다가 울리고 다시 끊어졌다.

세차터널을 빠져나와 주차장 한쪽으로 차를 옮겨 마른 걸레로 남아 있는 물기를 닦았다. 앞뒤 문을 활짝 열어두고 발판을 꺼내 털고 물에 빨아 널었다. 동전을 넣은 흡입식 청소기로 자동차 안의 먼지를 구석구석 빨아들이고 뒷자리 청소까지 말끔하게 마쳤다. 오래된 자동차였지만 모처럼 반짝거렸다. 하지만 운전석에 앉자 다시 뒤통수가 불편했다. 도무지 오른쪽으로는 고개가 돌려지지 않았다. 돌아보면 송 교수가 앉아 있을 것만 같았다.

사건에 대해 앞뒤 없이 쏟아내고 싶었다. 조금 전 토해낸 나약함에 대해서도, 그러나 여전히 남아 있는 연약함에 대해서도, 자신이 무엇이어야 하는지 몰라 허둥대는 황망함에 대해 미온은 말하고 싶었다. 괜찮아? 많이 놀랐겠구나, 하고 말해 주었으면 싶었다. 그까짓 거 아무것도 아니야, 하고 말해 준다면 안심이 될 것 같았다. 잘했어. 과연 김미온답다! 미온을 보며 활짝 웃어주었으면 싶었다. 미온은 손을 뻗어 전화기를 집어 들고 화면을 열었다.

"그래. 미온아."

한참 동안 전화벨이 울리고서야 멀리 준경의 목소리가 들렸다. 반가움과는 먼, 당황스러움이었다.

"만날 수 있어요?"

미온이 물었다.

"잠깐만."

주변은 소란했고 그의 목소리는 차분하지 않았다. 불편하고 어색한 분위기가 고스란히 전달되었다. 대학 강의가 없는 대신 서울 소재 백화점에서 일반인을 대상으로 글쓰기 강의를 하는 날이었다.

"못 가."

밖으로 나온 것 같은 준경이 단칼에 거절했다. 마음이 풀썩 무너지는 것 같았다. 준경의 침묵 뒤로 여자들의 웃음소리가 하이 톤으로 물결쳤다. 그를 황제처럼 숭배하는 글쓰기 반 수강생들과 함께 저녁을 먹고 술집과 노래방까지 이어지는 뒤풀이를 하고 있을 터였다. 미온이 더 이상 말을 하지도, 그렇다고 끊지도 않고 머뭇거리는 동안, 잠시 어색한 적막이 흘렀다.

"미온, 인간은 누구나 외로워. 그때마다 내가 옆에 있을 수는 없는 거잖아."

준경은 무슨 일이냐고 묻지 않았다. 인생을 다 안다는 듯, 서둘러 결론을 맺었다.

"나중에 시간 되면 연락할게."

세상의 끝에 선 것 같다고 말을 꺼내기도 전에 준경이 미온의 입을 막았다. 나중이란 언제를 의미하는 것일까. 이해와 위로에도 시효가 있다는 것을 준경은 알지 못하는 것 같았다.

"난 외롭지 않아요. 외로운 게 아니에요. 그건……. 아니, 아니에요. 됐어요."

미온이 먼저 전화를 끊었다. 그제야 미온은 알 것 같았다. 외로운 게 아니었다. 무슨 일이냐고 준경이 걱정해주길 바란 것도 아니었다. 누군가 대신 싸워주길 원한 것은 더더욱 아니었다. 그랬다면 미온은 장 회장에게 말했을 것이다. 네 안의 작가를 진심으로 믿어봐, 언젠가 말해주었던 것처럼, 무엇으로도 훼손당할 수 없는 소중한 것이 네 안에 있어, 너는 네가 생각하는 것보다 훨씬 강한 사람이야, 미온은 준경에게 듣고 싶었다. 스스로 잘 알고 있더라도 사랑하는 사람의 눈을 바라보며 그의 확언을 듣고 싶을 만큼, 살다 보면 누구나 그만큼 약해지는 날이 있으니까. 하지만 준경의 목소리를 듣는 순간, 그가 너무 멀리 있다는 걸 알아버렸고 그 순간 미온은 자신이 하찮아진 것을 확인한 것 같은 기분이 들었다. 세상에서 혼자 버려진 듯, 미온은 외로웠다.

굵은 빗방울이 후두두둑, 막 세차를 끝낸 자동차 유리창 위로 쏟아지기 시작했다. 번쩍, 빛이 어둑한 하늘을 가르더니 천둥이 귀를 찢었다. 미온은 시동을 걸고 핸들을 힘주어 잡았다. 입술을 아프게 깨물었다. 태풍의 한 가운데로 빨려 들어가듯 미온은 빗속으로 천천히 차를 출발시켰다.

2장

강주

"정말 안 무서웠어?"

주방에서 저녁을 준비하고 있던 강주가 반복해서 물었다. 영어학원
에서 오자마자 욕실로 뛰어 들어갔던 물결이가 샤워를 마치고 나오며
"응." 간단히 대답했다.

"현관이랑 베란다랑 창문이랑 잠근 거 세 번이나 확인했어. 대신 거
실에서 잤어. 에어컨 빵빵 틀고."

수건으로 젖은 머리를 말리며 주방으로 들어온 아이가 냉동고 문을
열고 안을 들여다보며 말했다. 먹을 걸 찾는 게 아니라 냉기를 쐬고 서
있는 것 같았다. 비가 내리고 있어서 기온은 떨어졌지만 삼계탕을 끓이
느라 실내는 끈적거렸다. 밤새 에어컨을 켜고 자다니, 강주가 있을 때
는 상상도 못할 일이었다. 살짝 눈을 흘기며 아이를 쳐다보았다. 어느새
저렇게 컸을까. 지난 봄 중학생이 된 아이는 생리를 시작했고 가슴도
제법 봉긋해지고 있었다.

"불도 다 끄고?

"다 켜고."

물결이가 당연하다는 듯 말했다. 그래도 아직은 내 품안에 있는 거야, 강주는 그제야 안심이 되었다. 하룻밤 혼자 재우는 것이 불안했던건 엄마가 옆에 있지 않아도 괜찮다는 걸 아이가 알아버리면 어쩌나, 하는 조바심 때문이었을지도 몰랐다.

"에어컨 틀면 안 돼?"

딸랑딸랑, 절전 경고음이 울렸다. 어서 닫으라고 강주가 잔소리를하기도 전에 냉동고 문을 닫은 아이가 이번엔 냉장고를 열며 물었다. 저녁 먹을 동안만 틀자고, 강주가 테이블에 수저를 놓으며 말했다. 동시에 물결이가 파랑새를 찾은 아이처럼 소리쳤다.

"체리다!"

저녁식사 후에 먹으라는 말이 들리지 않는 듯, 미리 씻어서 물기를빼놓은 다음 볼에 가득 담아둔 체리를 통째 끌어안고 날듯이 거실로 뛰어나갔다.

"밥 안 먹어."

에어컨의 리모컨을 찾아 스위치를 누른 뒤 텔레비전을 켜며 물결이가 말했다.

"창문 먼저 닫아야지."

기어코 잔소리를 하면서도 강주는 끓고 있는 삼계탕의 불을 줄이고거실로 나갔다. 베란다 창과 방문을 차례로 닫은 강주는 욕실 앞에 아이가 허물 벗듯 던져놓은 옷과 수건들을 집어 들었다. 소파에 파묻히듯앉아 텔레비전을 보며 세상을 품에 안은 것처럼 체리를 먹고 있는 아이의 얼굴을 물끄러미 바라보았다.

미온이 떠난 뒤에도 강주는 주차장에 한참을 꼼짝 않고 서 있었다. 순식간에 그랜저가 사라진 자리에 바람이 한바탕 소용돌이쳤다. 바닥에굴러다니던 꽃잎과 서둘러 떨어진 나뭇잎들이 강주의 눈앞으로 어지럽게 날아올랐다. 온종일 폭염 속에 늘어져 있었을 아파트 주변 나뭇잎들도 스산하게 흔들렸다. 강주는 발밑에 쓰인 주차금지라는 글자를 물끄러미 바라보았다. 검은 바둑알만 한 빗방울들이 아스팔트 위에 빠르게 번져가고 있었다. 지나가던 여자들이 다급히 아이들의 이름을 부르고 손을 잡아끌며 아파트 현관을 향해 뛰기 시작했다.

'어떻게 해야 했을까. 아니, 무엇을 할 수 있었을까.'

구두 코 위로 뚝뚝 떨어지는 빗방울을 세고 있던 강주는 천천히 걸음을 옮겼다. 아파트 단지 내 상가로 들어가서 카트를 밀며 달걀과 스팸을, 우유와 오렌지 주스를 집어 들었다. 며칠 전 초복을 그냥 보냈다는 걸 깨닫고 삼계탕 재료들을 찾아 담았다. 수박을 살까, 포도를 몇 송이를 살까, 과일 코너에 들렀을 때 알이 유난히 굵고 색이 투명하게 붉은 체리가 보였다. 몇 개 들어 있지도 않은 한 팩에 만원이나 했다.

"안 돼."

물결이와 함께 마트에 갈 때마다 과일 코너에서 실랑이를 하곤 했다.

"이 값이면 사과 열 개 한 봉지를 살 수 있어. 거봉을 한 박스 살 수도 있고. 크고 맛있는 오렌지는 여덟 개나 산다고. 식빵은 다섯 봉지. 우유도 큰 걸로 두 팩, 스팸이면 세 개, 라면이라면 두 묶음을 사고도 남아."

"엄마가 말한 거 다 사면 10만 원 갖고도 모자라겠다."

물결이가 고집스럽게 체리를 카트에 담으면 강주는 다시 꺼내 제 자리에 돌려놓았다. 하지만 계산대에 가보면 어느새 넣었는지 체리가 있었다. 교육은 일관되어야 한다고, 물러서면 안 된다고 마음을 먹은 강주는 언제나 계산에서 제외시켰다. 사면 못 살 것도 없는데, 통장에 남아 있는 잔액과 그달 들어온 일거리와 아이 학원비에 늘 마음이 쪼들렸다.

"배부를 때까지 체리를 먹는 게 소원이야."

마트를 나올 때면 잔뜩 볼이 부은 물결이가 투덜거렸다. "체리는 밥이 아니야." 말하면서도 미안했다. 비싸기 때문이 아닐지도 몰랐다. 체리를 좋아해서 계절과 관계없이 박스로 주문해 먹던 남편의 얼굴이 떠올랐다. 체리에 집착하는 아이와 체리를 거부하는 강주 사이에는 과거라는 공통분모가 존재했다. 물결이가 다섯 살 때 헤어졌으니까 아이의 무의식에 남은 체리 또한 아빠라는 존재와 연관이 있을지도 몰랐다.

냉동 체리와 다르다고, 이른 새벽 가락시장에 나온 것 중 크기도 맛도 제일 좋은 것으로 골라온 것이라고, 도매가에 차비만 붙여서 5킬로그램 한 박스에 6만5천 원에 주겠다고 주인이 말했다. 강주는 내내 움켜쥐고 있던 손바닥을 폈다. 오만 원 권 두 장으로 계산을 하고 삼계탕 거리와 장 본 것들을 체리 한 박스와 함께 집으로 배달시켰다. 송 교수가 준 돈에서 990원이 남는 금액이었다. 강주는 계산대 앞에 놓인 이웃돕기 모금함에 동전을 털어 넣었다.

"엄마, 출장 가서 돈 많이 벌었어?"

빨간 살을 발라먹은 아이가 씨만 달랑달랑 남은 체리 꼭지를 손에 든 채 강주를 보며 물었다.

"왜?"

"다음 주에 방학하는데, 필리핀 같은 데 휴가 갈 수 있어?"

물결이의 크고 검은 눈동자가 기대로 반짝였다.

"그 정도 아니야. 올 여름은 그냥 지내자. 내년에는 어떻게 해볼게."

강주가 말했다. 하지만 내년, 내년, 내년……, 이혼 후 한 번도 아이를 데리고 떠나본 적 없었다.

"음."

물결이가 고개를 끄덕였다. 실망한 게 역력했다. 하지만 아무렇지 않다는 듯, 체리 하나를 다시 입에 넣으며 아이는 방청객의 거짓 웃음이 쏟아져 나오는 오락프로그램으로 시선을 돌렸다.

"잘 될 거 같아요?"

출입문이 닫히고 중년신사의 모습이 보이지 않게 되자 영우가 다가와 물었다. 그가 리필해 주는 커피에서 피어오르는 하얀 김을 바라보며 강주가 고개를 가로저었다. 오피스텔을 접고 출판사 사업장을 집으로 옮긴 후 방문 상담을 원하는 고객이 있을 때면 영우의 카페를 이용했다. 모처럼 출판 상담이었지만 방금 나간 남자는 자신의 책을 내줄 출판사를 찾고 있다고 했다. 전화통화를 할 때 자비출판이라고 누누이 말을 했는데도 노트북을 열어 일일이 원고 내용을 설명하며 출판을 고려해 달라고 조르다시피 했다.

자비출판을 결정하고 상담하는 고객 대부분은 다른 출판사와 비교해서 디자인력과 가격이 마음에 들면 그 자리에서 계약서를 쓰고 원고와 계약금을 보냈다. 그러나 강주 쪽에서 좋은 원고다, 한번 기획해보자는 말을 듣고 싶어 하는 저자들도 있었다. 남자의 설명을 따라가며 살펴본 문장과 내용은 충실한 것 같았지만 판매와 연결될만한 대중성을 갖고 있다고는 보이지 않았다. 더구나 출판사 초기 몇 번의 기획투자에 실패한 경험이 있는 강주로서는 아무리 뛰어난 원고가 눈앞에 있다고 해도 확신할 자신이 없었다. 좋은 원고지만 투자할 여력이 되지 않는다고 정중히 거절했다. 시간을 빼앗아 미안하다면서도 언짢은 얼굴로 원고를 챙겨 나가는 남자의 뒷모습이 강주의 마음을 무겁게 했다.

출입문이 딸랑, 방울소리를 내며 열렸다. 젊은 여자가 우산을 접고 들어왔다. 영우가 파란색 뿔테 안경을 고쳐 쓰며 돌아보았다. 단골인 듯, 여자가 먼저 반갑게 인사를 건넸다. 그녀가 테이블을 찾아 앉는 동안 영우는 여자가 주문한 캐러멜 마키아토를 만들었다. 강주의 시선이 느껴졌는지 에스프레소를 추출하던 영우가 잠시 뒤를 돌아보고 빙긋 웃었다.

오후 세 시. 강주는 커피 잔을 손으로 감싸며 창밖을 내다보았다. 그날 밤 몰아친 태풍은 도심의 가로수 가지를 뚝뚝 부러뜨리고 건물에 매달려 있던 간판들을 위세 좋게 떨어뜨리고서야 한반도 허리를 관통해 동해안으로 빠져나갔다. 하지만 또 다른 구름이 몰려와 비를 뿌리고 있었다.

이혼 후, 물결이를 어린이집에 보내고 나면 바구니가 달린 자전거를 끌고 나가 한강을 달렸다. 신혼 때 남편과 같이 타려고 샀던 자전거 두 대는 여의도까지 꼭 한번 달렸을 뿐, 베란다에 묶인 채 내내 거치적거리기만 했다.

"자전거는 세워두라고 있는 게 아니잖소. 사람이든 사물이든 제 몫을 할 수 있게 대접해 줘야 하는 거요."

이혼 후 혼자 남은 자전거의 먼지를 털고 처음으로 끌고 나왔을 때, 바퀴에 바람을 넣고 기름을 칠하고 핸들을 조이느라 애를 먹던 자전거포 주인이 무뚝뚝하게 강주를 나무랐다.

'나는 무엇으로 태어난 것일까. 내 몫은 무엇일까.'

자전거를 탈 때마다 나무와 풀과 꽃을 보며, 햇빛과 바람을 느끼며 강주의 머릿속에서는 내내 그 질문이 떠나지 않았다. 모든 사람들이 강주를 앞질러 갔다. 추월당하지 않으려고 죽을힘을 다해도 이길 수 없었다. 운동에 익숙하지 않은 목과 허리의 근육, 손목과 엉덩이뼈는 쉽게 지쳤다. 페달을 자주 놓쳐 헛발을 돌리다가 넘어질 때가 많았다. 어른이 되어서 넘어지면 왜 아픈 것보다 창피하다는 생각이 먼저 앞서는 걸까. 사람들의 시선이 닿았지만 도움을 원하지 않았다. 청하지 않는 이상 선뜻 손을 내미는 사람은 없었다. 그날도 강주는 재빨리 몸을 일으켰다. 절룩거리며 쓰러진 자전거를 일으켜 세웠다.

"죽을 만큼 아파도 죽지 않는 게 신기하죠?"

그때 영우를 처음 만났다. 뒤에서 오던 영우가 자전거를 세우고 다가오며 말했다. 모자의 챙을 뒤로 돌려 쓴 그가 인도 안쪽 벤치를 가리키며 앉으라고 말했다. 등에 메고 있던 메신저 백을 열어 구급약 상자를 꺼내는 그에게 상관 말라고, 강주가 말했다.

"어떻게 상관을 안 해요. 상처를 봐 버렸는걸요."

영우가 강주의 무릎을 가리켰다. 고양이가 할퀸 것 같은 상처를 따라 핏방울이 꽃망울처럼 줄지어 부풀고 있었다.

"내 상처예요."

강주가 고집스럽게 얼굴을 찌푸리며 말했다. 절룩거리며 벤치에 앉아 후후, 상처에 입김을 불었다. 영우가 비상약들을 말없이 강주 옆에 놓아주었다. 강주도 그 이상 거절하지는 않았다. 벌어진 살에 붙은 흙먼지를 생수로 씻어내고 솜에 묻힌 소독약을 상처에 댔다. 쓰리고 아렸다. 연고를 바르고 상처에 밴드를 붙였다. 강주가 고개를 들었을 때, 영우는 없었다. 물결이가 등원하지 않는 주말을 보내고 며칠이 지난 뒤 스쳐가듯 만났지만 영우는 강주를 보지 못한 것 같았다. 비상약도 돌려주고 고맙다는 말이라도 할 수 있었던 것은 자전거를 세워두고 벤치에 앉아 있는 그를 발견하고 강주가 다가갔을 때였다. 그날 이후 강주는 자전거 길에 들어설 때마다 영우를 찾았다. 만나면 같은 길을 말없이 달리기도 했다. 영우가 강주의 속도에 맞춰주었다. 언제부턴가 그가 보이지 않으면 허전했다.

"아, 이렇게 좋은 걸 왜 지금까지 모르고 살았을까?"

하루는 앞서 달리던 강주가 핸들에서 손을 떼고 두 팔을 활짝 펴고 소리쳤다. 바람도 하늘도 햇살도 강주의 품안으로 안겨왔다. 달라진 건 아무것도 없는데 이 돌연한 행복감은 무엇일까. 바람도 햇살도 하늘도 늘 여기 있었는데, 왜 지금 이 순간, 그것들이 나를 기쁘게 하는 것일까. 강주가 브레이크를 잡고 멈춰 섰다. 가깝게 뒤를 따라가던 영우가 급히 핸들을 돌렸지만 두 사람 모두 넘어지고 말았다.

"다친 데 없어요?"

영우가 뛰어왔다.

"꼭 알아야 할 것들을 나는 또 얼마나 놓치고 살고 있는 것일까요?"

강주가 눈을 반짝이며 물었다. 넘어졌어도 창피하지 않았다. 잠시 주저앉아 있어도 불안하지 않았다. 그 순간 강주는 태어나 처음으로, 세상이 눈부시다고 생각했다. 파랗게 빛나는 하늘도, 대지를 덥히는 햇빛도, 풀숲을 흔드는 바람과 바다로 흘러가는 강물, 하얗게 피어오르는 뭉게구름까지 세상 모든 것이 그녀를 위해 존재하는 것만 같았다.

그날 밤 잠든 아이의 뽀얀 이마를 쓰다듬던 강주는 밤을 지새웠다. 결혼 전 편집자로 일했던 경험을 살려 책 만드는 일을 시작한다면 혼자서도 물결이를 잘 키워낼 수 있으리라, 이혼 후 처음으로 미래를 그려 보았다. 누구에게도 의지하지 않고 씩씩하게, 은강주란 이름을 가진 한 사람으로 일어서고 싶었다. 살아보라고, 살 수 있다고, 숨죽인 채 웅크리고 있던 생명의 목소리들이 깨어나 저마다 아우성쳤다. 연둣빛 새싹처럼 작고 연약한 희망이 메말랐던 마음의 대지를 힘차게 밀고 올라오는 것 같았다. 영우가 언제나 함께 달려줄 거라고 믿고 있었기 때문이라는 것을 그때는 알지 못했지만.

"며칠 안 보여서, 걱정했어요."

아르바이트 청년에게 뒷일을 맡긴 후 마주 앉은 영우가 말했다. 바빴다고 말하려다가 출장을 다녀왔다고 했다. 고단했겠어요, 고개를 끄덕이고는 영우가 다시 물었다.

"그리고 또 무슨 일이 있었어요?"

"없어요."

"말해 봐요. 그게 다가 아니라고, 얼굴에 쓰여 있는데요."

영우가 부드럽게 미소 지으며 말했다. 강주가 커피 잔을 매만졌다. 아이처럼 쪼르르 일러바치는 인격으로 비치고 싶지 않았다. 어떤 일이든 너끈히 혼자 삭이고 해결할 수 있는 여자로 보이고 싶었다. 하지만 말하고 싶었다. 영우를 만나면 보호받고 싶은 마음이 두더지처럼 불쑥불쑥 튀어나왔다. 훌쩍 큰 키도 아니고, 한눈에 반할 만큼 잘 생긴 얼굴도 아니었지만, 영우가 옆에 있으면 강주는 숨 막히게 죄어놓았던 가슴속 나사들이 헐거워지는 것처럼 편안해졌다.

3년 전 영우가 청혼했을 때, 그러나 강주는 그의 아내가 되겠다고 대답하지 못했다. 영우와 함께하는 시간이 충만하게 느껴지면서도 결혼은 두려웠다. 두 살이나 연상이라고, 더구나 이혼녀라고, 게다가 아이까지 딸렸다고 반대할 부모도 영우에겐 없었지만, 한 번도 결혼한 적 없는 그의 아이를 낳아주고 오롯한 가정을 꾸려줄 여자가 필요하다며 결혼을 반대한 건 강주 자신이었다. 영우를 잃을까봐 겁이 났으면서도 결혼 얘기를 하면 다시는 만나지 않겠다고 냉정하게 선포했다.

"그래도 우린 가장 좋은 친구예요."

며칠 말이 없던 영우는 싫다고도, 안 된다고도 하지 않고 아무 일도 없는 듯 강주를 대했다. 어쩌면 매달리고 붙잡아주길 원했을까. 그가 침묵하는 동안, 누구에게도 내 삶을 의지하고 싶지 않다고, 남자에게 여자가 필요한 건 뻔하다고, 강주는 세상을 다 아는 듯 자신의 결정이 옳았음을 스스로에게 설득했었다. 하지만 영우의 담담한 철회와 수용 앞에서 강주는 서운했다. '거절하길 잘했어. 사실은 청혼하고 겁이 났던 거야.' 그렇게 영우에 대한 강주의 미련 또한 사라진 것 같았다.

"괜찮아요?"

간략하게 강주가 대관령의 사건을 이야기 했고, 영우는 놀란 눈을 동그랗게 뜨고 물었다.

"그럼요, 괜찮죠."

강주는 아무렇지 않게, 아주 씩씩한 목소리로 대답했다.

"괜찮지 않은 거예요. 목소리가 가늘게 떨리고 있잖아요, 한 톤 높아

지기까지 했어요. 그건 당신 스스로도 그렇게 확신하지 못한다는 의미
예요."

염려가 한가득 담긴 눈빛으로 영우가 강주를 바라보았다. 그 순간
강주는 닫혀 있는 수문이 열리듯 뜨거운 것이 한 움큼 목구멍으로 쏟아
져 나오는 것을 느꼈다.

"모른 척 넘어가면 누군가에게 또 그럴 거예요. 그건 아주 질 나쁜
폭력이에요."

하지만 영우가 이마를 한껏 찌푸리며 격양된 어조로 판결했을 때,
폭력? 기습적으로 등에 칼이 찔린 기분이었다.

"폭력이 아니에요."

뾰족하게 날을 세워 반박하는 강주의 목소리가, 잔을 들어 얼마 남
지 않은 커피를 마시는 손이 파르르 떨렸다.

"머리카락 한 올도 안 건드렸어요. 그런데 금방 죽을 것처럼. 우습잖
아요."

잔을 내려놓고 강주가 어린 아이처럼 입을 삐죽이며 말했다. 영우가
물끄러미 테이블 너머 강주를 건너다보았다.

"자신의 목적을 위해 상대를 배려하지 않는 것, 그게 폭력이에요. 턱
을 한 대 맞는 것보다 더 나쁜 건 이용당하고 잊혀지는 거라구요. 왜
꼭 나여야만 했을까, 자책하며 영혼이 갈가리 찢기는 고통에 빠져 있는
데 언제 무슨 일 있었냐고, 자기는 아무 짓도 안 했다고, 사과는 고사하
고 변명조차 할 필요를 느끼지 못하는 태도야말로 최악의 폭력이에요."

폭발시키듯 자신의 논리를 펴는 영우를 보는 건 처음이었다. 강주는
놀라고 당황스러웠다. 게다가 한 번도 만나본 적 없는 미온을 위해 변
론하는 것 같은 영우에게 미묘한 질투까지 뒤섞여 감정이 북받쳤다.

"영우 씨는 폭력이 뭔지 몰라!"

강주가 발끈 소리쳤다. 조금 전 열릴 것 같던 수문은 성급하게 닫혔

다. 대신 아주 오랫동안 마음속에서 꺼내놓지 못했던 불덩이가 빠른 속도로 솟구쳐 올랐다. 목소리가 조금 컸던지 사람들의 시선이 느껴졌다.

"미안해요. 잠시만 기다려요."

영우가 자리에서 일어났다. 가끔, 사소한 일로 강주가 불필요한 감정을 노출시키면 영우는 늘 이런 식으로 틈을 만들었다. 문제의 본질에서 도망가는 것 같아 처음에는 화가 났지만 잠시 혼자 있으면 마음의 불길은 몇 분도 되지 않아 저절로 작아지거나 꺼졌다. 이번에도 영우는 카운터 뒤로 가서 직원하고 이야기를 나누었다. 마키아토를 주문했던 여자가 잔을 반환하고 나갈 때 문밖까지 나가 배웅했다. 영우는 누구에게나 친절했다. 그런 모습을 볼 때면 까닭 없이 강주의 마음 한구석은 쓸쓸해졌다. 강주는 기다리고 싶지 않았다. 우산과 핸드백을 챙겨 들고 일어섰다. 도망치듯 영우를 지나쳐 문을 열고 카페를 빠져나왔다. 백을 어깨에 메고 우산을 펼쳤다. 이를 악물고 가능한 빠른 속도로 빗속을 걸었다. 폭력은 그런 게 아니었다. 송 교수가 벌거벗고 무슨 짓을 했든, 그깟 살덩이를 주무른 것이 폭력이라면 강주는 얼마든지 코웃음쳐 줄 수 있었다. 유명 작가 아버지와 교양 있고 아름답기만 하던 어머니 그리고 든든한 후원자까지, 그래서 세상 무서울 것 없던 미온이 고작 노인네의 손장난에 놀라 엄청난 폭력의 피해자가 된 듯 비명을 질렀을 때, 강주는 공감할 수 없었다. 누구보다 고결한 척 착각하지만 툭 건들기만 해도 죽을 것처럼 놀라 호들갑을 떨며 주저앉는 건, 미온처럼 모든 걸 다 가지고도 행복한 줄 모르는 철딱서니들이나 하는 짓이었다.

"오늘 새로 들어온 건데 맛있어요."

우산을 쓰고 뒤따라 나온 영우가 강주를 막아섰다. 코앞에 불쑥 초코 컵케이크를 내밀었다. 강주는 케이크를 받고 한입 먹으며 정말 맛있다고, 웃어주고 싶었다. 하지만 그럴 수 없었다. 마음속에 겨우 가라앉혀놓았던 부유물들이 뒤엉켜 심장을 옥죄고 있었다. 영우가 우산을 쥐지 않은 강주의 손에 컵케이크를 꼭 쥐어 주었다.

"강주 씨도 무서웠던 거잖아요."

우산 속에서 잠시 강주를 바라보던 영우가 입을 열었다.

"강한 척하고 있지만 당신도 그 사람이 가진 힘과 맞설 수 없었던 거예요. 그래서 대신 친구에게 화가 나 있는 거예요."

영우가 말했다.

"그래서 나에게도 화를 내고 있잖아요. 하지만 가장 나쁜 건, 그 모든 걸 눈 감아버린 강주 씨 자신에게 무척 화가 나 있다는 거예요."

강주는 꽉 막혔던 빗장이 풀리는 것처럼 울컥 눈물이 솟았다. 울지 않으려고 아랫입술을 깨물고 부정하듯 영우를 노려보았다.

"나도 화가 나요. 당신이 그런 사람 만나서 일해야 하는 거, 참을 수 없을 만큼 화가 나요."

말을 끝내고 어금니를 힘주어 깨문 채 강주를 바라보던 영우가 힘없이 돌아섰다. 강주는 영우를 돌아보지도 못하고 그 자리에 못 박힌 듯 서 있었다. 비는 그칠 줄 모르고 쏟아지고 있었다. 한 손엔 우산을, 다른 한 손에는 컵케이크를 쥔 강주는 길 잃은 아이처럼, 어깨를 들썩이며 소리 내어 울고 있었다.

시멘트 파동에 휘말려 백 평이 넘는 이층 양옥집이 부도로 넘어간 뒤 아버지 덕환이 집을 떠난 건 강주가 열두 살이 되던 해였다. 피난민처럼 숨어살던 산동네 단칸방을 찾아낸 채권자들은 매캐한 담배연기를 뿜어대며 몇 날 며칠씩 진을 치고 눌러 앉았다. 아버지의 주름진 넥타이로 머리를 질끈 동여맨 강주의 엄마 애숙은 아예 방 한쪽 구석에 쓰러져 누워버렸고 대학 등록금이 없는 오빠는 자원입대를 해버렸다.

채권자들이 지쳐 물러갔지만 가족에게 피해가 있을 걸 염려한 덕환은 돌아오지 못했다. 대신 동생 덕기가 소유하고 있던 지방의 한 산으

로 들어가 촛불을 밝히고 혼자 밥 지어 먹으며 짚으로 움막을 짓고 숨
어 살았다.

"산을 하나 더 사려고 하는데 좀 알아봐."

그때부터 덕기가 시키는 일들을 했다. 전국을 뛰어다니며 찾아낸 산
으로 데리고 가면 "여긴 아니야." 퇴짜 놓기를 열댓 번, 겨우 가평의 산
한 자락을 사자 이번에는 "별장 좀 지어봐." 덕기가 말했다. 집 하나 짓
는데 무슨 서류가 그렇게 많이 필요한지 덕환은 양말이 다 해지도록 관
공서를 뛰어다녔다. 비닐하우스를 세우고 그 안에서 먹고 자면서 인부
들을 사고 밥해 먹이는 일까지 맡아 했다. 목재와 시멘트와 정원석은
물론, 마당에 깔아놓은 돌멩이 하나까지 덕환의 손길이 닿지 않는 것이
없었다. 덕기가 준 돈은 충분하지 않아서 남는 것도 없었고 보수를 따
로 받는 것도 아니었다. 오고 가고 차비라도 필요해서 돈을 좀 달라고
하면 덕기가 말했다.

"누가 그렇게 좋은 자재를 쓰래? 좀 남기지 그랬어?"

그래도 희망은 있었다. 일이 년 지나 가격이 올라 산을 팔면 차액을
주겠다고 덕기가 약속했기 때문이었다. 별장이 완공되었어도 덕환은 비
닐하우스에서 살았다. 버섯을 재배하고 닭을 키웠다. 휴일이 되어 덕기
와 손아래 제수가 조카들과 함께 오면 사모님 오셨느냐며 머슴처럼 뛰어
나가 반겼다. 청소를 하고 닭을 잡고 밥을 손수 해 먹였다.

"잘 키워봐. 열 마리에서 늘어나면 형이 다 가져."

하루는 덕기가 사슴 농장을 해보라며 돈을 주고 갔다. 덕환은 아내
와 아이들에게 얼마라도 돈을 보낼 수 있을 거라 생각하니 신이 났다.
힘든 줄도 모르고 정성들여 농장을 키웠다. 곧 스무 마리가 되고 서른
마리가 되었다.

"사슴 판다면서. 이자라고 생각하고 내 몫으로 다섯 마리만 더 줘."

덕기가 전화했다. 덕환은 서운했지만 그래도 열다섯 마리나 남았으

니까, 생각했다. 그러나 다음 날 전화해서 서너 마리를 더 달라고 했다. 그 다음 날에도, 또 그 다음 날에도.

"그거 원래 다 내 돈으로 산 거잖아."

결국 모두 빼앗았다. 사슴만이 아니었다. 소도, 닭도, 나무도, 버섯도 덕기는 철저히 덕환을 착취했다. 그래도 산이 있으니까, 덕환은 동생을 믿었지만 결과는 같았다. 인적도 없는 산속에서 가족들과 함께할 날만 손꼽아 기다리며 덕환이 땅을 일구고 길을 닦고 가축을 키워 농장을 만들어놓은 덕에 처음 샀던 가격보다 열 배가 넘는 값에 팔았어도, 결국 그에게 남는 것은 한 푼도 없었다.

"내 돈으로 샀고 시간 지나 오른 건데 왜 형한테 줘야 돼?"

그렇게 5년이 흘러가는 동안 희망이 절망으로, 의욕이 박탈감으로 바뀌면서 덕환은 빠르게 늙고 급격히 쇠약해졌다.

중학교에 입학하면서부터 분기별로 수업료를 내야 하는 날이 다가오면 애숙이 시키는 대로 강주는 강남에서 룸살롱을 크게 하고 있던 작은아버지 덕기를 찾아갔다. 가슴이 깊게 파인 원피스를 입은 아가씨들이 어린 애는 이런 데 오면 안 된다며 깔깔 웃었다. 비서의 안내를 받아 사무실에 들어가면 덕기는 왔느냐는 말도 없이 귀찮은 듯 얼굴을 찌푸렸다. 두둑한 가죽지갑에서 빳빳한 십만 원 권 수표 몇 장을 꺼내주었다. 잘 있었느냐는 말도, 고맙다는 말도 주고받지 않았다. 그의 손에서 하얀 수표를 받아들 때면, 강주의 목은 자라처럼 한껏 움츠러들었다. 그러면 빨리 나가라는 듯 덕기가 손을 내저었다.

'이곳 일이 어수선하여 차일피일 하다가 이제야 펜을 들었소. 며칠 전 내린 눈은 무릎까지 쌓였다오. 칼바람 부는 적막한 밤, 산 속에 홀로 앉아 있자니 잠은 오지 않고, 당신과 아이들 보고 싶은 마음은 무엇에도 비할 데가 없구려. 당신을 생각하면 항시 마음이 아프오. 어려운 살림 꾸리고 아이들 보살피기에 얼마나 맘과 몸이 괴롭소. 당신에게 좀

더 잘할 걸, 이제야 철이 드는 이 못난 남편을 용서해주오. 세상에서 가
장 행복하게 해주고 싶었는데, 나의 무능을 탓할 뿐이오. 훗날 기회가
있다면 꼭 보답하겠소. 우리 네 식구 함께 살 때까지 부디 참고 기다려
주시오. 꼭 재기해서 당신만을 위해서 살 것이니 조금도 딴생각을 하지
마오. 간절히 부탁하오. 우리 아이들에게도 용기 잃지 말라고 전해주길
바라겠소. 여보, 나는 아무래도 당분간 올라갈 수 없을 것 같으니 시간
나는 대로 당신이 한번 와주면 기쁘겠소. 형편이 어렵겠지만 담배 한두
갑과 솜바지가 한 벌 있었으면 하오. 견뎌보려 해도 산속의 겨울은 아
무래도 춥구려. 참, 아스피린도 부탁하겠소. 요즘 자꾸만 가슴에 통증이
와서 말이오. 없는 살림 꾸려가기도 힘들 터인데 나까지 마음 쓰게 해
서 정말 미안하오. 아무쪼록 당신 건강에 유의하오. 상봉의 날을 기다리
며, 당신만을 사랑하는 덕환 씀.'

그것이 마지막 편지였다. 열흘 후 애숙이 담뱃값 이만 원과 솜바지
를 사들고 내려갔을 때, 덕환은 가슴을 움켜쥐고 차가운 비닐하우스 안
에서 쓰러져 죽은 채였다. 일주일은 지난 것 같다고 했다.

"형 놀고 할 일 없을 때 일 좀 시켰는데 그게 뭐? 형이 나 몰라라
할 때 형수 딸, 내가 학비 다 댔어요. 물에서 건져주면 보따리 내놓으라
고 한다더니. 더는 한 푼도 못 줍니다."

내 남편 살려내라고, 장례식장에서 애숙이 한바탕 소란을 일으켰지
만 덕기는 끄덕도 하지 않았다. 몇 날 며칠 넋을 놓고 벽만 바라보던
애숙은 어느 날 불끈 일어나더니 완전히 다른 사람이 되었다. 무서울
것도 수치스러울 것도 없는 사람 같았다. 식당에서 설거지를 하던 애숙
은 덕기를 봐도 돈 버는 데는 물장사가 최고라며, 장례 조의금과 여기
저기서 끌어온 빚을 합쳐 동네 골목 끝에 작은 주점을 열었다.

"대학?"

애숙에게 강주의 꿈같은 건 외면할 수밖에 없는 짐이었다. 애숙의

희망은 오직 아들이었다.

"네 오빠가 집안을 일으키게 할 거야. 네 아버지 원수 갚는 길은 그 것밖에 없어."

주점에서 일하는 아가씨들이 펑크를 낼 때, 주방 아줌마가 바뀌어서 공백이 생길 때면 강주를 불렀다. 설거지라도 도우라고, 서빙이라도 하라고, 돈 버는 게 쉬운 줄 아느냐고 다그쳤다. 목구멍에 밥을 넘길 때마다 강주는 빚을 지는 기분이었다. 애숙이 시키는 대로 학교가 끝나면 가방만 놓고 곧바로 주점으로 가는 날이 많았다. 새벽까지 가게에서 술심부름을 하다가 남자들 사이에서 곤드레만드레 취한 애숙을 끌고 집으로 돌아오곤 했다. 언제부턴가는 학교에 가지 않았다. 아침엔 토하는 애숙의 등을 두드리고 술국을 끓이고 빨래를 하고 청소를 했다. 온종일 집안일을 하고 저녁엔 주점에 나가 술심부름을 하느라 하루가 짧았다.

강주가 하고 싶었던 건 도서관에 틀어박혀 온종일 책을 읽는 것뿐이었다. 방금 깎은 연필 한 자루를 들고 밑줄을 쳐가면서, 심장을 찌르는 문장이 나오면 노트에 옮겨 적는 일, 펄프 냄새와 제본할 때 쓴 아교풀 냄새, 연필의 향나무 냄새를 온종일 맡고 싶었다. 하지만 그런 건 소원 축에도 끼지 못했다. 세상은 결코 착하고 온순한 소망 따위에 귀 기울이지 않았다.

폭력이란 상대에 대한 배려나 일방적인 욕망을 말할 만큼 한가한 게 아니었다. 고작 바지를 내리고 제 몸을 주무르며 노는 사내라면 얼마든지 비웃어줄 수도, 가여워할 수도, 용서할 수도 있었다. 차라리 타인에게 두들겨 맞는 일이라면, 목청껏 욕하고 마음껏 원망하며 피터지게 맞서 싸울 수도 있었다. 잔혹한 폭력이란 가장 가까운 사람에게 삶을 빼앗기는 것이었다. 저항할 이유도 갖지 못한 채 꿈조차 꿀 수 없도록 미래를 말살당하는 일, 도무지 빠져나갈 수 없는 검은 구렁텅이에 꼼짝없이 갇혀서 발버둥을 치거나 울지도 못한 채, 그 모든 걸 견디면서도 살아내야 하는 일이었다.

미온

에어컨을 켰다. 찬바람보다 먼저 뛰쳐나온 건 일 년 묵은 먼지들이었다. 스위치를 끄고 의자 위에 올라선 미온은 두 장의 먼지 필터를 꺼냈다. 안으로 감추고 누르며 별일 아니라는 듯 외면했던 삶의 앙금처럼, 묵은 먼지가 빼곡했다. 샤워기로 먼지를 씻어냈다. 물살에 쓸려 내려가지 않으려고 먼지 뭉치들이 버둥거렸다. 타일 바닥을 손바닥으로 훑어 모조리 하수구로 밀어 넣었다. 탁탁, 물기를 털었다. 마른 필터에 항균 탈취제를 뿌린 뒤 제자리에 끼워 넣었다. 리모컨을 누르자 건조하고 차가운 공기가 실내를 채웠다. 새벽 2시가 가까워지고 있었다.

전등 스위치를 눌러 불을 껐다. 눈을 감았지만 잠은 오지 않았다. 대관령에 다녀온 뒤 송 교수 관련 자료들은 쳐다보지 않았다. 강주와도 연락하지 않았다. 몸이 지칠 때까지 집안을 구석구석 쓸고 닦았다. 내내 비가 내렸는데도 밀어두었던 빨래들을 세탁기에 넣고 돌리고 널었다. 마르지 않아 하루 종일 눅눅한 공기가 실내를 떠돌면 모두 걷어 세탁기에 던져 넣고 다시 시작 버튼을 눌렀다.

에어컨의 서늘한 바람이 몸의 솜털들을 일으켜 세웠다. 노트북 전원의 푸른 불빛만 어둠 속에서 깜빡였다. 미온은 침대에서 일어나 책상 앞에 앉았다. 스탠드를 켜고 한글 창을 열었다. 태풍,이라고 썼다가 지웠다. 바람,이라고 썼다가 지웠다. 인.생.은.친.절.하.지.않.아,라고 써놓고 노려보았다. 백스페이스를 눌러 글자를 하나씩 지웠다. 의자에 발을 올리고 무릎을 끌어안았다.

고1 겨울 방학을 한 달 앞두고 출석 통계를 내던 담임은, 무단결석이 길어져서 수업일수를 채우지 못할 것 같은 아이들을 찾아다녔다. 당시 반장이었던 미온은 대학을 졸업하고 부임한 지 얼마 되지 않는, 의욕이 넘치는 젊은 담임을 따라다녀야 했다. 한 학년이 끝나가고 있었지만 미온은 강주와 이야기를 나눈 적이 없었다. 소리 내어 웃거나 크게 말하는 것도 본 적 없었다. 한 번도 짝이 된 적 없었고 앞이나 뒤, 옆에 멀찍이 있는 아이일 뿐, 같은 반이라는 동질감조차 가질 틈이 없었다. 있는 듯 없는 듯, 그런 아이가 결석을 자주 했다는 것도 담임의 앞잡이가 되고서야 알았다.

가출한 두 아이의 집을 나와서 마지막으로 찾아간 게 강주였다. 생활기록부에 적힌 주소지는 비어 있었고 동네 사람들을 수소문하고서야 늦은 저녁, 두 사람은 애숙이 운영한다던 '당신'이라는 주점을 기웃거렸다.

고왔던 여자의 순정을 이 못난 내게 바쳐두고
한마디 원망도 않은 채 긴 세월을 보냈지

안에서는 유행이 한참 지난 가요가 흘러나오고 있었다. 담임이 주점에 들어가지 못하게 재빨리 뒷덜미를 끌어당겼지만, 미온은 보고 말았다. 붉은 조명 아래 가부키 배우처럼 화장을 한 강주의 하얀 얼굴은 우스꽝스러웠다.

"공부는 해서 뭐하겠어요. 지 아버지 죽고 대학 보낼 형편도 안 되는데."

쏜살같이 주방으로 숨어든 아이 대신 담임을 따라 나온 애숙이 성가셔 죽겠다는 투로 말했다.

"별만 쳐다보며 살 수는 없는 거잖아요. 일찌감치 돈 벌 궁리나 하라고 했어요. 세상을 살려면 제 밥벌이는 해야 하니까요. 이쪽에 재능이 있는 것 같지는 않지만……. 사람이 어떻게 하고 싶은 일만 하고 살겠어요."

애숙은 표정 없는 얼굴로 미온을 빤히 쳐다보며 한숨을 길게 내쉬었다. 그녀가 뿜어낸 담배 연기를 뒤집어쓴 미온이 캑캑 기침을 해댔다. 그래도 학교에는 보내야 한다고, 무슨 일을 하던 고등학교 졸업장은 있어야 하지 않겠느냐고, 이대로라면 2학년에 진급할 수 없다고 담임이 설득했다.

"이쪽도 고학력자가 대우를 받긴 하죠."

애숙이 손가락에 끼고 있던, 아직 긴 담배를 발밑에 툭, 던져버리고는 스팽글이 반짝이는 힐로 질끈 밟았다.

"그보다는 선생님, 학교 선생님들 회식하시면 2차로 좀 이용해 주세요. 서비스 잘 해드릴게."

애숙이 담임의 팔짱을 끼며 애교스럽게 눈웃음을 흘렸다. 진땀을 흘리며 애숙의 손을 겨우 잡아뗀 담임은 학교에 꼭 보내달라고 몇 번이나 허리 굽혀 당부했다. 도망치듯 버스정류장으로 걸어가는 길, 담임은 혼잣말처럼 중얼거리며 고개를 갸웃거렸다.

"친엄마가 아닌가?"

며칠 뒤 강주는 무표정한 얼굴을 하고 학교에 나왔다. 애숙이 보내준 것인지, 스스로 뛰쳐나온 것인지 알 수 없었지만, 강주는 그날 이후 결석도 조퇴도 하지 않았다. 무심코 강주와 눈이 마주칠 때마다 붉은 전등불 밑에 앉아 담배 연기를 뿜어내던 아이의 새빨간 입술이 미온의 머리에서 떠나지 않았다. 담임을 끈적하게 바라보던 애숙의 눈웃음과 아이 옆에 앉아 있던 중년 남자의 비굴한 당혹도 함께 떠올랐다.

그러던 어느 날, 점심시간이었다. 언제나처럼 매점에서 빵이나 컵라면을 사 먹으러 교실을 나가려던 강주가 휙 몸을 돌렸다. 미온에게 걸어와 눈을 똑바로 마주 보며 낮은 목소리로 말했다.

"너 같은 애는 모르겠지만, 운명은 친절하지 않아. 잔혹하지. 그렇기 때문에 파렴치하게라도 살아남아야 하는 거야. 얼마나 천박하고 얼마큼 비참하든, 파멸이 너를 통째로 집어삼키기 전까지 머리를 꼿꼿이 쳐들고 인생을 비웃어줘야 하는 거야. 그러니까 우월감에 가득 차서 그따위 동정의 눈빛으로 날 쳐다보지 말란 말이야!"

강주가 어금니를 악물고 쏘아보았다. 그 거침없는 눈빛이 왜 미온을 서글프게 하는지 알 수 없었다. 강주의 눈동자에는 무엇으로도 위로될 수 없는 외로움이 잠시 피어올랐다가 소나기를 맞은 불꽃처럼 훅, 하고 꺼져버렸다. 강주의 분노는 미온을 향한 게 아니었다. 일그러진 눈빛은 스펙트럼처럼, 상실과 슬픔과 비애와 절망으로 분광되었다가 미온에게 부딪치는 순간 부메랑처럼 강주의 동공 속으로 돌아가 깊이 가라앉고 있었다.

그날은 온종일 눈이 시리도록 하늘이 파랬다. 오후 내내 강주는 수업 시간에도, 쉬는 시간에도, 책상에 엎드려 일어나지 않았다. 수업의 끝과 시작을 알리는 종소리와 뿌옇게 부유하는 분필 가루, 교과서를 읽는 듯 교사들의 지루한 강의와 여고생들의 속닥거림이 강주를 모른 체 스치고 지나갔다. 창가에 쏟아지던 햇살만 두 팔에 얼굴을 묻고 있던 강주의 갈색 머리카락을 따사롭게 쓰다듬어 주었다.

'당신이 날 좀 쓰다듬어 주면 좋겠어.'

손을 뻗어 준경의 흔적을 더듬었다. 휴대폰을 손에 꼭 쥔 채 베개에 오른쪽 얼굴을 묻고 엎드린 그녀의 왼쪽, 준경이 있었다. 미온은 깊은 밤, 그의 곤한 잠이 깨지 않도록, 준경이 누워 있던 빈자리를 조용히 바라보았다.

그의 유일한 권력은 미온을 기다리게 하는 것이었다. 그 잔혹한 특권은 기꺼이 그녀가 허락한 것이었다. 그는 머리카락처럼 자라고 손톱처럼 길었다. 눈꺼풀이 닫혔다 열릴 때마다 하루에도 수만 번, 눈부신 빛과 어두운 그늘을 번갈아 드리웠고, 숨을 들이쉬고 내쉬는 가느다란 틈새마다 호흡을 틀어쥐고 푸른 이끼처럼 터를 잡았다. 그가 무소불위의 권력을 휘두르는 사이, 공룡처럼 거대해진 기다림은 허기를 채우지 못하고 정수리부터 미온을 집어삼켰다. 미온이 그를 기다리는 이유는 만지고 싶은 욕망을 충족시키고 싶어서가 아니었다. 그녀에 대한 준경의 사랑 또한 삽입의 욕망을 충족시키지 않으려는 데서 오는 불안과 갈망의 간극에 있다는 것도 모르지 않았다. 타인을 통해 살아있음을 증명하고 싶은 절박한 희망은 오직 타인을 소유할 수 없다는 통렬한 자각, 상대의 철저한 부재의 확인을 통해서만 만족되었다. 준경과 미온이 유일하게 닮은 점. 결핍을 확인할 때에만 느껴지는 안도감. 미온 안에 흐르는 피. 평생 지형을 붙잡고 살아야 했던 어머니 옥임에게서 유전된 그리움의 DNA.

미온은 몸을 돌려 똑바로 누운 채 천장을 올려다보았다. 머리맡에 놓아둔 플라네타륨에서 쏘아진 만 개가 넘는 별들이 어둠 속에서 빛나고 있었다. 실제 궤도를 따라 천천히 회전하는 별들 속에서 유성 하나가 비행운처럼 잠시 나타났다 사라졌다. 유리가루를 흩뿌려 놓은 것 같은 은하수의 한쪽 꼬리를 눈으로 더듬었다. 팔을 높이 뻗어 별들의 강을 사이에 두고 마주 보는 거문고자리와 독수리자리 그 언저리를, 그리고 조금 더 먼 곳에 있는 염소자리를 손가락으로 그려보았다.

거문고자리에서 가장 밝게 빛나는 별, 직녀성 베가. 눈에 보이는 밤하늘의 별 가운데 다섯 손가락 안에 꼽힐 만큼 크고 환한 베가의 별빛은 사랑하는 사람을 만나지 못해 밤을 지새우던 연인들의 눈에 그리움으로 반짝였을 것이다. 그에 비해 견우는 보일 듯 말 듯 희미한 염소자리의 다비라는 별이었다. 눈부시게 아름다운 공주와 보잘것없는 목동의 가슴 아픈 사랑, 그러나 사람들은 너무 멀어서 보이지 않는 연인을 곧

잊었다. 대신 지구와 가까워서 또렷하게 반짝이는 별, 독수리자리의 알타이르를 견우라고 믿게 되었다. 초등학교 교과서에도 직녀의 짝으로 당당히 이름을 올렸다던가. 그러나 실제 다비는 베가보다 크고 알타이르보다 밝은 별이다. 작고 초라해 보이는 것은 지구와 328광년이나 멀리 떨어져 있기 때문이다. 연인 베가마저 빼앗긴 이유는 알타이르보다 스무 배나 멀리 있기 때문이다.

　'직녀와 견우, 그들은 만나지 않는다. 은하수 동쪽에 있는 견우별과 은하수 서쪽에 있는 직녀별은 일 년 내내 똑같은 간격을 두고 마주볼 뿐, 칠석이 되어도 서로의 거리를 좁히지 않는다. 정오의 태양처럼 한여름 밤 머리 위에 떠오른 직녀성 베가는 평소보다 크고 밝아 보인다. 그래서 다비든 알타이르든, 가까워진 것처럼 보이는 것이다. 사랑이란 인간의 착시가 만들어낸 환상이나 실현 불가능한 바람에 불과한 것일지 모른다.'

　강원도 해안가 작은 마을에서 벌어지는 한 여자와 두 남자의 삼각관계를 그린 김지형의 유작 〈베가의 연인〉 서문은 이렇게 시작하고 있었다. 인생은 때로 진실보다 눈앞에 보이는 것을 믿고 싶어 한다고, 마음의 깊이보다 체온을 느낄 수 있을 만큼 가까운 거리가 사랑을 증명한다고, 최소한 눈빛이라도 주고받을 수 있는 관계를 선택하는 것이야말로 행복을 보증한다고 지형은 말하고 싶었던 것일까. 그와는 반대로, 사랑이 착시와 환상의 결과라 해도 무의미하고 거짓인 것만은 아니라고, 닿을 수 없는 사랑에 대한 갈망이 우리를 일으키고 끝없이 앞으로 나아가게 한다고 말하고 싶었던 것일까. 견우와 직녀의 설화를 모티브로 시작해서 선택의 주사위를 높이 던진 채 끝이 나는 유작 소설은 둘로 나뉜 독자들의 논쟁 덕에 지형이 생전에 발표했던 다른 작품들과 달리 한 시절 대중의 폭발적인 사랑을 받았다.

멀지만 그리운 다비, 가까운 곳에서 눈이 부시게 반짝이며 지켜봐주는 알타이르. 오작교를 건너 직녀가 만나고 싶었던 견우는 어느 쪽이었을까. 미온은 답을 알지 못했다. 꼭 그 때문이라고는 할 수 없었지만 결혼과 완전한 독신, 어느 쪽도 선택하지 못했다. 결혼과 무관하게 연애를 즐겼지만 그건 일종의 게임이었다. 네가 나를 원하니까, 나도 가끔 외로우니까. 깊이 빠져들 필요는 없었다. 미온은 늘 승리했다. 감정의 소용돌이에 휘말리지 않을 만큼 거리를 유지했고 익사할 기미가 보이면 유유히 빠져나왔다.

'시시해. 어림도 없지. 사랑 따윈 없는 거야. 호르몬의 장난과 뇌의 착각이 있을 뿐. 바보들이나 존재하지도 않는 사랑에 빠져 허우적거린다니깐.'

미온이 연애라고 정의한 관계는 젊음과 본능에 대한 타협일 뿐, 인생의 동반자나 반려에 대한 갈망은 아니었다. 먹어본 적 없다면 레몬을 눈앞에 보면서도 침샘이 돌지 않는 것처럼, 남편과 아버지란 이름이 차지하는 부재와 공허만을 보고 자란 미온은 사랑하는 사람과 함께 만들어가는 행복을 알지 못했다. 그 결과 미온이 연애에서 이겼다고 자만했던 순간은 아슬아슬하게 감정의 진창에서 빠져나온 것이 아니라 사실은 안정적인 배우자, 편안한 동반자를 놓쳐버리는 순간이었다.

가까운 사람과 나눌 수 있는 평화로운 관계에 대한 본능적인 욕구는 사라지거나 극복된 게 아니었다. 왜곡되고 변형되어 미온도 모르는 사이 어둡고 무겁게 내면을 지배하고 있었다. 미온은 그리웠고, 외로웠고, 굶주렸다. 이러한 허기는 위험천만하게도 상대를 통째로 빨아들이는 것, 자신이 송두리째 점령당하는 것이 사랑이 아닐까, 믿게 했다. 힘껏 밀어내도 그녀 마음 안에 똬리를 틀어주길, 아무리 발버둥 쳐도 놓아주지 않길, 차라리 그 사람 안에서 익사시켜 주길 바랐다.

"외로울 때마다 내가 옆에 있어 줄 수는 없는 거잖아."

하지만 오늘 준경이 말했을 때 미온은 완전한 타인의 실체를 본 것 같았다. 필요할 때만 찾아올 뿐, 미온의 삶 속으로는 한 발도 들이지 않는 준경이 그녀의 삶에서 아무런 의미도 갖지 못한다는 것을 인정했다. 그러나 가져본 적 없어서 버릴 수 없다는 것을, 붙잡은 적 없어서 놓을 수도 없다는 것을, 한 번도 머문 적 없어서 보낼 수조차 없다는 사실 앞에서, 심장을 움켜쥐고 있는 그리움의 독한 뿌리를 어떻게 잘라내야 하는지 미온은 알 수 없었다.

다비를 버린 건 하늘을 올려다보던 사람들이 아니었을지도 몰랐다. 불러도 대답 없는 다비 대신 필요할 때 손잡고 원할 때 안을 수 있는 알타이르를 선택한 건 외로움에 지친 직녀, 그녀 자신은 아니었을까.

'지구에는 비가 너무 많이 와.'

손에 쥐고 있던 휴대폰이 울렸다. 로옴이 보낸 문자메시지였다. 밤샘 작업을 한 모양이었다. 일을 마치고 맥주를 마시며 기타를 뜯고 있을 터였다.

'여긴 별이 쏟아지고 있어.'

미온은 검은 유리창에 세차게 부딪쳐온 빗물이 유성처럼 흘러내리는 것을 잠시 바라보다가 답을 보냈다. 이내 전화벨이 울렸다. 침대 옆 스탠드를 켰다. 천장에서 반짝이던 수많은 별은 순식간에 사라져버렸다.

"어이, 친구. 요즘 지구에서 사는 재미는 어때?"

영상통화 화면 속에서 노란 염색 머리를 정수리에 묶어 올리고 까만 안경을 쓴 로옴이 물었다. 그의 가슴엔 새로 샀는지 본 적이 없는 푸른색 전자기타가 안겨 있었다.

"지구에서 사는 건 너무, 후져."

플라네타륨의 스위치를 끄며 미온이 교신하는 우주인처럼 대답했다.

"네가 너무 지구인이 되어버렸기 때문이야. 왜 자꾸만 네가 외계인이라는 걸 까먹고 사는 거야?”

　로움이 꾸짖듯 말했다. 미온은 반박하지 못했다. 정확히 어느 구석인지는 모르지만 가슴이 싸하게 아팠다. 로움은 자신이 외계인이라고 했다. 그렇지 않고서야 어떻게 여행지에 처음 도착한 것처럼 모든 게 신기하고 재미있을 수가 있겠느냐는 것이었다. 외계인은 외계인을 알아보는데 다른 의미에서 미온도 지구인은 아니라고 단정했다. 도무지 행성에 적응하지 못하는, 고향별로 돌아가지 못해 지독한 향수병에 걸린 이방인.

　“너는 왜 그렇게 너를 못살게 굴어? 여행 중이라는 걸 잊지 마. 모든 걸 경험하고 즐기면 인생이란 참 신나는 거야.”

　로움이 휴대폰을 멀찌감치 세워놓으며 말했다.

　“들어봐. 너를 위해 기타의 신, 지미 헨드릭스를 연주해 주마.”

　컴퓨터로 설정해둔 리듬과 템포에 맞춰 ‘퍼플 헤이즈purple haze’를 연주했다. 빠르고 현란하게, 가늘고 긴 로움의 손가락이 기타 줄 위에서 춤을 추었다. 새벽에 듣기엔 너무 눈부셨다.

　“에릭 클랩튼이 좋아.”

　“훌륭하지. 그런데 문제는 일렉트릭과 노이즈도 예술이라는 걸 넌 받아들이려 하지 않는다는 거야.”

　“이로 뜯고 등 뒤로 치고 뒹굴며 연주하는 건 퍼포먼스지.”

　“좋아하는 건 괜찮지만 거부해선 안 돼. 싫어하는 게 생기면 마음이 닫혀. 눈에 보이는 것 때문에 음악을 놓치고 있잖아.”

　그게 네 글의 한계야, 라고 로움은 덧붙이지 않았다.

　If I could reach the stars, I'd pull one down for you.
　손을 뻗어 닿을 수 있다면 너에게 별을 하나 따 줄 텐데.

대신 유튜브에서 '체인지 더 월드'를 찾아 플레이해 놓고 에릭 클랩튼과 함께 연주하며 노래했다.

If I could change the world, I would be the sunlight in your universe.
세상을 바꿀 수 있다면, 나는 너의 우주를 비추는 빛이 될 거야.

은하수도 베가도, 다비와 알타이르도 사라진 천장을 올려다보며 미온도 로움을 따라 조용히 흥얼거렸다.

"냉면 먹을 거다."

에릭 클랩튼과 함께 후주까지 마친 로움이 기타를 세워놓고 일어섰다. 주방으로 옮겨간 그의 목소리 뒤로 수돗물이 쏟아지고 가스 불이 켜지고 냄비들이 달그락거렸다.

"계란도 삶아야겠지?"

냉장고 여는 소리, 부스럭거리며 봉투 뜯는 소리도 들렸다.

로움이 냉면을 준비하는 사이, 미온은 침대에 엎드린 채 노트북을 열고 준경의 페이스북을 찾아들어갔다. 미온과 만나거나 통화할 시간이 없어도, 준경은 하루에도 몇 번씩 무엇을 먹었는지 누구와 있는지, 무슨 생각을 하는지 낱낱이 공개했다. 바쁘다고 한 시간, 나중에 보면 페이스북에 접속해서 하찮은 답글을 주고받거나 시답지 않은 일을 했다고 올려놓기도 했다. 심지어 미온과 침대에 함께 누워 있을 때에도 손에서 스마트 폰을 놓지 못했다. 자신 안에서 죽지 않는 글쓰기 본능 때문이라고 변명했지만, 함께 있어도 외로운 거구나, 미온은 쓸쓸했다. 화면을 조금 내리자 그날 밤, 글쓰기 반 수강생들과 늦게까지 어떻게 시간을 보냈는지 낱낱이 드러나 있었다. 술과 담배, 붉은 조명. 주위에 함께 찍은 여자들.

"중독 같아. 눈을 감으면 네가 보여. 뜨거운 것. 가려진 것. 부끄러운 것. 델 것처럼 위험한 상상. 닿고 싶어. 만지고 싶어. 버스정류장에서, 택시 안에서, 숨 막히는 지하철 승객들 사이에서 나를, 네 안에 심고 싶어. 하루에도 수십 번, 나는 네가 그리워 죽을 것 같아."

사진 속 준경은 미온을 보며 웃고 있었다. 귀에 속삭이던 준경의 뜨거운 숨결이 느껴지는 것만 같았다. 미온은 준경의 얼굴을 만지려고 손을 뻗었다가 흠칫 손가락을 접었다. 미온이 아닌 누구라도, 준경은 자신을 바라보는 시선을 향해 상냥하게 눈을 맞춰줄 것이다. 우린 서로 다른 세상에 있는 거야, 미온이 노트북을 탁, 덮었다.

"수돗물에 헹궈도 돼? 정수기 물로 헹굴까?"

면이 다 삶아진 모양이었다.

"린스."

미온이 답했다. 우욱, 얼굴을 찡그리는 로움의 모습이 화면에 보였다.

"미온."

냉면을 그릇에 담고 식탁에 앉은 뒤 로움이 새삼 심각한 목소리로 이름을 불렀다.

"응?"

무슨 말을 하려는 걸까, 미온이 화면 속 로움을 마주보았다.

"냉면엔 달걀이 반쪽만 들어가잖아. 그런데 혼자 먹을 땐 나머지 반쪽을 어떻게 해?"

정말 모르겠다는 듯, 로움이 다 삶아진 계란 껍질을 벗기며 물었다.

"그래서 냉면은 꼭 둘이 같이 먹어야 하는 건가!"

미온의 답을 듣지 않아도 스스로 깨달았다는 듯 로움이 저 혼자 고개를 끄덕였다. 미온은 코를 찡긋거렸다. 심심해, 배고파, 졸려, 술 마시자. 예술과 음악에 대해 말할 때를 제외하고 로움과의 대화는 단순했다. "너는 지금 살아 있니?" 물을 때도 있었다. 깊은 밤에, 혹은 훤히 동 터오는 새벽에, 문득 저 개똥같은 질문을 받으면 미온은 우습지도 않게 말문이 막혔다. 처음에는 당황스러워서 허둥거렸다. 죽지 않았다는 걸 증명하려고 철학자들의 이름과 사상을 들먹이며 일장 연설을 늘어놓기도 했다.

"와, 넌 머리가 진짜 무겁겠다. 어떻게 달고 다녀?"

"그러는 넌, 살아 있어? 어떻게 알아?"

미온이 반격하면 로옴은 1초도 망설이지 않고 대답했다.

"나야 완전 살아 있지. 사는 게 재미있거든. 오늘은 어떤 사람을 만나고 내일은 어떤 스마트 폰이 새로 나올까, 궁금하잖아. 이 카메라는 어떤 기능이 있을까, 저 기타는 이 기타와 어떻게 소리가 다를까, 지구는 날마다 돌고, 신기한 건 날마다 쏟아지고. 살아 있다는 건 정말 신나는 일이지."

단순하고 유치한 답이었지만 로옴처럼 망설임 없이 살아 있음을 확신하는 사람을 본 적 없었다. 심플하다고 놀리면 마치 신상품을 장만해서 뿌듯하다는 듯, 로옴이 말했다.

"내 머리 속은 99프로가 음악이야. 나머지 1프로만으로 세상을 살아야 하는 거야. 1프로짜리 용량이니까 매일 매일 비워내지 않으면 안 돼. 내일 또 새 걸 채워야 하니까. 그래서 내 머리는 날마다 새 거란다."

대관령에 다녀와서 미온은 제일 먼저 로옴에게 전화하고 싶었을지도 몰랐다. 하지만 입 아프게 설명하고 귀 기울여 로옴의 답을 들을 필요가 없었다. 미온은 로옴이 무슨 말을 할지 너무 잘 알고 있었다.

"남자 거 처음 봤어?"

로옴은 먼저 킬킬 웃을 터였다.

"너 그거 신고하면 100억 벌어? 그게 아니면 뭐 하러 네 에너지를 낭비해? 얼른 잊어버리고 나랑 놀자."

먼지처럼 가볍게 로옴은 단번에 털어냈을 것이다. 로옴과 이야기하다 보면 모든 문제의 답은 쉽고 명확해졌다. 획일화된 도덕이나 윤리, 상식적인 옳고 그름과 무관하게, 그러나 너무 당연해서, 너무 간단해서, 너무 가벼워서, 그토록 시시한 것을 죽을 것처럼 끌어안고 어쩌지 못하는 자신이 바보처럼 느껴지는 게 싫어서, 미온은 가끔 로움에게 아무 말도 할 수 없었다.

"넌 행복하니?"

영상통화 화면을 앞에 놓고 새벽 세 시에 냉면을 먹는 로움을 물끄러미 바라보다가 미온이 물었다.

"응. 하고 싶은 일 하고, 먹고 싶은 거 먹고, 갖고 싶은 거 있으면 사고, 여자 친구도 있고. 행복한 거 아닌가?"

아이처럼 소스에 비빈 면발을 호로록 입술 사이로 빨아들이며 로움이 말했다. 미온은 음, 고개를 끄덕였다. 하지만 이따금 의심스러웠다. 로움은 정말 행복한 것일까. 행복하다고 믿기 위해 죽을힘을 다해 애를 쓰고 있는 것은 아닐까.

로움을 처음 만난 건 옥임의 화장을 기다리던 벽제 승화원에서였다. 훌쩍 큰 키에 검은 안경, 노랗게 염색한 긴 머리를 묶은 남자가 상복을 입은 모습은 쉽게 사람들의 시선을 끌었다. 하지만 옥임을 화로에 밀어넣고 돌아선 미온의 눈에 로움이 들어온 건 그의 유별난 겉모습 때문이 아니었다. 칼로 창자를 저미듯 아프게 오열하는 남자의 울음소리 때문이었다. 누굴 잃은 것일까. 엄마를 잃은 슬픔도 잠시 잊고 의자에서 일어나 울음소리를 따라간 곳에 로움이 있었다. 유골 수습실에서 방금 내준 함을 품에 안고서, 살아 있을 때 만지고 쓰다듬고 안아주며 체온을 느꼈을 육체를, 그러나 이제는 가루가 되어버린 아내를 가슴에 꼭 끌어안고 어린아이처럼 발버둥 치며 울고 있었다. 영원히 가슴에서 녹아 사라지지 않을 슬픔이었다. 그를 다시 만난 건, 두어 시간 뒤 옥임을 봉안

하기 위해 승화원 근처 추모공원에 도착했을 때였다. 안치식을 끝내고 지인들은 모두 떠났는지 로움 혼자서 우두커니 화단에 앉아 발밑을 내려다보고 있었다. 그리고 사흘 뒤 삼우제 날, 장 회장이 함께 가겠다는 걸 거절하고 혼자 추모 공원을 찾았을 때, 로움은 아내의 납골함이 있는 복도에 주저앉아 조용히 기타를 치며 허밍으로 노래하고 있었다.

"미안합니다."

노래를 하다가 일어난 로움이 옥임의 납골함 앞으로 다가선 미온에게 말했다. 괜찮다고, 미온이 고개를 저었다. 기타를 들고 우두커니 서 있던 로움이 누구에게라도 이해받고 싶은 듯 말했다.

"작별인사를 하고 있어요. 다시는 안 올 거거든요. 이 사람하고 약속했어요. 잊어버리고 매일매일 행복하게 살겠다고."

로움이 입술을 꾹 깨물었다. 미온은 아, 하고 고개를 끄덕였다. 급작스러운 발병과 짧지만 고통스럽던 투병 끝에 세상을 떠났다는 사진 속 그의 아내는 아름다웠다. 그때까지 아무도 알아주지 않았던 로움의 음악 세계를 가장 잘 이해해 주는 우군이었다고 했다. 그녀가 떠나고서야 로움은 기타리스트가 아닌, 영화음악 쪽에서 인정받기 시작했고, 마침내 안정적인 자리를 잡아갔다. 로움은 정말 잊고 사는 것도 같았다. 그날에 대해, 그의 아내에 대해, 그날 이후 이야기해 본 적 없었다.

"그런데 미온. 넌 왜 행복해지려고 하질 않아?"

화면 속에서 미온을 빤히 쳐다보며 로움이 물었다. 미온은 잠시 대답하지 못했다.

"하고 싶은 일 못하고, 하기 싫은 일을 하니까 그런가봐."

미온이 담담히, 그러나 일부러 과녁을 비껴 대답했다.

"너도 기타리스트가 꿈이었잖아. 영화음악 감독이 아니라."

미온이 말했다. 로움이 음, 하고 대답했다.

"난 영화음악도 좋아해. 재미없으면 하지 않았을 거야. 돈도 벌고 여유가 생기니까 더 좋은데. 내가 좋아하는 음악이야 언제든 만들 수 있고. 연주하고 싶으면 밤새 기타를 치고. 내 기타를 세상 사람들이 알아줘야 하는 건 아니거든. 죽어서 가죽을 남긴 호랑이가 행복한 건 아니잖아.”

로움이 젓가락을 내려놓고 말했다.

“중학교 3학년 때였어. 엄마는 공부하라고 기타 못 치게 하고. 그래서 가출했어. 사흘 동안 아무것도 못 먹고 기타만 끌어안고 거리를 헤매고 다녔어. 내가 불쌍해 보이니까 기타 팔면 먹을 거 주겠다고 하는 사람도 있었는데 죽어도 그럴 생각은 안 들더라. 그때 음악 하는 형들 만나서 10년간 밴드 따라다녔어. 말 그대로 배고프고 추운 시절이었지. 그래도 좋았어. 마음껏 기타를 치고 음악을 만들 수 있었으니까. 그때부터 지금까지 내 인생에서 음악이 사라진 적은 단 한순간도 없어.”

로움은 식탁 위에 팔꿈치를 올리고 화면 가까이 몸을 기울였다.

“행복하지 않은 건 하고 싶은 일을 하고 있지 않다는 증거야. 하고 싶은 일을 해도 돈을 충분히 벌지 못한다면 능력이 없는 거겠지. 자신의 예술로 돈을 벌 수 없다면 아마추어인 거고. 좋아하는 일을 하면서 돈을 버는 자가 프로지. 그런데 하고 싶은 일을 하지 못하는 것과 하고 싶은 일을 하는데 돈을 벌 수 없다는 것이 뭘 뜻하는지 아니? 그 일에 네 인생을 몽땅 던져본 적이 없다는 거야. 목숨을 걸지 않았다는 건 그만큼 좋아하는 일이 아니라는 거고 말로만 사랑하는 거지. 먹고살아야 해서, 그렇게 변명하고 싶어? 굶어 죽으면 비참하고 불쌍할 거 같니? 돈 때문에 하고 싶지도 않은 일을 하는 게 더 가여운 거란다.”

미온은 아팠다. 끙, 하고 숨을 내쉬었다. 로움의 자긍심이 얄밉기도 했다.

“냉면 먹고 뭐 할 건지 맞춰봐.”

어느새 빈 그릇과 젓가락을 싱크대로 옮기며 로움이 쾌활하게 물었다.

"잘 거잖아."

"쳇. 넌 나에 대해 너무 많이 알아. 근데 치약은 누가 발명했을까. 새로 산 건데 거품이 진짜 달고 맛있어."

스마트 폰을 화장실로 가져간 로움은 양치질을 하면서도 아이처럼 종알거렸다.

"나 오줌 눈다."

통화는 계속 이어졌다. 소변보는 소리가 망설임 없이 전해졌다.

"이런 통화는 여자 친구랑 해라."

"어린애들은 이 오빠천사가 오줌도 안 누는 줄 알아. 애들은 인생을 모르거든. 이런 건 너랑만 나눌 수 있는 거야."

오줌 누는 거랑 인생이랑 무슨 상관인지 알 수 없었지만 손을 씻고 욕실을 나오며 로움이 킥킥 웃었다.

"섹스도 한 사이에 부끄러워하긴."

미온은 못 들은 척 했다. 아주 잠깐 로움과도 여자와 남자일 때가 있었다. 그러나 그가 잠이 들면 미온은 도둑고양이처럼 침대를 빠져나와 컴컴한 새벽을 달려 집으로 돌아오곤 했다.

"너 왜 자꾸 도망가. 눈 떴을 때 혼자인 거 싫어. 아침도 같이 먹고 싶단 말이야."

아침에 잠을 깬 로움이 전화로 투덜거리곤 했다.

"너한테 나는 남자로 매력이 없는 거 같아."

미온은 반대하지 않았고 그렇게 한 달 만에 미온과 로움은 다시 친구가 되었다.

사귄 지 석 달쯤 된 여자 친구는 옆에 없는 모양이었다. 벌써 끝났는지도, 지방에 있다는 부모 집에 들르러 갔을지도 몰랐다. 로움 집에 짐을 풀었다가 다시 가방을 싸들고 사라지는 여자는 수시로 바뀌었다. 대부분 열 살 이상 차이 나는 아이들과 짧은 연애와 동거를 반복하지만 헤어지는 이유는 똑같았다. 관계가 깊어진 데 자신한 여자가 결혼을 조를 때였다.

"왜 여자들은 결혼하고 싶어 해? 연애만 하면 재미있는데. 밥, 빨래, 청소 안 해도 되는데."

여자가 떠났다고 말할 때마다 로움은 우울하게 말했다.

"나 졸려."

로움이 안경도 벗지 않고 침대에 누워 말했다. 스탠드의 노란 불빛이 로움을 따뜻하게 비추었다. 깜깜하면 무섭다고, 안경을 벗으면 꿈이 안 보인다고, 불 끄고 안경 벗고 자라고 하면 로움은 늘 변명했다. 가끔은 토닥토닥 가슴을 두드려 달라고도, 자장가를 불러 달라고도 했다. 그럴 때 로움은 꼭 다섯 살 아이 같았다. 로움에게 필요한 건 바로 옆에서 이야기하고 웃고 함께 밥 먹고 같이 자며 가까이 만질 수 있는 사람이었다. 그게 꼭 미온이어야 하는 것은 아니었다. 그와 연인이 될 수 없게 하는 이유이기도 했지만, 여자 친구가 있든 없든 계속해서 친구로 관계를 이어갈 수 있게 하는 이유이기도 했다.

"잘 자라."

"나 잘 자라 아니고 잘 거북."

로움이 키득 웃고는 전화를 끊었다. 싱거워서 풋, 하나도 웃기지 않은데도 미온은 웃었다. 스탠드를 끄고 눈을 감았다. 대관령에 다녀온 후 처음으로 미온은 깊은 잠에 빠졌다. 유리창을 때리는 빗소리마저 아득히 멀어지고 있었다.

강주

영어학원에서 돌아온 물결이는 문을 꼭 닫고 방에서 나오지 않았다.

친구들과 햄버거를 사 먹었다면서 저녁 식탁에도 앉지 않았다. 무슨 일이냐고 물어도 고개만 저었다. 간식을 챙겨 들어갔을 때, 아이는 책상 앞에 앉아 두 팔에 얼굴을 묻고 엎드려 있었다. 고개를 들고 얼굴을 찌푸리던 아이가 마른기침을 두어 번 했다. 이마를 짚어보았지만 열은 없었다. 우유 데워다 줄까, 물어도 싫다고 했고, 사흘 만에 바닥을 드러내고 남은 마지막 체리 한 접시를 보고도 손도 대지 않았다. 여름감기라도 걸린 걸까, 강주는 걱정이 되었다.

"나, 엄마 성으로 바꾸면 안 돼?"

일찍 자라고, 잠옷을 챙겨 주려는데 아이가 물었다. 무슨 말인가, 강주가 돌아보았다.

"얼마 전에 학원에 새로 온 애가 있는데 자기소개를 할 때 '나는 오수민 아니, 윤수민이야.' 하는 거야. 애들이 막 웃었거든."

아이가 말끄러미 체리를 쳐다보며 말했다.

"나중에 알았는데 걔도 엄마랑 아빠랑 이혼했대. 엄마 성으로 바꾼 지 얼마 안 되서 헷갈린 거래."

강주가 침대 끝에 앉아서 아이를 조심스럽게 바라보았다.

"나는 왜 안 바꿨어?"

"엄마 마음대로 바꿀 수 있는 건 아니야. 성을 바꿔야 물결이가 더 행복해진다는 걸 증명할 때 법이 허락해 주는 거야. 그리고 아빠가 서운해하지 않겠어? 엄마랑 사는데 성까지 엄마 거로 하면."

아이의 성을 바꿀까, 고민해보지 않은 것은 아니었다. 남편과 어떤 식으로든 연결되고 싶지 않았고, 아이를 매개로 물질적 도움을 바라지도 않았다. 하지만 이혼했다고 해서 아이에게 선택할 기회도 주지 않고 아빠의 존재를 지울 권리가 있다고는 생각하지 않았다.

"바꾸고 싶어?"

"음…… 몰라."

아이는 말없이 체리를 만지작거렸다.

"그런데 왜 물었어?"

아이가 이마를 찌푸리더니 말했다.

"최물결보다는 은물결이 이쁘잖아."

아이가 씨익, 웃어 보이고는 두 볼에 바람을 잔뜩 넣고 입술을 오므렸다. 속마음을 감추고 있을 때 하는 버릇이었다. 아이가 어렸을 때는 투명 유리창처럼 마음속을 훤히 들여다볼 수 있었는데 언제부턴가 물결이 안에도 엿볼 수도 없는 비밀의 방이 하나둘 늘어나고 있었다.

"최물결이든 은물결이든, 물결이는 물결이잖아. 귀하고 소중한 내 딸."

강주가 말했다. 모범답안처럼 들렸는지 아이는 못 들은 척, 의자에서 일어나 티셔츠를 벗고 잠옷으로 갈아입었다.

"아빠가 위자료 많이 안 줬어?"

단추를 채우며 아이가 물었다. 아직은 어리다고 믿었던 중학교 1학년 딸아이의 뜻밖의 질문에 놀라 강주는 쉽게 입이 다물어지지 않았다.

"양육비 그런 거, 안 보내줘?"

물결이가 빤히 강주를 쳐다보며 한 번 더 망치로 심장에 못을 박았다. 이혼하면서 남편이 강주에게 준 것은 함께 살던 30평대 아파트였다. 팔면 값이 꽤 나가겠지만 현금도 여윳돈도 거의 없었다. 출판사를 시작했지만 몇 번 기획투자에 실패했고 수입이 일정치 않았기 때문에 교육비와 기본 생활비, 아파트 관리비와 매달 갚아야 할 이자까지, 아파트를 담보로 해서 대출 받은 것으로 그럭저럭 버티고 있었다. 배부른 소리라고, 집 팔고 차 팔고 형편에 맞게 살림을 줄이라고 주위에선 말했지만 아이의 교육환경을 고려하지 않을 수 없었다. 물결이를 데리고 전셋집을 전전하거나 평수를 줄이고 싶지도 않았다. 아이들에게도 아파트 평수가 자존심이었다. 겉으로 드러내진 않지만 비슷한 수준의 아파트, 같은 평수의 아이들끼리 어울렸다. 속물적 욕심인 줄 알면서도 물결이가 부유한 환경의 아이들을 친구로 갖길 바란 것도 사실이었다. 만약 집을 놓친다면 더할 수 없는 나락으로 굴러떨어져 다시는 기어오를 수 없을 것 같은 불안도 강주를 꼼짝 못하게 했다.

"수민이는 학원비랑 그런 거 아빠가 보내준대. 한 달에 한 번 아빠네 집에 가서 자고와. 같이 야구장에도 가고 놀이동산에도 가고. 선물도 자주 사준대."

물결이가 침대에 누웠다.

"아빠는 정말 미국에 있어?"

아이가 강주의 속을 읽어보겠다는 듯 뚫어지게 쳐다보았다. "응." 하고 강주가 대답하며 시선을 피했다. 아파트 명의를 바꿔준 것으로 충분하다고 생각한 남편은 양육비를 따로 책정하지 않았다. 아파트 가격으로만 본다면 적은 위자료는 아니었으므로, 강주도 요구하지 않았다. 매달 받을 수 있는 양육비가 책정되어 있긴 했지만 법적 구속력을 갖진 못했고, 이혼하고 부정기적으로 아이를 만나던 남편은 일 년여 후 재혼 뒤에는 연락조차 하지 않았다.

"한 번도 안 왔어?"

"새로 결혼한 사람이 그곳에 살아."

"아빠가 나 왜 안 데려갔어?"

아이의 질문은 모순을 찾아내기 위해 다각도로 피고인을 심문하는 검사처럼 점점 집요해지고 있었다. 그동안 물결이는 왜 이혼했느냐고 물은 적이 없었다. 아빠에 대해서도 묻지 않았다. 어렸지만 엄마와 아빠 사이에 문제가 있었다는 것을 어렴풋이 이해하고 있는 거라 강주는 섣불리 추측하고 있었다. 심지어 아빠의 몫까지 두 배로 사랑해주고 있으니까 문제가 있을 리 없다고 자만하기까지 했다. 하지만 아이 입장에서는 부모가 왜 이혼했는가는 중요하지 않을지도 몰랐다. 다만 아직 어렸던 아이는 엄마와 단둘이 살고 있는 것을 당연히 여기며 환경에 적응해 왔을 것이다. 그러다 친구들과 자신이 다르다는 걸 비교하게 되고, 스스로 그 차이와 원인을 고민하며 제 나름으로 해석해왔을 것이다. 강주는 까맣게 모르고 있었다. 스스로는 더 이상 해결되지 않는 지점에 부딪치는 순간까지 아이가 견디고 있었다는 것을. 부모 반쪽이 떠난 자리가 마침내 참을 수 없는 무게로 작은 가슴을 짓누르게 될 때까지 물결이가 상황을 수용하려 애써 왔다는 것을.

"물결이 너랑 살겠다고 엄마가 고집했어."

침대에 누워 강주를 올려다보고 있는 아이의 손을 꼭 쥐고 말했다. 이혼이 남편과 자신의 문제만이 아니었다는 것을 강주는 이제야 알 것 같았다. 남편과 물결이, 아빠와 딸의 관계에 대해서 충분히 설명하고 양해를 구해야 했다는 걸 강주는 뒤늦게 깨달았다.

"아빠한테 가고 싶어?"

"아니."

질문이 끝나기도 전에, 낚아채듯 아이가 단호하게 답했다. 결기가 너무 강해서 강주가 오히려 당황스러웠다.

"나 없었으면, 엄마도 더 편했을 텐데."

"그런 말이 어디 있어? 엄마한테는 물결이가 제일 소중해. 이혼은 했지만 그래서 아빠를 만난 것에 감사하고."

강주는 진심을 다해 아이에게 마음을 전하고 싶었다. 하지만 아이는 차갑게 강주의 손을 뿌리치며 앙칼지게 소리쳤다.

"다른 아저씨랑 결혼했으면 다른 애가 있었겠지. 꼭 내가 아니어도 마찬가지잖아. 그냥 자식이면 부모는 다 이쁜 거잖아."

원망스럽게 쏘아보던 아이가 등을 돌리더니 머리끝까지 이불을 뒤집어썼다. 강주의 가슴으로 커다란 바윗덩어리들이 와르르 쏟아지는 것만 같았다.

월요일 아침, 물결이를 학교에 보낸 강주는 오전 내내 집안일을 했다. 비가 그쳤고 먼지를 씻어낸 하늘은 더 할 수 없이 맑았지만, 날씨가 좋은 것만으로는 아무것도 해결되지 않았다. 송 교수의 일을 어떻게 할지 결정하지 못했고 미온과도 연락하지 않았다. 아이처럼 공연히 영우에게 화를 낸 것 같아 미안했지만 그조차 잠시 모른 척 하고 싶었다.

집안 여기저기 물결이가 벗어놓고 어질러놓은 잔해들이 널려 있었다. 욕실에는 물결이의 길고 검은 머리카락이 천지였다. 아빠 없이 자라는 것이 마음 아파도 응석받이로 키우지는 않으리라 다짐했는데 잘 하고 있는 것일까, 샤워기로 머리카락을 훑어내며 문득 불안해졌다. 그렇다고 아이가 마냥 행복한 것만도 아닌 게 분명했다.

물결이는 주말 내내 강주와 이야기하는 것을 피했다. 실컷 늦잠을 자고 일어나 아침도 점심도 아닌 밥을 깨작거리다가 오후에는 수민이를 만나기로 했다면서 한껏 모양을 내고 나갔다. 돌아온 뒤에도 방에 틀어박혀 꽤 오랫동안 통화를 하는 것 같았다. 엄마 대신 남자친구에게 속마음을 털어놓을 나이가 된 거야, 인정하면서도 아이의 신뢰를 얻지 못한 엄마가 된 것 같아 한없이 무력하게 느껴졌다. 아동심리학이나 인간행동 분석학과 같은 공부를 일정 기간 한 뒤 부모 자격 시험에 합격한 사람만 아이를 낳아 기르도록 해야 할지도 모른다고, 헝클어진 침대 시트와 훌렁 뒤집어놓은 잠옷을 개어놓으며 강주는 자책했다.

'최물결. 은물결. 최물결. 은물결.'

책상을 정리하다 열어본 노트에는 한 페이지 가득 아이의 이름이 채워져 있었다. 이름마다 엑스 표가 북북 그어져 있었다. 유일하게 삭제시키지 않은 것은 물결, 수민이라 써 놓고 그 사이에 하트를 그려 넣은 것뿐이었다. 하지만 강주를 당혹스럽게 한 것은 은물결과 최물결들 사이에 빨간 펜으로 휘갈겨 써놓은 세 줄의 문장이었다.

'죽어! 죽어버려! 죽어버렸으면 좋겠어!'

다리가 후들거렸다. 누구에게 한 말일까. 강주는 의자에 힘없이 주저앉았다. 아니, 누구에게 했는지는 중요하지 않았다. 꾹꾹 눌러 쓴 글자 속에 밴 아이의 상처가 아파서 강주는 한없이 몸을 떨었다.

"엄마한테는 비밀이야."

강주의 귀에 대고 속삭일 때 덕환은 세상에서 제일 행복한 아빠인 것 같았다. 아들에 대한 기대와 사랑이 애숙 못지않았을 테지만 덕환은 첫아이를 낳고 칠 년 만에 얻은 딸 강주를 끔찍이도 예뻐했다. 학교 끝나는 시간에 맞춰 강주를 데리러 오곤 했던 덕환은 애숙에겐 비밀이라며 맛있는 것을 사주고 용돈도 따로 더 챙겨주었다. 생일이나 크리스마스가 아니더라도 출근길에 강주가 갖고 싶은 것이 있는지 살짝 물어보고 깜짝 선물인 것처럼 퇴근할 때 사오기도 했다. 왜 아이한테 쓸데없이 돈을 써서 허영심을 키우느냐고 애숙이 잔소리를 했지만, 그때마다 덕환은 강주에게 살짝 윙크했다. 그런 덕환에게 강주는 형편없이 등수가 떨어진 성적표도 배시시 웃으며 보여주었고, 덕환이 뭐라 하지 않아도 다음엔 더 잘할게요, 스스로 약속했다. 그런 덕환이 사업실패로 집을 떠나 있게 된 것은 강주의 세상 반쪽이 날아가는 것이었고, 그의 갑작스런 죽음은 우주 전체가 무너져버리는 것이었다.

"죽어버렸으면 좋겠어."

아버지의 빈자리에 대한 자각이 극에 달했을 때, 비명처럼 강주도 소리친 적 있었다. 담임이 주점에 찾아왔던 날, 미온의 휘둥그레진 눈과 마주쳤던 그날 새벽, 집으로 돌아왔을 때 화장을 지우던 애숙을 향해 강주가 모질게 말했었다.

"차라리 엄마도 죽어버렸으면 좋겠어."

애숙이 팔팔 뛰며 화를 낼 줄 알았다. 나만 살려고 이 짓 하는 줄 아느냐고, 펑펑 울음을 쏟아내며 팔자니 운명이니 신세타령을 하고 아버지를 부르며 통곡이라도 할 줄 알았다. 그러나 애숙은 거울 속에서 자신을 쏘아보던 강주의 시선을 외면한 뒤 덜덜 떨리는 손으로 화장대를 더듬어 담배를 찾아 입에 물었다. 불을 붙인 담배가 타들어가서 더는 손에 잡고 있을 수 없을 때까지 애숙은 연기를 길게 빨아들이고 가늘게 내쉬었다. 그리고 겨우 진정이 된 듯, 꽁초를 재떨이에 비벼 끄며 아무렇지 않게 말했다.

"네 인생하고 내 인생은 다르지. 내일부터는 가게 나올 거 없어. 너하고 싶은 대로 해."

검은 마스카라와 빨간 루주를 지우고 가짜 속눈썹을 떼어낸 애숙의 얼굴은 지치고 늙어 보였다. 그날 애숙의 방에서는 밤새도록 노래가 흘러나왔다.

내 가슴에 묻혀 꿈을 꾸는 그대여
야위어진 그맬 바라보니 눈물이 솟네

덕환이 집을 떠나 있을 때에도 아빠와 딸의 비밀은 계속되었다. 애숙 모르게 강주는 자주 덕환에게 편지를 보냈다. 강주에게 쓴 편지를 동봉할 때도 있었지만, 덕환은 애숙에게 보내는 편지 끝에 윙크하는 얼굴을 그려 보내곤 했다. 편지 잘 받았다는, 열심히 공부하라는, 변함없이 사랑한다는, 아빠가 딸에게 보내는 암호였다.

'아빠가 선물해주면 엄마가 행복할 거예요.'

애숙의 생일을 앞두고 강주가 덕환에게 보낸 것은 라디오를 듣고 있던 애숙이 따라 부르던 곡, 따라 부르다 눈물 훔치던 노래, 당시 막 발매되어 전파를 타기 시작하던 김정수의 '당신'이란 노래가 담긴 카세트 테이프였다.

나 맹세하리라 고생 많은 당신께

이 생명 다하는 날까지 그대를 사랑하리

"내가 이 노래 좋아하는 걸 어떻게 알았을까. 이 노래 듣고 엄마가 생각나서 우셨대. 딱 아빠 마음이더래."

덕환에게 다녀온 애숙은 테이프가 늘어질 때까지 노래를 듣고 또 들었다. 남편이 죽은 후에도 애숙을 악착같이 지켜준 노래였다. 주점의 상호도, 하루에 몇 번씩이라도 반복해서 틀어대던 노래도, 애숙이 18번으로 애창하던 곡도 '당신'이었던 것은 당연했다. 지긋지긋하게 원망스러웠으면서도 모질게 애숙을 버릴 수 없었던 건 엄마여서가 아니라 강주가 유일하게 사랑했던 사람, 덕환의 아내였기 때문이었는지도 몰랐다. 덕환이 선물한 노래 한 곡을 붙들고 죽는 순간까지 생을 견딘 애숙의 애틋한 마음 때문이었을 것이다.

강주에게 아버지란 멀리 떨어져 있어도 행복한 비밀을 나누어 갖는 사람이었다. 지금껏 자존감을 완전히 잃어버리지 않고 살 수 있었던 건 자신을 소중하게 아껴주었던 단 한 사람, 아버지 덕환 때문이었다. 물결이도 그런 부성애를 느끼며 자라길 바랐다. 하지만 딸에 대한 남편의 애정은 덕환과는 달랐다. 그래도 부녀 사이의 끈을 이혼으로 잘라낸 것 같아 미안했다. 아빠 몫까지 몇 배 더 사랑한다고 생각했지만 아이가 풀이 죽어 있거나 뾰족하게 그늘져 보일 때면, 고장 난 엘리베이터처럼 심장이 덜컥덜컥 내려앉았다.

'만약 물결이라면?'

대관령에서 미온이 던졌던 질문이 떠올랐다. 그때처럼 다시 한번 강주는 부르르 몸이 떨렸다.

'그건 최악의 폭력이에요.'

영우의 목소리도 귀에 쟁쟁 들렸다. 만약 물결이와 함께였다면? 강주는 시간과 거리가 멀어진 지금, 비로소 냉정하게 자문할 수 있었다.

강주가 운전하는 동안 아이가 뒤를 돌아보았다면? 그날 일을 물결이가 안다면? 만약 강주가 뒤를 돌아보았고 그 상황을 덕환에게 이야기했다면? 강주는 정신이 번쩍 들었다. 그러나 애숙이었다면? 강주는 파르르 떨리는 손으로 의자를 꼭 움켜쥐었다.

물결이를 낳고 제일 먼저 한 결심은 애숙 같은 엄마는 되지 않겠다는 것이었다. 몸이 부서지고 깨져도 내 아이만은 지켜낼 거라고, 딸 아이 입에서 죽어버리라든가, 죽고 싶다는 말을 내뱉도록 키우지는 않으리라, 떳떳하고 자랑스러운 엄마가 될 거라고 다짐하고 또 다짐했었다. 하지만 물결이의 낙서 앞에서 강주는 심장이 저릿저릿 오그라들었다. 그토록 오랜 세월 증오했던 애숙과 자신은 무엇이 다른 것일까.

강주는 책상을 짚고 일어섰다. 무엇을 해야 할지, 무엇을 하지 말아야 할지 마침내 답을 찾은 것 같았다. 잠시 후 전화기를 찾아 통화를 마치고 강주는 외출 준비를 서둘렀다. 성배를 찾으리라 맹세한 기사와도 같은 결연한 의지가 강주의 두 눈 가득 유리알처럼 반짝이고 있었다.

"보내주셨던 계약금입니다."

녹음자료와 완성되지 못한 원고가 저장된 유에스비usb를 흰 봉투와 함께 테이블 위에 올려놓으며 강주가 말했다. 송 교수 없는 곳에서 이야기하고 싶었지만, 사건에 대해 알고 있다며 권 여사가 평창동 집으로 와달라고 청했다. 아내의 치마폭 뒤로 숨는구나, 생각했지만 송 교수는 그보다 훨씬 뻔뻔했다. 처음 만났던 날과 다름없이 미끌거리는 얼굴로 다리를 넓게 벌리고 제왕처럼 소파에 앉아 있었다.

"그날 보니 은 사장은 역시 큰일을 할 사람이더군. 말이 통할 것 같아 오라고 했네."

미온이 무슨 말을 했든 그런 일이 없었노라, 송 교수가 발뺌할 줄 알았다. 하지만 강주의 예상은 또 한 번 빗나갔다.

"오시디O.C.D.라고 들어봤나? 신경회로 이상으로 나타나는 강박 장

애지. 집사람도 알고 있는 병이야."

송 교수가 맞은편에 앉아 있는 권 여사를 건너다보았다.

"불안한 상황에서 본인도 모르는 사이 원하지 않는 생각이나 행동을 반복하게 되는 정신장애예요. 학교에서도 한두 번 제기되었던 적 있어요. 하지만 불안장애라는 주장을 법원이 받아들여서 큰 문제로 확대되지는 않았지요."

찻물이 우러날 동안 잠자코 있던 권 여사가 바통을 전달받은 듯 입을 열었다.

"치료를 받고 계시지만 완치가 쉽지는 않네요."

권 여사는 차분히 차를 따라서 송 교수와 강주 앞에 잔을 놓아준 뒤 말했다.

"누구보다 고통스러운 건 나란 말이야. 병이니까, 부적절하다는 걸 알면서도 하지 않을 수가 없는 거야."

송 교수가 억울한 듯 말했다. 저게 무슨 말일까, 강주는 조금의 수치심도 없이 변명을 늘어놓는 송 교수를 멍하니 쳐다보았다.

"그날 안개가 좀 심했냐 말이야. 대관령 좁은 길은 끝도 없이 이어지는데 차는 고물이지, 김 작가 운전이 좀 불안했어야지."

하, 강주는 입이 다물어지지 않았다. 안개는 짙었지만 미온의 운전은 침착했다. 오래된 차였다 해도 안전을 의심할 정도는 아니었다.

"시내나 고속도로와는 다르잖아. 사실 여자가 대관령 운전을 한다는 건 위험하지. 자네는 졸고 있어서 몰랐을 테지만 고속버스랑 사고가 날 뻔했어. 천 길 낭떠러지로 굴러떨어지는 줄 알았다고. 어찌나 겁이 났던지. 금방 죽을 것 같았다니까."

졸고 있었다는 사실을 근거로 강주가 반론할 수 있는 소지를 원천봉쇄한 송 교수는 입을 쩍 다신 후 잔을 들어 차를 한 모금 마셨다. 나는 죄 없노라, 거짓 증언을 한 혀를 헹구는 것 같았다. 고속버스의 경적이 울리고 차가 흔들렸던 건 미온이 놀라 비명을 지른 다음이었다. 강주는 마치 거짓을 녹여 진실인 양 탈바꿈시키는 교활한 연금술사를 마주하고 있는 기분이었다.

"교수님 입장은 알겠습니다만, 작가가 일을 할 수는 없을 것 같습니다."

"작가가 일을 하고 못하는 건 내가 알 바 아니야. 나는 출판사랑 계약을 했으니까."

"하지 않겠습니다, 저도."

"그건 계약 파기야. 계약금을 돌려주는 것만으로는 안 된다는 건 상식 아닌가."

송 교수가 조롱하듯 강주를 쳐다보며 말했다.

"이건 법적인 문제라고. 매듭지어 주지 않는다면 계약위반으로 고소할 명백한 증거는 오히려 내게 있네."

송 교수가 출판 계약서를 꺼내 강주 앞에 툭 던졌다.

"협박하시는 겁니까?"

"협박이라니? 난 원칙과 상식과 법을 말하는 거야!"

송 교수가 소리쳤다. 강주의 심장이 터질 듯 빨리 뛰었다.

"아이 참, 여보. 그렇게 말씀하시면 저도 겁이 나요. 일을 되게 하셔야지요."

권 여사가 송 교수를 저지했다.

"대신 사과할게요. 미안합니다."

권 여사가 머리를 숙였다. 눈앞에 있는 젊은 두 여자를 상상하며 자위를 하고도 수치를 모르는 남편을 갖는다는 건, 그런 남편을 감싸주어야 하는 건 어떤 기분일까. 강주는 권 여사를 물끄러미 바라보았다. 남편이 협박하고 아내가 회유하는 역할을 나눈 것일지도 몰랐다. 그래도 강주는 권 여사에게 연민을 느끼지 않을 수 없었다.

"병 때문인데 왜 당신이 사과를 하나? 사진이나 녹음 증거가 있으면 내놔보라고 해. 법으로 해도 불리한 건 저쪽이야. 운전을 그따위로 해서 생명의 위협을 느끼게 했으면 사과는 김 작가가 하든가, 은 사장이 해야지. 내가 뭘 잘못해서 당신이 머리를 숙이냐 말이야?"

버럭, 송 교수가 고함을 쳤다. 잘못이 없다고 우기는 게 아니었다. 자신이 희생자라고, 강주 쪽이 가해자라고, 그래서 오히려 자신이 사과를 받아야 하는 것이 정의라고 송 교수는 철석같이 믿고 있는 것이었다. 그 순간, 남편을 바라보는 권 여사의 얼굴에 절망적인 표정이 잠깐 스치고 지나갔다. 혐오일지도 몰랐다. 처음 본 그날처럼 완벽한 분장을 했지만, 권 여사는 몹시 피로해 보였다.

"당신은 그만 내려가서 좀 쉬세요. 제가 이야기하는 게 좋겠어요."

권 여사가 조용히 말했다. 송 교수는 못마땅하다는 듯, 그러나 하는 수 없이 무대에서 퇴장하는 배우처럼 소파에서 일어나 아래층으로 내려갔다. 그가 눈앞에서 사라진 후에야 강주는 숨을 쉴 수 있을 것 같았다.

"세상은 강자만 살아남을 수 있다고 믿는 분이에요. 내가 약자가 되었을 때 어떻게 하면 이길 수 있을까요? 상대를 더 약하게 만드는 것만이 유일한 방법이죠."

잠시 시간을 두고 기다리던 권 여사가 담담히 물었다.

"출판기념회를 열 호텔 뷔페 레스토랑을 예약했어요. 귀빈들에게 초대장도 이미 보냈고요. 다른 작가, 다른 출판사 섭외하고 되풀이할 시간이 없어요. 은 사장님도 그동안 수고한 게 있는데 자료를 고스란히 넘기긴 아깝지 않겠어요? 책임지고 한 달 안에 완성해 주세요."

권 여사가 테이블 아래 서랍을 열고 흰 봉투를 꺼내 강주 앞으로 내밀었다

"오백이에요."

강주는 권 여사가 내민 봉투를 물끄러미 쳐다보았다.

"법적으로 처리하고 싶다면 말리진 않겠지만, 그쪽이 질 거예요. 변호사 비용도 만만치 않다는 거 알고 있겠지요? 법으로 하면 나는 이런 돈 쓰지 않아도 되요. 하지만 겨우 잊힐 만하면 변호사 선임하고 해명해야 하고 세간에 오르내리고, 여간 번거롭지 않군요."

완연히 지친 얼굴로 권 여사가 말했다.

"일을 마치면 삼천을 더 드리겠어요."

강주가 놀라 권 여사를 쳐다보았다. 말도 안 돼. 사람을 뭘로 보고, 생각하면서도 심장 박동 수가 빨라지고 있었다. 출판기념회 날짜에 맞추려면 2주 안에 원고작업을 마쳐야 한다고, 편집을 끝내고 교정까지 마친 뒤 늦어도 3주 후엔 인쇄를 넘겨야 한다고, 머릿속에서는 자동적으로 스케줄을 짜고 있었다. 강주는 유혹을 털어내려는 듯 단호히 고개를 저었다.

"딸이 있어요. 부끄러운 돈으로 키우고 싶진 않습니다."

"딸이니까요. 딸은 귀하게 키워야죠. 그러려면 돈이 필요하고요."

자식을 키우는 게 어떤 건지 너무 잘 안다고, 권 여사가 강주를 바라보며 고개를 끄덕였다. 그때 가방 안에서 휴대폰 벨이 울렸다. 강주는 전화기를 꺼내 발신지를 확인하고는 계단 쪽으로 내려가 잠시 통화를 했다. 바쁠 텐데 어서 가보라며, 강주가 돌아왔을 때 권 여사가 자리에서 일어났다. 강주는 확실하게 매듭을 짓고 싶었다.

"일은……."

가능성을 잘라버리고 싶은 강주의 초조한 마음을 읽은 권 여사가 말을 잘랐다.

"지금 답할 필요 없어요."

현관까지 앞서 걸으며 이내 화제를 바꾸었다.

"참. 김미온 작가 말이에요, 소설가 누구 딸이라고 어디선가 본 거 같은데."

"소설가 김지형 선생님이 아버님 되세요."

"아, 그랬군요."

미용실에 갔을 때 잡지에서 본 것 같다며 권 여사가 고개를 끄덕였다. 아버지 뒤를 이어 소설가가 된 딸이라고 미온이 첫 책을 냈을 때 여성잡지에 한두 번 기사가 실린 적 있었다.

"김 작가한테 오늘 일, 설명할 필요 없어요. 내가 알아서 할게요. 그럼 조심해 가세요."

권 여사는 강주가 다른 말을 할 틈도 주지 않고, 그러나 부드럽고 자연스럽게 미소 지으며 대문을 닫았다. 인사를 하고 고개를 든 강주는 단단히 잠긴 대문 앞에서 한동안 막막하게 서 있었다. 급히 대문 밖으로 쫓겨나온 것 같았지만 그것이 꼭 권 여사의 의지만은 아니었다는 걸 강주는 부정할 수 없었다. 강주는 허탈하게 손을 펴보았다. 오후에 집을 나서기 전 명료하게 움켜쥐었다고 믿었던 인생의 해답은 모래알갱이처럼 손가락 사이로 빠져나가고 없었다. 빈 손바닥 위에 내려앉은 오후의 햇살만 한 줌, 사금인 양 반짝이고 있었다.

학원 앞 도로에는 셔틀버스 수십 대가 초등학생부터 고등학생 아이들까지 쉼 없이 쏟아내고 있었다. 영어 보습학원과 회화학원, 유학원까지 일괄 시스템으로 운영되고 있는 학원은 지역 내에서 최고로 손꼽히는 외국어 전문 사설 교육기관으로 5층 건물을 모두 사용하고 있었다. 강주는 주차장에 차를 세우고 안으로 들어갔다. 1층 로비에는 외국어고등학교 합격생 명단이, 명문대학에 합격한 수강생들의 누적 통계 그래프가, 미국이나 영국 소재 대학에 유학한 학생들의 성공 사례들이 자랑스럽게 게시되어 있었다. 수업 현장이나 영어연극, 외국인 홈스테이와 방학마다 실시되는 국내외 영어캠프에서 찍은 아이들의 기념사진도 벽면 광고 보드를 빼곡하게 채우고 있었다.

평창동에서 받은 전화는 물결이가 다니는 영어학원에서 온 것이었다. 학원장은 직접 만나 상의해야 할 일이 있다며 내원해 달라고 말했다. 무슨 일이 있는 것일까, 학교 수업은 끝났을 것 같은데 아이는 전화를 받지 않았다. 불안한 마음을 누르며 엘리베이터를 타고 원장실이 있는 5층으로 올라갔다.

"프랑크푸르트 도서전시회에 다녀오셨다고요?"

원장이 상담실로 강주를 안내하며 물었다. 무슨 말인가, 강주가 머뭇거렸지만 대답을 기다린 건 아닌 듯 원장은 커피를 마시겠느냐고 물었다. 괜찮다고 하자 서류파일을 테이블 위에 올려놓고 마주 앉았다. 시차로 고단할 텐데 와주어서 고맙다고 말했지만 강주가 국제도서전에 정말 다녀왔는지 여부는 원장에게 중요하지 않은 듯 보였다. 활달한 성격으로 외국 생활도 오래 하고 사업수완이 노련한 50대 중반의 커리어우먼인 그녀가 뉴스에 소개되곤 하는 프랑크푸르트 도서전이 가을에 열린다는 걸 모를 것 같지도 않았지만 거짓말을 캐는 건 그녀의 목적이 아닌 것 같았다.

"물결이가 영어캠프에 가지 못한다고 하더군요."

원장은 상대의 반응을 살피거나 눈치를 보는 스타일은 아니어서 에두르지 않고 본론을 이야기했다. 혹시라도 법적인 책임을 묻지 않을까 염려한 원장은 먼저 서류철을 펼쳐 강주 앞에 내밀었다. 여름 방학 필리핀 영어캠프 참가 동의서에는 물결이가 쓴 게 틀림없는 강주의 이름과 함께 유사하게 흉내를 낸 자필 서명이 그려져 있었다. 강주는 이해가 되지 않았다. 한두 달 전, 문자메시지로 안내장을 받았지만 여름과 겨울 둘 중 하나만 선택하도록 되어 있다면서 물결이는 겨울방학 때 보내달라고 말한 적이 있었다.

강주는 원장의 말과 말 사이의 행간을 유추하며 침착하게 보이려고 애를 썼지만 아이에 대해 아무것도 모르고 있었다는 사실이 확연해질

수록 얼굴은 수치심으로 뜨거워졌다. 원장의 말을 종합해 보면, 다음주부터 4주간 필리핀 현지 영어캠프가 시작되는데 강주는 사업과 출장 준비로 바빠서 캠프 준비 관련 학부모 세미나에 참석할 수 없었고, 참가비용을 송금해야 한다는 것도 잊고 있었다. 물결이도 깜빡 잊고 매번 이야기를 하지 못한데다 강주가 비행기를 타고 독일로 가는 동안 송금 기한이 마감된 것이다. 출장에서 돌아와 그 사실을 뒤늦게 알게 된 강주가 남편에게 연락했고, 아이는 캠프에 가지 못하는 대신 아빠가 살고 있는 미국에서 여름 방학을 보낼 예정이었다. 그런데 이토록 아이다운 거짓말을 원장이 모른 척, 강주에게 전달하는 이유는 따로 있었다. 물결이의 캠프 참가비용이 이미 결재되었기 때문이다. 대납한 사람은 수민이 엄마였다.

"물결이가 일요일에 전화를 했더군요. 캠프에 못 가게 되었으니 수민이 어머님께 돈을 돌려드리라고 말이에요. 하지만 비행기 왕복권이랑 캠프 계약이 완결된 상태예요. 아버님이 계시는 미국에 다녀오는 것도 좋겠지만 친구들하고 유대관계도 그렇고, 관광하는 것과 4주간의 교육 프로그램에 참석하는 건 다르지 않을까요?"

아이가 지어낸 이야기를 사실인 듯 전하고 있는 원장의 목적은 단 하나, 강주와 수민이 엄마 사이에서 돈 문제를 해결하고 물결이를 캠프에 참가시키도록 하는 것이었다.

"캠프 비용이 얼마, 였지요?

강주가 어색하게 물었다.

"그게 얼마였더라. 저도 워낙 일이 많아서요. 아. 오백만 원이네요."

대체 아이에 대해 알고 있는 게 뭐냐고 묻고 싶다는 듯 아연실색, 강주를 잠시 바라보던 원장은 마치 자신도 잊고 있었던 것처럼 파일을 열어본 뒤 입가에 미소를 띠고 대답했다. 그녀 나름 배려하는 것이었지만 강주를 바라보는 눈빛 속에 약간의 경멸이 담긴 것을 애써 감추려

하지는 않았다. 그렇게 하는 것이 자신의 의도를 관철시키는 데 유리하다는 걸 원장은 잘 알고 있었다.

"마침 수민이 어머님께서 오신 것 같네요."

그때 노크 소리가 들렸고 원장이 일어나 문을 열어주었다. 한눈에도 세련된 여자였다. 윤세실, 청담동에서 사진 스튜디오를 운영하고 있다며 수민이 엄마가 명함을 내밀었다. 강주도 명함을 찾아 건네며 폐가 많았다고 더듬더듬 말했다. 그러나 그렇게 큰돈을 어떻게 아이 말만 믿고 선뜻 결재할 수 있을까, 속으로 몹시 꽤씸했다.

"물결이가 우리 수민이 첫 여자 친구예요. 집에도 몇 번 왔었는데 똑똑하고 속이 깊은 아이더군요. 우리 애가 물결이랑 꼭 같이 가고 싶다고 졸랐어요. 자식 이기는 부모 있나요. 이사 온 지 얼마 안 돼서 학원도 학교도 낯설 때 물결이를 만나서 저도 실은 마음이 놓였거든요. 아파트도 가까운 곳이고 출판사업도 하신다 하고, 이런 학원에 보내실 정도면 믿어야죠. 무엇보다 아이를 캠프에 안 보낼 이유가 없잖아요."

세실이 경쾌하게 웃으며 말했다. 원장은 고개를 끄덕이며 그녀의 한마디 한 마디에 동의했다.

에어컨 바람이 너무 세서 소름이 돋을 지경이었지만 강주의 등줄기에는 땀이 흐르고 있었다. 초등학교까지는 파주 영어마을과 같은 국내 프로그램을 이용했기 때문에 크게 부담스럽지 않았다. 그런데 예상치 못했던 금액이 뇌리에 박히는 순간부터, 당황하고 있다는 걸 드러내지 말아야 한다는 걸 알면서도 강주는 머릿속이 텅 비어버린 것 같았다. 아이에 대해 무지했다는 자괴감과 거짓말을 한 아이에 대한 분노가 한 데 뒤섞여서 눈앞의 일을 어떻게 해결해야 할지조차 생각을 할 수 없었다.

강주는 잠시 화장실에 다녀오겠다며 상담실을 나왔다. 복도 끝에 있는 화장실, 거울 속에 비친 자신의 모습을 멀거니 들여다보았다. 땀에 젖은 화장은 얼룩덜룩하고 루주도 절반쯤 지워져 있었다. 웨이브가 풀려서 탄력을 잃은 머리카락은 무거워 보였고 염색한 부분도 원래 머리색과 경계선이 뚜렷했다. 미용실에 갔던 게 언제였을까. 강주의 얼굴 위로 세실의 여유 있는 웃음이 겹쳐보였다. 강주는 고개를 저었다. 세면대를 두 손으로 짚고 무거운 한숨을 깊이 내쉬었다.

자신이 얼마나 초라한지, 얼마나 형편없는 엄마인지 그런 건 아무래도 상관없었다. 엄마에게 말도 못 꺼내고 거짓으로 이야기를 지어낼 수밖에 없었을 물결이의 어린 마음이 아파서, 강주는 심장이 조여드는 것만 같았다. 강주는 입술을 깨물고 거울 속 자신을 똑바로 응시했다. 지금 강주가 해야 할 일은 단 한 가지였다. 원장 앞에서, 수민이 엄마 앞에서 물결이를 거짓말쟁이로 만들어선 절대 안 된다는 것이었다.

"제가 없는 동안 아이에게 신경 써주셔서 감사해요. 명함에 적힌 계좌로 오늘 바로 보내드릴게요. 그리고 우리 물결이, 캠프 참가 진행시켜 주세요. 아빠한테는 다음에 보내도록 하지요."

가볍게 화장을 고치고 상담실에 돌아온 강주가 여유를 가장하며 세실과 원장에게 말했다.

"어머, 꼭 돈 받으러 온 거 같잖아요."

세실이 깔깔 웃었다.

"두 분 인사라도 하셔야 할 것 같아서 전화를 드린 건데. 이제 다 잘됐네요."

원장도 그제야 안도의 표정을 지어 보였다.

"다음 주 출발이니 바빠지시겠어요. 딸은 이것저것 챙길 게 많잖아요."

세실과 강주는 아이들에 대해 사소한 이야기를 나누며 엘리베이터를 타고 주차장으로 내려왔다. 세실이 고급 외제 승용차의 문을 열었을 때, 강주는 어쩔 수 없이 자신의 소형차가 유난히 작고 초라하게 느껴졌다.

"내일 저녁 시간 되세요? 상의드릴 일이 있는데."

운전석에 타려던 세실이 말했다. 무슨 일일까, 강주는 또다시 가슴이 덜컥 내려앉았다.

"원장 앞에서 할 말은 아닌 것 같아서요. 제가 지금은 약속이 있고."

그러고 보니 조수석에 젊은 남자가 앉아 있었다. 시간과 장소를 정하고 나서 세실의 차가 멀어지는 걸 지켜보던 강주가 부르르 몸을 떨었다. 7월의 저녁, 왜 이렇게 추운 것인지 알 수가 없었다.

미온

풀을 베어낸 자리, 눈보다 코가 먼저 반겼다. 발목과 허리가 끊어지고 목이 잘린 풀들의 냄새였다. 어쩌면 고통이란 이토록 푸르고 싱그러운 것일까. 월요일 오후, 미온은 현관을 나서며 잠시 눈을 감고 숨을 깊이 들이마셨다.

비가 그치고 해가 말짱하게 뜬 지난 토요일 아침, 오랜만에 잠을 푹 자고 일어난 미온은 눅눅한 빨래들을 다시 한번 세탁한 뒤 물기를 탈탈 털어 햇볕에 말렸다. 잡초가 무성하던 마당도 주말 동안 말끔히 치웠다. 옥임이 쓰던 밀짚모자와 폭이 넓은 고무줄 바지를 입고 목장갑을 끼고, 예초기로 잡초의 발목들을 잘라냈다. 참새들이 놀라 덤불숲을 우르르 날아올랐다. 미온은 호미를 찾아 들고 남아 있는 풀뿌리까지 모질게도 뽑아 버렸다. 잔디 깎는 기계를 돌리고 마당을 텅 비우는 데 꼬박 이틀이 걸렸다. 쓰레기봉투에 넣어 대문 밖에 내놓은 다음, 일부러 남긴 잡초더미를 저녁나절에 태웠다. 몸살이 날 것처럼 힘들었지만 흠뻑 땀을 흘리고 나니 비로소 가벼워지는 기분이었다. 마른 풀이 타는 냄새와 허공으로 날아오르는 불꽃을 올려다보며 미온은 옥임이 마당을 왜 그토록 정성 들여 가꾸었는지 알 것도 같았다.

"생명은 무엇이나 소중하지만, 마당 안에 모든 생명이 다 자라게 할수는 없어. 원하지 않는 것은 뿌리 내릴 기회를 주지 말고, 일단 자랐으면 뽑아버려야 해. 독하지. 하지만 그렇게 하지 않으면 원하지 않는 것들이 마당을 점령해버리거든. 이 마당의 주인은 나니까 내가 원하는 것으로 채워야 하는 거야. 마음도 똑같아, 미온아. 네가 주인이야. 슬픔도, 고통도, 기다림이나 그리움도, 널 행복하게 해주지 않는 건 모두 뽑아버려. 그것이 사랑일지라도. 그리고 이렇게 모두 허공으로 자유롭게 떠나보내 주렴."

잡초를 태우며 옥임이 말했었다. 난치 진단을 받은 옥임은 수술과 입원 치료를 거부하고 진통제로 버티며 얼마 남지 않은 시간, 정원을 가꾸며 지냈다. 자신이 죽고 나면 이 집을 팔고 장 회장 말대로 아파트로 이사하라고 말한 것도 그때였다.

대문을 열고 나가려던 미온은 모든 것이 사라진 것 같은 마당을 빙둘러보았다. 이제는 옥임의 것도 아니고 그렇다고 자신의 것도 아닌 마당은 개구쟁이들이 떠나간 놀이터처럼 쓸쓸했다. 텅 비워낸 공간을 무엇으로 채울 것인지 미온은 여전히 알지 못했다. 그러나 며칠도 되지않아 질기고 억센 생명들이 다시 마당을 차지할 것이다. 어리석게도 미온은 비어 있는 것보다 원하지 않는 것이라도 함께 있어주길 바라는 것일지도 몰랐다. 잡풀로 무성해져도 오랫동안 방치하는 이유, 이 집을떠날 수 없는 이유였다.

집을 나선 미온이 버스를 몇 번 바꿔 타고 평창동에 도착한 것은 예상했던 것보다 한참이나 늦은 오후였다. 시청에서 갈아탄 버스가 가다서다를 반복하며 도로에 한참씩 서 있어야 했기 때문이었다. 시청 앞과광화문 그리고 A사 앞에서 각각 노랑, 초록, 빨강 플래카드와 깃발을든 시위자들이 정부를 향해, 사주를 향해, 자신들의 요구를 관철시키겠다며 무리 지어 도로를 점거하고 있었다. 무력충돌은 없었지만, 그들이 궁금해하는 진상을 밝히라고, 보상을 하라고, 해직자를 복직시키고 임시직을 정규직으로 전환하라며 주먹을 쥐고 구호를 외쳤다. 교통 흐름을 막고 그들이 거리를 점령한 곳마다 십여 대의 경찰버스들이 차벽을 만들었고, 어린 의경들은 바짝 긴장한 채 방패를 들고 폴리스 라인을 만들며 서 있었다. 시내에 자주 나올 일이 없는 미온과 달리 대부분의 승객들에겐 익숙한 풍경인 듯, 누구도 소리 내어 불평을 드러내지 않았다. 그렇다고 그들의 침묵이 모두 시위자들의 입장을 지지하는 것은 아니었을 것이다. 왜 버스가 달리지 않는 것일까, 힐끗 쳐다보고는 짜증스럽거나 무표정한 시선으로 이내 스마트 폰을 들여다보았다.

'저 사람들은 자신이 무엇을 원하는지 어떻게 알았을까. 저렇게 많은 사람들이 원하는 게 어떻게 모두 같을 수 있을까. 어떻게 자신이 옳다고 저토록 확신할 수 있는 것일까. 혹시 자신들이 세상을 정의롭게 바꾸고 있다고 믿고 있는 것일까. 설사 그들의 주장이 정의를 되찾는 일이라 해도, 열심히 하루를 살기 위해 거리에 나온 이토록 많은 사람들의 일상은 희생되어도 좋은 것일까. 자신의 권리를 위해 타인의 불편을 담보로 하는 것은 정당한 일일까. 그들로 인해 지금 내가 흘려보내고 있는 이 시간과 인내에 대한 보상은 누가 해줄 수 있는 것일까.'

미온은 궁금했다.

'나는 저들과 다른가. 내가 불의라고 생각하는 것을 뿌리 뽑기 위해 나도 지금, 호미 한 자루 집어 들고 이 길을 오르고 있는 것은 아닐까.'

버스에서 내려 경사진 골목을 걸어 올라가는 동안에도 미온의 질문은 꼬리를 물었다.

월요일 아침에 눈을 떴을 때, 미온은 더 이상 이대로 살 수 없다는 것을 알았다. 어떤 식으로든 송 교수 일을 털어내고 싶었다. 그에게 사과를 받아야 한다고, 법으로 처리하진 않더라도 제2, 제3의 피해를 막기 위해 정신과 치료를 받을 수 있도록 권 여사에게 알려야 할 의무와 책임이 있다고, 미온은 단단히 마음먹고 집을 나선 터였다. 하지만 저만큼 대문이 보이는 모퉁이에서 미온은 멈칫, 걸음을 멈추었다.

'너 지금 행복해? 어째서 네 소중한 시간과 에너지를 쓸데없이 낭비하고 있는 거야?'

제일 먼저 로움의 목소리가 들리는 것만 같았다. 하지만 즐겁지 않은 일도 해야 할 때가 있었다. 상식의 선을 넘었다면 그 일을 한 당사자에게 합당한 제재가 따라야 하는 건 당연했고, 물리적 피해를 주지는 않았지만 송 교수가 잘못한 것은 명백했다. 법적 절차를 결정했을 때 송 교수가 그런 적 없다고 우기거나 증거불충분으로 기소조차 되지 않는다 해도, 미온의 입장에서는 사건의 당사자로서 부당함을 밝히고 사과를 요구할 자격이 있었다. 하지만 그의 집으로 찾아가 사실을 폭로해도 되는 것일까. 가족이 송 교수의 정체를 모르고 있었다면, 비록 거짓일망정 부인과 자식들이 누려온 가정의 평온을 깨버려도 좋은 것일까.

미온이 송 교수 가족의 명예를 고려하고 있는 것은 분명 우스운 일이었다. 숙부에게 살해당한 아버지의 원수를 갚으려면 살인자와 결혼한 어머니의 불명예를 폭로해야만 하는 햄릿처럼, 이쪽과 저쪽의 틈새에서 자라난 모순, 그 중 어느 한쪽도 택할 수 없는 우유부단 때문만은 아니었다. 미온이 갈등하는 더 큰 이유는 과도한 자기 검열이 작용한 결과였다.

'나는 옳은가. 나는 실수한 적 없었나. 나는 타인의 과오를 지적할 만큼 떳떳한가.'

너는 틀렸어,라고 누군가를 향해 입을 떼려 할 때마다, 이 세 개의 질문이 미온을 막아섰다. 타인의 과오를 들추고 싶을 때마다 가슴 밑바닥에서 꿈틀거리는 죄의식이 미온의 마음을 언제나 무겁게 짓누르는 것이었다. 그러면 어쩔 수 없이 입을 다물고 도망치듯 뒷걸음질 쳐야 했다. 그 결과 미온은 타인의 일에 간섭하는 것도, 간섭받는 것도 원하지 않게 되었다. 설사 그 일이 부당한 일이라고 해도 모른 척 외면하면 아무 문제도 없었다. 진실을 안다는 건 몹시 성가신 일이었고, 옳고 그름은 입장에 따라 달라지는 것 같았다. 많은 사람들이 큰 목소리로 주장하는 일에 말없이 고개를 끄덕이거나, 시니컬한 표정으로 팔짱을 끼고 멀리서 방관하면 선택하고 지지하는 것에 따르는 결과를 감당할 필요가 없었다. 보상도 없었지만 사소하나마 압력과 앙심, 보복이 따라올 위험도 없었다.

무엇보다 미온에게는 또 하나의 고통스러운 양심이 넝쿨처럼 뻗어 심장을 움켜쥐고 있었다. 준경이었다. 언제부턴가 옳고 그름을 판단하지 못하는 방관자가 되면서 미온은 자신의 마음이 무엇을 원하는지 잊어버렸다. 그리고 텅 비어버린 마음, 그 자리를 멋대로 차지해버린 것이 준경이었다.

'다른 여자의 남편 준경, 그를 원하는 내가 과연 누구에게 손가락질할 수 있는 것일까.'

잘라도 뽑아도 끈질기게 넝쿨을 뻗는 환삼덩굴처럼, 준경은 미온이 주인이어야 할 마음을 온통 점령했을 뿐 아니라 중력처럼 발목을 감아쥐고 어둠의 중심으로 줄곧 끌어내리고 있었다. 하지만 법을 다루는 판사들조차 자신의 떳떳함을 자문한다면, 거울에 비춰본 양심에 한 점 오점도 없어야 타인의 죄를 판결할 수 있다고 믿는다면, 그 누구의 죄와 벌도 판단할 수 없을 것이다. 공감 능력이나 연민 같은 개인의 감정이 아닌, 법에 따라 공정하게 판결해야 하는 이유였다.

'사람들은 언제나 자신이 정당하다고 믿는다. 송 교수조차 자신을 변명할 것이다. 그렇다면 오늘 하루, 그날의 일에 대해서만큼은 나도 말할 기회를 가져도 좋지 않을까. 송 교수가 받아들이든 그렇지 않든, 사과와 재발 방지를 요구하는 것은 나와 타인, 그리고 사회를 위해 당연히 주장해야 할 의무가 아닐까.'

마침내 안개가 걷히고 시야가 명료해지는 것 같았다. 미온은 크게 심호흡을 하고 송 교수 집을 향해 걸음을 내디뎠다. 하지만 이내 멈추어야 했다. 철재 대문이 열렸다. 권 여사의 미소와 예의바르게 머리 숙여 인사하는 강주의 뒷모습이 보였다. 문이 잠긴 다음에도 강주는 한참을 그대로 서 있었다. 초인종을 누르려다 손을 내리고 고개를 숙인 채 발끝을 내려다보았다. 어깨를 늘어뜨리고 돌아서서 골목 한쪽에 주차해 둔 자동차를 타고 떠나는 강주의 모습을 길모퉁이에서 지켜보던 미온은 벽에 등을 기댄 채 미끄러지듯 주저앉았다. 강주의 파리한 얼굴에 드리운 그림자가 무엇을 뜻하는지 알 것 같았다. 사기충천해서 성배를 찾으러 떠났다가 간신히 목숨만 건져 돌아온 전사의 패배감.

"시발."

생전 처음 욕설을 듣고 교무실을 뛰쳐나갔을 때, 화장실 거울 속에서 미온은 강주와 똑같은 자신의 얼굴을 본 적 있었다.

미온이 대학을 졸업하고 국어교사로 근무한 곳은 사립재단의 고등학교였다. 학점을 채우려고 들었던 교직 이수 과목 덕택에 교사 2급 자격증을 갖고 있었지만 교사가 될 생각은 없었다. 꼭 돈을 벌어야 한다는 생각도, 그래야 할 필요도 느끼지 못했고, 그때까지는 소설을 쓰겠다는 절박함도 없었다. 교사가 된 건 순전히 옥임의 바람 때문이었다. 옥임은 미온이 안정적인 직업을 갖길 원했고 그 뜻을 헤아린 장석훈 회장이 사립학교를 소개시켜 주었다. 꼭 하고 싶은 일도 아니었고 장 회장의 그늘도 싫었지만 옥임의 고집을 미온은 이기지 못했다.

교사생활은 흥미롭지 않았다. 정해진 교과서를 교실마다 들어가서 교육지침서대로 반복해 가르치다 보면, 손과 발이 묶여 누군가에게 조종되는 마리오네트가 된 기분이었다. 학교보다 학원 활동이 중요한 학생들에게는 의무 이상의 감정을 가질 필요가 없었고 동료애를 나눌 만큼 교사들과도 가까운 관계를 갖지 않았다. 참교육이나 전인교육을 주장하며 전교조 활동을 권유하는 교사들과는 특히 거리를 두었다. 인생에서 무엇을 원하는지 몰랐기 때문에 무슨 일을 해도 상관없었지만, 능동적인 참여를 요구하는 일은 다른 어떤 것보다 끌리지 않았다. 재미도 보람도 없었지만 그래도 10년 동안 교직에 몸담을 수 있었던 건, 꼭 하지 말아야 할 이유가 없었기 때문이었다.

옥임이 세상을 떠나고 다음 해 여름, 학교에서는 부임한 지 얼마 되지 않던 교장이 출근길 교통사고로 죽었다. 아침에 소식을 들은 교사들은 끼리끼리 모여 수군거리고 있었다. 교장의 죽음은 어떤 이들에게는 축복이었고 또 어떤 교사들에게는 재앙이었다. 교장실에서 대책회의를 마치고 교무회의에 들어오는 교무부장과 학생부장, 연구부장들의 표정만으로도 희비를 확연히 구분할 수 있었다. 특히 맨 앞에 들어오던 교감은 싱글벙글, 구름 위를 날고 있는 것처럼 보였다. 속마음을 감추어야 한다는 생각조차 하지 못하는 것 같았다.

교사들은 재단이사장과 그 아들인 학원장의 파벌로 나뉘어 있었다. 그해 봄, 이사장은 전 교장의 정년퇴임으로 공석이 된 자리를 낙하산 인사로 채웠다. 수십 년 평교사에서부터 계단을 밟아온 교감은 정년퇴임을 3년 앞두고 있었기 때문에 낙심이 컸다. 그 밑에서 교감 될 날만 기다리던 학생부장도, 또 학생부장을 꿈꾸던 역사 선생도 바퀴벌레를 씹은 얼굴을 하고 교무실을 드나들었다. 그들은 평등하게 교내에서 인재를 뽑아 승진시켜야 한다고 주장하는 학원장에게 줄을 대고 있었다. 하지만 교감 그릇도 안 되는 사람이 교장이 되는 건 터무니없는 일이라고 생각한다는 걸, 교감을 바라보는 이사장의 눈빛을 한번이라도 봤다면 누구나 알 수 있었다.

사흘 후 운동장에서 전교생과 교직원이 지켜보는 가운데 교장의 노제가 열리는 날이었다. 그날 아침 교무실 문을 열고 들어서는 순간, 타인의 죽음을 그렇게 즐거워할 수도 있다는 걸 미온은 처음 알았다. 비로소 정의가 실현된 거라고, 자기 자리가 아닌 데 와서 비명횡사한 거라고, 이사장도 이번에는 낙하산 인사를 단행하지는 못할 거라고, 국사와 학생부장 패들이 교감을 둘러싸고 앉아 아무런 조심성 없이 이야기를 주고받고 있었다. 아직 모르는 거라고 겸손한 척 말했지만, 중요한 행사니까 아이들 안전에 특별히 유의하라며 교장처럼 지시하던 교감은 스스로도 뿌듯했는지 몇 번이나 큰기침을 했다. 그들 영역 바깥에 있는 교사들은 숨소리도 크게 내지 못하고 고개를 숙인 채 책장을 넘기거나 잔무를 처리하며 그들의 파티를 외면하고 있었다.

"사람이 죽었어요. 장례식 하루만이라도 그 기쁜 마음 좀 감춰둘 수 없는 거예요?"

참지 못하고 미온이 당돌하게 말했다. 눈치 없는 저 물건은 뭐야? 하고 묻는 듯, 불화살 같은 시선들이 날아와 미온의 얼굴에 꽂혔다. 쟤 어쩌려고 저래, 숨죽이고 있던 교사들도 걱정스럽게 그러나 은근 기대 어린 눈빛을 하고 고개를 들었다. 그때 국어과 황 선생이 의자를 거칠게 밀치고 일어났다. 앞으로 다가오더니 검지를 미온의 코앞에 똑바로 치켜들고 말했다.

"야, 김미온. 너 그렇게 깨끗해? 네가 그렇게 안 해도, 돈 처바르고 이사장 빽으로 들어온 거 알고 있거든. 교장 죽은 거 그렇게 슬프면 화장실 가서 혼자 조용히 울어. 시발."

태어나 처음 들어보는 욕설과 비난이었다. 가슴이 두방망이질을 하고 얼굴이 후끈, 뜨거워졌다. 교무실은 찬물을 끼얹은 듯 잠잠했다. 누구도 미온을 위해 편들고 나서지 않았다.

"김지형 딸이라고 잘난 척하고 싶은가 본데. 니네 아버지 왜 죽었는지 모르지? 알려줄까? 대중연애소설 쓰고 쪽팔려서 죽은 거야."

황 선생이 다시 코웃음을 뱉으며 미온을 향해 이죽거렸다. 미온은 악, 하고 입을 다물지 못했다. 평소 적대적이었다는 건 알고 있었다. 하지만 이만큼 저질일 거라고는 상상도 하지 못했다. 그때 문이 열리고 학원장이 들어왔다. 무슨 일이냐고, 어색한 분위기를 느낀 학원장이 물었지만 "아이고, 벌써 오셨습니까?" 교감이 뛰어가 넙죽 허리를 굽히며 그를 반겼다.

"인간이 이렇게 흉측할 수 있네요. 당신 같은 사람들이 아이들을 가르치고 있었네요."

미온은 그들을 노려보며 이를 악물고 말했다. 젊은 선생이 철이 없어 나댄다고, 별일 아니니 신경 쓰지 마시라고, 그들의 아첨 어린 목소리를 뒤로하고 미온은 고개를 빳빳이 쳐들고 교무실을 나왔다. 하지만 복도를 지나 화장실로 뛰어 들어가는 순간, 미온은 기어이 참았던 울음을 터뜨리고 말았다.

"그러게 왜 나서, 나서길. 누군 입 없어 말 안 해. 오물 덩어리들, 더러워서 참는 거지."

평소 말이 없던 수학과 박 선생이 따라와 문 너머로 말한 뒤 수돗물을 크게 틀어주었다.

더 독하게 싸웠다면 결과는 달라졌을까. 그다음 날 미온은 사표를 냈다. 그들이 옳다고 생각해서는 아니었다. 그들은 천박했고 구역질나는 인간들이었다. 하지만 미온이 교사가 될 수 있었던 것은 황 선생의 말대로 장 회장과 이사장의 사사로운 친분의 결과만은 아니었다. 확인하고 싶지 않았을 뿐, 꽤 큰 액수가 이사장에게 전달되었으리라는 것은 뻔한 일이었다. 미온만이 아니었다. 교무실에 있는 교사들 대부분이 이사장과 학원장 둘 중 어느 한쪽의 줄을 잡고 교직을 사고팔았다는 것은 암묵적으로 모두가 아는 사실이었다. 다만 학원장 파에는 정규채용으로 들어온 교사가 소수 있었다. 빽도 줄도 없는 그들은 실력만으로는 살아남을 수 없다는 것을, 학원장과 그 밑에 줄을 댄 사람들 편에 설 수밖에 없는 딜레마를, 재빨리 이해했다. 충성경쟁에 앞장서서 누구도 섣불리 반대의견을 낼 수 없게 분위기를 주도하는 건 언제나 황 선생이었다.

그 후 뒷이야기는 학교를 그만두고 유명 입시학원으로 옮겨간 박 선생을 통해 들을 수 있었다. 교장을 다시 외부에서 초빙하려던 이사장에게 교사들은 거세게 항의 농성을 했고, 학원장은 재단 이사회를 움직여 아버지를 실각시켰다. 충격을 받은 이사장은 뇌졸중으로 쓰러졌고 학원장은 이사장에, 교감은 마침내 교장의 자리에 올랐다.

"이사장은 부지 넓히고 건물 새로 짓고 잔디 깔고 학교 발전에 신경 썼잖아. 능력 있는 교장 데려와서 교무 행정도 교육 환경도 개선되었었고. 그런데 정의, 평등, 민주 외치던 그치들, 권력 잡고 현금 쥐니까 눈이 뒤집어진 거지. 자율교육 한다고 애들은 내팽개치고 학부모들 불러내 룸살롱 가서 접대 받고 먹고 마시고 춤추고. 집 사고 차 바꾸고 연수 핑계로 해외여행 다니며 한 몇 년 신났었지."

박 선생을 만난 건, 지난해 재정난과 경영부실로 인해 재단이 다른 기업으로 넘어갔다는 뉴스를 본 직후였다. 부정에 대한 책임을 물어 교장이 되었던 교감은 정년을 1년 앞두고 쫓겨났고, 역사 선생과 학생부장을 비롯한 윗선들 역시 해직되었다. 새로운 재단 쪽 사람들이 하나둘 자리를 채우게 되면서 기존에 있던 교사들 중 일부는 입시학원 쪽으로 옮겼다고 했다. 박 선생도 그때 학교를 그만두었다. 남아 있는 사람들은 있는 듯 없는 듯 자신의 일만을 묵묵히 하는 교사들, 그리고 새로운 재단에게 다시 영혼을 팔아 충성을 바치는 황 선생을 위시한 그쪽 사람들이었다. 이제 줄 서지 않아 속편하다고, 어디까지나 실력으로 스카우트된 거라고, 그럭저럭 인기 있는 강사여서 한결 많이 번다고, 하지만 선배들 보니 건강 상하기 전에 젊은 시절 한때인 것 같다며 박 선생이 씁쓸하게 웃었다.

대관령에서 사건에 대해 철저히 모른 척했던 강주가 송 교수 집을

나오며 드러낸 절망을 목격한 미온은 비로소 그 당시 교무실에서 일어
난 일이 삶의 영역을 두고 치른 전쟁이었다는 것을 이해할 것 같았다.
절대적인 옳고 그름은 없었다. 누구나 자기가 옳았다. 누구나 다 살기
위해 처절하게 버텼다.

미온은 일어섰다. 송 교수의 집을 등지고 언덕길을 내려왔다. 그까
짓 사과와 다짐을 받을 필요는 없었다. 강주와 매듭지을 일도 없었다.
마른 풀을 태우며 옥임이 했던 말의 의미를 알 것 같았다. 호미로 뿌리
뽑을 수 있는 것은 세상의 모든 잡초가 아니었다. 오직 내 마당 안의
잡초였다.

용서할 자격이 있는지는 알 수 없었지만, 미온은 그 순간 송 교수와
강주를 용서했다. 용서란 상대에 대한 너그러움이 아니었다. 그 사람의
행복을 빌어주고 웃어주는 것이 아니었다. 진정한 용서란 잊는 것이었
다. 지우는 것이었다. 그 사람과 그 사건과 무관하게, 다시 내 삶을 뚜
벅뚜벅 살아가는 것이었다.

샐러드와 수프를 시작으로 버터를 발라 그릴에 구운 감자와 향을 살
려 새파랗게 볶은 브로콜리까지, 별 다섯 개짜리 호텔에서 먹는 안심스
테이크는 미온이 지금 이 순간, 행복하다고 느끼기에 충분했다. 대관령
에 다녀오던 날 소머리국밥을 토해낸 뒤, 위장약과 편의점에서 사온 인
스턴트 죽으로 며칠을 살았다. 음식을 준비하고 먹는 일은 정성을 다해
야 하는 거라고 옥임이 입 아프게 잔소리를 했었지만, 집에서 밥을 해
먹는 일은 거의 없었다. 혼자 먹고살겠다고 장을 보고 고기를 썰고 야
채를 다듬고 볶고 지지고 끓이는 일은 성가셨다. 혼자 식탁에 앉아 입
안에 음식을 넣고 우물우물 씹는 일은 서글펐다. 주유소에서 휘발유를
넣듯, 샌드위치나 삼각 김밥 같은 것을 욱여넣고 재빨리 흔적을 지우는
게 버릇이 되었다. 그런데 평창동에서 내려오는 길, 참을 수 없는 허기

가 몰려왔다. 혀에 착 감기는 음식을 우아하게 탐닉하고 싶었다. 편한 사람을 만나 조금은 사치스럽더라도 전망 좋은 곳에서 식사하며 즐겁게 이야기하고 싶었다. 미온이 제일 먼저 떠올린 건 윤재였다. 그러잖아도 연락하려고 했다면서 윤재도 반갑게 뛰어나왔다.

"결혼하니까 좋아?"

와인을 마시고 잔을 내려놓으며 미온이 물었다. 오랜 연애 끝에 지난봄 결혼한 윤재는 하얀 이를 드러내며 빙긋 웃었다. 미온은 사랑을 믿지 않았지만 윤재가 행복한 결혼생활을 하는 극소수의 커플들 중 하나가 될 거라고 확신했다. 장 회장의 하나뿐인 아들 윤재는 말도 제대로 못 하던 어린 시절부터 누나 누나, 부르며 미온을 잘 따랐다. 남자 보는 눈이 없다고, 자기한테 심사받고 통과된 후에 시작해야 한다고, 윤재는 늘 미온을 걱정했다. 두 살 어렸지만 그럴 때면 의젓해서 꼭 오빠 같았다. 무엇하나 부러울 것 없이 자란 탓에 당돌하고 직설적인 성격이었지만, 꽈배기처럼 비틀어져서 눈치 보는 사람들보다 미온은 윤재가 편했다.

장 회장이 빼주겠다고 했는데도 유학을 마치고 돌아와 고집스럽게 군 복무를 했던 윤재는 출판사에서 일을 시작한 뒤 지금은 기획부장을 맡고 있었다. 실패 앞에서도 자학이나 원망 대신 원인과 과정을 냉정히 되짚을 줄 알았고, 예술적인 감성은 없었지만 객관적이고 솔직해서 직원들도 장 회장의 권위적인 방침보다 윤재의 경영 스타일을 합리적으로 받아들이는 것 같았다.

"일 해?"

"이것저것."

"일하지 마. 소설만 써. 소설 말고는 제대로 할 줄 아는 것도 없잖아."

포크를 내려놓으며 윤재가 말했다. 미온이 푸후훗, 웃었다. 양복 안주머니에서 봉투 하나를 꺼내 윤재가 건넸다. 접시 위에 포크와 나이프를 내려놓은 미온이 봉투를 집어 들었다. 안을 들여다본 미온이 다시 윤재 앞으로 밀었다.

"옷도, 구두도, 백도 필요하잖아. 미용실도 가야 하고."

"그런 거 안 해도 나는 명품인걸."

미온이 생긋 웃었다. 윤재와 함께 있으면 미온은 수다스러워지고 장난하고 농담도 하고 깔깔 소리 내어 웃었다. 옥임이 죽은 뒤 그래도 사람을 믿을 수 있다고 미온이 생각하고 있다면, 그건 윤재 때문이었다.

"명품이니까 관리가 필요한 거야."

미온의 빈 잔에 와인을 채워주며 윤재가 말했다.

"며칠 전 파주에 갔었어. 출판인들 저녁 모임. 오 실장 만났는데 원고, 그쪽에 보냈었다면서."

윤재가 말했다. 미온이 얼굴을 찌푸렸다.

"출판인들은 작가 프라이버시, 안 지켜 줘?"

"원고가 나쁜 건 아닌데 자기네랑은 안 맞았다고."

"객관적 의견이 궁금했어. 그건 안 좋다는 말이고."

"주관적이고 편향된 평가지. 사회 비판이 강한 책만 내는 출판사잖아. 다른 출판사도 똑같아. 요즘 소설이나 시는 온통 타인과 사회, 세상에 대한 절망과 비난뿐이야. 분노하라, 일어나라, 싸워라, 정의로운 투사처럼 외치지. 그런데 요란하게 나팔만 불고, 작가 자신은 아무런 책임 없다고 발 빼는 거야. 내가 맡게 되면서 우리 출판사가 국내 작품을 등한시하게 된 이유야. 역사와 사회 문제를 다루더라도 제도나 남 탓이 아니라 결국 인간이 가진 모순의 뿌리를 파고드는 거, 나는 그게 문학이라고 생각해."

미온은 대견한 듯, 흐뭇하게 윤재를 바라보았다.

"그래서 누나의 소설이 좋아. 개인에 집중하니까."

"그래서 보낼 수 없었어. 넌 무조건 내줄 테니까."

"내가 책임져야 할 우리 회사 직원들이 몇 명인 줄 알아? 손해 보는 일은 하지 않아."

"남는 것도 아니잖아."

"여전히 아무도 믿으려 하지 않는구나. 자기 소설도, 자기 소설을 읽어주는 독자도. 그리고 출판인으로서의 나까지도."

"믿어, 너는."

미온이 말했다.

"왜 문단 권력의 인정을 받으려고 해? 그러면 좀 훌륭해지나? 그들은 학연, 지연, 인맥으로 단단히 뭉쳐 있어. 그들의 작품이 다수의 독자한테 외면 받는 이유야. 세상을 보는 시선도, 문법도, 소재와 주제도 똑같거든. 더구나 우리나라 작가들은 양분된 이념 논쟁에 빠져서 직접 정치를 하고 있지. 누나는 그들 이념에 동조하지 않잖아. 일류대를 나온 것도 아니고, 문창과를 나오지도 않았고, 문학잡지로 등단한 것도 아니고. 그들만의 리그에 누나가 받아들여질 일은 절대 없어. 그러니까 꿈 깨."

윤재가 냉정하게 말했다.

"외로우니까. 동료가 없다는 거."

아이스크림을 한 스푼 뜨려다 말고 미온이 혼잣말처럼 말했다. 그런 미온을 물끄러미 지켜보던 윤재가 다시 입을 열었다.

"출판계도 똑같아. 이삼 년에 한 번씩 이쪽 출판사 저쪽 출판사, 똑같은 편집인들이 돌고 돌아, 편집인으로 일하는 작가들도 많고 각종 문학상의 심사위원도 다 그들이야, 그들 취향대로 작품을 선택하니까 바뀔 수가 없어. 그런 세계에서 나도 돌연변이야. 유학했고 낙하산이고 후계자니까. 문학의 헝그리 정신을 모르는 자본주의 철부지라고 한다더군. 얼마나 잘하나 두고 보자, 팔짱 끼고 뒷말들을 하는 모양이야. 그들과 같이 가면 외롭지 않을지도 모르지. 하지만 거기엔 내가 원하는 미래가 없어."

윤재도 자신의 이야기를 들어줄 사람이 필요했구나, 미온은 눈과 귀와 마음을 기울여 윤재의 이야기를 들었다.

"독자는 비용을 지불해. 다양한 시각의 작품을 읽을 권리가 있지. 그런 독자의 건강한 욕구를 무시하고 자기들이 설계한 세상을 만들기 위해서 똑같은 색깔의 작품만 내놓는 건 독자를 무시하는 거야. 그거야말로 문단 독재, 출판 독재가 아닐까."

윤재가 하고 싶은 말을 다 해서 후련한 듯 크게 숨을 내쉬고 미온을 바라보았다.

"모든 사람이 누나 소설을 좋아할 수는 없겠지만 다양한 목소리 중 하나일 자격은 충분하다고 생각해. 그러니까 책 내자."

윤재가 말하고 활짝 웃었다.

배가 고픈 게 아니었다. 내 편을, 내 사람을 만나 확인받고 싶었다. 너는 틀리지 않았어, 네가 최고야, 그렇게 자신을 믿어주는 사람의 말을 듣고 싶었다. 누구보다 윤재를 만나고 싶은 이유였다. 윤재의 제안을 따를 생각은 들지 않았다. 그래도 연료 경고등에 빨간 불이 켜졌다가 휘발유를 가득 채운 뒤 세상 끝까지라도 달려갈 수 있을 것 같은 자신감을 회복한 자동차처럼, 미온은 잠시 포만감을 느끼며 미소 지었다.

"아버지가 전화 몇 번 하셨는데 안 받았다면서? 그때마다 노인네 상처받는 거 모르지?"

스카이라운지에서 식사를 마친 후 지하 1층에 있는 바에 내려와 나란히 앉았을 때였다. 바텐더가 위스키에 얼음을 넣은 온 더 락과 올리브로 장식한 마티니를 윤재와 미온 앞에 놓아주었다.

"무슨 말 하실지 아니까."

미온이 턱을 괴고 심드렁하게 대답했다.

"누나는 붙잡아 두면 안 되는 사람이라고 말씀드렸는데 아버지 생각은 다르신가 봐."

윤재가 위스키를 한 모금 삼킨 뒤 말했다.

미온은 역삼각형의 투명한 술잔을 바라보며 말없이 윤재의 이야기를 들었다. 미온은 김지형의 딸로 살아서 고맙다고, 행복하다고 생각한 적 없었다. 하물며 무덤지기처럼 그를 기념하는 문학관의 관장을 맡으라는 건, 결코 받아들일 수 없는 일이었다.

"〈베가의 연인〉은 아버지에게도, 출판사 입장에서도 중요한 작품이야. 덕분에 지금의 SG출판그룹이 있는 거니까. 그래서는 아니지만, 나역시 그 소설이 없었다면 기념관 설립을 반대했을 거야."

미온의 마음을 잘 알고 있는 윤재가 말했다.

"그 작품 때문에 문단에서는 사후 변절자 취급을 받았지. 자본주의에 물들어서 죽음 직전에 통속작가로 전향했다고."

미온이 냉소적으로 말했다. 지형은 육칠십 년대를 배경으로 당시 가속화되고 있던 산업화와 그를 주도한 정부에 반대하는 성격이 짙은 소설을 주로 썼다. 고향을 떠난 노동자들의 비참한 현실을 부각시키면서 인간은 평등해야 한다며 개발과 자본주의의 그늘을 강조하며 노동운동을 독려하려는 경향이 강했다. 대중에겐 거의 알려지지 않았지만, 문단이 김지형을 높이 평가했던 건 그러한 사회주의적 각성을 담은 단편소설과 에세이들이었다.

그런데 한동안 작품발표를 하지 않던 그가 유작으로 남긴 소설은 뜻밖에도 삼각관계를 중심으로 인간의 내면을 탐색한 〈베가의 연인〉이었다. 소설은 그의 죽음과 함께 회자되어 단번에 대중의 사랑을 받았지만, 문단은 김지형이 그런 소설을 쓸 리 없다며 위작이라는 주장을 내놓았다. 김지형의 명성을 팔아 돈을 벌기 위한 출판사의 사기라는 모함도 제기되었다. 옥임이 나서서 지형의 작품임을 조목조목 증언하는 인터뷰가 여러 잡지에 실린 뒤에야 논란은 수그러들었고, 죽음을 예감했던 작가의 인간적 성숙이 일구어낸 아름다운 수작이라는 일부 평단의 호평과 함께 오랫동안 베스트셀러의 자리를 지켰다.

"대중이 외면하는 문학이 무슨 의미가 있을까. 니체처럼 시대를 너무 앞선 탓에 불운한 작가가 없는 건 아니지만, 셰익스피어나 괴테처럼 당대에도 좋은 작품으로 대중의 사랑을 받은 작가들은 얼마든지 있어. 하지만 대중은 위험해. 틀릴 때가 많지. 지금 출판, 문단은 대중의 우매함을 이용해 정치를 바꾸려 하고 있어. 독자를 억울한 희생자나 피해자로 인식시키며 사회를 전복하겠다는 건데. 명백한 역모이고 비겁한 폭력이야. 문단과 작가들의 의식이 칠팔십 년 대를 벗어나지 못하고 있기 때문이지. 시대의 변화를 아예 못 읽거나 인정하길 두려워하는 거야. 세상과 맞서는 지식인의 고뇌라는 면류관을 내려놓는 게 싫은 걸 거야. 그들이 개인이 되지 못하는 이유, 더 확고한 공동체 사회로 되돌리려 애쓰는 이유가 아닐까 해. 서로 뭉쳐서 밀어주고 끌어주고 자기들끼리 권력과 부를 나누어야 하니까. 그토록 독재를 비난했으면서 그들 스스로 독재자가 된 거야. 그것도 한 명의 독재가 아니라 공동독재체제라는 괴물이 되어서 지구에서 사라져야 할 마지막 정치이념의 하수인이 되고 있어. 하지만 불가능한 꿈이란 걸 저들도 곧 깨닫게 될 거야. 변하지 않는다면 멸종되겠지. 현대는 개인의 시대니까. 생명이라는 바다에서 자유롭게 존재하는 개인. 작고 나약하지만 저마다 헤엄치는 도도한 물방울. 바다를 구성하는 일부가 아니라 그 자신이 바로 바다라는 것을 깨닫는 개인의 시대란 말이야."

윤재는 신랄했다. 미온의 머릿속에서 어렴풋이 자리 잡아가고 있던 생각을 윤재는 자신의 출판 철학으로 확고하게 다져가고 있었다.

"그들은 시대의 파도를 거스를 수 없어. 하지만 고사되기까지는 시간이 걸리겠지. 그 전에 출판계 흐름을 바꾸려는 시도를 해보고 싶어. 현재 출판 시장의 생태계에서는 소규모 출판사나 작가 개인이 살아남

을 수가 없거든. 출판시장도 서점유통도 작가 등용문도 거대한 문단 독
재 권력이 움켜쥐고 있으니까. 대형 출판사나 잡지사가 뽑은 작가를 스
타로 키우고 팔릴 수 있는 상품을 기획하다 보니 소설가가 산문집을 내
고 시인이 여행에세이를 내, 그들의 재능이 고갈된 후에도 공장에서 찍
어내듯이 매년 책이 나오고, 그런 식으로 몇몇 스타작가들이 장기집권
하게 되는 거지. 이렇게 되면 출판 문단 권력이 멸종되기 전에 작가들
이 먼저 씨가 마를 거야. 등단 제도와 작가 단체, 문단이란 울타리가 사
라져야 해. 그래야 작가가 자유롭게 존재할 수 있어. 다양한 작가가 완
성된 작품을 들고 출판사를 찾는 거지. 김지형 문학관이 그 출발점이
되면 좋겠어. 우리 출판사에서 그런 프로그램을 개발해 보려고 해. 김지
형의 초기작이 아니라 대중소설로 치부되는 〈베가의 연인〉을 문학관의
주요 테마로 정한 건 그래서 의미가 있어."

　윤재는 말한 뒤 얼음만 남은 잔을 바텐더에게 들어 보였다.

　"한번 와서 봐 줘. 열심히 복원한다고는 했는데 누나만큼 정확히 확
인해줄 사람이 없잖아."

　윤재가 미온을 보며 잠시 말을 멈추었다. 그리고 망설이다가 입을
열었다.

　"개관식에서 누나가 가족 대표로 인사해 줬으면 좋겠어."

　"싫어."

　윤재의 말이 끝나기도 전에 칼로 베어내듯 미온이 말했다.

　"너도 똑같아."

　마티니를 단번에 비우고 빈 잔을 쏘아보았다. 윤재는 빤히 미온을
볼 뿐, 토를 달지는 않았다. 바텐더가 새로 윤재의 잔을 놓아주었다.

　"아버지 아들인데 어디 가겠어."

　변명의 여지가 없다는 듯, 그러나 쓸쓸하게 웃고는 윤재가 술을 들
이켰다.

"그래도 이해 안 가는 부분은 아직 있어. 저 정도면 더 바랄 게 없을 것 같은데, 돈과 명예만으로는 안 되는 모양이야."

무슨 말인가, 미온이 윤재를 쳐다보았다.

"내년에 있을 보궐선거에 나가시겠대. 문학관이 순수하게 김지형 선생님 추모를 위한 게 아니라는 말이야. 개관식이 성공적으로 치러지길 원하시는 이유지."

"그래서 김지형의 딸이 홍보용으로 필요한 거구나."

훗, 미온이 웃었다. 그제야 이해가 되었다. 빈 잔에 들어 있던 올리브를 꺼내 입에 넣고 씹으며 얼굴을 찌푸렸다.

"오늘, 그거 설득하는 게 목적이었어?"

미온이 서운한 듯 물었다.

"누나가 무엇을 원하는지 알아. 하지만 난 동시에 그분 아들이고 그 뜻을 아니까. 최소한의 도리라고 이해해줘."

후, 윤재가 답답하다는 듯 두 번째 잔을 비웠다.

"바닷길하고 도보 코스로 연결시키면서 관광 효과에 대한 주민들의 기대가 커. 경쟁상대라고 해봐야 송두섭 교수 정도인데, 이변이 없는 한 아버지가 이길 거야."

"누구?"

미온은 깜짝 놀라 고개를 돌려 윤재를 쳐다보았다.

"송두섭, 알아?"

윤재가 물었다. 미온이 하, 하고 입을 벌린 채 다물지 못했다. 이내 쿡, 웃음이 터졌다. 알코올 기운 때문인지 입을 막고 웃는데도 손가락 사이로 키득키득, 웃음소리가 새어나갔다. 내가 끝낸다고 해서 어떤 일이 끝나는 건 아닌 거라고, 깨끗이 털고 멀리 떠나왔다고 생각했는데 미온은 다시 제자리로 돌아온 것 같았다. 미온의 웃음은 그쳤다가 다시 터지고 숨었다가 다시 튀어나왔다. 윤재는 재미있는 건 같이 나누자며 미온의 웃음이 그치길 기다려주었다. 겨우 웃음을 가라앉히고 미온은 새로 놓인 마티니를 한 모금 삼켰다. 그리고 간단히, 대관령의 일을 빼고 자서전 대필을 하려다 그만두었다고만 말했다. 그런데도 윤재는 미온에게 무섭게 화를 냈다.

"그런 식으로 누나 재능을 팔지 마. 다시는!"

그렇게 고통스럽게 일그러진 윤재의 얼굴을 보는 건 처음이었다. 가슴이 턱, 막히는 것 같았다.

"응."

미온이 순하게 답했다. 윤재도 미온도 빈 잔을 바라볼 뿐, 한동안 아무 말도 하지 않았다.

10시에 바를 나왔다. 대리기사를 부른 윤재가 집까지 데려다주겠다고 했지만, 미온은 거절했다.

"참, 오후에 문학관 전시팀에서 전화가 왔어. 〈베가의 연인〉 육필원고가 없다는데."

버스정류장에 미온을 내려주면서 윤재가 말했다.

"원고 박스 다 보냈는데."

미온이 이해되지 않는 표정으로 말했다.

"혹시 따로 보관해 둔 걸 잊은 게 아닐까 했는데. 그럼 회사에 있겠지. 내일 자료보관실에 찾아보라고 할게."

윤재가 말했다. 그때 버스가 정류장으로 들어섰다. 원고를 찾으면 연락하기로 하고 미온은 버스에 뛰어올랐다. 윤재는 미온이 자리에 앉는 것까지 확인하고서야 떠났다.

쓸데없이 세게 튼 에어컨 바람 때문에 살갗이 아플 만큼 시렸다. 팔짱을 끼고 어깨를 움츠린 채 버스 차창에 머리를 기댔다. 상자 안에 없다고? 그럼 어디에 있는 거지? 생각해보려 했지만 술기운 때문인지, 으슬으슬 추운데도 미온은 얕은 잠 속으로 빠져들고 있었다.

3장

강주

강주는 휴대폰을 손에 꼭 쥐고 거실을 서성였다. 수학학원이 끝나고 집에 올 시간이 지났는데도 물결이는 돌아오지 않고 있었다. 전화를 했지만 매번 음성통화로 넘어갔다. 아이는 어디에 있는 것일까. 밤거리를 방황하는 아이의 모습을 상상하자 덜컥 심장이 내려앉으며 가슴이 옥죄어 왔다. 하지만 눈앞에 마주한 불안이 모두 물결이의 책임인 듯, 입을 열면 감정적인 단어들이 함부로 튀어나올 것 같아서 강주는 아무 말도 남기지 않고 전화를 끊었다.

학원장을 만나고 돌아온 강주는 옷도 갈아입지 않고 인터넷 뱅킹에 들어가서 몇 개의 계좌에 흩어져 있던 돈을 모아 수민 엄마에게 송금했다. 캠프 기간 동안 아이가 친구들과 어울리며 써야 할 비용까지 제외하고 남은 잔액을 마주하니 한숨이 절로 나왔다. 인생에서 중요한 건 돈이 아니라고 말하는 사람이 있다면, 그는 돈 때문에 삶의 밑바닥을 벌레처럼 기어본 적이 없기 때문이다. 돈은 인격이고 품격이며, 무엇보다 기회였다. 돈이 있었다면 덕환은 그렇게 허망하게 죽지 않았을 것이다. 애숙도 주점을 차리지 않았을 것이다. 돈이 제공하는 기회에 굶주리지 않았다면 강주는 결코 남편과 결혼하지 않았을 것이고, 훨씬 더 일찍 이혼할 수도 있었을 것이다.

종합병원 외과 의사와 결혼한다고 주변에서는 부러워했지만, 강주 또한 돈 때문에 비굴해지는 삶은 영원히 끝이라고 생각했지만 변한 건 아무것도 없었다. 달라진 게 있다면, 이쪽 지옥에서 저쪽 지옥으로 옮겨간 것뿐이었다. 함께 사는 동안 강주는 남편의 수입이 얼마인지 알지 못했다. 퇴직 후 개인병원을 열 계획이라며 남편은 공과금을 제외한 생활비만 강주의 통장으로 넣어주었다. 결혼을 하고 아이가 생기고 이혼을 할 때까지 남편이 주는 돈은 한 푼도 늘어나지 않았다. 취미생활을 하는 것도 아니고 사치품을 사들이는 것도 아닌데 지갑은 늘 빠듯했다. 물결이에게 필요한 게 있으면 말하라고 했지만 막상 이야기를 하면 그게 왜 필요하냐고 되물었다. 꼭 목돈이 들어가는 것이 아니어도 눈에 띄는 옷이나 장난감, 욕심나는 자잘한 교재들은 얼마든지 있었다. 아무리 알뜰히 꾸려 가려고 해도 가계부에는 늘 구멍이 생겼다. 그때마다 애숙이 한숨을 늘어놓으며 '호랑이 아가리보다 더 무서운 게 살림'이라고 했던 말이 떠올랐다. 생활비를 조금 더 올려달라고 하면, 그보다 적은 금액으로도 서민들은 아이들을 가르치고 저축하고 집도 장만한다며 남편은 싸늘하게 강주를 비난했다. 그런 남편은 자신이 먹고 싶은 것, 입고 싶은 것, 갖고 싶은 건 마음껏 사들였다. 가끔 부부동반 모임을 마치고 돌아오는 길이면 자기 체면을 생각해 달라고, 다른 부인들처럼 옷도 머리도 세련되게 가꾸라고, 준 돈은 다 뭐에 쓰는지 모르겠다며 인상을 썼다.

강주는 한 번도 이혼을 후회한 적 없었다. 혼자가 되고서야 마침내 오랫동안 강탈당했던 인생을 되찾은 기분이었다. 하지만 물결이만은 남편에게 보내야 하는 게 아니었을까, 풍요로운 환경에서 더 많은 것을 누리며 성장할 수 있는 기회를 빼앗은 것은 아닐까, 죄책감이 가슴을 무겁게 짓눌렀다. 아이 때문에 돈이 필요하면 연락하라던 남편의 목소리가 이혼 후 처음으로 간절했다. 하지만 강주는 강하게 고개를 저었다.

"엄마, 나 지금 올라가."

손에 들고 있던 전화벨이 울리고 물결이의 목소리가 낭랑하게 들렸다. 강주는 현관문을 열고 뛰어나가 엘리베이터 앞에서 기다렸다. 빨간색 숫자가 하나 둘 높아지는 걸 지켜보면서 강주는 가슴을 쓸어내렸다. 웃어 보이려고 굳어 있던 입꼬리를 몇 번 끌어올려 보았다.

"아잇, 깜짝이야."

마침내 숫자가 멈추고 엘리베이터 문이 열렸다. 거울을 들여다보며 머리를 매만지고 있던 아이가 엘리베이터 앞에 서 있는 강주를 보고 흠칫 놀랐다.

"왜 그렇게 전화를 안 받아. 걱정했잖아. 휴대폰은 폼으로 들고 다녀?"

웃으며 맞이해 주려던 결심은 어느새 사라지고 강주의 입에서는 잔소리가 쏟아져 나왔다.

"엄마. 내 머리 냄새 맡아봐."

집으로 들어간 아이는 대답 대신 현관문을 닫고 신발들을 정리하는 강주의 코앞에 머리를 들이댔다. 아이 머리카락에서 희미하게 담배 냄새가 났다.

"1층에서 타려는데 어떤 아저씨가 담배를 피우고 나오는 거야. 엘리베이터에 냄새가 배어 있어서 올라오는 동안 숨 막혀 죽는 줄 알았어."

아이가 캑캑, 기침을 하면서 코앞에서 손부채질을 했다. 물결이는 담배냄새라면 어렸을 때부터 기겁을 했다. 기관지가 약해서 연기만 맡아도 콜록거렸다.

"엄마 질문에 하나도 대답 안 했잖아. 왜 전화 안 받았어? 얼마나 걱정했는지 알아?"

　강주는 쪼르르 아이를 따라 방으로 들어갔다. 무의식적으로 아이가 벗어 던지는 교복 상하의를 받아들며 잠깐 잊고 있었던 잔소리를 이어갔다. 아이를 대할 때면 다른 어느 때보다 머리와 가슴은 따로 작동했다. 사랑하는 마음보다 걱정하는 마음이 앞서서 아이가 듣기 싫어하는 줄 알면서도 잘못을 추궁하며 몰아붙였다. 나중에 돌아보면 아이의 문제가 아니라 강주의 마음이 복잡하거나 불안한 게 더 큰 원인이었다. 감정을 풀어놓을 상대가 물결이밖에 없기 때문인 걸 깨닫고는 화들짝 놀라지만 상황은 매번 되풀이되었다. 아이에게 감정을 쏟아낸 날이면 나는 결코 몰상식한 엄마가 아니라고, 아이를 위해서였다고, 아이의 인생과 내 인생을 혼동하지 않는다고 스스로 강하게 부정했다. 그럴 때면 애숙도 자신이 느꼈던 거리보다 한결 가까이 있었던 게 아닐까, 가슴이 쓰려서 강주는 생각하는 것을 멈추어야만 했다.

　"다른 사람의 입과 코를 씻어낸 물을 마신다고 생각해봐. 더럽잖아. 그러니까 자기 콧구멍과 입에서 뿜어져 나온 연기를 다른 사람이 들이마시게 하는 것도 아주 나쁜 짓인 거야."

　물결이는 대답 대신 종알거리며 발가락으로 스위치를 눌러 선풍기를 켰다. 셔츠를 걸치고 양쪽 팔을 넣고 빼며 땀에 찬 브래지어를 벗어 던졌다. 오, 나이스 캐치! 강주가 바닥에 떨어지기 전에 받아 들자 물결이 웃지도 않고 외쳤다. 조롱처럼 느껴졌다.

　"엄마 질문에 대답 안 하기로 작정한 거야? 벗은 옷은 옷걸이에 걸어두라고 했어, 안 했어? 속옷을 이렇게 벗어 던지면 누구더러 치우란 거니? 세탁기 안에 갖다 놓으라고 했잖아. 언제까지 엄마가 네 시중 들 수 있을 줄 알아?"

　"오늘 사회수업 있었거든. 그 선생님 시간에 알람만 울려도 일주일 동안 휴대폰 뺏겨. 그래서 아예 꺼놨어. 학교 끝나고 켜놓는 거 까먹었고. 학원에서도 켤 일 없었고. 엄마 내 스케줄 다 알면서 뭐."

물결이가 이마를 잔뜩 찌푸렸다. 그런 게 뭐가 중요하냐는 듯, 침대에 털썩 걸터앉아 동문서답처럼 제가 하고 싶은 변명을 늘어놓았다. 어쩌면 강주의 감정을 누그러뜨리려는 아이의 본능적인 회피 방법인지도 몰랐다.

"집에 오는 거 30분이나 늦었어."

"햄버거 먹고 왔어."

"수민이랑?"

"응."

"수민이, 공식 남자친구야?"

"응?"

물결이가 멈칫했다. 어떻게 대답할까 고민스러운 듯, 아이가 코를 찡긋했다. 질문을 던지고 긴장하긴 강주도 마찬가지였다.

"그냥 남자애 친구."

대답하고는 볼에 바람을 불어넣고 동그랗게 입술을 모았다. 진짜 속마음이 아니라는 뜻이었다.

"다음 주 영어캠프 있다면서."

딴청 하듯 샤워를 하겠다며 일어선 아이에게 강주가 말을 꺼냈다. 방을 나가려던 물결이가 사색이 되어 뒤를 돌아보았다. 아이 마음이 더 오래 속상하지 않도록 캠프에 갈 수 있다는 말을 해주고 싶어 꺼낸 이야기였지만, 타이밍도 목소리 톤도 적당하지 않았다.

"엄마 돈 없잖아. 방학 때 필리핀 같은 데 휴가 못 간다면서."

잘 울지 않는 아이인데, 뭐라고 한 것도 아닌데 어느새 아이의 동그란 두 눈에 눈물이 그렁그렁 맺혔다. 얼마나 속으로 감춰두고 깊이 앓았는지 알 것 같았다. 강주는 천천히 부풀어 오르는 풍선을 입에 물고 있는 기분이었다. 한 번만 더 입김을 불어 넣으면 빵, 하고 터져버릴 것 같아서 숨도 쉴 수가 없었다.

"너 공부 시킬 돈은 있어. 그러니까 앞으로는 무슨 일이든 엄마한테 먼저 얘기해. 원장선생님 앞에서 얼마나 당황했는지 알아?"

수민이 엄마 이야기까진 하지 않았지만 그러나 또 한 번, 강주는 마음과 다르게 아이에게 하지 말아야 할 말을 내뱉고 말았다. 원장 앞에서 느낀 기분은 결코 아이 때문이 아니었다. 그러나 강주는 그때의 당혹감을 끝내 아이 앞에서 쏟아내고야 말았다. 물결이가 원망스럽게 강주를 노려보았다. 비죽비죽 입술을 아프게 깨물더니 기어이 붉어진 아이의 뺨 위로 눈물이 주르륵 흘러내렸다.

"안 가. 안 갈 거야!"

물결이 비명처럼 소리치고는 방을 쿵쿵 걸어나갔다. 부서져라 욕실 문을 쾅, 닫았다. 혀를 깨물고 싶었다. 심장이 문턱에 끼어 버린 것처럼 아파서, 참지 못하고 아이에게 쏟아낸 마음이 후회스러워서 강주는 눈을 꾹 감고 무너지듯 방바닥에 주저앉고 말았다.

미온이 알려준 대로 사거리에 있는 24시간 해장국집의 불빛은 환했다. 집으로 갈까, 물었지만 버스를 타고 시내에서 돌아오는 길이라고 했다. 강주는 주차장에 차를 세우고 식당으로 들어갔다. 테이블 두 곳에 손님이 있었지만 소란하진 않았다. 미온이 오면 바로 나오도록 황태해장국 두 사람 몫을 주문하고 계산도 미리 해두었다. 실내 한쪽에 틀어놓은 텔레비전에서는 심야 뉴스가 방영되고 있었다.

"아프가니스탄 도심 한복판에서 자살 폭탄 테러가 일어났습니다. 스물다섯 명이 숨지고 백 명이 넘는 사상자가 났는데요."

리포트가 이어지는 동안 화면에는 폭발로 아수라장이 된 도시의 처참한 모습이 비쳤다. 부상자는 거의 민간인이었고 여성과 어린이도 다수 포함되어 있다고 했다. 첫 번째 폭발이 나고 경찰과 구조 요원들이 달려왔을 때 두 번째 폭발음이 들렸다는 목격자들의 증언에 따르면 그들도 함께 희생된 것 같았다.

"세상이 어떻게 되려고 저러는지 원."

건너편 테이블에서 중년으로 보이는 남자들 네 명이 서로의 잔에 소주를 채워주며 한목소리로 혀를 끌끌 찼다. 출입구 쪽 테이블에 마주 앉은 남자와 여자는 조용히 밥을 먹으며 자신들의 이야기를 할 뿐, 텔레비전에는 눈길도 주지 않았다.

강주는 시선을 돌려 창밖의 어두운 거리를 내다보았다. 무엇이 죽음에 대한 두려움을 이기고 폭탄을 지고 뛰어들게 만든 것일까. 무엇이 타인의 죽음조차 수단으로 이용해도 좋다고 믿게 하는 것일까. 사전에서조차 물리적 제압에 대해 정의하고 있을 뿐, 폭력의 속살에 대한 설명은 빠져 있었다. 주먹으로 때리고 발로 걷어차고 쇠파이프나 총이나 폭탄으로 상대를 무력화시키는 것만으로는 폭력의 속성이 이해되지 않았다.

"자신의 목적을 위해 상대를 배려하지 않는 것, 그게 폭력이에요."

영우가 말한 폭력의 정의는 정확한 것일지도 몰랐다. 배려하지 않는다는 것보다는 이익을 얻고자 대상을 착취하는 가장 직접적이고 이기적이며 극악한 수단이라는 게 더 적절한 표현일 것도 같았다. 살인도, 전쟁도, 자신의 생명을 내던지는 자살테러에도 원인과 목적이 있었다. 굶지 않으려고, 생명을 지키려고, 비밀을 폭로하려는 입을 막으려고, 자존심과 가족을 지키려고, 사랑하는 사람을 잃은 슬픔을 복수하려고 어떤 이들은 살인을 했다. 집단의 신념을 지키기 위해, 영토를 뺏기 위해 또는 빼앗기지 않기 위해, 동일한 혈족과 인종을 존속시키기 위해 어떤 나라는 전쟁을 하고 어떤 단체는 테러를 했다. 오직 개인의 성적 욕망과 순간적 쾌락을 위해 강간을 하거나 송 교수처럼 정신병을 핑계로 손이나 입으로 저지르는 비겁하기 짝이 없는 추행도 있다. 정치적 목적이

든 단순한 유희든, 혼란과 자살을 유발하는 인터넷 언어폭력도 증가하고 있다. 심지어 상대의 고통을 느끼지 못하는 사이코패스의 범죄조차 나름의 목적은 있을 것이다.

영우가 폭력에 대해 이야기했을 때, 그건 폭력이 아니라고 강주가 반발한 것은 자신이 감당해온 인생의 무게에 짓눌려 스스로 피해자라는 생각에 사로잡혀 있었기 때문이다. 그러나 저 먼 나라에서 일어난 테러 소식을 접하며, 이유도 모른 채 갑자기 생명을 빼앗긴 사망자들, 아무 죄도 없이 부상을 당해 구급차에 실려 가는 부상자들, 피를 흘리면서도 자신이 본 것을 증언하는 목격자들 앞에서 강주는 스스로에게 물었다. 나는 다만 피해자일 뿐이었을까. 나의 희생을 과시하며 누군가를 다치게 한 적은 없었을까. 조금 전 물결이에게 쏟아낸 감정은 폭력이 아니었을까. 빈 잔에 물을 채우던 강주는 아랫입술을 아프게 깨물었다.

욕실에서 나온 물결이는 우유 한 잔을 마시고 말없이 방으로 들어갔다. 1시간쯤 뒤 방문을 열어보고 아이가 잠든 것을 확인한 강주는 옷을 챙겨 입고 조용히 집을 나섰다. 올림픽 도로를 달려 미온의 집이 있는 사현마을에 도착한 것은 11시가 조금 넘었을 때였다. 언덕 아래에 차를 세우고 전화를 걸었다. 한참 울리는데도 받지 않았다. 일부러 받지 않는 것인지도 모른다고 생각하면서도 강주는 기다렸다. 지금이 아니라면 다시는 못할 것 같았다.

"여보세요?"

조금 허둥거리는 것 같은 미온의 목소리가 들렸다.

"미온아, 나야."

강주가 말했다.

"응? 누구? 아. 아. 그래. 강주야. 나 까막 졸고 있었나봐."

오래전 그때처럼 깨드득, 미온이 웃으며 대답했다. 너무 스스럼이 없어서 내내 긴장하고 있던 강주가 오히려 얼떨떨했다. 그러나 집 앞에

왔다고, 만나서 할 이야기가 있다고 강주가 말을 했을 때 비로소 둘 사이에 당연히 존재하리라 예상했던 거리가 느껴졌다. 버스 안에서 전화벨이 크게 울리고 잠결에 놀라 엉겁결에 이름도 확인하지 않고 받은 게 아닐까, 강주는 상황을 그려볼 수 있었다. 미온이 졸고 있지 않았다면, 강주의 전화인 걸 확인했다면 받지 않았을지도 모른다는 생각이 들었다.

강주는 휴대폰을 열어 시간을 확인했다. 오래 기다린 것 같은데 겨우 10분이 지났을 뿐이었다. 텔레비전에서는 국내에서 벌어지고 있는 사건 사고, 그에 따른 고소 고발들을 끝없이 쏟아내고 있었다. 처음엔 건너편 테이블 남자들의 의견이 모두 같은 것 같았지만, 급기야 국내 정치가 대화의 주제로 떠오르면서 점점 목소리가 커지더니 급기야 모세의 바다처럼 내 편과 네 편이 싸늘하게 갈라졌다.

명예살인이 허용되는 사회가 아니더라도, 세상은 온통 싸움과 폭력으로 채워진 것인지도 몰랐다. 육식동물이 초식동물을 잡아먹는 것은 폭력이라고 할 수는 없겠지만, 적을 죽이지 않으면 내가 죽는 전쟁터에서의 살인도 그러한 범주에 들어갈 것 같았지만, 그러나 만약 하이에나에게 잡혀 먹는 토끼가 나라면, 적을 죽이려 했으나 도리어 살해당한 아군이 내 가족이라고 가정해 본다면 그 모든 것이 운명이나 약육강식의 법칙일 뿐이라고 치부하기엔 억울할 것 같았다. 어쩌면 자연이야말로 폭력의 현재진행형이었다. 어찌 보면 살아 있다는 것이 폭력이었다.

뉴스 꼭지는 외국의 축구경기장에서 난동을 부린 훌리건들의 이야기로 옮겨갔다. 심판이 편파적이라며 관중들이 필드로 뛰어내려와 몸싸움을 벌이는 과정에서 몇몇 선수와 팬들이 다쳐서 병원 치료를 받아야 했다는 내용이었다. 그러나 텔레비전 뉴스와는 무관하게 건너 테이블의 남자들은 기어이 목에 핏대를 세우고 만나본 적도 없을 정치인들을 향해 이 새끼 저 새끼, 욕설을 퍼부으며 언쟁을 벌이는 중이었다. 삿대질까지 오갈만큼 그들의 대립은 팽팽했다. 귀가 쟁쟁 아플 지경이었다. 출입문 쪽에 앉아 있던 남녀가 조용히 일어나 계산하고 식당을 나갔다. 미온이 오면 강주도 다른 곳으로 옮기자고 해야 하는 게 아닐까 생각할 즈음, 남자들 중 한 사람이 지갑을 꺼내고 일어섰다. 그놈들 때문에 왜 우리끼리 싸워야 하느냐고, 소맥이나 하러 가자고 친구들을 일으켜 세웠다. 그 말이 옳다며, 그들이 우르르 나가고서야 식당은 조용해졌다.

내가 어느 쪽에 속해 있느냐에 따라 폭력은 끔찍한 악일 수도 있었지만, 당연한 권리이고 책임이며 삶의 필연적인 과정이자 결과일 수도 있었다. 건너편 남자들이 먹고 있던 돼지 뼈 해장국이나 강주가 시킨 황태해장국 역시, 포획과 도축으로 얻어진 음식이었다. 송 교수조차 뻔뻔하게 자신을 변호했듯이, 폭력이 용납되는 것은 폭력의 주체가 오직 나일 때, 내 편일 때, 우리 편일 때, 돈과 고기와 쾌락과 안전이 폭력의 결과로 제공될 때였다. 따라서 폭력이란 '나'와 '우리'가 '너'에게 저지르는 린치였다.

강주는 미온이 앉을 맞은편 자리에 방석을 밀어놓고 테이블 위에도 냅킨을 깔았다. 수저와 젓가락을 놓았다. 우리에 대한 나의 지평은 어디까지일까. 강주는 생각했다. 우리 아이, 우리 가족, 우리 회사, 우리 사회, 우리 인간. 우리 생명. 우리 우주, 우리, 우리……. 강주는 아직 비어 있는 미온의 자리를 보며 솔직하게 인정할 수 있었다.

그날 대관령에서 강주의 그 '우리' 속에 미온은 없었다.

"오래 기다렸니?"

그때 식당 문을 열고 미온이 들어왔다.

수업시간에 가장 하기 싫었던 것은 뜨개질이었다. 제일 쉽다는 목도리조차 강주는 끝까지 떠본 적이 없었다. 아이들은 바쁘게 손을 움직여 털실을 뽑아 목도리를 뜨고 장갑을 짜고 스웨터를 만들어갔다. 손으로, 실로, 바늘로 무언가 형태를 만들어간다는 건 대견한 일이기도 했으나 뜨개질은 강주가 하고 싶은 일이 아니었다. 무엇보다 그쪽엔 도무지 재능이 없었다. 졸업생 모두가 뜨개질 방을 개업해야 하는 것도 아닌데 하고 싶지 않은 일을 시켜놓고 잘 했느니 못 했느니 성적을 매기는 건 부조리하다고 생각했다. 물결이를 낳고 혹시나 강주를 닮아 손재주가 없으면 어쩌나 은근 걱정했지만, 외과의 남편을 닮았는지 손끝이 야무진 아이는 뜨개질 숙제도 혼자 곧잘 해냈다. 하지만 왜 그토록 소모적인 것들을 정규 수업시간에 가르쳐야 하는지 강주는 지금도 이해할 수 없었다.

나는 뜨개질이 싫어욧! 선언하고 당장 교실을 박차고 뛰어나가고 싶었지만, 그때는 체벌이 금지된 시절이 아니었다. 얼굴은 그런대로 봐줄 만 했는데 가슴도 엉덩이도 납작해서 별명이 종이인형이었던 가사 선생의 눈에 딴 짓하는 게 걸리면 종아리에 피멍이 들도록 회초리 세례를 받아야 했다. 그래도 성이 안 차면 귀를 잡아끌고 학생부까지 질질 끌고 내려갔다. 조련사에게 끌려가는 원숭이 꼴이 되는 건 인간의 존엄성을 훼손하는 일이었다.

이론 수업을 마치고 교실을 한 바퀴 돌아본 가사 선생은 종 칠 때까지 남은 자투리 시간에 뜨개질을 마저 하라고 했다. 자신도 교단 옆에 놓인 의자에 앉아서 털실을 꺼내 스웨터를 뜨기 시작했다. 대부분의 아이들도 입을 다물고 뜨개질에 코를 박고 있어서 교실은 조용했다. 미온도 대바늘을 쥐고 손가락에 실을 감고는 있었지만 코를 꿰고 있지는 않았다. 그나마 얼기설기 떠 놓은 것은 강주의 것만큼이나 형편없었다. 그래도 미온이 평균 이상의 평가를 받을 거라는 걸 강주는 잘 알고 있었다. 미온은 교사가 칠판 가득 써댄 것들을 뚫어지게 쳐다보지 않아도 대부분 이해하는 것 같았고 집중해 듣는 것 같지 않은데도 성적이 좋았다. 강주의 눈에 선생이라는 족속만큼 성적의 노예는 없었다. 치맛바람이나 촌지의 가능성은 밀쳐두고라도 그들에게 성적은 곧 학생의 인격이었다. 학교라는 공동체에서 성적이 높은 아이의 존재 가치는 우선시 될 수밖에 없었고 실기평가에서도, 상벌에 있어서도, 뛰어난 성적을 성취한 학생은 제 실력보다 플러스 평가를 받았다.

1학년이 끝나고 2학년에 올라갈 때, 강주의 소원은 단 한 가지였다. 미온과 같은 반이 되지 않는 것이었다. 주점에서 마주쳤을 때 미온의 시선이 뇌리에 남아 있던 강주는 내내 불편했다. 하지만 열두 개 학급 가운데 또다시 같은 반이 된 것도 모자라 담임이 아이들의 불만을 해소하기 위해 한 달에 한 번 실시했던 짝꿍 바꾸기 제비뽑기에서 미온과 짝이 되어버린 것이었다. 이루어지길 바라는 소원은 절대 이루어지지 않고, 왜 이루어지지 않길 바라는 건 꼭 이루어지는 것일까.

미온은 고개를 숙인 채 무릎 위에 펴놓은 소설을 읽고 있었다. 학교 도서관에서 1권과 2권을 읽은 뒤 아무리 찾아도 없던 톨스토이의 〈안나 카레니나〉 3권이었다. 사서는 도서 목록을 찾아보더니 이게 세 권짜리였구나, 혼잣말을 하고는 기증받은 건 두 권뿐이라고, 학교의 재정 악화로 도서구입이 당분간 없을 거라고 말했다. 강주는 맥이 빠졌다. 학교 도서관에는 온통 먼지 풀풀 날리는 오래전 책들뿐인데다 웬만한 건 다 읽은 터였다. 1학년 말, 담임이 찾아온 뒤 다시 학교에 돌아올 수 있었지만, 애숙에게 소설책을 사 볼 돈까지 달라고는 할 수 없었다. 그런데 도서관에 없어 읽을 수 없던 책을 미온이 읽고 있는 것이었다.

'창백한 낮달을 상장喪章처럼 가슴에 달고 베가, 너는 완행열차를 타고 떠났지. 은하수를 건너 초승달이 걸린 북극성까지. 푸른 태양과 하얀 분화구. 그곳에도 너는 없었네.'

책상 위에서 털실을 이리저리 굴리기도 싫증이 난 강주는 연습장을 펴고 문장을 적었다. 연필로 베가라는 단어 주위에 동그라미를 그리고 별을 다섯 개쯤 달았다. 없었네,라는 단어 아래 선로처럼 두 줄을 긋고 별을 세 개 그렸다. 혼자서 떠났을 거야, 당당하게 멀리서, 크고 환하게 빛나는 거지. 강주는 문득 떠오른 문장을 써놓고는 너무 유치한 감상이 아닐까, 빤히 쳐다보았다. 그러다 강주는 이상한 기분에 고개를 들었다. 미온이 빤히, 강주의 노트를 쳐다보고 있었다.

불이 붙은 것처럼 얼굴이 화끈거렸다. 강주가 써놓은 건, 더 읽을 책이 없어서 망설이다가 끝내 집어 든 책, 〈베가의 연인〉에 대한 강주의 짧은 독서후기였다. 빌려놓고도 미온이 신경 쓰여 발끝으로 밀쳐두었다가 반환일 전날 펼쳐 들고는 밤새워 읽어버리고 말았다. 도서관의 책들을 다 읽을 때까지 〈베가의 연인〉을 외면했던 건 미온 때문이었는데, 바로 옆에 앉아서 기억상실증 환자처럼, 아니, 오히려 의식한 것처럼, 베가라는 단어를 연습장에 선명하게 써놓은 것이었다. 조금 전 점심시간, 도서관에 돌려주고 온 아쉬움 때문이었을지도 몰랐다. 자신이 읽고 싶은 〈안나 카레니나〉를 읽고 있는 미온, 그 아이의 아버지, 그러다 〈베가의 연인〉에 저절로 생각이 닿았을 것이다. 그래도 그렇지. 옆에 미온이 있다는 걸 어떻게 잊을 수 있었던 것일까. 강주는 자존심이 상해서 책상에 코를 박고 죽고만 싶었다. 바보, 바보, 바보! 하지만 미온은 언제 무슨 일이 있었느냐는 듯, 다시 고개를 숙이고 〈안나 카레니나〉에 깊이 빠져드는 것 같았다.

강주는 손에 쥐고 있던 연필을 내려놓고 대나무 바늘을 집어 들었다. 하지만 성급하게 내려놓은 연필은 데구루루 책상 위를 구르더니 뚝, 또르르 교실 바닥으로 떨어져 버렸다. 그러잖아도 지루하던 반 아이들의 많은 눈동자가, 선생의 찢어질 듯 가느다란 눈이 강주의 얼굴을 째려보았다. 머리카락이 쭈뼛 섰을 때 그러나 다행스럽게도 수업을 끝내는 종소리가 들렸다. 강주에게 향했던 시선들은 싱겁게 뿔뿔이 흩어져 버렸다. 선생도 강주에 대한 경계를 풀고 귀찮은 일에서 해방되었다는 듯 뜨개질 바구니와 교과서와 출석부를 옆구리에 끼고 쏜살같이 교실을 빠져나갔다.

미온이 뚫어져라 강주를 쳐다보고 있었다. 강주와 눈이 마주치자 미온이 먼저 쌩, 시선을 돌렸다. 서둘지는 않았지만 누구보다 먼저 일어나 교실을 나갔다. 50분 동안 신부수업이라도 받는 것처럼 얌전하던 반 아이들도 꽉 찬 방광을 비우기 위해, 먹어도 먹어도 고픈 배를 컵라면으로 채우기 위해, 허리 위로 바짝 끌어올린 짧은 교복 스커트에 드러난 덜 여문 몸매를 거울 앞에서 과시하기 위해, 바늘과 털실뭉텅이를 내던지고 일어섰다. 하지만 강주는 지난주 무릎을 꿇고 기름칠을 한 교실 마룻바닥, 그 위에 떨어진 연필을 노려보았다. 손에 쥔 대바늘을 꽉 움켜쥔 채 바들바들 몸을 떨고 있었다.

수업 시작 종이 치자 아이들은 멀리 떠났다가 날아오는 기러기 떼처럼 소란하게 교실로 뛰어 들어왔다. 매점이라도 다녀왔는지 딸기우유에 꽂은 빨대를 입에 물고 돌아오던 미온은 바닥에 떨어진 강주의 연필을 밟고 하마터면 미끄러질 뻔했다. 시큰둥한 표정을 짓고는 연필을 주워 든 미온은 망설임 없이 교실 뒤 쓰레기통으로 휙 집어던져 버렸다.

"내 연필이거든."

자리에 앉아 수학 교과서를 꺼내던 미온에게 기다렸다는 듯 강주가 말했다. 미온은 잠시 쳐다보더니 아무 말 없이 일어나 쓰레기통에서 연필을 주워 강주의 책상 위에 올려놓았다.

"넌 샤프 안 쓰니?"

미온이 정말 궁금하다는 듯 물었다. 강주와 미온이 처음 나눈 대화였다. 그때 수학 선생이 들어왔고 차렷, 경례, 미온이 쾌활하게 구령을 붙였다.

"뇌물."

미온이 작은 상자 하나를 강주의 책상 위에 올려놓은 건 다음 날 아침이었다. 강주는 경계의 눈빛으로 상자를 풀었다. 무척 비싸다는 외제 고급 만년필이었다.

"왜?"

강주가 물었다.

"좋은 만년필이 좋은 글을 쓰게 하는 건 아니지만 좋은 글은 좋은 만년필로 적어야 영원히 지워지지 않거든. 그리고…….."

미온이 잠시 멈추었다. 어제 낙서한 글에 대한 찬사인가, 강주는 잠시 혼란스러웠다. 그러나 곧 이어진 미온의 말에 강주는 차가운 식은땀이 등줄기에 흘러내리는 것을 느꼈다.

"너랑 친하게 지내야 내 목을 찌르지 않을 테니까."

미온이 말하고는 생긋 웃었다. 화가 나 있거나 조롱하는 건 아니었다. 그래도 강주는 아랫입술을 꽉 깨물었다. 어떻게 알았을까, 생각하느라 무슨 소리냐고 항변도 하지 못했다. 강주는 당시에 느꼈던 그 감정을 스스로도 이해할 수 없었다. 질투하고 시기한 건 사실이었지만, 누군가를 죽이고 싶다고 생각한 적은 맹세코 없었다. 연필이 굴러떨어져 시선을 분산시키지 않았다 해도, 결코 그런 일은 일어나지 않았을 것이다. 그러나 눈앞에 휙 지나가는 찰나의 이미지는 선명했다. 빨간 피가 용암처럼 솟구쳐 오르기를, 피의 분수, 붉은 꽃처럼 아아! 얼마나 아름다울까. 그 순간 강주는 칼처럼 깊이, 미온의 가늘고 하얀 목에 대바늘을 찔러 넣고 싶었다.

"날 사랑한다고 해서 당신 스스로를 살인자로 의심하지는 않겠죠? 당신은 당신에게 찾아온 사랑을 받아들여야만 해요."

얼음처럼 굳어 있던 강주를 보며 미온이 연극배우처럼 과장되게 말했다. 강주는 이내 알 수 있었다. 김지형의 소설 〈베가의 연인〉에 나오는 대사였다. 그 당시 미온도 강주의 심리적 혼란을 모두 이해한 것은 아니었을 것이다. 그렇지만 강주는 그 순간 마법처럼 미온에 대한 미안함도, 자신에 대한 부끄러움도 놓을 수 있었다. 오랫동안 어둠 속에 갇혀 있다가 비로소 풀려나와 투명한 햇볕 아래 선 것 같은 따뜻하고 편안한 기분이었다.

"당신은 내가 거짓으로 삶을 기만하고 있다고 생각하는군요. 하지만 그건 오해에요. 내가 견디는 것은 삶이 아니라 죽음이에요."

자신을 고백하듯, 소설 속 또 다른 대사를 강주가 말했다. 자신 안에 억압되어 있던 죽음에 대한 공포가, 삶에 대한 열망이, 아무런 그늘도 없어 보였던 미온을 통해 엉뚱한 환상으로 변환되었다는 사실을 그때 강주는 알지 못했다. 이성에 대한 사랑으로 넘어가기 전, 사춘기 시절 누구나 겪는 동성애적인 사랑에 대한 메타포이기도 했다는 것 또한 이해하지 못했다. 그래도 강주는 그때의 미온을 떠올릴 때면 고마웠다. 만약 그때 미온이 다르게 반응했다면, 오랫동안 해석되지 않는 죄의식에 갇혀 더 깊이 고통받았으리라는 건 분명했다.

"우리 집에 유령이 살아. 만나보고 싶지 않니?"

미온이 불쑥 강주의 귀에 대고 속삭였다. 아무 일도 없었던 것처럼 말없이 하루를 보낸 다음, 집으로 가기 위해 가방을 챙길 때였다.

"유령을 만날 자격이 있어, 너라면."

미온이 말했다. 강주는 놀란 눈을 커다랗게 뜨고 미온을 쳐다보았다. 그때 미온이 깨드득, 웃었다. 고등학교 2학년, 비가 몹시 퍼붓던 어느 봄날 오후의 일이었다.

"물결이는 잘 있어?"

미온이 물었다.

"그 아이가 요즘 내 화두야."

강주가 말하고는 싱겁게 웃었다.

"살아야 할 이유인 거지."

며칠 사이 턱이 더 뾰족해지고 눈은 더 깊어진 미온이 말했다. 넋놓고 텔레비전을 보고 있다가 무거운 엉덩이를 들고 일어난 아주머니가 기본 반찬을 차려주었다. 뜨거워요, 말하며 불에서 갓 내려온 뚝배기를 강주와 미온 앞에 놓아주었다. 황태에서 우러난 뽀얀 국물이 참기름 냄새와 함께 부르르 거품을 내며 끓어오르고 있었다. 저녁을 먹고 왔다고 했지만, 에어컨 바람 때문에 버스에서 내내 추워죽는 줄 알았다고, 미온은 수저를 들고 국물을 후 불어 입에 떠 넣은 뒤 맛있다, 하고 말해 주었다. 저녁을 먹지 못했던 강주도 국에 밥을 말았다. 말없이 뜨거운 국밥을 목구멍에 넘길 때마다 칼로 베는 듯 목이 멨다.

학교에서 20분, 버스에서 내려 언덕길을 올라간 곳에 미온의 집이 있었다. 대문 안으로 들어서자 온갖 봄꽃들이 피어 있었다. 마당 한쪽엔 연둣빛으로 물이 오른 목련 나무가 서 있었고, 아직 어린 상추며 토마토 같은 채소들을 심어놓은 텃밭도 보였다. 호기심으로 주변을 둘러보는 강주의 가슴은 설레었다. 미온의 집에 놀러와서가 아니었다. 〈베가의 연인〉의 작가, 김지형의 집이기 때문이었다. 낮은 먹구름이 잔뜩 하늘을 뒤덮은 데다 해가 저물녘이었지만 나뭇잎과 풀잎에 떨어지는 빗소리마저 강주의 귀엔 상쾌하게 들렸다.

"유령의 방이야."

하지만 현관에서 신발을 벗고 마루에 올라선 미온은 굳게 닫힌 방문 앞에 서서 강주의 귀에 대고 속삭였다. 미온의 말 때문인지 불을 켜지 않은 집안 공기는 어쩐지 으스스한 것도 같았다.

"들어가 봐."

"넌?"

강주가 돌아보고 물었다.

"안 친해, 나는."

미온이 고개를 저으며 싸늘하게 말했다. 유령의 존재를 믿지 않았지만, 강주는 덥석 겁이 났다. 그래도 천천히 손잡이를 잡고 돌렸다. 손에 바짝 땀이 났지만 문은 예상보다 쉽게 열렸다. 긴장된 마음으로 문밖에서 방을 들여다보는 순간 미온이 불쑥, 강주의 등을 밀었다. 아악, 엎어질 듯 방안에 뛰어든 강주가 소리를 질렀다. 미온이 까르륵, 짓궂게도 웃었다. 강주는 자신도 모르게 두 손으로 가리고 있던 손을 떼고 천천히 눈을 떴다. 훅, 오래된 책들이 뿜어내는 냄새가 먼저 콧속으로 날아들었다. 미온이 스위치를 눌러 전등을 켰다.

"하아!"

입을 다물지 못하고 바닥에 붙박인 듯 서서 강주는 눈이 부시게 방을 둘러보았다. 창문이 있는 한쪽 면을 제외한 나머지 세 개의 벽 가득, 수천 권의 책이 빼곡하게 병풍처럼 둘러싸고 있었다. 책장에 꽂히지 못한 책들도 바닥에 쌓여 있었다.

"빌려줄게."

강주가 무슨 소린가 뒤돌아보았다.

"엄마가 알면 기절하겠지만, 한 권씩만 빼 가면 모를 거야."

미온은 강주가 무엇을 원하는지 정확히 알고 있었다.

그때부터 일주일에 한 번, 또는 사흘에 한 번, 강주는 유령의 방에 들어가 책을 한 권씩 빌려 읽었다. 너무 많은 책들 속에서 무엇을 골라야 할지 몰라 망설이고 있으면 문턱 너머에서 지켜보던 미온이 말했다.

"눈을 감고 기다려. 네가 고르지 마. 책이 너를 선택할 때까지 기다려."

강주는 눈을 감았다. 마음이 가라앉으면 눈을 뜨고 제일 처음 눈에 띄는 책을 손에 잡았다. 신기하게도 그런 책일수록 마음 깊이 와 닿는 문장들이 있었다. 나한테 이 말을 해주고 싶었구나, 밤늦게까지 책장을 넘기고 노트에 문장을 옮겨 적으며 강주는 세상 누구보다 행복했다.

유령이 산다는 미온의 말은 옳을지도 몰랐다. 미온은 강주가 책을 고르는 동안에도 마루에 서서 낯설게 적막을 들여다볼 뿐, 문턱을 넘어 방으로 들어오지 않았다. 그럴 때면 강주는 마치 미온과 전혀 다른 세상, 차가운 무덤 속에 서 있는 것 같은 기분이 들었다. 미온은 모든 걸 다 가진 아이인 줄 알았다. 그래서 부러웠고 그래서 미웠다. 하지만 오늘은 어떤 책이 나를 불러줄까, 마음 설레며 미온의 집에 갈 때마다, 정지해 있는 시간 속으로 불쑥 들어서서 책을 한 권씩 뽑아 들고 나올 때마다, 밤새워 읽을 책을 가슴에 안고 집으로 돌아갈 때마다 강주의 마음 한쪽은 아릿하게 매웠다. 강주에게 아버지와 딸의 관계란 그립고도 따뜻한 것이었다. 하지만 미온에게 소설가 김지형은 기억할 수 없어서 존재한 적이 없는, 너무 크고 너무 먼 이름이라는 걸 이해할 것도 같았다.

"먹고사는 일이 뭔지 모르겠다."
강주가 수저를 내려놓으며 한숨을 내쉬었다.
"황태해장국. 대관령이 유명하지?"
먼저 수저를 놓고 물을 마시던 미온이 이야기를 꺼냈다.
강주가 고개를 끄덕였다.
"교문 앞에 나타나던 바바리맨 기억나니?"
망설이기만 하는 강주의 마음을 안다는 듯 미온이 먼저 말문을 열어주고 있었다. 강주가 응, 하고 또다시 무겁게 고개를 끄덕였다. 마주 오던 사내가 덥석 가슴을 움켜쥐고 도망가던 순간도 떠올랐다. 버스 옆자리에서 조는 척 하면서 슬금슬금 허벅지로 다가오던 손길도 눈앞에 지나갔다. 왜 이러냐고 벌떡 일어섰을 때, 너 같은 건 줘도 안 먹어, 입에 담을 수도 없는 욕설을 퍼부으며 버스에서 도망치듯 뛰어내린 치한. 푸시맨이 있던 시절 지하철 출근길에도 밀착해오던 불룩한 아랫도리들은 항상 있었다. 가슴에 와 닿는 불쾌한 시선들. 유전자의 숙주 역할을 수행해야 하는 본능을 핑계로 뱀처럼 악어처럼, 기회만 되면 구멍을 찾고 탐식하는 수컷들. 그 욕망에 노출될 수밖에 없는 여자라는 이름의 암컷들.

"그때 우리들, 꺄악 소리 지르면서도 손가락 사이로 저게 뭘까, 다 봤지. 인간의 몸에 어떻게 그런 게 달릴 수 있을까, 꼬리가 앞에 달린 원숭이 같다고, 충격적이긴 했어도 우린 막 웃었잖아."

미온이 말하고는 후훗, 웃었다.

"나이를 이만큼이나 먹고서도 그때나 지금이나, 조금도 성장하지 않은 거 같지?"

미온이 강주를 보며 말했다.

"미온아."

강주가 미온의 이름을 부르고 입술을 깨물었다. 미온이 가만히 그런 강주를 바라보았다.

"난 괜찮아. 그러니까 일해."

미온이 흔쾌히 말했다. 강주가 놀라 미온을 마주 보았다.

"다른 사람 시키지 말고 네가 해. 다 해놓은 건데 남 주면 아깝잖아. 너라면 마무리 잘 할 수 있을 거야."

갖고 있던 자료는 웹하드에 올려두겠다고 미온이 말했다.

"이해할 거라고는 생각 안 해. 하지만……."

강주가 망설였다. 미안한 건 아니었다. 일을 해야 하는 이유를 구구절절 설명하고 싶지도 않았다. 그래도 일하는 게 당연한 거라고, 하지 않아야 할 이유가 없다고, 바바리맨이 그랬던 것처럼 생각해보면 그까짓 거 아무것도 아니었다고 미온이 말해 주길 바랐다.

"난 할 수 없어서 못 하는 거고, 넌 해야 하니까 할 수 있는 거야."

미온이 가만히 강주를 바라보며 말했다.

"누구의 인생도 타인의 동의나 이해를 받을 필요는 없어. 대신 살아 줄 것도 아니잖아."

미온이 말하고는 빙긋 웃었다. 다른 어떤 말보다 진심어린 이해인 줄 알면서도, 강주는 황태 가시 하나가 심장에 박힌 듯 가슴이 시렸다.

눈앞에서 웃고 있는데도 강주의 손이 닿을 수 없을 만큼 미온이 멀리 있는 것 같았다.

미온

문을 열었다. 전등을 켜고 방 한가운데 서서 도굴당한 무덤처럼 텅 빈 방을 둘러보았다. 지형의 방에서 가장 행복했던 건 강주였다. 나의 불행이 누군가에게는 행운이 될 수도 있다는 것을 미온은 그때 처음 알았다.

강주와 헤어져 언덕길을 올라오는 동안 미온의 생각은 〈베가의 연인〉 초고가 왜 없을까, 하는 것뿐이었다. 송 교수의 집 앞에서 세상의 모든 짐을 저 혼자 짊어진 것 같은 얼굴로 돌아가는 강주를 본 뒤 대관령에서의 일이 마음에서 흐릿하게 지워지고 있었다는 걸, 미온은 버스에서 전화를 받고서 깨달았다. 식당에서 마주했을 때, 그래서 담담하고 냉정할 수 있었다. 송 교수의 일을 계속하는 것이 강주에게도 쉬운 일은 아닐 거라고 걱정이 되면서도 미온은 무거운 보따리를 내려놓은 것 같았다. 개운하지 않은 무언가는 여전히 남아 있었지만 강주라면 야무지게 마무리 지을 거라고 믿고 싶었다. 장 회장과 송 교수가 정적이 되리라는 것은 말하지 않았다. 미온이 원한 적 없어도 이사장과 교장 라인에 속해 있었던 것처럼, 행여라도 사건의 본질과 상관없이 장 회장 때문에 송 교수 일에서 손을 빼는 것처럼 보이고 싶지 않았다.

미온은 방 한쪽에 쌓아둔 상자들을 내려 하나씩 열어보았다. 지형이 한 번도 쓰지 않은 파커 만년필과 아피스 만년필, 다양한 모양의 깃털 펜 수십여 자루, 몽당연필과 시커멓게 때가 낀 지우개처럼 전시하지 못할 필기구와 잡동사니들뿐이었다. 누렇게 바랜 원고 뭉치가 있었지만 아무것도 쓰여진 것 없는 빈 원고지였다. 수십 편의 단편소설과 산문 수백 편, 출판된 초판본과 이후 개정판의 자료들까지 꼼꼼하게 챙기고 보관했던 옥임이었다. 혹시라도 찢어지거나 분실될 것을 염려해서 미온조차 원고 상자에는 손도 대지 못하게 했다. 문학관으로 유품과 자료들을 옮길 때, 미온이 가장 신경 써서 챙겨 보낸 것도 당연히 육필 원고가 든 상자였다. 〈베가의 연인〉이 빠져있다는 것은 있을 수 없는 일이었다.

장 회장의 정치적 야심이 있는 줄 몰랐을 때에도 미온은 문학관 건립을 반대했다. 기념관이란 또 다른 형태의 무덤이었지만 한 생을 겨우 잠재우려던 망자의 평온을 깨우는 일일 수도 있었다. 희열이든 고통이든 인생은 일회성으로 충분한 것이 아닐까. 스스로 세상을 버린 지형이 불멸이란 이름을 달고 세상에 돌아오고 싶어 하리라고는 생각되지 않았다.

"네 생각이 옳다. 지형이 그 친구, 검박한 사람이었지. 의견을 물었다면 분명 반대했을 거야. 하지만 작가 한 사람의 뜻을 충족시키는 문학은 소승이야. 지형에겐 대승적 문학을 펼칠 시간이 없었지. 작가가 추구했던 겸손한 삶과 문학의 지순함을 이제라도 세상에 알려야 하지 않겠니. 개인의 만족과 작가정신의 순결만을 고집한다면 출판해서 책을 내는 것 또한 의미가 없을 거다. 좋은 작가를 발굴해서 책을 내고 그것을 세상에 알리는 것, 더 많은 사람들의 마음을 고양시키는 데 일조하는 것, 그것이 내가 출판과 문화 사업을 하는 이유지. 하지만 나는 사업가다. 이익창출이 먼저란 말이지. 그러니 네가 균형을 잡아다오. 작가로서 지형의 뜻을 누구보다 잘 이해하는 네가 그의 문학을 세상에 펼쳐 보여주란 말이다."

장 회장은 거대한 문학론을 펼치며 사람 좋게 웃었지만 미온은 그 의견에도 찬성할 수 없었다. 지형이 작품 속에 담으려 했던 문학론에 동의하지 않았고, 그것을 세상에 알리는 것 또한 원하지 않았다. 산업화 시대 과도기적 농지개혁과 노동현장의 열악함에만 초점을 맞추고 유신체제를 다만 극악한 독재라 치부하며 민주주의의 도래를 부르짖던 많은 작가들과 마찬가지로, 지형은 시대와 역사의 흐름을 정확히 읽지 못했다. 독재와 친일의 프레임에 갇혀 스스로를 희생자로 자처한 작품 속 인물들은 사회주의나 공산주의를 동경하는 것으로 보일 만큼 지형이 세상을 해석하는 시각은 편협하게 왜곡되어 있었다. 더구나 괴테나 카프카의 생가처럼 기억과 기록의 보존이 아닌, 새로운 골조의 건립은 생전에 지형이 추구했던 문학의 방향과 너무 먼 대척점에 있었다. 산업화와 개발이 가져온 풍요의 결과로 지은 수십억의 사치스런 기념관 안에 시대의 변화와 혁신을 가장 극렬히 반대했던 작품을 진열하고 그 작품을 남긴 작가를 기념하는 것은 모순이었다. 생전에 그가 써냈던 그러한 작품들을 근거로 7,80년대에서 사고의 성장이 멈춘 선후배 작가들이 사후 변절자라며 지형을 손가락질하게 만든 〈베가의 연인〉을 기념하는 것 또한 웃지 못할 아이러니였다.

그래도 〈베가의 연인〉이 없었다면, 그 작품을 테마로 해야 한다는 윤재의 주장이 받아들여지지 않았다면, 미온은 끝내 찬성하지 않았을 것이다. 지형이 오래 살았다면 그의 사상은 달라졌을지도 모른다. 어쩌면 지형은 〈베가의 연인〉 이전과 이후, 가치관의 충돌 때문에 괴로웠던 것은 아닐까. 자신이 주장해 오던 사상의 변화를 커밍아웃할 수 없었던 것을 비관한 것은 아닐까. 미온은 지형의 내면을 문학적 후배의 입장에서 어렴풋이 짐작해 보기도 했다. 만약 그랬다면, 그의 죽음을 어느 정도 이해할 수도 있을 것 같았다.

그러나 미온이 문학관도, 관장직 제의도 부정하는 더 직접적인 이유는 지극히 개인적인 데 있었다. 자신에게 존재한 적 없는 아버지를 세상이 기억하는 작가로 만든다는 것은 스스로가 용납할 수 없는 위선이었다. 미온은 지형을 알지 못했고 기억할 무엇도 가슴에 간직하고 있지 않았다. 미온이 태어나고 첫돌도 되기 전에 지형은 서재에서 손목을 그었다. 응급실로 옮긴 지 한 시간 만에 숨을 거뒀다. 미온이 문학에 관심을 갖게 된 것과 지형의 죽음에 대해 알게 된 건 비슷한 시기였다. 젊은 아내와 갓 낳은 딸을 두고 자살할 수 있는 사내의 심장이란 얼마나 단단하고 매정한 것인지, 미온은 오랫동안 증오했다. 아버지란 명사를 지형에게 허락하지 않았고, 매일 쓸고 닦고 매만지는 옥임과 달리 미온은 읽고 싶은 책만 골라 재빨리 도망치듯 서재를 나왔다.

중학교에 들어가면서부터 가끔 〈베가의 연인〉에 대해 이야기하는 아이들이 있었다. 작품은 물론, 요절한 작가에 대해 소녀들은 막연한 호감까지 보였다. 자기 파멸로 치닫는 혈기와 현실을 비관하는 젊음에 열광하던 문학소녀들은 책에 실린 지형의 고독한 눈빛에 매료되었다. 그럴 때마다 미온은 슬그머니 자리를 피했다. 친구를 집에 데려오는 일도 없었다. 자신이 소설가의 딸이라는 사실이 세상에 알려지는 걸 바라지 않았다. 하지만 학교에 찾아온 옥임의 입을 통해서, 교사들 입에서부터 김지형의 딸이라는 소문은 퍼져나갔다. 역시 소설가의 딸이구나. 아버지에게 부끄러운 딸이 되어서는 안 된다. 그런데 네 아버지 자살했다면서? 네 아버지 통속소설 쓰고 쪽팔려서 죽은 거야…… 미온에게 김지형의 존재란 아무리 발버둥쳐도 빠져나갈 수 없는 거미줄 같았다.

"문학관은 네 어머니의 평생 꿈이었다. 누구보다 그건 네가 잘 알고 있을 거다. 너와 내가 그 꿈을 이루어드려야 하지 않겠니?"

하지만 장 회장이 어머니 옥임을 거론했을 때 미온은 더 이상 고집할 수 없었다. 장 회장은 지형의 친구이자 문학적 동지였고 출판사를 함께 시작한 동업자이기도 했다. 지형이 죽은 뒤부터 그를 대신하여 옥임과 미온을 돌봐준 고마운 인연인 것도 사실이었다. 하지만 미온은 장 회장이 편하지 않았다. 지형이 문학적 가치관의 충돌로 괴로워한 게 아니라면 장 회장과 옥임의 관계, 그것이 또 하나의 자살 이유가 아니었을까, 미온은 아무런 증거도 없이 의심했다. 대학 졸업 후 그의 출판사에서 일하라는 제의를 거절한 것도 그 때문이었다. 옥임의 고집으로 교사로 재직하는 건 받아들였지만, 미련 없이 사표를 던질 수 있었던 것도 장 회장의 영향권 내에서 완전히 벗어날 수 있을 거라는 후련함 때문이었다. 지형과 옥임의 삶을 고삐처럼 거머쥔 장 회장은 제 마음대로 달리는 기수 같았다. 그런데 이제 그들의 망령을 핑계로 미온조차 옭아매려 하는 것만 같아 가슴이 답답해져 왔다.

미온은 상자들의 뚜껑을 닫고 다시 쌓아두었다. 불을 끄고 방을 나왔다. 2층으로 올라와 씻고 침대에 누웠다. 에어컨을 켤까 하다가 창문을 활짝 열고 선풍기를 켰다. 기나긴 하루였다. 아주 멀리 여행을 하고 돌아온 듯 피곤이 몰려왔다. 아무 생각도 없이 잠들고 싶었다. 유품전시실에서 가장 중요한 위치를 차지해야 하는 원고는 어디에 있는 것일까. 그러나 의문이 머리에서 떠나지 않았다. 윤재의 말처럼 〈베가의 연인〉을 낼 때 편집 후 돌려주지 않고 출판사에서 보관하고 있다고 생각하는 것이 가장 합리적이었지만, 옥임의 성격으로 미루어 보면 의문은 풀리지 않았다.

십여 분 뒤척이던 미온은 침대에서 일어나 아래층으로 내려갔다. 주방에 들어가 냉장고 문을 열었다. 주스와 이런저런 소스 병들이 문 쪽 칸을 듬성듬성 채우고 있었고 언제 사다 놓았는지 모를 피자 조각과 즉석 밥들이, 언제 마지막으로 먹었는지도 기억나지 않는 반찬가게에서 사다놓은 밑반찬들이 보관용기에 담겨 있었다. 그리고 맨 아래 칸, 초록색 소주병들이 나란히 줄지어 서 있었다. 반쯤 마시다 남긴 것도 몇 병 있었지만 대부분 뚜껑도 따지 않은 새것이었다. 처음에는 일주일에 한 번, 그러다 한 달에 한 번, 두 달에 한 번, 그렇게 준경이 다녀간 유일한 흔적으로 남은 것이 서른일곱 개의 술병이었다.

소주에도 유통기한이 있는 것일까. 미온은 맨 뒷줄에서 소주 한 병을 꺼냈다. 아마도 3년 전쯤 그가 처음 집에 왔을 즈음 사다 놓고 간 것일 터였다. 미온은 잔을 꺼내 뚜껑을 열고 소주를 따랐다. 단숨에 한 잔을 들이켜고 얼굴을 찌푸렸다.

미온은 술에 취해 흐느적거리는 사람을 좋아하지 않았다. 술에 취해 들어주는 이도 없는데 끝도 없이 돌림노래를 반복하는 것도 가여웠고, 술에 취해 세상 무서운 줄 모르고 덤벼드는 것도 우스웠다. 술에 취해 이별을 단행하는 것도 비겁했고 술에 취해 이유 없이 낄낄거리는 것도 못마땅했다. 그러나 술을 먹고 행하는 가장 수치스러운 일은 지형이 한 일이었다. 그는 소주를 두 병 반 마신 후 손목을 그었다. 만약 맨정신으로 자살했다면 미온은 지형의 죽음이나마 용서할 수 있었을지 몰랐다.

미온은 알코올에 의지해 본 적이 없었다. 고통과 수치와 모순을 맨정신으로 바라볼 용기가 없는 사람들이 술을 마시는 거라고 생각했다. 술에 취해 그리움을 지우고, 슬픔을 잊고, 모욕을 씻고, 분노를 폭발시키고 서러움을 울음으로 터뜨리는 건 비겁했다. 그런 졸렬한 짓을 한다는 건 자존심이 허락하지 않았다. 미온은 그 모든 걸 술에 의지하지 않고 맨정신으로도 할 자신이 있었다. 맨정신으로 꼿꼿이 견딜 수도 있었다. 하물며 술을 마시지 않고는 찾아올 수 없는 남자라니. 술에 취해 하룻밤을 위해 사랑을 고백하는 그 공허함이라니.

"술은 비겁한 거야."

미온은 그리움을 원망과 미움으로 바꾸는 데 능숙했다. 미온은 2층으로 올라가 침대에 누워 눈을 감았다. 얼마나 시간이 지났을까. 까막 잠이 든 것 같았다. 잠결에 듣는 전화벨 소리는 사고현장으로 달려가는 앰뷸런스 사이렌보다 날카로웠다. 베개에 얼굴을 파묻은 채 손을 뻗어 헤드 테이블 위에 있는 전화기를 뒤집었다. 잠시 끊어졌던 벨 소리는 이내 다시 울렸다. 미온은 백기를 들고 항복하듯 더듬더듬 전화기를 집어 들었다. 어둠 속에서 화면에 뜬 이름을 읽었다. 심장이 터질 것처럼 빨리 뛰었다.

"자니?"

준경이 물었다.

"지금, 갈게."

혀를 알코올에 푹 담갔다 건져 올린 목소리였다. 또박또박 발음하려 고 힘을 주느라 모든 단어 위에 악센트가 붙었다. 미온이 대답하지 않 자 그가 다시 말했다.

"나 지금, 너한테 갈 거야."

"안 돼요."

미온이 자르듯 말했다.

"왜? 왜 안 돼? 왜 안 되는데?"

준경은 이해되지 않는다는 듯 어린아이처럼 따졌다. 어둠 속에서 푸 른빛으로 숫자를 드러낸 디지털시계가 두 시 십삼 분을 가리키고 있었다.

"택시 타고 금방 갈게. 기다려."

준경이 서둘렀다. 그를 마지막으로 본 게 석 달 전이었다. 그 사이 아무런 연락도 없었다. 일주일 전 미온이 절박하게 원했을 때조차 타인 처럼 차갑던 준경이었다.

"싫어요. 안 돼요. 우린 끝났어요. 그날, 당신이 끝낸 거예요."

"그날? 아, 그날. 네가 날 필요로 할 때 난 언제나 도망가지. 알아. 미안해. 미안하다."

혼잣말하듯 준경이 중얼거렸다.

"그런데 미온아. 나는, 나는 네가 너무 보고 싶고, 너무 그립다."

술 취한 준경의 혓바닥이 멋대로 지껄였다. 미온은 전화기를 꼭 쥔 채 눈을 감았다. 준경의 고백이 미온의 몸을 달뜨게 하던 때가 있었다. 새벽에 달려온 그를 미친 듯 안고 밤새 그의 몸에 수없이 입 맞추던 시

간들이 있었다. 하지만 인간은 누구나 외로워, 그가 말했을 때, 미온의
외로움이 그에게 특별하지 않다는 것을, 그의 가슴을 후벼파지 않는다
는 것을 확인했을 때, 준경은 다만 미온 자신을 상처 내는 칼이라는 걸
다시 한번 깨달아야 했다. 반복하지 않으리라, 머리로 수없이 다짐하고
또 다짐했었다.

"그리움은, 혼자 간직하는 거예요."

미온이 고개를 저으며 말했다.

"넌 몰라. 이렇게 술 처먹고 전화할 수밖에 없을 만큼 널 사랑한다
는 거."

후우, 전화기 너머로 바람 소리가 들렸다. 준경은 텅 빈 거리에서 어
둠을 딛고 서 있는 자신의 발끝을 바라보고 있을 것이다.

"널 데리고 세상 끝까지 도망이나 가야 믿을 테지."

준경이 훗, 쓰게 웃고는 잘 자라며 전화를 끊었다. 풀죽어 고개를 떨
어뜨린 준경이 훤히 보이는 것 같았다. 미온은 얇은 홑이불을 머리끝까
지 뒤집어쓰고 눈을 꼭 감았다.

'잘 했어, 잘 한 거야.'

입술을 질끈 깨물었다. 몸을 둥글게 말아 무릎을 끌어안고 태아처럼
웅크렸다. 쓸쓸했다. 손을 뻗어 플라네타륨의 스위치를 켰다. 이불 밖으
로 눈을 내밀자 흩뿌려 놓은 소금 결정처럼, 어둠 속에 수많은 별과 은
하수가 천천히 모습을 드러내며 반짝였다. 강을 이룬 듯 흘러가는 별무
리들, 그러나 실제 별들은 서로 닿을 수 없는 거리를 두고 멀리 떨어져
저마다 홀로 존재했다.

'S. O. S.'

미온은 몸을 일으켜 기대앉았다. 전화기를 열고 메시지를 입력했다.

'갖고 싶은 게 있는데 가질 수가 없다면 어떻게 해야 해? 외계인의
언어로 말해줘.'

전송을 누른 지 30초도 지나지 않아 로움이 전화했다. 음악 하는 친구들과 술을 마시고 있다고 했다. 선술집인지 사내들의 목청과 와자한 웃음소리가 간간이 들렸다.

"왜 못 가져? 가서 돈 주고 사."

"파는 데가 없어."

"사랑이구나."

로움이 말했다.

"곤란한데. 사랑은 외계인의 언어로 말할 수 없거든. 인간의 일이니까."

"진지하게, 간단히 말해봐."

미온이 말했다. 에휴, 로움이 한숨을 푹 내쉬었다.

"술 마셔야지 뭐. 그리고 잊어."

와하하, 로움이 텅 비어서 웃었다.

"주지도 않으면서 망가진 부메랑처럼 가끔 돌아와. 다 끝났다고 수없이 다짐해도 막상 그를 보면 받아들이게 돼."

"어떤 건지 알아."

로움이 말했다. 전화기 너머 잡음이 사라졌다. 소란을 피해 밖으로 나온 것 같았다.

"그런데 미온. 그건 사랑 아니야."

"넌 그 사람이 아니잖아. 아니라고 어떻게 확신해?"

"넌 사랑이 뭐라고 생각해?"

"그걸 어떻게 한마디로 말해?"

"모르지? 모르면 모른다고 해."

"알아. 안다고. 보고 싶으면 달려가는 거. 필요할 때 부르면 옆에 있어 주는 거. 아플 때 이마 짚어 주는 거. 휴일에 같이 산책하는 거. 쇼핑카트 밀어주면서 같이 장 보는 거. 한 식탁에서 같이 밥 먹고 꼭 안고 같이 자는 거."

미온은 터진 주머니처럼 말했다. 준경이 한 번도 미온에게 주지 않는 것들이었다.

"복잡하긴. 사랑은 딱 한 단어야. 올인! 그렇지 않다면 이기적인 엔조이일 뿐이야."

"그렇게 싸구려로 몰아야겠어? 모두가 너처럼 단순하진 않아."

"남자는 너보다 내가 더 잘 알아. 사랑은 단순하고 명료한 거야. 계산하고 변명하고 도망가는 건 사랑이 아니야."

"복잡한 사랑도 있어."

"그렇지 않아. 사랑하면 다 주는 거야."

"주고 싶어도 줄 수 없는 경우도 있어."

"부모가 반대할 때? 인종이 다를 때? 국경을 넘어야 할 때? 나이 차이 많을 때? 아니. 남자는 그런 걸로 사랑을 포기하지 않아. 다 주지 않는 이유는 딱 하나야. 그놈한테 마누라가 있을 때."

"그 사람도 날 사랑해. 다만. 다만……."

미온은 무슨 말을 해야 할지 몰랐다.

"그 남자를 사랑하니까 그 사람을 변호해 줘야 한다고 너 착각하고 있지? 네 자존심 때문은 아니고? 그 녀석이 너한테 다 주지 않는 이유를 왜 네가 변명하니? 가엽게."

로움이 냉정하게 말했다.

"너랑 얘기하고 있으면 난 바보가 되는 거 같아."

"너 바보 맞아. 마음이 아프더라도 가치 있게 아파야 해. 넌 전부를 다 가질 자격이 있어. 그런 녀석 때문에 힘들어하는 건 너 자신한테 미안해야 하는 일이야."

로움은 이럴 때 전혀 다른 사람 같았다. 미온은 끄응, 길게 한숨을 내쉬었다.

"이해받을 수 있는 사랑이 있고 용서받지 못할 사랑이 있어."

"종교적으로, 윤리적으로 위배된다고 해서 진실하지 않은 건 아니야."

"진실이 다 선은 아니지. 그렇게 고집 피우면 너, 나쁜 년이야."

로움이 독하게 말했다.

"욕먹으니까 속 시원하지?"

로움은 웃지 않았다.

"그 남자 와이프한테 이길 자신 있으면 가서 싸워. 그래서 뺏어. 그럴 수 없다면 끝내. 다신 그 자식 생각하지 말고 전화와도 받지 말고 만나지도 마."

"그게 어떻게 가능해?"

"이별도 노력해야 하는 거야. 그래야 새로 시작할 수 있어."

"뭘?"

"새로운 연애."

로움은 진지했다.

"미온. 난 어때? 우리 다시 연애하자. 너 새 애인 생길 때까지 딴 맘 못 먹게 내가 지켜줄게."

풉! 미온이 기어이 허탈하게나마 웃었다.

"미친놈. 넌 새롭지 않아."

"나는 매일 새로 태어나. 그래서 맨날 새것인데. 그리고 내 제안은 리얼이다!"

로움이 킥킥 웃었다. 그리고는 전화기 저쪽을 향해서 "알았어. 지금 들어가." 하고 소리쳤다.

"너 오늘 좀 귀엽다. 하하. 내가 필요하면 언제든 또 전화하고. 불쌍하게 울지 말고. 얼른 거북."

로움이 말하고 전화를 끊었다. '거북 아니고 자라.' 미온은 싱겁게 혼잣말을 하며 휴대폰을 내려놓았다.

미온은 침대에서 일어나 창가에 턱을 괴고 기대어 섰다. 새벽에 하늘을 올려다본다는 것은 곁에 아무도 없다는 의미였다. 혼자 바라보는 하늘에 달은 없었다. 띄엄띄엄 희미하게 별이 보였다. 어둠 속 별빛은 더운 바람이 불 때마다 완행열차처럼 흔들렸다. 태양을 제외하고 지구와 가장 가까운 별은 센타우루스 자리의 알파별 프록시마라고 했다. 빛의 속도로 꼬박 4년을 달려가야 닿을 수 있는 거리. 가까운 것은 별이 될 수 없다. 준경은 가깝지 않았으나 그렇다고 반짝이는 별이 될 만큼 충분히 멀지도 않았다.

그때 언덕 아래쪽에서부터 둥근 달이 떠오르듯 뿌옇게 빛이 밝아왔다. 미온은 고개를 돌려 희미하게 다가오는 빛을 바라보았다. 조용한 엔진 소리와 길을 밟고 올라오는 자동차 바퀴 소리가 가까워지고 있었다. 헤드라이트 조명이 골목을 훤히 밝혔다. 심장이 덜컥 떨어져나가 발밑에 뒹구는 것만 같았다. 미온은 방을 나가 미친 듯 계단을 뛰어 내려갔다. 현관문을 열고 슬리퍼도 신지 않은 채 대문을 향해 맨발로 달려나가고 있었다.

'왜 나를 버렸을까. 왜 나를 온통 이 남자로 채웠을까. 그런데 왜 이 남자 안에는 내가 흔적도 없는 것일까.'

미온은 표류하는 유람선처럼 흔들리고 있는 준경의 몸을 느끼며 천장에서 쏟아져 내리는 별빛을 그의 어깨 너머로 바라보았다. 베가는 어디에 있을까. 다비와 알타이르는 어디쯤 있을까. 천천히 궤도를 따라 도는 별들 속에서 정확히 15초마다 유성이 쉬익 나타났다 사라졌다.

"왜 이렇게 막무가내예요? 석 달 만에 찾아와놓고 아침에 출근해서 저녁에 퇴근한 남편처럼, 그렇게 내가 쉬워요? 당신 기분만 있고 내 감정은 없어요? 우린 끝났어요. 제발 날 좀 내버려둬요."

가뭄 끝 장대비처럼 원망과 그리움을 퍼붓는 미온을 준경은 단번에 품에 안았다.

"내 마음은 편했을 것 같아? 늘 생각했어. 한시도 널 잊은 적 없어. 널 보지 않겠다고 다짐하고 다짐하다 못 견디고 이렇게 달려온 거야. 그러니까 쫓아내지 마. 밀어내지 마."

준경이 미온의 양쪽 팔을 꽉 움켜잡은 채 말했다.

"다신 널 놓지 않을 거야."

숨이 막힐 듯 간절히 준경은 미온을 끌어안았다. 두 손으로 미온의 얼굴을 감싸 쥐고 이마와 코와 두 눈에 입을 맞추었다. 준경은 시간을, 관계를, 인연을 거스르고 있었다. 거꾸로 흐르는 물결은 거셌다. 미온은 달아나고 싶었다. 준경이 일으킨 소용돌이 속으로 빨려 들어가지 않으려고 그의 가슴을 힘껏 밀어냈다. 하지만 준경은 놓아주지 않았다. 미온의 입술 밖으로 새어 나온 한숨은 준경의 혀에 감겨 오히려 그의 가슴 안으로 깊숙이 빨려 들어갔다.

미온은 눈을 감았다. 준경이 귓불에 뜨거운 입김을 불어넣었다. 목과 쇄골을 핥았다. 미온의 몸은 익숙하게 그의 손길에 반응했다. 기다렸다는 듯 유두가 꼿꼿이 고개를 쳐들었고 유방은 크고 단단하게 부풀었다. 준경은 차근차근 미온의 몸을 쓰다듬으며 아래로 내려갔다. 준경의 호흡이 거칠어질수록 무릎의 힘이 빠졌다. 그러나 최면에 걸린 듯 나른해지는 육체와 달리, 미온의 정신은 점점 또렷해졌다. 준경의 호흡마다 술 냄새가 진했다. 달려나가지 말아야 했다고, 대문을 열지 말아야 했다고 미온은 후회했다.

자석에 이끌리듯 뛰어가 대문을 열었을 때 준경은 두 팔을 활짝 벌리고 미소를 지으며 서 있었다. 언제 절벽 아래로 냉정하게 밀쳐낸 적 있었느냐는 듯, 수백 광년을 날아와 눈앞에 도착한 별처럼 준경이 눈부시게 그곳에 있었다. 그러나 비닐봉투 하나가 그의 한쪽 손에 매달려 미온을 조롱하듯 대롱대롱 흔들렸다. 터질 것처럼 부풀었던 기대가 바람 빠진 풍선처럼 튕겨 달아나는 것 같았다. 준경의 입에서 나올 고백과 맹세가 얼마나 진실하든 지난 3년간 반복해온 만남과 이별을 이번에도 똑같이 되풀이하게 될 거라는 걸, 미온은 의심하지 않았다. 그가 사들고 온 또 한 병의 소주가 그 증거였다.

"사랑해. 미온아. 널 사랑해."

준경이 허리를 들고 어둠 속에서 아득히 미온의 눈을 내려다보았다. 준경의 눈빛이 말하려는 건 하룻밤일지언정 그리움이라고, 이 순간만이라도 사랑이라고 미온은 믿고 싶었다. 손을 들어 준경의 얼굴을 쓰다듬었다. 마침내 몸의 중심, 한가운데를 깊이 파고드는 준경을 송두리째 끌어안으며 아악, 미온은 날카롭게 신음했다.

미온은, 창녀였다. 대가를 지불하고 섹스를 통해 욕망을 해소한 뒤 책임이나 의무감 없이 일상으로 회귀하기 위해 찾는 여자가 창녀라면, 미온은 분명 준경의 창녀였다. 화대는 늘 선불로 지급됐다. "미온. 난 네가 너무 보고 싶고 너무 그리워." 전화기 너머로 들려오는 그 말 한마디면, 그리움도 원망도 장마철의 낡은 축대처럼 무너져 내렸다.

"널 사랑해. 그래서 술에 취하지 않으면 찾아올 수 없어……."

처음엔 진심어린 사랑 고백인 줄 알았다. 아내가 있는 남자여서, 더 많이 주지 못해서 미안하다는 말인 줄 알았다. 준경은 한 번도 말짱한 정신으로 찾아온 적이 없었다. 몸을 가눌 수 없을 만큼 취해서 왔지만 혹시라도 술이 깨지 않도록, 여분의 알코올을 한 병씩 더 사들고 왔다. 죄의식 때문이었다. 부정을 알게 되면 상처 받을 아내에 대한 미안함, 순결하다고 자만했던 자신의 영혼이 욕망에 굴복한 데 대한 수치심, 그리고 미온을 하나의 인격체가 아니라 섹스의 대상으로 이용하는 데 대한 최소한의 양심의 가책이었다. 준경은 그렇게 욕망과 죄의식을 안고 미온의 침대로 올라왔다가 다음날 아침이면 흔적 없이 사라지는 이슬

방울처럼 떠났다. 지난 밤 사랑을 핑계로 미온에게 쏟아놓은 욕망의 찌꺼기를 하얗게 잊고 돌아갔다. 그리고 다시 그의 영혼이 육체의 욕망에 기어코 백기를 들고 투항하는 날, 마지못해 미온에게 돌아오는 것이다. 준경이 사들고 오는 소주 한 병에 담긴 진실을 미온은 어리석게도, 그를 놓을 수도, 떠날 수도 없을 만큼 사랑하게 된 후에야 깨달았다.

그의 사랑이 식었다는 것, 아니 사랑 따위 애초에 없었다는 것, 그 허무한 섹스의 증거가 냉장고를 채운 술병이라는 걸 알면서도 미온은 술도, 준경도 버리지 못했다. 오히려 그가 부재하는 시간이 길면 길어질수록 원망과 환멸은 뜻밖에도 뜨겁던 몸의 기억으로, 그리움과 외로움으로 환원되어 차갑게 보존되어 있음을 확인시켜줄 뿐이었다.

"사랑해. 사랑해."

땀에 젖은 준경이 미온의 귀에 비명처럼 속삭였다. 미온은 준경의 등을 꼭 끌어안은 채 자신을 내려다보고 있는 별의 무리들을 바라보았다. 아침이 오고 별들이 사라지면 준경도 떠날 것이다. 준경은 미온을 놓으려고 한 적 없지만, 머물려고도 한 적도 없었다. 그가 지키려는 건 아내였다. "나한텐 아무런 책임이 없군요." 언젠가 미온이 물은 적 있었다. "너는 나 없이도 살 수 있잖아. 그런데 아내는 나 없인 안 돼." 준경이 어깨를 으쓱 올렸다 내렸다. 미온을 찾아오는 밤조차 그는 한 번도 아내를 떠난 적이 없었다. 준경은 아내를 사랑하기 위해 미온을 욕망했다. 사산된 아이를 안아본 후 사랑하지만 안을 수 없게 되어버린 아내, 섹스 없는 공허한 밤들을 견디기 위해 준경은 미온을 사용했다. 욕망이 해소된 뒤 순결해진 영혼으로 아내에게 돌아갔다. 그렇게 다시 얼마동안, 아내의 온건한 남편으로 살아갈 수 있었다.

"내가 왜 널 사랑하는지 아니?"

저 혼자 외롭게, 높이 날아올랐다가 곤두박질치듯 추락한 준경이 미온의 몸에서 빠져나갔다. 가쁜 숨을 토해내던 준경은 미온의 허리를 감싸 안고 가슴에 얼굴을 묻은 채 물었다. 미온이 준경의 젖은 머리카락을 쓸어주며 고개를 저었다.

"네가 가진 냄새 때문이었어. 도도한 척 세상을 다 가진 것 같았지만 사실은 세상에 혼자라는 게 무서워서 죽을 것 같은 눈빛. 그 외로움의 냄새가 나랑 닮았다는 걸, 널 보는 순간 단번에 알았어. 그 자리에서 널 안고 싶어 미칠 것만 같았어. 저 여자와 키스하지 못하면 죽을 것 같다는 두려움을 난 그때 처음 느꼈어."

준경이 베개를 베고 똑바로 누워 한쪽 팔로 미온을 당겨 안았다. 어미의 날갯죽지 밑으로 숨어드는 어린 새처럼 미온이 준경의 가슴에 깊이 파고들었다.

'당신이 머물다 간 날이면 문득 욕심이 생겨. 갖고 싶은 게 있었다는 걸 알게 되고 이생을 파렴치하게라도 붙잡고 매달리고 싶어지는 거야. 내 삶이 이토록 공허했다는 걸 깨닫게 되는 순간이랄까. 그 허전함이 당신을 지우고 싶게 해. 그래야 살아갈 수 있으니까. 그래서 당신을 미워하려고, 잊으려고 기를 쓰고 살아. 하지만 겨우 무감해질 때쯤 당신은 다시 나타나서 나를 송두리째 흔들어. 당신과 함께 있는 이 짧은 순간은 행복하지만, 또다시 기약 없는 시간들을, 이 공허의 반복을 견딜 수 없을 것 같아 두려워. 다시는 당신을 볼 수 없다고 생각하면, 두 번 다시 당신에게 안길 수 없다는 생각을 하면 얼마나 겁이 나는지 상상도 못 할 거야. 하지만 부탁이야. 우리 보지 말자, 다시는. 당신도 나도, 그냥 이대로 우리의 삶을 견디게 해줘.'

미온은 소리 내어 말하지 못했다.

"무슨 생각 해?"

준경이 물었다. 미온은 고개를 저으며 입가에 미소를 지어보였다. 고개를 들고 그의 턱에 입을 맞추었다. 준경은 안심이 되는 듯 그녀의 입술에 자신의 입술을 포개고 길게 키스했다. 지극하고 절박하고 빈틈 없는 입맞춤이었다. 어떤 것이 그의 입술이고 미온의 입술인지, 무엇이 그의 혀이고 그녀의 혀인지 구분할 수조차 없게 되었을 때, 준경은 또다시 미온 안으로 뛰어들었다.

여자의 몸에는 리듬과 템포가 저장되어 있다. 지문처럼 태어날 때부터 가지고 나온 것일 수도, 첫 경험이 문신처럼 새겨놓는 것일지도 몰랐다. 빠르거나 강하거나 느리거나 부드럽거나, 여자는 자신에게 딱 맞는 리듬을 가진 남자를 떠나지 못한다. 미온이 준경을 놓지 못하는 것도 그 때문일지도 몰랐다.

준경은 미온의 호흡에 맞춰 속도를 조절했다. 너무 느리지도 너무 빠르지도 않은, 미온만의 리듬을 준경은 정확히 찾아내고 능숙하게 리드했다. 미온은 그가 이끄는 대로 호흡의 속도와 반복적인 리듬에 몸을 맡겼다. 오늘만, 오늘 하루만 더, 미온은 아득하게 눈을 감았다. 어둠을 밀어내던 은하수는 보이지 않았다. 유성도 베가도 멀고 먼 검은 우주 공간 속으로 사라졌다.

서쪽 하늘로 희미하게 달이 기울고 있었다. 밤새 잠들지 못했던 미온처럼 창백한 달빛이 아침 햇빛 속으로 스러져가는 중이었다. 미온은 대문을 안에서 굳게 잠갔다. 한 번도 돌아보지 않는 뒷모습이 싫어서 언제부턴가 골목까지 나가 배웅하는 일은 없었다. 다섯을 세기도 전에 준경의 발자국 소리는 더 이상 들리지 않았다. 미온은 대문을 등지고 서서 눈을 감았다.

아침에 눈을 뜬 준경은 수음하다 들킨 소년 같은 얼굴로 흐트러진 침대에서 일어나 주섬주섬 옷을 챙겨 입었다. 아래층으로 내려와 물 한 컵을 마신 후 현관에 내려서서 신발을 신었다. 버스나 지하철을 여러 번 갈아타지 않게 해주려고 그랜저에 태워 광역버스 정류장까지 데려다주는 날도 있었지만, 잠옷을 갈아입는 대신 카디건을 어깨에 걸치고 따라 내려온 미온은 신발장 위에 놓여 있던 자동차 키를 집어 들지 않았다. 준경은 다음에 또 보자며 가볍게 입을 맞추고 대문을 나섰다.

"널 행복하게 해주지 않는 건 모두 버려. 그것이 사랑일지라도."

미온의 귀에 옥임의 목소리가 들리는 것만 같았다.

"일찍 뿌리 뽑지 않으면 네 의지와 상관없이 그것이 너를 지배하게 되는 거야. 엄마처럼 살지 마. 너는 너로 살아."

미온은 별들이 사라진 하늘과 희미한 달빛을 올려다보았다. 베가도 알았을 것이다. 연인과 보낸 하룻밤은 다만 꿈이었다는 것을, 세상은 그런 신기루를 사랑이라 부른다는 것을. 밤새 오작교를 달려 허공을 가로질러도 미온은 끝내 어디에도 닿을 수 없었다. 거꾸로 흐르던 시간은 멈추었다. 거슬러 오르던 인연의 물결도 멈추었다. 이젠 정말 끝인 거야. 다신 안 해. 미온은 이를 악물었다. 하지만 집 안으로 들어가려고 발을 뗐을 때, 대문 밖에서 인기척이 들리고 초인종이 울렸다. 모질었던 결심은 한순간 바람처럼 날아갔다. 그 많던 원망이 봄눈처럼 녹으며 미온의 가슴은 제멋대로 뛰기 시작했다. 이 시간에 달리 올 사람은 없었다. 준경이 돌아온 거야! 미온은 누구냐고 묻지도 않고 의심 없이 문을 활짝 열어젖혔다.

"이런, 실망한 얼굴이네요."

조금은 짓궂게 미온을 보며 웃고 서 있는 사람은 뜻밖에도 평창동 권 여사였다. 어쩌면 언덕길을 내려가는 준경을 보았을까? 미온은 자신도 모르게 흐트러진 머리와 옷매무새를 깨닫고 카디건의 앞섶을 여몄다. 얼굴이 화끈 달아올랐다.

"연락도 없이, 너무 일찍 왔지요?"

당황해 서 있는 미온에게 옥색 모시 한복을 우아하게 차려입은 권 여사가 말했다.

"자서전 때문이라면……."

"그건 은 사장하고 이야기 끝냈어요."

그럼 무슨 일로, 묻고 싶은 미온에게 권 여사가 먼저 말했다.

"들어가도 되겠어요?"

잠시 망설이던 미온이 한 발 비켜섰다.

"목련은 목련으로 피고 나팔꽃은 나팔꽃으로 피고."

대문 안으로 들어선 권 여사가 한복 자락을 한쪽으로 깔끔하게 여미고는 천천히 마당을 둘러보며 말했다.

"돌보는 사람이 없어도 장미는 결국 장미꽃을 피우는 법이지요."

그런 권 여사를 보며 미온은 어떻게 해야 할지 몰랐다. 선뜻 집 안으로 들어가자는 말이 입 밖으로 나오지 않았다.

"아침 공기가 좋네요. 여기가 어떨까요?"

권 여사가 마당 한쪽에 놓인 정원 테이블 의자를 가리키며 말했다. 미온은 잠시 기다려달라고 양해를 구한 뒤 집 안으로 들어갔다. 2층에서 옷을 갈아입고 내려와 주스를 한 잔 따라 쟁반에 받쳐 들고 정원으로 나왔다.

"참 오랜만이네요."

권 여사가 말했다. 무슨 말일까, 미온은 테이블 맞은편에 앉아 그녀를 쳐다보았다.

"미온 양이, 아니 김 작가가 처음 우리 집에 왔을 때, 이름을 듣고 혹시 김지형 소설가 딸이 아닐까 생각했어요. 그래서 사람을 시켜서 좀 알아보라고 했죠."

권 여사가 말했다. 미온은 몹시 불쾌한 기분이 들어서 자신도 모르게 이마를 찌푸린 채 경계의 눈빛으로 권 여사를 쳐다보았다.

"김 작가는 기억나지 않겠지만 세 살이었던가. 그때도 지금처럼 날 그렇게 빤히 바라보곤 했었죠."

권 여사가 오래전 아이를 마주한 듯 입가에 미소를 머금었다. 그러나 아무리 기억을 더듬어도 그녀의 존재는 미온의 머리에 떠오르지 않았다.

"지금의 나를 보면 상상이 안 되겠지만 그때 나는 주간지 문화부 기자였어요. 말이 문화부지 연예인이나 유명인들 사생활 캐는 게 내 일이었지요. 그때 배웠어요. 사람들마다 부끄러운 거 한둘은 다 갖고 산다는 거. 취재하고 기사화되지 못한 게 훨씬 더 많아요. 추한 비밀을 감추고 있는 정치인이나 유명인들이 지금, 부끄러움도 없이 성인군자처럼 행세하고 다니는 거 보면, 우습죠."

권 여사가 하하, 호탕하게 웃었다.

"〈베가의 연인〉이 위작이 아니라는 걸 김 작가 어머니, 그러니까 옥임이 반박한 맨 처음 인터뷰, 그때 이 집에 와서 취재하고 기사를 쓴 게 나였어요."

미온은 그제야 알 듯 모를 듯 아, 하고 소리를 냈다.

"기사가 나가고 나서 다행스럽게도 위작 스캔들은 잠재울 수 있었지요. 하지만 다른 문제가 떠올랐어요."

권 여사는 그게 뭔지 알겠느냐고 물었다. 미온이 고개를 저었다.

"김지형의 유작은 생전 그의 소설들과는 확연히 구별되는 작품이잖아요. 어떤 전환점이 있었는지, 그건 옥임도 밝히지 못했지요. 누가 그의 문체와 생각을 온통 뒤집어놓았을까. 무엇이 짧은 시간 그를 쓰게 했을까?"

너는 궁금하지 않니? 하고 그녀는 미온에게도 묻는 것 같았다.

"소설가는 흔히들 자신의 뼈와 살을 발라 글을 쓴다고 하잖아요. 사람들의 호기심은, 베가의 모델이 누구일까로 옮겨간 거죠. 과연 누가 김지형의 뮤즈였을까?"

미온은 끼어들지 않고 권 여사가 계속 말하길 기다렸다. 아버지란 이름 때문일까. 미온은 한 번도 지형과 여자를 연결시켜 생각해 본 적이 없었다.

"사실 나도 궁금했어요. 그래서 찾아냈지요. 나는 꽤 유능한 기자였으니까."

자부심으로 반짝이던 그녀의 눈은 테이블 위에 놓인 주스 컵으로 시선을 옮겨갔다. 벌 한 마리가 날아와 붕붕거리며 컵 주위를 탐색하고 있었다. 권 여사에게서 불쾌함은 보이지 않았다. 손으로 멀리 쫓아내는 대신 관찰하듯, 냉정하게 벌을 지켜보았다.

"그런데 장 회장이 찾아왔더군요. 이미 세상에 없는 작가와 남겨진 아내에게, 그리고 딸에게 너무 혹독한 일이 아니겠느냐고요. 돈이 필요하면 원하는 만큼 주겠다고 했지만 거절했어요. 기자의 양심 때문은 아니었지요. 그랬다면 남의 사생활을 파헤치는 일을 직업으로 갖진 않았을 테니까. 집안이 부유한 편이어서 돈이 아쉽지도 않았고요. 실은 옥임이 따로 연락을 했더군요. 결국 뮤즈에 대한 기사는 묻었지요. 편집장에게도 말하지 않았죠. 그리고 여자의 입도 분명 장 회장이 막았을 거예요. 이후 다른 어느 기자에게도 폭로되지 않은 걸 보면."

컵 가장자리를 맴돌며 벌이 주스를 욕심내고 있는 동안, 권 여사는 마당 한쪽에 세워둔 그랜저를 물끄러미 바라보았다.

"옥임과는 그 후 가끔 연락하고 지냈어요. 친구가 됐다고 해야 할까. 옥임이 저 차를 샀을 때, 장 회장이랑 몇몇 가까운 사람들을 초대해서 가든파티를 열었어요. 그렇게 행복해하는 옥임을 본 건 그때가 처음이었지요."

그랜저를 옥임이 샀을 때 미온은 열두 살이었다. 여름 방학을 맞아 윤재와 함께 제주도 여름 캠프에 참가하고 돌아왔을 때, 사람들을 초대해서 저녁을 함께 먹었다고 옥임에게 이야기를 들은 기억이 났다.

"어떻게 송 교수 같은 남자와 사는지 궁금하죠?"

오래전 기억을 더듬고 있던 미온에게 불쑥, 권 여사가 화제를 돌려 송 교수 일을 꺼냈다.

"아내란 이름으로 사는 동안은 어쩔 수 없는 거예요. 한 배를 탄 사람이니까. 그가 침몰하면 나도, 내 자식도 같이 위험해지니까요. 물론 아이들은 다 컸지만, 명예라는 게 있잖아요. 하지만 끝이 있을지도 모르겠어요. 내가 더 이상 내 자신을 포기할 수 없는 순간이 오면, 그땐 떠날 수도 있겠지요. 하지만 아직은 아니에요."

탐색을 마친 벌은 운명을 결정한 듯, 컵 안쪽 벽을 타고 기어내려가기 시작했다.

"젊다는 건 좋은 거죠. 사랑하고 사랑받고. 하지만 그래서 위험하죠."

기어이 액체 속으로 발을 담그고 만 벌을 쳐다보던 권 여사가 싸늘하게 말했다.

"원준경 소설가. 등단 17년 차, 아내는 플로리스트. 둘 사이에 아이는 없고, 이삼 년에 한 번씩 부패 판사를 주인공으로 소설을 내고 있었지만 현재 깊은 슬럼프. 다음 소설이 언제 나올지는 미지수. 무뇌아를 사산한 후 그 두려움으로 아내와 섹스리스로 산 지 5년째. 그 욕구를 대신 해소하기 위해……."

"무슨 말씀을 하시려는 거예요."

미온이 소스라치듯 놀라 의자에서 벌떡 몸을 일으키며 비명처럼 그녀의 말을 잘랐다.

"나도 이렇게까지 하고 싶진 않은데……."

권 여사는 발아래 딛고 있는 땅이 가라앉을 것처럼 무겁게 한숨을 내쉬었다.

"장 회장이 송 교수와 같은 지역에서 출마하게 될 거라는 거 알고 있죠?"

미온은 그제야 권 여사가 말하려는 게 무엇인지 알 것 같았다.

"좁은 지역이니까 몇 표 차이 아닐 거예요. 결국 폭로전이죠. 그날 일이 장 회장 캠프 쪽에 알려지지 않았으면 해요. 그럼 나도, 입 다물게 요. 현장을 떠난 지 오래됐지만 유능한 후배들은 많으니까. 소설가 김지형의 딸과 젊고 잘생긴 유부남 소설가의 사랑, 대중은 그런 이야길 재미있어하거든요."

숨이 탁, 막혔다. 미온은 겁에 질려 바들바들 몸을 떨었다.

"미안해요, 이런 말 하게 돼서. 날 다시는 보고 싶지 않겠지만, 하지만 미온 양은 곧 나를 다시 찾게 될 거예요."

권 여사가 안쓰럽다는 듯 미온을 바라보았다. 천천히 일어나 한복 치맛자락을 우아하게 끌며 정원을 걸어나갔다. 미온의 눈앞이 하얗게 바랬다. 숨을 들이쉴 여유조차 생기지 않았다. 대문이 철커덕 잠기는 소리가 들렸다. 단물에 홀려 컵에 빠진 벌이 배를 뒤집고 노란 주스 위에 둥둥 떠 있었다. 멀리서 날아와 쏟아지는 불화살들처럼 여름날의 투명한 아침 햇살이 미온의 머리 위로 뜨겁게 쏟아지고 있었다.

강주

대관령에 가기 전, 오백 부 소량 인쇄를 넘겼던 수필집이 완성되었다는 연락을 받은 강주는 이른 오후 집을 나섰다. 일산에 있는 제본소에서 책의 상태를 확인하고 백 권은 택배를 불러서 서점 유통 물류창고로 보냈다. 운송비를 아껴 보려고 나머지 사백 권을 자동차 트렁크와 뒷자리에 눌러 싣고 천호동에 있는 저자의 집으로 달려갔다. 책의 무게를 이기지 못하고 차 바닥이 아스팔트 도로에 닿는 것 같아서, 타이어 펑크가 나는 건 아닐까 내내 조마조마했다. 그냥 택배로 보낼 걸, 몇 번이나 후회했다.

미리 전화를 했는데도 "집에 아무도 없는데……"라며 인터폰으로 망설이던 여자가 마지못해 현관을 열어 주고는 눈살을 찌푸렸다. 부인이란 여자가 팔짱을 끼고 서서 그깟 글, 누가 사 본다고 돈까지 들여 책을 내는지 모르겠다고 투덜거리는 동안, 강주는 열 권씩 묶인 책 무더기를 양손에 들고, 엘리베이터도 손수레도 쓸 수 없는 아파트 2층 계단을 열다섯 번 오르내렸다. 대체 언제 끝나는 거냐고, 지켜보기에도 지루했는지 여자는 소파로 돌아가 손톱을 다듬으며 텔레비전 드라마를 보았다. 현관에 삼백 권을 차곡차곡 쌓아두고 나오는 순간 등 뒤에서 문이 쾅 닫혔다. 무릎이 푹 꺾였다. 가까스로 계단 난간을 붙잡고 몸을 가누었다. 옷은 땀에 젖어 축축했고 손목과 어깨는 떨어져나갈 것만 같았다. 자동차에 올라 부들부들 떨리는 손으로 시동을 걸고 에어컨을 틀었다. 가속기와 브레이크를 번갈아 밟을 때마다 다리가 후들거렸다.

아파트 주차장에 도착한 강주는 저자가 부탁한 발송 작업을 위해 차에 남아 있던 백 권을 꺼내 손수레에 싣고 집으로 올라왔다. 한 권 한 권 일일이 포장하고 주소를 출력해 붙이고 다시 주차장으로 끌고 내려와 우체국으로 실어 날랐다. 들고 나르고 밀고 올리고, 겨우 우체국에 내려놓는 일까지 마치고 나자 물 한 모금 삼킬 기운도 남아 있지 않았다. 강주는 우체국 주차장에서 차를 타려다 말고 머리 위로 따갑게 내리쬐는 햇볕을 올려다보았다. 가을부터 봄까지는 한 달에 한두 권 일이 있었지만, 여름은 자비출판사에게도 비수기였다. 더 이상 출판의뢰는 없었다. 더위가 한풀 꺾이고 찬바람이 불기 시작하면 일이 들어올 거라는 보장이 있는 것도 아니었다.

우체국을 출발한 강주는 집에 차를 두고 걸어갈까 갈등했지만 곧장 아파트 근처 공원으로 향했다. 윤세실이 말한 약속장소는 그녀의 집과 강주의 집 중간에 위치한 영우의 카페였다. 강주는 공영 주차장에 차를 세우고 차 안에 앉아 길 건너편 '올리브나무 우거진 언덕'을 바라보았다. 오늘 하루를 어떻게 살았는지 말하면, 힘들었겠네요, 영우가 말해줄 것이다. 그래서 굳이 소리 내어 엄살할 생각은 없었다. 다만, 조금 일찍 도착해서 그가 일하고 있는 모습을 지켜보고 싶었다. 영우가 내려준 커피와 초코케이크를 먹고 나면 다시 살아갈 기운이 날 것 같았다. 세실이 무슨 말을 하려는 것인지 불안했지만, 그조차 가뿐히 감당할 자신이 있었다.

땀으로 얼룩진 화장을 가볍게 고친 뒤 강주가 가방을 챙겨들고 차에서 막 내리려고 할 때, 카페의 문이 열리고 영우의 모습이 보였다. 그를 따라 밖으로 나온 건 지난번 마키아토를 주문했던 여자였다. 두 사람은 길에 서서 마주 보고 이야기를 나누었다. 마키아토가 무언가를 말하자 영우가 머리를 긁적이며 수줍게 미소지었다. 여자도 고개를 끄덕이며 호호, 소리라도 내는 듯 손으로 입을 가리고 웃었다. 그들의 모습을 보자 강주의 감정이 기묘하게 뒤틀렸다. 좋은 여자 만나 결혼하길 바란 건 진심이었다고 생각했는데, 남편의 불륜현장을 목격이라도 한 듯, 배꼽 아래서부터 질투의 불길이 치솟았다.

인정하고 싶지 않지만, 마키아토는 젊고 예쁘고 야무져 보였다. 저런 여자라면 영우를 사랑해주고 아이도 낳아주고 행복한 가정을 꾸려줄 수 있을 거라고, 마키아토가 떠나고 영우가 카페로 들어간 뒤에도 강주는 한참을 앉아 마음을 다독여야 했다. 영우를 볼 수 있다는 희망에 겨우 추슬렀던 기운이 쏙 빠졌다. 차에서 내려 길을 건너 카페에 도착하기까지 그 짧은 시간, 강주는 자신의 의지와는 상관없이 바람이 불 때마다 제멋대로 팔다리를 흐느적거리며 춤을 추어야 하는 풍선 인형이 된 것 같은 비참한 기분이 되어 있었다.

"어서 오세요."

무심히 인사하던 영우는 강주를 보고 활짝 웃었다. 마키아토에게 준 미소는 가짜라고, 내게 보이는 저 웃음이 진짜라고, 강주도 애써 웃었다.

"이번 주말에 자전거 탈까요?"

주문했던 커피와 초코케이크를 테이블 위에 놓아주며 영우가 말했다. 파리한 낯빛을 보고 걱정이 되어서 한 말인 줄 모르지 않았지만, 눈앞에 자전거를 떠올리는 것만으로도 기가 질릴 만큼 강주는 지쳐 있는 상태였다. 물결이와 연관된 문제만 아니었다면 세실과의 약속을 취소하고 집으로 가서 침대에 몸을 던졌을 터였다.

"그 일, 하기로 했어요."

전화 통화로 몇 번, 송 교수 일을 하지 말았으면 좋겠다는 뜻을 전한 영우의 의견에 대해 미루어놓았던 대답을 강주가 툭, 던졌다. 아직 권 여사에게 전화한 것도 아니었고 여전히 갈등하고 있었지만, 나 말썽부릴 거야, 그러니까 신경 좀 써 봐, 하고 반항하는 사춘기 아이처럼 강주는 이 순간 아무런 갈등 없이 말했다.

"하면 안 되는 일은, 어떤 경우에도 하면 안 되는 거예요."

굳어진 얼굴을 하고 맞은편 의자에 앉은 영우가 말했다.

"영우 씨도 커피를 팔기 위해 모두에게 친절하잖아요. 뭐가 다르죠?"

강주가 바짝 가시를 세우고 말했다. 끄응, 영우가 한숨을 내쉬었다. 아무래도 설득할 수 없을 것 같은 조바심과 안타까움이 그가 뱉어낸 무거운 호흡 속에 담겨 있다는 걸, 강주는 알 것 같았다.

"지금 멈추지 않으면 운명은 더 무거운 짐을 당신 어깨 위에 올릴 거예요. 머지않아 무릎이 꺾여 일어설 수 없게 된다고요."

"난 겁쟁이가 아니에요."

"돈이 필요한 거라면, 내가 어떻게 해볼게요."

"영우 씨가 왜요? 영우 씨가 뭔데 내 짐을 대신 져주겠다는 거예요?"

어린아이처럼 어깃장을 놓으며 강주가 말했다.

"우린, 친구니까요."

영우가 말했다. 아. 친구! 그 순간 강주는 부끄러웠다. 스스로 원한 거리였다. 연인 사이가 아니라는 것을, 투정 부려도 되는 관계가 아니라는 것을 새삼 깨달았다.

"내 일은 내가 알아서 해요. 영우 씨는 마키아토 같은 여자랑 결혼해서 잘 살아야 해요. 그러니까 괜히 허세 부리지 말아요."

"마키아토?"

영문을 몰라 안경 너머 동그래진 눈으로 강주를 쳐다보았다. 마키아토는 꺼내지 말아야 했다고, 속을 내보인 것 같아 무안해진 강주가 시선을 피했다. 그때 마침 딸랑, 출입문의 종소리가 울리며 문이 열렸다. 수민 엄마였다. 그녀는 실내를 휘이 둘러보고는 곧장 걸어왔다. 영우가 일어서며 세실을 살갑게 맞았다.

"어머, 물결이 엄마도 올리브 언덕 단골이었어요?"

세실이 활달하게 먼저 아는 체를 했다. 학원에서 만났을 때보다 영우 앞에 선 세실의 미모와 몸매는 샘이 날 만큼 완벽해 보였다. '모르는 여자가 없네.' 젊은 마키아토와 비교해도, 비슷한 또래의 세실과 비교해도 초라해진 강주는 의젓하게 회복했던 마음을 스스로 허물어뜨렸다.

"잠시만요."

세실이 카운터로 가서 차를 주문한 뒤 휴대폰을 귀에 대며 밖으로 나갔을 때, 문을 밀고 젊은 남자가 들어왔다. 세실의 커피를 준비하고 있던 영우가 그를 보더니 빙긋 웃었다. 강주도 만난 적 있는 동건이라는 친구였다. 영우는 아르바이트 청년에게 일을 맡기고 동건과 함께 스태프 사무실로 들어갔다.

"함께 의무경찰로 복무할 때 만났어요. 휴가도 외박도 안 써서 물었더니 갈 곳이 없다고 했어요. 아기 때 아버지는 사고로 돌아가시고 엄마는 재가했대요. 그 후로 찾은 적 없다니까, 그 여자에게 저 녀석은 없는 자식인 거죠. 친할머니 손에 컸는데 고등학교 졸업하면서 돌아가시고, 친척도 형제도 없이 완전히 혼자더라고요. 저 녀석하고 같이 일해 보고 싶다고 아버지한테 졸랐어요. 제가 좀 몹쓸 망나니였거든요. 그런

데 같이 있다 보니 영우한테는 마음이 열렸다고 할까. 아버지도 만나보
시고는 뭘 하고 싶냐고, 제대로 된 계획을 가져와 보라고 하시더군요.
저 녀석 따라서 같이 바리스타 자격증을 땄는데 성급하게 커피전문점
을 차리자는 나와 달리 영우는 더 기다리라고 했어요. 내가 노는 동안
저 녀석은 유명 카페마다 찾아가 아르바이트로 일하면서 관리와 경영
을 현장에서 공부했죠. 한 3년 지나서야 아버지를 찾아갔어요. 카페 시
작하고 나는 영우한테 일을 배웠고요. 하다 보니 재미있더라고요. 그래
서 여기는 저 녀석한테 넘기고 나는 강남에서 체인점을 세 개로 늘렸어
요. 나중에 돈 벌어서 원금만 갚으라고 했는데도 저 녀석, 고집스럽게
이자 원금 꼬박꼬박 갚아가고 있어요."

　밤늦게까지 술을 마시다가 영우가 잠시 화장실에 갔을 때 동건이 들
려준 이야기였다. 영우가 알토란같은 가정을 이루길 바란 건 그때부터
였다. 하지만 위로받고 싶은 욕심이 앞서는 날이면, 어리광도 부릴 줄
모르고 자란 영우야말로 무거운 짐을 등에 지고 사막을 걷는 낙타 같은
사람이라는 걸 강주는 잊었다.

　　나는 열심히 달려서 열이 화끈화끈 나는 발로
　　나의 올리브나무 우거진 언덕 여기저기를 뛰어다니지
　　햇볕이 내려 쪼이는 올리브나무 우거진 언덕 구석에서
　　나는 노래 부르고

　강주는 눈을 들어 카페 한쪽 벽에 레터링 되어 있는 문장을 읽었다.
영우가 좋아하는 니체의 책에서 발췌한 문장이었고, 그가 지은 카페
이름도 문장 안에서 가져온 것이었다. 낭만적인 듯 보이지만 저 발은
사실 벌겋게 부어오른, 동상 걸린 발일 터였다. 한 번도 겨울 아닌 적
이 없던 삶과 싸우고 있는 강주는, 얼어붙은 발을 연민하지 않고 햇빛

쏟아지는 언덕으로 뛰어오른다는 것이 무엇인지, 그 의미를 알지 못했다. 여름에도 발이 시린 강주는 문장을 볼 때마다 잘라내지도, 녹여내지도 못한 발이 아파서 양파를 썰 때처럼 눈시울이 매워질 뿐이었다.

"강주 씨는 담배도 술도, 남자도 안 하죠?"

밖에 나갔다 들어온 세실이 휴대폰과 함께 담배와 라이터를 테이블 위에 올려놓으며 말했다. 남자를 술과 담배와 동격으로 말할 수도 있구나, 당황했다기보다 신기해하는 강주의 표정을 보며 세실이 후훗 웃었다.

"얼굴을 보면 알 수 있어요. 사진을 하다 보면 무표정한데도 생생하게 살아 있는 얼굴이 있고, 활짝 웃고 있는데도 죽어버린 얼굴을 구별할 수 있게 되죠. 강주 씨는 뭐랄까. 감정을 가두고 있는 거예요. 죽은 건 아닌데 흐름이 안 느껴져요."

세실이 가늘고 긴 손으로 물결이 흐르는 듯 손짓을 해보였다. 그녀는 대화를 할 때 손의 제스처와 얼굴 표정을 자연스럽게 언어로 전환시켜서 듣는 사람을 집중시키게 하는 재능이 있었다. 강주는 왜 자신을 보자고 했을까 궁금한 것도 잠시 잊고 세실의 말에 빠져들었다.

"사진이 빛의 예술이라거나 3초의 거짓이라는 말이 있지만, 사진은 자유롭게 뛰어노는 감정을 포착하는 거예요. 톱 모델의 사진을 말하는 게 아니에요. 아무리 잘 찍은 사진도 예쁘거나 멋있게, 콘셉트에 맞게 연기해야 한다는 의식 속에 그들도 갇혀 있어요. 자신이 최고라는 자만심까지. 내가 가장 싫어하는 작업이죠. 하지만 웃거나 우는 아이들, 그런 아이를 바라보는 노인의 얼굴, 천진한 동물이나 일에 몰두한 장인의 모습은 그걸 보는 사람의 감정을 변화시키죠. 희로애락을 넘어서 생명의 뿌리까지 건드리는 거예요. 감정은 비명을 지르거나 눈물로 흘러내리거나 크게 소리 내어 웃고 노래하고 춤추고 싶어 해요. 그래서 마음 깊이 갇혀 있는 감정은 가엾죠. 그들은 우리 몸 밖으로 뛰쳐나와서 자신을 마음껏 표현한 다음 넓은 우주 공간으로 끝없이 헤엄쳐가고 싶어

하거든요."

커피를 한 모금 마시고 세실이 잔을 내려놓았다. 일에 대해 열정적으로 말하는 그녀의 얼굴에서는 카메라 플래시보다 더 밝은 빛이 반짝거렸다. 타인의 감정을 포착해낼 줄 아는 작가가 마침내 사물을 통해 자신의 감정과도 거리낌 없이 놀 수 있게 된다고, 그런 작가가 되고 싶다고 말했을 때, 강주도 입가에 미소를 지었다. 하지만 아아, 자신을 연민하듯 한숨을 내쉬자 그녀를 둘러싸고 있던 빛은 순식간에 사라져버렸다.

"실은 나도 내 자신을 가두고 살아요. 고작 담배와 술과 남자에 의지하면서. 이혼한 뒤 시작했어요. 처음엔 조절할 수 있다고 생각했는데 점점 느네요."

담배를 눈으로 가리킨 세실이 고개를 돌리고 잠시 창밖을 쳐다보았다.

"남편이 CF감독이었어요. 젊은 애들하고 어찌나 잘 놀던지. 정말 지긋지긋했죠. 그런데 뭐가 그렇게 좋았을까요. 우리 스튜디오에도 모델을 꿈꾸는 젊은 애들 많아요. 하지만 하룻밤이면 담배 연기처럼 사라지고 술처럼 깨버리더군요."

세실은 거침없이 말하고 찡긋, 얼굴을 찌푸렸다. 강주는 세실의 자동차 조수석에 있던 젊은 남자를 떠올렸다.

"이혼한 여자로 사는 것도, 혼자 아이를 키운다는 것도 쉽지 않지요?"

약간의 비관과 약간의 자조를 담은 목소리로 세실이 말했다. 강주는 말없이 식어버린 커피를 마셨다. 아주 낮게 피아노 선율이 실내를 흘러다니고 있었다. 간혹 문이 열리고 닫힐 때마다 누군가는 들어오고 누군가는 사라져갔다. 스무 개가 넘는 테이블은 충분히 간격이 넓었고 사람들은 마주 앉아서 이야기하거나 노트북으로 문서를 작성하거나 태블릿이나 휴대폰을 들여다보며 저마다 멀리 떨어진 행성들처럼 따로따로 존재했다. 영우는 동건과 이야기가 길어지는지 여전히 보이지 않았다.

"아이들은 제 안에 있는 유전자의 어느 한쪽도 버리고 싶어 하지 않는 본능이 있는가 봐요. 정기적으로 아빠한테 가니까 그 사람 입김이 작용하는 것일 테지만, 함께 살고 있는 나보다 같은 남자끼리 통하는 게 더 크다고 느끼는 거 같아요. 내 아들이 점점 남자가 되어가는 거겠죠. 요즘 같아선 아예 보내버릴까 싶기도 해요."

"딸도 마찬가지예요. 요즘엔 내가 낳은 앤지 그것조차 잘 모르겠어요."

강주가 처음으로 입 밖으로 꺼낸 속엣말이었다. 물결이는 지난 밤 이후 강주와 말은커녕 시선도 섞지 않았다. 아침에 밥도 먹지 않고 가방을 챙겨 뿌루퉁해진 채 학교에 갔다. 오늘 저녁에 들어가면 어떻게 아이와 마음을 나눠야 할지 아직도 길을 찾지 못하고 있었다.

"며칠 전, 몸이 피곤해서 일찍 퇴근한 날이었어요."

세실이 그런 강주를 보며 말했다.

"수민이는 학원에 있을 시간이어서 무심코 들어갔는데 애들 신발이 있었어요. 수민이 방에서 웃음소리가 들리더군요. 물결이가 왔구나 싶었죠. 뭘 하고 있나 호기심에 살짝 가서 들여다봤는데 책상 앞에 나란히 앉아서 공부하고 있었어요."

잔뜩 긴장하고 있던 강주는 여기까지 듣고 안도의 숨을 후욱, 내쉬었다. 그러나 세실은 웃지 않았다.

"삼각형의 넓이를 구하는 공식이 뭐지? 하고 물결이가 물었어요. 수민이가 한참 생각하더니 더듬더듬 대답을 했어요. 우리 수민이가 수학에 약하거든요. 저도 안심했죠. 그래서 엄마 왔다고 막 말을 하려는데……."

세실이 말을 잠시 멈추었다. 강주도 숨을 멈추었다.

"잘했어, 상이야, 하고 물결이가 수민이 손등에 뽀뽀를 하는 거였어요. 가슴이 왜 그렇게 뛰던지. 그래서 조금 더 지켜봤어요. 그다음 문제를 푸니까 엄지에, 그다음엔 검지, 그다음엔 중지. 물결이가 계속해서 손가락 뽀뽀를 상으로 주더군요. 수민이는 물결이가 주는 상을 받으려고 기를 쓰고 문제를 다 풀었어요."

눈을 깜빡일 뿐, 강주는 뭐라고 말을 해야 할지 알 수 없었다. 세실이 그런 강주를 대신해 계속 이야기했다.

"저도 가슴이 철렁 내려앉았어요. 아는 척해야 하는 건가 아닌가. 설마 진도가 더 나간 건 아니겠지 하면서. 아무튼 얼른 다시 현관 밖으로 나갔다 들어오며 너희들 왔니? 하고, 일부러 큰 소리로 불렀지요."

강주는 아, 입을 벌린 채 아무 말도 하지 못했다.

"그 후 며칠 지났을 때였어요. 수민이가 친구 집에서 자고 온다고 했어요. 이름을 대는데 아이 엄마하고도 아는 사이고 해서 확인도 안 하고 허락했죠. 그런데 다음날 그 엄마를 우연히 만났는데 그런 일이 없다는 거예요. 그날 저녁 좀 혼내줬어요. 모처럼 성깔 있는 엄마 노릇 좀 했죠. 가방도 털고. 그러다 발견했어요."

무엇이? 강주가 영문을 몰라 세실의 다음 말을 두려운 마음으로 기다렸다.

"콘돔."

세실이 소리 내지 않고 입만 벙긋거리며 말했다.

"물결이가 혼자 자면 무섭다고 했다고."

강주가 두 손으로 입을 막았다. 그러자 세실이 손을 내저었다.

"강주 씨가 집에 없던 날, 둘이 같이 있었대요. 그런데 아무 일도 없었던 건 확실해요. 제 방에서 하나 가져간 건 분명한데 포장만 뜯겨 있고 내용물은 그대로였어요. 우리 수민이가 핑계를 대는 것일지도 모르겠지만, 물결이가 궁금해 했대요. 어떻게 생겼는지. 그래서 하나 가져가서 보여준 거라고. 저도 아찔해서 남편하고 통화해 봤는데 먼저 이야기하더래요. 성적인 문제에 대해서는 솔직하게 말할 만큼 둘이 친해요. 그래도 강주 씨가 당연히 알아야 할 일이라고 생각했어요. 사춘기 아이들이니까

요. 오해 없이 들어주셨으면 해요. 물결이처럼 예쁘고 호기심 많은 아이
가 계속 도발하면, 수민이라고 해서 믿을 수 있는 건 아니잖아요.”

그때 휴대폰의 문자 벨이 울리고 세실이 메시지를 열어 확인했다.
강주는 세실을 쳐다보고는 있었지만 머릿속은 함부로 풀려버린 실타래
처럼 뒤엉키고 있었다. 만약 콘돔을 쓰지 않았다면, 강주는 그게 더 두
려웠다. 거기까지는 생각하지 말자고 세실이 말했지만, 그건 아들을 가
진 엄마이기 때문일지도 몰랐다. 이제 겨우 중학교 1학년이었다. 정말
아무 일도 없는 것일까. 혹시 있다면, 아니 아무 일 없더라도. 머리가
어지럽고 속이 매슥거렸다.

“수민이에요. 물결이 혼나게 하면 엄마 평생 미워할 거라고. 아까부
터 계속 협박이네요.”

세실이 말했다.

“그런데 강주 씨를 보자고 한 이유는 따로 있어요.”

강주는 이보다 더 큰 문제를 상상조차 할 수 없었다.

“지난 주말 수민이가 평소보다 한 30분 늦게 왔어요. 물결이랑 햄버
거 사먹고 왔다는데 밤늦게 냉장고를 뒤져서 간식을 꺼내 먹는 거예요.
지난 번 일도 있고 해서 거짓말 하면 가만두지 않겠다고, 다시는 아빠
한테 안 보내겠다고 으름장을 놨죠.”

세실이 말하고는 잠시 멈추었다. 그녀도 하기 어려운 말인 것 같았
다. 강주의 가슴이 두방망이질을 했다.

“우리 스튜디오가 있는 곳에서 두 블록 떨어진 곳에 최성욱 외과병
원이 있어요.”

세실이 천천히 또박또박 이름 석 자를 발음했다. 강주의 얼굴이 창
백해졌다. 재혼하고 개인병원을 열었다는 건 알았지만 강주조차 가본
적은 없었다. 설마, 하면서도 강주는 자신의 어설픈 거짓말이 어떤 결
과를 가져왔는지 단번에 깨닫고 있었다.

"요즘엔 인터넷 찾으면 나오니까요. 물결이는 아빠를 알아봤는데 진료실에서 나온 그쪽은 눈이 마주쳤는데도 모르고 그냥 지나가더래요. 수민이가 더 화가 나서 씩씩거렸어요. 어떻게 아빠가 딸을 못 알아보느냐고요. 물결이, 돌아오는 내내 울었다고."

강주의 귀에 더 이상 세실의 말은 들리지 않았다.

'최물결. 은물결. 최물결. 은물결.'

'죽어! 죽어버려! 죽어버렸으면 좋겠어!'

'안 가. 안 갈 거야!'

귀를 찢을 듯 아이가 내지른 비명이 비수가 되어 강주의 가슴에 날아와 꽂혔다. 강주가 눈을 감고 두 손으로 얼굴을 감쌌다. 갇혀 있던 감정의 물결이 무너진 둑처럼 북받쳐 강주를 쓰러뜨릴 듯 덮쳐오고 있었다.

아이는 채송화가 피어있는 놀이터 화단에 걸터앉아 있었다. 가로등 불빛이 닿지 않는, 모과나무 그늘이 짙은 곳이었지만 자동차의 전조등이 아이의 흰색 블라우스를 서늘하게 비추었다. 감색 스커트와 허리가 일자로 디자인 된 중학생 교복을 입고 있는 아이는 집에서 볼 때보다 한결 앳돼 보였다. 분홍색 운동화를 신고 있는 아이의 종아리가 한쪽씩 번갈아가며 허공을 차올렸다. 동그스름한 얼굴에 갸름한 코와 쌍꺼풀이 없는 선한 눈을 가진 아이는 걸 그룹 멤버와 같은, 남학생들이 환호할 만한 이미지와는 거리가 있었지만, 미소만 짓는다면 퍽 귀여운 얼굴이었다. 하지만 가지런히 이마를 덮었으면서도 길고 까만 생머리가 물결이를 예민하고 까칠한 아이처럼 보이도록 했다.

아이는 주차장에 들어온 강주의 자동차를 금방 알아본 것 같았다. 전조등 불빛이 눈이 부실 텐데도 운전석에 앉은 강주를 눈도 깜빡이지 않고 쏘아보았다. 눈에 담긴 반항의 빛은 그러나, 강주를 인지하는 순간 아이답게 머뭇거렸다. 망했다,였을지도, 재수 없이 딱 걸렸군,이었는지도 몰랐다. 가방을 쥐고 달아날까 말까. 하지만 아이가 강주에게 무엇을 보여줄 것인지 결정하는 데 걸린 시간은 짧았다. 무릎에 안고 있던 백 팩에서 담배와 라이터를 꺼내 손에 쥔 아이는, 조명을 받은 무대 위의 배우처럼 과장되게 담배를 입에 물었다. 당돌하게 라이터 휠을 돌려 불을 붙이는 아이의 표정은 마치 세상의 비밀을 다 안다는 듯 시니컬해서 도도해 보이기까지 했다.

뿌우우, 나팔을 불어대듯 하지만 서툴게 뿜어 올린 담배 연기가 아이의 얼굴을 온통 뒤덮은 다음 허공으로 피어올랐다. 아이가 인상을 쓰고 캑캑, 기침을 했다. 어이가 없어서 강주는 하마터면 웃을 뻔했다. 엘리베이터에서 담배를 피운 남자가 있었다는 법석도, 머리에서 담배 냄새가 난다며 맡아보란 호들갑도, 감기에 걸린 것도 아닌데 반복되던 밭은기침도 비로소 이해할 수 있었다. 어리고 순진한 줄만 알았던 아이가 언제 이렇게 자라서 천연덕스럽게 거짓말을 하고도 얼굴 빛 하나 변하지 않는 작은 악마가 된 것일까. 남자 아이한테 손가락 뽀뽀를 해준다고? 엄마가 없는 빈집에서 남자친구와 같이 밤을 보냈다고? 콘돔이라고? 강주는 새삼 아이에 대한 배신감과 분노로 인해 말 그대로 피가 멈추었다가 빠르게 역류하는 것 같았다. 맥박도 호흡도 제멋대로 날뛰어서 현기증이 날 지경이었다. 당장이라도 문을 박차고 뛰어나가고 싶었다. 아이의 손목을 낚아채며 대체 뭐 하는 짓이냐고 뺨이라도 후려갈긴 다음, 집으로 끌고 들어가 실컷 두들겨 패주고 싶었다.

자동차 문을 열려고 손잡이를 당겼다. 열리지 않았다. 시동을 끄지 않았다는 것, 잠금장치가 해체되지 않았다는 것, 안전벨트조차 풀지 않았다는 것을 깨달았다. 후우, 천천히 숨을 들이쉬고 다시 느리게 뱉어냈다. 시동을 껐다. 헤드라이트가 꺼지자 한 순간 눈앞에 있던 아이가 보이지 않았다. 가슴이 철렁 내려앉는 것 같았지만 아이는 여전히 그곳에 있었다. 강주는 핸들 뒤에 꼼짝 않고 앉아 어둠 속에 숨어 있는 아이를 응시하며 부글부글 끓어오르던 감정을 식힐 약간의 시간을 벌 수 있었다.

38주 동안 뱃속에 담아 키워낸 뒤 몸을 갈라 낳은 순간만 생각하면 어미의 분신인 것 같지만, 아이는 체내로 침입해온 외부 생명체였다. 강주는 손톱 밑에 박힌 가시처럼 저 아이가 몸 안에 자리 잡은 뒤부터 한시도 편하지 않던 시간들을 떠올렸다. 석 달 넘게 밥 냄새도 맡지 못하고 노란 물이 나올 때까지 구역질을 해댔다. 나날이 커가는 아이의 무게에 짓눌려 위장은 늘 더부룩했고 집을 떠나는 게 불안할 만큼 소변도 잦았다. 잇몸은 들떠서 먹을 수도 없었고 발은 퉁퉁 부어서 맞는 신발도 없었다. 산달이 가까워질수록 똑바로 누울 수도, 옆으로 돌아누울 수도 없어서 앉지도 서지도 못한 채 울었던 불면의 밤들, 열다섯 시간 넘게 겪었던 산통과 아이를 낳은 뒤 찾아온 산후우울증, 갈라져서 쓰라린 젖꼭지와 만질 수도 없게 고통스럽던 젖몸살. 그런데도 젖을 빨아먹어야겠다고 얼굴에 빨갛게 꽃이 필 때까지 바락바락 울어대던 아이.

도대체 사람들은 왜 아이를 낳으려고 그 많은 에너지를 소비하는 것일까. 며칠 전 물결이가 말한 대로, 꼭 물결이어야 할 필연성은 어디에도 없었다. 아이는 마트에서 요모조모 따지고 골라 선택한 게 아니었다. 아주 우연히 민들레 씨앗처럼 날아온 생명 하나가 강주의 몸에 뿌리를 내리고 살아보겠다며 세상에 나왔을 뿐이었다. 냉정히 말하면 숙주의 몸에서 피를 빨고 살다가 더 이상 배가 차지 않아서, 좁아터진 공간이 답답해서 모체를 찢고 나온 것이 아이였다. 물리적 현상만 본다면, 아이는 어미에게 아군이 아니라 적군이다. 본능적이고도 무한한 사랑으로 각인된 감정은 스톡홀름 증후군에 걸린 인질처럼, 조바심과 불안과 걱정과 염려의 환영일지도 몰랐다. 아이는 열 달 내내 어미의 피와 살을 빨고 자란 것도 모자라 자신을 위해 영혼까지 몽땅 헌정하도록 모체를 세뇌시켜버린 것이다.

나무 그늘에 자신을 감추고 싶은 동시에 노출시키고 싶었고, 담배를 물고 어른 흉내를 내면서도 고작 놀이터를 벗어나지 못한 아이를 강주는 가슴이 저미도록 바라보았다. 그늘 속에 숨은 아이도 빨갛게 타오르며 재가 되어가고 있는 담배를 피우지도 끄지도 못한 채, 두려움을 감추느라 강주를 노려보고 있었다. 그러나 아이의 눈빛은 지독히도 겁에 질려 있었다.

아무리 독하게 생각하려 해도, 어떻게 자신이 낳은 아이를 버릴 수 있는 것인지, 어떻게 제 자식을 학대할 수 있는 것인지 강주는 상상조차 할 수 없었다. 불끈 화가 치솟을 때도 있었지만 물결이를 위해서라면 목숨을 내주어도 좋았다. 세상에서 가장 잘난 아이는 아닐지라도 자신감을 갖고 자라길 바랐다. 완전하진 않아도 행복한 아이로 자라는 줄 알았다. 그러나 다 자란 척, 영악한 척, 세상에서 제일 똑똑하고 속 깊은 척 했을 뿐이었다. 제 멋대로 지옥으로 걸어 들어가 제멋대로 상처받고 돌아온 저 어리석고 멍청하고 덜떨어진, 그러나 어리고 여린, 내 생명과도 같은 아이. 그 무엇도 아이의 잘못이 아니었다. 강주를 엄습한 감정은 모두 내 탓이라는 자학이었다. 그 자괴감이 아이에게 투사되어 분노로 표출되고 있을 뿐이었다.

강주는 문을 열고 차에서 내렸다. 트렁크를 열고 장바구니를 꺼냈다. 올리브 언덕을 나와 세실과 헤어진 뒤 강주는 집에 들어가기 싫은 비행 청소년처럼 한참이나 공원을 배회했다. 그리고도 마음을 어쩌지 못해 마트에 들러 이것저것 카트에 주워 담았다. 그 사이 시간은 벌써 아홉 시를 넘기고 있었다. 새들은 모두 어디에서 잠을 자는 것일까. 햇빛과 아이들이 없는 늦은 밤의 놀이터는 현실의 공간처럼 느껴지지 않을 만큼 조용했다. 저녁을 먹고 산책을 나왔던 사람들조차 모두 집으로 들어간 시각이었다. 가로등 불빛 주변을 작은 날것들만 윙윙 달려들었다.

아이가 쌩, 고개를 돌려 별도 달도 보이지 않는 하늘을 멀리 바라보앉다. 나 여기 있어. 나 상처받았어. 아이가 외치는 구조신호였다. 강주는 못 본 척, 못 들은 척, 자동차 키를 눌러 문을 잠갔다. 삑 소리가 정적을 깼다. 아이가 고개를 더 높이 쳐들고 담배 연기를 한 번 더 뿌우, 내뿜었다. 그러니까 위로해달란 말이야. 달려와서 안아달란 말이야. 아이가 조르고 있다는 걸 강주는 너무 잘 알고 있었다. 그러나 강주는 아이의 존재를 전혀 의식하지 못한다는 듯 아파트 건물 입구로 향했다. 당혹스러운 아이의 시선이 영문을 몰라 강주를 쫓아오는 게 느껴졌다.

세실의 말처럼 아이의 상처 입은 감정들이 비명으로 뛰쳐나올 기회를 엿보는 중이었다. 가령 강주가 다가가 담배를 홱 빼앗으며, 머리에 피도 안 마른 것이 뭐 하는 짓이야? 너 언제부터 엄마한테 거짓말하고 다닌 거야? 하고 제대로 어른 노릇을 한다면, 강주가 손찌검이라도 하려 달려든다면, 아이는 자신을 방어할 한 보따리 원성을 토해놓을 수 있을 것이다. 쏟아놓을 기회를 고대하고 있는 것이다. 아이는 어쩌면 침을 탁 뱉으며, 엄마가 나한테 뭘 해줬다고 간섭이야? 엄마도 거짓말했잖아, 이 쭈그렁 반텡이 마귀할망구야, 하고 고래고래 소리를 지른 뒤 자신이 아는 욕을 여덟 바가지쯤 퍼붓고 싶을지도 몰랐다. 그렇게라도 큰 소리로 엉엉, 울게 해주어야 하는 것일지도 몰랐다.

콜록콜록, 아이의 기침 소리가 들렸다. 강주에게 들리라고 일부러 더 크게 뱉어내는 소리였다. 하지만 강주는 듣지 못한 척, 여물지 않은 복숭앗빛 입술로 독한 담배 연기를 내뿜고 있는 아이 옆을 지나 아파트 건물 안으로 들어갔다. 버튼을 눌렀다. 맨 꼭대기 층에 서 있던 엘리베이터가 천천히 내려오고 있었다. 아이가 뱉어낸 담배 연기가 저녁 바람을 타고 강주의 콧속으로 들어왔다. 강주는 냉정해지려고 눈을 감고 공기를 깊이 호흡했다.

물결이가 자식이 아니라면, 법과 도덕을 잠시 내려놓는다면 답은 간단했다. 마음과 몸에 상처를 입히는 것을 폭력이라고 규정한다 해도,

알코올이든 본드든 마약이든 제 몸을 스스로 해롭게 하는 자유를 타인이 반대할 권리는 없었다. 아이들에게 담배나 술이 발산하는 아우라는 외로움을 과장되게 연출해서 자신의 존재에 볼드체를 넣거나 커다란 느낌표를 찍고 싶은 욕망의 발현이었다. 건강에 해로운 줄 알면서도 끊지 못하는 건, 스스로에게 폭력을 가하는 행위인 동시에 기꺼이 폭력을 감내하는 행위였으므로 마조히스트와 사디스트, 그 경계에 자학의 쾌락이 있는 것일지도 몰랐다. 그런 기회를 빼앗는 것 역시 타인이 쉽게 저지를 수 있는 폭력이었다. 중독되는 것들 중 폭력적이지 않은 것은 없었다. 폭력으로 각인되는 것만이 중독된다. 뇌는 나쁘고 좋은 것을 구별하지 않는다. 강렬한 경험으로 각인되는 것일 뿐. 그래서 반복하고 싶은 것일 뿐.

아이들은 무엇이든 경험하며 자라야 했다. 파괴의 가능성마저 막다른 골목과 마주선 아이의 영혼을 잠시 위로할 수 있는 것이라면, 니코틴과 알코올에 파괴될 가능성조차 경험할 권리를 빼앗아서는 안 된다. 어차피 인생이란 몸에 좋은 것만 소유하고 안전한 것만 경험할 수는 없었다. 교통사고의 위험을 알면서도 이쪽에서 저쪽으로 건너가고, 추락의 가능성을 인정하면서도 비행기를 타고 다른 세상을 여행하는 것처럼, 심장이 쪼개질 위험을 감수하고서라도 사랑에 빠지는 것이다. 죽음이 갈라놓을 줄 알면서도 동반자를 찾아 헤매고, 자신만큼은 절대 이혼의 위기에 내몰리지 않을 거라는 자만으로 결혼을 감행하기도 한다. 그렇게 인간은 저마다 제 몫의 업보와 위험을 감내하면서 삶의 무게를 견뎌내는 것이다.

1층에 도착한 엘리베이터가 문을 열었다. 안쪽 벽에 걸린 거울에 강주의 모습이 비쳤다. 희미한 형광등 불빛에 반사된 얼굴은 유령처럼 창백했다. 물결이가 뿜어내는 담배 연기는 그 어떤 폭력보다, 무지막지한 주먹세례나 발길질보다 강주에게 훨씬 더 지독한 내상을 입히고 있었다. 아이의 상실감과 결핍이 강주의 호흡을 타고 들어와 혈관을 타고 독극물처럼 퍼져나가고 있었다. 오래전 붉은 전등 아래에서 피어오르던 퀴퀴하고 텁텁한 담배연기가 어린 시절 강주를 점령했던 분노와 무기력의 감정과 뒤섞여 유령처럼 눈앞을 하얗게 날아다녔다. 담배는 누구도 강요한 게 아니었다. 행복한 아이는 어둠 속에 숨어 담배 따위, 피우지 않을 뿐이었다.

강주는 뒤돌아 건물 밖으로 나갔다. 아이는 아무도 없는 어두운 놀이터에서 고개를 푹 숙인 채 버려진 고아처럼 앉아 있었다. 작은 손가락 사이에 끼운 담배에서 가느다란 연기만 한 줄기 가냘프게 피어올랐다.

"담배 하나 빌리자."

강주가 장바구니를 발밑에 내려놓으며 담담하게 말했다. 물결이가 화들짝 놀라 머리를 들고 강주를 쳐다보았다.

"왜요?"

어떤 상황인지 가늠하기 위해 말끄러미 바라보던 아이의 까만 눈은 이내 별꼴을 다 보겠다는 표정으로 바뀌었다. 아이도 냉큼 강주의 품에 안겨들 생각은 없는 것 같았다. 하지만 그 이면에는 반가움과 안도감이 자리 잡고 있는 게 빤히 보였다.

"나한테는 없고 너한테는 있으니까."

"돈 없어요?"

"담배 안 펴. 갑자기 딱 한 대만 미치게 피워보고 싶어졌어. 사러가긴 귀찮고."

"아줌마. 이러는 거, 어린 학생한테 삥 뜯는 거예요."

세상에 태어나 이렇게 어이없는 일은 처음 당한다는 눈빛으로, 그러나 살짝 강주의 눈치를 보며 아이가 도발적으로 말했다. 아줌마? 삥? 이 아이가 내 딸이 맞나? 기가 막혔다. 강주는 마음속으로 이 아이는 내 것이 아니야, 내 아이가 아니야, 계속해서 되뇌며 객관적 거리를 유지하려 애쓰고 있었지만 쉽지는 않았다. 자식과의 사이에 넘지 말아야 할 경계선이 있다는 것을 인정하는 것만큼 어려운 일은 없었다. 그러나 탯줄을 잘라내는 순간부터 아이는 무중력의 공간으로 멀어지는 우주인처럼 조금씩 품을 떠나고 있는 것이다. 그 아이가 어디에서 왔는지 알 수 없는 것처럼, 어디에 도착할지도 알 수 없었다. 다만 안전하게 길을 찾아가길 바라며 지켜봐 주는 것, 부모가 할 수 있는 일은 오직 그것뿐이다.

"이건 거래야. 네가 나에게 담배를 한 대 주면 나는 너한테 피자를 사줄 거야."

"담배 열 갑."

"어른이 할 짓 아니지."

"청소년 담배 **뺏어** 피는 건 어른이 할 짓인가 뭐?"

"너는 불법을 저지르고 있어. 그걸 눈감아주는 건 어른으로서 비겁하지만, 일단 내가 한 대 피면 네가 한 대 덜 피우는 거니까, 그나마 바람직한 거야."

어이없다는 듯 흥, 아이가 코를 찡긋거렸다. 물결이는 어렸을 때부터 대부분의 여자아이가 그렇듯 인형 놀이를 좋아했고 역할극을 즐겨 했다. "왕비님은 초록색 수프를 후룩후룩 드세요. 물결 공주마마는 치킨을 아삭아삭 먹을 거예요." 라고 말하는 것으로 브로콜리가 싫다고, 대신 프라이드치킨을 시켜 먹었으면 좋겠다고, 자신의 생각을 간접적으로 표현하는 식이었다. 아이는 오랜만에 시작한 놀이를 흥미로워하는 것 같았지만 강주를 놀이 상대로 완전히 신뢰하는 것 같지는 않았다.

"싫다면요?"

"난 담배 한 대를 잃을 뿐이지만, 넌 맛있는 피자가 날아가는 거지."

잠시 계산기를 두드리는 것 같더니 아이는 옆에 놓아두었던 담뱃갑과 라이터를 건넸다. 강주가 아이 옆에 앉았다. 담배를 꺼내 입에 물고 불을 붙였다. 애숙의 주점 이후 처음이었다. 그 나이 먹도록 불붙이는 폼이라니, 하는 얼굴로 아이가 한심한 듯 쳐다보았다. 더구나 기침까지 하자 참지 못하고 까르르 웃음을 터뜨렸다. 아이는 마침내 역할놀이에 재미를 느끼는 것 같았다.

"오늘은 어떤 날이었니?"

눈앞의 연기를 손으로 휘저은 다음 강주가 물었다. 아이는 대답 대신 어색하게 눈치를 보더니 자신도 담배 하나를 꺼내 입에 물었다. 강주는 못 본 척 고개를 돌렸다. 창마다 불이 켜진 아파트 건물 너머 멀리, 검은 하늘을 올려다보았다.

"그런 건 왜 물어요?"

"오늘 내 하루가 어땠는지 말하고 싶은데, 어른이 먼저 징징거리긴 좀 창피하니까."

"난 징징거릴 일 없는데."

불을 붙인 아이가 으쓱, 어깨를 올렸다 내렸다. 동시에 입술도 삐죽 나왔다 들어갔다. 아이는 손에 담배를 쥐고 있을 뿐 피우지는 않았다. 대신 볼을 풍선처럼 부풀리고는 하얀 종아리를 번갈아 흔들며 조금씩 더 높이 허공을 걷어찼다. 강주는 더 말하지 않았다. 대신 담배를 깊이 빨았다. 의도하지 않았는데도 오래전 기억을 되찾은 몸은 들이마신 연기가 폐 속을 한 바퀴 돌아 나올 때까지 참을성 있게 기다렸다가 길게 숨을 내뿜었다. 아이가 놀란 토끼 눈을 하고, 그러나 약간의 존경 어린 시선으로 높이 쏘아졌다가 넓은 허공으로 하얗게 퍼져가는 담배 연기를 올려다보았다.

"무슨 나무인 줄 아니?"

아이의 시선을 따라가다가 머리 위로 드리운 나뭇가지를 가리키며 강주가 물었다. 아이가 고개를 저었다.

"모과나무야."

"못생긴 열매?

"향기로운 열매지."

아이가 갸웃 머리를 기울이고 흥미롭게 강주를 쳐다보았다.

"못생긴 것과 예쁜 것의 차이가 뭐라고 생각하니?"

"보기 좋은 거."

"맞아. 미의 기준은 수학적 비율의 균형과 조화야. 하지만 숫자로 딱 떨어지지 않는 아름다움이 더 많아."

강주가 말했다. 아이는 그게 뭔데? 궁금한 듯 흔들던 발을 멈추고 강주를 쳐다보았다.

"예전에 아버지가 산을 일구며 사실 때였는데 나를 위해 나무를 심었다는 거야. 설레었지. 예쁜 사과나무나 벚나무가 아닐까 기대했어. 그런데 모과나무였어."

아이는 쿡, 웃었다.

"왜 하필 모과냐고 따졌지. 그때 그분이 그랬어. 사람은 모과 같아야 한다고. 아름다운 나무구나, 하고 다가가 보면 열매가 못생겼고, 겉모양이 실망스러운가 싶으면 향기에 매혹되고, 냄새를 맡아보고 기대에 차서 한입 베어 물면 시고 떫지. 쓸모없구나, 버려두면 저 혼자 숙성되어 더욱 향기로워지거든. 사람들은 모과를 앞에 두고 고민했을 거야. 그리고 깨달았겠지. 모과의 가치를 얻기 위해서는 시간과 기다림이 필요하다는 걸 말이야. 반전 있지?"

물결이는 그래도 잘 모르겠다는 듯 고개를 갸우뚱했다.

"모과나무는 탈피를 해."

강주는 손으로 나무줄기를 가리켰다. 어두워서 잘 보이지 않았지만 나무껍질이 틈틈이 갈라진 것이 어렴풋하게 보였다.

"나무껍질이 생선 비늘처럼 조각조각 떨어져 나가는 거야. 껍질이 벗겨지면 하얀 속살은 바람만 불어도 아프지. 표피에는 상처가 나고 딱지가 앉고 혹이 생기기도 하지만, 연두와 오렌지빛으로 알록달록 무늬를 만들어서 아름답단다. 그렇게 다시 단단한 껍질이 생기고 열매를 맺으면서 해마다 크고 더 튼튼한 나무로 성장하는 거야."

"그래도 난 이쁜 게 좋아."

아이는 동의할 수 없는 것 같았다. 강주가 빙긋 웃었다.

"넌 무슨 꽃을 제일 좋아하니?"

"장미."

"생물 시간에 분류 배웠지?"

"종속과목강문계?"

"음. 모과나무는 장미목 장미과에 속하는 나무야. 장미처럼 눈부시진 않지만 꽃도 아주 예뻐."

정말? 하는 눈으로 아이가 강주를 멀뚱히 쳐다보았다.

"예쁘다 밉다의 기준은 사랑이야. 과일 가게 망신을 시킨다는 말을 듣더라도 모과는 자신을 미워하거나 부끄러워한 적 없을 거야. 자신의 향기와 가치를 사랑하니까. 이 세상 어딘가에는 자신의 소중함을 알아주는 이가 있다는 걸 믿으니까."

강주가 말했다. 아이는 검은 하늘을 가린 나뭇가지를 올려다보더니 고개를 몇 번 주억거렸다.

"우리 엄마는요."

아이가 콜록 기침을 했다. 두 대의 담배가 타들어가면서 계속해서 매운 연기를 피워내기 때문이었다.

"학교 갈 때 늘 모과차를 보온병에 넣어줘요. 제가 기침을 잘 하거든요."

강주는 말없이 아이를 바라보았다. 어색한 듯 아이가 화단에서 깡충 뛰어내렸다.

"아줌마는 왜 나한테 안 물어봐요?"

그네에 가서 냉큼 앉더니 발을 구르며 물었다.

"남자친구랑 같이 있을 때 뭐하니, 주말엔 뭐 했니, 요즘 불만이 뭐니, 뭐 그런 거 물어야 하는 거 아니에요?"

"말하고 싶어?"

"보통 아줌마들은 그런 걸 궁금해하니까. 아줌마라고 부르지 말라고도 안 하고. 아줌마들 그 소리 싫어하던데."

"아줌마를 아줌마라고 하지 그럼 뭐라고 해. 무엇으로 불리든 내가 달라지는 것도 아닌걸. 진실을 인정하는 데는 용기와 자신감이 필요할 뿐이야."

아이가 그네를 흔들리지 않게 멈추었다. 발끝을 내려다보며 말했다.

"며칠 전 아빠 병원에 찾아갔었거든요."

아이가 놀이터 바닥을 발끝으로 톡톡 찼다. 강주도 아이의 운동화를 쳐다보았다. 아이가 정리되지 않은 감정을 그대로 토해내듯, 그러나 또 박또박 말했다.

"아빠가 날 몰라봤어. 속상해서 그다음 날 또 갔어. 혹시 날 못 봤을지도 모르잖아. 또 내가 많이 컸으니까 몰라볼 수도 있겠다, 그래서 내가 딸이라고, 그냥 가서 말하려고. 토요일은 병원 일찍 끝나잖아. 그래서 로비에서 기다렸어. 주차장에까지 따라가서 막 말하려고 했는데 차에서 어떤 아줌마가 기다리고 있었어. 차 뒷문이 열리고 남자 꼬맹이들이 내렸는데 쌍둥이더라. 애들이 막 아빠, 아빠 하고 뛰어나오니까. 칫, 난 알아보지도 못했으면서, 엄청 이뻐하면서 자동차에 태우고 갔어. 이제 다신 안 갈 거야."

거기까지 쏟아낸 아이가 입을 꾹 다물었다. 그래도 아이는 울지 않았다.

"이렇게 말하면 엄마가 화낼까요?"

아이가 빤히 강주를 응시했다. 가슴이 미어터지는 것 같았지만 입술을 깨물면서도 미소를 지어보이며 강주는 고개를 저었다.

"화난 것처럼 보이겠지만, 그건 속상한 거야. 사랑하는 딸이 상처받았을 거 생각하면 엄마는 가슴이 아프거든. 하지만 솔직히 말해 주어서 고맙다고 하실 거야. 많이 힘들었겠구나. 그러면서 꼭 안아줄 거 같은데."

강주가 아이를 바라보았다. 아이도 강주를 말없이 바라보았다. 강주는 손이 뜨거워진 것을 느꼈다. 거의 다 타들어간 담배를 눌러 끈 뒤 가방에서 휴지를 꺼내 그 위에 꽁초를 올려놓았다. 그리곤 불꽃이 남아 있는 아이의 꽁초를 눈으로 가리켰다. 아이가 그네에서 뛰어내려와 스스로 불씨를 끄고 강주에게 건넸다. 강주는 휴지에 감싼 뒤 손에 꼭 움켜쥐었다.

"어이쿠 또 담배 냄새가 나네. 거기, 놀이터에서 담배 피우시면 안 됩니다. 우리 아파트는 금연아파트에요. 다른 주민들도 생각을 해주셔야지요."

그때 순찰을 돌고 있던 경비아저씨 목소리가 저만큼에서 들렸다. 익숙한 듯 물결이가 재빨리 가방을 집어 들더니 살금살금 뒷걸음질 치며 따라오라고 손짓했다. 당황한 강주도 가방을 품에 안고 아이를 따라 정원수들이 늘어선 좁은 길을 달려 놀이터를 벗어났다. 아파트 단지 밖으로 나간 물결이는 캑캑 몇 번 기침을 하더니 뭐가 재미있는지 깔깔대고 웃었다. 쓰레기통을 발견하고 강주는 손에 쥐고 있던 담배꽁초를 싼 휴지를 버렸다. 아이도 잠시 생각하더니 가방을 열어 담뱃갑과 라이터를 미련 없이 던져 넣고는 생긋, 미소 지었다.

"피자 먹으러 갈래?"

"햄버거."

물결이가 앞장섰다. 강주가 어깨에 백을 메고 뒤따라 걸었다.

"어. 우리 장바구니!"

아이가 걸음을 멈추고 크게 소리쳤다. 강주도 그제야 화단 밑에 내려놓았던 게 생각났다. 그러나 상관없었다. 놀이터에 그대로 있거나 경비실에 가면 찾을 수 있을 거라고 말하자 아이는 안심하는 것 같았다. 다시 말없이 걷던 아이가 속도를 늦추고 천천히 간격을 좁히며 강주에게 다가왔다. 슬그머니 팔을 붙잡은 아이의 손이 강주의 손바닥 안으로 미끄러지듯 들어왔다. 강주는 걸음을 멈추고 아이를 꼭 끌어안아주고 싶은 걸 용케도 참고 있었다. 사람 많은 데서 창피하다고, 품을 밀치고 나갈까봐 겁이 나서였다. 하지만 우리 장바구니라고, 우리라고 외쳤던 아이의 목소리가 반복해서 메아리치고 있었다. 우리, 세상에 단 둘 뿐인 우리. 강주는 이 길이 오래오래 끝나지 않길 바라며 아이의 작고 따뜻한 손을 꼭 움켜쥐었다.

미온

터미널에서 시내버스로 갈아타고 베가마을에 도착한 것은 정오를 막 넘겼을 때였다. 이른 새벽에 집을 나섰는데도 휴가철인데다 학생들의 여름 방학까지 시작된 터라 고속도로 정체는 끝이 없었다. 강릉과 속초, 양양 등지로 휴가객들의 차량이 뿔뿔이 흩어지고 나서야 해안도로를 시원하게 달릴 수 있었다.

버스에서 내린 미온은 바다의 품에 안겨 있는 작은 마을을 둘러보았다. 태양이 한창 뜨거울 시간이었지만 고속버스가 대관령 터널을 몇 차례 통과하는 사이 하늘을 뒤덮은 구름이 완전히 해를 가린 탓에 무덥다는 느낌은 들지 않았다. 바람은 선선했고 바다는 적당한 속도와 높이로 방파제에 몸을 부딪치며 일렁이고 있었다. 햇빛이 반사되지 않는 잿빛 바다, 한낮인데도 우울해 보이는 마을 풍경은 휴가철로 북적이는 세상과는 너무 달라보였다. 낯선 차원으로 진입한 뒤 우연히 착륙한 행성에 발을 들인 기분마저 들었다. 미온은 가벼운 배낭을 한쪽 어깨에 메고 문학관으로 이어지는 길을 걸어 올라가기 시작했다. 오전에 한차례 비가 뿌리고 지나갔는지 물에 젖은 솔향기가 짙은 안개처럼 떠다니고 있었다.

"원고 찾았어."

윤재에게 연락이 온 것은 권 여사가 다녀간 그날 저녁이었다. 목만 내놓은 채 땅에 파묻혀 생매장의 공포를 경험한 것 같은 기분으로 하루 종일 무기력하게 누워 있던 미온은 윤재의 전화를 받고서야 마지못해 일어났다. 그런 기분을 알 리 없는 윤재는 원고가 어디 있었느냐고, 상태는 어떠냐고 묻는 미온의 심드렁한 질문에 싱글싱글 웃으면서 약 올리듯 말했다.

"보고 싶으면, 문학관으로 와."

참나무 숲이 병풍처럼 둘러쳐진 주차장에 도착해 계단을 십여 개 오르자 문학관 전경이 한눈에 펼쳐졌다. 절벽 위에 높이 솟은 별관의 둥근 뿔 탑은 멀리서 보면 아주 독특한 모양의 빨간 등대처럼 보일 것 같았고 본관의 흰색 외벽과 비스듬한 푸른색 지붕은 그리스 해변의 건축물처럼 이국적으로 보이기에 충분했다. 춤추는 분수대와 단정하게 가꿔 놓은 정원의 식물들도 울긋불긋 저마다 잎을 내고 꽃을 피우고 있어서 제법 아름다운 전경을 그려내고 있었다. 그러나 김지형의 문학관다운가, 미온은 고개를 저었다.

강원도 ○○시의 문화 사업 유치로 이루어진 기념관은 작품의 배경이 되고 있는 베가마을이 내려다보이는 바닷가 절벽 위 1만여㎡의 부지에 20억 원의 사업비를 들여 2년 만에 완공을 앞두고 있었다. 살아생전 김지형의 오랜 친구이자 그의 모든 작품을 출판했던 장석훈 회장이 문학관 건립 사업을 적극 추진했으며, 인력과 자금 역시 그의 아낌없는

지원이 있어 가능한 일이었다. 지형문학상 제정 및 장학재단의 설립 등 실질적인 작가 양성과 문학 발전을 도모하는 것은 물론 지역경제에도 큰 변화를 가져올 것으로 전망되어 지역주민들의 관심 또한 지대했다.

본관 내부에서 들리던 망치와 드릴 소리가 곧 잠잠해지더니 현장 감독과 인부들로 보이는 사내들이 건물 밖으로 나왔다. 점심을 먹으러 가는 모양이었다. 미온은 텅 빈 듯한 건물 안으로 들어갔다. 외관과 달리 내부는 인테리어 작업이 완전히 끝나지 않은 상태였다. 여기 저기 전기선이 늘어져 있었고 낮은 사다리와 공구들이 흩어져 있었다.

넓은 홀을 사이에 두고 제1전시실과 제2전시실이 마주 보고 있었고 2층으로 올라가는 계단 벽 한쪽에는 작가의 연보가 적혀 있었다. 맞은편에는 작가의 모습이 음각되어 있었는데 독특한 질감의 미술작품은 자칫 단조로워 보일 수 있는 전시관의 분위기를 예술적으로 상승시키는 효과가 있었다. 하지만 그림 속 지형의 시선이 빤히 쳐다보는 것만 같아서 미온은 뒷걸음질 쳤다.

살아있는 한, 우리는 사랑을 멈출 수 없다.
인생이 외로운 건 고독이 결핍되어 있기 때문이다.
삶이란 끊임없이 자기 자신을 배반하는 일이 아니었을까.

전시실에 들어가 보려던 미온은 유리벽에 레터링 되어 있는 소설 속 문장 앞에 멈춰 섰다. 머리를 한쪽으로 갸웃 기울였다. 천장 조명등에서 비스듬히 쏟아지는 빛의 굴절이 일으킨 착시 때문일까. 레터링 스티커는 미세하게 비뚤어져 보였다. 미온이 한두 걸음 앞으로 다가갔다가 다시 몇 발자국 뒤로 물러나며 거리를 조절해도 한쪽으로 쏠린 것처럼 보이기는 마찬가지였다. 자세히 들여다보면 볼수록 글자는 비뚤어지고 일그러져서 문장이 갖고 있던 의미는 와해되고 해체되어 따로따로 무의미하게 소용돌이치는 것처럼 느껴졌다.

　유리벽을 채운 수십 개의 발췌문은 지형의 독자라면 누구나 밑줄 그었을, 그의 문학세계를 상징하는 주제문들이었다. 다른 작품들은 동의하지 않았지만 〈베가의 연인〉의 섬세한 문장들을 미온은 의심해본 적 없었다. 그러나 명확하고 매끄럽게 전달되던 아포리즘은 작품과 분리되자 불완전해 보였다. 실체를 알 수 없는 불안이 발을 딛고 서 있는 바다에서부터 미세하게 균열을 일으키며 미온을 가파른 낭떠러지로 몰아붙이고 있는 것만 같았다.

　"전화하지 그랬어."

　그때 뒤에서 목소리가 들렸다. 윤재가 2층 계단을 내려오고 있었다. 굉장하지? 윤재의 눈이 묻고 있었다. 부지를 정하고 관공서 업무를 처리하고 시공사를 선정하는 일부터 벽에 못 박는 자리를 결정하는 것까지 지난 2년 동안 문학관 구석구석, 윤재의 손길이 닿지 않은 곳이 없으리라는 것을 미온은 잘 알고 있었다. 전시실 입구를 장식할 문장들을 최종적으로 고르는 것 또한 윤재가 했을 것이다. 장 회장이 바란 대로 관장의 자리를 받아들였다면 모두 미온이 해야 할 일이었다. 멋지다, 대단하다, 윤재에게 말해줘야 할 타이밍이었다.

　"원고는 어디 있어?"

　그러나 미온이 성급하게 물었다. 그럴 줄 알았다는 듯, 그러나 조금은 서운하게 윤재가 말했다.

　"유품 전시실과 수천 권의 장서가 구비된 도서관, 시청각 자료실과 세미나실이 있는 이곳이 본관이야. 작가들이 집필에 몰두할 수 있도록 지원하게 될 별관은 동쪽에 있고. 두 곳 다 외관 공사는 끝났어. 내부 인테리어도 마무리 단계야. 우리 출판사 직원들은 홈페이지 제작을 비롯해 작가와 독자, 지역주민을 위한 문화프로그램을 전문가들과 협의하여 개발하는 중이지. 터미널과 기차역에 비치할 관광 안내 책자를 비롯해서 문학관 진입로에 세울 안내문과 표지판, 개관식에 필요한 각종 플래카드, 귀빈들에게 보낼 초청장 명단까지 빠짐없이 점검하고 있어. 주요 유품들의 디스플레이 작업만 확인하면 개관일까지는 무리가 없을 것 같아."

미온이 꼭 알아야 할 일이라고 생각해서 하는 말이기도 했지만, 이럴 때 윤재는 정말 아이 같았다.

"잘했어. 애썼어. 수고 많았어. 대단해."

듣고 싶은 말을 해주자 그제야 윤재가 만족스럽다는 듯 천진하게 웃었다.

"서재를 복원한 게 저쪽, 제1전시실이야. 작가의 사진과 일대기를 기록한 건 이쪽 제2전시실이고. 작품의 내용을 애니메이션으로 영상작업한 건 시험 중이야."

윤재가 가리키는 맞은편 방에서는 프롬프트가 계속 돌아가고 있었다. 한쪽 벽면을 가득 비추고 있는 바닷가와 은하수를 배경으로 소설 속 문장들이 천천히 흐르고 있는 게 로비에서도 얼핏 보였다.

"원고는 저 안에 있어."

그제야 미온이 눈을 반짝였다. 하지만 윤재는 간단히 보물을 보여줄 생각이 없는 것 같았다. 대답 대신 느긋하게 양복 소매를 걷어 손목시계를 확인했다.

"아버지가 기다리고 계셔."

윤재가 짓궂은 표정으로 미온을 쳐다보았다.

"반칙이야, 너."

미온이 뾰루퉁하게 말했지만 윤재는 엘리베이터 단추를 누르고 문이 열리길 기다렸다.

"도지사님하고 말씀 중이신데 식사하러 곧 나가실 거야. 10분만 참아줘."

엘리베이터에 먼저 탄 윤재가 미온을 재촉했다.

3층에 내린 윤재가 장 회장이 도지사와 이야기를 나누고 있다는 회의실에 들어간 사이, 미온은 관장실을 둘러보았다. 전시실 도면과 진열장 위치도, 유품 리스트와 디스플레이 목록들이 문학관 건립 개요서, 개관식을 위한 다양한 준비 자료들과 함께 고물상 창고마냥 책상 위에 어지럽게 쌓여 있었다. 가끔 결벽증이 아닐까 의심스러울 만큼 완벽주의자처럼 보이는 윤재였지만 자신만의 공간에서 일을 하거나 무언가에 몰두할 때만은 잔뜩 어질러 놓고 누구도 가까이 오지 못하게 했다. 어렸을 때부터 지저분하다고 혼을 내거나 조금만 물건의 위치를 바꿔놓으면 시간 장소 구분 없이 울고불고해서 한바탕 전쟁을 치러야 했다. 윤재의 세계에 들어가려면 혼돈 속에 그만의 질서가 있다는 것을 이해하고, 창조 이전의 카오스를 견디는 법부터 배워야 했다. 오랜 연애 끝에 결혼에 골인할 수 있었던 것도, 배우자가 윤재를 충분히 이해하는 여자이기에 가능했겠지만, 달리 보면 광적인 예민함과 집중하는 동안의 소외와 배척을 견디는 여자가 달리 없었다는 의미이기도 했다.

책상 밑에는 특별하지 않은 필기도구와 연필꽂이처럼 전시실에 놓일 자리를 찾지 못했거나 진열에서 제외된 유품이 담긴 여러 개의 박스들이 여기저기 흩어져 있었다. 그 중의 하나를 열자 오래된 원고 뭉치들이 보였다. 미온은 맨 위에 있던 원고 한 묶음을 집어 들었다. 뽀얗게 먼지가 피어올랐다. 산문집 육필원고였다.

수십 년 전 지형이 써 내려간 글씨들은 무덤에서 살아나온 영혼처럼 누렇게 바랜 종이 위에서도 비현실적으로 선명했다. 그의 필체는 자를 대고 그린 듯 각도와 획이 곧아 절도가 배어 있는 동시에 곡선과 받침은 활달하게 흘려 쓰고 있었다. 지형은 연필이나 볼펜이 아닌, 매번 잉크를 묻혀 써야 하는 펜을 고집했다. 독자나 지인에게 선물 받은 고급 만년필이 꽤 있었지만 케이스조차 뜯어본 적 없는 게 대부분이었다. 언젠가 미온이 강주에게 선물한 것도 그 중의 하나를 옥임 몰래 꺼내간 것이었다.

지형의 글씨는 잉크를 새로 찍어 쓰기 시작했을 때와 잉크가 거의 다 말라갈 때, 그 시간의 흐름을 느낄 수 있을 정도로 리드미컬했다. 글자의 획이 가늘어졌다가 굵어지고 진해졌다 흐려졌기 때문에 그의 원고는 마치 피아니시모에서 포르테까지 풍성하고 현란하게 연주하도록 지시된 오케스트라 악보 같았다. 졸필이나 악필이어서 출판사 직원들을 꽤나 고생시킨 작가들도 있는 반면에, 지형의 필체를 편집인들도 무척 좋아했다고, 지형도 자신의 글씨체를 은근 자랑스러워했다고, 옥임이 말한 적이 있었다.

'잉크를 머금은 펜은 마음을 곤두세운다. 서두르려는 마음을 제지시키고 게을러지려는 생각을 채찍질한다. 오직 잉크가 마르지 않는 동안 써 내려간 문장만이 숨을 쉰다.'

다양한 사물에 대한 단상을 기록한 산문집에서 펜에 대한 애착을 고백한 글을 읽으며 미온은 지형의 글씨를 처음인 양 뚫어지게 바라보았다. 여태 이렇게 오랫동안 지형과 독대를 하듯 원고를 마주본 적이 없었다. 미온이 원고 상자를 열어본 것은 문학관으로 유품들을 옮길 때였다. 살아생전엔 옥임이 관리했고, 읽고 싶은 책을 찾아 나올 때 말고는 들어가길 꺼려했던 미온이 서재에 보관되어 있던 원고상자를 열어볼 이유는 없었다.

몇 해 전 고흐의 그림이 시립미술관에 전시되고 있을 때 미온은 '아를의 방' 앞에서 현기증을 느낀 적이 있었다. 미온은 고흐가 동생 테오에게 쓴 편지를 묶은 책을 통해 알게 된 그의 삶을 사랑했다. 그런 화가의 명작을 직접 보게 된다는 기대감과 마침내 그 앞에 서 있다는 감격 때문이었을 것이다. 고흐의 침실을 눈앞에 마주하고 서 있는 동안, 아찔한 어떤 숨결이 미온을 확 낚아채는 것 같았다. 상대의 영혼으로 깊숙이 함몰되어 버리는 강렬한 키스의 순간처럼 그림 속으로 아득히 빨려 들어가는 느낌이었다. 미온은 그 순간 프랑스 남부 프로방스에 있는 화가의 방에 있었다. 미온은 화가의 침대가 되고 의자가 되고 창문이 되었다. 붓을 쥔 고흐가 바로 눈앞에서 자신을 그리고 있었다. 화가의 눈길이 미온을 뚫어지게 관찰했고, 손에 쥔 붓이 미온의 몸을 채색했다. 화가는 매 순간 고심하며 깊은 호흡을 내쉬었다. 그때마다 독한 압생트 냄새가 미온의 몸속으로 스며들었다. 미온이 그림을 바라보고 서 있는 만큼의 간격을 두고 고흐가 화폭을 마주하고 있었을 거라는 상상이 만들어낸 환상이었다. 이 작품을 완성하기까지 고흐의 손은 팔레트와 화폭을 몇 번이나 오갔을까. 담요를 빨갛게 칠할 때, 황색증에 걸린 그가 노란색을 방안에 온통 채워 넣을 때, 테오와 자신의 초상화를 벽에 나란히 그려 넣을 때 고흐는 얼마나 끔찍하게 외로웠을까. 고갱과 함께 생활하며 갈등하고 충돌하고, 그러다 혼자 남아 귀 한쪽을 자르기 전 그는 어떤 얼굴로 저 의자에 앉아 있었을까. 어떤 기분으로 칼을 쥐고 벽에 걸린 거울 속 자신의 깡마른 얼굴을 들여다보았을까. 경매에서 몇 천억을 하는지는 중요하지 않았다. 150년 전에 외롭게 살았던 예술가의 손길이 수없이 닿았던 그림이 눈앞에 있었다. 평생 불행했던 예술가의 열정과 광기와 절망과 배고픔이, 그가 스케치하고 채색하는 사이 진품에 베인 예술가의 고독한 영혼이 내뿜는 파장이 미온의 마음속으로 고스란히 파고들었던 것이다.

지형의 육필원고 또한 관람객에게 깊은 감동을 선물해 줄까. 미온은 어서 〈베가의 연인〉 원고를 보고 싶었다. 꼼꼼하게 넘겨볼 수 있다면 지형이 어느 부분에서 일필휘지로 써 내려갔는지, 어느 부분에서 망설였는지, 어떤 장면에서 한 자 한 자 심혈을 기울였는지, 작가가 어느 인물을 가장 사랑하고 아꼈는지 마치 지도의 등고선을 읽듯 훤히 짚어

낼 수 있을 것 같았다. 만약 육필원고를 손에 들었을 때, 과거의 시간 속에서 지형의 작가 혼이 생생하게 살아나는 마법을 경험하게 된다면, 비로소 그를 진정한 작가로, 그리고 어쩌면 자랑스러운 아버지로 받아들일 수도 있지 않을까. 미온은 뜻밖에도 가슴이 설레었다.

미온은 또 다른 박스에서 꺼낸 소박한 나무 펜을 손에 쥐었다. 지형의 손이 이곳에 닿았겠지. 코에 대고 냄새를 맡았다. 낡고 오래된 나무 냄새였지만 지형이 피웠던 담배 냄새가 밴 것일지도 몰랐다. 미온은 의자에 앉아 책상 위에 있던 한 장씩 넘기는 다이어리를 앞으로 끌어당겼다. 검은 유리병의 뚜껑을 열고 잉크 속에 펜을 담갔다. 이미 지나버린 날짜 중 아무것도 적히지 않은 페이지를 펼쳤다.

미온은 모래밭에 글자를 새기듯 불멸,이라고 썼다. 미끄러운 볼펜과 달리 종이를 사각사각 긁어대며 밀고 나가는 펜촉의 까칠한 소음과 감촉은 손끝에서 피부로, 눈에서 귀로, 귀에서 다시 정수리까지 도미노처럼 전달되었다. 모래밭을 꾹꾹 눌러 밟으며 낯선 세계로 통하는 문을 향해 한발 한발 다가가는 발자국 소리였다.

바람이 불었다. 묶어놓지 않은 린넨 커튼이 실내 깊숙이 나부꼈다. 모래톱을 쓸고 올라온 파도가 절벽 위에 선 문학관 3층까지 밀고 올라왔다가 일시에 쓸려 내려가는 것만 같았다. 미온은 펜을 내려놓고 자리에서 일어섰다. 커튼을 한쪽으로 여미자 베가 마을과 바다가 한눈에 들어왔다. 바다는 하늘과 경계 없이 잿빛이었다.

농사지을 땅이 부족한 강원도 지역의 사내들은 멀리 배를 타고 나가 고기를 잡았고 여인들은 베를 짜서 살림을 꾸렸다. 지역의 앞글자를 따서 안동에서 생산되는 베는 안동포, 함경도 베는 북포, 경북에서 만들어진 베를 영포라고 하듯이 강원도에서 짠 베는 강포江布라고 했다. 올이 굵고 성글어서 주로 서민의 여름옷이나 수의와 상복을 지을 때 쓰였다는 강포를 짜는 여인. 하지만 소설 속 어느 누구도 저 아래 마을에 산 적이 없었다. 문학관을 홍보하는 보도자료의 내용과는 달리, 소설 속 마을은 실제 존재하지 않는 작가가 만든 허구의 공간이었다. 밤바다 위로 쏟아지는 은하수가 아름다운 베가 마을이란 이름은, 우리말로 베 짜는 집이라는 한자와 한글의 조합어인 동시에, 직녀별을 가리키는 베 가vega의 이름과 동음이어同音異語였다. 무엇을 먼저 설정한 것인지는 알 수 없지만, 작가는 이중적 의미를 가진 베가 마을을 소설적 장소로 만들었고 직녀의 설화와 엮어 삶과 사랑의 의미를 재해석해 낸 것이다.

일찍 세상을 떠난 만큼 오래 기억되어야 할 사람이라고, 김지형 문학관은 바로 그 불멸의 시작이라고 말한 것은 장 회장이었다. 윤재의 말을 들어 추측하건대, 장 회장은 관광지로 개발하기 좋은 여러 장소를 물색했고, 시와 협의하여 아직 사람들 발길이 닿지 않은 바닷가 외진 마을을 소설의 배경이라고 정해버린 것 같았다. 읍면으로 구분되어 있을 뿐, 공식적인 이름을 따로 갖고 있지 않았던 이십여 가구의 작은 마을은 문학관 부지로 선정되면서 버스정류장이 새로 생겼고 베가 마을이란 이름까지 얻게 된 것이다.

미온은 돌아서서 다시 의자에 앉았다. 조금 전 다이어리에 쓴 글자를 냉정하게 바라보았다. 전설이란 거짓과 환상이 만들어낸, 그러나 사람들이 듣고 싶어 하는 아름다운 이야기였다. 거짓이 사람들을 꿈꾸게 한다면 상관없는 것 아닐까. 미온은 자신을 설득하며 조금 전 내려놓았던 펜을 손에 들었다. 불멸, 주위에 달무리처럼 동그라미를 크게 그려 보았다. 하지만 그새 말라버린 잉크는 차츰 굵기와 색이 가늘어지고 옅어지더니 원의 시작점으로 돌아오기 직전에 멈추어버렸다.

'불멸이라니.'

불멸은 장 회장의 바람이 아니었을까. 작가의 존재란 오직 외로움과 싸워가며 한 자 한 자 원고를 채워갈 때 만나게 되는 텅 빈 폐허의 충만함, 그뿐이라는 것을 그는 모르고 있었다. 미온은 다이어리를 뜯어 구겨버린 다음 책상 옆에 있던 휴지통에 던져 버렸다.

그 순간 얼핏 서류더미에 묻혀 있던 명패의 이름 한쪽이 보였다. 의심스러운 눈으로 미온이 손을 뻗어 집어 들었다.

'관장 김미온'

그때 문이 열렸다. 도둑질을 하다 들킨 것처럼 화들짝 놀라 의자에서 일어서던 미온이 손에서 명패를 떨어뜨렸다. 책상 위에 열어두었던 잉크병이 넘어졌다. 문학관 도면 위로, 유품 리스트 위로, 초대장을 보낼 귀빈들 이름 위로 쏟아진 잉크가 까맣게 번져가고 있었다. 깍듯한 몸짓으로 수행비서처럼 문을 열었던 윤재의 얼굴이 한순간 무섭게 일그러졌다. 하지만 그보다 먼저 풍채 좋은 장 회장이 들어서며 호탕하게 큰 소리로 말했다.

"마침내 네 자리를 찾았구나!"

전문 경영인을 사장에 임명하고 일선에서 물러난 장석훈 회장은 공식 자리에는 거의 모습을 나타내지 않았지만, 직원의 생일이나 결혼기념일에는 지금도 자신의 이름으로 된 꽃바구니와 샴페인을 보냈다. 물론 비서실에서 하는 일이었고, 정식 입사시험을 치르긴 했어도 초고속으로 계단을 밟아 기획실장으로 일하고 있는 윤재가 머잖아 회사를 물려받게 되리라는 것을 모두가 알고 있었지만, 출판 불모 시대에 회사를 키우고 직원복지와 합리적인 기업문화를 정착시킨 회장에 대한 사원들의 호감도는 비교적 높았다.

"이만하면 서 여사에게도 부끄럽지는 않을 것 같은데, 네가 보기엔 어떠니?"

개관식에 초대할 명단에 대해 도지사가 더 상의하고 싶어 한다며 윤재가 문을 닫고 사무실을 나간 뒤 장 회장이 소파에 앉으며 물었다. 옥임의 장례와 윤재의 결혼식 이후 처음 만나는 자리였다. 그의 목소리는 배려하는 듯 부드러웠지만, 언제나처럼 포효하는 것 같은 위엄이 서려 있었다. 아침 일찍 사우나에 다녀왔을 그에게서는 향수가 진하게 풍겼다. 나이에 비해 비교적 숱이 많은 잿빛 머리카락과 임플란트가 분명한 고른 치아도 주름살과 검버섯이 드문드문 핀 그의 얼굴을 한결 생기 있게 보이도록 했다. 꾸준한 운동으로 관리된 반듯한 체격 또한 불도저 같던 젊은 날의 에너지와 야심이 조금도 늙지 않았음을 증명하고 있었다.

"윤재가 애를 많이 쓴 것 같아요."

장 회장과의 대면이 불편하기만 한 미온은 책상 위에 흩어진 잉크 얼룩들을 대충 닦아낸 후 사무적이면서도 예의에 어긋나지 않게 대답했다.

"사내란 좋은 결혼을 하고 나면 성공을 향해 질주하게 되는 법이거든."

장 회장이 흐뭇한 듯 말했다.

"이번에 일하는 걸 보니 믿음직하더구나. 이 기회에 다 맡겨볼까 한다."

아들에 대한 대견함을 감추지 못하고 장 회장이 말했다. 하지만 혈육에 대해 느끼는 자랑스러움과는 상반되는 열패감이, 오랜 세월 자신의 왕국을 지배하고 물러나는 늙은 사자의 회환과 아쉬움이 후퇴와 패배를 모를 것만 같던 그의 눈빛에 함께 녹아 있는 걸 미온은 놓치지 않았다.

"만나는 사람은 없니?"

나약해진 감정을 밀쳐내려는 듯 장 회장이 화제를 돌렸다. 명절날 모인 친척들이 젊은 사람들에게 무책임하게 던지는 성가신 질문 같은 것이라고 생각하면서도 미온은 선뜻 대답하지 못하고 시선을 피했다. "김지형의 딸과 유부남 소설가의 사랑. 미온 양이 그날 일을 함구하면 나도 입을 다물지요."라고 말하던 권 여사의 차가운 미소가 떠오르자 등줄기로 얼음덩어리가 한 바가지 쏟아지는 기분이었다.

"혼자 살기에 인생은 길다. 너도 언제까지나 젊은 게 아니잖니. 네가 웨딩드레스를 입은 모습을 볼 수 있다면 좋겠구나."

장 회장은 부케를 들고 선 미온의 모습을 그려보는 듯 잠시 눈을 감고 생각에 잠겼다.

"젊을 때는 최선이라고 생각했던 일들이 나이 들어 돌아보면 최악의 선택이었을 때가 있더구나."

눈을 뜬 장 회장이 파도 소리가 들리는 창가로 시선을 돌리며 말했다.

"야망과 성공이 중요한 줄 알았는데 이만큼 살고 나서야 세상에서 가장 소중한 게 가족이라는 걸 깨닫게 되는 거지. 모든 걸 희생해서라도 지키고 싶은 게 내 핏줄이란 말이다."

장 회장이 소파 팔걸이에 올려두었던 주먹을 꼭 쥐며 말했다. 그의 세대에서는 당연한 가부장적 견해였고 유전자를 남기고 싶은 원초적 본능이었지만, 미온은 동의할 수 없었다. 반드시 '내' 유전자일 필요는 없었다. 그것은 불멸을 꿈꾸는 개인의 욕망일 뿐, 생은 한 번으로 족하다고 믿는 사람도 있었다. 생명이 필요로 하는 것은 나도 당신도 그도 그녀도 아닌, 끈덕지게 살아남는 다만 누군가의 유전자일 뿐이 아닐까.

"네가 아직도 혼자인 걸 알면, 하늘에 있는 네 엄마가 날 원망할 거다."

자책하듯 비장하게 말하는 장 회장의 모습은 낯설었다. 하지만 미온의 시선을 의식한 그는 더 이상 감정을 드러내선 안 된다고 느꼈는지 굳게 입을 다물었다. 그 순간 미온도 기어이 묻고 싶은 마음을 참느라 아랫입술을 질끈 깨물었다.

'엄마하고 어떤 관계셨어요? 엄마를 사랑하셨나요?'

석훈은 미온이 다니는 학교마다 기부금을 냈다. 도서관에 수백 권의 도서를 기증하거나 미온이 속한 학년에 냉난방 기기를 교체해주고 교사들의 회식비를 제공해 주기도 했다. 그 사람이 뭔데 학교에 와서 돈을 뿌리느냐며 미온이 팔팔 뛰면 고마운 것도 모르는 아이에게 뭐 하러 잘 해주느냐고, 옥임이 그에게 전화를 했다. 석훈은 수화기 너머로 들릴 만큼 큰 소리로 웃으며 다음부터 안 그러겠다고 했지만, 미온이 새 학년이 될 때마다 같은 일은 반복되었다. 어쩌면 미온은 입으로는 싫다고 하면서도 그로 인해 얻어지는 교사들의 특별대우, 학교에서 누릴 수 있는 특혜를 최대한 누렸는지도 몰랐다. 하지만 대놓고 시샘하는 아이들도 있었고 "그 남자, 네 엄마 애인이지?" 비아냥거리며 옥임의 명예를 끌어내리는 되바라진 애들도 있었다. "키다리 아저씨 같은 후견인이 없어서 샘이 나나 보구나." 미온은 기세 좋게 되받아쳤지만 집에 와서는 장 회장과 무슨 관계냐고, 함부로 옥임에게 퍼붓곤 했다. 그럴 때면 얼굴을 잠시 찌푸릴 뿐 옥임의 대답은 늘 같았다. 지형의 가장 가까운 친구였고 출판사를 처음 시작한 사업 파트너였으며 지형의 가치를 알아본 훌륭한 출판인이라는 것, 사적으로나 공적으로 석훈이 미온과 옥임을 돌보는 건 조금도 이상할 게 없다는 것이었다. 그리고 덧붙였다.

"소녀들의 생각이라고 하기엔 아름답지 않구나. 그런 아이들을 넘어설 수 없는 너의 소설적 상상도 진부하고."

그때마다 미온은 자존심이 상해서 소설 쓰겠다는 생각을 한 적이 없을 때였는데도 퉁퉁거리며 2층으로 올라가곤 했다.

'누가 소설 쓴다고 했어? 누가 소설 쓴다고 했냐고?'

어쩌면 옥임에 대한 반항과 오기의 말 한 꾸러미가 미온이 소설을 쓰게 된 이유일지도 몰랐다.

옥임의 말은 사실이었다. 미온과 윤재의 가족은 휴일이나 휴가를 같이 보내곤 했다. 그때마다 윤재가 쏙 빼닮은 석훈의 아내가 함께했었고, 그쪽이 언니라고 부르는 옥임과의 관계는 다정한 자매처럼 스스럼이 없었다. 성인이 된 미온이 되짚어보아도 남편을 의심하는 여자가 보일 수 있는 태도는 아니었다. 옥임과 석훈의 관계를 모함하는 애들 앞에서 이마를 높이 쳐들고 미온이 당당하게 콧방귀를 뀔 수 있었던 이유는 옥임과 윤재 엄마의 관계에 기인한 것이었다. 하지만 마음에 걸리는 게 아주 없는 것은 아니었다. 가끔 석훈의 아내가 없는 자리에서 미온 혼자, 또는 미온과 윤재가 함께 노는 모습을 두 사람이 바라볼 때, 그 눈빛과 분위기는 윤재 엄마가 있을 때와는 분명 달랐다.

지형의 자살에 동의할 생각이 전혀 없으면서도 미온이 석훈에 대한 경계를 놓지 못했던 건 풀리지 않는 의문 때문이었다. 미온의 눈앞에 있는 두 사람의 관계에서 의심할 여지는 없었다. 하지만 만약 지형의 죽음 이전, 윤재 엄마와 결혼하기 전에 두 사람 사이에 무언가가 있었다면? 그래서 작가로서 고민이 깊던 지형에게 옥임과 석훈의 관계에 대한 의혹이 더해진 것이라면? 그것이 지형을 죽음으로 이끈 것이라면?

"회장님께서는 최선을 다해 주셨어요. 말씀드리진 못했지만, 감사하지 않았던 건 아닙니다."

미온은 처음으로 말했다. 이렇게 말하는 날이 올 거라고는 상상한 적 없었지만 이 사람도 늙는구나, 눈앞에 있는 장 회장의 모습이 불현듯 미온을 너그럽게 만들었다. 시간 앞에 무릎 꿇고 봄바람에 스러지는 한겨울 매서운 강풍에 대한 연민 같은 것이었다.

"그렇게 말해주니, 고맙다."

늘 서먹하게만 대하던 미온의 살가운 말에 장 회장도 당황한 것 같았다. 하지만 그의 표정은 이내 환하고 부드러워졌다.

"윤재는 네가 네 소설을 믿지 못하는 것 같다고 걱정을 하더라."

장 회장이 말했다.

"작가는 말이다. 부모의 심장을 가져야 한다. 자식이 살인자라 해도 부모의 사랑은 식지 않지. 작가는 자신의 작품을 부모의 마음으로 믿어야 하는 거다."

회장이 말했다.

"내가 아는 작가 중에도 자신의 작품을 믿지 못해서 평생 불행했던 사람이 있었다. 그때 나라도 믿어주었더라면 좋았을 걸, 지금도 후회가 된다만. 한 번 잘못 판단하면 다시는 되돌릴 수 없는 일들이 있더구나. 그 후 나는 내가 출판하는 모든 책을 믿었다. 그 믿음이 우리 회사의 뿌리가 되었다고 나는 생각한다."

미온은 장 회장의 말에 귀를 기울이고 있었다. 이렇게 오랜 시간, 함께 있어 본 적도 없었지만 장 회장이 이렇게 많은 말을 하는 사람이라는 것도 처음 알았다.

"미온아. 이제 그만 고집을 꺾는 게 어떻겠니? 윤재에게 원고 가져다주거라. 아파트 알아보라고 할 테니 그 집도 처분하고. 네가 누릴 수 있는 모든 것을 거부하고 힘들고 외로운 길을 가는 건 교만이다. 배고픈 사람을 위하는 게 같이 굶는 거라고 생각하는 것만큼 어리석은 건 없어. 아무것도 갖지 못한 사람들에 대해 미안하다면, 네게 주어진 것에 감사하고, 그것으로 얻게 된 더 좋은 것들을 세상에 돌려주어라. 그것이 너에겐 소설이 되어야 하지 않겠니?"

미온은 대답하지 않았다. 누구에게 미안해서도 아니었고 가난을 거룩하다고 여긴 적도 없었다.

"도지사님 일어나셨습니다."

그때 문이 열리고 윤재가 들어와 말했다. 장 회장이 일어서기 싫은 아이처럼 잠시 머뭇거렸다. 미온과의 시간을 더 갖고 싶은 게 역력했다.

"서울에 같이 올라가겠니?"

"아닙니다."

미온이 대답했다. 장 회장이 서운한 듯 고개를 끄덕였다.

"전시실 보게 내려와."

장 회장이 일어나 사무실을 나가자 윤재가 말했다.

"아. 김지형 작가의 따님이시구먼. 아버지의 뜻을 잘 펼쳐보도록 해봐요. 도에서도 아주 기대가 큽니다.”

엘리베이터 앞에 도지사라는 사람이 수행원 두 명과 함께 서 있었다. 장 회장이 미온을 소개시켰고, 도지사가 과장되게 반응했다. 무슨 말일까, 혼란스러웠지만 관장 김미온,이라는 명패가 떠올랐다. 하지만 그게 아니라는 말을 할 겨를도 없이 아주 똑똑한 인재이며 지형 못지않은 재능을 가진 소설가라고, 윤재가 미온을 추켜세웠다. 그렇게 미온은 그들의 웃음과 이야기에 섞여 떠밀리듯 1층 현관 앞까지 함께 나왔다.

건물 앞에 대기하고 있던 두 대의 검은 색 승용차에 회장과 도지사가 각각 타고 떠나는 걸 지켜보며 미온은 당연한 듯 그들을 배웅했다. 개관식 날 보자며 뒷자리에 오른 장 회장에게, 오지 않겠다고 말해야 하는 게 아닐까 망설이는 동안 문이 닫히고 차는 출발했다.

이거 아닌데, 나 이거 하기 싫은데, 하면서도 미온의 의지는 작동하지 않았다. 문학관에 오고, 장 회장을 만나고, 관장 자격으로 도지사에게 인사까지 해버린 일련의 시나리오가 눈 깜짝할 사이에 진행되어 버렸다. 머리 꼭대기에서 손에 매달린 실을 조종하는 사람의 의지대로 춤을 추는 마리오네트처럼 부정하고 거부할 사이도 없이 상황 속에 빨려 들어가 제 역할을 톡톡히 해버리고 만 것이었다.

“오늘 이 자리에 내가 필요했던 거구나.”

허리를 굽혀 깍듯이 그들을 배웅한 윤재가 고개를 들었을 때, 미온이 쏘아보며 말했다. 내 편이라 믿었던 윤재였다. 대체 어디서부터 연극이었을까.

“원고 보고 싶어 했잖아. 들어가자. 들어가서 말할게.”

윤재가 진지한 눈으로 미온을 바라보며 말했다. 하지만 그가 들어간 유리문을 얼이 빠진 사람처럼 쳐다보며 미온은 한참이나 더 멍하니 서 있어야 했다.

"지금, 여기서 말해."

원고를 확인한 뒤 점심을 먹으며 이야기하자는 윤재에게 미온이 말했다. 미온은 윤재를 어리고 순진하게만 보고 있었다. 그러나 윤재는 어느덧 한 가정의 가장이고 실질적으로는 수백 명 직원의 수장이면서 장 회장의 혈통과 기업을 물려받은 아들이었다. 일을 추진하는 데 있어 위에서 명령을 내리고 아랫사람들을 밀어붙이는 장 회장과 달리, 윤재는 제 손으로 계산하고 치밀하게 계획한 뒤 스스로 시뮬레이션까지 완전히 마친 후에야 결과물을 공개하는 성격이었다. 그런 윤재가 순수하게 문학적 의미만을 위해 일에 매달렸을 리는 없다는 것을 왜 생각하지 못했던 것일까. 출판 이외에도 물류와 유통, 서점과 잡지, 캐릭터 사업까지 영역을 확장하면서 SG출판그룹으로 성장해온 일련의 과정에서부터 문학관 사업과 장 회장의 출마까지, 윤재가 일찍부터 깊이 관여해 왔으리라는 것을 미온은 미처 생각하지 못하고 있었다. "아버지 아들인데 어디 가겠어." 며칠 전에 윤재가 했던 말의 의미를 비로소 이해할 것 같았다.

"남자가 보기에도 잘 생겼어. 여성 독자들이 빠져들 수밖에 없는 눈빛이지?"

윤재는 대답 대신 2층으로 올라가는 계단 앞에 팔짱을 끼고 서서 벽에 음각된 지형의 얼굴을 바라보았다.

"난 작품에 들어가기 전에 작가에 대해 먼저 읽어. 그에 대한 소개 글이나 작가의 책머리 글, 뒤에 붙은 연보 같은 거 말이야. 그 사람이 살았던 시대와 생각을 먼저 알아두면 작품을 읽을 때 상상의 범위가 한결 풍성해지거든. 김지형의 〈베가의 연인〉을 읽을 때도 그랬어. 문학관 설립 기획서를 만들어보라고 몇 년 전 아버지가 지시하셨을 때였는데 그때, 어라, 이거 좀 이상하다 싶었어."

"뭐가?"

따져야 할 게 있다는 것을 잠시 미루고 미온이 물었다. 다그친다고 고분고분할 윤재가 아니라는 걸 알기 때문이었다. 조바심을 내려놓고 윤재가 하고 싶은 말을 따라가다 보면 미온의 의문과 만나는 지점이 있을 터였다. 먼 곳에서부터 차근차근, 그러다 불쑥 중앙으로 돌진하며 자신의 의견을 강렬히 피력하는 것, 윤재의 화법이었다.

"지금 우리 출판사에서는 문학관 개관에 맞춰 김지형 전집의 영어판 번역 작업이 진행 중이야. 어느 날 그의 약력을 최종 검토하다가 나는 또다시 궁금해진 거야."

윤재는 냉큼 대답하지 않았고 미온은 재촉하지 않았다.

"〈베가의 연인〉을 언제, 어디서 썼는지 누나는 알아?"

윤재가 물었다. 미온은 대답하지 못했다. 유작이니까 당연히 죽기 전에 쓴 거라고 생각했을 뿐이었다. 굳이 궁금한 게 있다면 왜 죽은 지 3년이나 지나서야 출판되었을까 하는 것이었다.

"어딜 봐도 〈베가의 연인〉을 집필했다는 말이 없어."

윤재가 돌아서서 반대쪽 벽에 기록된 연보를 가리키며 말했다. 미온도 약력을 몇 줄 훑어보았다.

"다른 작품도 언제 썼는지 없는 걸."

"단편이고 산문들이니까. 발표한 그해에 쓴 거지. 그런데 베가는 장편이야. 최소한 몇 달은 걸렸을 거라고. 그런데 없어. 아무도 모르는 거야. 언제 썼을까?"

윤재가 마술사처럼 두 손을 양쪽으로 벌려 보이며 어깨를 으쓱해보였다.

"자, 봐."

윤재가 계단을 몇 개 올라서서 손가락으로 연보의 맨 위부터 가리켰다.

"아버지랑 둘이 출판사를 시작했던 김지형은 2년 후 신춘문예로 등단했고 전업작가가 됐어. 첫 책이 나온 뒤부터 매해 한 권씩, 새로운 소설집과 산문집이 출간됐지. 〈베가의 연인〉까지 합쳐 모두 열세 권이야. 그런데 꼭 일 년, 그의 연보에서 아무것도 없는 해가 있어. 바로 여기.”

미온이 계단을 올라 윤재 옆에 섰다.

“누나가 태어나기 바로 전 해야.”

그가 손으로 가리킨 부분을 눈으로 따라가 보았다. 윤재의 말대로 산문집 출간과 딸 미온 태어남, 그 사이에 일 년이 빠져 있었다. 그게 뭐 어떻다는 것일까, 미온은 윤재를 쳐다보았다.

“김지형을 아는 사람이라면 누구나 갖는 의문이 있지. 그의 작품 성격이 왜 바뀌었을까. 그런데 이게 특별한 경우는 아니야. 작가들마다 작품이 변모하는 시기가 있거든. 1기, 2기로 나누거나 청년기, 중장년기로 나뉘는 작가들은 많아. 사실 그런 변화가 없다면 부끄러운 거지. 나이를 먹으면서도 사고가 성장하지 않는다는 거니까. 김지형의 경우도 그런 케이스야. 다만 이슈가 됐던 건 그의 이념이 워낙 맹렬했으니까 그들 진영에서는 인정하고 싶지 않았을 거야. 〈베가의 연인〉은 단순히 연애소설이 아니잖아. 이념이란 좁은 우물 안에 갇혀 있던 작가의 시야가 자유와 생명, 우주로 확장된 거야. 내가 그에게 흥미를 갖게 된 두 번째 이유였어. 나는 연보에 빠져 있는 그 일 년, 그에게 분명 어떤 사건이 있었다고 확신해. 사고의 폭발이 일어난 거지. 그것이 베가를 쓰게 했을 거야.”

재미있지? 하는 눈빛으로 윤재가 미온을 쳐다보았다. 어렸을 때 함께 셜록 홈스와 뤼팽 시리즈를 읽으며 범인을 추리할 때 반짝거리던 바로 그 눈빛이었다. ‘누가 베가의 모델이었을까. 누가 김지형의 뮤즈였을까?’ 하지만 어린 시절을 밀어내고 권 여사의 차가운 미소가 불쑥 눈앞에 떠올랐다. 미온은 얼굴을 찌푸리고 고개를 저었다.

“지금 갑자기 생각난 건데. 혹시 서 여사님이 누나를 임신했다는 걸 알고 달라진 걸까?"

팔짱을 끼고 한 손으로 턱을 괴고 있던 윤재가 미온을 쳐다보았다.

"만약 와이프가 임신했다고 하면, 나도 세상 보는 눈이 크게 달라질 거 같은데."

윤재가 말하고는 기대가 된다는 듯 하하하, 유쾌하게 웃었다.

"아무튼, 전에도 말했지만 나는 베가 이전의 작품은 맘에 들지 않아. 그걸 쓴 작가도 싫어. 하지만 베가를 쓴 작가가 지금까지 살았다면 어땠을까. 이전에 쓴 작품들을 모두 불 질러 버리고 싶지 않았을까?"

"무슨 말을 하고 싶은 거야?"

"아버지와 김지형은 평생 친구였어. 아버지는 서 여사님과 누나를 돌보는 것으로 의리를 지켰고."

"보은이라도 하라는 거야?"

"아니. 작가의 뜻을 생각해보라는 거야. 그 당시 베가를 쓸 정도로 눈이 열린 김지형이라면, 지금까지 칠팔십년대의 의식에서 벗어나지 못한 대부분의 작가들과는 생각도, 글도, 행동도 다르지 않았을까?"

"회장님과 뜻을 같이했을 거라는 얘기구나."

미온이 말했다. 윤재가 이제야 알아들었네, 하는 표정으로 웃었다. 미온이 예상한 대로였다. 윤재는 빙 돌아 마침내 자신이 원하는 목적지와 미온이 궁금해하는 지점에 동시에 도착한 것이다.

"라이벌이 될 송두섭 교수, 그는 이곳이 고향이야. 아버지한테는 외할머니의 친정이고. 연고가 약하지. 그 방면으로는 게임이 안 돼. 그래서 생각한 게 고향과 혈연, 연고라는 낡은 정치문화에서 벗어나야 한다는 프레임이야. 문학관이 문화와 관광 사업에 기반을 둔 지역발전을 상징하는 베이스캠프가 되는 거지. 이곳을 아버지가 평생 의리를 지킨 친구, 김지형의 딸인 누나가 맡아주어야 하는 이유야."

윤재가 말했다. 미온은 헛, 하고 한숨이 절로 나왔다. 문학이니 우정이니 의리니 옥임의 소망이니 하는 말은 다 헛소리였다. 설사 그것이 동기의 일부가 되었다 할지라도 소설도 작가도 작가의 죽음도 심지어 작가의 남은 가족까지 윤재의 회사경영에 대한 야심, 그리고 장 회장의 정치적 목적을 위해 도구가 되어도 좋다는 것이었다. 그것을 다른 누구도 아닌 윤재가 설득하고 있는 것이다. 미온은 가슴을 움켜쥐고 '윤재, 너마저도!'라며 카이사르처럼 부르짖고 싶은 심정이었다.

"출판계를 바꾸고 싶어. 세상을 바꿀 거야. 그러기 위해서는 힘이 필요해. 아버지가 정계에 나가셔야 하는 이유야."

미온은 입이 다물어지지 않았다.

"누나를 오래 이곳에 묶어두고 싶은 마음은 없어. 누나 소설을 좋아하고, 누나가 소설만 써야 한다고 믿는 건 진심이야. 다만, 선거가 끝날 때까지만 이곳을 맡아줘. 당선된 후엔 다른 사람에게 맡기겠다고 약속할게."

미온이 체념하듯 나직하게 윤재를 바라보며 물었다.

"네가 바꾸고 싶어 하는 그들의 세상하고 뭐가 달라?"

미온은 법 위에 서 있는 듯 오만한 정치인들과 어깨를 나란히 하는 작가들, 감성을 자극하는 문장과 언변으로 사람들의 마음을 현혹하여 세상을 뒤집을 수 있다고 외치는 작가들을 믿지 않았다. 오직 개인만이 다다를 수 있는 진실을 파헤치는 작가가 아니라면 문학을 팔아 사욕을 채우거나 정치적 수단으로 전락하고 말뿐이었다. 그런데 윤재가 미온에게 그들처럼 되라고 강요하고 있는 것이다. 작가는 작가 자신의 생각을 이야기할 뿐 아버지든 어머니든 자식이든 그 누구의 대변인도 될 수 없다는 걸 윤재는 모르고 있었다.

"내 이야기는 여기까지야. 아무튼 누나가 며칠 생각해 주길 바라."

윤재는 미온과 논쟁할 생각은 없어 보였다. 어쩌면 미온이 끝내는 받아들일 거라고 믿고 있는 것일지도 몰랐다. 그게 더 미온을 실망스럽게 했다.

"자, 이제 누나가 궁금해하는 걸 볼 시간이야."

윤재가 딱, 손뼉을 마주쳐 소리를 내고는 경쾌하게 계단을 내려가 로비를 가로질렀다. 미온은 끄응, 한숨을 내쉬며 하는 수 없이 윤재를 따라 전시실로 향했다.

벽면이나 전시 디스플레이가 다 완성된 것은 아니었다. 윤재가 벽면을 빙 둘러 설치된 유리장의 덮개를 걷고 스위치를 켰다. 작가의 육필 원고들이 은은한 조명을 받으며 진열되어 있었다.

컴퓨터로 작업하는 현대 작가들의 문학관에는 어떤 유품들이 전시될까. 어둠 속 상자 안에 수십 년 갇혀 있던 원고들이 발산하는 빛을 바라보며 걷는 동안 미온은 궁금했다. 문학관마다 작가가 쓰던 컴퓨터 하드디스크와 외장 하드, 모니터를 비디오아트처럼 전시하는 것도 흥미로울지 모른다. 그러나 책이 만들어지기 전 작가의 호흡과 손길을 느낄 수는 없을 것이다. 교정 원고에조차 편집자가 붉은 사인펜으로 표시한 교정부호들만 남아 있을 뿐. 육필원고가 없다면, 작가와 작품을 증명할 수 있는 것은 무엇이 있을까. 미온은 한 걸음 한 걸음 홀의 중앙에 위치한 〈베가의 연인〉을 향해 다가갔다.

"자. 여기."

마침내 전시실 중앙에 위치한 유리 진열장 앞에 다가서는 순간, 뒤에 따라오던 윤재가 미온의 눈을 가렸다.

"베가의 연인이야."

윤재가 미온을 살짝 앞으로 밀어주고는 손을 뗐다. 미온은 잠시 눈을 깜빡이고 유리관 안에 놓인 원고를 내려다보았다. 미온은 자신의 눈을 의심했다. 이해되지 않는다는 표정으로 윤재를 돌아보았다.

"이건?"

"놀랐지? 나도 처음엔 그랬어. 김지형의 잃어버린 1년을 이야기한 또 다른 이유가 바로 이거야.”

미온은 믿을 수 없는 얼굴로 다시 원고를 들여다보았다. 한 번도 상
상해본 적 없는 모습으로 〈베가의 연인〉이 눈앞에 있었다.

4장

강주

"바다로!"

세실이 두 손을 높이 쳐들고 경쾌하게 소리쳤다. 운전석에 앉은 동건이 성실한 기사처럼 안전하게 모시겠다며 '올리브나무 우거진 언덕' 앞에서 차를 출발시켰다. 해가 뜨기 전, 이른 아침이었다. 뒷자리에 함께 앉은 영우가 강주를 보며 웃었다. 모처럼 홀가분한 마음으로 강주도 웃었다. 휴가라는 이름으로 얼마 만에 떠나보는 여행인지 몰랐다. 일박의 짧은 일정이었지만 강주는 숨을 쉬러 물 밖을 향해 헤엄쳐 오르는 고래처럼 가슴이 부풀었다.

여름 방학을 시작한 물결이 영어캠프를 떠난 지 일주일이 지나고 있었다. 아빠는 널 잊은 게 아니라고, 엄마랑 잘 살고 있다고 믿고 있는 거라고 이해시키려 했지만 아이는 듣고 싶어 하지 않았다. 대신 캠프에서 4주간 쓸 용품들을 이것저것 준비하는 재미에 푹 빠져 있었다. 큰 일거리를 맡아서 돈 걱정하지 않아도 된다고 아이를 안심시켰기 때문이다. 물결이와 놀이터에서 만나 화해한 다음날, 강주는 일을 수락하겠다고 권 여사에게 전화했다. 그녀는 운전기사를 시켜 강주가 돌려주었던 계약금과 자신이 약속했던 오백만 원을 직접 보내왔다. 긴가민가 의심하던 물결이는 강주가 입금시켜 놓은 통장의 숫자를 확인하고서야 아이답게 마음을 놓았다.

물결이가 떠나는 날, 공항까지 나가 배웅했다. 세실 역시 수민을 데리고 와 있었다. 수민이는 단정하면서도 수줍어하는 성격의 사내아이였다. 물결이를 잘 돌봐달라고 강주가 부탁했다. 세실 역시 물결이에게 수민이를 잘 챙겨달라고 당부하고는 아들에게 단단히 다짐을 받았다.

"윤수민. 손 말고 다른 데는 만지면 안 돼. 물결이 지켜주겠다고 사나이로서 약속한 거야!"

넵, 하고 대답하는 수민이의 얼굴이 빨갛게 물들었다. 그 모습을 보자 강주도 웃음이 나왔다. 아이들은 강주와 세실을 각각 포옹해주며 매일 전화하겠다고 약속했고, 자신들이 없어도 외롭지 말라고 오히려 의젓하게 당부했다. 그래도 강주와 세실의 이런저런 잔소리가 끝나지 않자 다 알았으니까 이제 그만 엄마들은 돌아가라며 물결이가 작은 여우처럼 암팡스럽게 수민이 손을 잡아끌고 학원 아이들의 무리 속으로 뛰어 들어갔다.

"드디어 해방과 자유가 내 거예요!"

주차장으로 향하던 세실이 오랜 수감생활을 끝내고 햇빛 아래 서서 환호하는 출소자처럼 외쳤다. 수민이에게 구속된 것처럼 보이지 않았지만, 자식이란 무게는 그녀에게도 다르지 않은 것 같았다. 강주 또한 가슴 한쪽이 헛헛하지 않은 건 아니었어도 대관령에 가느라 아이를 떼어놓았을 때와는 달랐다. 며칠 사이 강주는 아이가 엄마 품을 떠날 만큼 컸다는 사실을 체념하듯 인정해버렸다. 아무리 놓고 싶지 않아도 아이는 제 인생을 살아가기 시작한 것이다.

그날 주차장으로 함께 가는 길, 세실은 동건에 대해 이것저것 물었다. 세실과 강주가 올리브 언덕에서 만나던 날, 들어오고 나가며 마주친 이후에도 동건이 영우와 함께 있는 걸 몇 번 본 적 있다고 했다. 그녀의 눈빛과 목소리에서 그에 대한 기대와 호감을 느낄 수 있었다. '그렇게 자주 오는 사람이 아닌데, 무슨 일일까?' 강주는 내심 궁금했지만 동건이 짧은 결혼생활을 마치고 이혼한 지 몇 년 되었으며 지금은 혼자라고, 세실이 원하는 이야기를 들려주었다. 그 뒤로 세실은 올리브 언덕과 강남에 있는 동건의 카페를 자주 찾은 것 같았다. 우연을 가장한 자연스러운 만남으로 마침내 친구가 되었노라 세실이 종종 후일담을 들려주었다. 그리고 수민을 보내자마자 기회를 놓치지 않고 여름휴가 계획을 제안했던 것이다. 동건은 동의하는 조건으로 영우와 같이 가야 한다고 고집했고, 세 명은 짝이 맞지 않는다며 세실이 강주를 끌어들였다. 결국 강주가 송 교수의 편집 작업을 마치고 인쇄를 넘긴 다음날 떠나는 것으로 휴가 일정이 잡혔다.

강주는 지난 이 주 동안 원고작업에 몰두하느라 집에 틀어박혀 있었다. 송 교수는 더 이상 관여하지 않았고, 권 여사는 미온의 원고가 나무랄 데 없으니 원안의 방향대로 진행하라고 말해 주었다. 젊은 시절 기자였다며 강주가 보내온 원고를 자신이 최종적으로 다듬어주는 게 어떻겠냐는 제안도 했다. 일을 빨리 끝내고 싶었던 강주로선 거절할 이유가 없었다. 개인적 감정을 배재하는 게 가장 힘들었지만 미온이 깔끔하게 잡아놓은 아우트라인을 기본으로 송 교수의 고향에 다녀온 내용을 정리해서 알맞은 자리에 이야기를 짜 넣었다.

수업 시간마다 노트에 끄적이던 문장들, 미온의 집을 드나들며 빌려 읽은 그 많은 책들이 눈앞에 문득문득 떠올랐다. 작가가 될 엄두를 내진 못했으면서도 사실은 간절히 원했던 게 아니었을까. 그래서 결혼 전에도 출판사에 다녔고 이혼 후에도 출판사를 차려놓고 글 언저리를 맴돌고 있는 게 아닐까. 작업을 하는 동안 강주는 뜻밖에도 글을 쓰고 싶었던 오랜 열정이 되살아나는 것을 느낄 수 있었다. 그래서였을까. 매끄러우면서도 의무감과 형식적인 책임감에서 벗어나지 못했던 미온의 사실적인 문체와는 달리 강주의 묘사는 송 교수가 원하는 것 이상으로 생기 있고 풍요로웠다. 그런 강주의 글을 권 여사는 썩 마음에 들어 했다. 열흘 만에 완성한 원고를 권 여사가 최종 확인했고 삭제나 첨언된 완성 원고를 받아 판형에 맞춰 편집 작업을 마쳤다. 표지 디자인을 선택하는 데도 권 여사는 까다롭지 않아서 강주가 만든 네 가지 시안 중에 하나를 선뜻 골라주었다. 내지 편집과 표지 작업까지 마치고 인쇄를 모두 넘긴 강주는 여행을 기대하며 모처럼 크게 기지개를 켜고 싶었다. 그러나 그 전에 꼭 해야 할 일이 남아 있었다.

7년 만에 만난 성욱은 예전 그대로였다. 털끝 하나 흠잡을 데 없이 자로 잰 듯 반듯한 남자, 큰 키와 단단한 체격, 여자라면 누구나 돌아볼 만큼 잘생긴 얼굴을 가진 성욱은 나이가 주는 중후함과 개인병원 원장이라는 자리가 갖는 권위까지 더해져 한결 더 점잖고 멋있는 신사로 보였다. 하지만 강주를 바라보는 눈빛 속엔 다른 사람들에겐 보일 수 없던 우월감과 욕망이 조금도 변하지 않은 채 남아 있었다.

강주는 테이블 아래서 주먹을 꼭 쥐었다. 물결이가 그에 대해 이야기했을 때 당장이라도 달려가 만나고 싶었던 사람이다. 어떻게 아이 얼굴도 몰라보느냐며, 당신이 사람이냐고, 당신이 아이 아빠가 맞느냐고 멱살이라도 잡고 따지며 뺨이라도 갈기고 싶었다. 최종 파일을 출력소로 넘기고, 종이를 발주하고, 제본소 예약을 마칠 때까지 눌러놓아야 했던 뜨거운 감정이었다. 강주는 몇 번이나 심호흡을 하고 떨리는 손으로 전남편, 최성욱에게 전화를 했다. 만나서 할 이야기가 있다고 하자 당황하는 것 같았지만 순순히 병원 근처 카페로 오라고 했다.

물결이가 보고 싶지 않았느냐고, 강주가 먼저 물었다. 당신이 잘 키우겠다고 하지 않았느냐고, 무슨 일이냐고 그가 물었다. 아이가 두 번 찾아갔었다고, 당신이 몰라보는 바람에 아이가 마음을 다쳤다고, 사실대로 말했다. 잘 생긴 그의 눈과 입이 한순간 흉하게 일그러졌다. 양육비는 상관없으니 날짜를 정해 아이를 한 번씩 만나 달라고 강주가 말했다. 왜 그런 상황이 벌어졌는지 이해할 수 없다는 그의 집요한 질문에 학원 이야기를 할 수밖에 없었다. 성욱은 그런 꼬투리를 잡고 싶었을 것이다. 아이를 어떻게 키웠기에 제멋대로 자신을 찾아오게 하느냐고, 그깟 돈 오백도 없어서 이런 사단을 만들 거라면 당장 보내라고도 언성을 높였다. 강주는 말없이 그를 쏘아보았다. 병원을 짓는 데 힘이 되어 줄 만큼 돈이 있는 처가와 아내, 그녀가 낳은 아들 쌍둥이, 성욱이 물결이를 원할 리 없었다. 결혼생활 내내 저 아이가 내 핏줄인 건 맞느냐고 강주를 몰아세우던 남자였다. 너네 술장사 하는 집안이잖아. 그런 널 어떻게 믿어? 다른 놈 만나지 않았다는 걸 어떻게 증명할래? 어린 딸아이를 앞에 놓고 천박한 어깃장을 놓던 사내였다. 당신 의사잖아. 정 그렇게 의심스러우면 유전자 검사를 해, 강주가 맞섰지만 그는 콧방귀도 뀌지 않았다. 성욱은 강주를 의심한 게 아니었다. 멸시와 모욕을 즐기는 것이었다. 지금의 아내에겐 그렇게 하지 못하겠지, 강주는 부들부들 몸이 떨렸다. 그래도 강주는 물결이를 위해 부탁했다.

"두 달에 한 번, 밖에서 같이 식사만 해요. 물결이한테 아빠가 되어 줘요."

하지만 성욱은 선뜻 찬성하지 않았다.

"생각해 볼게. 내가 먼저 연락하기 전엔 나 만났다고 얘기하지 마."

테이블 위에 커피값 이만 원을 던져놓고 그가 일어서며 말했다. 강주는 앞에 있던 커피를 그에게 쏟아붓고 싶었지만 그러지 못했다. 이를 악물고 노려보았을 뿐, 그보다 먼저 커피숍을 뛰어나왔다. 그가 연락하지 않으리라는 것을 알았다. 강주의 전화를 받고 만나겠다며 그가 순순히 응한 건 한 번 더 모욕하고, 한 번 더 짓밟고 싶었던 것뿐이었다.

휴가철이라고는 해도 평일인데다 이른 아침이어서 서해안으로 향하는 길은 체증이 심하지 않았다. 세실은 동해안으로 가자고 했지만 여름 휴가의 피크였다. 고속도로에서 시간을 낭비하고 싶지 않다고 나머지 세 사람이 강력히 고개를 젓자 세실도 항복했다. 차가 밀리지 않는 이른 아침 출발해서 알토란같은 시간을 보내자는 영우의 계획에 모두 동의했고, 안면도로 이내 결정이 났다. 성수기인데도 동건이 호텔 예약을 처리했고 운전까지 자처했다. 동건은 세실과 이야기하며 전에 없이 자주 웃었다. 사진에 대해 커피에 대해, 사업 운영에 대해 두 사람의 화제는 고갈되지 않았다. 그러면서도 세실은 영우와 강주에게도 고개를 돌려 의견을 묻거나 동의를 구하는 식으로 네 사람의 분위기를 이끌어갈 줄도 알았다. 성욱이 남긴 모멸감과 만나지 말아야 했다는 후회가 여전히 마음을 무겁게 했지만, 강주조차 그 순간을 잊고 소리 내어 웃을 수 있었다.

"영우 씨, 두통은 좀 어때요?"

세실이 간단히 준비해온 샌드위치를 뒤로 건네며 물었다.

"아. 괜찮아요."

영우가 어색하게 웃으며 대답했다. 강주가 영우를 쳐다보았다

"아팠어요?"

"만성 두통인 것 같던데, 강주 씨, 너무 무심한 거 아니에요?"

세실이 강주에게 물었다.

"강주 씨를 자주 못 봐서 생긴 상사병이에요. 책임져요."

동건이 웃지 않고 말했다.

"그런 소리 마."

영우가 화를 내는 것처럼 동건의 말을 잘랐다.

"여름 감기가 왔어요. 지금은 다 나았어요."

영우가 안심시키려는 듯 강주를 보며 싱긋 웃었다. 세실과 동건은

다시 자신들의 이야기를 이어갔고 강주도 마음을 놓았다. 둥글고 붉은 태양이 서해대교 너머로 눈부시게 솟아오르고 있었다. 그래서 영우가 종종 고개를 돌려 안경 뒤 눈을 꼭 감거나 얼굴을 찌푸리곤 한다는 걸, 동건이 세실의 이야기에 맞장구를 치면서도 룸미러로 걱정스럽게 영우를 살피고 있다는 걸, 강주는 알아채지 못했다.

"스톱. 스톱."

늦은 밤, 해변도로를 걷던 세실이 두 팔을 번쩍 치켜들고 손을 흔들며 마주 오는 자전거 앞으로 뛰어들었다. 놀란 남자가 급히 자전거를 멈춰 세웠다. 동건이 말릴 겨를도 없이 그녀는 다짜고짜 자전거를 내놓으라고 떼를 쓰기 시작했다. 예쁜 여자가 하는 짓이 밉진 않았던지 중년 남자는 사람 좋게 웃으며 자전거에서 내려 핸들을 그녀에게 건넸다. 길 건너 카페 '마요르카'를 가리키며 원하는 만큼 실컷 타고 오라고 말했다. 세상을 다 얻은 것 같은 얼굴로 그녀가 "셸 로 아그라데쓰꼬!"를 돌림노래처럼 연발하며 손 키스를 날렸다. 마요르카가 스페인의 섬이니까 스페인 말로 고맙다는 말인 것 같았다. 남자는 기분 좋게 웃으며 "멋진 세뇨라요. 꽉 잡으시오." 동건에게 엄지를 들어보이고는 길을 건너갔다. 세실은 어느새 자전거에 올라타 페달을 밟고 스커트자락을 펄럭이며 해변을 달리고 있었다. 스튜디오에서 작업할 때의 단정하고 틈을 주지 않던 프로의 모습은 대체 어디로 갔느냐며, "저런 여자는 보다보다 처음이야." 동건이 고개를 내둘렀다. 영우도 휘릭, 기분 좋게 휘파람을 불어 그녀를 응원했다.

안면도까지 오는 길에 개심사와 간월암을 둘러보고 방포항에서 점심을 먹은 다음, 오후가 되어서야 호텔 두 개의 룸에 짐을 풀었다. 수영할 생각이 없는 강주는 어깨를 살짝 드러낸 롱 원피스를 입은 반면 세실은 언제라도 벗고 바다로 뛰어들 수 있도록 볼륨 있는 몸매를 드러내줄 비키니 수영복 위에 가슴이 드러나는 망사 볼레로와 속이 살짝 비치는 스커트를 걸쳤다.

해변에 나온 영우와 강주는 파라솔 그늘 아래 누워 아무것도 하지 않는 즐거움을 누렸고, 동건과 세실은 아이들처럼 바다와 모래사장을 번갈아 뛰어다녔다. 소주 한 잔씩 나누며 늦은 저녁을 먹고 거리로 나왔을 때는 이미 깊은 밤이었다. 가족 단위 피서객들은 모두 숙소로 돌아가고 청춘남녀들이 한가로이 해변을 어슬렁거렸다. 바람은 시원했고 밀물이 차오르고 있는 해변의 파도는 자야 할 시간인 것도 잊고 놀이터에서 뛰어노는 개구쟁이들의 웃음소리처럼 소란했다.

자전거를 벽에 기대 세우고 '마요르카'의 문을 열었다. 작은 칵테일 바였다. 서너 명으로 구성된 밴드가 스페인을 연상시키는 로맨틱한 음악을 연주했고 몇몇 남녀들이 플로어를 돌며 춤을 추고 있었다. 연주자들은 필리핀계인 것 같았지만 문 하나를 열었을 뿐인데 안면도에서 스페인의 조용한 섬마을로 순간이동을 한 것 같은 기분이었다. 세실과 일행을 알아보고 자전거 주인이 손을 번쩍 들었다. 바의 주인이라고 자신을 소개한 남자가 술을 가져다주며 세실을 은근한 눈빛으로 바라보았다. 쉰이 좀 안 된 것도 같고 어쩌면 일흔이 넘었을 수도 있는, 도무지 나이를 가늠하기 어려운 얼굴이었다. 사랑하는 여인을 마요르카에서 만났지만 고향에 돌아올 수밖에 없었다고, 그녀를 그리워하며 혼자 카페를 운영하며 살아가노라고, 진짜인지 거짓인지 확인할 수 없는 러브스토리를 진지하게 들려주었다.

사랑하는 그대, 내게 말해줘요. 무지개를 갖게 될까 우리는
케세라세라 미래는 모르는 것, 그대 꿈을 믿어요.

싱어가 기타를 두드리며 스페인어로 노래를 부르기 시작했다. 세실은 어깨를 흔들며 장단을 맞추고 있었다. 그녀와 춤을 춰도 되겠느냐고

사장이 동건에게 허락을 구했다.

"춤만 됩니다."

동건이 거절하지 못하고 까칠하게 말했다.

"그 이상은 나의 세뇨라에게 물어보겠소."

남자가 호탕하게 웃으며 세실에게 손을 내밀었다.

"동건 씨가 질투하는 거 맞죠?"

세실이 마티니 잔을 내려놓고 강주에게 눈을 찡긋해 보이며 남자를 따라 플로어로 나갔다. 동건은 데킬라 잔을 단숨에 비우고는 소금의 짠맛 때문인지 목이 뜨거워서인지 얼굴을 잔뜩 찌푸렸다. 영우가 강주에게도 춤을 추겠느냐고 물었다. 정색을 하고 손과 고개를 동시에 젓는 강주를 보며 영우가 킥킥 소년처럼 웃었다. 동건도 영우도 강주도, 다른 손님들과 똑같이 테이블을 두드리고 입을 맞추어 '케세라세라'가 나오는 대목에서는 한 목소리로 노래했다. 모처럼 큰 소리로 이야기하고 목청 높여 노래하고 소리 내어 웃는 영우의 모습이 강주의 마음을 흐뭇하게 했다.

강주는 부러운 듯 세실을 바라보았다. 강주가 열 잔의 마티니를 마셔도 가질 수 없는 그 무엇이 그녀 안에 살아 있었다. 60촉 전구같이 환하고 따뜻한 빛이었다. 호텔 엘리베이터를 기다리면서도, 길을 걸으면서도, 사람들이 몰려있는 해변에서도 세실은 누구도 신경 쓰지 않고 자기 내면의 리듬에 맞춰 머리를, 허리를, 엉덩이를 봄바람처럼 흔들었다.

"나 브래지어 안 했어요."

간월암 대웅전에 들어갔을 때 그녀가 강주의 귀에 대고 속삭였다.

"근데 유두가 자꾸 고개를 드네."

그녀는 가슴을 내밀어 보이며 웃었다.

"나 노팬티다."

저녁을 먹기 위해 샤워를 마치고 나온 그녀가 식당으로 가는 도중에 말했었다. 강주는 놀라 눈을 동그랗게 떴다. 긴 랩스커트로 갈아입은 그녀는 걸을 때마다 허벅지 안쪽 깊은 곳의 감촉이 낯설다고 했다. 바람이 불어 랩스커트가 아슬아슬하게 펄럭이자 다시 강주의 귀에 대고 이렇게 소곤거렸다.

"스커트 속에서 머리카락하고 같은 방향으로 음모가 산들거려요."

그녀는 물결을 따라 춤추는 해초처럼 손바닥을 너울거리며 깔깔 웃었다. 앞서 걷고 있던 동건과 영우가 무슨 일인지도 모른 채 돌아보고는 전염이라도 된 듯 웃었다. 강주는 궁금했다. 도대체 이 여자의 쾌활함은 어디에서 오는 것일까. 그녀는 이토록 환한 빛을 어디에 숨겨두고 사는 것일까.

"강주 씨는 아팠던 기억, 몸 안에 다 품고 살죠?"

호텔에 도착해서 옷을 갈아입을 때 훌훌 벗고 입는 세실과 달리 머뭇거리는 강주를 보며 그녀가 말했다.

"대학교 1학년 때 학내에서 큰 데모가 있었어요. 무엇 때문이었는지 기억도 안 나요. 내가 좋아하는 선배가 주동자 중 하나였는데 그땐 그 사람이 독립투사처럼 멋있어 보이더라고요. 경찰이 학교 내로 진압해 들어와서 한 일주일, 건물 안에 갇혀 있었어요. 먹을 것도 떨어지고 전기도 물도 다 끊어졌지요. 배는 고프고 화장실 지린내에 인간들 땀 냄새에, 지옥이 따로 없었어요. 여름이었지만 밤이 되면 춥고 무서웠죠. 내가 믿을 거라곤 그 사람뿐이었어요. 낮에는 투쟁하고 밤이 되면 한두 명이 돌아가며 불침번을 서고, 강의실에 모여서 새우잠을 잤어요. 하루는 캄캄한 강의실 바닥에 웅크리고 누워 있는데 누군가 내 몸을 더듬더군요. 그 사람이었어요. 뒤에서 끌어안은 채 내 입을 막고, 바지를 벗기고 그대로 삽입했어요. 거칠어졌던 그의 숨소리가 잠잠해질 때까지 누구 하나 찍소리도 안 냈어요. 남자 여자 선후배들 다 있었어요. 하지만 아무도 말리지 않았죠. 죽은 듯 자는 척했지만 그냥 다들 모른 척한 거예요. 그게 내 첫 경험이었어요."

강주는 룸에 있는 붙박이 가구들처럼 꼼짝도 하지 못하고 그녀를 쳐다보았다. 맥박이 빨라지고 숨이 가빠지는 것 같았다. 그런 강주를 보며 세실은 아무렇지 않게 웃으며 말했다.

"데모 정리되고 그 사람을 복도에서 처음 만났을 때, 냅다 양쪽 따귀를 갈겼어요. 개새끼만도 못한 놈이라고, 욕을 하고 침을 뱉고 돌아섰지요. 쉽게 놓아준 건 아니에요. 협박도 당하고 끌려가 얻어맞기도 했죠. 하지만 죽일 테면 죽이라고 대들었어요. 그렇게 서클을 나왔어요. 별별 소문이 다 돌았고 더러운 시선들이 따라다녔지만, 얼굴 빤빤히 쳐들고 열심히 학교 다녔어요. 그때 빠진 게 사진이었죠. 마음속에 다 풀지 못했던 분노와 상처를 카메라 들고 돌아다니며 녹였던 것 같아요."

상처가 없는 사람은 없었다. 누구나 바닥 모를 깊고 어두운 우물을 품고 산다. 하지만 세실은 자신이 원하는 대로 스위치를 온오프 하듯 이혼에 대한 상처도, 자식에 대한 무게도, 직업이 주는 스트레스와 스튜디오 운영의 어려움까지 몽땅 내려놓은 채, 오늘 하루 윤세실이라는 여자를 마음껏 방목하고 있었다. 누구에게도 피해를 주지 않는 그녀의 해방과 자유가 주위 사람들조차 눈부시게 하고 있었다.

홀린 듯 세실을 바라보던 동건은 술 한 잔을 더 시켜 마시고는 더는 안 되겠는지 용기를 내어 홀로 나갔다. 사장도 기분 좋게 세실의 손을 넘겨주었다. 마침내 동건의 가슴에 안긴 세실은 그의 어깨 너머로 손을 들어 강주를 향해 브이 자를 흔들어보였다. 강주는 푸른 올리브를 띄운 마티니를 들어 춤추고 있는 그녀를 향해 건배했다.

'어떻게 하면 과거의 치욕까지 웃으며 이야기할 수 있는 것일까. 어떻게 하면 모멸을 넘어 눈앞의 행복을 욕심낼 수 있는 것일까.'

세 잔째 몸속으로 들어간 마티니는 점점 더 강주의 의식을 또렷하게 일으켜 세웠다. 데킬라 두 잔을 빠르게 마신 영우는 가끔 머리가 아파서인지 술 탓인지 눈을 찌푸렸지만 얼굴에서 웃음이 사라지지는 않았다. 그윽하게 강주를 바라보던 영우가 턱을 괴고 기분 좋은 듯 눈을 감았다. 강주는 그런 영우를 바라보다 슬그머니 일어났다. 카페를 빠져나와 혼자 바닷가로 나갔다.

자박자박, 파도가 모래를 핥으며 해변으로 올라왔다. 강주는 해안을 따라 바닷물과 모래의 경계를 밟으며 걸었다. 어둠이 내린 바다는 연극이 끝난 무대 같았다. 둥근 달빛이 희미하게 출렁이며 검은 바다를 비추었다. 무대에 사뿐 올라 우아하게 무릎 인사를 하고 연극을 처음부터 다시 시작하고 싶었다. 세실처럼 따귀라도 갈기고 나서 다음 막이 오를 때는 뻔뻔하게 웃으며 등장해도 좋을 것 같았다. 그럴 수 있다면 개심사 범종각을 받치고 있던 굽고 휜 네 개의 나무기둥처럼, 못난 그대로 떳떳이 살아갈 수 있을지도 몰랐다. 밀물과 썰물이 드나들 때마다 섬이 되고 육지가 되는 간월암처럼, 매 순간 새로 태어날 수 있을 것도 같았다. 몸 안에 품고 살던 상처 따위 가슴을 열어젖히고 소금물에 씻어버리면 그만인 것을, 왜 여태 모르고 살았을까. 강주는 신발을 벗고 맨발로 서서 눈을 감았다. 물결이 밀려왔다가 파도가 뒷걸음질 치며 모래를 쓸어갈 때마다 쑤욱, 쑤욱 두 발이 모래 갯벌 속으로, 몸의 기억이 과거의 시간 속으로 아득히 빨려 들어가고 있었다.

애숙은 강주가 대학을 포기하길 바랐지만, 편의점과 커피숍을 뛰어다니며 악착같이 학비를 벌며 대학에 다녔다. 남자와 연애에 눈 돌릴 여유라곤 없었다. 졸업 후 출판사에서 일했고, 작은아버지 덕기의 소개로 성욱을 만났다. 일곱 살이나 많았지만 다감한 성격의 그는 여자를 모르는 소년처럼 수줍어했고 첫날밤까지 기다리겠다며 다가오지 않았다. 하지만 자신의 여자라는 걸 한눈에 알았다며 커다란 다이아몬드 반지를 손가락에 끼워주었을 때, 강주는 사랑이 무엇인지는 몰랐지만, 사랑받고 싶은 욕망이 내면에서 아우성치는 것을 느꼈다. 그가 의사였기 때문일지도 몰랐다. 더 이상 돈 때문에 바닥을 기는 일은 없으리라, 손가락에서 반짝거리는 보석의 눈부신 광채를 보며 확신했다. 덕기가 소개한 것이라면 분명 룸살롱을 드나들던 고객이었으리라는 의심의 뚜껑은 애써 열지 않았다. "룸에 오는 진상 3사가 있어. 카드 잔액 걱정하느라 좀스럽게 놀면서도 눈꼴시게 거들먹거리는 게 교사야. 가장 악랄하게 본전 뽑는 건 검사, 변호사, 판사고, 너무 추잡해서 간 쓸개 빼놓고 상대해야 하는 게 의사지." 애숙의 주점에서 일하는 언니들 중 제일 나이 많던 명희의 말도 털어버렸다. 평범하기 그지없는 자신에게까지 행운이 굴러올 리 없다는 불안 또한 꾹 눌렀다. 결혼식 전날, 두 번의 이혼 경력이 있다고, 강주가 알 굵은 다이아몬드 반지의 세 번째 주인이라고, 용서할 수 없다면 이제라도 결혼을 취소해도 좋다고 그가 얼굴을 붉히며 고백했을 때, 그래서 강주는 놀라지 않았다. 그와 대등해진 것 같아서, 품어 안을 수 있을 만큼 그가 작아진 것 같아서 오히려 기뻤다. 더 빨리, 하객들의 축복을 받으며, 그의 손을 잡고, 새로운 세상으로 달려가고 싶었다.

"형에 대한 빚, 다 갚은 겁니다."

신부대기실에서 덕기가 애숙에게 큰소리쳤다. 애숙은 흘낏 쏘아볼 뿐 대답하지 않았다.

"네가 선택한 거야. 나중에 나 원망하지 마라."

담배와 술에 절어 병색이 완연했던 애숙이 다짐하듯 못 박았을 때, 비로소 강주는 '내가 무슨 짓을 한 것일까.' 불안해졌지만 힘주어 고개를 끄덕였다.

희망은 첫날밤부터 짓밟혔다. 애숙의 술집에서 잠깐 술을 따르긴 했어도 남자가 처음인 강주에게 첫 섹스는 치욕과 모멸과 잔혹한 수치로 깊이 각인되었다. 미용실 잡지에서 슬쩍 읽었던 몸의 은밀한 즐거움 같은 건, 친구들이 깔깔 웃으며 털어놓는 남편과의 과감한 놀이와 쾌락은, 그 후로도 결코 주어지지 않았다. 남편이 강주의 몸을 필요로 할 때, 그것은 아내에 대한 사랑이나 여자에 대한 욕망이 아니었다. 올가미를 찢고 뛰쳐나가려는 들짐승의 몸부림이었다. 처음엔 다 이런 건가, 이런 것까지 참아야 하는 걸까, 입을 악물었지만 차츰 이런저런 핑계를 대며 거부했고, 소리치고 혹은 발버둥 치며 반항했다. 그럴수록 남편의 집착은 심해졌다.

"형님, 이 사람 몸이 약해서 밤을 새우는 건 어렵겠어요. 한숨 재우고 데려올게요."

물결이를 낳고 얼마 되지 않아 애숙의 장례를 치르는 중에도 남편은 집에 갈 구실을 만들었다. 주위 사람들은 아내를 끔찍이도 위하는 남자라고 혀를 내둘렀다. 하지만 집에 돌아와 그가 원한 건 강주의 몸이었다.

"여자가 사내 하나 감당 못한다는 게 말이 되니? 엄마 병원비 대주고 신용불량자였던 나, 최 서방이 구해줄 땐 그만한 계산이 있었던 거잖아."

애숙이 평생을 바쳐 뒷바라지했으나 10년간의 고시 낙방 후 보습학원 수학 강사로 일하고 있는 오빠가 물결이는 자신이 봐줄 테니 집에 가서 쉬었다 오라고 남편의 눈치를 보며 말할 때, 강주는 자신이 팔려왔다는 것을 그제야 깨달았다. 룸살롱 오느니 그 돈으로 몇 년 데리고 살 깨끗한 여자가 있으면 좋겠다고 성욱이 말했고, 덕기가 강주를 소개했다는 것은 이혼 후, 그 바닥 소식에 환한 명희에게 듣고서야 알았다.

"당신 제정신 아니야."

"네 엄마 죽은 거, 너한테도 세상 무너질 일은 아니잖아."

강주가 악을 썼지만, 사흘장 내내 남편은 잠깐씩이라도 강주를 필요로 했다. 삼우제를 치르고 온 날은 칼이라도 숨겨놓았다가 그의 등을 사정없이 찌르고 싶었다.

"이러지 마, 제발. 당신, 이럴 때마다 죽여 버리고 싶어!"

강주가 말했을 때, 배꼽 아래로 미끄러져 내려가던 남편의 손길이 섬뜩하게 멈췄다. 망치로 머리를 한 대 얻어맞은 것 같은 표정으로 강주를 내려다보던 남편의 얼굴이 처참히 일그러졌다. 그의 눈에서 금방이라도 시퍼런 불꽃이 뿜어져 나올 것 같았다. 소름이 등줄기를 타고 머리 뿌리까지 치올라 왔지만, 강주는 바들바들 떨면서도 결혼 후 처음으로 남편에게 못 박은 거부의 시선을 거두지 않았다. 한참동안 강주의 눈을 노려보던 남편이 숨을 훅, 뱉으면서 떨어져 나갔다.

그 후 얼마 동안 가까이 오지 않았다. 그러던 어느 날, 술도 마시지 않은 그가 평소보다 늦은 시간에 어깨를 축 늘어뜨리고 집에 들어왔다. 아무 말도 없이 양복 상의를 바닥에 내던지고는 풀썩 소파에 몸을 구겨 넣었다. 그의 상의를 집어 들었을 때 남편이 강주의 손목을 잡고는 울먹이듯 말했다.

"죽었어."

강주는 흠칫 그의 얼굴을 쳐다보았다.

"수술 중에 환자가 죽었어."

남편은 한껏 고개를 치켜들고 어린아이처럼 애처로운 눈동자로 강주를 올려다보았다. 그토록 오만하기만 하던 남편이 수술에서 느낀 첫 번째 좌절감이었다.

'그게 뭐 어때서? 당신은 매일 밤 내 영혼을 갈기갈기 찢어 죽이잖아.'

싸늘하게 강주가 남편을 내려다보았다. 그의 눈빛이 차갑게 반짝였다. 손목을 잡고 있던 그의 손아귀에 힘이 세어졌다.

"그럴 리가 없는데, 죽었어. 내 허락도 없이 그 자식이 죽었다고!"

그의 목소리가 한 옥타브 올라갔다. 순간 강주는 뭔가 잘못되었다는 걸 직감했다. 손에 들고 있던 상의를 바닥에 떨어뜨리고 그의 손아귀에서 손목을 빼내려고 안간힘을 썼다.

"난 네 남편이야."

하지만 그의 힘은 완강했다.

"넌 내가 원할 때 옷을 벗어야 하는 의무가 있어."

남편이 강주의 손을 잡아끌고 침실로 향했다.

"날 죽이고 싶다고 했지? 그래, 어디 죽여 봐!"

강주는 끌려 들어가지 않으려고 발버둥을 쳤지만 그의 힘을 이길 수는 없었다. 손바닥이 짝, 하고 뺨에 감겼다. 멱살을 잡힌 채 그의 주먹이 폭탄처럼 날아와 턱뼈를 가격했다. 머리채를 움켜쥐고 벽에 머리를 짓찧었다. 눈을 뜰 수가 없었다. 얼굴 위로 뜨겁고 끈적한 피가 흘렀다. 붉고 뜨거운 비린내가 그의 욕망을 더욱 자극한 것 같았다. 질질 끌다시피 강주를 침대에 던져놓은 그가 메스를 들고 환자의 가슴을 가르듯 원피스의 앞섶을 우악스럽게 잡아 찢었다. 있는 힘을 다해 살려달라고 애원하는 강주의 뺨을 다시 한번 주먹이 강타했다. 침대 시트 위에 얼굴이 파묻힌 강주의 어깨를 내리누르며 남편이 소리쳤다.

"싫어?"

남편은 막무가내로 돌려 눕힌 후 가슴 위에 올라탔다. 벌겋게 충혈된 눈으로 심폐소생술을 하듯 숨을 헐떡거렸다.

"넌 내 거야!"

한 손으로는 강주의 목을 조르고 다른 손으로는 가슴을 움켜쥐었다. 손과 발을 허우적거렸지만 움직여지지 않았다. 눈을 뜨려고 해도 떠지지 않았고 비명조차 질러지지 않았다. 그가 머리 위로 강주의 두 손을 모아 잡고 다른 한 손으로는 원피스 자락 아래로 드러난 속옷을 잡아 내렸다. 급하게 바지 지퍼를 내린 그는 마취도 없이 몸을 가르고 수술을 하려는 집도의처럼, 꼿꼿이 날을 세워 강주의 다리 사이, 연약한 살을 찢었다.

"너한텐 죽을 권리 따위 없어!"

　남편의 눈에 강주는 보이지 않았다. 강주는 수술 받던 중에 죽은 환자였다. 그는 처음부터 다시 수술을 하고 있었다. 죽은 자의 가슴을 겸자로 쩍 벌려놓고 간을, 심장을, 창자를 낱낱이 끄집어내 샅샅이 되짚어보는 것 같았다. 무엇이 잘못되었는지, 어떻게 했으면 환자가 살았을지. 강주는 남편 앞에 부검 받는 시체가 되어 누워 있었다. 머리와 얼굴과 두 다리 사이에서 흘러내린 혈액이 풍기는 비릿한 피 냄새와 땀 냄새가 뒤섞여 숨을 틀어막았다. 구역질이 났지만 정신이 희미해지고 있었다. 아이 울음소리가, 잠이 깬 물결이 건넌방에서 죽을 것처럼 울어댔지만 그마저도 아득히 멀어졌다.

　정신을 차린 건 보랏빛 여명이 커튼을 열고 방으로 스며들던 새벽녘이었다. 눈을 뜨고도 한참을 그대로 누워 있었다. 남편이 잠든 것을 확신하고서야 겨우 몸을 일으켰다. 수술을 마친 남편은 절개한 가슴을 봉합하지 않는다고 했다. 그건 항상 후배 의사들의 몫이었다. 강주 또한 찢겨진 가슴을 혼자 추스르고 일어나야 했다. 목을 졸렸다가 풀려날 때 게워냈던 토사물과 핏물이 거뭇거뭇 침대 위에, 혹은 방바닥에 뜯겨 나간 살점들처럼 나뒹굴고 있었다. 몸을 일으킬 수도 없을 만큼 가슴이, 허리가 욱신거렸다. 걸을 수 없을 만큼 사타구니가 쓰리고 아팠다. 강주는 행여 남편이 깰세라, 엉금엉금 침대를 내려와 욕실로 기어들어 갔다. 문을 꼭 잠갔다. 심장이 부서진 것처럼 숨을 쉴 때마다 고통스러웠다.

　거울 속 얼굴은 피로 범벅이 되어 있었다. 퉁퉁 붓고 붉게 멍들어서 누구의 얼굴인지 알아볼 수조차 없었고 머리는 피에 젖어 축축했다. 강주는 샤워기를 틀어놓고 그 밑에 쭈그리고 앉아 비쩍 마른 어깨를 두 팔로 끌어안고 무릎 위에 얼굴을 파묻었다. 미지근한 물이 쏟아져 내렸다. 욕실바닥에 붉은 핏물이 소용돌이치며 맴을 돌다가 사라졌다. 두 무릎이, 어깨가, 아래윗니가 딱딱 부딪혔고 그녀의 몸은 오랫동안 그렇게 바들바들 떨고 있었다.

'다시는 누구도 날 찢어발기도록 내버려 두지 않을 거야. 다시는 운
명이 날 집어삼키도록 허락하지 않을 거야.'

강주는 이를 악물었다. 밤바람도 바닷물도 차가웠다. 밀물이 들어오
는 시간이어서 수위가 빠르게 높아지고 있었다. 밀려드는 파도에 휩쓸
린 강주의 몸이 휘청거렸다. 단번에 집어삼킬 듯 몸을 끌어당기는 물결
속으로 강주는 천천히 걸어 들어가고 있었다.

"안 돼!"

누군가의 손이 있는 힘껏 강주를 돌려세웠다. 남편이었다. 그를 뿌
리치는 순간, 갯벌에 박힌 두 발이 바닥으로 깊숙이 빠져들며 중심을
잃고 휘청거렸다.

"놔! 손대지 마! 내 몸에 손대지 말란 말이야!"

강주는 손아귀에서 벗어나려고 두 팔을 허우적거리며 소리쳤다.

"강주 씨. 왜 이래요? 나예요. 영우예요!"

영우가 그녀의 두 어깨를 꽉 붙잡았다. 하지만 강주의 귀에는 아무
말도 들리지 않았다. 그 누구도 보이지 않았다. 막무가내 뿌리치며 밀어
냈다. 온힘을 다해 바다로 다시 한 발을 밀어 넣었다. 물이 차가워서 숨
이 멎어버릴 것만 같았다. 영우도 사력을 다해 강주를 물 밖으로 끌어
냈다. 강주는 거칠게 반항하고 있었지만 영우에게 조금씩 끌려 나오고
있었다.

"싫어!"

강주가 비명처럼 외쳤다. 거세진 파도가 강주의 발목을 휘어 감았고
발밑의 모래가 쑤우욱, 더 깊이 밑으로 가라앉았다. 중심을 잃은 영우
도 강주도 검은 파도 위에 털썩 무릎을 꿇었다. 하지만 영우는 비틀거
리면서도 필사적으로 일어나 다시 강주를 해변 쪽으로 끌어당겼다. 마
침내 모래사장에 쓰러지듯 헐떡이며 강주가 주저앉았다. 영우도 후우,
안도의 숨을 내쉬었다.

"더, 더는 모. 못해. 주, 죽을, 것 같아."

강주가 흐느끼듯 말했다. 영우가 마주 앉아 강주의 떨리는 어깨를 조심스럽게 끌어안았다.

"그래요. 하지 마요. 싫은 거 하지 마요."

영우가 등을 다독여 주었다. 강주는 눈을 감았다. 발밑에서부터 허리로, 가슴에서 정수리로, 덥고 뭉클한 것이, 동시에 차갑고 짜디짠 것이 밀물처럼 차오르고 있었다. 결코 돌아보지 않으려 버텨온 시간들이, 두 번 다시 꺼내보고 싶지 않은 상처가, 그간 이를 악물고 다져왔던 설움들이 한꺼번에 가슴을 찢으며 뛰쳐나왔다. 강주는 기어이 터져버린 상처를 통곡처럼 토해내기 시작했다.

"눈 좀 붙여요. 난 소파에서 잘게요."

샤워를 마치고 욕실에서 나왔을 때, 텔레비전을 보고 있던 영우가 소파에서 벌떡 일어나며 말했다. 시위와 진압에 대한 토론 프로그램인 것 같았다. 배를 타고 수학여행을 가던 고등학생들의 죽음에 대한 책임을 대통령에게 묻는 시위대와 방패를 들고 긴장한 채 대치하고 있는 의무경찰들의 모습이 화면에 나란히 비쳤다. 강주는 샤워 가운을 꼭 여미며 침대 끝에 앉았다. 영우는 머리를 긁적이며 리모컨을 눌러 텔레비전을 껐다. 말없이 등을 돌리고 소파에 앉았다.

"방해 사절!"

바다에서 호텔로 돌아왔을 때, 세실과 강주가 함께 쓰기로 했던 방은 안으로 잠겨 있었다. 동건이 안에서 소리쳤고 까르륵, 세실의 웃음소리가 들렸다. 하는 수 없이 영우의 룸으로 함께 들어온 강주는 욕실에 들어가 젖은 옷을 벗고 따뜻한 물로 샤워를 했다.

그날 새벽, 욕실을 나왔을 때 남편은 죽은 듯 잠들어 있었다. 강주는 소리 나지 않게 방을 나갔다. 울다 지쳐 잠이 든 물결이를 품에 안고 명희에게 전화를 걸었다. 간단히 가방을 챙겨 집을 빠져나갔다. 강남에서 옷가게를 하고 있던 명희는 위급상황인 걸 단번에 깨닫고 차를 몰고 달려와 주었다. 가슴뼈 골절과 타박상, 구타로 인한 내상 치료를 요한다는 6주 진단서와 온몸에 피멍이 든 사진을 내보이며 이혼을 요구했을 때, 남편은 길길이 날뛰었다.

"널 사랑하는 줄 몰랐어. 이런 감정 처음이거든. 그런데 날 사랑하지 않는 것 같아서 불안했던 거야. 모르겠니? 나는 단지, 어떻게 사랑해야 하는지 몰랐을 뿐이라고."

그가 눈물까지 흘리며 회유했다. 소름이 끼쳤다. 전 부인들도 이런 식이었느냐고 물었다. 섹스 트러블을 제기하며 그들이 먼저 이혼을 요구했을 뿐, 폭력은 없었다고 부인했다. 완강한 강주의 요구에 재판을 원하지 않았던 남편은 결국 이혼에 합의해 주었다. 위자료를 충분히 주겠다고 했지만 조건이 있었다. 결혼반지를 돌려달라는 것, 그리고 물결이를 두고 가되 다시는 아이를 만나지 않겠다는 서류에 사인을 하라는 것이었다. 강주의 선택은 분명했다. 물결이 외엔 그 무엇도 바라지 않았다.

"뭐해요?"

등 돌리고 앉아 무언가를 내려다보며 부스럭거리고 있는 영우에게 강주가 물었다.

"알이 빠졌어요. 다리도 비뚤어지고."

바다에서 강주를 끌어내는 동안 안경이 떨어지고 밟혔던 모양이었다.

"불 끌까요?"

알을 끼워 맞춘 뒤 비뚤어진 안경을 코에 걸친 영우가 어색하게 물었다.

"그만 자야죠. 피곤할 텐데."

불을 끈다는 말을 혹시 강주가 오해할까봐 걱정되는 모양이었다. 강주가 고개를 끄덕이고 침대에 앉았다. 영우가 일어나 전등 스위치를 껐

다. 강주는 비스듬히 팔을 베고 모로 누웠다. 영우도 소파에 눕는 것 같
았다. 소파 등에 가려 그의 모습은 보이지 않았다. 강주는 가만히 어둠
을 응시했다. 영우를 만난 지 5년, 처음 몇 번 같이 누운 적은 있었다.
하지만 강주는 끝내 몸을 열지 못했다. 그 뒤로는 두 사람 모두 몸에
대한 어떤 말도, 어떤 요구도 소리 내어 입 밖에 꺼내본 적이 없었다.
영우가 결혼하자고 했을 때 거절했던 이유 하나 중의 하나였다. 영우가
거절을 받아들인 이유 중의 하나일 거라고, 강주 또한 생각했었다.

"나. 이뻐요……?"

강주가 나직하게 물었다.

"아니요. 안 예뻐요. 하나도."

영우가 말했다. 강주는 소리 없이 미소 지었다.

"이쁘지도 않고 이혼했고, 아이도 있고 나이도 많고, 잠도 안 자주
고. 그런데 왜 결혼하자고 했어요?"

영우는 대답하지 않았다.

"주스 마실래요?"

어둠 속에서 몸을 일으킨 영우가 냉장고 문을 열고 물었다. 강주는
침대 옆 스탠드 줄을 잡아당겼다. 노란 불빛이 에어컨 바람으로 서늘해
진 방을 따뜻하게 비추었다. 영우가 오렌지 주스를 잔에 따라 가져와서
강주에게 건넸다.

"영우 씨는 늘 나를 위해 커피를 내리고 주스를 따라주네요."

침대에서 일어나 등을 기대고 앉은 강주가 유리잔을 손에 쥐고 말
했다.

"앞으로 눈 오는 날엔 내가 영우 씨를 위해서 커피를 내려줄게요."

"내일부터 매일매일 눈이 오면 좋겠다."

"해수욕장에 휴가 온 피서객들은 어쩌죠?"

강주가 웃었다.

"영우 씨는 왜 강요하지 않아요?"

강주가 영우를 쳐다보았다.

"그건, 두 사람이 서로를 간절히 원할 때 하는 거잖아요."

창가로 다가간 영우가 어두운 바깥을 내다보며 말했다. 밤은 텅 비어 고요했다. 세상에 영우와 단둘만 남은 것 같았다. 강주는 그의 뒷모습을 말끄러미 바라보았다. 남편은 한 번도 물은 적이 없었다. 원하는지 좋은지, 싫은지 아프지는 않은지. 남편에게 강주는 한 번도 은강주인 적이 없었다. 그냥 여자였고, 암컷이었고, 섹스의 대상이었다.

"여기선 달이 보이지 않아요."

영우가 말했다. 강주는 주스 잔을 옆 테이블에 내려놓았다. 침대에서 일어나 창가로 가서 문을 열었다. 쏴아아, 파도 소리가 바람보다 먼저 밀려들어왔다. 지구가 쉬지 않고 자전하는 소리, 달이 끌어당기는 소리, 바람이 살아 있는 소리였다. 바닷속 수많은 생명이 숨 쉬는 소리, 바람과 허공과 바다와 어둠이 하나 되는 소리였다.

"잘래요, 우리?"

강주가 어두운 창밖을 보며 물었다. 영우가 고개를 돌려 나란히 서 있는 그녀를 바라보았다. 강주가 손을 내밀었다. 영우가 천천히, 그녀가 내민 손 위에 자신의 손바닥을 포갰다. 강주가 몸을 돌려 두 손으로 그의 손을 꼭 잡았다. 그렇게 두 사람은 한동안 말없이 서로를 마주 보았다. 강주가 몸을 기울여 영우의 가슴에 이마를 기댔다. 그의 심장 소리가 쿵,쿵,쿵, 귀에 크게 들렸다. 강주가 고개를 들고 영우를 바라보았다. 그의 눈빛이 그녀의 눈동자 위에 조용히 머물렀다. 강주가 턱을 들고 그의 입술을 찾았다. 그의 목에 두 팔을 감았다. 영우가 그녀의 허리를 안타깝게 조여 안았다. 강주는 눈을 감았다.

영우의 입에서는 해초 냄새가 났다. 어쩌면 저녁에 먹은 미역 냄새일지도, 그의 몸에 밴 커피 향기가 바다 내음과 섞인 것일지도 몰랐다.

긴 입맞춤은 뜨겁지도 강렬하지도 않았다. 하지만 따뜻하고 부드러웠다. 푸른빛으로 흔들리는 파래처럼, 강주의 가슴에 싱그럽게 그의 숨결이 차올랐다. 그녀는 자신의 영혼이 그의 세계로 빨려들어 가고 있다고 느꼈다. 그리고 분명하게 아랫배에 닿는 그를 느낄 수 있었다. 그의 몸 중심에서 꼿꼿이 직립하는 사랑에 대한 불같은 갈망.

"엄마랑 다르니까……."

하지만 그 순간 영우가 말했다. 강주의 숨이 훅, 멈추는 것만 같았다.

"응?"

눈을 뜨고 강주가 물었다.

"남자한테 가려고 날 버렸으니까. 그런데 강주 씨는…… 물결이를 지키니까. 그런 여자니까……."

영우가 고개를 숙였다. 강주는 말없이 그를 바라보았다. 왜 결혼하자고 했어요?에 대한 뒤늦은 답이라는 걸 깨달았다. 가슴이 미어터지는 것처럼 아팠다. 이 남자를 한없이 쓰다듬어 주고 싶었다. 강주는 영우의 손을 잡아 천천히 이끌었다. 침대 위에 마주 앉아 두 손으로 그의 얼굴을 감싸고 안경을 벗겼다. 영우의 눈은 수줍게 그러나 맑게 반짝였다. 강주는 그의 머리를 당겨 가슴에 끌어안았다. 머리카락을 쓰다듬었다. 그의 셔츠를 벗기고 그를 똑바로 눕혔다. 그의 이마에, 볼에, 입술에, 목에, 가슴에 차례로 입을 맞추었다. 영우가 손을 뻗어 스탠드 불을 끄려고 했지만 강주가 고개를 저었다.

강주는 가운을 벗었다. 둥글고 단단하면서도 너무 크지 않은 가슴이, 소녀의 그것들처럼 부끄럽게 그러나 따뜻한 조명을 받으며 당당히 모습을 드러냈다. 영우가 두 손을 뻗어 그녀의 허리를 그리고 가슴을 쓰다듬었다. 그녀의 아담한 유방은 그의 두 손에 꼭 맞았다.

"아름다워요."

영우가 속삭이고는 눈을 감았다. 강주가 그의 허리 위에 올라앉았다. 마침내 하나가 되는 순간, 아아, 이 순간은 얼마나 오래전부터 예정되어 있었을까. 그녀는 고개를 뒤로 젖혔다. 눈앞에 파도처럼 빛과 그림자가 나타났다 사라지고, 밝음과 어둠이 세상 끝까지 밀려갔다 밀려왔다. 강주와 영우는 어두운 바다 위로 떠올랐다 저무는 달처럼 밤새도록 이지러지고 차오르기를 반복했다. 그리고 마침내 높이 치솟아 오른 파도의 끝에서 동시에 추락하는 순간, 강주의 귀에 아득히 먼 곳에서부터 아이 우는 소리가 들렸다.

"아가. 내 아가."

강주는 영우를 가슴에 끌어안고 꿈결처럼 속삭였다. 뜨끈한 눈물방울이 뚝뚝, 강주의 가슴 위로 흘러내렸다. 영우가 울고 있었다. 아이처럼 어깨를 떨며, 그러나 울지 않으려고 이를 악물고 흐느끼고 있었다. 강주는 그의 젖은 두 눈에 입을 맞추었다. 부서져라, 영우의 등을 꼭 끌어안았다.

미온

저녁놀이 유난히 붉었다. 도서관을 나와 지하철역으로 걸어가는 길, 길가에 세워둔 표지판에 고시된 주유소의 리터당 가격은 동네보다 100원이나 더 비쌌고, 가로수들은 진초록으로 무성해진 나뭇잎을 무겁게 흔들며 더운 공기를 털어내고 있었다. 손톱만 한 비행기가 붉은 구름속으로 사라지던 순간 준경을 떠올렸다면 레드와인을 함께 마시지 않겠느냐고 충동적으로 전화했을지 모른다. 하지만 미온은 준경을 생각하고 있지 않았다. 문학관에 다녀온 뒤 미온의 신경은 온통 윤재가 말한 지형의 감춰진 1년에 닿아 있었다. 인터넷을 뒤지는 것만으로 성에 차지 않아 도서관 몇 군데를 찾아다니는 중이었다. 지형에 대한 새삼스러운 관심 때문이 아니었다. 무엇이 생애 최고의 작품을 쓰게 했을까. 어떻게 하면 죽음 뒤에도 남을 작품을 쓸 수 있는 것일까. 단순하면서도 절박한 호기심, 우매한 집착과 열망이었다. 국회도서관에서 마침내 권여사, 아니 권민자 기자가 옥임을 인터뷰한 기사까지 찾아냈지만 미온은 여전히 알 수가 없었다. 오히려 한발 한발 과거로 다가가면 갈수록, 절벽 위에서 짙은 안개 속에 발목을 붙잡힌 것처럼 막막해졌다.

'〈베가의 연인〉은 언제 쓴 것일까.'

골똘한 미온의 생각을 깬 건 화장품가게에서 흘러나오던 라디오 방송이었다. '체인지 더 월드'였다. 반사적으로 몇 소절 흥얼흥얼 따라 부르다가 "그 자식 연락 오면 받지도 말고 만나지도 마." 로움의 말이 떠올랐다. 핏, 쓴웃음이 났다. 준경이 다녀간 그날 이후, 갈등할 필요도 없었다. 언제나 그랬듯, 그는 전화도 문자도 하지 않았다. 이젠 정말 끝난 거라고, 미온도 마음을 접어가던 중이었다. 권 여사의 협박 때문은 아니었다. 지형에게 몰두하는 것도, 소설을 다시 맹렬히 붙잡고 싶은 것 또한, 아무리 부정하고 싶어도 "그거 사랑 아니야."라고 했던 로움의 말이 옳다는 걸 너무 잘 알고 있기 때문이었다. 하지만 교차로의 신호등이 푸른색으로 바뀌고 자동차들이 나란히 정지했을 때, 미온은 길을 건너야 하는 것도 잊고 끝 차선에 서 있는 자동차의 번호판을 쏘아보고 있었다. 하필, 준경의 전화번호 뒷자리와 같은 숫자였다.

준경에 대해서만큼 미온은 언제나 비이성적이고 미신적이었다. 그의 자동차와 똑같은 차종이 지나가면 그날은 준경이 전화했다. 그가 좋아하는 음악을 라디오에서 들으면 약속하지 않은 날인데도 불쑥 찾아왔다. 그날 혹은 그다음 날, 어쩌면 그 다음다음 날이었을지도 몰랐다. 예언적 징후라고 믿어버리는 순간, 기다림이 시작되었다. 예감보다 기다림이 먼저였을 것이다. 바라는 대로 명제를 만들고 원하는 대로 이루어지길 희망했으며, 예감대로 모두 이루어졌다고 믿었을 뿐이었다. 미온은 준경의 번호를 단 자동차가 멀리 떠나가는 모습을 망연히 서서 바라보다가 길을 건넜다. 문득, 사거리의 교차로를 건너가는 남자의 뒷모습이, 멀리서 다가오는 사내의 반듯한 이마가, 동서남북 사방에서 오고 가는 모든 사람들이 준경 같았다. 천지가 온통 준경이었다. 그래서 잠시 후 정신을 차리고 뒤늦게 길을 건넜을 때, 그리고 거짓말처럼 전화벨이 울렸을 때, 미온은 놀라지 않았다. 다만 초조한 듯 미온은 머리카락을 쓸어 올렸다.

휴대폰의 화면에 뜬 이름을 빤히 들여다보던 그 순간을, 미온은 그날 이후 영화 속 장면처럼 되짚어 떠올리곤 했다. 만약 에릭 클랩튼의 노래를 듣지 않았다면, 로움을 떠올리지 않았다면, 그래서 준경을 생각하지 않았다면, 그의 번호와 똑같은 숫자를 단 자동차를 보지 않았다면, 로움의 충고대로 준경의 전화를 받지 않을 수 있었을까. 전화를 받았더라도 그를 만나러 달려가지 않을 수 있었을까. 그랬다면 준경에 대한 기억을, 아픔과 고통까지 사랑했던 시간조차 화석처럼 고스란히 가슴에 묻어둘 수 있었을까.

"유황 선배 시집 나온 거 축하하느라 다들 모였어. 바쁘지 않으면 나와."

전화기를 귀에 댔을 때, 그날 이후 처음 듣는 준경의 목소리가 그곳에 있었다. 문득 잊은 것 같던 그리움이 노을 속에서 껑충 뛰어나왔다. 달려가면 그를 만날 수 있다. 그와 같은 공간에 있을 수 있다. 술자리가 끝나고 함께 집으로 오게 될지도 모른다. 그의 눈을 바라보고 그의 손을 잡고 다시 한번 그의 품에 안길 수 있다. 미온의 가슴은 비누거품처럼 부풀었다. 그래서 미온은 더욱 강하게 고개를 내저었다.

"세상에 글 잘 쓰는 애들 널렸어. 작품 실리고 책 내는 것도 연줄이야. 그런데 넌 세상이 알아주기만 바라고 틀어박혀 있잖아."

머뭇거리고 있는 미온에게 전화 저편에서 준경은 선배답게 타일렀다. 술에 취하지 않고 전화하는 것은 좀처럼 드문 일이었다. 밖에서 사람들과 함께 만나자는 제안 또한 오랜만이었다. "난 네가 너무 보고 싶고 그리워." 늦은 밤 고백하던 사람과 동일인이라고는 생각되지 않을 만큼 멀기만 한 간격이 준경과 미온 사이에 존재했다. "네가 소설을 쓰지 않았다면 널 만나지 않았을 거야. 연인이 아니더라도 우리는 문학적 동지로 영원히 함께 가는 거야." 언젠가 준경이 말한 적 있었다. 어쩌면 그도 이별을 결심한 것일지도 모른다고 미온은 생각했다.

사람들이 밀려왔다 밀려가는 곳. 휘황한 빛들이 휘청거리는 곳. 올여름 유행하는 스타일의 옷들이 가게마다 진열되어 있는 곳. 약속장소로 가기 위해 인파를 헤치고 지하도를 빠져나온 미온은 오랜만에 번잡한 대학가를 걸었다. 아가씨들은 새 옷을 들고 거울 앞에 서서 고개를 갸웃거리고 연인들은 허리를 감싸 안은 채 서로의 몸을 더듬는 동안, 젊은 사내 하나가 어깨를 툭 치고 달아났다. 미온이 비틀거리는 사이, 소매치기야! 어린 의무경찰 둘이 소리치며 그를 뒤쫓았다. 그들을 바라보느라 잠시 멈추었던 사람들의 물결은 아무 일도 없었던 듯 다시 흘러갔다. 어깨를 쓸어내리며 미온도 다시 걸었다. 망고슬러시 맛있어요, 한 컵 사시면 만져볼 수 있어요, 송아지만 한 시베리안 허스키에게 눈길을 주자 청년이 말했다. 주인과 함께 슬러시를 파는 개는 온종일 닿았을 타인의 손길과 더위에 지쳤는지 아예 길바닥에 배를 깔고 시무룩하게 엎드려 있었다.

미온은 준경을 만나러 가는 것이 아니었다. 그보다 더 그리운 것이 그곳에 있을 것만 같았다. 그동안 무엇을 잃어버리고 살아가고 있었는지 그곳에 닿아 깨달을 수 있길 바랐다. 죽은 작가가 아닌, 유령이 아닌, 살아 있는 작가들 속에서 미온은 자신의 존재를 느끼고 싶었다. 준경이 한 번도 채워준 적 없는 욕망, 극진한 애무조차 공허했던 밤들, 소설가인 그를 사랑한다고 믿었던 시간들이 견딜 수 없이 쓸쓸했던 건 준경에겐 단지 미온이 하룻밤 쓰고 버릴 정부일 뿐이었기 때문이다. 그래서였다. 미온은 뜻밖에도 홀가분했다. 비로소 미온은 소설가로, 동료 작가로 준경과 동등해질 수 있을 것 같았다. 두려움 없이, 부끄러움 없이, 모처럼 사람들과 밝고 유쾌하게 어울리고 싶었다. 미온은 약속장소에 가까워질수록 마음이 설레었다. 오늘 밤 헤어지면서 아무렇지 않게 준경에게 잘 가요, 생긋 웃어 보이며 가볍게 손 흔들고 돌아설 자신마저 생겼다.

횟집에는 열댓 명쯤 되는 작가들이 몇 개의 테이블을 이어 붙이고 앉아 왁자하게 술을 나누고 있었다. 낯선 얼굴들 속에서 준경이 손을 번쩍 들었다.

"미녀 작가가 오시면 얼른 일어나서 자리도 좀 만들어드리고 그래 봐라, 짜식들. 그렇죠, 누나?"

준경은 넉살 좋게 후배 작가들을 타박한 뒤 40대 작가인 L에게 물었다. 대부분이 남자 작가들이었고 두세 명의 처음 보는 그러나 잡지나 인터넷으로 얼굴은 낯이 익은 여성 작가들이 앉아 있었다. 미온은 그들과 가볍게 인사를 나눈 뒤 준경의 맞은편에 앉았다. 옆자리에 있던 J가 수저와 젓가락, 초장과 간장 접시를 미온 앞에 새로 놓아주었다. 준경이 미온의 잔에 술을 채워 주었다. 사람들은 이내 미온을 잊고 저마다 자신들이 하던 이야기를 계속하느라 소란해졌다.

"요즘 이런 집 드문데 우리 주방장님 칼솜씨가 사무라이급이야."

테이블 끝에서 누군가 말했고 준경도 동의하며 젓가락으로 생선살 하나를 집었다. 회를 먹을 줄 모르는 미온은, 준경이 회를 좋아했던가, 낯설게 그를 쳐다보았다. 테이블 위에는 기본 반찬들이 정갈하게 차려져 있었고 싱싱한 야채들로 꽃보다 화사하게 장식된 접시가 한가운데 놓여 있었다. 그 순간 팔딱, 하고 무언가가 접시 위에서 움직였다. 미온은 화들짝 놀라 뒷걸음질 치듯 의자에서 벌떡 일어났다. 의자가 바닥에 끌리는 소리가 나자 모두들 미온에게 시선이 쏠렸다. 커다란 접시에는 하얀 무채를 시트 삼아 커다란 돔 한 마리가 촘촘히 살을 발린 채 누워 있었다. 그때 붉은 아가미를 할딱거리며 거친 숨을 토해내는 돔의 푸른 눈빛이 한순간 미온의 눈 속으로 날아왔다.

"처음 봐?"

준경이 물었다. 모두들 재미있다는 듯 웃었다. 미온은 숨이 멎는 듯 했다. 눈도 깜빡이지 못하는 돔 한 마리가 쏘아 올린 화살 하나가 미온의 심장 깊이 내리꽂히는 것 같았다. 준경이 옆 접시에서 상추를 하나 집어 들고는 돔의 얼굴을 덮었다. 하지만 살이 발린 돔이 고통스럽게 단말마 같은 숨을 내쉴 때마다 상추 잎이 오르락내리락 푸른 깃발처럼 펄럭였다.

"이 정도 보고 놀라는 애가 무슨 소설을 써?"

준경이 비난하듯 말하고는 자리에서 일어났다. 처음엔 다 그런 거야, 놀랄만도 하지, 몇 명이 심드렁하게 말할 뿐, 또 시선들은 뿔뿔이 흩어졌다.

"이리 와 봐."

준경이 다가와 미온의 팔을 잡아끌고는 테이블 끝으로 데리고 갔다.

"선배. 내가 얘기했었지. 김미온 소설가."

젊은 시인과 이야기를 나누던 남자 앞에 미온을 세우고 준경이 소개했다.

"아, 네가 김지형 딸이구나. 위대한 아버지를 가진 평범한 자식의 비애, 나도 잘 알지."

힐끗, 유황이 비아냥거리듯 끈적한 눈빛으로 미온을 쳐다보았다. 미온도 굳어진 얼굴로 그를 쳐다보았다. 작은 키에 마른 체격, 담배와 술에 쩐 듯 검고 앙상한 얼굴이었다.

"유황 시인. 내가 가장 존경하는 선배야."

준경은 유황의 말을 듣지 못한 사람처럼, 미온의 기분은 알 바 아니라는 듯 말했다. 유황이 손을 불쑥 내밀었다.

"뭐야, 얘 악수할 줄 몰라?"

미온이 노려볼 뿐 손을 내밀지 않자 유황이 준경을 보고 물었다.

"형이 까칠하게 하니까 얼어서 그렇지."

준경이 핏 하고 그저 웃었다.

"선배니까 네가 봐 줘라."

준경이 말하고는 미온의 손을 잡아 유황에게 내밀었다. 유황이 미온의 손을 덥석 쥐었다. 차갑고 축축한 손이었다. 유황은 다른 손으로 미온의 손등을 마저 감쌌다. 눈을 잠시 감더니 손가락 하나로 슬며시 미온의 손바닥을 간질였다. 깜짝 놀란 미온이 손을 뿌리치자 그제야 슬쩍 놓아주었다.

"앉아."

휴대폰을 주머니에 넣은 준경이 옆 테이블에 있던 의자를 끌어왔다.

"시문학 계간지 〈포엠포럼〉 편집장을 맡고 있어. 이번에 새로 〈노벨포럼〉도 창간했고."

"내 거 아냐. 아버지 거 받은 거지."

유황이 발을 꼬고 앉아 거만하게 말하고는 앞에 있던 잔을 입에 털어 넣었다.

"다음 호에 김 작가 소설 하나 실어줘, 형."

준경이 유황의 잔에 술을 따라주며 말했다.

"쓴 거 있으면 보내봐."

유황이 술잔을 단번에 비운 뒤 술을 채운 잔을 미온 앞에 놓아주었다. 그때 준경의 전화벨이 울렸다. 잠시 전화를 받기 위해 일어났던 준경이 돌아와 말했다.

"글쓰기 반 제자들이 이 동네 있다고 해서 오라고 했는데 길을 못

찾겠대. 잠깐 나갔다 올게."

유황은 귀찮으니 어서 나가라는 듯 손을 내저어 보였다.

"잘 해봐."

미온의 어깨를 툭 치며 준경이 식당을 나갔다. 무엇을 잘하라는 것일까. 작품 실어달라고 구걸을 하라는 것일까. 준경이 나간 문을 미온이 황망히 쳐다보았다.

"넌 **뻔뻔해서** 마음에 든다. 술이나 한잔 따라 봐."

나는 네가 한 짓을 다 안다는 눈빛으로, 빈 술잔을 옆에서 가져와 미온 앞에 놓으며 유황이 말했다.

작가는 두 부류로 나뉜다. 골방에서 홀로 고독을 견디는 작가와 외로움을 이기지 못해 세상 속으로 뛰쳐나가는 작가. 조용히, 겸허히, 수줍게 생을 사랑하는 소수의 작가는 눈을 반짝이며 침묵 속에서 세상을 관찰하고 인간을 고민하며 생명의 고독을 탐구한다. 홀로 지구를 받치고 선 듯 무게를 견디면서도 끙, 소리 한 번 내지 않고 눈을 부릅뜬 채 아픔이 존재하는 이유와 고통이 남긴 교훈을 깨우치고는 정갈하고 고요한 마음으로 원고를 채워간다. 뼈와 살과 피를 발라 쓰느라 세상에서 자신이 조금씩 희미해지고 있다는 것조차 알지 못하지만, 그의 글은 사랑이고 용서이며 포용이고 지혜이다. 그들은 대부분 이름 없이 스러지거나 자취 없이 사라져가기도 하지만, 그들이 쓴 글은 오래도록 남아서 나침반이 되고 등대가 되고 횃불이 된다. 조문객조차 없는 죽음이라 할지라도 그들의 영혼은 환하고 자유롭다.

깃털처럼 가벼운 생의 무게마저 이기지 못하고 귀를 찢을 듯 비명을 질러대는 대다수의 작가는 100일을 참지 못하고 동굴을 뛰쳐나온 육식동물처럼 거리를 어슬렁거린다. 잿빛의 어두컴컴한 얼굴을 가진, 비슷비슷하게 텅 빈 영혼들을 만나 으슥한 주점에 둘러앉아 니코틴과 알코올과 염세주의로 그 빈자리를 채운다. 어둠이 내리면 아무런 수치심도 없이 타인의 살을 욕망하고 체온을 더듬지만, 아침이 되면 눈부신 태양을 향해 삿대질을 하고 욕설을 내뱉는 것으로 홀로 견딜 수 없던 외로움을 변명한다. 그것이 또 부끄러워 잠깐 책상 앞에 앉아 겨우 글 한 줄을 내갈기고는 작가라는 이름을 붙들고 자위하는 것이다. 그리고 다시 어둠이 내리면 방을 뛰쳐나와 영혼 없는 육체를 만나기 위해 거리를 배회한다.

유황은 계속해서 미온의 손을 주무르고 허리를 굽히고 손을 뻗어 샌들 밖으로 나온 발가락부터 발목, 종아리까지 어루만졌다. 허리를 끌어안으려 하고 입을 맞추려고 했다. "이러지 마세요."는 앙탈처럼 들리는 모양이었다. 그래도 치한 취급하며 딱 잘라 거절하고 자리를 박차고 나오지 않았던 건, 그를 존경하는 선배라며 소개해준 준경의 체면 때문만은 아니었다. 유황이 문단 선배라거나 잡지사 대표여서는 더더욱 아니었다. 유황 같은 인간에게 미온을 떠넘기듯 자리를 비운 준경에 대한 배신감이 가져온 무력감.

"그만해, 형. 싫다잖아."

소설 쓰는 P가 한 마디 말렸지만 그뿐이었다. 유황의 작태를 희롱이나 추행, 폭력으로 인식하는 작가는 그 자리에 없었다. 죽을 만큼 싫으면 거부하겠지, 밀쳐내지 않는다는 건 본인도 즐기고 있다는 증거가 아니겠느냐고 생각하는 것인지도 몰랐다. 그러나 사실 술에 취해 저마다 떠드느라 남의 일에 신경 쓸 여유 따위는 없었는지도 몰랐다.

"뭐 그렇게 예민하게 굴어. 젊고 이뻐서 그러는 거야. 나는 누가 나를 여자로 봐줬으면 좋겠다."

미온에게서 관심을 돌려보려는 선의였을 수도 있지만, 결과적으로 유황에게 정당성을 더해준 건 중년의 여성 작가 L이었다.

"유황아. 싫다는 애 냅두고 이리 와서 나 좀 만져줘."

L이 불쑥 팔을 내밀었다. 그러나 유황은 손을 강하게 내저으며 말했다.

"나도 취향이 있어. 누님은 너무 늙었어."

"그거 봐라, 애. 줘도 싫단다. 한철이야, 즐겨."

다시 L이 말했다.

"세월이 야속하네. L, 자기도 한때는 봐줄 만했는데. 이리 줘봐. 나라도 괜찮으면."

머리 희끗한 시인 M이 말했다. 젊은 남자가 좋다고, 술이나 마시라며 L이 그의 잔에 술을 채웠다. 그때 선배작가 N이 미온을 향해 말했다.

"야. 그런데 넌 왜 소설 쓴다고 여기 나와서 그 고생이냐. 이쁜 애는 소설을 쓰면 안 돼. 한 10년 문단에서 골 썩다 보면 완전 망가진다. 때려치우고 시집이나 가."

그러자 O가 미온을 힐끔 보더니 말했다.

"저 정도가 이쁘다고 해줘야 하는 게 문단의 비극이지."

"그래도 저 정도면 쓸 만해."

N이 편이라도 들어주듯 말하고는 신인 여자 작가 R에게 시선을 돌렸다.

"소설은 너 같은 애가 쓰는 거야. 네 얼굴 보면 잘 쓰게 생겼는데 말이야."

남자 작가들이 와하하! 큰소리로 웃었다. 성격 좋은 R이 맞아요, 그러게 말이에요, 하며 같이 웃었다. 그때 주사로 유명한 T가 테이블 한쪽에서 꾸벅거리다 말고 웃음소리에 놀라 깼는지 벌떡 일어나 유황을 향해 외쳤다.

"야, 이 새끼야. 지금 이 나라가 독재 치하에 있는데 넌 여자나 안고 싶냐. 그렇게 주무를 거면 여관에 데리고 가서 자빠뜨리던지, 시발. 시국이 어떤 시국인데. 애들이 다 물에 빠져 죽었는데. 내가 대통령 그년만 생각하면 살기가 싫어. 친일파 독재자 딸을 대통령으로 뽑은 것들은 개돼지야, 빌어먹을. 내가 이 헬 조선에서 살 수가 없다. 시발."

몸도 제대로 가누지 못하던 그가 비틀거리며 소리쳤다. 눈앞에 있는 누군가의 멱살이라도 잡아챌 듯 손을 마구 내젓고 발길질을 했다. 테이블 위에 있던 술병이 넘어지고 수저가 바닥으로 떨어졌다.

"넌 그냥 조용히 찌그러져 잠이나 자."

유황이 핏 웃으며 말했다. 옆자리 작가들도 그를 의자에 주저앉혔다. 하지만 지루해하던 나머지 작가들은 우르르, 마침내 공통의 사냥감을 발견한 사냥꾼들처럼 시퍼런 칼 한 자루씩 집어 들었다. 얼굴이 붉어지도록 핏대를 세우고 그들만의 민주주의와 평등에 대해 피를 토하듯 한 마디씩 뱉어냈다. 여성 대통령을 향한 인격사냥 또한 빼놓지 않았다.

미온은 웃음이 나왔다. 제 몸 하나, 제 고독 하나, 자기 영혼 하나도 어쩌지 못하면서 타인을, 사회를, 나라를, 세상을 향해 손가락질하고 침을 내뱉는 천박한 절규가 너무 가여워서 웃음이 터졌다. 세상에 닿고 싶어서, 같은 글을 쓰는 사람들을 만나고 싶어서 이 자리에 뛰어나온 자신이 너무 안쓰러워서 킬킬, 웃음을 참을 수가 없었다. 어디에도 미온이 그리워했던 것들은 없었다. 문학도, 시도, 소설도 그리고 작가도 없었다. 그냥 사람, 그냥 남자, 그냥 수컷들, 그냥 여자, 그냥 암컷들. 빈 영혼들의 공허한 술자리.

유황은 정치에 대해 그들과 몇 마디 거들다가 고개를 숙인 채 어깨를 들썩이며 웃고 있는 미온에게 좋아? 하고 물었다. 미온의 팔 안쪽 여린 살을 더듬었다. 미온은 저항하지 않았다. 아예 어깨를 끌어안고 술을 따라주는 유황의 잔을 받아 한 모금 마셨다. 테이블 가운데, 살을 발렸으나 숨이 끊어지지 않은 돔의 고통을 노려보았다. 준경이 접시 위에 덮어두었던 연한 상추 잎은 아직도 파르르, 떨리고 있었다. 미온은 눈앞에 있는 그들을 보며 살아 있는 작가를 만나서 위로받고 싶었던 희망이 얼마나 부질없는 것이었는지 깨달았다. 죽은 작가보다 더 죽어버린 이들, 유령보다 더 허깨비 같은 이들. 왜 저들을 동료라고 생각했을까.

무엇 때문에 저들과 동등해지려 한 것일까.

문단은 욕망의 무림이었다. 술자리 어디를 가도, 아무개와 아무개가 그렇고 그런 사이라는 소문은 늘 있었다. 몇 년 전 불륜을 다룬 베스트셀러가 작가 A와 작가 B의 실제 이야기라며 폄훼하던 남자 작가들은 그 소설 속에서 상대 남자의 신체 특징, 섹스 체위까지 싹 다 까발려졌다고, 그래서 여자 작가랑은 연애하는 거 아니라고 술자리에서 질펀하게 농담을 늘어놓았다. 유명 소설가 C와 편집자 D가, 시인 E와 출판사 사장 F가 그렇고 그런 관계라는 것도 알 만한 사람은 다 알고 있는 이야기였고, 한때 잘나가던 작가 G가 H의 침대 위에 올라갔는데 아무리 해도 서지 않더라는 소문 또한 작가들이 모인 자리면 정식 코스 전에 차려지는 가벼운 애피타이저처럼 식탁에 올랐다.

작가 지망생들에게 소설을 강의하는 W는 뒤풀이 자리마다 옆에 앉은 수강생의 스커트 밑으로 불쑥불쑥 손을 넣는 것으로 유명했고, 손닿을 거리에 여자만 있으면 엉덩이고 가슴이고 더듬는 원로 시인이나 "○○야. 어쩌냐. 나, 섰다!" 주점에서 어린 작가를 끌어안고 춤을 추던 유명 원로 소설가의 일화도 전설처럼 회자되었다.

그러한 이야기가 단지 소문이 아니라는 건, 등단하고 얼마 되지 않아 미온도 몇 번 경험한 일이었다. 선후배 작가들과 저녁 모임이 있던 날, 술잔이 몇 순배 돈 다음 노래방에 갔을 때였다. 문단에서 신임이 두터운 중견작가가 밖에 나가더니 미온을 불러냈다. 조용히 이야기 좀 하자며 비어 있던 방으로 데리고 들어가서 미온을 옆에 앉혔다. 등단작품을 봤는데 좋더라고 말을 시작했다. 작가는 좋은 편집자를 만나야 한다며 소개시켜 주겠다고 했고 미온을 큰 작가로 키워주겠다고 약속했을 때 미온은 순진하게 고맙습니다, 웃으며 말했다. 그러자 그는 미온의 손목을 잡고 어깨를 끌어당겼다. 입을 맞추려 얼굴을 들이대고 미온을 눕히려고 했다. "선생님. 취하셨나봐요." 미온이 그를 저지시켰을 때,

"가만히 있어. 다 이렇게 하는 거야." 그가 말했다.

"선생님께서 제 작품을 좋게 봐주신 건 감사합니다. 하지만 이런 식으로 제가 인정을 받아야 한다면 제 자신을 용서하지 못할 것 같습니다."

그의 미움과 노여움을 사지 않아야 한다는 생각을 못 한 것은 아니었다. 하지만 미온은 끝내 그를 밀쳐내고 방을 나왔다. 그가 편집자도 출판사도 소개해 주지 않은 건 물론이었다. 만약 그날 그의 요구를 다 들어주었다면 지금쯤 문단 내의 미온의 위치는 달라졌을까.

"네 소설이 왜 주목받지 못하는 줄 아니? 출판사 편집장한테 섹스를 해주지 않아서가 아니야. 네가 네 육체의 욕망의 울타리를 넘지 못해서야. 그게 뭐 그리 대단하다고?"

출판인이자 중견작가인 S의 사무실에서 한동안 원고 교정 작업을 도와줄 때였다.

"여자 작가들이 뛰어넘어야 할 건 성이야. 섹스에 솔직하고 충실해봐. 그럴 때 네 소설이 좋아질 수 있다니깐. 넌 아직 너무 웅크리고 있어. 그까짓 거 벗어버려."

교정하고 있던 원고에서 눈을 떼지 않으면서 그게 마음대로 되냐고 미온이 말했다. 마음대로 바람피우고 연애해서 뛰어난 세계 명작을 쓴 작가가 누가 있느냐고, 그러는 선배는 그것 다 뛰어넘어 젊은 시절 그저 그런 소설 몇 편 쓰고 절필하고 있는 거냐고, 반문하지는 않았다. 그러나 미온을 자극하고 싶던 그는 술 한 방울 마시지 않은 멀건 대낮에 잘도 지껄였다.

"소설을 잘 쓰려면 말이야. 뭇 사내들 앞에서 보지를 쫙 벌리고도 자, 봐라, 웃으며 유혹할 수 있어야 하는 거야."

그와 단둘이 있는 작은 오피스텔이었다. 두려운 건 아니었다. 분명 저 가여운 사내는 마누라 앞에서 세우지도 못할 거라고, 대신 입으로 푸는 거라고 생각했다. 그래서 미온은 소리 내어 깔깔 웃을 수 있었다.

포르노 배우들이 다 소설가가 되어야겠다고, 뻔뻔하게 대꾸했을 뿐인데도 그는 소심하게 입을 다물었다.

세상 어디에나 있는, 특별할 것도 없는 남자와 여자의 일이었다. 다만 문단에서는 다른 어떤 사회보다 추행과 불륜에 대해 너그러웠다. 그들 각자 알아서 할 일일 뿐 매도의 대상으로 삼지는 않는다는 것이었다. 공감하거나 옹호하지는 않더라도 예술가이기에 그들 각자 스스로 책임질 일이라고, 작가 하나하나 자유로운 영혼이라는 것을 인정했다. 그래서 그들이 저지르는 인간적인, 너무나 인간적인 과오들을 죄악으로 비난하지는 않았다. 여자가 바뀔 때마다 시인 U의 시집이 한 권씩 나오고, 소설가 K가 바람을 한 번 피울 때마다 장편 한 권을 써낸다는 전례 때문이 아니었다. 너도 나처럼 외롭구나, 모두가 골방을 뛰쳐나온 동지이기 때문이었다.

미온도 다르지 않았다. 그들 중 누구도 비난할 수 없었다. 미온도 외로움을 이기지 못해 방을 뛰쳐나왔고, 텅 빈 그들 속에서 준경을 만나 그렇고 그런 관계를 가진 것이었다. 가끔은 그들의 안줏거리로 술상에 오르내렸으리라는 것을 미온은 잘 알고 있었다. 작가들과 함께 했던 술자리마다 미온을 향해 타오르던 욕망어린 준경의 눈빛을 미온만 느꼈을 리 없었다. 그에 대한 미온의 갈망 또한 들키지 않았으리라고는 장담할 수 없었다. 어쩌면 미온과의 관계를 술자리에서 준경이 떠벌였을 수도 있다는 것을, 전리품처럼 이 자리에 불러냈을지도 모른다는 것을 미온은 오늘, 유황을 통해 확인한 것도 같았다. 넌 뻔뻔해서 좋아,라고 했던 유황의 말은 난 너의 치부를 다 알고 있다는 조롱이었다. 그러나 상관없었다. 미온은 실컷 비웃어주고 싶은 욕망의 정글 속에 그들과 함께 있었다. 그 덕분에 돌팔매를 맞지 않고 빳빳하게 얼굴을 쳐들고 앉아 있을 수 있는 것이었다.

　　준경은 세 명의 여자들을 데리고 식당으로 돌아왔다. 뛰어난 작가지
망생들이라고 그들을 소개했다. 테이블을 끌어다 붙이고 의자들을 가져
왔다. 작가들이 자리를 내주었고 여자들이 중간중간 끼어 앉았다. 그들
이 자리를 잡는 동안 유황이 꼭 잡고 있던 미온의 손을 들어 보이며 준
경에게 말했다.

　　"뭐하러 왔냐?"

　　"내가 없어서 좋았구나."

　　준경은 빙긋 웃고는 아무렇지 않게 자기 일행들 속에 섞여 앉았다.

　　"어머, N작가님이시구나."

　　"전부터 P작가님 팬이었어요."

　　"여기 사인해 주세요."

　　"그래도 역시 우리 선생님이 제일 미남이시다."

　　인사를 나누던 그들 속에서 낯이 익은 여자가 애교스럽게 말했다.
페이스북에서 준경이 올린 사진, 가까이 얼굴을 맞대고 웃던 미모의 수
강생이었다.

　　"넌 가질 수 없어. 저 녀석이 널 가질 마음이 없거든."

　　모두의 시선과 화제가 준경의 수강생들에게 집중되어 있는 동안, 유
황이 내내 붙잡고 있던 미온의 손을 놓아주고는 비어 있는 잔에 스스로
술을 채우며 말했다.

　　"사랑은 가면무도회야. 그런데 너에겐 가면이 없어."

　　유황이 술을 마셨다. 미온은 준경을 쳐다보고 있었다. 그가 앉은 테
이블 위, 상추 잎이 더 이상 떨리지 않았다. 가시 같은 시선으로 미온을
쏘아보며 아가미를 뻐끔거리던 돔은 마지막 숨까지 모두 토해낸 것 같
았다. 그 앞에서 준경이 웃고 있었다. 오랜만에 보는 미소였다. 처음 미
온을 만나던 그때처럼, 미모의 제자를 향해 웃고 있었다.

　　"네가 세상에서 제일 예뻐, 너 없인 살 수 없어, 영원히 널 사랑해,

남자가 속삭일 때 여자도 속아줘야 해. 당신이 세상에서 제일 멋있어요, 하고. 사랑의 순간이란 거짓의 꽃이 만개하는 짧은 봄날 같은 거니까. 그런데 넌 거짓 놀이를 즐기려 하지 않아. 기어이 남의 가면까지 벗기지. 그런 여자를 오래 사랑할 남자는 없어."

손금을 읽고 술술 과거를 말하는 무당처럼 유황이 말했다. 미온은 음, 하고 감명 받은 듯 고개를 끄덕여주었다. 그가 조금은 시인다워 보였다. 하지만 그의 말은 사기였다. 사랑이 가짜라면 생명도 가짜여야 했다. 사랑과 생명이 거짓이라면 삶도 무의미하다는 결론에 이를 수밖에 없었다. 허무주의와 염세주의의 망토를 뒤집어쓴 시인의 허세가 아니라면, 그는 진작 자살이라도 해야 했다. 술자리에서 낯선 여자의 체온을 강제로 더듬으며 그렇게라도 위안을 구하는 것은, 아직 사랑을 갈망하고 있기 때문이었다. 허무와 무의미를 그 자신조차 신뢰하지 않는다는 뜻이었다.

"너희들이 처음 만나던 날, 그 자리에 나도 있었어."

유황이 말하는 동안 미모의 여자가 전화기를 귀에 대고는 자리에서 일어나 밖으로 나갔다. 1분도 되지 않아 준경도 전화를 받는 척 따라 나갔다. 신경 쓰지 않으려 해도 자신을 의식조차 하지 않는 준경이 원망스러워서 미온은 가슴이 터져나갈 것만 같았다.

"나랑 내기했어. 얼마나 빨리 널 쓰러뜨리나."

준경의 뒤를 쫓는 미온의 눈길을 쫓으며 유황이 말했다. 미온이 고개를 돌려 경멸스런 눈으로 유황을 쏘아보았다.

"저 녀석, 마누라 앞에 여자 데리고 가서 한 집에서 셋이 같이 살자고 한 적 있어. 한창때였지. 눈만 찡긋해도 다리 벌려줄 여자가 줄을 섰을 때니까. 그런데 널 데려간 적은 없지?"

그의 말을 다 믿고 싶지 않았지만 거짓이 아니라는 것은 직감으로 알았다.

"이런 얘기, 좀 치사하지 않아?"

"저 녀석이랑 정리하고 나랑 연애하자."

미친놈, 속으로는 욕을 하면서도 미온이 후훗, 웃었다. 남자들의 대책 없는 자신감은 어디서 오는 것일까. 그가 작고 왜소한 체격이어서가 아니었다. 자신을 가장 존경한다고 소개했던 준경과의 관계를 알고서도 이런 제안을 하는 수컷의 욕망에 구역질이 났다.

"와이프한테 나 데려갈래?"

"그건 아니지."

유황이 유들유들 대답했다.

"한순간의 진실도 없는 사내라고 폄하할 필요는 없어. 우리에겐 순간순간이 모두 진실이니까. 그러니까 남자를 만나든 사랑을 하든, 너도 그 순간을 즐겨. 사랑의 진실이 있다면 바로 그 찰나에 있는 거야."

"나의 즐거움은 곧 너의 즐거움, 이 말이 진리 같아? 나의 쾌락이 너에겐 폭력, 이 말은 절대 인정하기 싫지?"

미온이 말했다. 빤히 미온을 쳐다보던 유황이 휴, 하고 과장되게 숨을 내쉬었다.

"밖에 나가 담배 한 대 피우고 오자."

의자에서 일어나며 유황이 말했다. 담배는 피우지 않는다고 말했지만 유황은 굳이 미온의 손목을 잡고 일으켜 세웠다.

"따라와 봐. 보여줄 게 있어."

그에게 이끌려 밖으로 나갔을 때, 유황이 눈으로 가리킨 곳에 준경이 있었다. 골목 끝 가로등 밑에 있는 그는 혼자가 아니었다. 키스를 하는 중이었다. 여자의 손이 준경의 허리를 감고 있었다. 여자의 등을 어루만지던 준경의 또 다른 손은 미끄러지듯 그녀의 블라우스 안으로 파고 들어가 가슴을 더듬었다.

"작가들 중 선수 다섯 명을 꼽으라고 하면 절대 빠지지 않는 게 저 녀석이야. 아마 탑 쓰리에도 들 걸."

"베스트 원은 선배야?"

미온은 놀랄 일도 아니라는 듯 유황을 조롱했다. 그 사이 준경은 더욱 대범하게 여자를 정복해 나가고 있었다. 유황에게 들키고 싶지 않았지만 몸이 바들바들 떨렸다. 숨을 가늘게 내쉬고는 아무렇지 않은 듯 식당으로 들어가려고 했지만 차마 발이 떨어지지 않았다.

"문학관 개관식 초대장 왔던데."

유황이 내던지듯 말했다. 미온이 돌아보았다.

"대체 뭘 기념한다는 거지?"

유황이 담배를 입에 물고 불을 붙이며 말했다.

"김지형도 저랬을 걸. 서옥임은 꼭 지금의 너 같았을 거고."

"무슨 말이야?"

"돌아가신 우리 아버지하고 장석훈 출판사하고 라이벌이었어. 그쪽은 어마어마하게 크는 동안 우리는 손해를 좀 많이 봤지. 그렇다고 원한이 있는 건 아니고."

유황이 씩 웃으며 말했다.

"그래서 사정을 좀 알아. 김지형이 밖에 나가 바람피우는 사이, 외로웠던 작가의 아내랑 그 친구 장석훈이 붙어먹었다. 그래서……."

미온이 눈을 부릅뜨고 유황에게 다가가 따귀를 냅다 후려갈겼다. 유황의 다음 독설은 들을 것도 없었다. 그의 치근거림이 미온뿐 아니라 옥임에 대한 모독이기도 했다는 것에 치가 떨렸다. 유황은 어이없다는 듯 입술 한 쪽을 일그러뜨렸다. 의미심장하게 미온을 쳐다보았다.

"중요한 걸 알려주려고 했는데, 하긴 그다음 스토리는 관두자. 세상의 비밀이란 정작 알아야 할 사람은 몰라야 하는 법이니까."

유황이 클클, 비웃었다. 담배를 어금니에 씹어 무는 유황을 남겨두고 식당으로 들어가려다 미온이 홱 돌아섰다.

"저 사람이 가짜라는 선배의 증명은 모두 틀렸어. 조건 설정에서 내가 빠졌으니까. 나는 진짜야. 내가 저 사람을 사랑한 건 진짜였거든. 선배 같은 사람은 백만 번 죽었다 깨어나도 모를 진짜 사랑이었어."

미온이 말하고 안으로 들어갔다. 먼저 일어나겠다고 작가들에게 인사하고 가방을 챙겨 다시 밖으로 나왔다. 가로등 밑에는 준경과 여자가 여전히 달라붙은 채였다. 유황은 담배 연기를 높이 뿜어내며 벽에 기대서서 그들을 쳐다보고 있었다.

지하철 막차는 떠났을 시간이었다. 미온은 두 번 다시 뒤를 돌아보지 않고 뛰듯이 길을 걸었다. 몇 시간 전, 미온의 어깨를 부딪치며 달아났던 소매치기는 어느 컴컴한 뒷골목에서 돈을 셀까. 시베리안 허스키는 이제 제집에 돌아가 깊이 잠들었을까. 넓고 넓은 시베리아 벌판을 시원하게 달리는 꿈이라도 꾸고 있을까. 새로 사들고 간 옷을 머리맡에 걸어놓은 여자들은 내일의 태양이 떠오르길 기대하느라 잠을 설치겠지. 상점마다 불이 꺼진 늦은 밤인데도 반갑게 만나 하루의 피로를 먼지처럼 털어냈던 사람들은 다음을 기약하며 아쉽다는 듯 손을 흔들고 헤어졌다. 술을 마시고 삶을 토해내는 사람들은 골목마다 가로수를 붙들고 고함치며 슬픈 노래를 불러재꼈다. 미온은 혼자 세상 밖으로 내팽개쳐진 기분이었다. 어둠은 걷힐 줄 모르고 길은 영원히 끝나지 않을 것 같았다.

택시를 타고 외곽순환도로를 달려 로움의 집까지 가는 데는 30분도 걸리지 않았다. 횟집을 나와 지하철도 버스도 끊긴 무더운 밤거리를 걷던 미온은 문득 걸음을 멈추었다. 오싹, 남극에 혼자 유배된 사람처럼 어깨를 움츠리고 양팔을 쓰다듬으며 몸을 떨었다. 아무도 기다리지 않는 집으로 돌아가고 싶지 않았다. "가도 돼?" 전화했을 때 "얼른 와." 아무것도 묻지 않고 로움이 반겼다. 현관문을 열어준 그는 검은 안경에 질끈 묶어 올린 노란 머리, 러닝셔츠에 사각팬티만 입은 채였다. 맥주 한잔 마시며 작곡하는 중이라고 했다. "옷 좀 입지." 미온이 타박했지만 "맥주? 막걸리?" 아침에 나갔다 저녁에 퇴근한 식구를 맞이하는 것처럼 로움이 물었다. "얼음." 미온이 손에 들고 온 비닐 봉투에서 소주를 꺼 내 흔들어보였다. 냉장고를 열고 부스럭거리던 그가 얼음을 가득 채운 잔 하나와 방금 썬 레몬 몇 조각이 담긴 접시를 들고 왔다. 21층 아파트 베란다에 작은 상을 펴놓고 마주 앉아 로움은 혼자 마시고 있던 맥주를 마셨고 미온은 레몬 띄운 얼음소주를 마셨다. 지구에서 멀리 떠나온 듯, 발아래 보이는 도시의 불빛이 하나 둘 별처럼 꺼져갔다. 달은 구름에 가려서 보이지 않았다.

"만약에 어느 날 갑자기 내가 죽어도, 넌 모르겠지?"

"응. 내가 지구를 떠나면 너도 마찬가지일 걸."

로움이 검은 안경 너머로 멈칫 미온을 쳐다보았지만 서운할 일도 아 니라는 듯 말했다. 로움과 미온 사이를 알고 있는 공통의 지인은 없었 다. 전화기에 저장된 주소록으로 보내는 부고를 받지 못한다면 왜 문자 를 씹지? 왜 전화를 안 받지? 며칠 궁금해하다가 좋은 사람 만나서 잊 었나보다, 기어코 지구를 떠났구나, 굳이 찾아보려 하지 않고 기억에서 삭제할 것이다. 세상에 존재하지 않는 줄도 모른 채 잘 살고 있겠지, 믿 으며 살아갈 수 있는 사이.

준경도 다르지 않았다. 미온이 어느 날 갑자기 가슴을 움켜쥐고 쓰 러지더라도 드라마의 한 장면처럼, 그가 불길한 예감에 브레이크를 밟 거나 쥐고 있던 소주잔을 손에서 놓치는 일은 없을 것이다. 그의 숨이 끊어지는 순간, 미온 또한 설거지를 하다가 접시를 깬다거나 불현듯 가 슴 한쪽이 아려오는 일 따윈 일어나지 않을 것이다. 더 이상 세상에 존 재하지 않는 걸 알게 되더라도, 아무렇지 않게 먹고 자고 숨 쉬며 살아 갈 수 있는 관계.

"어느 드라마에서 봤던가. 빵집 주인은 늘 행복해 보였어. 당신은 외로운 적 없어요? 어떻게 매일 웃을 수 있죠? 하루는 손님이 물었지. 그러자 주인이 말했어. 하루도 외롭지 않은 날은 없어요. 행복한 사람처럼 보이려고, 그래서 정말 행복한 사람이 되려고 노력하는 것이죠. 행복한 사람이 만드는 빵이 더 맛있어 보일 것 같아서요. 그걸 보고 생각했어. 혼자 사는 사람은 행복해보여야 할 상대가 없으니까 행복할 수가 없는 거구나 하고."

미온이 잔을 찰랑찰랑 흔들었다. 얼음이 크리스털 잔에 부딪쳐 맑은 소리를 냈다.

"바보. 그 집 공갈빵은 절대 사오지 마라."

로움이 말하고는 옆에 세워둔 기타를 집어 들었다. 무릎에 올려 가볍게 끌어안고는 조용히 허밍으로 노래를 부르며 차분히 코드를 짚었다. 기타를 간질이듯 긴 손가락이 줄을 퉁겼다. 지판地板은 그의 손이 오래 닿아서 매끈매끈했고 거칠게 난 흠집과 상처들, 하트와 로움 포에버라고 쓴 낙서들이 기타의 이력서처럼 여기저기 새겨져 있었다. 미온은 턱을 괴고 연주를 들으며 창밖을 바라보았다. 구름 밖으로 나온 달빛이 하얗게 로움과 미온이 앉아 있는 베란다를 비추었다.

"왜 새 걸로 안 쳐?"

거실에 열 개도 넘는 일반 기타와 일렉트릭이 전시되어 있었지만 새로 샀다며 자랑할 때 말고 로움은 언제나 오래된 기타를 집어 들었다.

"습관은 쉽게 안 바뀌잖아."

로움이 말했다.

"눈은 예쁘고 새로운 것들을 욕심내는데, 손은 오래되고 익숙한 걸 좋아해."

미온이 술에, 음악에, 편안한 대화에 나른하게 취해가는 동안, 로움은 기타를 세워놓고 몇 번, 전화 메시지에 응답했고, 침실에 들어가 통화를 하고 나왔다. 그때마다 미온은 혼자 남아 먼 아파트 단지에 남아 있는 유리창의 불빛을 세었다.

"어디 갔어?"

여자 친구를 새로 사귀었다고 했던가. 헤어졌다가 다시 만났다고 했던가. 미온은 늘 헷갈렸다. 스무 살 안팎의 여자애들 이름을 알려주어도 워낙 자주 바뀌니까 머리에 애써 새기지 않은 탓이었다. 소영인 갔니? 물으면 지수라니깐, 했고, 지수는 뭐 하는 애야, 물으면 희아는 드럼 쳐, 라고 답했다. 언제부턴가 아예 이름을 묻지 않았다. 애는, 여친은, 걔는 하고 부르거나 대명사마저 삭제했다.

"사흘 있었어. 엄마 온대서 집에 갔어."

"나랑 있다고 했지?"

"응."

"그러니까 자주 전화하지."

"거짓말해야 해? 우린 친군데."

로움이 냉장고에서 금방 꺼내온 캔 맥주를 또 하나 새로 땄다. 타이어 펑크 나듯 탄산 빠지는 소리가 났다.

"같이 있으면서 무슨 얘기 해?"

"뭐 먹지, 뭐 볼까, 뭐 살까 그런 말들. 지구인들하고는 그냥 그런 말을 하면서 사는 거야."

미온이 고개를 끄덕였다.

"춤추자."

미온이 일어섰다. 소주잔 한 잔 분량에 얼음을 섞어 몇 모금 마셨을 뿐이었지만 횟집에서 마신 술기운이 남아 있던 모양이었다. 살짝 중심을 잃어서 비틀거린 미온이 "나 취한 거 아닌데." 하고 킬킬 웃었다.

"춤추고 싶어?"

"응."

미온이 끄덕끄덕 고개를 아래위로 흔들었다. 로움이 거실에 있는 노트북을 켜고 음악을 찾았다.

"이리 와."

두 팔을 크게 벌렸다. 미온도 두 팔을 벌려 로움의 품에 쏙 안겼다.

"너 힘들게 하는 놈 데려와. 다 죽었어."

팬티만 입은 로움이 믿음직한 기사처럼 말했다. 미온이 픕픕, 소리 내어 웃었다. 리듬과 무관하게 로움과 미온은 꼭 끌어안고 서서 오른쪽으로 한발, 왼쪽으로 한발 움직였다. 밀착되어 있었지만 에로틱한 포옹이나 애무는 아니었다. 친구가 나누어줄 수 있을 만큼의 체온. 사람이 나눌 수 있는 정도의 따뜻한 접촉. 미온은 눈을 감고 로움의 심장 뛰는 소리에 귀를 기울였다. 왜 타인의 심장 뛰는 소리를 들으면 편안해지는 것일까. 백로처럼 목이 길어서 자신의 가슴에 귀 기울일 수 있다면, 그래서 심장이 뛰는 소리를 들을 수 있다면, 덜 외로울까.

"너한테선 늘 똑같은 냄새가 나. 처음 키스할 때도 이 냄새였어."

로움이 미온의 머리를 쓰다듬으며 말했다.

"샴푸 바꿨는데."

"그런 냄새하고 달라. 너한테만 나는 냄새가 있어. 널 생각하면 이 냄새가 떠올라."

로움이 말했다.

"너는 내 오래된 기타야."

"너랑 연인이 아니어서 좋아."

미온이 쓸쓸하게 말했다.

"애들하고는 이런 시간이 안 만들어져. 그래서 헤어지고 새로 만나고 또 헤어지게 되나봐."

로움도 쓸쓸하게 말했다.

"너는 세상에서 말 통하는 유일한 사람이니까. 대화 온도가 맞는다고 해야 하나. 알아, 네가 약간 져준다는 거.”

로움이 미온의 머리를 장난처럼 손으로 흩어놓으며 말했다.

미온은 로움과의 관계가 정확히 무엇인지 규정할 수 없었다. 그와 나누는 단순하고 비논리적인 대화는 입어도 되고 벗어도 되는, 가볍게 걸친 로움의 사각팬티 같은 것이었다. 어린 여자애들에 대한 질투심이 전혀 없는 것은 아니었다. 지금도 로움이 여자 아이의 전화를 받으러 방으로 들어가면 가슴 한쪽이 시큰거렸다. 하지만 아이들을 밀어내고 그 자리에 앉고 싶은 생각은 추호도 없었다. 로움 역시 그전처럼 자주 미온을 찾지 않았다. 그래도 로움과 미온은 새벽에 전화기를 붙들고 세상에 혼자 깨어 있는 게 아니라는 걸 종종 확인했다. 생의 마지막을 함께 할 수 있는 관계가 아니라는 건 서로 잘 알고 있었지만, 로움은 어린 여자 친구나 동료에겐 보일 수 없는 삶의 밑바닥에 고인 외로움을 드러냈다. 미온도 이따금 쓸쓸함을 공유할 수 있는 누군가가 세상에 있다는 이유만으로도 안도감을 느꼈다. 지구인의 시각으로 보면 아주 좋은 친구도 아니고 그다지 괜찮은 관계도 아니었지만, 자신처럼 지구생활 부적응자가 저기 어딘가에서 숨 쉬고 있다고 생각하는 것만으로도 위로가 되는 것이었다. 준경과는 한 번도 공유하지 못한, 아픈 곳에 약이 발라지고 호, 하고 다가오는 입김과도 같은 위로와 공감의 영역이었다. 사랑이어도 좋고 우정이어도 좋고 둘 다 아니어도 상관없었다. 조금은 허전하고 조금은 쓸쓸하지만 오랜 시간, 시행착오를 거치고 얻어진 거리가 주는 적당한 편안함이었다.

“우리 이다음에 늙어서 결혼할래?”

“왜?”

“지금은 안 되니까.”

“왜?”

“지금은 이쁜 애들이 너무 많아. 근데 나중에 너랑 같이 벽에 똥칠

하면 재미있을 거 같아."

으으, 미온이 살짝 눈살을 찌푸렸다. 로움이 웃고 미온도 웃었다.

포옹을 풀고 다시 술상 앞에 마주 앉아 소영인지 지수인지 모를, 다음에 올 땐 또 다른 이름으로 대체될 여자가 얌전히 썰어 놓고 간 수박을 냉장고에서 꺼내 와 먹고 있을 때, 전화벨이 또 한 번 울렸다.

"나, 갔다고 해."

"신경 쓰이는구나."

"나는 상관없지만 걔가 신경 쓰잖아."

"그건 그래."

대답하고 로움이 침실로 전화를 받으러 들어갔다. 미온은 얼음이 녹아 레몬 맛이 나는 물을 삼켰다. 로움은 준경과 다른 것일까. 숨겨진 정부. 감춰진 친구. 컵을 높이 기울여 얼음 하나를 입에 털어 넣고 이가 시리도록 와드득, 씹었다.

"자자."

로움은 전화를 끊고 거실로 나오는 대신 미온을 안으로 불렀다. 미온은 방에 들어가 로움 옆에 누웠다. 그가 한쪽 팔을 내주었다. 반대쪽 손으로 미온의 배 위에 올려놓은 손을 꼭 잡았다. 에어컨을 틀어놓은 방은 추웠고 노란 스탠드는 그래서 따뜻하게 느껴졌다.

"사람에겐 끌어당기는 힘이 내재되어 있대. 간절히 바라면 이루어진대.'

천장에 붙어 있는 커다란 일만 원짜리 모형 돈을 가리키며 로움이 말했다. 돈이 아쉽지도 않을 텐데 동그라미가 열 개쯤 덧그려져 있었고, 매직펜으로 '일백억 만 원'이라는 이상한 단위의 금액이 써 있었다.

"여자 사진을 붙이지."

"안 붙여도 줄 섰어. 귀찮아."

"돈은?"

"많을수록 좋지."

"나도 붙일까."

"뭘?"

미온은 대답하지 못했다. 무엇을 바라고 있었던 것일까. 아득하기만 했다. 돈? 나쁘지 않았다. 소설? 원하고 바라는 것이었다. 하지만 그보다 더욱 간절한 게 있을 것만 같았다. 내 사랑은 진짜야, 유황에게 호기롭게 선언했으면서도 천장에 붙이고 매일 바라보며 준경을 원하고 싶진 않았다. 물론 로움도 아니었다. 반드시 갖고 싶은 것도, 이루고 싶은 것도 없는 것일까. 미온이 생각하는 사이 로움은 대답을 기다리지도 않고 이내 고른 숨을 내쉬기 시작했다. 로움이 낮게 코를 골며 깊은 잠에 빠진 것을 확인한 미온은 그의 손을 가만히 풀고 침대에서 일어났다. 로움의 얼굴에서 안경을 벗겨 사이드테이블 위에 놓아주고, 스탠드는 그대로 켜 둔 채 조용히 방을 나왔다.

베란다 창밖으로 멀리 보이던 아파트단지의 불 켜진 유리창은 더 이상 보이지 않았다. 가방을 챙겨들고 소리 나지 않게 로움의 집을 나섰다. 어제도 아니고 오늘도 아닌, 밤도 아니고 아침도 아닌 시간, 미온은 어디로 가야 할지 모르는 사람처럼 길 한가운데 우두커니 선 채 영원히 끝나지 않을 것 같은 어둠을 바라보고 있었다.

강주

샤워를 마치고 나와 화장대 앞에 앉은 강주는 거울 속 얼굴을 홀린 듯 바라보았다. 옆으로 살짝 고개를 돌리고 턱을 치켜들고 입술 꼬리를 말아 올려 유혹하듯 미소를 지었다. 유리창으로 쏟아져 들어오는 햇살 한 줌이 양 볼을 환하게 비추었다.

'그날 때문이야.'

강주는 분홍빛으로 물든 두 뺨을 두 손으로 감쌌지만 눈빛은 동의한다는 듯 더욱 반짝거렸다. 한 번도 물오른 적 없는 겨울나무처럼, 강주가 바라보던 거울 속 여자는 늘 차갑고 딱딱하게 메말라 있었다. 젊은 여자에게 흘러야 할 윤기라곤 찾아볼 수 없이 앙상했다. 마른 체격 때문인 줄 알았다. 하지만 사랑하는 사람과 나눈 몸의 더운 열정이, 처음으로 느낀 무한하고 은밀한 기쁨이 마음과 몸 사이를 가로막고 있던 벽을 허물어뜨리자 물이 흐르고 죽은 듯 잠들어 있던 생기가 깨어났다. 눈매는 맑고 부드럽게 빛났고, 이마는 어느 때보다 투명했으며, 입술은 도톰해지고 붉어졌다. 파우더도 피부에 속속 스며들었다. 안면도에 다녀온 후, 거울 속 여자는 수면에 드리운 봄날의 물푸레나무처럼 하루하루 싱그러워지고 있었다.

그날 아침, 눈을 뜬 강주는 옆에서 잠들어 있던 영우의 얼굴을 오랫동안 바라보았다. 그가 영원히 깨지 않고 시간이 멈추었으면 하고 바랐다. 하지만 그가 눈을 뜨고 잘 잤어요? 하고 미소 지었을 때, 남아 있던 보랏빛 어둠이 물러나고 황금빛 햇살이 공간을 채웠다. 그의 말과 함께 완전한 아침이 열렸다.

눈을 감으면 바닷바람과 파도 소리가 정수리까지 밀려 올라왔다. 강주는 감전된 듯 자신도 모르게 몸을 떨었다. 당장 달려가서 영우의 품에 안기고 싶었다. 무릎을 베고 누운 그의 보드라운 눈썹을 하나하나 세어보고 싶었다. 그의 콧날을 쓰다듬고 싶었다. 이마에 눈꺼풀에 양쪽 귀와 두 뺨과 그의 입술에 아낌없이 입 맞추고 싶었다. 두 번 다시 그럴 수 없다면 죽을 것만 같았다.

몸은 폭력이 아니었다. 흉기처럼 느껴지던 남자의 몸은 뜻밖에도 부드럽고 따뜻했다. 다가서는 것, 어루만지는 것, 쓰다듬고 입 맞추는 것, 체온은 포근하고 편안한 것이었다. 옆에 누운 타인의 심장 뛰는 소리가,

낮게 코를 골듯 내쉬는 남자의 숨소리가 안도감을 줄 수 있다는 것도 처음 알았다. 물결이를 안고 젖을 물릴 때와는 전혀 다른 포만감이었다.

그날의 기억은 시들어 있던 강주의 영혼을 일으켜 세우고 탄력 있게 팽창시키고 커다랗게 부풀려서 꽃씨처럼 가볍게 허공으로 띄워 올렸다. 시간과 우주의 중심에 강주가 있었다. 햇빛도 바람도 파도도 모두가 강주를 위해 존재했다. 힘겨웠던 운명의 속박에서 가뿐하게 풀려나는 해방감으로 충만해진 기분이었다. 이 순간을 위해 그토록 고통스러웠던 것일까. 이 사람을 만나려고 헛된 인연의 징검다리를 건너온 것일까. 혼자 밥을 먹으면서도, 설거지를 하면서도, 빨래를 널면서도 강주는 흥얼흥얼 콧노래를 불렀다.

"내가 없어서 좋구나. 칫!"

목소리 톤이 쾌활하게 들렸던지 일곱 시간 비행 거리에 있는 물결이가 느끼고 샘을 낼 정도였다.

"엄마도 남자친구 사귈까?"

그런 거 없다고, 화들짝 부정하면서도 한번은 아이에게 속을 내비치기도 했다.

"엄마가 행복하면 난 찬성!"

물결이는 뜻밖에도 너그럽고 의젓하게 동의했다. 남자친구와의 관계라면 강주는 물결이보다 숙맥이었다. 남학생을 사귀어본 적이 없었다. 서태지나 신승훈이나 드라마 〈마지막 승부〉에 나오던 손지창이나 장동건의 팬조차 되어본 적이 없었다. 아무것도 모르고 애숙의 가게에서 술 심부름을 하면서 겪은 몇 번의 추행과 니코틴 연기, 알코올에 절어 강주의 소녀 시절은 증발해 버렸다. 남자와 성이란 더럽고 비루하고 추악한 것이었다. 대학시절이라고 다를 건 없었다. 어찌 됐든 첫 남자였던 남편과의 결혼생활은 끔찍한 악몽일 뿐이어서 영우가 결혼하자고 했을 때조차 받아들일 수 없을 정도였다.

그런데 뒤늦게 첫사랑에 빠진 소녀처럼 강주는 가슴을 설레고 있었다. 영우가 보낸 메시지가 담긴 전화기를 손에 꼭 쥐고 잠을 잤고, 혼자 커피를 내려 마시다가도 눈을 감고 그를 떠올렸다. 영우를 생각할 때마다 그의 손길이 느껴져 차르르, 몸을 떨었다. 전화벨 소리가 울릴 때마다 제멋대로 날뛰는 심장은 영우가 아닌 걸 확인할 때마다 성질 급한 열매처럼 툭툭, 발밑으로 떨어져 나뒹굴었다. 눈을 깜빡이고 숨을 쉬는 매 순간, 강주의 모든 것을 영우가 차지했다.

'보고 싶어요.'

지난밤 백기를 들고 항복하듯, 난생처음 다섯 글자 안에 솔직한 열망을 적어 보낸 후 답을 기다리는 동안, 강주는 보내지 말아야 했다는 후회로 숨이 막혀 죽을 것만 같았다. 한창 달아올라 적극적으로 다가올 때조차 영우는 매일 연락하는 성격은 아니었다. 그걸 알면서도 무지개를 품은 비누 거품이 지상에 닿는 찰나 훅, 하고 꺼져버리듯이 영우를 떠올리면 강주는 초조해졌다.

'내일 물결이 오죠? 출판기념회도 있는 날이라 바쁘겠네요. 오늘 밤 푹 자고 잘 다녀오세요.'

10분 뒤 영우의 문자를 받고 안도감이 들었지만 '나도 보고 싶다'는 말을 해주었으면, 만나자고 해주었더라면, 이내 더 큰 욕심이 잠깐의 기쁨을 집어삼켰다. 간단한 문자메시지와 통화, 두세 차례 만날 기회가 있었지만 늘 세실과 동건이 함께 했다. 강주가 바라는 둘만의 은밀한 시간은 없었다.

'그 사람도 기다리고 있는 거야.'

4주 만에 돌아오는 물결이를 먹이려고 아침 일찍 쿠키를 굽고 샌드위치를 만들면서도 강주는 영우를 만날 명분을 찾고 있었다.

"엄마랑 다르니까……."

영우의 웅얼거림이 떠오르자 가슴이 저릿하게 아프면서도 동시에 기뻤다. 영우에게 다가갈 수 있는 길을 찾은 것 같았다. 강주가 먼저 손을 내밀 차례였다. 그러면 영우도 보고 싶었다고 말할 것이다. 아무도 없는 곳으로 데려가 입맞춤을 하게 될지도 모른다. 생각이 빠르게 앞서가자 강주의 얼굴에 미소가 번졌다. 유방과 아랫배가 단단해져오고 다리 사이 깊은 곳은 어느새 따뜻해지고 있었다. 하지만 립 틴트로 입술을 붉게 칠하던 강주는 강하게 고개를 내저었다. 그 순간 손에 쥐고 있던 용기가 미끄러졌다. 병이 깨지진 않았지만 화장대 밑으로 떨어지면서 피처럼 붉은 액체가 흘러나와 여기저기 튀었다. 강주는 얼굴을 찌푸렸다. 하룻밤 잤을 뿐이었다. 그런데 혼자서 너무 많은 걸 상상하며 기대하고 있었다.

틴트 얼룩을 티슈로 닦아낸 뒤 강주는 생각을 털어내려는 듯 텔레비전 리모컨을 눌러 켰다. 개그맨인지 연기자인지 가수인지 모를 연예인들이 뛰고 달리고 거칠게 수다를 내뱉을 때마다 가짜 웃음을 터뜨리는 예능프로그램들이 지나갔다. 누가 누구와 결혼할 것인지가 인생의 최대 과제인 청춘남녀와 고부갈등과 불륜을 다룬 드라마들이 또 지나갔다. 사기치고 훔치고 죽이는 소식들로 가득 찬 뉴스도 다른 채널에 밀려 사라졌다. 술집에서나 지껄일 만한 남자들의 대책 없는 정치평론 프로그램들도 여러 개의 채널에서 되풀이되고 있었다.

"수치를 모르는 정치인들, 사회 지식인들, 모두 각성해야 합니다. 우리 사회가 이렇게 타락했다는 건 개인의 윤리와 도덕의식이 부재한 탓 아니겠습니까?"

송 교수가 열변을 토하고 있는 모습도 잠깐 화면에 비쳤다. 강주는 재빨리 채널 버튼을 눌렀다. 1회 출연료가 얼마라던가. 그가 방송마다 나와서 특정 정치인들을 입에 침이 마르게 칭찬하고 지지했던 이유는 내년 보궐선거에 명함을 내밀기 위한 것이었다. 그리고 오늘 출판기념회가 그의 정치적 출발점이 될 터였다.

'유명 디자이너의 언더웨어 특가전. 브라 팬티 8종. 13만 9천 원. 배송비 무료. 매진 임박.'

리모컨을 내려놓은 것은 홈쇼핑 채널을 열고나서였다. 강주는 넋을 놓고 화면 속 외국 모델들을 바라보았다. 한 번도 값비싼 속옷을 입어본 적이 없었다. 결혼할 때 장만했던 것 말고는 마트 할인 매대에서 만원 안팎 하는 밋밋한 것들을 입었다. 야한 속옷이 왜 필요한지 이유를 몰랐으니 욕심낼 일도 없었다. 그나마 지금 입고 있는 건 하도 오래 입어서 늘어나고 후줄근해진 것들뿐이었다. 행여라도 영우에게 보이고 싶지 않았다. 돌고 돌아 또 영우를 생각하고 있다는 걸 깨닫고 강주는 얼굴이 뜨겁게 달아올랐다.

강주는 의자에서 일어나 샤워 가운을 입은 채 모델처럼 몸을 비틀어보았다. 허릿살을 만져보기도 하고 가슴을 두 손으로 받쳐 올려 자신의 볼륨을 내려다보기도 했다. 정당성을 찾으려는 듯 옷장을 열고 속옷이 든 서랍을 열어보았다. 다시 화면을 쳐다보았다. 다양한 색상에 잠옷 대신 입을 수 있는 블랙 슬립까지 세트로 구성된 상품은 마음에 쏙 들었다. 잠시 망설였지만 작심한 듯 강주는 신용카드와 전화기를 찾아들었다. 미쳤어,를 되뇌면서도 마감 임박이라는 자막이 까막까막 점멸되는 화면 옆에 뜬 홈쇼핑 전화번호를 눌러 기어이 한 세트를 주문하고 말았다.

화장을 마친 강주는 머리를 정돈하고 출판기념회 분위기에 맞춰 단정한 정장을 차려입었다. 책은 며칠 전 완성되어 평창동과 호텔 쪽에 이미 보내놓은 뒤였다. 언론사에도 보도 자료를 보내놓았고 서점에서도 곧 판매될 예정이었다. 송 교수 부부가 초대한 기자들이 기념식 현장 사진이나 그에 대한 기사 몇 줄이라도 추가로 내준다면 일반 판매 수익도 어느 정도 기대할 수 있을 것 같았다. 출판 비용 잔액과 권 여사가 추가로 준다고 약속했던 돈이 들어오면 당분간은 여유가 생길 것이고, 무엇보다 송 교수와의 공식적인 관계에서도 풀려날 거라는 기대가 더해져 마치 인생의 새로운 장이 열리고 있다는 생각마저 들었다.

강주는 핸드백을 챙겨들고 급하게 현관으로 나갔다. 물결이를 마중하려면 서둘러야 했다. 하지만 구두를 신다 말고 다시 주방으로 뛰어들어간 강주는 식탁 위에 미리 챙겨둔 쇼핑백을 집어 들었다. 공항에 가기 전에 올리브 언덕에 들러 영우에게 줄 쿠키 상자였다.

공영 주차장에 차를 세운 강주는 파우더 팩트를 열어 피부 결을 가볍게 정돈한 뒤 틴트로 입술을 덧발랐다. 백을 닫고 자동차 문을 열고 내리려다 룸 미러 속에 얼굴을 다시 한번 비춰보았다. 물결이와 송 교수 출판기념회를 위한 화장이라기엔 진했다. 영우가 붉게 칠한 입술을 좋아한다고 말한 적도 없었다. 그런데도 강주는 그를 떠올릴 때마다 거울을 들여다보았다. 그때마다 입술을 붉게 칠하고, 마스카라로 속눈썹을 점점 더 높이 추켜올리고 있었다. 화장대 앞에서 거울을 들여다보는 것과 햇빛 아래 선 자신을 바라보는 것은 달랐다. 아무래도 너무 진했다. 티슈를 뽑아 입술의 붉은 색을 살짝 닦아낸 후 차에서 내렸다. 옷매무새를 가다듬고 쇼핑백을 꺼내든 강주는 달뜬 마음으로 길을 건넜다.

무덥고 메마른 8월의 끝이었다. 길가에 늘어선 은행나무들도 목이 마른지 가지 끝에 걸린 잎사귀부터 누렇게 말라가고 있었다. 시원하게 비를 뿌려주면 하늘 높이 뻗은 나뭇가지들이 일제히 환호성이라도 내지를 것 같았다. 멀리 아파트 단지 너머로 창백한 태양을 밀어내며 잿빛 구름이 느리게 번져가고 있었다. 어쩌면 소나기라도 한차례 쏟아질지도 몰랐다.

"어서 오세요."

심호흡을 크게 하고 문을 열고 들어갔지만 올리브 나무 언덕에 영우는 없었다. 대신 아르바이트 직원이 반겼다.

"안과 선생님이랑 금방 같이 나가셨는데 못 보셨어요?"

안과? 강주는 고개를 저으며 누굴까, 궁금했다. 시계를 보았다. 잠깐 기다려도 괜찮을 것 같았다.

"사거리에 안과 있잖아요. 거기 예쁜 선생님이요."

테이블을 찾아 앉으려는데 직원이 친절하게 묻지도 않는 말을 했다. 아, 하고 고개를 끄덕였다. 예쁜,이라는 형용사가 마음에 걸렸다. 번쩍 떠오르는 얼굴이 있었다.

"혹시, 마키아토 드시는 분?"

고개를 돌려 강주가 물었다.

"어, 어떻게 아세요?"

"자주 와요?"

"음. 점심시간이나 저녁에 매일 들르세요."

들이마신 숨을 어떻게 내쉬어야 하는지 알 수 없었다. 심장도 뛰는 것을 멈춘 것 같았다. 여자를 반갑게 맞이하던 영우의 미소와 문밖까지 따라 나가 배웅하던 모습이 떠올랐다. 그때마다 아랫배에서 치솟아 올라오던 질투가 떠올라 당황스러웠다. 눈도 깜빡이지 못한 채 의자를 붙잡고 서 있는 강주에게 커피 드릴까요, 직원이 물었다. 어색하게 웃음을 지어 보이며 고개를 저었다. 다음에 오겠다고 말하고 강주는 카페를 나섰다.

행복이란 꿈의 다른 이름일지도 몰랐다. 눈을 뜨면 사라지는 것. 잡으려 하면 달아나는 것. 다가가면 멀어지는 것. 기억하려 해도 떠오르지 않는 아지랑이나 무지개, 신기루나 오로라를 가리키는 모호하고 난해한 표현인 것도 같았다. 안면도의 밤은 실제 있었을까. 한 번도 영우와 그 밤에 대해 이야기해 본 적이 없었다. 그날의 기쁨은 소리 내어 입밖으로 꺼내 언어로 발설하고 싶지 않은 비밀이었다. 심지어 기쁨을 함께 만든 영우와도 공유하고 싶지 않은 것이었다. 보석함에 넣어두고 혼자서만 몰래 꺼내보고 싶은 보물 같은 기억. 가능하다면 똑같은 꿈을 한 번 더 꾸고 싶었다. 욕심을 낸다면 매일 아니, 어쩌다 한 번씩이라도 반복해 느끼고 싶었다. 다시는 그런 순간이 오지 않을까봐, 그것이 다만 꿈이었다고 말할까봐 그래서 영우에게 확인하지 못했다는 것을, 강주는 비로소 깨달았다.

오가는 사람들 속에 멀리 영우가 있었다. 강주는 처음 보는 사람인 양 그의 옆얼굴을 낯설게 바라보았다. 지난번 안면도에 다녀와서 새로 맞춘 안경은 영우에게 조금도 어울리지 않았다. 보통사람들이 은테나 금테, 단조로운 뿔테를 쓰는 것과 달리 영우는 오륙 개월에 한 번씩 노란색과 연두색, 보라색이나 오렌지색 같은, 지나치다 싶을 만큼 원색의 안경테를 선호했다. 안경이 바뀔 때마다 렌즈의 색깔도 조금씩 짙어졌다. 조용하고 차분한 성격에 비해 도드라지는 칼라에 집착하는 것은 영우답지 않았다. 지난번엔 겨울 바다처럼 시리디 시린 파란색이었는데, 이번엔 다가오지 말라고 경고하는 신호등처럼 새빨간 빛이었다. 마음에 들지 않는 안경을 쓴 영우 앞에 전혀 마음에 들지 않는 그 여자가 있었다. 그들은 언젠가처럼 가까운 거리를 두고 마주 보고 서 있었다. 마키아토가 진지한 얼굴로 영우에게 말했고, 그는 웃지 않고 고개를 끄덕였다. 가만히 그를 바라보던 마키아토가 손을 들어 영우의 얼굴을 쓰다듬는 것 같았다. 영우가 손을 올려 그녀의 손을 잡는 듯 보였다. 뭐가 좋은지 영우가 배시시 바보처럼 웃었다.

불길한 예감이란 곤충의 더듬이 같은 예민한 감각이 정해져 있는 미래를 미리 감지하는 것일까. 간절히 원하면 이루어진다는 말처럼 행운을 놓칠까 두려워하는 마음이 반복되어 현실화되는 것일까. 공포영화처럼 어딘가 있을 것만 같던 불안이란 괴물이 뒷덜미를 덥석, 움켜쥐고 흉측한 정체를 눈앞에 드러낸 것만 같았다. 투두둑, 심장의 살점들이 뜯겨져 나가고 있었다. 행복했던 기억이 눈앞에서 펑펑, 폭죽처럼 터지고는 자취 없이 사라지고 있었다.

교양을 갖추고 가슴에 묻어둘 수 있는 슬픔이 아니었다. 믿어 달라고 호언한 적 없는데도 영우에 대한 배신감은 기어이 충동적으로 강주를 몰아붙였다. 강주는 빠른 걸음으로 영우를 향해 돌진했다. 마키아토가 먼저 사태를 간파하고 영우에게 상황을 알리는 것 같았다. 놀란 영우의 얼굴이 강주를 향했다. 창백한 햇빛이 영우의 얼굴을 비췄다.

"어떻게 이래? 어떻게 이럴 수 있어?"

막무가내 달려든 강주가 영우의 가슴팍을 두 손으로 때렸다.

"당신은 다른 줄 알았어. 나쁜. 나쁜, 나쁜!"

강주가 울먹이며 소리쳤다. 지나가던 사람들이 흘끔거리는 것도, 아예 팔짱 끼고 서서 재미있게 지켜보는 것도 강주의 눈에는 보이지 않았다. 알았다 해도 상관없었다. 어디에서 그런 뻔뻔한 설움이 숨어 있었는지, 어떻게 거리에서 체면도 품위도 없이 감정을 드러낼 수 있었는지, 상상도 할 수 없는 일이었다. 마키아토가 말리고 영우가 그녀를 잡으려 했지만 강주는 주먹으로, 핸드백으로, 손에 들려 있던 쇼핑백으로 영우의 가슴을 탕탕 치고 두드리고 때렸다. 종이 백이 찢어지고 안에 있던 상자가 떨어져 발밑에 굴렀다. 말라비틀어져 쏟아진 심장처럼 쿠키들이 허공으로 날아올랐다가 강주의 구둣발에 바삭바삭 밟히고 부서지고 으깨졌다. 가슴이 짓이겨지는 것만 같았다. 그때 영우가 싸늘하게 말했다.

"이런 여자였어요?"

강주가 우뚝, 얼음조각처럼 굳어서 멍하니 영우를 바라보았다.

"그깟 하룻밤 잤다고 내 여자 된 것처럼 굴지 말아요. 촌스럽게."

영우가 끝장을 보려고 작심한 사람처럼 말했다. 붉었던 강주의 얼굴이 차츰 하얗게 식었다.

"그날은 그냥, 실수였어요."

비수처럼 푹, 단어 하나가 심장에 깊이 박혔다. 칼에 베인 사람처럼 강주가 가슴을 움켜쥐었다. 하지만 영우는 거기서 멈추지 않았다.

"물속에 들어가는 사람을 봤을 뿐이에요. 나 아니라도 누구나 꺼냈을 거예요. 그뿐이에요. 그런데 당신하고 한 방에 있었으니까. 나도 남자니까. 남자니까."

"영우 씨!"

마키아토가 비명처럼 소리쳤다. 영우가 그녀를 돌아보았다. 그리고 깨달았다는 듯, 마키아토의 팔을 잡아 강주 앞에 내세우며 선언했다.

"강주 씨가 본 대로예요. 이 사람이⋯⋯."

"영우 씨!"

동시에 마키아토가 항의하듯 소리쳤다.

"당신들 관계에 날 바리케이드로 쓰면 안 돼요."

한겨울 시궁창에 빠진 강아지처럼 강주가 바들바들 몸을 떨었다. 너무 잔인하다고 생각했던 것일까. 그제야 영우가 입술을 깨물었다.

"어떻게⋯⋯. 어떻게⋯⋯."

강주가 부르르 치를 떨며 두 팔을 아래로 늘어뜨렸다. 한발, 영우에게서 뒤로 물러섰다.

"가짜였어. 가짜야. 속아버린 나를 실컷 비웃어."

강주가 믿을 수 없다는 듯 도리질을 치며 입안에서 웅얼거렸다. 하지만 그 말이 소리가 되어 나왔는지는 알 수 없었다. 빨간 테 안경 뒤 영우의 눈은 강주를 보고 있지 않았다. 그의 시선은 너무 멀리 있었다. 강주는 주위를 둘러보았다. 그제야 자신을 구경하고 있는 사람들이 눈에 들어왔다. 활활 타오르는 수치심으로 온몸이 화끈거렸다. 강주는 더듬더듬 뒷걸음질 쳤다. 등을 돌려 뛰기 시작했다. 신호등이 켜지지도 않았는데 달려오는 자동차들을 헤치고 무작정 길을 건넜다. 여기저기서 클랙슨 소리가 귀를 찢었다. 강주 씨! 하고 영우가 불렀는지도 몰랐다. 영우 씨! 하고 부르는 여자의 목소리만은 들은 것 같았다. 하지만 뒤돌아보지 않았다. 후덜덜 떨리는 손으로 백을 뒤져 키를 찾아 차에 올랐다. 부들부들 떨리는 다리로 가속기를 밟아 주차장을 빠져나갔다.

야외 주차장에 세워둔 자동차는 열기에 한껏 달구어져 시트와 핸들 모두 델 것처럼 뜨거웠다. 에어컨을 가장 세게 틀었는데도 실내의 열기는 쉬 식지 않았다. 멈춰선 것인지 달리고 있는 것인지 생각할 수도 없었다. 다만 앞차의 속도를 따라 관성적으로 가속기와 브레이크 페달을 밟았다가 떼었다.

"어리석긴. 은강주, 이제 알겠니? 똑같은 거야. 남자란 모두 가짜야. 가짜일 뿐이야."

상처를 주는 건 언제나 가까운 사람들이었다. 사람과 가까워진다는 것은 그만큼 서로를 상처 낼 가능성이 높아진다는 의미였다. 그러나 강주가 그를 상처 낼지언정 영우가 그녀를 모욕하고 기만하고 농락할 수 있으리라고는 상상할 수 없는 일이었다. 강주는 이를 악물었다. 하지만 정말 거짓이었을까. 그날 느꼈던 충만함이 모두 거짓이었을까. 진심이 아닌데도 그런 편안함이 가능했던 것일까. 강주는 잠시 자신을 의심해보았다. 혹시 섣불리 오해한 것은 아니었을까. 그럴 리 없었다. '촌스럽게.' 영우의 비난이 귀에 쟁쟁했다. 강주는 고개를 힘껏 가로저었다.

시야가 뿌예 보였다. 핸들 옆 바를 눌러 유리 세정제를 앞 유리창에 뿌렸다. 윈도 브러시가 좌우로 오가며 유리를 닦아냈는데도 눈앞은 계속해서 뿌옇게 흐려졌다. 영우가 마키아토를 정말 사랑한다면, 그녀 앞에서 다른 여자와 같이 밤을 보냈다고 발설할 리 없다는 사실을, 실수일지언정 자신이 지키고 싶은 여자 앞에서 하룻밤 외도를 밝힐 리 없다는 것을 의심해볼 여유 따위 강주에겐 없었다.

어떻게 사고를 내지 않고 인천공항까지 달려갔는지 알 수 없었다. 가까스로 주차를 하고 눈물 자국을 지운 뒤 화장을 고쳤다. 몇 번이나 거울을 보며 웃음을 억지로 지어 보고서야 자동차에서 내렸다. 비행기는 제시간보다 조금 늦게 도착했다. 기다리는 동안 가능하면 세실과 마주치지 않으려고 멀찌감치 숨어 서 있다가 수민이를 반기는 모습을 보고 뒤늦게 도착한 것처럼 서둘러 뛰어갔다. 다행스럽게도 물결이는 밝고 건강해 보였다.

"겨우 한 달 갔다 온 건데 엄마는 왜 그래, 촌스럽게!"

품에 안긴 물결이가 숨이 막힌다며 놀렸지만, 강주의 눈에서는 하염없이 눈물이 흘러내렸다. 다시는 누구에게도 마음을 주지 않으리라. 내가 사랑하고 지켜야 할 건 이 세상에 이 아이 하나뿐이라고 강주는 다짐하고 또 다짐하며 으스러질 만큼 아이를 가슴에 꽉 끌어안았다.

자서전 출간을 축하한다는 글귀가 새겨진 리본을 매단 화환들이 로비 한쪽에 끝도 없이 늘어서 있었다. 그 끝에 비스듬히 팔짱을 끼고 서서 정면을 향해 오만하게 웃고 있는 송 교수의 대형 브로마이드가 한눈에 들어왔다. 기념식이 열릴 크리스털 홀 입구에는 동해 바다를 상징하듯 물을 뿜는 고래를 입체적으로 새긴 얼음조각이 샹들리에의 조명을 받아 투명하게 반짝였다. '21세기 청정 리더십 송두섭 교수 회고록 출간기념회'라고 적힌 플래카드가 걸려 있는 홀 안쪽에는 열 명씩 앉을 수 있는 원탁 테이블이 수십 개 놓여 있었고 벽 쪽으로는 뷔페 요리가 준비되어 있었다. 대학생들로 보이는 십여 명의 아르바이트생들이 '동해의 미래 송두섭'이라는 글씨가 새겨진 띠를 두르고 분주히 움직였다.

"저 책이야?"

방명록과 함께 테이블 위에 쌓아둔 자서전을 가리키며 물결이가 묻고는 냉큼 뛰어가서 책 한 권을 집어 들었다. 구릿빛으로 그을린 피부가 아이를 한층 건강하고 활기 있게 보이도록 했다. 강주의 스케줄을 알고 수민이와 함께 저녁을 먹고 엄마를 기다리라고 세실이 제안해주었지만 물결이가 고개를 저었다. 지루하고 오래 걸릴 거라고 겁을 주었는데도 아이는 꼭 잡은 강주의 손을 놓지 않았다. 아무리 야무져도 아이는 아이라고, 엄마의 품이 그리웠던 거라고 세실이 슬쩍 귓속말을 하며 웃었다.

공항에서 호텔까지 오는 내내 아이는 고단하지도 않은지 생기에 넘쳐 4주간 보고 배운 것들에 대해 쉬지 않고 재잘댔다. 강주는 영우로 인해 미어터질 것 같은 아픔도 잠시 잊고 물결이의 말에 귀를 기울였다. 영어 수업과 현지 친구들과의 만남, 스노클링과 같은 레저관광에 대해 흥분해서 떠드는 아이의 말에 몇 번이나 소리 내어 웃었다. 평소에도 예민한 감수성을 갖고 있다는 건 알고 있었지만, 물결이의 이야기는 새삼 강주를 놀라게 했다. 하늘에서 내려다본 구름의 모양과 비행기에서 처음 내렸을 때 맡아지던 공기의 냄새, 낯선 나라에서 부는 바람의 감촉과 바닷물의 온도와 하늘의 빛깔에 대해 아이는 섬세하게 묘사하고 있었다.

"우리 엄마가 만든 책이에요."

만지면 안 된다고 아르바이트생이 다가와서 까칠하게 주의를 주었지만 아이는 조금도 주눅 들지 않고 자랑스럽게 말했다.

'일을 하길 잘했구나. 데려오길 잘했어.'

자부심이 가득 베인 아이의 말 한 마디가 가슴을 짓누르고 있던 슬픔 위에 얄팍하나마 뿌듯함을 덧칠해 주었다. 송 교수의 책이 아니라 내가 만든 내 책이라고, 내 출판사에서 출간된 또 하나의 결과물이라는 자각은 강주의 허리를 꼿꼿이 바로 세우게 하고 어깨를 당당히 펴게 했다. 물결이 말에 덧붙여 강주가 상황을 설명해 주자 여학생의 표정과 목소리가 부드러워졌다. 송 교수의 책을 낼 정도라면 큰 출판사 사장일 거라고, 잘 보이면 나중에 취직이라도 부탁할 수 있을지 모른다고 계산했는지도 몰랐다.

"너도 같이 할래?"

선심 쓰듯 학생이 물었고 "우와!" 물결이가 환호하듯 소리쳤다. 언니오빠들 방해하면 안 된다고 고개를 저었지만 오히려 학생들이 염려말라고 강주를 안심시켰다. 옆에서 보고 있던 학생 하나가 물결이 어깨에 송두섭의 이름이 새겨진 띠를 둘러주었다. 미스코리아라도 된 듯 유리문 앞으로 달려가 자신의 모습을 이리저리 비춰보는 아이를 데리고 강주는 대기실로 향했다.

송 교수와 권 여사는 먼저 와서 기다리고 있었다. 결혼식이 있을 때 신부대기실로 쓰이는 방은 샹들리에와 은근한 부분 조명, 우아한 곡선을 뽐내고 있는 패브릭 소파, 커다란 거울이 달린 로코코 장식의 화장대 세트로 아름답게 장식되어 있었다. 송 교수의 넥타이를 바로 매주던 권 여사가 강주와 물결이를 반겼다.

"축하드립니다."

"은 사장. 그동안 수고 많았어. 책 잘 나왔더군."

송 교수가 소파에 앉으며 말했다. 점잔을 빼며 처음으로 하는 칭찬이었지만 그는 여느 때 못지않게 들떠 있었다. 고급 모시 한복으로 우아한 맵시를 한껏 뽐내던 권 여사는 옷이 구겨지지 않게 하려고 소파 대신 화장대 의자에 가볍게 앉으며 강주에게 자리를 권했다.

"네가 물결이구나. 이렇게 예쁜 소녀인 줄 몰랐는데."

물결이에게 시선을 주며 권 여사가 말했다. 아이가 예의 바르게 인사를 했다. 어깨에 두른 띠를 보며 두 사람 모두 흐뭇해하는 것 같았다.

"엄마가 널 얼마나 사랑하는지 알까 몰라."

권 여사가 아이를 사랑스러운 눈으로 바라보며 말했다. 그녀와 공감할 수 있는 교집합이 있다고 생각한 적 없었지만, 물결이를 향해 짓는 미소는 딸을 키워본 사람만이 보일 수 있는 모성의 온화함이라는 것을 강주는 부정할 수 없었다.

"이거 할아버지예요?"

먼 나라 어느 왕국에 사는 공주의 방에 들어선 듯, 고급스럽게 꾸며진 대기실을 홀린 듯 이것저것 살펴보던 물결이가 입구 한쪽에 세워둔 얼음조각을 가리키며 물었다. 권 여사를 바라보며 생각에 빠져 있던 강주가 당황스럽게 송 교수를 돌아보았다.

"그것 봐. 아이 눈에도 할아버지로 보인다잖아. 어디 한 군데 닮은 구석이 없단 말이야."

송 교수가 실망한 듯 혀를 차며 입술을 삐죽거렸다. 아무래도 할아버지란 말에 충격을 받은 것 같았다.

"학자의 지성과 인품을 강조한 모습이라니까요. 바깥에 두어도 될 텐데 굳이 안으로 들여놓으라고 하실 건 뭐예요. 당신도 참."

강주가 어찌할 바를 모르고 있는데 다행히 권 여사가 그를 달랬다.

"교수님의 학식과 인덕을 잘 드러낸 것 같은데요."

송 교수의 기분을 회복시키기 위해 강주도 서둘러 한 마디 거들었다.

바깥에 있는 고래에 비해 한결 크기가 작은 조각은 50센티미터쯤 되는 송 교수의 전신상이었다. 손에 책을 들고 있는 모습인데 그가 왜 못마땅해하는지 알 것 같았다. 그 자신이 젊음과 패기라고 자부하는 독선과 경망스러움이 보이지 않았다. 조각에 대한 강주의 칭찬은 거짓이 아니었다. 그에게서 교만을 걷어내자 얼음이 주는 차가움은 학자의 냉철한 지성으로 변환되었고 얼음의 투명함은 감출 것 없는 겸손으로 표현되었다. 미온이 처음 자서전을 쓸 때 제거하려 했던 기름기와 오만을 얼음조각가 역시 덜어내고 싶었던 게 틀림없었다.

"물결이라고 했지? 오늘 잘 부탁해요."

분위기를 바꾸려는 것인지 권 여사가 물결이를 가까이 불렀다. 아르바이트비를 미리 주는 거라며 클러치 백을 열어 아이에게 오만 원 한 장을 쥐여 주었다. 너무 큰돈이라고 강주가 말렸지만 흔한 일 아니니까 괜찮다고 권 여사가 극구 고집했다. 돈을 받아든 아이는 언니오빠들하고 안내하는 일을 돕겠다며 신이 나서 대기실을 뛰어나갔다. 손님들을 맞이할 시간이라며 권 여사도 의자에서 일어났다. 거울 앞에 서서 자신의 모습을 만족스러운 듯 비쳐 보는 송 교수를 재촉했다.

"언제?"

그때 권 여사의 휴대폰 벨이 울렸다. 먼저 대기실을 나가려던 강주는 전화기를 열고 통화하는 권 여사의 목소리를 듣고 뒤를 돌아보았다. 그녀가 옷이 구겨지는 것도 개의치 않고 털썩, 힘없이 소파에 주저앉았다. 차분하면서도 종말을 맞이한 것 같은 얼굴이었다.

"엄마가, 돌아가셨어."

몽유병 환자처럼 권 여사가 전화를 끊고 중얼거렸다. 잠시 정적이 흘렀다. 권 여사의 나이로 봐서 모친은 최소 여든 중반은 넘었을 터였다. 그리고 벌써 몇 번이나 예행연습처럼 임종을 보기 위해 요양원으로 숨 가쁘게 달려갔던 그녀였다. 그런데도 금방이라도 울음을 터뜨릴 것 같은 권 여사의 얼굴은, 세상에 버려진 어린 고아의 공포, 바로 그것이었다.

딸에게 엄마의 죽음이란 아무리 나이를 먹어도 세상이 무너지는 일인 것일까. 오직 아들의 성공을 바라며 평생을 바쳤지만 저 살기만 바빴던 아들. 많지도 않았지만 가진 거 모두 아들에게 내주고 뒷방 늙은이처럼 혼자 열 평짜리 임대 아파트를 얻어 살았던 애숙의 말년. 담배와 술로 얻은 병으로 예순 갓 넘어서 맞은 쓸쓸한 죽음이었다. 권 여사보다도 젊은 나이에 죽은 애숙, 강주는 슬프지 않았다. 아니 슬펐을 것이다. 그러나 엄마가 죽어서는 아니었다. 한 많은 여자의 죽음이 애처로워서, 한 인간의 삶이 아파서 울었다. 남편이 그 슬픔마저 부끄럽게 만들었지만.

"그럼 난 어쩌란 말이야?"

침묵을 깬 건 송 교수였다. 그의 입에서 툭 튀어나온 말은, 넋을 놓고 있던 권 여사의 눈빛을 형형하게 살아나도록 했다. 혐오감과 경멸의 싸늘한 빛이 한순간 송 교수를 향해 화살처럼 쏘아졌다.

"당신은 여기 잘 끝내고 오세요."

권 여사가 깊이 숨을 들이쉬고 내쉰 다음, 한껏 양보해서 말했다.

"이미 돌아가셨다면 몇 시간 늦게 간다고 달라질 거 없잖아. 여기 끝나고 나랑 같이 갑시다."

송 교수가 애원하듯 말했지만 그건 분명 명령이었다. 권 여사는 복잡한 감정이 여과 없이 담긴 눈빛으로 차갑게 송 교수를 쏘아보았다. 그녀가 안 된다고 말할까 봐 초조한 건 송 교수였다.

"귀빈들 인사해야 하는데 나 혼자 어떻게 하란 말이야. 박 위원장님도 오시고 홍 의원님도 오시기로 했는데. 당신이 옆에 서 있어야 하는 거 알잖소."

그는 엄마의 치마꼬리를 잡고 매달리는 아이처럼 자신의 처지를 설득하려 애썼다. 절박함에 빠져 혼잣말을 내뱉는 것으로 권 여사의 가슴에 최후의 못을 박았다.

"노인네도 참. 오늘이 얼마나 중요한 날인데. 하필!"

하필,이라니. 강주의 귀에도 예사롭지 않게 들렸다. 권 여사의 얼굴은 처참하게 일그러졌다. 원망의 말이 튀어나오려는 입술을 꽉 다물고는 외면하듯 고개를 돌리고 그녀가 단호히 소파에서 일어섰다.

"은 사장, 저 양반 좀 부탁할게요. 나중에 연락합시다."

강한 척했지만 분명 목소리는 떨리고 있었다. 그녀는 남편을 쳐다보기도 싫다는 듯, 대기실을 서둘러 나갔다. 송 교수에 대한 불쾌한 감정을 드러내는 권 여사를 목격하게 된 것만으로도 당혹스러운 일이었지만, 뜻대로 상황이 풀리지 않자 우리에 갇힌 맹수처럼 이쪽저쪽 초조하게 방을 오가는 송 교수를 바라보며 강주는 어찌해야 할지 몰라 난감하기만 했다.

천여 명이 넘는 것 같았다. 팔백 석 규모의 홀은 빈자리가 거의 보이지 않았다. 북적이는 사람들로 로비에도 발 디딜 틈도 없었다. 정치인, 금융인, 지역 유지, 동료 교수들과 제자들 그리고 신문방송을 통해 낯이 익은 유명인들의 얼굴도 보였다.

타인의 눈을 의식할 때 비로소 자아를 찾는 사람들이 있다. 여기저기서 카메라 플래시가 터지는 탓인지도 몰랐다. 홀 앞에 서서 손님들을 맞이하는 송 교수는 권 여사가 없는 불안한 감정을 그런대로 잘 극복하고 있는 듯 보였다. 귀빈들이 다가올 때마다 비서로 보이는 젊은 남자가 한발 뒤에 서서 그에게 이름과 직함을 미리 알려주었다. 그때마다 손을 내밀어 악수하고 호탕하게 웃으며 반갑게 인사말을 나누는 송 교수의 모습은 텔레비전 카메라에 익숙한 연기자처럼 안정되어 보였다. 방송 잘 보고 있다고, 송 교수의 평론이 가장 예리하더라고, 나라를 위해 큰일을 맡아달라고 저쪽에서 인사하면, 바쁜 데 와주셔서 감사하다고, 의원님이야말로 바른 정치로 나라를 구해주셔야 하지 않겠느냐고 식용유처럼 느끼한 문장들이 그의 혓바닥에서 미끄러지듯이 쏟아져 나왔다.

송 교수와 인사를 나눈 사람들은 테이블로 다가가 책을 구입했다. 아르바이트 학생들은 방명록에 사인을 받고 봉투에 넣은 책을 판매했다. 정가대로 책값을 지불한 그들은 결혼식 축의금을 넣는 함에 별도로 흰 봉투를 기꺼이 밀어 넣었다. 핸드백과 양복 안주머니에서 나온 봉투 안에는 정치후원금이라는 명목으로 적게는 수십만 원에서 수백만 원의 현금이 들어 있을 터였다. 참석하지 못한 사람들에게서 부탁받은 봉투 수십 개씩 무더기로 상자 안에 넣는 단체의 대표들 모습도 어렵지 않게 보였다. 정치 지망생들에서부터 자동차 영업소장, 지방은행 지점장, 치킨집 사장, 자전거포 주인, 중국집 사장, 시장상가 협회와 떡볶이와 튀김을 파는 노점상 협회들까지 봉투마다 돈을 넣은 사람들의 이름과 상호가 적혀 있는 건 물론이었다. 자서전의 출판비용도, 권 여사가 강주에게 따로 챙겨주겠다는 돈도 분명 저기에서 나올 것이었다.

'저런 돈 조금 받는다고 나쁠 건 없어. 나는 내가 일한 만큼 받는 거야.'

강주는 물결이를 건너다보며 생각했다. 한동안 손님들을 테이블로 안내하던 아이는 이제 봉투 안에 책을 한 권씩 넣는 작업을 돕고 있었다. 힘들면 하지 말라고 몇 번이나 말했지만 아이는 재미있는 모양이었다. 조금 멀찍이 떨어져서 책이 판매되는 상황을 지켜보던 강주와 눈이 마주칠 때마다 아이는 방실방실 웃으며 손을 흔들어보였다. 배고프지 않느냐고 물었지만 일하려면 먼저 먹어 두어야 한다면서 주최 측에서 준비해준 컵라면과 김밥을 먹었다고 했다.

"물결이랑 같이 있어서 엄마는 참 좋다."

강주가 물결이의 머리를 쓰다듬었다. 오랜만에 돌아와서 제일 먼저 먹은 음식이 컵라면이라니, 아이가 흥이 나서 놀이로 하는 일인 줄 알면서도 강주는 고슴도치 어미처럼 맘이 저릿하게 아팠다.

"귀빈 여러분께서는 자리에 앉아 주시기 바랍니다."

잠시 후 사회자가 자리를 정돈시켰고 기념식이 시작되었다. 강주는 두 차례 단상에 올라갔다. 마치 기획출판인 양 저자에게 도서를 증정하는 형식을 가졌고, 지루한 귀빈들의 축사에 이어 출판사 대표로서 다시 연단에 올라 송두섭 교수의 자서전을 출간하게 된 것을 영광으로 생각한다는 취지의 인사를 했다. 어떻게 써야 할지 모르겠다고 했을 때 권 여사가 초안을 잡아준 것이었다. 1.2분 내외의 짧은 분량이었지만 고매와 인품, 교양과 학식, 청렴과 겸손이란 단어들이 끝없이 반복되었다.

그의 회고록을 내려고 퇴임 전부터 삼고초려의 심정으로 찾아가 출간을 권유했으며 여러 번의 사양 끝에 어렵게 허락을 얻어냈다고, 진실된 인생 고백과 정치적 비전이 담긴 초안을 받아보았을 때 새로운 시대를 열고 희망찬 미래를 이끌어갈 인물이 송 교수라는 걸 확신했다는 내용이었다. 연습할 때마다 자꾸 혀가 꼬여서 외우기는커녕 읽어 내려가는 것도 어려웠다. 단상에 올라와 원고를 꺼내 눈도 떼지 못하고 또박또박 읽어가는 동안 강주는 마음에도 없는 말을 이어가느라 얼굴이 화끈거렸다.

책도 축사도 모두가 거짓이었다. 신분을 위장한 사기꾼의 가짜 명함 같은 것이었다. 드러내놓고 마스터베이션을 하는 작자에게 협조하고 있는 기분이었다. 눈부신 조명과 반복되는 카메라 플래시 때문에 자서전 원고를 정리할 땐 애써 참았던 구역질이 기어이 목구멍으로 쏟아져 나올 것처럼 속이 울렁거렸다. 그래도 큰 실수 없이 역할을 마치고 연단을 내려왔다. 홀 끝에 서서 누구보다 열렬히 박수치던 물결이가 손을 높이 치켜들며 깡충깡충 뛰는 게 보였다.

단상에 오른 송 교수가 귀빈들과 강주의 축사에 답례했다. 부족함이 많은 자신의 책을 내준 출판사와 사장에게 감사하다고, 우리나라의 보다 큰 번영과 발전을 위해 기회가 된다면 죽는 날까지 봉사하고 싶은 마음 간절하다며 정치 입문에 대한 입장을 공식 발표했다.

"썩은 정치, 썩은 내가 진동하는 정치 바다를 동해처럼 맑고 푸르게 되살려놓겠습니다."

송 교수가 두 손을 번쩍 들어 올리며 큰 소리 외치자 우레와 같은 박수가 터졌다. 송두섭! 송두섭! 일부 조직원들이 큰 소리로 연호하며 분위기를 돋웠다. 연회장의 열기는 점점 뜨겁게 달아올랐다. 그가 연설을 마치고 연단을 내려가자 사람들이 일제히 기립해서 박수를 쳤고 젊은 청년들이 양쪽으로 대열을 만들었다. 송 교수가 지역사회에서 활동한 사진들이 스크린 가득 비춰졌고 선거 캠페인 송으로 개사된 시끄러운 댄스곡이 스피커에서 꽝꽝 흘러나왔다. 젊은 대학생들이 무대 위로 뛰어나와 노래하며 춤을 추었다. 아카데미 시상식에서 남우주연상이라

도 받고 레드카펫을 걸어 나오는 배우처럼 송 교수는 지지자들의 박수
와 환호 한가운데로 걸어 나오며 악수를 하고 손을 흔들고 환하게 웃었
다. 그러나 그의 이마에는 송골송골 땀이 흘렀다. 연신 손수건을 꺼내
얼굴과 목에 흐르는 땀을 찍어내고 있었다.

사회자가 저녁 식사를 맛있게 하라는 방송을 내보내기 무섭게 사람
들이 의자에서 일어났고 요리가 진열되어 있는 벽 쪽 테이블로 몰려들
었다. 의무를 다했다는 듯 잠시도 더 혼잡함 속에 머물고 싶지 않은 사
람들은 신속하게 홀을 빠져나갔다. 강주도 배가 고팠다. 제대로 저녁을
더 먹여야겠다고 생각하고는 아이를 찾으러 홀 밖으로 나갔다. 엘리베
이터를 기다리거나 계단으로 내려가는 사람들 속에서 아이의 모습은
보이지 않았다. 송 교수가 커피를 부탁했다고, 물결이가 가져갔다고, 아
이에게 노란 띠를 어깨에 둘러주었던 학생이 알려주었다.

강주는 사람들을 헤치고 대기실로 향하는 복도에 들어섰다. 로비와
복도 사이에 아까는 보이지 않던 파티션이 세워져 있었다. 송 교수 쪽
사람들이 후원금 상자에서 꺼낸 봉투들을 테이블 위에 산더미처럼 쏟
아놓고 결산을 하는 중이었다. 비서진들이 일일이 명부에 이름을 적고
만원, 오만 원 권이 다발로 묶여 있는 돈을 세어 미리 준비해온 간이
금고에 채워 넣는 중이었다. 강주는 자신도 모르게 이마를 찌푸렸다. 한
숨이 나왔다. 현직 정치인일 경우에도 출판기념회를 통해 억 단위까지
합법적 현찰 모금이 가능하다는 기사를 본 적 있었다. 읽기 위해서가
아니라 돈을 쓸어 모으기 위한 수단이 되어버린 책, 그 책을 만드는 나,
강주는 입맛이 썼다.

그들을 지나 대기실 앞에 다다랐을 때였다. 문이 살짝 열려 있었다.
화장대 거울을 등지고 서 있는 물결이가 보였다. 설마? 번개를 맞은 듯
정수리가 쩍 갈라지는 것 같은 이상한 예감이었다. 강주는 떨리는 손으
로 문을 활짝 열어젖혔다. 아이는 강주가 들어온 것도 모르고 얼이 빠

진 듯, 동그래진 눈으로 무언가를 빤히 쳐다보고 있었다. 아이의 시선을 따라가 보고서야 강주의 눈에 송 교수가 들어왔다. 그는 다리를 쩍 벌린 채 소파에 앉아 몽롱한 눈빛으로 자신의 몸을 내려다보고 있었다. 양복 상의는 벗어 함부로 던져놓은 상태였다. 허리띠는 풀어져 있었고 지퍼도 내려가 있었다. 그 위로 불쑥, 꼿꼿이 세운 검붉은 살덩어리를 두 손으로 열심히 비비고 문지르고 있었다.

"아악. 지금 뭐 하시는 거예요?"

강주는 차마 소리도 나오지 않는 비명을 질렀다.

"엄마……."

그제야 꼼짝도 못하던 물결이가 울먹이는 목소리로 더듬더듬 강주를 불렀다. 강주는 대기실 안으로 뛰어 들어갔다. 밖에서 들리는 수많은 사람들의 웅성거림과 송두섭을 연호하는 뽕짝 메들리가 계속해서 쾅쾅 울리고 있었지만, 그리고 잠시 후 누군가 아악!! 소리치는 것 같았지만, 윙 하고 정적만 흐를 뿐 강주의 귀에는 아무것도 들리지 않았다.

미온

"그래, 나도 알아. 이렇게 화려한 펜으로는 단 한 글자도 쓰지 않았을 거야."

지형의 방에서 초록 빛깔과 무늬가 아름다운 공작 깃털 펜을 집어 든 미온은 오래전 옥임이 했던 말을 떠올렸다. 문학관으로 보내지 않은 상자 속에는 포장을 뜯지도 않은 수백 자루의 깃털 펜들이 누워있었다. 지형의 책상에는 살아생전 그가 쓰던 검박한 목재나 금속으로 만들어진 펜들이 꽂혀 있었지만, 옥임은 청둥오리나 거위, 갈매기와 암꿩, 수리부엉이나 매 심지어 흰머리독수리까지 다양한 종류의 새 깃털로 장식된 펜들을 모아 차곡차곡 상자를 채워갔다. 지형이 1년도 머물지 않은 서재를 매일 털고 닦는 것이 옥임의 중요한 일과였듯이, 강박증처럼 깃털 펜을 사 모으는 것은 그녀의 유일한 사치이자 낭비였다. 옥임은 간혹 새로 사 온 깃털을 눈앞에 흔들어 보이거나 보드라운 깃털로 어린 미온의 발바닥을 간질이곤 했다. 그때마다 미온은 옥임의 기대를 배반하듯 앙칼지게 울음을 터뜨렸다.

"그러게. 나도 뭐 하는 짓인지 모르겠구나."

한숨을 푹 내쉬고는 눈물이 그렁그렁한 미온을 품에 꼭 안아주며 옥임이 말했다.

'그런데 어떻게? 왜?'

미온은 손에 든 깃털 펜을 상자 안에 내려놓으며 고개를 저었다. 윤재와 함께 그날 미온이 문학관에서 본 〈베가의 연인〉은 검은 잉크를 찍어 흘러가듯 펜으로 쓴 지형의 육필 원고가 아니었다.

"편집실에서도 모르겠다고 해서 아버지께 여쭤봤지. 깜빡 잊고 있었다고, 소중한 거라 직접 보관하고 계셨다며 찾아주셨어."

윤재가 장막으로 가려놓았던 유리 진열장을 열어 보여 주었을 때, 눈앞에 있는 건 누렇게 바랜 백지 위에 따박따박, 자음과 모음을 조합해 완성한 타이핑 원고였다. 검박한 펜을 고집하던 지형이 타이프라이터를 사용했다는 사실을 미온은 쉽게 납득할 수 없었다.

"김지형 작가, 고민이 깊었다고 했어. 장편을 쓰지 못하는 소설가는 소설가가 아니라고, 단편 쪼가리밖에 못 쓴다고 자학이 심했던 가봐. 그래서 아버지가 권해준 게 동해 바닷가에 있는 조용한 암자였다고 해. 기분도 전환할 겸 소설에 너무 부담 갖지 말고 좀 쉬라고 말이야. 타이프라이터는 아버지가 그를 만나러 가는 길에 사서 선물하신 거래. 타자로 원고를 쓰는 작가들이 하나둘 생겨나고 있던 시절이었으니까."

아무런 의심 없이 윤재가 말했다. 미온은 눈이 휘둥그레져서 전시실 중앙에 복원된 서재 공간을 쳐다보았다. 지형의 방에서 한 번도 본 적 없는 낡은 타이프라이터가 좁은 책상을 온통 차지하고 앉아 있었다. 그렇게 소중한 거라면 왜 옥임이 보관하지 않았던 것인가도 이해할 수 없었지만, 문학관에서 전시해야 할 가장 중요한 유품을 잊고 있었다는 장 회장의 말도 의심스러웠다. 자신의 필체를 자부했던 지형이, 그것도 바닷가에 있는 조용한 암자에 머물면서, 익숙하지 않은 타이프라이터로 서툴게 글자를 조합해 가는 모습 역시 그림이 그려지지 않았다. 재능을 타고나지 못했다고 늘 자책하는 미온조차 어느 때는 키보드를 두드리는 손가락이 따라갈 수 없을 만큼 생각이 앞서 달릴 때가 많았다. 하물며 머리에서 손으로, 손에서 펜과 원고지로 직접 생각을 쏟아내던 사람이 타이핑 방법을 혼자 익히고 A4용지 크기로 200장이 넘는 소설을 쓴다는 건 어딘가 부자연스럽게 느껴졌다.

"예술가는 자신의 습관을 쉽게 버리지 못하는 거야."

지난번 로음의 집에 갔을 때 언제나 낡은 기타를 집어 드는 이유에 대해 그는 이렇게 덧붙여 말했었다. 미온도 다르지 않았다. 노트북 없이 소설을 쓴다는 건 상상도 하지 못했다. 만약 지형의 시대에 살던 작가들처럼 손으로 원고를 써야 한다면, 낱말과 문장을 마음 놓고 수정할 수 없다면, 문단을 붙였다 떼었다 하며 앞뒤로 옮겨볼 수 없다면, 새로 쓰고 고치는 파일을 매일 새로 저장할 수 없다면, 미온은 절대 소설을 쓴다고 덤비지 못했을 것이다. 뮤즈의 속삭임을 받아 적은 듯 일필휘지로 써 내려간 영감이 번뜩이는 작품은 찾아보기 힘들어진 반면, 작가의 숫자가 증가한 데는 개인용 컴퓨터의 보급이 기여를 했다고 해도 무리가 아닐 것이다. 미온은 손글씨로 무언가 써보려고 연필을 집어 들면 생각이 멈추어서 머릿속이 멍해졌다. 짧은 메모조차 문득 떠오르면 스마트폰의 메모장이나 녹음기를 이용했고, 소설은 언제나 노트북의 한글 파일을 열고서야 한 문장 한 문단 밀고 나갈 수 있었다. 그래서 곧잘

미온은 누군가 어떻게 소설을 쓰느냐고 물으면, 내 소설은 키보드가 쓴
다고 말하곤 했다.

"내 생각이 맞았던 거야. 약력에 아무것도 없는 그 일 년 동안 베가
를 쓴 거였어. 이곳 바다를 보면서 말이야."

윤재는 새로 얻게 된 정보를 자신의 추측에 끼워 맞추고는 셜록 홈
스나 노스트라다무스라도 된 듯 자신의 예견이 옳았다고 확신하고 있
었다. 미온은 윤재의 논리를 쉽게 반박할 수는 없었다. 하지만 지형의
문학관이 지어지길 바라며 평생 그의 유품을 보관해온 옥임은 왜 타이
프라이터와 원본에 대해서 한 마디도 해주지 않은 것일까. 미온은 이해
할 수 없었다.

미온은 불을 끄고 서재를 나왔다. 주방으로 가서 소주 한 병과 얼음
을 꺼내고 로움의 집에 다녀온 다음 날, 장바구니 가득 사들고 왔던 레
몬도 한 알 꺼냈다. 로움이 해주었던 것처럼 얇게 썰어 술잔에 띄웠다.
알코올 중독자가 될 생각은 없었지만 시간이 얼마나 걸리든, 매일 밤
한 잔씩 레몬 띄운 소주 칵테일을 마시는 것으로 냉장고에 있는 준경의
술을 다 없앨 생각이었다.

지형이 소설을 펜으로 썼든 타이핑을 했든 중요하지 않을지도 몰랐
다. 기억할 것은 〈베가의 연인〉은 좋은 소설이라는 것이었고, 지형은
일찍 죽었지만 작품을 남겼다는 사실이었다. 생각이 거기에 미치자 지
형에게 옥임은 무엇이었을까, 궁금했다. 죽은 남편의 망령을 붙잡고 살
았던 옥임이 가여웠다. 쓸데없는 깃털 펜을 모아 남편의 빈자리를 위로
하며 옥임이 살았다면, 준경이 사다 놓은 술을 한 잔씩 마셔서 없애는
것으로 그를 잊는 것도, 준경을 삼켜서 또는 토해버려서 지워버리는 것
도 괜찮을 것 같기도 했다.

밤안개가 부옇게 마당으로 밀고 들어와 길 건너편에서 매일 밤 당연
하게 반짝이던 유리창의 불빛들이 희미하게 흔들렸다. 술잔을 테이블

위에 내려놓고 활짝 열어두었던 거실 창을 닫아 잠갔다. 탁탁, 탁, 타닥, 유리문을 두드리는 낮은 소리가 들렸다. 나방 한 마리가 안으로 들어오려고 방충망이 없는 유리창에 계속해서 여린 날개를 부딪치고 있었다.

'나는 너라는 이름의 유리창, 그 너머 세상에 닿고 싶어 수없이 몸을 부딪치던 나방이었을까.'

미온은 술을 한 모금 삼키며 나방을 쳐다보았다.

지형이 쓰고 싶었던 소설도 유리창 너머에 있었을지 몰랐다. 눈에는 보이지만 끝내 움켜쥘 수 없는 절망이 목숨을 끊게 한 건 아니었을까. 옥임이 평생 붙잡고 살았던 지형의 유령 역시 그녀가 가질 수 없는 유리창이었을 것이다. 미온이 수없이 몸 부딪힌 준경 또한 투명하지만 단단한 유리창이었다. 모든 나방의 사랑은 유리창이 아니라 저 빛, 유리창 너머에서 반짝이는 빛을 향한 욕망이었다. 준경에게도 미온은 꼭 닫힌 유리문이었다. 그가 원한 것은 늘 미온을 통과해 지나가는 것이었으므로. 그러면서도 준경은 피가 나도록 몸 부딪쳐 원하는 것은 오직 너뿐이야, 자랑스럽게 말하고 싶어 했었다. 그의 날개에서 떨어진 비늘가루 몇 조각, 다음 날 아침 유리창에 얼룩으로 남겨질 뿐이었지만.

"보이지 않아. 저 별은 빛나는데 길은 사라져, 나의 손을 잡아줘."

불을 끄고 2층으로 올라가려는데 노랫소리가 들렸다. 술에 취하면 준경이 곧잘 부르던 노래였다. 미온은 설레지 않았다. 그러나 천천히 현관을 열고 마당으로 나갔다. 음정도 박자도 발음도 술에 푹 담갔다 꺼낸 혓바닥 위에서 비틀거렸다. 대문 밖에 준경은 고개를 푹 숙인 채 다리를 뻗고 주저앉아 있었다. 안개만큼 준경에게서 뿜어져 나온 술 냄새가 진했다.

"나 여기 있는 거 어떻게 알았어?"

고개를 든 준경이 미온을 올려다보며 깜짝 놀라 물었다. 모자에서 토끼가 나오는 마술을 본 어린아이처럼 얼굴이 환해졌다. 그가 미온에 게 손을 내밀었다. 하지만 미온은 꼼짝도 않고 서서 그를 내려다보았다.

"미온아. 미온아."

준경이 돌림노래 후렴구처럼 미온의 이름을 반복해서 불렀다. 대문 앞에 신발과 양말을 벗어 던져놓은 게 그제야 보였다. 늘 사 들고 오던 비닐봉투에 든 소주도 없었다.

"힘들다 사는 거. 너도 힘드니?"

빤히 초점을 맞춰 미온을 올려다보던 준경의 눈이 금방 울음이라도 터뜨릴 것처럼 흔들렸다. 안개 때문에 흐려 보인 것일지도 몰랐다. 미온 이 가만히 그 앞에 쭈그리고 마주 앉았다. 준경이 미온의 얼굴을 만지 려고 손을 뻗었다. 미온이 그의 손목을 잡고 저지했다.

"여긴 어느 별이니? 앞이 안 보여. 너무 멀리까지 온 것 같아."

준경이 미온의 손을 휙 뿌리치고는 비틀거리며 일어났다. 금방이라 도 철퍼덕 고꾸라져 나뒹굴 것 같았지만 용케 쓰러지지 않고 제 집처럼 열린 대문 안으로 성큼 들어갔다. 미온은 대문 밖에 선 채 다시 이어지 는 그의 노랫소리를 들었다.

"끝나지 않아. 저 별도 저무는데 길을 찾아줘. 나의 손을 놓지 마."

준경의 신발과 양말을 주워들고 마당에 들어섰을 때 그는 벌써 현관 안으로 들어서고 있었다. 바지와 셔츠를 하나씩 벗어던지며 허정허정 계단을 밟고 2층으로 올라갔다. 미온은 그의 신발을 현관 앞에 가지런 히 내려놓고 옷가지를 차례로 집어 들어 소파 위에 접어놓았다. 주방으 로 들어가 꿀물을 타고 쟁반 위에 참외 두 알과 포크와 과도를 챙겨 방 으로 올라갔다. 팬티 바람으로 침대 위에 널브러져 있던 준경은 미온이 들어온 걸 보고는 앉으라는 듯 손으로 매트리스를 탁탁 두드렸다.

"나한테 화났지?"

그가 몸을 일으켜 앉으며 혀 꼬부라진 발음으로 물었다. 미온이 쟁반을 사이드 테이블 위에 내려놓았다.

"전화와 문자를 몇 번이나 했는데 받지도 않고 답도 안 하고, 내 잘 못이 있기는 하지만 이렇게까지 소원해지니 당혹스럽잖아. 하지만 네가 날 아무리 미워해도 난 언제나 네가 잘되길 바랄 거야. 그게 진짜 내 마음이니까."

"유황에게 날 팔아넘긴 데 대한 죄책감이야?"

미온이 가라앉은 목소리로 물었다.

"내가 널? 내가 왜? 너도 날 오해하는구나. 하긴, 나를 이해할 수 있 는 사람은 세상에 아무도 없지."

"몇 명의 여자까지 이해해줘야 하는데?"

"여자? 무슨 여자? 문단에서 나에 대한 악의적 소문 들었구나. 그런 데 틀렸어. 사람들은 근거 없이 모함하길 좋아하는 거야. 하지만 난 그 런 파렴치한 놈 아니야."

억울하다는 듯 준경이 손을 내저으며 부정했다.

"나 방탕하지 않아. 네가 어디서 무슨 이야길 들었는지 모르겠는데. 세상이 다 나를 오해해도 너만은 그러면 안 되는 거야. 왜냐하면 나는 너를 너무너무……"

"제발 그만해!"

미온은 더 이상 참지 못하고 소리 질렀다. 그의 변명이 끝나기도 전 에 빈 위장이 뒤틀리는 것만 같았다. 준경의 입에서 쏟아진 말들이 한 때 미온이 부드럽게 쓰다듬었던 그의 살과 피였으리라는 것을 어떻게 받아들여야 할까. 미온이 사랑한 입술, 그토록 달콤하던 혓바닥에서 쏟 아진 언어들은 준경을 안고 있을 때조차 그의 몸속에서 실뱀들처럼 꿈 틀거리고 있었을 것이다. 미온은 당장이라도 화장실로 뛰어 들어가 변 기를 부여잡고 울컥울컥 노란 토사물을, 미온 안에 심어진 준경을 몽땅 게워내고 싶었다.

"들은 게 아니야. 내 눈으로 봤어. 보면 안 되는 걸 봤어. 그날 가로 등 밑에서, 당신……."

미온은 말을 잇지 못했다. 준경이 드러낸 바닥을 확인하며 미온은 슬펐다. 아팠다. 비참하고 환멸했다.

"그랬구나. 봤구나. 화났겠네. 내가 참 나쁜 놈이구나. 할 말이 없다. 미안해. 미안하다고!"

준경은 단번에 백기를 들었다. 풀이 죽은 아이처럼 푹, 목을 꺾었다.

"그런데 그런 거 아냐. 그러니까 그 사람은 너하곤 좀 달라."

준경이 고개를 쳐들고는 당연한 듯 말했다.

"좀?"

미온이 물었다. 그 사람,이라는 어휘 선택도 마음에 들지 않았다.

"너는 나하고 동등해. 넌 내가 존중하는 사람인 거지. 그런데 그 사람은 그냥 내 팬이야. 집요하게 접근을 해서 떨쳐내기가 어려웠던 거야. 물론 별처럼 날 우러르니까 기분도 좋았지. 호기심도 생겼고. 그래서 부드럽게 장단을 맞춰준 것뿐이라고."

준경이 억울하다는 듯 말하고는 어깨를 으쓱 올렸다 내렸다.

"팬? 선배는 그렇게 팬 관리를 하는구나."

"너도 네 소설을 좋아하는 팬이 생기면 알게 돼."

"난 팬도 없지만 있어도 그런 식으로 관리할 생각 없어."

"너도 소설가 경력 쌓여봐. 밀어내기 힘든 팬들이 생긴다니까!"

억울함을 참을 수가 없다는 듯 침대에서 벌떡 일어선 준경의 목소리가 방어적으로 높아졌다. 내가 사랑한 사람이 이 남자였을까. 그의 밑바닥을 바라보는 미온의 마음은 말할 수 없이 무참해졌다. 그를 사랑했던 자신을 견딜 수 없을 것 같았다.

"선배. 대체 어떤 사람이야? 소설가잖아. 글 쓰는 사람이잖아. 대체 작가의 진실은 어디에 있는 거야?"

미온도 언성이 높아졌다.

"여기 온 게 내 진심이야. 널 보고 싶어서. 술 처먹고 너한테 왔잖아. 반가워하지도 않는데. 내가 미친놈이지."

이쪽저쪽 방을 오가며 하소연을 하듯, 혼잣말처럼 준경이 웅얼거렸다.

"나에 대한 감정은 어디부터 어디까지가 진실이었던 거야? 있긴 했어? 아니, 아니야. 다 관둬. 아내에 대한 진실조차 없는 사람에게 뭘 바라겠어?"

미온이 몰아붙였다.

"아내 이야길 왜 하는 거야? 네가 아내와 나에 대해 뭘 알아?"

준경이 고함치고는 미온을 한껏 노려보았다. 미온도 지지 않고 쏘아보았다. 준경이 비참하다는 듯 먼저 시선을 돌렸다.

"그런 눈빛으로 날 보지 마. 내가 형편없는 남편인 걸 너한테서 확인하게 만들지 말란 말이야. 너까지 그러면 나는 누더기가 되는 것 같아."

자기를 한껏 변명한 준경은 억울했던지 우뚝 멈추어 서서는 미온을 향해 버럭 소리쳤다.

"그런데 너는? 내가 이혼하길 원해? 내가 이혼하면 너랑 뭘 하길 바라는데? 늘 네 옆에 붙어서 뭘 어쩌라는 거야?"

준경이 미온에게 달려들었다. 양팔을 억세게 붙잡고는 미온을 침대 위에 쓰러뜨렸다.

"섹스야? 너 섹스하고 싶지? 넣어줘? 그래. 너 이거 좋아하잖아."

준경이 거칠게 미온 위에 올라타고 옷을 벗기려고 했다. 하지만 몸을 제대로 가누지 못한 그가 중심을 잃고 휘청거리는 사이 미온은 준경을 완강히 밀쳐내며 앙칼지게 소리쳤다.

"나가!"

준경에게서 빠져나와 침대에서 뛰어내려온 미온이 발악하듯 소리를 내질렀다.

"하긴, 여기 이 방에 오는 남자가 하나둘이 아닐 테니까. 나도 너 싫어. 그런 거 하고 싶으면 다른 놈한테 가. 발정 난 암고양이 같은 년."

준경이 몸을 추슬러 일어나며 한껏 비아냥거리고는 킬킬 웃었다. 미온이 마주 선 준경의 뺨을 있는 힘껏 때렸다.

"나쁜 자식!"

몸이 부들부들 떨렸다. 준경은 그제야 술이 좀 깨는 것 같았다. 얼떨떨하게 뺨을 감싸 쥔 그가 푸후, 하고 숨을 내쉬었다. 자신이 어디에서 무슨 짓을 하는지 생각하는 것 같았다. 그의 얼굴이 처참하게 일그러졌다.

"미안해. 그런데 난 너 없이 안 돼. 네가 나한테 얼마나 중요한 사람인지 넌 절대로 몰라."

준경이 다가와 미온의 어깨를 잡았다. 하지만 미온은 뒷걸음질 치며 매몰차게 그의 손길을 뿌리쳤다.

"싫어!"

"미온아!"

"싫어, 건들지 마. 더 이상 내 몸에 손대지 말란 말이야."

미온이 막무가내 준경을 밀쳐냈다. 손에 닥치는 대로 집어 던졌다. 준경을 향해 꿀물이 든 잔이 날아갔다. 쟁반과 포크와 참외가 담겼던 접시도 한꺼번에 모두 준경을 향해 날아갔다. 어떤 것은 준경의 가슴과 다리에 맞고 떨어졌고 어떤 것은 그의 손등을 스쳤다. 과도가 그랬다. 노란 참외와 함께 공중을 날아오르던 칼이 준경의 손등을 예리하게 할퀴고 방바닥에 나동그라졌다.

"악!"

소리친 준경의 몸이 경련하듯 움찔했다. 하얗게 질린 얼굴로 그가 이를 악물고는 피가 번지는 자신의 손을 내려다보았다.

"내 인생에서 유일하게 나 자신을 용서할 수 없는 게 선배를 만난 거야. 그러니까 더 이상 날 이용하지 마. 다신 날 찾지 마. 이 파렴치한 인연을 제발 끝내 달란 말이야!"

겁이 더럭 났지만 붉은 피가 오히려 미온을 자극한 것 같았다. 그녀는 소리 지르기를 멈추지 않았다.

"너만 힘들고 혹독한 시간을 견디는 게 아니야. 나 역시 미치지 않기 위해 혼신의 힘을 다해 살고 있다고. 그런데 넌 마치 나를 살인자 취급을 하고 있어."

잠시 어쩔 줄 몰라 하던 준경이 침대에 등을 기대고 방바닥에 쓰러지듯 털썩 주저앉았다.

"그 사람은, 아내는······."

준경은 손을 감쌀 생각도 하지 않았다. 무릎 위에 올려놓은 손에서 피가 뚝뚝 흐르는 것을 바라보며 중얼거렸다.

"다시 아일 갖고 싶어 해. 그래야 그때 상처를 지울 수 있다고 생각해."

미온은 그런 준경을 멍 하니 내려다보았다.

"하지만 난 다시는 아이를 갖고 싶지 않아. 또 죽지 말란 보장이 없어서가 아니야. 살아 나온대도 무서워. 날 닮은 놈이 세상에 또 하나 있다고 생각해봐. 난 그 아이에게 줄 게 지옥밖에 없는데. 그건 너무 끔찍한 악몽인 거잖아."

상상만으로도 두렵다는 듯 준경이 치를 떨었다.

"그런데 그 사람은 아닌가 봐. 나 죽고 자기 혼자 남으면 어떻게 하느냐고 울었어. 그래서, 그래서······, 그 사람이 아이를 갖고 싶어 하니까, 함께 사는 사람에 대한 예의니까······."

그가 정당하게 변론했다. 미온의 가슴이 큰 북처럼 둥둥거렸다. 귀를 막고 싶었다.

"난 뭐였어? 쾌락을 위해서? 당신의 휴식을 위해서?"

"그렇게 비아냥거리지 마. 번식을 위해서 몸을 섞는 게 얼마나 끔찍한 일인지 넌 몰라. 그건 가여운 거야. 아니 잔혹한 거야. 폭력이라고!"

준경이 비명처럼 소리를 내질렀다.

"왜 그 모든 것을 내게 말하는 거야? 대체 왜 나에게 오는 거야?"

"나도 사람이잖아. 나도 누군가 한 사람에게는 위로받아도 되는 거잖아!"

준경이 비명처럼 외쳤다.

"얼마나 치욕스러운지 넌 몰라. 아이를 갖겠다고, 그게 정상적으로 될 거 같아? 아이는 남자와 여자가 가장 환희에 차서 가져야 하는 거라고."

"정말 그래야 한다고 믿었다면 아내와 잠자리를 하지도 않았겠지."

미온의 경멸어린 말이 끝나기도 전에 준경의 얼굴이 벌겋게 달아올랐다.

"안 되는 걸 어떻게 해? 시발. 내가 씨돼지야? 장닭이야? 내가 종마냐구!"

그가 벌떡 몸을 일으키며 미온을 죽일 듯 노려보며 절규했다.

"그렇게 싫으면 살지 말던지. 버릴 수 없다면 살아! 끌어안고 살아. 당신 인생에 무릎 꿇고 항복하라고. 제발 날 찾아오지만 마!"

미온도 지지 않고 소리를 질렀다. 상처 입은 맹수처럼 준경이 있는 힘을 다해 미온을 노려보았다.

"날 좀 안아줘. 제발 날 좀 쓰다듬어줘, 미온아."

하지만 이내 애원하듯 준경이 젖은 눈으로 매달렸다. 그러나 미온은 고개를 저으며 뒤로 물러섰다. 혐오스럽다는 듯 준경을 힘주어 쏘아보았다. 위태로운 정적이 감돌았다. 준경의 눈에서 흐릿하게나마 반짝이던 빛이 훅, 꺼졌다.

"알겠습니다. 실례가 많았어요."

준경이 예의 바르게 허리를 깊이 꺾으며 말했다. 아마도 독사에게 물린 들짐승의 표정이 꼭 준경의 그것과 같을 거라고, 고개를 든 그의 얼굴을 보며 미온은 생각했다. 하지만 준경의 입술을 열고 나온 말은 주소를 몰라 잘못 누른 초인종처럼, 길을 가다 툭 스치고 사라진 어깨처럼, 사람들을 비집고 탄 지하철에서 밟힌 구두코처럼 무표정한 것이었다. 서로의 삶에 대해 실례했다고 말할 수 있는 관계에서 미온은 무엇을 바랐던 것일까. 왜 사랑은 그 순간의 진실만으로는 충만해지지 않는 것일까. 미온이 허탈하게 고개를 저었다. 비로소 인정할 수 있었다. 준경과 미온, 두 사람 모두 사랑이란 전쟁에서 부상당한 가여운 패잔병들이라는 것을.

"뒤에 타요."

다음 날 아침, 버스정류장까지 데려다주겠다며 신발장 위에서 자동차 키를 집어 들고나온 미온이 운전석 문을 열며 말했다. 미온의 주문이 이해되지 않는다는 듯 엉거주춤 쳐다보던 준경은 뒷좌석 문을 열고 차에 올랐다. 운전석에 앉은 미온은 고개를 돌려 뒤를 돌아보았다. 대관령에 다녀온 뒤 고개를 돌리면 송 교수의 흉한 모습이 보일 것 같아서 타지 않던 그랜저였다. 송 교수가 앉아 있던 바로 그 자리에 준경이 앉아 있었다.

지난밤, 실례했다며 꾸벅 인사를 하고 방을 나간 뒤 우당탕탕, 거의 구르다시피 계단을 미끄러져 내려간 준경은 거실에 대자로 뻗어버린 뒤 아프지도 않은지 네 활개를 펴고 이내 코를 골며 잠이 들어버렸다. 미온은 구급상자를 가져와 잠에 곯아떨어진 그의 손을 치료하고 붕대를 감았다. 베개를 가져와 머리에 베어주고 이불을 덮어준 뒤 폐허가 되어버린 2층 방을 치웠다. 그러고도 늦은 아침, 그가 눈을 뜨고 일어날 때까지 미온은 한잠도 자지 못했다.

어제도 아니고 오늘도 아닌 새벽 한가운데, 지형의 서재 문에 등을 기대고 앉은 미온은 잠든 준경을 바라보며 그의 아내를 생각했다. 그녀는 남편이 어디에 있다고 생각하고 있을까. 그녀도 뜬눈으로 밤을 새우고 있는 것은 아닐까. 미온은 마주 보이는 옥임의 꼭 닫힌 방문을 쳐다보며 아내란 이름을 가진 여자의 외로움에 처음으로 동질감을 느꼈다.

"내 아이가 세상의 경쟁에 내몰려야 한다는 생각만으로도 끔찍해. 나는 내 삶이 이생에서 끝나길 원해. 혼란과 모순과 불의와 고통이 대물림되길 원하지 않아."

다시는 아이를 갖고 싶지 않다던 준경의 말이 반복해서 떠올랐다. 그는 자신의 유전자가 겪을 고통을 상상하는 것만으로도 잔뜩 겁을 먹고 있는 게 분명했다. 사산된 아이에 대한 기억 때문만이 아니었다. 품에 안아본 아이의 죽음이 자신의 죽음처럼 고통스러웠기 때문이라는 걸, 임신에 대한 두려움 때문에 아내와의 관계조차 겁내는 이유가 태어나지도 않은 분신에 대한 본능적이고도 애틋한 사랑이라는 걸 준경은 모르고 있었다. 그러나 어떻게든 아이를 갖는 데 성공한다면, 잠깐이라도 아이의 따뜻한 실체를 느낄 수 있다면, 그는 결코 아이를 품에서 안고 놓지 않으리라. 그의 아내가 그토록 다시 임신하길 원하는 이유 또한 그 때문일 터였다.

"그런데 왜?"

미온은 머리가 아팠다. 창문을 다 열어놓았는데도 준경이 내뿜는 술 냄새는 안개와 뒤섞여 점점 진해지고 있었다. 숨을 들이쉴 때마다 미온의 코와 입으로 들어와 머리가 지끈거렸다. 윤재가 말한 대로라면, 지형은 옥임이 임신하고 있는 기간 집을 나가 소설을 쓰고, 미온을 낳은 뒤 돌아와 첫돌도 되기 전에 자살한 것이 된다.

그러나 만약 권민자의 말이 사실이라면, 지형은 바닷가 암자가 아니라 여자에게 가 있었을 것이다. 그러나 상관없었다. 소설을 썼든 여자를 만났든 미온은 자신이 태어나기 전 작가 김지형의 분방함을 이해해줄 수 있었다. 하지만 갓 태어난 아기를 안아본 다음 자살해버린 부성 앞에서는 강하게 고개를 내저을 수밖에 없었다.

불가능한 일은 아니었다. 제 몸 안에 열 달을 품고서도 애써 낳아 모질게 아이를 버리는 모성은 수도 없이 많았다. 하물며 하룻밤 쾌락으로 어느 날 불쑥 책임 지워진 부성이 성가신 경우는 얼마든지 있었다. 지형도 그런 남자 중 하나였을지 몰랐다. 미온은 지형에게서 버려진 것 같은 기분을 지울 수 없었고, 그래서 그를 용서하지 않았다. 마음 깊이 아버지로 받아들이지 못했다. 하지만 무의식적이고도 잠재적인 자기 핏줄에 대한 준경의 강한 애착을 알게 된 미온은, 지형을 더욱 용서할 수 없을 것 같은 기분에 휩싸였다.

"김지형이 바람을 피웠고, 외로웠던 작가의 아내랑 그 친구 장석훈이……. 그래서……."

유황이 던진 말이 그제야 낚싯바늘처럼 미온의 목에 걸려 빠지지 않았다. 미온의 마음을 붙잡고 놓아주지 않는 단어는 그.래.서. 딱 세 글자였다. 그래서 뭐가 어떻게 됐다는 것일까. 미온은 그래서, 다음에 올 수 있는 가능한 문장을 만들어 보다가 고개를 저었다. 더 이상 생각하기가 겁이 났다.

"우리 어제, 했니?"

부스스 눈을 뜬 준경은 머리가 아픈지 이마를 잔뜩 찌푸리고는 주위를 두리번거렸다. 부끄러운 듯 서둘러 옷을 챙겨 입고 주방으로 들어가 정수기에서 물을 받아 마시다가 처음 한 질문이었다. 기억상실증에 걸린 사람처럼 손에 감긴 붕대를 들여다보며 지난밤에 생긴 기억의 공백을 어떻게든 채워보려 애쓰는 것 같았다.

"그렇게 혐오스럽게 보지 마. 미안해서 그래. 기억은 나지 않는데.

너한테 실수한 게 있는 것 같아서."

미온에게 한 번도 실수한 적 없는 사람처럼 붕대가 감긴 손을 들어 보이며 준경이 말했다. 기억나지 않는다는 말을 믿을 수도 없었지만, 무슨 짓을 했는지도 모르는데 뭐가 미안하다는 것일까. 기억나지 않는 일에 대한 사과는 반성도, 용서를 구하는 것도 아니었다. 자기방어적인 비열한 변명일 뿐. 미온은 그와 함께 보낸 뜨거운 밤이 그랬듯이, 지난밤 역시 혼자 치른 전쟁이었다는 사실에 허탈하게 웃고 말았다.

"뒤에서 해볼까? 나 차에서 해본 적 없는데."

시동을 걸고 나서 미온이 물었다. 뒷좌석에서 고개를 숙인 채 스마트폰을 들여다보고 있던 준경이 놀라 고개를 반짝 들었다. 페이스북을 열고 그 여자가 써놓은 글을 읽고 있었을 준경이 울타리 밖에 자신의 영혼을 한 번도 풀어놓은 적 없는 인격자처럼 얼굴을 붉혔다.

"겁나게 왜 그래?"

"아내를 두고도 날 찾는 이유가 이런 것 때문이잖아. 당돌한 거, 도발적인 거, 당혹스러운 거. 유혹적이고 악마스러운 거!"

미온이 준경을 빤히 쏘아보며 말했다. 준경의 얼굴이 곤혹스럽게 일그러졌다.

"왜 바람이라고 하는 줄 알아요?"

잠자코 있던 미온이 골목을 빠져나가면서 물었다.

"지나가니까."

무심코 대답을 하고나서 준경은 이마에 주름이 잡힐 만큼 얼굴을 찡그렸다. 미온과도 곧 끝날 인연이라는 것을 실토해 버렸다는 걸 깨달은 것 같았다.

"틀렸어. 그건 아내들의 소망이고 남편들의 변명일 뿐이지. 한번 일어난 바람은 멈추지 않아. 봄여름가을겨울, 언제 어디서든 제 멋대로 불기 때문에 바람인 거야."

미온이 말하고는 싸늘하게 웃었다. 룸미러 속에서 준경이 깊이 모욕당한 얼굴로 미온의 뒤통수를 쏘아보았다. 미온은 모른 척 입을 다물었다. 버스정류장까지 가는 동안 누구도 입을 열지 않았다.

미온은 준경을 만나면서도 불륜을 옹호할 생각을 해 본 적 없었다. 준경과의 관계는 불륜이 아니라 사랑이라고 확신했기 때문이었다. 그에 대한 나의 사랑은 무죄입니다. 하지만 나의 외로움은 유죄입니다. 질책하는 신 앞에서 무릎을 꿇고 용서를 구해야 하는 날이 온다 해도 당당히 고백할 자신이 있었다. 하지만 미온은 자신의 확신이 얼마나 어리석은 것인지 알 것 같았다.

남편이 아내를 두고 여자를 찾는 이유는 사랑해서가 아니다. 아내가 부족해서도 아니다. 아내와의 문제를 푸는 대신 도망가려 했기 때문이다. 해결할 지혜도, 부딪쳐 싸울 용기도, 대화하고 설득할 인내도 없기 때문이다. 배우자가 있는 사람의 사랑한다는 고백은 대피소를 찾았다는 환호성에 다름 아니다. 정부情婦와 문제가 생기면 백발백중 해결하지 못하고 다시 도망갈 인간이라는 증거이기도 했다. 준경도 다르지 않았다. 수백 번 미온의 귀에 사랑한다고 속삭였던 그였지만, 준경은 단 한순간도 미온을 사랑한 적 없었다. 다만, 자신의 두려움으로부터 도망쳤을 뿐이었다. 그 휴게소가 우연히도 미온이었을 뿐이었다.

"배터리가 하나밖에 남지 않았어."

정류장 갓길에 차를 세웠을 때까지 내내 스마트 폰을 들여다보던 준경이 더 이상 침묵을 견딜 수 없다는 듯 어색하게 웅얼거렸다. 미온은 대답하지 않았다. 에어컨을 틀지 않은 자동차 실내는 뜨거워지는 아침 햇살의 열기와 숨 막힐 듯한 정적의 무게로 땅속으로 꺼질 것만 같았다. 미온은 고개를 들고 또렷이 룸미러를, 그 안의 준경을 마지막인 듯 쳐다보았다. 다시는 만남과 이별을 되풀이하지 않으리라는 것을 준경도, 미온도 잘 알고 있었다.

"왔어요."

룸미러 속에서 멀리 붉은 색 버스가 보였을 때 미온이 외쳤다. 준경은 기다렸다는 듯 그러나 잠시 망설이더니 딸깍, 차 문을 열었다. 하지만 가볍게 발을 떼지는 못했다. 어떻게 이별해야 하는지 결정하지 못하는 것 같았다.

"뛰어."

미온이 확신에 찬 듯 소리쳤다. 준경은 생의 마지막 버스인 양, 이 차를 놓치면 다시는 떠날 수 없는 사람처럼 필사적으로 내려 자동차 문을 닫았다.

"내 소설 말이야. 왜 부패한 판사가 주인공이냐고 물은 적 있지?"

하지만 몇 걸음 가다가 돌아온 준경이 조수석 문을 열고 말했다.

"내 모순을 견딜 수가 없기 때문이야. 내 안에 고여 있는 걸 쏟아내지 않으면 썩은 내가 진동을 해서 내 자신을 견딜 수가 없었거든. 몇 년에 한 번씩이라도 털어버려야 사람으로 살 수 있었어. 그런데 이젠 내가 토해놓은 걸 나조차 견딜 수가 없어. 그래서 한 글자도 쓸 수가 없어."

죽음을 앞두고 지은 죄를 용서받고 싶은 사람처럼, 미온의 눈을 아득히 바라보던 준경은 가늘게 떨리는 입술을 꾹 깨물었다. 그리고는 몸을 돌려 정류장으로 달려가서는 막 출발하려는 버스에 올랐다.

"너의 손을 잡고 밤하늘을 날고 싶어. 나에겐 네가 참 중요해."

미온을 처음 만나 소년처럼 설레하던 준경의 목소리가 들리는 것 같았다. 그 말을 하는 순간만큼은 진실이었다고 미온은 믿었다. 하지만 그는 밤하늘을 날지 못했거나 자의적으로 날지 않았다. 그러므로 미온은 중요하지 않았을 것이다. 누가 먼저 손을 놓은 것인지는 확실하지 않았다. 준경과 함께 하늘을 날지 못한 것은 미온의 탓일지도 몰랐다. 미온은 아랫입술을 아프게 깨물었다. 그리고 준경을 삼킨 버스를, 버스가 멀어지며 사라지는 그의 꼬리를, 끝까지 의연하게 지켜보았다.

공영주차장에 차를 세우고 10분쯤 걷자 '문학, 포럼 유'라는 간판을 달고 있는 건물이 쉽게 눈에 들어왔다. 합정동의 많은 건물들이 그렇듯 일반주택을 사업용으로 개조한 2층 양옥이었다. 준경을 보내고 집으로 돌아온 미온은 오후 늦게 유황의 출판사를 검색해 전화번호를 눌렀다.

"다시는 볼 일 없을 줄 알았는데?"

유황이 빈정거리듯 말했지만 자신이 던져놓은 미끼였으므로 미온의 연락을 예견했던 것 같았다.

미온은 휴, 심호흡을 하고서야 낮은 철재 대문을 밀었다. 붉은 들장미가 담장을 따라 넝쿨지어 피어 있었고 작은 열매들이 연둣빛으로 영글기 시작한 키 높은 대추나무가 푸른 잎으로 우거진 그림자를 넓게 드리우고 있었다. 그 아래 빨간색 파라솔이 놓여 있어서 출판사는 꽤 운치 있어 보였다.

퇴근 시간이 거의 다 되었을 텐데 방과 벽을 모두 터서 넓어진 1층 공간에는 직원들 대여섯 명이 파티션으로 나뉜 공간 안에서 빨간 펜을 들고 원고교정을 하거나 모니터 화면을 들여다보며 편집을 하고 있었다. 구조 변경을 한 지 얼마 되지 않는 듯 인테리어 자재들과 가구들이 새것이었다. 2층으로 올라가자 응접실 너머 출판사 대표라는 명패가 붙은 사무실 문을 열고 유황이 나와 미온을 반겼다. 책장과 바닥을 가득 채운 수많은 책과 책상에 수북이 쌓여 있는 원고 속에서 만난 유황은 술집에서 수작이나 걸던 모습과는 다르게 보였지만 그에 대한 호감을 상승시키는 것은 아니었다. 미온이 올 시간에 맞춰 커피를 내리고 있었는지 모카 향이 진했다.

"김지형에 대해 알고 있는 거 다 말해줘."

"서옥임이 아니라?"

"전부 다."

"모르는 게 좋을지도 모르는데."

"내가 진실을 알고 충격받아 쓰러지는 꼴 보고 싶은 거 아냐?"

소파에 마주 앉은 유황이 흠, 하고 미온을 묘한 눈빛으로 쳐다보았다.

"사실은 이번 주까지 연락 없으면 개관식 날 터뜨릴까 했어. 그게 더 재미있을 것 같아서 말이야."

"핵폭탄인가 보네."

"장윤재나 장석훈이면 충분해. 난 정의로운 인간은 아니지만 이유 없이 다수를 해치는 악인도 아니거든. 다만 내 욕망에 솔직한 편이지."

"부끄러워하지도 않지."

미온이 가시처럼 말했다. 유황은 얼굴을 붉히는 대신 여유롭게 피식 웃었다. 사람이 좋아서라기보다는 미온이 당황하게 될 앞으로의 장면이 기대되기 때문인 것 같았다. 그것으로 충분히 지난번 맞은 따귀에 대한 보복은 된다고 생각하는지도 몰랐다.

"난 누구처럼 앞뒤가 다르진 않거든."

유황이 힐끗 미온을 쳐다보았다. 준경을 가리키고 있다는 걸 알았지만 미온은 못 알아듣는 척, 턱을 높이 쳐들고 유황의 다음 말을 기다렸다. 아침 일찍 파랗던 하늘은 한 차례 비라도 뿌리려는지 오후가 되면서 어두운 구름으로 뒤덮여 가는 중이었다. 저녁 시간이 되자 미온이 들어올 때는 불을 켜지 않아도 환했던 유황의 사무실도 차츰 어둑해지고 있었다.

"진실을 밝힐 만큼의 용기는 있지. 객기라고 해도 좋겠지만."

"준비됐으니까 본론을 말해."

미온이 다그쳤다. 그러나 유황은 서두를 생각이 없는지 느긋하게 일어나 방금 내린 커피를 두 잔 가져와 테이블 위에 놓아주었다. 향기는 좋았지만 미온에겐 너무 썼다.

"〈베가의 연인〉은 좀 미스터리한 작품이야. 죽음 뒤에 발표된 것도 그렇지만 35년이나 된 유명 작품인데도 시시콜콜 알려졌을 만한 이야기들이 거의 없어. 웬 줄 아니?"

유황이 진한 에스프레소 잔을 손에 들고 한 모금 마신 뒤 독약이라도 삼킨 듯 얼굴을 찌푸리며 물었다.

"베가는 대중성이 강해서 콧대 높은 평론가들이 거의 다루지 않았거든. 그들이 좋아하는 건 민중이니 노동이니 독재니 하는 단어들을 피토하듯 늘어놓을 수 있는 김지형의 생전 작품들이야. 그의 작가적 가치를 이야기해야 할 때는 오직 그 작품들만 다루지. 베가를 쓴 건 맘에 들진 않지만, 지형을 빼버리면 시대적으로 공백이 생기니까 아주 버리기는 아깝거든. 그래서 문단에서는 그의 생전 작품으로만 김지형을 평가하는 게 관례가 되어버린 거야."

유황이 잔을 테이블 위에 내려놓고 말했다.

"베가는 뜨거운 감자야. 그를 사후 변절자로 폄훼하는 쪽은 아예 논할 가치를 느끼지 않았고, 베가의 대중적 가치가 필요한 사람들은 그와 연관된 스캔들을 가능하면 감춰놓아야 했어. 그 결과 문단이 말하는 김지형과 대중에게 알려진 김지형은 전혀 다른 두 개의 인물이라고 봐도 무방해."

유황은 잠시 말을 멈추었다. 질문할 게 있으면 해도 좋다는 뜻이었지만 미온은 그의 말에 끼어들 생각이 없었다.

"나야 남 잘되면 배 아픈 놈이니까, SG출판그룹에 대해서는 좋은 감정을 갖진 않았지만, 김지형이란 인물에 대해 관심 가질 일은 없었어. 1년 전 아버지가 돌아가시고 혼자 살고 계시던 이 집으로 출판사를 옮긴 게 지난봄이야. 그때 리모델링을 하느라 지하실 정리를 하게 됐어. 노인네들은 왜 그렇게 옛날 것들을 못 버리는지. 신문 하나, 원고 한 장, 다이어리 한 권 버리지 않고 쌓아뒀더라고. 거기서 아버지 일기를 발견했어. 일 년에 한 권씩 평생을 쓴 거야. 그 중 한 권에 이런 게 꽂혀 있었어."

유황이 사진 한 장을 내밀었다. 색이 붉게 바랜 컬러사진이었다. 크리스마스 파티인 듯 트리 장식과 케이크와 샴페인이 보였다. 뒤에 다정하게 서 있는 두 사람은 유황의 부모인 유길영과 전숙희라고 했다. 앞줄에 나란히 앉은 세 사람은 김지형, 서옥임, 장석훈이었다. 사진 한 가운데서 해맑게 웃고 있는 젊은 시절의 옥임은 지형과 석훈에게 똑같이 어깨동무를 하고 있었다. 처음 보는 사진이었지만 촬영연도로 보아 미온이 태어나기 전이었다는 건 분명했다. 그러나 지형과 석훈이 친구인 것은 새삼스러울 것이 없었고, 옥임과 장 회장의 관계 역시 미온으로서는 굳이 의심할 이유는 없었다. 이게 왜? 하는 눈으로 미온이 유황을 쳐다보았다.

"어느 쪽이 우정이고 어느 쪽이 사랑일까?"

"글쎄. 가진 패가 이것뿐이라면 실망인데."

"아직 멀었어."

그는 소파에서 일어나 어둡다고 느꼈는지 전등 스위치를 눌러 실내등을 켰다. 그리고 책장에서 책 두 권을 꺼내왔다.

"지금은 시와 소설을 따로따로 발행하고 있지만, 처음에는 장르를 나누지 않고 같이 게재하는 잡지였어."

유황이 두 권의 잡지를 나란히 펼쳐 미온 앞에 돌려놓아 주었다. 계절마다 한 편씩 뽑는 등단작이 실린 면이었다. 봄 호에 먼저 등단한 작가의 이름은 경은혜였다. 처음 듣는 이름이었다. 낯이 익은 듯 친숙하게 느껴지는 인상이었지만 함께 실린 사진도 모르는 얼굴이었다. 여름 호에 실린 이름은 뜻밖에도 서옥임이었다. 사진 속 얼굴도 분명 젊은 시절 옥임이었다.

"엄마가 소설을 썼다고?"

미온이 놀라 소리치듯 말했다. 대중적이지 않은 잡지였고 그마저도 이내 사라진 문학계간지였으므로, 미온조차 〈광장문예〉란 잡지가 있는 줄도 몰랐지만 옥임이 소설을 썼다는 것은 들어본 적도, 상상해본 적도 없는 일이었다.

"모를 줄 알았어. 그런데 그게 중요한 게 아니야. 제목을 봐."

미온은 서옥임의 소설 〈칠월의 폭설〉을 읽었다.

"아니 이쪽."

유황이 봄 호를 손가락으로 가리켰다. 경은혜의 소설 제목은 〈오작교〉였다. "이게 왜?" 하고 묻다가 미온은 다시 지면을 내려다보았다.

"베가는 견우직녀 설화를 모티프로 하고 있지. 〈오작교〉도 당연히 그래."

그제야 미온은 눈살을 잔뜩 찌푸리며 유황을 쳐다보았다.

"베가 1장은 〈오작교〉를 그대로 베껴놓은 거야."

이제야 좀 재미있어진다는 듯 그의 얼굴에 웃음이 피었다. 너의 고통은 나의 즐거움, 그것이 어쩌면 그의 유일한 쾌락이 아닐까, 미온은 생각했다.

"아버지가 장석훈과 SG출판사에 대해 안 좋은 감정을 갖고 계신 건 알고 있었지만 이유는 몰랐어. 그런데 리모델링하면서 회사 연혁을 정리하다가 알게 된 사실이 있어. 거의 부도가 나서 회사가 사라질 위기였던 때가 있었는데 뜻밖에도 도산을 면하고, 그해에 이 집을 사셨더라고. 부도를 극복한 비법이 뭐였을까. 그 시기를 중심으로 아버지 일기를 찾아보게 된 이유야. 그리고 알았지. 〈베가의 연인〉이 지형의 작품이냐 아니냐, 스캔들이 무성해질 무렵이었다는 거, 그리고 몇 해 전에 발표된 이 작품."

〈오작교〉를 가리키고 있는 유황을 미온이 빤히 쳐다보았다. 장 회장이 뮤즈에 대한 기사를 내지 못하게 연락했었다는 권민자의 말이 미온의 머릿속에 스쳐지나갔다.

"얼마 전 일반인을 대상으로 소설을 가르쳤던 중견 소설가가 제자의 작품을 표절했다는 시비, 기억하니?"

유황이 물었다.

"베가가 〈오작교〉를 표절했다고 말하고 싶은 거야?"

미온이 물었다. 유황이 팔짱을 끼고 소파에 등을 기대앉으며 턱을 괴었다.

"말하고 싶은 게 아니라 그렇다는 사실을 밝혀야 한다는 거지. 읽어 보면 너도 알겠지만, 표절이 아니라 통 복사야. 그에 대한 책임을 장석훈과 장윤재가 져야 하는 것은 물론이지. 그 당시 입막음을 한 게 장회장일 테니까 말이야. 아버지는 돈을 받았지만, 자존심상 그의 존재가 내내 불편했을 거야. 아니면 더 받았어야 했다고 후회했는지도 모르겠어. 그쪽은 출판그룹이 됐는데 우리는 보다시피……."

"문제를 드러내면 이쪽이 돈 받고 입 닫은 것도 드러날 텐데? 그리고 표절 시비, 결국 힘 있고 돈 있는 쪽이 이긴다는 것도 알잖아."

"나는 크게 잃을 게 없어. 더구나 아버지는 돌아가셨고. 내가 무슨 죄야?"

유황이 우습지 않느냐는 듯 어깨를 으쓱 올리며 손바닥을 양쪽으로 넓게 펼쳐 보였다.

"자, 이제 결론을 말할 시간인가."

미온이 빤히 그를 쳐다보았다.

"너만 모르는 게 있어. 남편이 바람피우면 아내만 모르고 세상이 다 알듯이 말이야. 지형은 문단에 소문난 바람둥이었어. 아. 여기까진 너도 알겠구나. 지난번에 내가 말했으니까. 그렇다면 두 번째, 김지형은 자살 시도가 습관적이었다고 해. 자살 시도 횟수를 훈장처럼 자랑하는 인간들이 있는데 김지형이 그랬어. 술 마시고 취하면 인사불성 되어서 죽네

사네 칼을 집어든 게 한두 번이 아니었다는 거야. 한 마디로 개자식이었다는 거지."

유황이 통쾌하다는 듯 미온을 쳐다보았다. 표절 작가는 그런 대우를 받아도 된다는 표정이었다. 망자에 대해, 아버지에 대해 분개해야 하는 게 당연한 것인지도 모른다고 생각했지만, 머릿속에 떠오르는 건 연민할 수도, 그렇다고 마냥 비난할 수도 없는 '개자식', 지난 밤 준경의 모습이었다. 미온은 자식으로서의 의무로 돌아가려고 삼키고 싶지 않은 쓴 커피를 한 모금 마셨다.

"아버지는 일기에서 그가 표절에 대한 가책 때문에 죽은 게 아닐까, 의심했어. 김지형에게 양심 같은 게 있었을 거라고는 생각되지 않지만 말이야. 그리고……."

유황은 잠시 말을 멈추었다. 판사의 입에서 사형 선고를 예상하고 있는 피의자처럼, 미온은 유황의 입을 또렷이 쳐다보았다.

"지형이 외도한 사이, 아내와 친구 사이에 생긴 딸 때문에 괴로워하다가 자살했다고, 그 시대 문인들은 그렇게 믿는다고 썼어."

유황이 말을 마쳤다. 미온은 숨을 멈추었다. 부정하면서도 어느 순간부터 일어나던 의심이었다. 그런데 타인의 입을 통해 듣고 나자 긴장이 풀리는 기분이었다. 더 이상 의심하지 않아도 된다는 안도감일지도 몰랐다.

"재미있는 소문이네."

하지만 손에 쥐고 있던 커피 잔을 테이블 위에 내려놓고 머리카락을 쓸어 올렸다. 무릎 위에 올려두었던 손을 쥐었다 폈다. 그런 미온을 유황이 흐뭇하게 지켜보았다.

"읽어보고 싶은데 가져가도 돼?"

미온이 가방을 챙겨 들고 일어나며 물었다. 소문을 확인한 것일 뿐, 진실이 확인된 건 아니었으므로 장석훈에 대한 의심은 일단 밀쳐두기로 했다. 대신 잡지 두 권을 가리켰다.

"물론 안 되지. 증거인데. 한 권씩밖에 없거든."

유황이 자신의 책상에 쌓여 있던 원고 더미를 뒤지더니 얇은 원고 두 권을 내밀었다.

"작가들이 보낸 원고 더미에서 찾은 거야. 유명작가도 아니고 굳이 보관할 필요는 없으니까. 기념품으로 줄게."

유황이 건넨 원고를 받아든 미온의 손이 가늘게 떨렸다. 서옥임의 〈칠월의 폭설〉과 경은혜의 〈오작교〉 모두 한 사람이 같은 타자기로 친 듯, 문학관에서 본 것과 비슷해 보이는 타이핑 원고였다.

"그 당시 작가들은 대부분 깍두기 원고지 위에 손으로 썼거든. 타이핑 원고는 드물어서 쉽게 눈에 띄었어. 둘이 친구였던 거 같아. 거기 당선 소감도 같이 있는데 타이핑해 준 벗 옥임에게 고맙다는 인사가 있어."

유황은 〈베가의 연인〉 타이핑 원고를 모르는 게 분명했다. 미온은 그가 준 원고가 흩어진 퍼즐의 중요한 단서라는 것을 눈치채고 가방 안에 집어넣었다.

"개관식 날 기자들 앞에서 윤재가 직접 밝히라고 해. 아니면 내가 밝힌다고."

"조건은?"

"없어. 내가 원하는 건 진실이야. 자격 없는 인간을 기념한다고 문학관 여는 것, 그 꼴만 안 보게 해주면 돼. 그것으로도 윤재 녀석이랑 장회장한테는 타격이 클 테니까."

"왕자님에 대한 시기야?"

"아마도! 아까 말했잖아. 남 잘되는 건 배 아프다고."

"솔직한 건 높이 살 만하네."

미온이 조롱하듯 말했지만 유황은 기분이 상한 것 같지는 않았다. 사실 미온도 유황의 말들이 더 이상 귀에 들어오지 않았다. 빨리 차에 뛰어가서 원고들을 살펴보고 싶은 생각뿐이었다.

"준경이 그 자식, 어디가 좋니?"

미온이 문을 열고 사무실을 나가려 할 때 유황이 아쉽다는 듯 물었다. 미온이 걸음을 멈추고 뒤를 돌아보았다. 유황이 책상 위에 구둣발을 올려놓고 거만하게 앉아 미온을 뚫어지게 쳐다보고 있었다.

"그냥. 좀 가엾잖아."

"그놈이?"

유황이 어이없다는 듯 물었지만 미온은 뒤도 돌아보지 않고 그의 출판사를 뛰어나왔다.

주차장으로 걸어 내려가기 시작했을 때 검게 어둑해지던 하늘에서 마침내 굵은 비가 쏟아지기 시작했다. 타이핑 원고가 젖을까 봐 미온은 가방을 가슴에 꼭 끌어안고 뛰었다. 숨이 차게 도착해 차에 막 타려는데 가방 안에 넣어둔 전화벨이 울렸다. 자동차 키를 꺼내 문을 열고 서둘러 운전석에 올랐다. 머리와 몸은 흠뻑 젖었지만 가방 속 원고는 다행히 말짱했다. 콘솔박스에 넣어두었던 마른 수건을 꺼내 손의 물기를 닦고 가방에서 끊임없이 벨이 울리고 있는 전화기를 꺼냈다. 낯선 번호였다.

"이모……. 물결이에요……."

물결이? 잠시 생각하고서야 강주의 딸이라는 걸 기억해냈다. 직접 만난 적은 없었지만 한두 번, 강주의 전화를 대신 받을 때 목소리만으로 인사를 나눈 적 있었다.

"아. 그래. 물결아. 잘 있었니?"

"이모, 엄마가요……. 엄마가……."

불안이 먹구름처럼 가슴을 뒤덮었다. 아이가 잔뜩 겁먹은 목소리로 울먹이고 있었다.

5장

강주

"은강주 씨, 이쪽으로 오세요."

책상 건너편에서 사복을 입은 여자 조사관이 반복해서 이름을 불렀다. 악몽에서 깨어난 것 같은 표정으로 강주가 고개를 들었다. 벽면에 놓인 긴 의자에 앉아 있던 강주가 겁에 질린 눈빛으로 주위를 두리번거렸다. 경찰서 조사실에는 술 취한 사람들과 폭행죄로 잡혀 온 사내들이 한차례 소란을 벌이고 있었다.

"이쪽으로 데려와."

조사관이 다시 한번 이름을 불렀지만 아무것도 들리지 않는 것 같았다. 강주가 반응을 하지 않자 조사관이 명령했다. 방 한쪽에 상황을 주시하고 있던 앳된 경찰관이 다가가 강주를 일으켜 세우려고 팔을 잡았다.

"우리 엄마 건들지 마!"

강주의 무릎에 얼굴을 묻고 있던 물결이가 경찰관을 막아서며 비명을 질렀다. 조사실에 있던 거의 모든 시선이 물결이에게 쏠렸다. 뜨거운 물을 끼얹은 것처럼 소란이 멎자 더욱 불안해진 아이는 매달리다시피 강주의 허리를 꼭 끌어안았다. 시선들이 뿔뿔이 흩어지고 억울함과 정당함을 주장하는 목소리들로 실내가 다시 소란스러워지자 강주는 그제야 정신이 드는 것 같았다.

꽃샘바람에 몸을 떠는 꽃잎처럼 물결이가 어깨를 들썩이며 품에 안겨 있었다. 두 팔로 아이를 끌어안으려 했지만 손이 뜻대로 움직여지지 않았다. 양쪽 손목에 수갑이 채워져 있었고 오른쪽 손은 피가 배어나온 붕대가 감겨 있었다. 왼쪽 손도 상처투성이인 건 마찬가지였고 입고 있는 옷에도 흠씬 피가 배어 있었다. 무슨 일이 있었던 것일까. 물결이 옷에도 검붉은 피가 튀어있는 걸 보자 심장이 우박 덩어리들처럼 잘게 조각나서 후두두둑, 발밑으로 떨어져 내리는 것 같았다. 아이가 무사한 것인지 살펴보려고 굽어 있던 손가락을 폈을 때 불에 덴 것처럼 뜨거운 통증이 느껴져 강주는 움찔 몸을 떨었다.

"다쳤어?"

겁에 질려 입술을 파르르 떨며 강주가 물었다. 아이가 고개를 저었다.

"괜찮아. 엄마는 괜찮아."

강주는 무릎에 엎드린 아이의 머리카락을 두 손으로 연신 쓰다듬으며 중얼거렸다. 아이가 눈물에 흠뻑 젖은 얼굴을 들고 강주를 올려다보았다. 두 손으로 아이의 젖은 볼을 닦아주었다.

"어쩌나. 목격자는 따로 조사해야 하는데."

마주 앉은 조사관이 말했다. 자신을 떼어놓으려는 걸 알아차린 물결이가 더욱 필사적으로 강주에게 매달렸다. 따로 맡아줄 사람도 없는데다 아이가 도무지 떨어지질 않는다고, 경찰서까지 이송한 과정을 들었던 조사관이 난감한 표정을 지었다. 하는 수 없다는 듯 눈짓을 하자 젊은 경찰관이 의자 하나를 강주 곁에 붙여 주었다. 조사관은 물결이에게 한 마디도 거들면 안 된다고 주의를 주었다. 입술을 꼭 다문 물결이가 머리를 아래위로 크게 끄덕였다.

"은강주 씨. 피의자 조사를 시작하겠습니다."

조사관이 키보드로 기록을 시작하며 모니터 화면을 보며 말했다. 대답하는 내용은 모두 기록된다고 했고, 강주의 진술이 재판 단계에서 유죄 판단의 증거자료가 될 수 있으며, 유죄 판결 시 양형에도 영향을 미친다고 신중하게 답해야 한다며 재차 주의를 주었다. 이름과 나이, 주소와 연락처를 물었다. 그러나 피의자,라는 낯설고도 무서운 이름 앞에서 강주는 아무 대답도 하지 못했다. 얼음물에 빠진 사람처럼 몸을 떨며 붕대가 감겨 있는 손을 내려다보았다. 손목에 채워진 수갑을, 옆에 앉아 강주의 손을 꼭 잡고 있는 물결이를 바라보았다. 마치 영원히 깨지 못할 꿈을 꾸고 있는 것만 같았다.

"은강주 씨. 조사에 성실하게 응하지 않으면 곤란합니다. 불리하게 적용될 수 있고, 죄가 가중될 수도 있어요."

조사관이 말했다. 변호사를 선임하지 않은 상태였기 때문에 조사를 빨리 끝내기 위해 관례적으로 하는 말이었을 테지만, 듣는 쪽에서는 바짝 겁이 날 수밖에 없었다. 그리고 아직 공황상태에 빠져 있는 강주보다 물결이에게 그 말은 영향력을 발휘했다.

"우리 엄마 아무 잘못 없어요. 그 아저씨가 나쁜 짓해서, 나 지켜주려고, 엄마가 나 지켜주려고 그런 거예요."

물결이가 울먹이며 크게 소리쳤다. 굵은 눈물방울이 볼을 타고 뚝뚝 떨어졌다.

"엄마는 괜찮아. 괜찮아. 너만 괜찮으면 엄마는 괜찮아."

가슴 미어질 듯 아파서 강주가 말했지만 아이는 아예 엉엉, 어깨를 들썩이며 서럽게 울기 시작했다. 겨우 참고 있던 무서움을 더 이상은 누를 수 없는 것 같았다.

"미안해. 데려가는 게 아니었는데 엄마가 너무너무 미안해."

조사관은 살짝 얼굴을 찌푸렸다. 하지만 물결이의 울음이 잦아들 때까지 기다려줄 수밖에 없었다.

"은강주입니다."

아이의 눈물을 연신 닦아주고 난 뒤 강주가 천천히 말했다. 조사관이 키보드 앞으로 의자를 당겨 앉아 기본 인적 사항들을 확인했다.

"전에 경찰서 조사를 받은 적 있으시네요. 물결출판사 대표시구요. 그때는 출판 사기 혐의였는데 무혐의 났고……."

조사관이 혼잣말처럼 모니터를 보며 말했다.

"피해자 송두섭 씨와는 어떤 관계이십니까?"

"출판사 고객입니다."

"고객들하고 트러블이 잦으시네요."

힐끗, 조사관이 강주를 쳐다보았다.

"어떤 일을 하셨어요?"

"자서전을 냈어요."

조사관이 키보드로 기록을 하다 말고 "아까 어디다 놨지?" 하며 책상 위를 눈으로 훑었다. 허리 뒤를 손으로 받치고 의자에서 일어난 그녀가 뒤쪽 캐비닛 위에 놓아두었던 송두섭의 책을 들고 왔다. 임신 8개월쯤 되었을까. 헐렁하게 입은 임신복 위로 그녀의 배가 둥글게 불러 있었다.

"송두섭 자서전 〈고래의 귀환, 동해의 파도를 넘어〉, 이거죠?"

그녀가 물었다. 송두섭이란 이름과 책을 보자 강주는 금방이라도 토할 것 같았다.

"물결이라고 했던가. 여기서 엄마하고 이야기만 할 거야. 넌 저 경찰관 아줌마하고 주스 좀 마시고 올래?"

아무래도 다음 질문이 아이를 더 자극할 거라고 판단한 것 같았다. 하지만 물결이가 강주의 팔을 꼭 잡고 도리질을 하며 그녀의 가슴에 깊이 얼굴을 파묻었다.

"곤란하네."

조사관이 한숨을 내쉬고는 망설였다.

"다른 보호자분께 연락해야겠는데요."

강주가 그럴 사람이 없다며 고개를 저었다. 조사관도 난감한 것 같았다. 그래도 주변적인 것들을 먼저 질문하며 상황을 정리해 가던 그녀가 물었다.

"피해자 송두섭에게 상해를 입힌 건 인정합니까?"

물결이가 못 듣는 것도 아닌데 조사관이 강주에게 속삭이듯 물었다. 망연히 그녀를 바라보던 강주가 떨리는 음성으로 물었다.

"주, 죽었나요, 그 사람?"

"저희가 출동했을 때 송두섭 씨는 피를 흘리며 쓰러져 있었고 은강주 씨는 그 옆에서 피투성이가 된 채였어요."

어쩔 수 없다는 듯, 형사는 사무적인 어조로 묻고는 대뜸, 방심하고 있는 강주에게 질문했다.

"죽이려는 의도가 있었습니까?"

강주가 뭐라고 대답해야 할지 몰라 입을 다물지 못했다. 여전히 얼이 빠져 있긴 했지만 몸이 떨리지는 않았다. 무슨 말이라도 해야 할 것 같아 입을 달싹였을 때, 네? 하고 조사관이 재차 물었다.

"엄마. 아무 말도 하지 마!"

온 마음을 집중해서 조사관과 강주의 한 마디 한 마디를 듣고 있던 물결이가 불현듯 의자에서 일어나더니 야무지게 따졌다.

"우리 엄마. 왜 변호사 안 불러줘요? 우리 엄마한테 그거 말해줬어요? 영화 같은 거 보면, 있잖아요. 묵비권을 행사할 수 있고 변호사를 선임할 수 있는 권리가 있다고, 우리 엄마한테 그거 말해줬어요?"

"어, 당연하지. 여기 오기 전에 말해드렸을 거야. 그건 우리의 의무이니까."

당돌하지만 당연한 질문에 잠시 당혹스러워하던 조사관은 이내 냉정을 유지하며 뒤에 서 있던 경찰관에게 물었다.

"말씀드렸습니까?"

"네. 현장에서 이곳으로 올 때 분명 말해드렸습니다."

경찰관이 자신 있게 대답했다. 안심한 듯 조사관이 물결이게 말했다.

"엄마가 변호사 선임하겠다고 말씀을 안 하셔서 조사하는 거야."

"엄마가 지금 정신이 없잖아요. 할 거예요. 그러니까 변호사 올 때까지 아무것도 묻지 마요."

물결이가 똑 떨어지게 조사관을 쏘아보며 말했다. 물결이를 바라보던 조사관은 아이의 생각에 동의해 주었다. 조사관 입장에서는 빨리 일을 끝내는 게 편했기 때문에 먼저 변호사 선임을 권할 책임은 없었다. 하지만 피의자가 자신의 권리를 주장할 경우에는 기꺼이 그의 권리를 보호해 주어야 했다.

"좋습니다. 은강주 씨. 변호사 선임하시겠습니까?"

조사관이 정식으로 물었다.

"네?"

강주가 뭐가 뭔지 모르겠다는 듯 물결이를 쳐다보았다.

"선임할 거예요. 우리 아빠한테 연락할 거예요. 아빠는, 우리 아빠는 의사거든요."

물결이가 주머니에서 휴대폰을 꺼내 들며 말했다.

"변호사 돈 많이 들잖아. 그러니까 아빠한테 말해."

물결이가 절박하게 강주에게 말했다. 강주가 잠시 생각하다가 고개를 끄덕였다. 물결이가 옳았다. 그에게 변호사를 부탁할 생각은 없었지만, 상황을 알면 아이를 빼앗길지도 모르지만, 물결이를 이런 분위기에 계속 방치할 수는 없었다. 아이를 믿고 맡길 수 있는 건, 그래도 아이 아빠뿐이었다.

"변호사 선임하겠습니다."

강주가 조사관에게 단정적으로 말했다. 조사관이 알겠다며 키보드에서 손을 뗐다. 강주가 주위를 둘러보며 가방을 찾았다. 현장에서 가방과 증거물들을 모두 수거했지만 지금은 줄 수는 없다고 조사관이 말했다.

"아빠 휴대폰 번호, 몰라?"

물결이가 애가 타서 물었다. 강주가 잠시 생각하고는 아이에게 휴대폰을 달라고 했다. 다이얼패드를 열고 잠시 망설이던 강주는 손가락으로 010을 눌렀다. 머리는 잊고 있던 번호였지만 다이얼을 마주하자 손가락이 기억하고 있었다. 한참 동안 벨이 울렸고, 마침내 성욱의 목소리가 들렸다. 불쑥, 강주가 전화기를 조사관에게 넘겼다. 강주가 상황을 말하는 것보다 그게 확실하다는 판단에서였다. 상황을 이해한 조사관이 선뜻 전화기를 넘겨받았다.

"아빠 성함."

그녀가 아이에게 펜과 메모지를 내밀었다. 아이가 최성욱,이라고 또박또박 이름을 썼다.

"최성욱 씨 되십니까? 여기는 ○○경찰서 조사과 황○○ 경위입니다. 은강주 씨가 피의자 조사를 받고 있습니다. 최물결의 보호자로서 잠시 와주셔야겠습니다."

조사관이 간단히 상황을 설명했다. 그 사이 강주가 물결이에게 말했다.

"아빠한테 가 있어. 그렇게 해주실 거야."

"싫어."

"안 그러면 엄마가 마음을 놓을 수가 없어."

"다시 엄마 못 보면, 어떻게 해?"

아이가 겁에 질린 눈으로 강주를 쳐다보았다. 아이가 강주의 가슴으로 깊이 파고들었다. 그사이 통화를 마친 조사관은 성욱이 곧 온다고 했다며 말을 전했다.

"이 아이도 너처럼 엄마를 사랑해 주었으면 좋겠구나."

휴대폰을 물결이게 돌려주고 자기 배를 가리키며 조사관이 말했다.

"강주야!"

그때 누군가 조사실 안으로 들어오며 강주의 이름을 불렀다. 강주가 고개를 돌려보았다. 물결이의 전화를 받고 허겁지겁 달려온 미온이 얼어붙은 듯 서 있었다.

강주가 국선 변호사를 불렀다고 했는데도 미온은 SG출판사의 장윤재 실장에게 전화했다. 송두섭의 약점을 잡을 수 있을 거라고 미온이 말했고, 능력 있는 변호사를 바로 보내주겠다고 저쪽이 말한 것 같았다. 유명 변호사의 이름을 대며 곧 연락이 올 거라고, 강주의 수갑을 잠시 풀어주면 안 되겠느냐고 미온이 조사관에게 양해를 구했지만, 병원으로 실려 간 피해자가 심한 상해를 입은 상태인 데다 현장범이기 때문에 유치장에 당장 넣을 수도 있다고, 그렇게 하지 않았던 건 오직 물결이 때문이라며 조사관이 냉정하게 고개를 저었다. 다만 변호사가 올 때까지는 같이 있어도 좋다고 말했다.

밤이 깊어가고 있었다. 다른 책상에서 조사를 받던 피의자들의 사건이 정리되고 방을 나간 뒤라 조사실은 조용했다. 강주를 담당했던 신참 경찰관과 조사관은 각자 자신의 책상에서 다른 업무를 보고 있었다. 벽쪽 긴 의자로 옮겨 앉아서 강주의 어깨에 기대고 있던 물결이는 긴장이 풀리는지 스르르, 무릎을 베고 누워 잠이 들었다.

"언제 너에게 연락하라고 했는지 기억이 나지 않아. 어쩌면 너밖에 생각나지 않았던 것도 같아."

강주가 혼잣말처럼 입을 열었다. 미온은 나란히 앉아 있을 뿐 섣불

리 강주의 손을 잡고 위로하지도, 어깨를 안아주며 안심시키지도 않았
다. 그러나 이상한 일이었다. 미온이 달려와 준 것만으로도 강주는 마음
의 안정을 되찾고 있었다. 어쩌면, 하고 강주는 생각했다. 그날, 대관령
에서 미온이 원했던 것도 이렇게 말없이 함께 공감해주는 것이 아니었
을까.

"그때, 나 알고 있었어."

미온이 말했다.

"응?"

강주가 물었다.

"물결이 전화 받고 마음은 급한데 퇴근길 러시아워에 갇혀 꼼짝도
못하는 내내, 그때 생각만 났어."

미온의 기억은 시간을 훌쩍 뛰어넘어 대관령보다 훨씬 더 오래전의
어느 지점에 닿아 있는 것 같았다. 눈앞에 그때의 모습이 보인다는 듯
허공을 한참이나 응시했다.

"공로상."

미온이 말했다. 강주는 미온이 바라보던 방향으로 시선을 돌려 잠시
생각하더니 아, 하고 희미하게 머리를 주억거렸다.

고3 이른 가을이었다. ○○대학교에서 일 년에 한 번 주최하는 전국
고교 백일장에 학교 대표로 참석한 건 미온과 강주였다. 강주는 고등학
교 3년 내내 미온과 같은 반이었고 가사 시간 이후, 둘도 없는 친구로
지냈다. 지형의 서재에서 책을 꺼내 읽는 일도 계속되고 있었고 문예반
활동도 함께했다.

"나란히 상을 받아와라."

담임과 친구들이 응원했다. 엄밀히 말하면 나란히는 아니었다. 미온
이 늘 한발 앞서 있었다. 교내 백일장이 있을 때마다 강주가 우수상이
라면 미온은 최우수상을 받았고, 강주가 장려상을 받으면 미온은 우수

상을 받았다.

"역시 김지형의 딸이야. 누가 소설가 딸 아니랄까 봐. 피는 못 속여."

그럴 때마다 교사와 아이들의 칭찬은 미온에게 쏠렸다. 강주는 시기하지 않았다. 작가가 되는 꿈을 꾼 것도 아니었다. 좋아서 쓰는 것인데 그때마다 운 좋게 상을 받았다. 고등학교 졸업할 때까지는 마음대로 하라며 애숙의 허락을 받은 터였고, 미온과 친구가 되어 지형의 서재에서 마음껏 책을 꺼내 읽는 것만으로도 강주는 아버지의 부재를 그런대로 견딜 수 있었다. 그것으로 충분하다고 강주는 만족했다. 책을 읽고 생각이 깊어지다 보니 세상을 보는 눈이 자랐고, 밑줄 그은 작가의 문장을 베껴 쓰는 대신 자신의 생각을 표현하는 새로운 기쁨을 발견했을 뿐이었다.

"○○대학에서 연락이 왔다."

백일장에 다녀와서 한 달쯤 지났을 때였다. 작은 키에 덥수룩한 머리, 두꺼운 검은 색 뿔테 안경을 쓰고 후줄근한 양복을 걸치고 다니던 담임이 아침 조례를 마치고 강주를 교무실로 불렀다.

"네가 최우수상이란다. 토요일에 상장 수여식을 한다니까 가서 받아와."

도덕을 가르쳤던 담임은 1교시에 들어갈 학급의 출석부와 교과서를 몽둥이와 함께 챙겨 책상 위에 밀어놓으며 시큰둥하게 말했다.

"미온이는요?"

강주가 물었다. 담임은 대답하지 않았다. 대신 나가보라며 손을 내저었다. 강주는 머리 숙여 인사한 뒤 교무실을 나왔다. 미온이 상을 받지 못했구나, 서운한 마음이 상을 받았다는 기쁨보다 컸다. 그래서 교실로 돌아왔을 때 무슨 일이냐고 미온이 물었지만, 별일 아니라며 결과를 말하지 않았다. 수업이 다 끝나고 종례시간에 들어온 담임 또한 강주의 수상 소식을 반 아이들에게 알리지 않았다. 대학에서 찾아온 상장을 월요일 조회시간에 전교생 앞에서 교장이 재전달하는 일도 없었다. 그렇게 강주의 수상 소식은 아이들에게 알려지지 않았다. 서운한 건 아니었다. 몇 번이나 상상해보긴 했지만, 전교생이 다 쳐다보는 단상에 올라가 박수를 받고 칭찬을 받는 일이 강주에게는 아무래도 오글거리는 일이어서 오히려 잘 됐다고 안심했다. 그러나 외부에서 주최하는 미술 대회에 나가 상을 받아왔던 같은 반 희정이와는 대우도 절차도 다르다는 걸 알고는 있었다. 애숙은 물론 그 누구에게도 축하받지 못한 상이었다. 조금 이상하다고 생각했던 의문은 다음 해 2월, 졸업식장에서 풀렸다.

"김미온, 박희정. 교무실로 와라."

담임이 졸업식 예행연습이 있다며 두 아이를 교무실로 불렀다. 미온은 반장이라 당연했지만 희정이는 왜 부르냐고 아이들이 궁금해 했다.

"지난번 서울시 학생미술대전에서 상 받았으니까. 외부에서 상 받아 오면 졸업할 때 학교에서 공로상을 주잖아. 학교 명예를 빛냈다고."

희정이가 은근히 자랑했다. 강주는 자신이 눈에 띄지 않는 아이, 술집 여자의 딸이라는 걸 자각하고 있었다. 그래서 왜 내 상은 인정해 주지 않느냐고 교사에게 따져 물을 자신이 없었다. 서울시에서 주관한 것도 아니고 대학 주최 백일장이니까 공로상을 받을 일이 아닌가 보다, 스스로를 이해시켰다.

"다음은 공로상 시상이 있겠습니다. 호명하는 학생 앞으로 나오세요."

졸업식 날이 되었고 교무주임은 여러 학생의 이름을 불렀다. 희정의 이름과 함께 미온의 이름이 불렸다. 반장이라 학생들 맨 앞에 서 있던 미온이 고개를 푹 숙인 채 단상으로 올라갔다. 그 순간 강주는 이유는 몰랐지만 결과는 확인할 수 있었다. 미술대회, 과학대회, 체조대회, 합창대회 각종 외부 대회에서 수상해 온 학생들이 단상에 올라 공로상을 받았다. 그리고 미온이 교장 앞에 섰다. 교무주임이 상장 내용을 대독했다.

"공로상. 김미온. 위 학생은 ○○대학교에서 주최한 전국고등학생 문예백일장에서 최우수상을 수상한 바, 모교의 명예를 드높인 공로를 인정하여 이 상장을 수여함."

강당이 떠내려가도록 전교생이 박수를 쳤고, 굳은 얼굴로 상장을 받 아든 미온이 단상을 내려왔다. 강당 위에서 전교생을 마주 보고 있던 다른 교사들과 마찬가지로 담임의 얼굴은 무표정했다. 분노가 불끈 치 솟는 건 아니었다. 도둑질을 하다가 들킨 것처럼 부끄러웠다. 아니 복면 쓴 강도를 목격한 것 같은 기분이라고 해야 할까. 온몸의 피가 혈관 속 을 너무 빨리 달리는 것 같았다. 다리와 손이 후들후들 떨렸다.

"은강주."

졸업식이 끝나고 터덜터덜 집으로 가려는데 중앙현관 앞에 나와 서 있던 담임이 강주를 불러 세웠다.

"미리 양해 구하지 못한 건 미안하다. 너도 알다시피, 미온 어머니와 장석훈 사장님이 학교에 도움을 주신 공로가 크잖니. 그때 백일장에서 미온이 상을 받아 왔어야 했는데."

담임은 입맛을 쩍 다시며, 아쉬움을 감추지 않았다.

"학교 측에서도 고민이 많았다만 네가 이해해 주면 좋겠다. 그냥, 종 이 한 장일 뿐이잖니."

담임이 강주의 어깨를 툭, 두드리고는 등을 돌렸다. 강주는 항변하 지 않았다. 이미 끝난 일이었다. 강주의 엄마 애숙은 학교에 온 적이 없 었다. 졸업식 날조차 강주는 혼자였다. 애숙은 애숙의 삶을 투쟁하느라 늘 바빴다. 설사 학교에 드나들었다고 해도 돈 봉투 같은 것은 없었을 것이고, 강주 또한 그런 것을 원한 적은 없었다. 다만 내가 미온이었다 면, 하고 강주는 생각했다. 예행연습을 하지 않았을 거라고, 졸업식 날 그깟 종이 한 장을 도둑질하지는 않았을 거라고, 미온이 바란 것은 아 니었으리라는 걸 믿으면서도 배신감은 컸다.

멀리서 미온이 꽃다발과 상장을 품에 안고 서서 강주를 바라보고 있었다. 그 뒤로 서옥임과 장석훈도 보였다. 미온이 강주를 향해 한 발 내디뎠지만, 강주의 눈빛을 본 미온은 얼어붙은 듯 그대로 멈추어 섰다. 그것이 강주가 바라본 고등학교 시절의 마지막 풍경이었다.

"너는 더 화가 날지 모르겠지만, 그 상장, 그날 저녁에 찢어버렸어."

강주의 무릎 위에서 까무룩 잠이 든 물결이를 미온이 물끄러미 내려다보며 말했다.

"잊고 살았네. 그보다 더 깊은 함정들이 내 앞에 수없이 많았으니까."

강주가 한숨을 내쉬었다.

"네가 소설가 김지형의 딸이어서 부러워한 아이들이 많았어. 나도 처음에는 그랬어. 하지만 내가 정작 부러워했던 건, 장 사장이라는 그 아저씨였어. 키다리 아저씨처럼 네가 원하는 것을 다 해주어서가 아니었어. 한번은 학교에 찾아온 그분이 너와 함께 있는 모습을 본 적이 있어. 너는 반항적인 태도로 그를 좋아하지 않는 것 같았지만 나는 알 수 있었어. 그분이 널 바라보는 눈빛 말이야. 그건, 날 바라볼 때 우리 아버지 눈빛하고 똑같은 것이었어."

강주가 말했다. 미온이 강주를 말없이 바라보았다.

"넌 아버지가 없는 게 아니었어. 세상에는 없지만 명성을 가진 과거의 아버지와 현실에서 천하무적 슈퍼맨처럼 널 돌봐주는 현실 속 아버지가 다 있는 거였어. 그래서 가끔 네가 미웠어."

강주가 말했다.

"이혼 후 출판사를 시작하고 동창회에서 네 소식을 들었을 때, 너 소설가 됐다는 소리 듣고 배 아팠었는데 네 소설 안 팔린다고 해서 좀 고소했어."

강주가 후훗, 하고 웃었다. 미온도 푸후훗, 웃었다.

"어쩌면 말이야. 자존심을 밟아주고 싶어서 대필 작가로 널 고집했던 것일지도 몰라."

강주가 고해성사하듯 말하고는 휴우, 후련한 듯 벽에 머리를 기댔다. 그런 강주를 미온이 말없이 쳐다보았다.

"학교에 찾아오지 말라고 난리를 치면서도 장 회장님한테 부탁한 게 딱 하나 있었어. 강주 너랑 3년 내내 같은 반이 되게 해달라고."

미온이 말했다. 물결이를 쓰다듬다 말고 눈을 들어 미온을 바라보던 강주가 우연이 아니었구나, 이제야 두 사람의 인연이 이해된다는 듯 고개를 끄덕였다.

"내 아이한테 장 사장님 같은, 그런 진짜 아버지가 있었으면 했어. 학교에 멋있는 자동차를 타고 오면 교장교감이 헐레벌떡 뛰어나와 마중하고 교사들이 굽실거리며 인사하고. 후훗, 지금은 그런 일이 용인되는 시절이 아니지만. 그때 몇 번 그런 모습을 본 적 있거든. 체육시간에 운동장에서 수업할 때 반짝거리는 외제 승용차가 운동장에 들어왔을 때, 너는 싫은 척 시선을 돌렸지만 네 콧대는 하늘만큼 높아졌던 거 모르지? 그때마다 너 얼마나 도도해 보였는지. 그런 콧대, 내 아이도 갖고 살았으면 했어. 그래서 그 사람하고 결혼했을 거야."

강주가 시선을 내려 수갑 찬 손으로 물결이의 잠든 이마를 쓰다듬었다. 그때 조사실 문이 열리고 몇몇 사람들이 들어왔다. 성욱과 그의 젊은 아내 그리고 윤재가 보낸 변호사였다.

"아유, 정신 사나워. 좀 앉아!"

철창 앞을 불안하게 왔다 갔다 하던 강주를 향해 여자 하나가 신경질적으로 소리를 질렀다. 50대 중반쯤 되어 보이는 여자가 구석에 앉아 헝클어진 머리카락을 손가락 빗질로 다듬어 고무줄로 질끈 묶었다. 잡아 뜯겼는지 어깨와 가슴팍이 거의 다 드러날 만큼 티셔츠 목이 늘어져 있었고 얼굴은 할퀴고 맞아서 붉게 부어올라 있었다.

"맞은 사람 처음 봐? 그렇게 놀랄 거 없어. 그놈은 죽었을 거니까. 내가 죽든지 제 놈이 뒈지든지 둘 중 하나는 뻗어야 끝나는 일이었거든."

여자는 누구에게든 자신을 변명하는 것으로 정당성과 면죄부를 얻을 수 있다고 믿는 것 같았다.

"그쪽도 사람 하나는 너끈히 잡았겠는 걸."

강주의 옷에 묻은 피를 보며 동지애라도 느꼈는지 여자는 손찌검하는 남편과의 30년 결혼생활을 끝도 없이 늘어놓기 시작했다. 신문 사회면에서, 신파 드라마에서 수없이 보고 듣던 뻔하고도 처절한 삶의 이야기였다. 누구라도 자신의 삶을 연민해주고 동조해주길 바랐을 테지만, 여자의 말은 강주에게 아무런 감흥도 주지 못했다.

변호사는 간단히 기본 서류 작업과 기초 조사를 끝난 뒤 송두섭의 수술 경과를 알아보고 다음 날 다시 오겠다며 미온과 함께 돌아갔다. 성욱은 강주를 향해 기도 안 찬다는 표정을 지었지만, 경찰서 구석에서 7년 만에 딸아이를 마주하자 애틋한 부성애가 살아났는지 미안하다며 허둥거렸다. 저 남자도 나이를 먹는구나, 강주는 생각했다. 하지만 물결이는 성욱을 말끄러미 쳐다만 볼 뿐, 작은 입술을 앙다물고는 선뜻 다가서려 하지 않았다.

"아이 돌봐줄 사람 없다면서요. 내가 데려가는 게 어떨까요. 물론, 내 아이처럼 똑같이는 못해요. 하지만 귀한 손님처럼 보살필게요. 빨리 나올 수 있도록 저 사람하고도 방법을 찾아볼 테니 그쪽도 노력해주세요. 그게 나에게도 좋은 일이니까요."

성욱의 아내는 솔직했고 현명했다.

"물결이라고 했지. 우리 집에 개구쟁이 쌍둥이가 있는데 누나가 생겼다고 하면 기뻐할 거야."

물결이는 가지 않겠다며 강주의 말도, 성욱의 말도 들으려 하지 않았지만, 사람과 사람 사이에 있는 간격을 섣불리 좁히려 들지 않는 여자의 태도가 오히려 아이의 믿음을 산 것 같았다. 증언이 필요할 때 물결이를 부르게 될 테니 아빠와 있는 게 엄마에게도 도움이 될 거라는 변호사의 조언 역시 아이가 현실을 냉정히 받아들이도록 했다. 물결이가 받은 충격을 두고두고 어떻게 녹여주어야 할지 걱정이 되었지만 아무것도 해줄 수 없는 지금, 강주는 지푸라기라도 잡는 심정으로 성욱의 아내를 신뢰하고 싶었다.

강주는 유치장을 둘러보았다. 철장과 마룻바닥, 양변기 하나, 그게 전부였다. 철창 너머에는 당직근무를 하는 여성 경찰관이 책상 앞에서 서류작업을 하고 있었다. 구석에 앉아 떠드는 여자 말고도 젊은 여자가 한 명 더 있었는데 겨우 엉덩이를 가릴 만한 칸막이가 있는 양변기에 앉아 소변을 보고 나와서는 시끄러워 죽겠다는 듯, 거의 귀를 틀어막은 채 담요를 뒤집어쓰고는 벽을 향해 누웠다.

송두섭은 죽었을까? 재판을 하게 된다면 강간을 한 것도 아니고 손끝 하나 건들지 않았는데 지나친 반응이었다고 검사는 주장할 것이다. 하지만 강주는 후회하지 않았다. 해야 할 일과 법의 기준이 다르다는 것을 인정하더라도, 송두섭은 자신의 행동에 응당한 대가를 치르는 것이었다. 법의 처벌을 받아야만 한다고 해도, 그래서 소변을 보기조차 민망한 화장실밖에 없는 철창에 갇혀 타인들과 평생을 섞여 살아야 한다고 해도, 강주는 억울하지 않았다. 다만 강주는 지금, 이 모든 걸 조용히 생각할 권리를 방해하는 저 여자의 입을 틀어막고 싶었다. 자신에 대한 연민으로 자기 자신 말고는 세상 그 어떤 것도 보이지 않는 여자를 강주가 매섭게 쏘아보았다.

"치타, 표범, 재규어, 퓨마를 구분할 수 있어요?"

강주가 단칼에 무 자르듯, 여자의 수다를 끊고 질문을 던졌다. 자기 살아온 이야길 소설로 쓰면 열권도 모자란다며 쉴 새 없이 입을 놀리던 여자가 이상한 눈초리로 뻘쭘, 강주를 바라보았다.

물결이가 어렸을 때 동물도감을 펼쳐놓고 하던 놀이였다. 치타야? 강주가 몰라서 물으면 표범이야, 대답했고, 표범이지? 하고 대답하면 재규어라니까, 말했다. 엄마는 그것도 몰라, 하는 표정으로 의기양양했다. 물결이가 아무리 반복해서 가르쳐 주어도 강주는 매번 틀렸다. 뭐든지 다 아는 사람인 줄 알았는데 엄마도 모르는 게 있다는 걸, 엄마란 완벽한 사람을 가리키는 말이 아니라는 것을 아이가 깨닫게 한 질문이기도 했다.

동물원에서 데려갈 때마다 물결이는 실제와 자신의 지식을 맞춰보며 신이 나서 종알거렸지만, 그때마다 강주의 눈에 보이는 건 점박이 무늬의 차이가 아니라 우리에 갇힌 동물들의 불안 증세였다. 그들은 죽은 듯 엎드려 있거나 잠시도 쉬지 않고 이쪽에서 저쪽으로 끊임없이 오가기를 반복했다.

"모르죠? 치타는 그냥 땡땡이 점박이 무늬구요. 표범은, 검은 점들이 꽃잎처럼 피어 있어요. 그런데 재규어는 그 꽃잎 안에 씨방이 있는 거예요. 구별하긴 퓨마가 제일 쉽죠. 암사자처럼 얼룩무늬가 없거든요. 꼭 발가벗은 거 같잖아요."

강주가 후훗, 웃으며 말했다. 물결이 앞에서는 한 번도 맞춘 적 없는데 왜 이토록 또렷이 기억이 나는 것일까. 여자는 분명 재규어라는 동물이 있는 줄도 몰랐다는 눈으로, 그러나 그런 동물이 있건 없건 미친여자를 피해 슬금슬금 도망치듯 마침내 입을 다물었다. 여자가 담요를 덮고 바닥 한 쪽에 벌렁 드러누웠다. 마침내 우울한 맹수들이 갇힌 우리처럼 조용해졌다. 그제야 강주는 마음 놓고 철장 앞을 밤새 쉬지 않고 이쪽저쪽 걸어 다닐 수 있었다.

대기실 문을 열고 물결이를 발견한 순간, 번갯불 같은 것이 머리를 두 쪽으로 쪼개는 것 같았다. 강주는 송두섭이 고개를 숙이고 무엇을 하는지 보지 않아도 알 수 있었다. 권 여사가 떠나면서 시작된 송 교수의 불안과 단상에서 내려오기 전부터 폭발할 듯 차오르던 흥분. 미온이 본 그 짓을 송두섭이 하고야 말 거라고 자신이 예견하고 있었다는 것을 강주는 그 순간 인정했다.

강주의 눈앞에 송두섭을 조각한 얼음조각이 있었다. 엉거주춤 송 교수가 위험을 감지한 듯 그 불결한 손을 내저으며 몸을 일으키려 했지만 벗겨진 바지 때문이었을 것이다. 강주가 훨씬 빨랐다. 강주는 얼음조각을 집어 들고 그대로 달려가 아악! 힘주어 송 교수의 머리를 가격했다. 그가 옆으로 고꾸라지며 바닥에 쓰러졌다. 일어나려고 사지를 버둥거렸다. 변명을 하려는 것인지, 살려달라는 것인지 입을 달싹였지만 강주는 얼음을 높이 들어 올려 한 번 더 가차 없이 힘껏 내리쳤다. 그의 이마에 얼음조각이 닿던 순간 단단하게 부딪치던 느낌을, 강주는 평생 잊을 수 없을 것 같았다. 송두섭은 그때 정신을 잃은 것 같았다. 퍽, 소리가 나면서 그의 뇌도, 얼음도 깨진 게 분명했다. 산산조각이 난 얼음 파편들이 사방으로 흩어졌다. 씩씩 거칠게 숨을 내쉬던 강주는 천장을 보고 널브러진 송두섭을 내려다보았다. 흉하게 그의 아랫도리가 드러나 있었다. 강주는 바닥을 더듬어 칼날처럼 잘려나간 얼음 파편을 집어 들고 그의 음경을 향해 수차례 내리꽂았다.

송 교수가 정신을 잃기 전 그의 얼굴이 놀라움과 경악과 두려움으로, 고통으로 바뀌는 것을 강주는 분명히 인식하고 있었다. 한 번, 두 번 가격을 반복할 때, 망치로 벽을 때려 부술 때처럼 단단하게 부딪치던 저항과 그의 음경에 얼음조각을 박아 넣을 때 쑤욱, 고기에 칼집을 넣을 때처럼 얼음 칼이 살덩이 속으로 스며들던 느낌을 강주는 분명히 기억했다. 강주는 철창을 꼭 움켜쥐고 서서 부르르 몸을 떨었다.

"이제 그만 해."

누군가 강주의 손을 움켜잡고서야 멈출 수 있었다. 멈칫, 정신을 차리고 돌아보았을 때, 그 눈빛은 아버지 덕환이었다. 미온이었다. 아니,

물결이었다.

"엄마. 이제 그만해."

물결이가 달려들어 꼼짝도 못하게 강주를 끌어안고 울먹이고 있었다. 손에 쥐고 있던 얼음조각을 떨어뜨렸다. 얼음에 베이고 터진 손을 들어보았다. 그리고 피투성이가 되어 누워 있는 송두섭도 비로소 눈에 보였다. 홀에서 시끄럽게 울려 퍼지던 송두섭 찬양가가 다시 강주의 귀를 저렁저렁 울렸다. 그렇게 모든 것이 끝나길 기다렸다는 듯, 뒤늦게 사람들이 대기실로 뛰어 들어왔다.

변호사는 절대 발설하지 말라고 주의를 주겠지만 아주 오래 묵혀두었던 살의였다. 어쩌면 대관령에 다녀온 이후, 송 교수를 볼 때마다 살의를 느꼈던 것일지도 몰랐다. 아니 오래전 가사 시간, 뜨개질을 할 때 대나무 바늘을 쥐고 미온을 보며 느꼈던 그 시기와 질투가 뿌리였을지도 몰랐다. 아니다. 그보다 더 아득히 먼 옛날, 인간의 내면에 깊이 각인된 폭력의 욕망에서 시작된 것은 아니었을까. 종족을 지키기 위해, 먹이를 구하기 위해 살인이든 살육이든, 칼을 능숙하게 쓰는 것이 능력이 되었던 그 시절부터 각인된 폭력의 유전자. 강주는 인류의 역사를 거슬러 올라가서 폭력의 족보를 뒤지고 있었다. 하지만 이내 움켜쥐고 있던 철창을 힘없이 놓았다. 수다쟁이 여자처럼, 그녀보다 더 교활하게 인류를 팔아서라도 스스로 정당성을 변호하고 있는 자신을 깨닫고 강주는 헛헛하게 웃으며 털썩 바닥에 주저앉았다.

유치장의 밤은 추웠다. 에어컨을 틀어놓은 탓이 아니었다. 돌이킬 수 없는 과거에 대한 후회와 알 수 없는 미래에 대한 공포 때문이었다. 젊은 여자는 무슨 사연이 있는지 끙끙 앓는 것처럼 밤새 흐느꼈다. 그녀의 몸을 감싼 담요가 가늘게 떨렸다. 수다쟁이 여자는 쏟아내지 못한 말을 마저 내뱉으려는 듯 잠이 들어서도 입을 헤벌쭉 벌리고는 코끼리처럼 코를 골았다. 가끔 호흡이 멎는 듯 이삼 초 조용했다가 컥, 하고 숨을 거칠게 토해냈다. 저 여자도 한때는 아름다웠을까. 사랑했을까. 저 벌어진 입술이 마지막으로 키스한 건 언제였을까. 담요로 무릎을 덮은 강주는 벽에 머리를 기대고 앉아 눈을 감았다. 세찬 빗방울이 벽 위에 난 작은 유리창을 쉴 새 없이 때렸다.

파도 소리가 들렸다. 달빛이 환하게 눈앞에 있는 영우를 비추었다. 괜찮아요? 그가 물었다. 강주가 고개를 저었다. 그가 다가와 부드러운 손길로 두 볼을 감싸주었다. 그의 입김이 향기롭게 다가왔다. 따뜻하고 달콤한 그의 혀가 강주의 입술을 핥았다. 눈을 감지 않았고 대담하게 그의 눈을 바라보았다. 빨간 색 안경테 너머 그의 눈동자가 보이지 않았다. 짙은 안경알 때문이었다. 마키아토가 그랬듯 그의 뺨을 어루만졌다. 안 돼요. 영우가 말했지만 강주는 안경을 벗겼다. 하지만 강주를 마주 볼 때 반짝이던 영우의 눈동자는 아침을 맞이한 별처럼 빛을 잃었다. 깊은 우물처럼 슬픔이 차올랐다. 영우가 눈을 깜빡이자 그의 두 눈은 끝이 보이지 않는 검은 구멍이 되었다. 먹물 같은 눈물이 그의 뺨 위로 주르륵 흘러내렸다. 안 돼. 깜짝 놀라 강주가 눈을 떴다. 번개가 번쩍이더니 천둥이 콰르릉 귀를 찢었다.

천장에 켜진 전등이 눈부셨다. 밤인데도 어둠은 허락되지 않았다. 젊은 여자의 흐느낌은 잦아들었지만 천둥소리에 놀란 듯 몸을 더 작게 움츠렸다. 벌떡 일어나 앉았던 수다쟁이는 눈을 감은 채 가슴팍을 몇 차례 벅벅 긁더니 다시 벌러덩 누웠다. 철창 밖에서 야근 중이던 여순경도 고단했던지 고개를 숙인 채 *끄덕끄덕* 졸다가 천둥소리에 놀라 눈을 뜨고는 두리번거렸다. 아무 일도 없는 걸 확인하고는 안심한 듯 자리에서 일어났다. 잠을 깨려고 탄 인스턴트커피 향이 공기를 타고 강주에게로 날아왔다. 강주는 크게 숨을 들이쉬며 커피 향기를 맡았다. 영우도 사건을 알게 되겠지. 갈고리로 후벼파듯 가슴이 아팠다. 강주는 한잠도 자지 못하고 세상에서 가장 더디게 찾아온 아침을 맞았다.

늦은 오후, 미온과 함께 찾아온 변호사를 면회실에서 만났다. 송두섭은 열 시간이 넘는 대수술을 받았다고 했다. 생명은 구했지만 의식은 아직 돌아오지 않았으며 깨어난다고 해도 정상적 사고가 가능할지 확신할 수 없고, 성 기능은 완전히 제거되었다고 했다. 영장청구가 기각되지 않는 한, 내일쯤 구치소로 송치될 예정이니 마음을 단단히 먹으라고 변호사가 말했다. 송두섭의 목숨을 위태롭게 한 사건이었지만 반복적인 그의 범행이 입증된 사례가 있고, 흉기로 사용된 얼음이 모두 녹아 증거가 훼손된 상태이기 때문에 계획적 살인에 해당하는 살인미수죄가 성립되지는 않을 거라고 했다. 최악의 상황에서 유죄 판결을 받는다고 해도 자녀를 보호하기 위해 충동적으로 일으킨 범행인데다 초범이므로 최대한의 감형이나 집행유예를 바랄 수 있다고 다시 한번 강주를 안심시켰다.

"권 여사를 찾아가 볼까 해."

미온이 말했다. 모친상을 당하고 심리적으로 날카로울 때였지만 어떻게라도 설득해서 처벌 의사가 없다고 탄원해 주거나 협의를 해준다면 재판의 양상이 달라질 수 있었다. 어제 만난 성욱 쪽에서도 보석금이나 협의금에 대해 최대한 협조하겠다고 했으므로 다방면으로 최선의 방법을 찾아내겠다고 변호사가 덧붙였다. 물결이를 생각해서라도 용기를 잃지 말라고 미온이 말했다.

"고마워."

강주가 말했다.

"뭐가?"

"그때 대관령에서 같이 대응했더라면, 송두섭의 일을 맡지 않았다면 이런 일은 일어나지 않았을 거라고 말하지 않아 주어서."

강주가 실팍하게 미소 지었다.

"실은, 끝까지 말렸어야 한다고 후회하고 있어. 그때 해장국집에서."

미온이 말했다.

"그건 네 일이 아니었어. 내 선택이었는걸."

강주가 말했다.

일어날 일은 일어나고 만다. 일어날 일이 제때 일어나지 않으면 시간이란 눈사태에 떠밀려 감당할 수 없이 더 크고 무거워진다. 그래서 사람들은 종종, 만약 그때 그랬더라면 하고 가정법의 문장을 타고 과거로 돌아간다. 그러나 제때 해야 할 일이 무엇인지 어떻게 알 수 있을까.

"커피를 가져다 주었을 때는 좋은 할아버지 같았어. 아르바이트생들은 돈 받고 하는 일이지만 힘들게 왜 일을 도와주느냐고, 그만 앉아서 쉬라고 말했어. 자기 연설이 어땠느냐고 물었고 내가 멋있었다고 해줬어. 그 말을 듣고 싶어 하는 것 같았거든. 내 말을 듣고 무척 기분 좋아했어. 정말 어린애처럼 좋아했어."

조사관 앞에서 물결이가 강주를 보며 말했었다. 몇 마디 더 나누고 물결이는 화장대 앞에 앉아 스마트 폰을 열고 아이돌 그룹의 공연을 보고 있었다.

"할아버지가 조용해서, 그냥 느낌이 이상해서 쳐다봤어. 고개 숙이고 있어서 아픈가 하고. 날 만지지는 않았어."

만약 현장을 목격하지 않았다면, 미온의 경우처럼 사건 직후 물결이의 이야기만 들었다면 강주는 냉정할 수 있었을까. 아닐 것이다. 사실 관계를 확인도 해보지 않고 당장 달려가 멱살이라도 잡았을 것이다. 인정해야 했다. 물결이와 미온은 달랐다. 대관령으로 다시 돌아간다고 해도 달라질 건 없었다. 그러나 미온 또한 강주가 아닌, 혈연이나 심적으로 훨씬 가까운 사람이었다면, 아무리 돈이 궁해도 송 교수의 일을 해서는 안 된다고 완강히 말렸을 것이다. 해장국집에서 다시 마주 앉는다 해도, 미온의 선택 또한 달라지지 않을 것이다.

박 변호사와 미온을 보내고 돌아온 유치장은 텅 비어 있었다. 남편과 아내가 번갈아 가며 경찰서를 단골집 드나들듯 하는 부부라고, 야근 당직자가 들어간 뒤 주간근무를 맡은 중년의 여순경이 수다쟁이 여자에 대해 말해 주었다. 서로 죽일 듯 싸운 다음 영장청구 되기 전에 합의를 보고는 세상에 둘도 없는 잉꼬부부로 돌아간다고 했다. 그러다 한 달쯤 뒤 다시 들어온다는 것이다. 젊은 여자는 생리전 증후군으로 도벽이 있는 부잣집 며느리인데 본인도 고치려고 하지만 뜻대로 되지 않는 모양이었다. 집안 부끄럽다며 시집에서 조용히 해결하고 감추어주곤 한 것이 벌써 몇 번째라고 했다. 같은 일이 또 한 번 일어나면 이혼시킬 거라고 매번 으름장을 놓지만, 이번에도 피해자 측과 합의를 보고 시부모와 남편이 와서 데려갔다고 했다. 다음에 또 일을 저지르면 그땐 이혼을 각오하라고, 법대로 처리할 거라고 호통을 쳤다지만, 그러나 또 반복되지 않겠느냐고 여순경이 심드렁하게 말했다.

유치장에서의 이틀째 밤은 강주 혼자 보냈다. 타인의 뒤척임도, 코 고는 소리도 없었지만 그들이 있어 그나마 지난밤을 견딜 수 있었다는 것을 강주는 깨달았다. 수다쟁이를 깔보며 혼자만 사랑받는 여자인 척 영우를 떠올릴 수 있었다. 뒤척이는 젊은 여자를 보며 자신은 나약하지 않다고 자부할 수 있었다. 그러나 키스조차 해본 적 없을 거라고 생각했던 드센 여자는 남편의 품으로 돌아갔다. 머잖아 또다시 죽일 듯 치고받고 싸우게 될지라도 그들은 오늘 밤 서로를 안고 멍든 부위를 쓰다듬어주며 입을 맞추고 체온을 나눌 것이다. 젊은 여자도 느긋하게 자신의 욕실에서 따뜻한 물로 샤워를 하고 자신의 침대 위에서 잠들었을 것이다. 어쩌면 오늘 밤 임신을 하고 그렇게 또 다음번 위기를 넘기게 될지도 모른다.

강주는 세상에서 자신만 혼자 버려진 것 같았다. 내 것을 지키기 위해 벽을 쌓는다는 건, 위험이 내 안으로 들어올 수 없게 하는 것이 아니라 세상으로부터 나를 가두는 위험천만한 일이었다. 강주의 두 눈에서 끊임없이 눈물이 솟았다. 그동안 참았던 눈물을 오늘 밤 다 쏟아내겠다는 듯, 기어이 무릎에 얼굴을 파묻고 어깨를 들썩이며 울었다. 아무도 강주를 위로해 주지 않는 것이 유일하게 다행스러운 일이었다.

미온

아직 견뎌야만 하는 생의 처마에 드리우는 물그림자. 그 위에 던져진 작은 조약돌. 조약돌이 수면에 그린 파장. 그러나 곧 잔잔해지고 잊혀지는 것. 다시 조용히 흘러가는 것. 타인의 죽음이란 그런 것이다. 호흡이 끊어지고 손발이 차가워지고 몸 안의 온갖 장기들이 임무를 포기해버리는, 숨 하나를 사이에 두고 모든 게 멈추어버리는. 되돌릴 수 없는. 애써 붙잡고 있던 마음 한 자락 부질없어지는. 그 무엇도 시작하거나 진행되지 않는 막막함의 문턱. 삶이 생으로만 채워져 있지 않다는 교훈을 깨우치진 못하더라도 살아간다는 건 살았던 흔적을 싹싹 지워가는 일이 아닐까 의심케 하는, 그리하여 타인의 죽음을 애도하는 것은 남아 있는 내 생에 대한 애도일 뿐임을 무던히도 수긍하게 만드는. 그럼에도 불구하고 돌아서면 아무것도 달라지지 않는 생. 그러던 어느 날 나 자신의 죽음 또한 타인의 냇물 속에 툭, 조약돌처럼 던져지는 것. 그의 생을 잠시 흔들어놓는 것. 그러나 해가 저무는 동시에 어둠 속으로 흡수되는 늦은 오후처럼 이쪽을 떠나 저쪽으로 홀연히 함몰되는 것. 그렇게 묵묵히 지워지는 것.

권 여사는 남편 송두섭이 누워 있는 중환자실 대신 지하에 차려진 모친의 빈소 앞에 앉아 있었다. 고등학교와 대학교 동창회, 기자협회에서 보낸 근조화환들이 복도에 줄지어 있었지만 넓은 빈소는 뜻밖에도 텅 비어 있었다. 검은 상복을 입고 단정하게 빗어 올린 머리에 흰색 머리핀을 꽂은 권민자는 상주라기보다는 지인의 장례식에 잠깐 방문한 조문객처럼 조금의 흐트러짐도 없어 보였다. 하지만 영정 앞에 국화 한 송이를 올린 후 어떻게 위로의 말을 해야 할지 모르겠다며 미온이 고개 숙여 인사를 했을 때, 와주어서 고맙다고 말하는 그녀의 눈동자는 마지막으로 만났을 때보다 10년은 더 지치고 늙어 보였다. 모친을 잃은 상실감이라기보다는 인생을 되돌아보며 느끼는 통렬한 회의감이었다. 몸은 빈소에 있지만 그녀의 마음을 지배하고 있는 건, 의식을 잃고 누워 있는 송 교수에 대한 복잡한 감정이라는 걸 알 수 있었다.

"뭘 좀 먹지 않겠어요?"

접객실로 옮겨온 그녀가 테이블 맞은편에 앉으며 물었다. 그러나 미온이 대답하기 전에 권 여사는 상조회사에서 나온 도우미에게 상을 차려 달라고 부탁했다. 하릴없이 앉아 있던 여자 하나가 재빠르게 일어나 주방으로 들어갔다.

"소문은 참 빠르죠. 어제는 발 디딜 틈도 없었는데 오늘은 조문객이 뚝 끊겼어요."

권민자가 말했다. 어린아이 앞에서 추행을 하다가 그 어미에게 폭행당해 생사기로에 놓인 남편을 바라보는 아내의 기분은 어떤 것일까. 얼굴을 마주하고 앉았지만 그녀의 정확한 감정은 속속들이 헤아려지지 않았다. 그래도 남편에 대한 원망과 수치심이 함께 녹아 있다는 것만은 분명했다.

"다른 자식이 있다면 이렇게 썰렁하진 않을 텐데."

그녀가 깊이 한숨을 내쉬었다. 주요 일간지는 아니지만 지역신문에 출판기념회 도중 송 교수가 쓰러져 입원했다는 기사가 났다고 했다. 지병 때문이라고 둘러댔지만 당시 출간기념식장에 있던 사람들이 수백 명이었다.

"송 교수 사건, 가족으로서 품위를 지키기 위한 최소한의 거짓말을 하긴 했지만 끝까지 막을 생각은 없어요. 다만 내 입으로 발설하고 싶지 않았을 뿐이죠."

권 여사가 말하는 동안 상 위에는 육개장과 돼지머리 고기, 홍어무침과 같은 음식들이 차려졌다. 권 여사는 입을 다물고는 벌건 육개장에 밥을 공기째 툭 쏟아 넣었다. 고통이 감각의 영역을 넘어서는 경계는 어디쯤일까. 미온은 문득 옥임의 장례를 치를 때가 생각났다. 엄마가 죽었는데도 해가 뜨고 달이 지고 바람이 불고 별도 반짝였다. 배가 고프고 잠이 왔다. 엄마의 죽음 앞에서도 먹어야 하는 게, 그렇게 이어가야 하는 목숨이 비루하게 느껴졌던 기억이 선명했다. 미온은 권민자와 같이 밥을 먹는 게 그녀를 위로할 수 있는 유일한 일이라는 생각이 들었다. 수저를 들고 그녀처럼 똑같이 공깃밥을 통째로 쏟아 국에 말았다. 국밥을 한 숟가락 뜨다 말고 목이 메는지 끄응, 가슴이 무너져라 한숨을 내쉬던 권 여사가 그런 미온을 대견한 듯 건너다보았다. 미온은 아무 말도 하지 않고 묵묵히 국밥을 입에 떠 넣었다.

"고마워요. 같이 밥 먹어 줘서."

국밥을 말끔히 비운 권 여사가 말했다. 이틀 만에 처음으로 밥을 먹었다고 했다.

"저도, 그런 거 같아요."

미온도 수저를 내려놓으며 말했다. 권민자가 그런 미온을 보고는 엷게 미소를 지었다.

"송 교수 문병을 온 건 아닐 테고. 은 사장 일은 우선 법대로 갑시다. 은 사장에겐 안됐지만 나에게는 해야 할 도리가 있어요. 아직은 그의 아내니까요."

권 여사가 말하고는 상조 도우미에게 커피를 타 달라고 부탁했다.

모친상이 끝난 뒤 공식적으로 접촉하겠다며 강주에 대한 이야기는 꺼내지 말라고 변호사가 당부했었다. 꼭 그래서는 아니었다. 막상 텅 빈 장례식장에 혼자 앉아 있는 권 여사를 만나고 보니 문상 외에 다른 목적을 가질 수가 없었다. 그런 미온의 마음을 헤아린 듯 권민자가 먼저 말을 꺼낸 것이었다. 모질게 들릴 수도 있는 말이었지만 미온에게는 어쩐지 배려처럼 느껴졌다.

"두 번 다시 나를 보지 않겠다고 다짐했겠지만 다시는, 절대로, 결코, 이런 부사는 공허한 거지요."

권 여사가 어떤 말을 하고 싶은지 알 수 있었다. 미온은 마음이 조금 가벼워지는 기분이었다. 강주에 대한 걱정은 잠시 내려놓기로 했다.

"엄마가 소설을 썼다는 거 알고 계셨어요?"

미온이 물었다. 애써 머뭇거리고 싶지 않았다.

"잘 알려지지 않은 문예 잡지로 등단했을 거예요. 하지만 당선 직후 김지형을 만나서 결혼했고 소설가의 아내로 사는 게 좋다고 했어요. 기사에 싣지는 말아 달라고 했지만요."

"베가의 연인, 표절 의혹도 있었나요?"

"위작 논란이 있었을지언정 표절은 글쎄. 하지만 그때는 지금처럼 인터넷이나 SNS가 발달해 있던 때가 아니니까. 지엽적인 정보에는 취약했을 수도 있어요."

미온이 네에, 하고 고개를 끄덕였다.

"엄마와 장석훈 회장의 관계를 알고 싶어요."

미온이 또 한 번 에두르지 않고 질문했다.

"두 분, 연인이셨나요?"

미온의 목소리가 살짝 떨렸다. 권민자의 눈빛이 잠시 흔들렸다. 자신에게 맡겨진 역할을 거부할 수 없다는 것을 알면서도 풀어놓는 게 쉽지는 않아 보였다.

"장 회장한테 직접 물어보지 그래요?"

눈을 깜빡이지도 못하고 대답을 기다리는 미온에게 물었다. 권 여사
는 책임을 한번 미루어보고 싶은 것 같았다. 미온도 같은 심정이었다.
자신이 누구인지 급하게 확인하고 싶으면서도, 장 회장에게 달려갈 엄
두는 나지 않았다는 것을 그제야 깨달았다. 장 회장이 아버지이길 바라
는 것인지 아닌지, 김지형이 아버지가 아니라는 것을 확인하는 게 두려
운 것인지, 갈피를 잡을 수 없었다. 그때 상조 직원이 인스턴트커피 두
잔을 가져와 테이블 위에 놓아주었다.

"정확한 건 나도 몰라요. 다만 우정보다 진했던 건 사실이에요."

그녀는 종이컵을 손에 감싸 쥐고 당시를 회상하는 듯 잠시 눈을 감
았다 떴다.

"그런데 남녀 간의 사랑보다 탄탄하고 더 단단한 관계였을 거예요.
동지애라고 할까? 아니……."

권 여사는 고개를 갸웃했다. 미온은 무릎 위에 두 손을 모은 채 주먹
을 꼭 쥐었다. 우정도 사랑도 아니라면, 동지애도 아니라면 대체 무엇
이 있을 수 있는 것일까.

"차라리 전우애라고 해야 할까."

권 여사가 커피를 한 모금 마신 후 말했다.

"네?"

미온은 그녀가 말한 단어의 의미를 정확히 추측할 수 없었다.

"목숨을 걸고 전쟁을 함께 치른 사이 말이에요. 벌어진 살 속에 흰
뼈가 드러난 부상을 들여다본 적 있는 관계. 그 위에 붕대를 꽉꽉 동여
맨 준 적이 있는 사이. 상처에서 철철 흘러나온 피가 하나로 뒤섞인 적
이 있는 사람들. 공통의 적이 있고 함께 지켜야 할 게 있는 사람들 말이
죠."

권 여사는 일부러 많은 은유를 사용하고 있는 것 같았다.

"왜 제가 여사님을 다시 찾을 거라고 확신하셨어요?"

미온이 방향을 바꿔 물었다.

"김지형의 뮤즈에 대한 기사를 막은 게 장석훈 회장과 서옥임이었다고 말했던 거 기억나요?"

"네."

미온이 고개를 끄덕였다.

"자기 발로 뛰지는 않고 하이에나처럼 남의 특종을 그대로 베끼는 후배 기자들이 요즘은 많더군요. 기자라면 절대 해서는 안 되는 짓을 하기도 하고. 3류 작가처럼 이야기를 지어내거나 흥신소 직원처럼 섣불리 추측하거나 신기 떨어진 점쟁이처럼 예견하는 거 말이에요. 영화평론가처럼 자기 의견이나 감상을 늘어놓는 기사도 드물지 않더군요. 대체 기자가 뭐라고 생각하는 것인지."

한때 자신이 종사했던 기자란 직업에 대해 말할 때 권민자의 눈빛은 생생하게 살아났다. 일에 대한 열정은 어머니를 잃은 슬픔도, 남편에 대한 절망도 잊게 해주는 것 같았다.

"우리 시대에는 기자 정신에 대한 자긍심이 대단했어요. 사실과 진실을 추구하는 것이 제일 목표였지요. 그래서 기자라는 명함이 벼슬처럼 대접받았던 거예요. 하지만 발바닥에 굳은살이 박이도록 뛰어다니며 취재한 기사라 해도 공인이 아닌, 한 개인의 인생이 심각하게 훼손당할지도 모른다는 판단이 서면 폐기하는 것도 기자의 덕목인 걸 알았지요. 오해하지 말았으면 해요. 최근에 비일비재한 기사 조작이나 사건 은폐하고는 달라요. 요즘 후배 기자들은 국민의 알 권리라는 미명하에 독자가 알지 않아도 되는 권리를 빼앗고 있는 것 같거든요."

미온은 그녀의 말에 고개를 끄덕였다. 하지만 권 여사의 말이 어디를 향해 달리는 것인지는 예측하지 못하고 있었다.

"그때 기사를 접은 건 석훈과 옥임의 당부도 있었지만, 김지형의 뮤즈를 만나본 후 창작 에너지를 불러일으킬 진짜 뮤즈가 아니라고 나 자신이 판단했기 때문이었어요. 지금 같으면 어떻게든 스캔들을 만들겠지만 내가 알고 싶은 건 무엇이 베가를 쓰게 했는가 하는 것이었지 김지형이 누구와 어떻게 바람을 피웠는가는 아니었거든요. 그리고 무엇보다 옥임과 장 회장이 지키려는 게 김지형의 명예가 아니라는 걸 너무 잘 알고 있기 때문이었어요."

권 여사가 계속 말을 해야 하나, 망설이듯 빤히 미온을 쳐다보았다.

"오히려 그들이 맞서 싸워야 할 공동의 적이 김지형이었을 거예요. 두 사람이 지키고 싶었던 건 물론, 미온 양이었겠지요."

미온은 무엇을 물어야 할지 몰라 길을 잃은 것 같은 눈으로 잠시 허둥거렸다. 공동의 적이라는 말이 무엇보다 이해되지 않았다.

"장 회장님은 저와 엄마를 정말 잘 돌봐주셨어요. 불필요한 스캔들이 세상에 알려져 제가 놀림감이 되는 걸 원하지 않았다는 것도 알 것 같아요. 하지만 그랜저를 산 기념으로 가든파티를 열었을 때 오셨다면 적어도 엄마와 10년 가까이 친구로 지내셨다는 뜻인데, 저는 여사님에 대한 기억이 없어요. 엄마 장례식 때도 오지 않으셨던 걸로 기억해요."

권 여사의 말을 왜 믿어야 하느냐는 미온의 질문이었다. 의심받고 있다는 것을 서운해하는 것 같지는 않았다. 대신 권민자는 미온에게서 잠시 시선을 거두고는 먼 과거의 어느 시간을 응시하고 있었다.

"처음 시작이 기자와 인터뷰로 만났으니까 어릴 적 친구처럼, 흉허물을 나누는 사이가 될 수는 없었지요. 집에 놀러 가는 경우도 드물었고요. 아무튼 그날은 모처럼 지인들이 모였는데 캠프에 가서 미온 양은 없었어요. 장 회장도, 다른 친구들도 가고 나만 늦게까지 남았지요. 옥임도 나도 좀 취해 있었어요. 미온 양이 벌써 보고 싶다며 옥임이 앨범을 들고 나왔어요. 귀여운 미온 양의 모습을 보며 한참을 웃고 이야기했는데, 그때 내가 어떤 말을 했고, 옥임이 불같이 화를 낸 거예요. 실은 몇 번 같은 생각을 했었는데 아마 술기운에 참지 못했던 것 같아요. 그 이후 멀어졌어요. 하지만 옥임은 그 후에도 나를 신뢰했다고 생각해요. 나 또한 원망을 가진 적은 없고요. 딸을 지키려는 엄마의 마음을 이해했으니까."

"뭐라고, 하셨는데요?"

미온이 묻고는 아랫입술을 살짝 깨물었다. 더 이상 피할 수 없다는 듯, 권민자도 미온의 눈을 똑바로 보며 말했다.

"꼭 닮았어. 장석훈 사장하고."

미온을 바라보는 권민자의 눈에는 지금도 그렇게 확신하고 있다는 뜻이 확고하게 담겨 있었다. 미온은 입술을 꾹 깨물었다. 그런데도 뿌리 뽑힌 나무처럼 푸르르, 턱이 떨렸다. 어떤 말도 언어가 되어 나오지 않았다. 그와 닮았던가. 눈앞에 장석훈 회장의 얼굴을 떠올렸다.

"문학관 건립과 장석훈 회장의 정계 진출, 이번 기회에 분명 폭로될 문제였어요. 그런데 미온 양이 대필 작가로 온 건 뜻밖이었지요. 거기서부터 계획이 헝클어지기 시작했어요. 옥임의 딸을 내 눈으로 보니 마음이 흔들리더군요. 거기에다 송 교수 스스로 일을 완전히 망쳐놓은 거죠. 그 사람 저렇게 된 게 미온 양에게는 가장 다행스러운 일일 거예요. 진실은 알게 되더라도, 언론을 통해 지저분하게 터지지는 않을 테니까. 무엇보다……."

권 여사가 말을 이었다.

"장 회장을 넘어뜨리려고 미온 양 주변까지 조사하다가 원준경 작가에 대해 알게 되었을 때, 그와의 관계를 정리하고 미온 양이 정말 좋은 남자를 만나길 바랐다면, 믿어줄래요? 주제넘었다면 미안해요. 하지만 옥임이 살아서 그 사실을 알았다 해도 내 마음하고 조금도 다르지 않았을 거예요."

권 여사가 따뜻하게 미온을 보며 말했다. 그리고 빈소에서 내려다보고 있는 자신의 어머니 사진을 그리운 듯 바라보았다.

인사동〈仁寺洞〉을 모래알처럼 많은 사람들이 모이는 마을이란 의미로 인사동〈人沙洞〉으로 바꾸어야 하지 않을까. 퇴근 시간, 인파에 떠밀려 막다른 골목 끝에 선 미온이 걸음을 멈추었다. 키 낮은 나무 대문 위에 걸린 〈요정妖精〉이라는 간판 등을 올려다보았다. 권민자에게서 뮤즈라던 여자의 이름과 식당 이름을 물어 스마트폰으로 검색하는 건 어렵지 않았다. 내가 누구인지 이곳에서 더 확실한 증거를 얻을 수 있는 것일까, 두려움이 앞서 미온의 입안에 침이 바짝 말랐다.

인사동에 위치한 다른 한정식 집들처럼 소담한 한옥처럼 보였지만 안으로 들어서자 서너 개의 별채를 양쪽에 거느린 본채가 위용을 드러냈다. 정성 들여 가꾼 정원이 초록으로 울창했다. 수령이 오래된 목련과 아름드리 벗나무 아래는 불두화와 수국이 한창이었고, 댓돌을 밟고 올라선 내부 인테리어는 현대적으로 고급스럽게 리모델링되어 있었다. 꽤 알려진 집인 듯 홀에는 저녁식사를 하기 위해 찾아온 손님들로 빈 테이블이 없었고, 문이 닫혀 있는 룸마다 종업원들이 바지런히 드나들고 있었다.

카운터 직원의 안내를 받아 들어간 내실은 사극에 나올 법한 후궁의 처소처럼 다소 경박하고 사치스러웠다. 황금빛 보료와 방석, 붉고 탐스러운 모란, 그와는 어울리지 않게 나비가 수놓아진 병풍, 자개가 화려하게 박힌 화초장과 경대. 다만 한지에 투사되는 은근한 조명이 공간 전체의 분위기를 그나마 격조 있게 보이도록 해주었다.

"김지형 작가의 따님이신가?"

방을 둘러보고 서 있을 때, 8각의 문살무늬 미닫이를 열고 여주인이 들어왔다. 권 여사처럼 고운 한복에 단아한 초로의 여인을 예상했지만, 개량한복을 입은 금춘화는 은발의 커트 머리에 여장부라는 말이 어울릴 만큼 체구가 당당했다. 미온에게 방석을 권하고 그녀가 낮은 찻상을 마주하고 앉았다. 저녁을 들겠느냐고 물었지만 미온이 사양하자 차를 들여오라고, 복도에서 기다리고 있던 여종업원에게 일렀다.

"가게 이름을 뮤즈로 할까도 싶었는데 기자를 만나기 전까지는 들어본 적도 없는 말이라 영, 입에 붙지 않았지. 우리말로 요정이라고 하면 비슷한 뜻이라고, 누가 가르쳐 주더군."

금춘화가 편하게 말을 놓았지만 무례하게 느껴지는 건 아니었다. 그녀는 사람을 관찰하는 데 능란한 눈빛으로 미온을 찬찬히 뜯어보았다. 김지형과 닮은 구석이 있는지 찾는 것도 같았고, 한 군데도 닮은 데가 없군, 확인하는 것도 같았다.

"요정이라기에는 나는 너무 크고 늙었지?"

그녀가 얼굴 가득 부드러운 주름을 그리며 소리 내어 웃었다. 돈 많고 활달한 노파라는 인상이 그 순간 무너졌다. 울타리 안에 자신이 원하는 세상을 채우고 지켜내느라 힘겨웠던 옥임이나, 지성과 펜을 높이 쳐들고 세상을 넘어서려 했던 권민자와는 또 다른 방식으로 한 생을 살아온 여자의 자긍이 다소 교만하게 그 안에 버티고 있었다. 굳이 비유를 하자면 바닷바람이 조각하는 대로 자신을 내맡긴 해송과 닮은 여성이었다. 비틀리고 휘어졌지만 그 자체로 당당하고 아름답다는 것을, 세월은 그녀 스스로 깨닫게 했을 것이다.

"명동에서 열 평도 안 되는 '라이터스'라는 찻집을 할 때였어."

그녀는 미온의 전화를 받고 놀랐다며 기다리는 내내 마음이 설레었다고 말한 뒤, 종업원이 내온 연잎 차를 따라 주고는 술술, 자신과 지형의 인연을 풀어놓기 시작했다.

"가난한 작가들이 커피 한 잔 시켜놓고 하루 종일 시간을 보냈어. 그때 김지형을 만났지. 몸은 깡마르고 눈빛이 날카로운 사내였어. 제임스 딘처럼 말이야. 그땐 그렇게 반항적이고 샤프한 사람이 좋았어. 한눈에 반했다고 할까. 그땐 사람 볼 줄 몰랐지. 젊었으니까."

여기까지 말하고 금춘화는 새삼 아버지 이야기인데 듣기 불편하지 않겠느냐고 물었다. 미온이 괜찮다고 하자 거리낌 없이 다시 이야기를 이어갔다. 타고난 것인지 오랜 세월 사람들을 접대해온 노하우 덕인지 이야기에 군더더기는 없었다.

"사랑한다고 믿었지. 그런데 결혼을 한다지 뭐야. 여섯 살이나 내가 연상이었지만 찻집 마담으로밖에 보지 않았구나, 하고 배신감이 컸어. 하지만 발길을 끊지는 않았어. 결혼하고 처음 맞은 크리스마스였을 거야. 같이 있자고 떼를 썼는데도 아내와 같이 참석해야 하는 작가들 모임이 있다고 했어. 약이 바짝 올랐지. 사생결단을 내겠다고 결심하고는 지형의 집으로 달려갔어. 밤 12시쯤 택시를 타고 돌아온 그들은 기분이 좋은 것 같았어. 조금은 취해 있었던 것 같아. 두 사람이 들어간 집에서는 따뜻한 불빛이 새어 나오고 음악이 흘렀어. 웃음소리도 들리고, 커튼 사이로 그들이 안고 춤을 추는 게 보였어."

"두 분, 사랑하셨을까요?"

미온이 참지 못하고 끼어들었다.

"글쎄. 사랑이 무엇인가 생각하기에 따라 다르겠지. 끝까지 들어보고 내게도 좀 알려줘요."

금춘화는 꿈에서 깨어난 게 조금 아쉬운 것 같았다. 미온에게 대답하고는 아득히 오래전 시간으로 서둘러 돌아가서 이야기를 계속했다.

"내 남자라고 빼앗아올 생각에 달려간 것이었지만 대문을 발로 차고 성큼 들어서지 못했어. 내가 먼저 만난 남자였지만 그들은 정식으로 결혼을 한 부부였으니까. 법이 날 주눅 들게 했지. 그들 부부 방의 불빛이 꺼지고 세상이 다 잠들었지만 나는 돌아가지 못했어. 어린 애들이 성탄 찬송을 부르러 올 때까지도 시린 발을 동동 구르며 대문 밖에 서 있었지. 눈도 오지 않는 메마른 성탄절이었어. 대문 밖을 서성이며 담배 한 갑을 거의 다 피웠던 것 같아. 그런데 그 시간이 아주 중요했어. 아마도 그날 밤 아이가 생겼다고, 지형에게 말했을 테니까."

금춘화는 금테안경 너머로 질투와 비웃음이 한데 섞인 야릇한 미소를 지어보였다. 하지만 오랫동안 뚜껑을 열어둔 알코올처럼 희석되어버린 감정이어서 그 미소가 무엇을 뜻하는 것인지 미온에게는 뚜렷하게 전달되지 않았다.

"새벽 송을 하던 아이들이 촛불을 끄고 돌아간 뒤 나는 춥기도 했지만 참을 수 없는 질투심으로 활활 타서 죽을 것 같았어. 쓰레기통에 버려져 있던 신문지랑 박스를 대문 앞에 쌓아놓고 불을 질러버렸지. 나무 대문이었어. 불이 활활 타오르는 걸 홀린 듯 보고 있자니 어디선가 불이야! 하는 소리가 들렸어. 그때 냅다 도망쳤지."

금춘화는 철없던 젊은 날을 연민하는 것처럼 고개를 가로저었지만, 하하하, 곧 호탕하게 웃음을 터뜨렸다.

"집에 도착한 지 얼마 되지 않았는데 지형이 눈이 뒤집혀서 바로 뒤쫓아 왔더라고. 그 사람 가끔 손찌검을 했었는데 그날도 한바탕 전쟁을 치렀지. 그런데 그 사람, 돌아가지 않았어. 자기한테 맞은 자리, 밤새 서 있어서 차갑게 얼었던 내 손발을 쓰다듬어주면서 혼잣말처럼 중얼거렸어. 나 같은 놈을 얼마나 사랑하면 그랬을까, 하고."

예기치 못한 반전에 미온은 무슨 말을 해야 할지 알 수 없었다. 사랑의 여신은 이 여자의 손을 들어준 것이었을까. 그렇게 옥임은 버려진 것이었다. 그런데 왜 하필 이 여자였을까. 미온은 자신도 모르게 분노가 치밀었다.

"그럼, 함께 계시는 동안 소설을 쓰셨나요?"

미온이 화제를 돌렸다.

"소설? 안 썼어. 작가는 숨 쉬듯 글을 쓰는 사람인 줄 알았는데 나랑 사는 동안 한 글자도 안 썼어. 작가라 멋있었는데 생활인으로 함께 살아보니 그냥 식충이였어. 밥 축내고 늦잠 자는 폐인 말이야. 사랑도 금세 식었지. 그런 자신을 자기도 견디기 힘들었는지 두어 번 손목을 긋

343

더군. 정말 죽고 싶어 하는 건 아니었어. 죽고 싶으면 그렇게 쇼하지 않
고 조용히 집 떠나 철길에라도 뛰어들었겠지. 그렇게 열 달인가 열한
달인가, 라이터스 뒤채에 붙어 있던 살림집에서 같이 살았어. 제발 좀
돌아가 주었으면 싶었어. 그 사람이 떠나지 않으면 내 손으로 죽이고
싶을 만큼 진저리가 났지. 그러던 어느 날, 갓난애를 안고 부인이 찾아
왔어. 그때 돌아가서 다신 안 돌아왔어. 게을러터진 꼴 안 보니까 살 것
같더군. 자살했다는 건 주간지 보고 알았지. 그리고 한 3년쯤 지났을 때
였나. 기자가 왔는데 그래, 권 기자. 그 여자가 이것저것 묻기에 지금
한 이야기를 들려주었지. 그런데 며칠 후 출판사 사장이라는 사람이 찾
아왔어. 지형에 대한 이야기는 앞으로 절대, 누구에게도 함구하겠다고
약속하라고. 그 후 기자들이 몇 번 찾아왔는데 그냥 손님이었다고 딱
잡아뗐지. 절대 말 안 했어. 안 그러면 경찰서 끌려갈 거라고 지장까지
찍었는걸. 억울할 것도 손해 볼 것도 없었어. 돈을 받았으니까. 꽤 큰돈
이었어. 그 덕에 라이터스 정리하고 여기를 샀지. 김지형은 돌아보면 고
마운 사람이었어. 덕분에 돈을 만졌으니까. 내 집에서 먹고 자고 간 거,
이자 몇 배로 쳐서 받은 셈이지.”

미온은 맥이 탁 풀리는 기분이었다. 권민자가 왜 기사를 내지 않
는지 알 것 같았다. 장석훈은 김지형의 외도를 숨기기 위해 암자에 가
있었다는 거짓을 지어냈을 것이다. 그렇다면 〈베가의 연인〉은 집으로
돌아가서 죽기 전까지 쓴 작품이라는 것일까.

“그분이 제 아버지가 아니라는 거, 알고 계셨죠?”

미온은 훌쩍, 뛰어넘었다. 크리스마스 날 밤, 그녀가 대문 밖에서 기
다려준 시간이 중요했다는 의미가 정확히 무엇이었는지 알아야 했다.
미온의 질문에 금춘화의 눈빛은 정확히 알고 있었구나, 이제 다 말해줘
도 되는 거구나 하는 안도감으로 반짝거렸다. 오래 잠가 놓았던 다락방
의 창을 열고 먼지를 탈탈 털어내듯, 해방감을 만끽하며 그녀가 남김없

이 말했다.

"내가 그 사람을 이해하지 못했던 게 그거였어."

무엇을? 하고 묻고 싶은 것을 미온은 겨우 참았다.

"부인이 아기였던 그쪽을 안고 왔을 때, 그 사람, 자기애가 아닌 걸 알고 있었거든."

미온은 소리가 나오려는 걸 참고 다시 입을 꽉 다물었다. 금춘화도 이번에는 연둣빛 차를 한 모금 들어 마시고는 잠시 망설였다.

"그쪽도 이젠 성인이니까, 또 자기 뿌리를 알고 싶어서 여기까지 날 찾아왔을 테니까 말하지 못할 것도 없겠지."

그녀가 계속 말했다.

"그 사람하고 있을 때 한 번도 피임을 한 적이 없어. 그 사람, 아이를 가질 수 없는 남자였어. 아내한테는 말을 못했다고 했지."

미온은 무슨 말을 해야 할지 몰랐다. 황망함이 스쳐 지나갔다. 그렇다면 나는? 나는! 이어지지 않는 문장이 표류하는 배처럼 혓바닥 위에서 이리저리 굴러다녔다.

"그날 말이야, 크리스마스 날 밤, 그 순간 아이가 생기면 얼마나 큰 축복이겠느냐고, 아내가 말했다고 했어."

미온은 마치 자신이 옥임의 심장이 된 것 같았다. 무시무시한 유령의 모습을 목격한 사람처럼 창백해졌을 얼굴로 아, 소리를 내고는 두 손으로 입을 틀어막았다.

"부인이 왔을 때 바로 간 게 아니야. 정리하고 가겠다고, 먼저 가 있으라고 보내놓고는 어쩔 줄을 몰라 했지. 그런데 저 애 누구 애냐고, 내가 깔깔거리고 웃었어. 그 사람 그렇게 무섭게 화내는 걸 처음 봤어. 그날 나를 거의 죽을 만큼 패놓고 떠났어. 누구한테라도 그 이야길 하면 죽여 버리겠다면서 말이야."

이야기를 끝낸 금춘화는 휴, 하고 길게 숨을 내쉬었다. 찻잔을 비우고는 살짝 얼굴을 찌푸렸다. 하지만 평생을 가두어놓았던 이야기를 훌 훌 털어내어 마침내 후련해진 표정이었다.

천재적 재능을 타고난 소설가는 다를 것이다. 그러나 미온에게 소설 은, 소설을 쓴다는 것은, 하나의 이미지, 한 줄의 문장, 아니 고작 몇 개의 낱말에서 비롯되곤 했다. 어느 불면의 밤에 문득, 해가 뜨려면 아 직 멀기만 한 어둠 속에서 밑도 끝도 없이 화자도 분명치 않고 스토리 도 이어지지 않는 단조롭기만 한 읊조림으로 출발했다. 이후의 문장은 생각해본 적도 없고 계획할 틈도 없었다. 노트북을 열고서도 무엇을 위 한 시작인 줄 몰랐고 안개 속에서 길을 더듬듯 어딘가를 향하는지도 알 지 못했다. 다만 처음 떠오른 몇 개의 음절이 한 줄의 문장을 연결하고 한 줌의 문단을 구성하며 이야기를 이어갔다. 평면적이던 이미지가 꿈 틀꿈틀 일어서고, 그림 안에서 빠져나온 인물들이 살아 움직이고 목소 리를 내며 웃고 울고, 걷고 뛰고, 사랑하고 미워하게 되고서야 비로소 하고 싶었던 말들이 숨 가쁘게 손가락 끝으로 쏟아지곤 했다.

미온은 〈오작교〉와 〈베가의 연인〉을 책상 위에 나란히 펴놓고 앉아 골똘히 생각에 잠겨 있었다. 권민자와 금춘화를 만나고 돌아와 몹시 고 단한데도 잠은 오지 않았다. 비가 그치자마자 다시 시작된 열대야 때문 인지도 몰랐다. 문을 꼭꼭 닫고 밤새 에어컨을 켜놓아 시원했지만 몸은 더위에도, 서늘함에도 적응하지 못했다.

소설 〈베가의 연인〉은 순환구조를 갖고 있었다. 〈오작교〉를 그대로 표방한 1장에서 시작한 이야기는 클라이맥스 부분에서 1장의 시점으로 돌아와 결말로 치달았다. 베가는 경은혜의 작품에서 시작된 이야기가 분명했다. 미온 또한 다른 작가의 작품을 읽고 있을 때, 마주한 그림 속 세상으로 쑤욱 들어서게 될 때, 음악의 한 소절이 귀에 입김을 불어 넣 을 때, 불에 덴 듯 떠오르는 장면이 새로운 이야기를 만들어내기도 했다. 하지만 베가와 〈오작교〉의 관계는 영감을 준 것이라 말하기엔 지나 쳤고 표절이라 하기엔 지나치게 풍성했다.

다른 사람은 몰라도 경은혜는 표절에 대해 문제를 제기하지 않았을 까. 질문과 동시에 답이 나왔다. 유황에게 말했듯, 표절 시비는 힘과 돈, 명성이 있는 쪽이 이긴다. 하물며 거의 40여 년 전이었다. 항의했다 해 도 장석훈 회장이 금춘화에게 그랬듯이 덮었을 터였다. 장석훈, 그의 이름과 함께 '아버지의 눈빛이었어.'라던 강주의 말이 그러나 "모든 걸 희생해서라도 지키고 싶은 게 내 핏줄이다."라고 말하던 장 회장이 떠 올랐다. 그가 지키려는 핏줄에 미온이 포함되었던 것일까. 예외였던 것 일까. 미온은 생각을 털어내려고 의자에서 벌떡 일어났다.

개관일은 하루 앞으로 다가와 있었다. 강주의 일로 통화를 몇 번 하 면서 참석하겠다고 대답을 했는데도 못 미더웠던지 윤재는 확인 전화 를 두 번이나 더 했다. 송두섭이 추악한 이미지로 낙마하게 된 사실을 장 회장의 확고한 승리로 받아들인 윤재의 목소리는 다른 때보다 높고 빠르고 밝았다. 정치판이 아니어도 앞으로 몇 달이나 남아 있는 시간을 낙관하는 윤재가 유난히 미숙하게 느껴졌다. 지능과 재능에 자신하는 인텔리일수록 인생을 원하는 대로 기획할 수 있다고 믿는 법이다. 단 하루 앞도 예측할 수 없는 돌발의 연속이 삶이라는 걸, 예기치 못한 사 건이란 안심하고 터뜨리는 화려한 불꽃에서 발화될 수 있다는 걸 장석 훈이 지어놓은 성에서 자라 실패를 맛본 적 없는 윤재가 알 리 없었다. 무엇보다 미온은 송 교수를 두둔할 생각이 결코 없는데도 불구하고, 그 사건으로 인해 강주와 물결이가 겪고 있는 고통이 윤재에게 행운이 되 고 있는 것 같은 일련의 방정식이 유쾌하지 않았다.

'사랑하는 나의 벗, 옥임.'

미온은 다시 책상 앞에 앉아 경은혜의 〈오작교〉를 펼쳤다. 옥임의 등단작 〈칠월의 폭설〉을 읽었다. 이미지와 문장에서는 경은혜가 돋보인다고 한다면 옥임의 단편은 작가의 세계관과 서사력이 뛰어난 작품이었다. 두 원고를 타이핑한 것은 옥임이었다. 육필원고는 아니었지만 옥임의 손이 닿았던 원고. 용지 어딘가에는 옥임의 지문이 남아 있을지도 모를 일이었다. 미온은 원고의 한 모서리를 잡았다. 옥임도 수십 년 전, 이렇게 쥐고 타이프라이터에 용지를 끼웠을 터였다.

엄마도 아니고 아내도 아닌 한 사람으로서 옥임을 바라보는 건 처음이었다. 하물며 소설을 쓰기 위해, 소설 속 인물과 세상을 창조하기 위해 몰입하는 작가로서의 옥임은 상상조차 해본 적이 없었다. 타이프라이터 앞에 앉아 소설을 쓰는 옥임을 눈앞에 그려보았다. 플롯을 짜느라 밤을 새우고, 다시 앉아 몰입하는 옥임이 쏟아낸 열정이 이 원고 안에 고스란히 살아 있었다. 손을 잡은 듯 원고에서 옥임의 숨결과 체온이 느껴지는 것 같았다. 원고를 손에 든 미온은 전기에 몸이 닿은 것처럼 경련했다. 언젠가 고흐의 작품 앞에서 느꼈던 것과 똑같은 감동, 옥임의 흔적으로 가득한 집에서 살고 있으면서 한 번도 느껴본 적 없는 전율이었다.

원고를 뒤적이던 미온은 각각의 원고 뒤에 있는 작가 약력과 등단 날짜를 확인하며 잠시 혼란스러웠다. 유황의 사무실에서 보았을 때 〈오작교〉는 봄 호, 〈칠월의 폭설〉은 여름 호여서 경은혜가 등단 선배라고 생각했었지만, 옥임이 한 해 먼저였다. 미온은 스마트폰 앨범을 뒤져 유황의 사무실에서 찍어온 크리스마스 사진을 열어 날짜를 확인했다. 봄 호로 경은혜가 등단한 그해 크리스마스였다. 미온이 태어나기 전해였으므로 금춘화가 대문 앞에 불을 지르고 달아났던 그날이 분명했다.

'옥임이 여름에 등단하고 그다음 해 봄, 경은혜가 등단을 했다. 같은 해 옥임은 지형과 결혼했으며 경은혜와는 그녀의 등단작을 타이핑해서 출판사에 보내줄 정도의 가까운 관계를 맺고 있었다. 크리스마스 파티에서 돌아온 다음 날 새벽 지형이 떠났고 금춘화와 함께 있는 동안 그는 소설을 쓰지 않았다. 다음 해 초가을, 내가 태어났다. 베가는 지형의 사후 유작으로 발표되었지만 〈오작교〉에서 시작된 소설이다. 〈오작교〉는 경은혜의 등단작이다.'

순서대로 이야기를 짜 맞춰보았지만 다시 원점이었다. 미온은 흩어진 책상을 뒤져 얼마 전 도서관에서 찾아 복사해 온 권민자의 인터뷰 기사를 펼쳤다. 주간지 네 페이지짜리 기사였는데 페이지마다 커다란 제목과 리드 글과 사진이 함께 실려 있어서 내용이 많다고는 할 수 없었다. 인터뷰 내용은 문어체로 정서되어 있었다.

'상고를 나와 부기와 타자 자격증이 있던 나는 출판사에서 근무했다. 그곳에서 김지형을 만나 결혼한 뒤 일을 그만두었다.'

지형과의 인연에 대해 옥임은 간단히 말했다. 옥임이 상고를 졸업한 것은 알고 있었지만 당연히 가지고 있었을 타자 자격증에 대해 미온은 생각해본 적이 없었다. 시대에 따라 나타났다 사라지는 자격증은 수없이 많았다. 미온에게는 한글 워드 자격증조차 원시시대의 유물처럼 먼 것이었다. 하물며 타자 자격증이었다.

'딸아이를 낳고 지금의 집으로 이사 왔다. 전에 살았던 집보다는 넓었지만 〈베가의 연인〉에 몰두하는 동안, 그 사람은 작은 소리 하나에도 예민해져 있었다. 그가 작품을 쓸 때면 나는 집 안에서도 발뒤꿈치를 들고 걸어 다녀야 했다. 수돗물 트는 소리는 물론 냉장고를 여닫는 소리, 가스 불 켜는 소리, 밥상에 수저 젓가락을 놓는 소리조차 조심스러울 정도였다. 아이가 울면 냉큼 들쳐 업고 집 밖으로 나가 달래야 하는 밤도 많았다. 그가 작품을 쓰는 내내 긴장해서 살았기 때문에 서재 문이 닫혀 있는데도 내 귀에는 원고지를 긁는 펜촉 소리가 사각사각 항상 들리는 것만 같았다."

기사를 읽던 미온은 이마를 잔뜩 찌푸렸다. 옥임의 인터뷰가 사실이라면 지형이 암자에 가 있었다는 말과 장 회장이 타자기를 선물했다는 말은 거짓이었다. 금춘화를 떠나 집으로 돌아온 지형은 배신한 아내를 증오하며, 자신의 핏줄이 아닌 아이를 환멸하며 베가를 쓴 게 틀림없었다. 그렇다면 장 회장은 문학관을 준비하며 타이프라이터를 염두에 두지 않았던 것일까. 윤재가 묻자 함께 논의해야 할 옥임이 없는 지금, 전시해야 할 원고와 타자기까지 꺼내놓아야 하는 상황에서 안 된다, 없다 하지 못한 것일까. 게다가 수십 년 전 그녀가 했던 인터뷰 기사도 잊은 게 분명했다.

거짓말을 한다는 것은 함정 파기 게임이다. 아무리 머리가 좋은 사람일지라도 거짓말이 반복되면, 어디가 맨땅이고 어디가 함정인지 구별하지 못하게 된다. 처음에는 묘기하듯 자신의 기억력을 감탄하며 함정을 피해갈 수 있지만, 결국 함정을 밟지 않고는 다음으로 넘어갈 수 없게 되는 순간이 온다. 필연적으로 스스로 판 함정에 빠지는 것이다.

문학관에서 본 타이프라이터는 옥임의 것일 터였다. 그런데 왜 장회장이 보관하고 있었던 것일까. 옥임은 언제 베가를 타이핑 했을까. 김지형이 쓰는 동안? 혹은 죽은 다음? 하지만 그렇다 해도 중요한 의문이 남았다. 지형의 친필 원본이 있어야 했다. 옥임의 성격상 그의 육필원고를 버렸을 리가 없었다.

"미온아. 이거 좀 봐라."

어느 날 오후, 옥임이 숨이 차게 뛰어 들어왔다. 눈앞에 꺼내놓은 건 지금까지 본 것들 중 가장 화려한 무늬의 공작 깃털로 장식된 펜이었다. 하지만 옥임을 흥분시킨 건 따로 있었다.

"오늘 상점 주인한테 들었는데, 펜이란 말이 라틴어로 깃털이라는 뜻의 펜나penna에서 왔다지 뭐니."

세상을 다 가진 듯 옥임의 눈은 새로 별을 발견한 천문학자의 눈빛보다 더 반짝이고 있었다. 중학생이던 미온은 그게 왜 그토록 흥분할 일인지 이해하지 못한 채 눈을 깜빡거렸다.

"엄마가 맞았지? 깃털 펜을 모으는 건, 사치가 아니라 글의 기원을 찾는 일이었던 거야. 펜의 어원이 만약 나무뿌리라거나 들장미의 가시라고 했다면 나는 정말 실망했을 거야."

옥임은 분홍빛으로 상기된 뺨에 미소를 가득 머금고는 미온에게 자신의 마음을 어떻게든 전달하려 애쓰고 있었다.

"펜이 의미하는 건, 아니 그러니까 글을 쓴다는 건 말이야. 글 쓰는 사람에게는 그 행위 자체로 날개를 다는 일인 거야. 하늘 높이 비상하고 싶은 열망을 가지지 않은 작가는 없으니까."

옥임은 자신의 집착에 정당성을 확보한 듯 깃털을 쓰다듬었다. 그날 옥임은 온종일 콧노래를 부르고 까닭 없이 웃었다. 미온 또래의 소녀처럼 명랑해 보이기까지 했다. 깃털 펜을 사 모으며 남편의 부재를 보상하려는 어머니와 허구로만 존재하는 아버지. 그것이 미온이 기억하는 10대의 자화상이었다. 그러나 미온은 지금 의심하지 않을 수 없었다. 옥임은 왜 지형의 서재를 그토록 치열하게 지켰던 것일까. 먼지 하나 없이 책상 위에 매일매일 원고지와 잉크와 목 펜을 정갈하게 펼쳐놓았던 것일까. 왜 지형과는 상관도 없는, 자신조차 쓰지 않을 깃털 펜을 사모았던 것일까.

미온은 의자에서 일어나 창밖을 내다보았다. 그러나 유리창에 투영된 것은 오른쪽과 왼쪽이 바뀐, 스탠드를 켜놓은 실내와 미온 자신의 모습이었다. 미온은 창문을 활짝 열었다. 그제야 좌우가 바뀐 미온의 모습이, 불빛이, 밝음이 사라졌다. 대신 당연히 있어야 할 밤과 어둠이, 적막과 외로움이 더운 열기와 함께 방으로 들어왔다. 찌그러진 달이 새벽을 비추고 있었다.

'달처럼 엄마의 이면을 보지 못하는 것이 아닐까?'

미온은 가위를 들고 잘라낼 수밖에 없는 엉킨 실타래를 눈앞에 마주하고 있는 것처럼 곤란한 표정을 지었다.

'이 집을 떠나지 않고 끝끝내 지키려고 했던 것이 남편에 대한 그리움이 아니었다면? 그가 원고지에 잉크를 찍어 펜으로만 작품을 쓰는 소설가였다는 사실을 나에게 각인시키려 했던 것이었다면?'

그 순간 와르르, 얼음조각들이 미온의 정수리로 쏟아져 내리는 것 같았다. 온몸에 오싹 소름이 돋았다.

아침 일찍 그랜저를 몰아 미온이 문학관에 도착한 것은 개관식이 시작되기 두 시간 전이었다. 휴가철이 끝나고 9월을 며칠 앞둔 여름의 꼬리, 바다는 모처럼 휴식을 즐기는 듯 한가해 보였다. 직접 뛰지 않아도 될 텐데 현장에 막 도착한 윤재는 직원들과 함께 마지막 점검을 하느라 분주했고 장 회장은 아직 호텔에서 출발하지 않았다고 했다. 미온은 손님들을 맞을 준비를 모두 마친 전시실에서 복원된 서재를 마주 보고 있었다. 금지선을 넘어 책상 가까이 다가섰다. 빈티지 스타일로 인테리어를 해놓은 카페에서 장식용으로 놓아둔 타이프라이터를 본 적은 있지만 자세히 살펴보는 건 처음이었다. 오래전 타자기는 한글전용이었지만 자모음의 배열은 미온이 쓰고 있는 컴퓨터 자판과 다르지 않았다. 자세히 보니 타자기 오른쪽 아래는 깨져 금이 가 있었고, 글쇠도 몇 개는 망가져서 다른 것들과 높낮이가 달랐다. 살짝 키를 몇 개 손가락 끝으로 눌러보았다. 찰칵, 찰칵, 그래도 경쾌한 소리를 내며 글쇠가 움직였다.

미온은 책상을 등지고 내려와 〈베가의 연인〉 원고가 있는 유리 진열장 앞으로 다가갔다. 가방에서 〈오작교〉와 〈칠월의 폭설〉을 꺼내 유리판 위에 올려놓고 진열되어 있는 원고와 비교해 보았다. 그 시절에도 오래 사용해서 글쇠가 닳은 탓인지 두 개의 원고 모두 ㅇ와 ㄹ이 다른 글자에 비해 흐려 보였다. 기분 탓일지도 몰랐다. 같은 타자기로 사용한 것이라고 장담할 수는 없지만 세 권의 원고에 사용된 글자체가 같은 것만은 분명했다.

김지형은 〈베가의 연인〉을 쓰지 않았다!

이것이 미온이 도달해야 하는 첫 번째 길목이었다. 이 한 줄의 명제만이 거의 모든 의혹을 풀어줄 수 있었다. 김지형은 변절한 것이 아니었다. 작품 성향과 문체도 바뀐 적 없었다. 약력에 비어 있는 1년, 금춘화 옆에서 무위도식했고 집으로 돌아와 아내와 자신을 환멸하다 자살했을 것이다.

그렇다면 누가? 〈베가의 연인〉이 복사나 표절의 누명을 벗고 정당성과 타당성을 획득할 수 있는 유일한 길은, 경은혜가 자신의 작품을 장편으로 개작했을 때뿐일 것이다. 하지만 김지형의 이름을 빌려야 할 연관성을 갖기에 그녀의 존재는 희미했다. 더구나 유황에게 전화를 걸어 확인한 결과, 역대 작품 목록에 경은혜의 이름은 다시 찾아볼 수 없다고 했다. 개관식에서 보자는 유황의 전화를 끊고 미온이 달려간 곳은 약력에 함께 적혀 있던 경은혜의 주소지였지만, 건물은 허물어지고 휑한 도로 위에 자동차들이 쉴 새 없이 달리고 있을 뿐이었다.

미온은 전시되어 있는 원고의 한 페이지를 내려다보며 무심히 읽었다. 그리고 어느 한 단어에 시선이 멈추는 순간, 미온의 머리에 번쩍 스쳐가는 기억이 있었다. 〈칠월의 폭설〉을 몇 장 넘기던 미온은 손가락을 더듬어 문장을 찾아냈다.

"넌 그 사람이 야매하다고 생각하는 거지? 하지만 내겐 그마저도 사랑스러운 걸."

미온은 진열장 아래 보이는 〈베가의 연인〉을 다시 확인했다. 미온은 숨이 멎는 것 같았다.

'사랑이란 한없이 야매하고 참혹한 것이다.'

고등학교 시절, 문예반에서 강주와 미온이 언어유희 놀이를 유행시킨 적 있었다. 강주가 〈베가의 연인〉에서 찾아낸 '야매'라는 단어 때문이었다. 정제되지 않은 일본식 표현인가 아닌가, 문예반에서 토론이 벌어졌다. 어둠이나 암흑이라는 뜻의 일본어 야미가 불법적이고 은밀한 거래를 나타내는 말로 건너와서 '야매로 했어.'라는 말을 흔하게 들을 수 있을 때였다. 인근 학교 문예반과 연합 모임이 있을 때면 남학생들이 야매떼 야매떼, 여자 목소리를 흉내 내며 괴이한 표정을 지어보이기도 했다. 남학생들끼리 돌려보는 일본비디오에서 여자들이 절정의 순간에 그만, 그만해,라고 외치는 비명이라고, 자기들끼리 수군거리며 키득거렸다.

'야매하다'가 촌스럽고 어리석다는 뜻의 형용사라는 사실을 국어사전에서 확인하고서야 김지형이 틀리지 않았다는 게 증명되었다. 들 야野에 어두울 매昧자를 썼고 들매화野梅라는 뜻으로도 쓰였다. 이광수의 소설 〈무정〉에서도 '야매한 사람들'이라는 표현이 있다는 걸 찾아낸 것도 수확이었다. 몽골에서는 야매라는 발음의 말이 '노 프러블럼'이라는 뜻으로도 쓰인다는 걸 누군가 알아낸 뒤에는 문제없어, 괜찮아, 좋아,라고 말할 때 야매, 야매 하고 아이들이 소리쳤다. 그때부터 문예반에서는 사전과 인맥을 총동원해서 가능하면 일반인들이 사용하지 않는 단어를 찾아내는 게 유행이 되었고, 죽은 단어를 꺼내 살리고 은어나 줄임말을 만들어 퍼뜨리는 게 경쟁이 되다시피 했다. 아름답다는 말 대신 아나하시구려, 기려하십니다,라고 한다거나, 화가 나면 나 골 틀렸어,라고 했다. 생소한 말을 섞어 문장을 만들고 암호처럼 사람들 앞에서 이야기했다. 가령 '요부가 가든한 여랑은 호정으로 향한 창유 앞에서 망연히 안개시리를 해바라기 하고 있었다.' 이렇게 말하는 것이었다. '허리가 날씬한 그녀는 뜰로 향한 창문을 열고 물끄러미 구름을 바라보고 있었다.'는 시시한 뜻이었다. 하지만 무슨 의미냐고 아이들이 물으면 국가기밀이나 되는 것처럼 절대로 가르쳐주지 않았다. 아이들답게 유치했으나 문예반답게 언어유희가 가져다주는 우월한 희열감을 만끽했다. 순기능이 훨씬 많다고 판단한 교사와 선배들도 장려해주어서 가장 아름다운 단어를 찾아내고, 가장 희귀한 문장을 만들어내는 데 한동안 열중했었다.

야매, 누구나 쓸 수 있는 단어였다. 그러나 문장 속에서 자주 만날 수 있는 낱말은 아니었다. 작가에게 어휘 선택은 습관이라기보다는 생각과 사고의 존재를 증명하는 하나의 혈관, 또 하나의 근육, 또 하나의 혓바닥이었다. 인류 탄생 이래 꾸준히 진화해온 인간의 장기, 아무리 흉내 내려고 해도 완전히 위조할 수 없는 지문이나 홍채처럼, 작가에게 단어 선택과 문체는 그의 고유한 신체 기관 중 일부라고 할 수 있는 것이기도 했다. 미온은 두 개의 원고에 각각 헤어진 쌍둥이처럼 같은 글자체로 써 있는 야매,를 비교해 보았다. 옥임의 것이 확실한 원고에서, 지형이 쓴 게 아닐 가능성이 높은 베가에서, 공통으로 사용되고 있는 단어는 조금도 우연으로 보이지 않았다.

〈베가의 연인〉은 옥임이 썼다!

이것이 미온이 확인하길 머뭇거렸던 두 번째 모퉁이였다. 그러나 아무리 부정하려고 해도 퍼즐의 아귀가 하나둘 맞아 떨어지고 있었다. 지형이 쓴 것이라고 생각할 때와 달리 옥임의 소설이라고 가정하는 순간, 베가는 아무런 저항 없이 그녀의 목소리로 수월하게 읽혔다. 그렇다면 지형의 서재를 보존하는 데 집착한 것도, 김지형 문학관 건립을 소망한 것도, 역설적으로 언젠가 자신의 작품이라는 것을 알아주길 옥임이 바랐기 때문이 아니었을까.

그렇다면 왜?

세 번째 질문이었다. 베가는 왜 김지형의 작품이 된 것일까. 왜 이 사실을 감추어야 했을까. 분명한 것은, 장 회장이 이 모든 사실을 알고 있으리라는 것이었다. 그가 암자와 타이프라이터에 대해 거짓을 말한 것이 그 증거였다. 진실을 덮으려 시작된 거짓은 끝내는 스스로 진실을 증명하는 결정적 단서가 되는 법이다.

어쩌면, 하고 미온은 생각했다. 과거에 많은 걸 취재했고, 사람들을 써서 뒷조사를 했던 권민자 또한 그녀가 말했던 것보다 훨씬 더 많이 알고 있으리라는 추측이 가능했다. 전우애라거나 목숨을 걸고 치른 전쟁, 벌어진 살 속에 드러난 흰 뼈, 하나로 뒤섞인 피. 미온이 의미를 다 이해하지 못한 수사법이 함축하고 있는 비밀이 그녀를 의심하게 했다. "그들이 맞서야 할 공동의 적은 김지형이었을 거예요. 그리고 공통으로 지켜야 할 게 미온 양이었다고 확신해요." 권민자는 말했었다.

'그렇다면 이 모든 혼란이 나 때문에 벌어진 일이라는 것일까?'

미온은 막다른 질문에 다다를 용기를 내야만 했다. 생각이 다시 어지럽게 헝클어지려는 순간, 윤재의 목소리가 들렸다.

"이렇게 일찍 와줄 줄 몰랐는데!"

깔끔한 양복을 차려입은 윤재의 푸른 색 스트라이프 넥타이가 어느 때보다 그를 단정하고 핸섬하게 보이도록 했다. 활기에 넘치는 목소리로 반갑게 인사를 나눈 윤재는 사무실로 올라가서 이야기하자고 했다.

"좋은 일 있나 보구나."

엘리베이터를 타고 올라가며 미온이 물었다.

"시집도 못 간 누나한테 좀 미안하지만, 와이프가 임신했어."

윤재가 그토록 만족스럽게, 수줍게 웃는 모습을 보는 건 처음이었다. 윤재에게는 지금 이 순간, 모든 게 완벽한 시간이었다. 미온은 축하한다고 진심으로 말해 주었다. 장 회장이 아버지라면 윤재는 배다른 동생이었다. 그의 아내는 올케가 되고 윤재의 아이는 조카가 되는 것이다. 피가 반만 섞인 동생, 다시 반의반으로 줄어든 조카, 그렇게 반쪽뿐인 혈연인데도 가족이구나, 혼자가 아니구나, 당혹스럽게도 목울대가 아려왔다.

"개관식 전에 확인해야 한다는 건 뭐야?"

사무실에 들어선 윤재가 물었다. 지난번과 달리 사무실은 깔끔하게 정리되어 있었다. 윤재가 방금 내린 커피를 따라 와서 소파에 앉은 미온에게 잔을 건넸다. 자신도 건너편 의자에 앉아 한 모금 마신 뒤 테이블 위에 잔을 내려놓았다. 미온은 망설였다. 지금부터 하려는 말은 윤재의 꿈을 깨우고, 무거운 진실을 그가 짊어지게 할 것이기 때문이었다.

"김지형이 문학관을 지어 기념할 만한 작가가 아닌 증거가 나온다면 어떻게 할 거야?"

"무슨 말이 그래? 여기에 쏟아부은 돈이 얼만 줄 알아? 아버지의 정치 미래가 걸려 있어. 우리 출판사의 사활도. 어떻게든 성공적으로 치러야 해."

윤재는 아무런 의심 없이, 그러나 조금 불안해진 눈빛으로 미온을 쳐다보았다. 미온은 머뭇거리지 않았다. 지형이 금춘화와 함께 한 1년에 대해, 옥임의 타이핑 원고에 대해, 경은혜의 〈오작교〉와 서옥임의 등단 소식까지 알고 있는 것을 모두, 그러나 육하원칙에 의거해 장황하지 않게 들려주었다. 단, 장 회장과 미온 자신이 관련된 의혹만은 말하지 않았다.

"아버지가 거짓말을 했다는 거야? 왜? 무엇 때문에?"

윤재가 결코 인정할 수 없다는 눈빛으로 미온을 노려보았다.

"김지형이 〈베가의 연인〉을 쓴 작가가 아니라는 건 의심할 여지가 없어."

미온이 결론을 맺었다. 윤재의 얼굴이 하얗게 질려서 천천히 일그러졌다.

"경은혜의 단편을 장편으로 확장시킨 소설이고 그것을 쓴 건 서옥임, 엄마일 거야. 그걸 장 회장님도 알고 계시고."

"말도 안 돼!"

윤재가 소파에서 벌떡 일어섰다. 등을 돌리고 크게 심호흡을 했다. 그의 눈앞에 있는 책상, 그 위에 '문학관장 김미온'이란 명패가 놓여 있었다. 윤재는 성난 황소처럼 뜨거운 입김을 뱉어내듯 명패를 노려보았다.

"지금 이 이야기를 하는 이유는 뭐야?"

윤재가 미온을 돌아보지도 않고 물었다.

"진실을 밝혀야 할 거 같아서."

"진실? 무슨 진실?"

윤재는 돌아서서 미온을 쏘아보았다.

"누나가 말한 게 사실이라고 해. 하지만 그걸 왜 밝혀야 하는데? 40년 가까이 세상이 진실이라고 믿어온 거야. 그걸 왜 내가, 왜 오늘 뒤집어야 하는데?"

윤재의 입술이 뒤틀렸다. 뺨은 붉으락푸르락 상기되어 일그러졌다. 세상에서 맞서야 할 유일한 적을 미온이라고 인식해버린 무서운 눈빛이었다. 미온은 마음이 아팠다. 오늘을 위해 윤재가 얼마나 열심히 준비해왔는지 잘 알고 있었다.

"네가 만들려는 세상을 위해서, 네가 바꾸려는 출판문화의 새로운 지평을 위해서, 그리고 네 아이가 살아갈 세상을 위해서."

미온이 단호히 말했다. 윤재가 강하게 고개를 저었다.

"오늘 언론사 기자들이 몇 명이나 오는지 알아? 국회의원은? 대학의 저명한 교수들과 기업 오너들, 지방 유지들은? 관공서 관리들과 작가들과 독자들은? 그 사람들 앞에서 아들인 내가, 지금껏 아버지가 쌓아온 세계를 무너뜨리라고? 그게 내 아이를 위해서라고? 다 쓰러진 다음 뭐가 남는데?"

"진실, 그리고 희망. 네가 만들려고 했던 세상이 그거 아니었어? 거짓을 무너뜨리고 진실 위에서 다시 시작하는 거 아니었어?"

윤재는 픔, 하고 코웃음을 쳤다.

"순진한 거야 멍청한 거야? 세상이 그렇게 쉽고 단순해 보여?"

겁을 먹은 게 분명했다. 계획이 어긋나는 것처럼 무서운 게 없다는 듯, 한 번도 상상해본 적 없는, 그러나 자신도 모르는 사이에 예약된 실패와 몰락과 수치 앞에서 윤재는 가엽게도 떨고 있었다.

"유황이 오늘 참석할 거야. 네가 말하지 않으면 기자들에게 경은혜의 등단작을 표절한 것이라고 세상에 떠벌일 거라고 했어. 송두섭의 아내 권민자 역시 베가를 쓴 게 김지형이 아니라는 걸 의심하고 있고."

미온의 말이 끝나기도 전에, 윤재가 명패를 집어던졌다.

"아악!"

날카로운 명패 모서리가 미온의 이마를 스치고 날아가 바닥에 떨어져 두 동강이 났다. 본능적으로 공격을 피하느라 얼굴을 돌렸던 미온은 불에 덴 듯 뜨거움이 느껴지는 이마를 짚었다. 손가락 사이로 주르륵 피가 흘러내렸다.

"누나가 내 편인 줄 알았어. 그런데 누나는 지금 아버지와 내가 평생 쌓아온 것을 무너뜨리려 하고 있어. 날 망치려 하고 있다고! 왜? 무엇 때문에? 언제부터 나의 몰락을 바라고 있었던 거야?"

미온이 윤재를 바라보았다. 불끈, 두 주먹을 꽉 움켜쥐고 미온을 노려보고 서 있는 윤재의 눈에 핏발이 곤두서 있었다. 윤재는 다른 무엇을 희생시키더라도 자신의 것을 빼앗기지 않아야 한다는 데만 혈안이 되어 있었다. 남의 것을 빼앗더라도 자신의 것만은 지켜야 한다는 의지로 얼굴이 벌게지도록 목청 높여 소리를 질렀다.

"이게 뭐하는 짓이야?"

하지만 윤재의 말이 채 끝나기도 전에 장 회장의 호통이 실내를 쩌렁쩌렁 채웠다. 문 앞에 그가 서 있었다. 피를 흘리고 있는 미온을 발견한 장 회장이 미온에게 먼저 달려왔다. 덜덜 떨리는 손으로 주머니를 더듬어 손수건을 꺼내 미온의 상처에 가져다 댔다. 미온은 아픈 것도 잊고 이마를 짚은 채 그의 얼굴을 뚫어지게 바라보았다. 이렇게 가까이 장 회장과 마주한 것은 처음이었다. 피를 흘리는 미온을 바라보며 어쩔 줄 몰라 하는 그의 주름진 얼굴은 여기저기 금이 가고 틈이 생긴 낡은 담장 같았다. 그래서 금방이라도 무너질 것처럼 위태로워보였다.

강주

불구속 수사 요청도, 보석 신청도 받아들여지지 않았다. 강주는 경찰 수사가 끝나고 검찰로 이송된 뒤 구치소에 수감되어 재판과정을 기다렸다. 사기혐의, 절도혐의, 폭행혐의 그리고 음주운전으로 인사사고를 낸 여자들과 같은 방을 사용했다. 상대가 나빴던 거라고, 시기가 적절치 않았다고, 재수가 없었다고, 그들 모두 자신의 선량함과 무죄함과 억울함을 목에 핏대를 세우며 주장했다. 밤마다 누군가는 울었고, 누군가는 코를 골고, 누구는 이를 갈았다. 옆에 누운 여자는 잠버릇이 험해서 겨우 잠든 강주를 몇 번이나 발로 찼다.

구치소에 입소하고 일주일 넘게 강주는 제대로 잠을 잘 수도, 식욕을 느낄 수도 없었다. 이제 어떻게 되는 것일까. 물결이는 잘 있을까. 과거에 대한 회한과 미래에 대한 불안이 엄습했다. 유죄 판결을 받은 건 아닐지언정 아니 땐 굴뚝에 연기 날까, 혐의만으로도 상종 못할 밑바닥 인생이라고 취급했던 수감자들과 똑같이, 감색 수인복을 입고 미결수라는 이름을 얻은 자신에 대한 환멸도 컸다. 이렇게 될 줄 알았다면 영우에게 그토록 모질게 하지 말 걸, 후회도 깊었다.

하지만 강주는 또 적응했다. 좋은 것도 아니고 익숙한 것도 아니었지만 낮은 칸막이에 몸을 가리고 양변기에 앉아 소변을 누고 대변을 보는 일도 해야 하니까 할 수 있었다. 타인의 숨소리와 코골이와 잠꼬대도, 그들의 체온과 체취까지 나누어야 하는 거북한 동거 역시 견딜 수 있게 되었다. 지내다 보니 사건만 일어나지 않았다면 강주와 다를

게 하나도 없는 평범한 여자들이었다. 하지만 그들에게 강주는 똑같은 사람이 아니었다. 강주는 그들 중 가장 극악한 짓을 저지른 범죄 용의자였다. 사기나 절도는 할지언정 어떻게 사람을 찌르느냐고 강주가 들어도 상관없다는 듯, 자기들끼리 모여 앉아 수군거렸다. 강주가 뜻 없이 눈에 힘을 주고 수저만 높이 들어도 바짝 경계하는 눈치였다. 그런 상황이 되고 보니 강주는 좀 우스워졌다. 사람을 죽이려 했던 무서운 사람으로 인식되자 더 나쁘게 보일 것도 없었다. 오해를 풀고 싶은 마음도, 판사도 아닌 그들에게 정당성을 주장해야 할 이유도 없었다.

이상한 일이었다. 그들에게 아무런 해를 끼치지 않았는데도 강주에게 권력이 생긴 것 같았다. 그들은 강주를 조심스러워 했고 어려워했고 무서워했다. 먹을 게 생기면 먹겠느냐고 물었고, 강주가 대답하지 않고 눈을 내리깔면 슬쩍 앞에 가져다 놓고는 자기들끼리는 모여 앉아 조용히 먹었다. 타인이란 자신을 위축시키는 존재라고만 느꼈던 강주는, 그들의 이물스러운 시선에서 처음으로 자유로움을 느꼈다. 수하에 부하 여럿을 거느린 장군이라도 된 듯 마음이 여유로워지는 것 같았다. 그러자 어떻게 하면 물결이를 잘 키울 수 있을까, 어떻게 해야 통장의 잔고를 채울 수 있을까. 머리카락처럼 매일매일 자라던 걱정조차 잠시 내려놓아졌다. 재판이 어떻게 될까 하는 염려도, 속 끓여서 될 일이 아닌 걸 알면서도 놓을 수 없던 조바심도 변호사에게 모두 맡겨야 한다는 것을 받아들였다. 그러자 입맛에 맞지 않아도 주는 대로 먹을 수 있었고 불을 끄지 않아 눈이 부신대도 까무러치듯 잠을 잘 수 있었다. 꿈도 없이 깊은 잠을 자는 게 몇 년 만인지 기억도 나지 않았다. 누구라도 깨우지 않으면 스물네 시간이든 마흔여덟 시간이든 죽은 듯 잘 수 있을 것 같았다. 시간과 규칙만 지키면 먹고 자고 허락된 시간 운동한 뒤 하루 종일 멍하니 앉아 있어도 누구 하나 귀찮게 하지 않았다. 걱정에 가득 찬 현실이 사라지자 후회할 과거도 염려해야 할 미래도 없었다.

　변호사가 거의 매일 방문하여 사건 당일과 전후 상황, 주변 인물을 세밀하게 파악했고, 재판 방향은 물론 강주가 보여야 할 태도와 증언에 대해서도 꼼꼼하게 짚어주었다. 미온을 통해 SG출판그룹에서 보내준 변호사가 부채처럼 느껴졌는데 성욱 쪽에서 변호사를 바꾸자고 했다. 로펌을 운영하고 있는 그의 장인이 형사사건에 유능한 변호사를 선임해 주었다. 물론 그의 아내가 먼저 제안한 것이었다. 미온보다 성욱과 그의 아내가 편하게 느껴지는 건 물결이 때문이었을 것이다. 성욱의 아내도 종종 면회를 왔다. 언제까지가 될지 모르지만 다니던 학교가 멀기 때문에 물결이를 전학시켰다고 했다. 수민이와는 자주 통화를 하는 모양이었다. 세실도 알겠구나, 그럼 영우도 알았을까, 강주가 생각하는 사이, 엄마 걱정을 많이 하지만 쌍둥이들과 어울려 장난할 때는 깔깔 소리 내어 웃기도 한다고 성욱의 아내가 물결이의 소식을 계속 전했다. 샤워 후 욕실의 머리카락과 아무 데나 옷을 벗어놓는 습관에 대해서 한 번 지적했다고 했다. 하지만 쌍둥이 때문에 힘드니까 도와달라고 말하자 그다음부터는 누나 노릇을 톡톡히 한다고, 모녀 관계가 될 생각은 없지만 물결이는 좋은 아이인 것 같다고 말해줄 때 강주는 고맙다고, 진심으로 말했다.

　"두 사람이 좋게 끝난 게 아니란 건 알지만, 그 사람이 당신과 자주 만나는 건 내가 바라지 않아요. 그래서 모든 일은 나를 통하라고 했어요. 이해하죠? 그 사람하고 어떻게 잘 지내는지 궁금할 테지만, 부부관계는 권력의 균형이 중요하잖아요. 아버지의 돈과 명예가 그 사람에게 영향을 미치거든요. 내 말이라면 다 들어야 하는 줄 알아요. 무엇보다 섹스가 잘 맞는 편이죠. 그 사람도 나이를 먹는지 요즘엔 오히려 나를 버거워하는 편이지만요."

　성욱의 아내는 마치 카페에서 친구와 은밀하게 소곤거리듯, 조금의 거리낌도 없이 부부관계를 털어놓았다. 마치 다른 사람의 이야기를 듣는 것 같았다. 어쩌면 나쁜 사람은 없는 것일지도 몰랐다. 그렇게 힘 앞에 굽실거릴 줄도 아는 남자였다니, 강주는 자신이 더욱 부족하고 못나게 느껴졌다.

첫 공판이 열린 건 강주가 구속되고 검사 쪽에서 공소 제기를 한 후 열흘 만이었다. 얼음조각이 녹아 송두섭을 공격한 흉기가 증거로 제출될 수 없는 것이 검사로서는 난감하고 아쉬운 일이었을 테지만 강주의 옷에 묻은 송두섭의 혈흔과 당시 현장을 목격한 다수의 증인들만으로도 충분했다. 강주는 가해 사실은 부정하지 않았지만 검사가 제기한 살해미수 혐의에 대해서는 강력히 부인했다. 이후 열린 재판은 고의적 살인 미수인가 아닌가를 증명하는 지루한 과정이었다. 검사 측과 변호인 측에서 요청한 증인 신문이 몇 차례에 걸쳐 이루어졌다. 병원에 입원 중인 원고 송두섭은 법정에 나올 수 없었지만, 그의 아내 권 여사가 늘 방청석에 앉아 있었다. 검사는 송두섭의 오.시.디O.C.D를 진단한 의사와 수술담당 의사, 얼음 조각가, 피투성이가 된 강주를 최초 목격한 아르바이트 대학생과 구급대원 및 출동 경찰관들을 증인으로 세웠다.

"사건 현장은 과다출혈로 생명이 위험하다 판단될 만큼 끔찍한 상태였습니다."

"응급실에 실려 왔을 때는 의식이 전혀 없었습니다. 이마뼈가 함몰된 상태였고 성기는 참혹하게 난자되어 있었습니다."

"10시간 넘는 대수술이었습니다. 생명은 구했지만 언어 기능이 70프로 이상 손실된 것으로 추정되며, 성 기능은 영구적으로 상실되었습니다."

검찰 측 증인에 대한 주 신문이 이어지면 강주는 스스로도 끔찍한 범인처럼 생각되었다.

변호인은 검사의 주장을 반박하는 주장을 내놓으며 검찰 측 증인들에게 질문했다. 그러나 외국의 법정영화에서 본 것처럼 검사와 변호사의 현란한 논리와 언어적 마법을 펼치는 법정 공방은 보기 힘들었다. 오직 판사가 유무죄를 판단할 수 있도록 충분한 증거와 증인을 제시하는 정도여서 법정의 피고인석에 앉은 강주는 자신의 처지도 잊고 검사와 변호인의 역할에 다소 실망하기도 했다.

"원고 송두섭의 오.시.디O.C.D 진단을 내린 건 언제입니까?"

"신경회로 이상으로 나타나는 강박 장애는 약물로 어느 정도 억제될 수 있는 것이라는 말씀이군요. 그런데 원고가 마지막으로 치료와 처방을 받은 건 언제입니까? 지속적인 치료를 권했는데 성실히 치료받지 않았다는 것입니까?"

"투약이 중지된 상태였다는 증거로 마지막 처방전을 제출합니다."

"대학 강의실에서 그가 추행을 한 게 사실입니까?"

"당시 판결 자료를 증거로 제시하겠습니다."

검찰 측 증인에 대한 변호인의 반대신문이 이어지면 강주가 다시 유리해지는 같았다. 하지만 검사와 변호인의 증인신문과 증거제출이 거듭될수록 단순하게 보였던 사건은 점점 미궁으로 빠져 들어갔다. 특히 원고를 억울한 피해자로, 피고인을 잔혹한 가해자로 인식시키기 위해 검사가 신문하거나, 변호인이 피고인의 죄를 정당방위로 보이도록 강조하기 위해 어떤 질문에 대해서 예 또는 아니오로만 대답하도록 증인을 유도하게 되면 사태의 본질은 더욱 복잡해졌다. 그럴 때면 한쪽에서만 정황을 보게 되므로, 사실과 진실이 거짓으로 뒤집어지기도 했고, 거짓이 진실처럼 보이기도 했다. 강주 쪽에서는 대학에서 성추행으로 고발했던 여학생 두 명과 물결이와 미온이 주요 증인으로 출석했는데 미온을 증인 신문할 때 검사는 유독 예, 아니오의 대답을 집요하게 강요했다.

"원고 송두섭의 행위를 목격한 뒤 증인은 즉시 불쾌한 감정을 드러냈습니까?"

"충격을 받았다고 했는데 본인이 계속 운전을 하고 서울까지 왔단 말이죠?"

"파출소 앞에 정차한 적 있습니까? 그런데 왜 파출소로 들어가지 않았습니까?"

"전화로라도 성추행을 신고한 적 있습니까?"

"휴게소에서는 국밥을 한 그릇 남김없이 비운 게 사실입니까?"

"라디오에서 나오는 노래를 따라 부르기도 했다는 게 정말입니까?"

"사건 후 다섯 시간 넘게 거부 의사를 보이지 않았다면 그 어떤 위협도 느끼지 않은 게 아닙니까?"

"사건 이후 정신과 치료나 심리 상담을 받은 적 있습니까?"

검사의 반대신문만 듣는다면 미온은 마치 송 교수의 행위를 즐긴 것처럼 보였다. 강주조차 화가 나서 벌떡 일어나 항의하고 싶을 지경이었다. 검사의 질문이 끝나고 변호사는 미온이 당시 느꼈던 불쾌감과 불안이 가중되어 성인이었음에도 불구하고 어떤 현실적인 판단도 할 수 없는 공황상태였음을 증명하려 했지만, 증언을 마치고 내려오는 미온의 얼굴은 대관령에서 느꼈던 모욕과 수치심이 고스란히 살아난 듯 고통스러운 표정이었다.

강주에게 다행스러운 게 있었다면, 송 교수가 입원하고 수술을 받은 지 두 달 만에 깨어났다는 것이다. 하지만 검사 쪽에서는 오히려 강주의 범죄를 강조하기 위해 전략적으로 그를 원고석에 데리고 나왔으며 휠체어에 탄 그를 증인석으로 불렀다. 의식은 깨어났지만 말을 할 수는 없었고, 뇌졸중까지 겹쳐 반신불수 상태였다. 그러나 죽음에 대한 공포를 느꼈는가, 먼저 공격한 적 있는가, 방어할 겨를이 있었는가, 하는 검사의 질문에 송두섭은 고개를 끄덕이거나 가로젓는 것으로 자신이 억울한 피해자임을 명확히 증명했다.

"당신을 공격한 사람이 이 법정 안에 있습니까?"

검사가 물었을 때 송두섭은 고개를 끄덕였다.

"누가 당신을 공격했습니까?"

검사의 질문에 송두섭은 손가락으로 정확히 강주를 가리켰다. 그의 눈에는 미안함이나 후회, 그 어떤 수치심도 없었다. 강주에 대한 원망과 분노만이 남아 그러잖아도 비뚤어진 얼굴이 더욱 흉하게 일그러졌다. 하지만 재판장에 있는 모든 사람들을 가장 놀라게 한 것은 최종판결을 앞두고 열린 재판에서 변호인의 즉석 요구로 증인석에 앉은 권민자였다. 검사가 사전에 없는 증인이라며 반대했으나 판사의 중재로 증인신문이 이루어졌다.

"원고 송두섭이 사고를 당하던 시간, 증인은 어디에 있었습니까?"

"친정 어머님이 돌아가셨다는 연락을 받고 요양원에 가 있었습니다."

"사고 소식을 듣고 정신적 충격이 컸겠군요."

"이의 있습니다. 변호사는 중립성을 잃고 증인의 감정을 추측, 유도하고 있습니다."

검사의 이의가 제기되자 판사는 이를 인정했다. 변호인이 질문을 철회하고 다시 물었다.

"증인은 어머니에 대한 정이 남다른 것으로 알려져 있더군요. 여러 차례 임종 위기 연락을 받을 때마다 숨 가쁘게 달려갔다는 요양원 직원들의 증언이 있었습니다. 그런데 정작 돌아가신 날은 출판기념회 때문에 갈 수 없었던 것이군요."

'네. 그렇습니다."

"임종도 보지 못한 그날, 남편에 대해 어떤 감정을 갖게 되었습니까?"

변호사가 물었다. 권민자의 표정이 굳어졌다. 잠시 생각하던 그녀는 차분하게 대답했다.

"그는 강박증을 앓고 있는 환자입니다. 감정으로 판단할 일은 아닙니다."

"그렇습니다. 장모님이 돌아가신 날, 원고 송두섭에게는 매우 중요한 날이었습니다. 그래서 헌신적인 아내는 불안한 마음을 누르고 어머님께 달려가지 못했습니다. 그런데 원고가 장모의 임종 소식을 듣고 뭐라고 했습니까?"

변호인의 질문에 권민자가 당황스럽다는 듯 강주 쪽을 쳐다보았다. 강주가 냉정하게 그녀를 마주 보았다. 권 여사는 아랫입술을 살짝 깨물고는 잠시 망설였다. 그러나 후우, 한숨을 쉰 다음 담담하게 말했다.

"가지 말라고 했습니다. 이미 돌아가셨는데 나중에 가라고요. 그리고 말했습니다. 오늘이 얼마나 중요한 날인데, 하필! 하필이라고 했습니다."

변호인은 잠시 법정을 둘러본 후 차분하게 말했다.

"자식으로서, 어머니를 잃은 딸의 입장에서 어떤 기분이었습니까?"

권민자는 시선을 내리고 무릎에 올려놓은 두 손을 내려다보았다. 그녀의 입술이 파르르 떨렸다.

"사람 같지 않았습니다. 한평생 내조했던 남편이었지만, 죽이고 싶었습니다."

검사가 재빠르게 이의를 제기했지만 법정을 지켜보던 방청객들이 술렁거렸다. 판사가 판결봉을 두드리며 정숙을 요구했다.

"그가 증인의 엄마를 죽인 것도 아닌데 말이지요?"

변호인이 물었다.

"네."

권민자는 단호하게 대답했다. 검사는 권 여사의 대답에 당황하는 게 역력했다.

"그는 강박증 환자입니다. 그리고 증인의 어머니가 돌아가시는데 손끝 하나 대지 않았잖습니까. 그냥 말했을 뿐이지요. 하필. 하필. 그런데 증인은 그를 죽이고 싶은, 그런 기분이셨군요."

변호인이 권민자를 말없이 쳐다보았다. 그녀는 변호인이 무슨 말을 하려는지 알아들었다는 듯, 눈을 꼭 감았다 떴다. 피고인석에 앉아 있는 강주를 물끄러미 바라보았다. 강주에게서 눈을 떼지 않고 또박또박, 분명히 자신의 생각을 말했다.

"모든 것을 법대로 처리하길 바랍니다. 하지만 피해자의 아내로서, 또 그의 보호자로서 법이 허락하는 범위 안에서 제게 관용을 베풀 자격이 있다면, 저는 은강주에 대한 처벌을 원하지 않습니다. 내 딸 앞에서 그런 짓을 하는 사내를 목격했다면, 나라도 그랬을 것입니다."

구치소와 재판장을 오가는 사이 여름이 가고 가을이 오고 겨울이 닥쳤다. 그 사이 두 번의 재판과 결심재판이 열렸고 마침내 판결 선고일이었다. 크리스마스를 며칠 앞두고 있어서 구치소 수감자들조차 이유 없이 술렁거릴 때였다. 하지만 강주는 피가 마르는 것 같았다. 재판부 102호 형사법정의 판사석과 좌우 배석판사석은 아직 비어있었다. 검사와 변호사는 3주 전 최후 변론을 마쳤고, 증거와 변론 내용을 종합하여 오늘 재판부는 강주에게 유무죄 판결을 내릴 터였다.

방청석에는 몇몇 일간지 기자들이 심드렁하게 앉아 있었고 미온과 성욱의 아내가 보였다. 송두섭이 저명한 인사는 아니어도 성추행 스캔들이다 보니 짧게라도 몇 차례 신문에 기사화되었다고 했다. 부주의하게 혹은 일부러 강주의 신상명세와 물결이의 이름, 재학 중인 학교의 지역 명과 이니셜까지 실린 적 있다고 성욱의 아내가 면회 할 때 이야기해 주었다.

남자 거 봤느냐고, 그 짓 하는 할아버지 볼 때 기분이 어땠느냐고 묻는 아이가 있는가 하면, 너네 엄마 살인자냐, 묻는 아이들도 있다고 했다. 성욱과도 아직 서먹한데다 전학까지 해서 낯선 환경을 가까스로 견디고 있는 물결이가 아무래도 많이 예민해져 있다고, 내내 긍정적인 이야기만 전해주던 성욱의 아내가 처음으로 걱정을 나누어 주었다. 혹시 얼굴 사진이라도 날까 봐 구치소나 법원에 물결이를 데리고 나오지 못하게 한 가장 큰 이유였다. 성욱이 기자와 신문사를 상대로 소송을 낼 거라고, 현재 변호사와 협의 중이라고 했다.

악연이라는 게 있을까. 강주는 비어 있는 원고석을 돌아보았다. 몸의 나머지 반쪽에도 마비가 빠르게 진행되고 있어서 송두섭은 남은 생을 꼼짝없이 침대에 누워 있어야 할 신세였다. 재판 내내 결과를 예단하지 않고 담담하게 피고인석을 지키던 강주였지만 그의 상태 악화 소식이 판결에 부정적인 영향을 미치면 어떻게 하나, 바람 앞에 켜놓은 촛불처럼 몸이 떨렸다.

판결에 따라 내일은 어제와 달라질 수 있었다. 내 아이와 내 집으로 돌아갈 수 있을지도 모른다고, 내 방에서 내 침대에서 내 이불을 덮고 잠들 수 있다고, 입에 맞는 음식을 먹을 수 있고, 원하는 것을 보고 들을 수 있고, 어디든 마음대로 갈 수 있고 누구든 만날 수 있을지도 모른다고, 한때는 당연했던 것이었으나 지금은 금지된 것들을 떠올리자 강주는 어떻게 견뎌낼 수 있었는지, 구치소에서 보낸 지난 몇 달이 까마득했다. 그리움이 없을 때 마음은 평화로웠는데 희망을 품는 순간부터 두려움과 불안이 되돌아와 마음을 온통 차지하고 앉았다. 만약 유죄가 선고 된다면, 그래서 내일도 어제와 같다면, 아니 그보다 더 형편없이 추락하게 된다면 삶은 희망 없이 생매장되고 말 것이다. 강주는 눈을 뜨고 악몽에서 깨어나듯 당장이라도 자리를 박차고 달아나고 싶은 마음이 간절했다. 자유로운 세상의 공기를 깊이 들이마시고 싶었다. 하지만 끌어낼 수 있는 인내를 모두 발휘하여 조금만 더 참아보려고 강주는 앉아 있는 의자의 팔걸이를 두 손으로 꽉 움켜쥐었다.

"남아의 성기 노출에 대한 사회적 인식은 너그러웠습니다. 놀이터든 버스정류장이든, 사내아이들은 때와 장소를 가리지 않고 오줌을 눌 수 있었지요. 옛날이야기가 아닙니다. 지난여름, 고추 생산으로 유명한 지방의 특산물 행사장에서는 바지를 내리고 자랑스럽게 오줌을 누는 남자 어린이의 동상을 시장 한복판에 세워놓았습니다. 못마땅해 하는 사람도 많았습니다만, 귀엽다며 사진을 찍고 비록 조각이었으나 남아의 성기를 만져보는 관광객들도 있었다고 했습니다. 성에 눈뜰 무렵의 남자아이들은 나란히 서서 누가 더 멀리 오줌을 갈기는지 내기를 합니다. 자랑스럽게도 말입니다. 어른들은 그렇지 않다고 말하고 싶으십니까? 남성 화장실을 떠올려주십시오. 여성 화장실은 여성만 사용하는데도 모두 칸막이가 되어 있고 잠금장치도 있습니다. 그러나 화장실 청소하는 분이 여성인 경우가 태반인데도 남성 화장실의 소변기는 노출되어 있습니다. 남자들은 서로 흘낏거리죠. 크기를 말입니다. 야심한 밤, 술집이 즐비한 먹자골목에 가보세요. 전봇대나 가로수, 으슥한 남의 집 담벼락에 소변을 보는 사내들을 만나는 건 그리 어려운 일이 아닙니다. 그들이 못 배운 사람들이냐고요? 아닙니다. 낮에는 모두 멀쩡한 엘리트들입니다. 대학교수도 있고 작가도 있고 기자들도 있습니다. 원고 송두섭이 자라던 시대는 어떠했을까요. 원고의 행위에 정당성을 부여하고 싶은 것은 아닙니다. 그러나 우리 사회에 남성 성기 노출에 대한 관용이 만연한 것은 부정할 수 없는 사실입니다. 그러한 문화적 인식이 원고의 무의식에 깊이 잠재되어 있었을 것입니다. 여기에 더해 우리나라 남자라면, 아들이라면, 여성보다 우월하다는 의식이 세뇌되었을 것입니다. 가난한 집안을 일으켜야 할 아들로서 중압감에 시달려 왔을 것입니다. 또한 지혜로운 아내를 둔 남편으로서, 자녀들의 미래를 책임져야 할 아버지로서, 성공하고 타의 모범이 되어야 할 사회 구성원으로서 원고의 의식은 강박관념에 짓눌려 왔던 것입니다. 원고 송두섭은 남성 노출을 당연시하고 심지어 권장해 왔던 사회 문화적 관행의 피해자였던 것입니다. 그는 더 잘 해내야 한다는 압박감에 시달렸습니다. 그러한 불

안은 과도한 호르몬을 분비시켰고, 자기 자신에게 몰입시킴으로써, 수
치스러운 행위인 줄로 인식하지 못한 채 과오를 저지르게 했습니다. 네.
그렇습니다. 원고 송두섭은 정신병증 오.시.다.O.C.D.를 앓고 있는 환자
였습니다. 질병을 죄로 단정해야 한다면 누구의 탓이어야 합니까. 아들
을 낳아 자랑스러워했던 어머니에게 죄를 물어야겠습니까. 아들이 성공
하여 큰 인물이 되길 바랐던 아버지에게 물어야 할까요. 중요한 것은,
그가 강박증으로 수치스러운 행위를 노출시켰다 해도 타인에게는 물리
적으로 아무런 해도 끼치지 않았다는 것입니다. 어떤 경우에도 그는 상
대 여성에게 손끝 하나 댄 적 없습니다. 피고 또한 그가 질병을 앓고
있다는 것과 행위의 결과가 미미하다는 사실을 경험에 미루어 잘 알고
있었습니다. 그런데도 잔혹하게 그에게 상해를 입혔습니다. 그 결과 원
고 송두섭은 수저를 잡을 수도 없습니다. 걸을 수도 없습니다. 말을 할
수도 없습니다. 남은 삶을 침대 위에서 죽은 듯이 보내야 하는 것입니
다. 그는 명문대학의 석학이었습니다. 지성인이었습니다. 정년 후 정치
인으로서 제2의 인생을 시작하려고 했습니다. 그러나 그 모든 꿈은 좌
절되었습니다. 목숨은 붙어 있지만 그의 미래는 죽었습니다. 그가 당신
의 아버지라고 생각해 보십시오. 당신의 아들이라고 생각해보세요. 그
는 아무런 위협도 가하지 않았습니다. 그럼에도 바로 저기 앉아 있는
피고인이 그의 미래를 살해한 것입니다."

변론을 종결하며 검사는 최종 의견을 진술한 뒤 5년 형을 구형했다.

변호사는 어떤 경우에도 죄에 대한 반성을 의심하게 하는 눈빛이나
태도를 절대 보이지 말라고 강주에게 주의를 주었지만 검사가 의견을
진술하는 동안, 송두섭의 파렴치를 사회적 책임으로 잘도 돌리는구나,
고개를 숙이고 코웃음이 나오려는 것을 겨우 참아야 했다. 어려운 가정
에서 태어나 자랐다고 해서 모두가 도둑이 되거나 강도가 되지는 않는
다. 환경에 대한 대응도 결국 개인의 선택이었다. 똑같이 고통스러운 환

경에서도 어떤 이는 공부를 선택하고 또 어떤 이는 마약을 선택하는 것처럼, 미래에 대한 비전을 갖고 있는가, 현실과 타협하는가에 따라 개인의 인생은 달라졌다. 가난했다고, 사랑받지 못했다고 모두 비행청소년이 되고 부랑자가 되고 범죄자가 된다면, 세상은 결코 발전하지도 성장하지도 않았을 것이다.

검사의 변론은 비겁했다. 강주는 검사의 진술이 계속될수록 일일이 반박하고 싶었다. 하지만 곧 차분해졌다. 어린 시절에는 자기 보호 능력이 없으므로 어쩔 수 없이 다치고 상처입고 원망할 수 있지만, 성인이 된 이후의 인생은 결국 자신이 감당해야 한다는 걸, 강주는 그렇게 스스로를 깨우치며 살아왔다는 걸 깨달았다. 나이를 먹어도 자기 탓인 줄 모르고 남 탓을 하고 사회를 탓하고 세상을 탓한다면, 모든 게 핑계여야 한다면, 가여운 삶이었다. 환갑을 넘어서조차 자신의 감정을 제어할 수 없었던 것을 사회 탓으로 돌린다면 그 인생은 허무한 것이었다.

"최근 실시한 성폭력 실태 조사에서 나타난 우리나라 여성의 성폭력 피해율은 다음과 같습니다. 가벼운 성추행 9.9퍼센트, 심한 성추행 1.1퍼센트, 강간 미수가 0.5퍼센트, 강간 0.4퍼센트, 성희롱 5.3퍼센트, 음란전화 등이 51퍼센트, 스토킹이 1.7퍼센트 그리고 성기 노출이 21.3퍼센트입니다."

검사의 진술에 이에 변호사는 성폭력 실태와 강주의 어린 시절의 경험을 들어 최후 변론을 진행했다.

"조사 결과 우리나라 여성 다섯 명 중 한 명은 평생에 걸쳐 성폭력을 한 번 이상 경험합니다. 다수의 경험이니 문화로 받아들여야 하는 것입니까. 일반적 관행으로 웃어넘겨야 하는 것입니까. 피고인 은강주 역시 저와의 상담 도중 오래전 지워놓았던 경험에 대해 털어놓았습니다. 2차 성징이 나타나 가슴이 부풀기 시작할 무렵, 길에서 마주 걸어오던 중년의 사내가 가슴을 덥석 움켜쥔 뒤 달아난 적 있다고 했습니다.

그때 소녀 은강주는 사내를 쫓아가서 잡거나 때리거나 주변 사람들에게 도움을 요청하지 못했습니다. 법에 호소하여 부당함을 고발하지 못한 것은 물론입니다. 그에겐 사내를 붙잡아 혼낼 힘이 없었습니다. 목격한 사람들이 있었지만 아무도 도와주지 않았습니다. 살인이나 강간이 아니므로 아무런 증거도 남지 않았습니다. 경찰서에 간다면 무슨 말을 할 수 있었을까요. 그 상황을 설명하고 재연하는 건, 가장 하고 싶지 않은 일이었습니다. 쫓아가서 때리거나 도움을 요청하거나 부당함을 고발하는 대신 소녀였던 피고인은, 현장을 목격한 사람들이 웅성거리는 거리에서 재빨리 도망쳤습니다. 성추행의 피해자였던 소녀가 느낀 건 오직 수치심이었습니다. 자신이 모욕당한 것을 아무도 모르기를 바랐습니다. 그 일을 당하기 전으로 돌아가고 싶었을 뿐입니다. 약자가 수치심을 극복하는 방법은, 재빨리 잊는 것입니다. 이런 경험은 성폭력 피해자의 경우만은 아닙니다. 길을 걷다가 넘어져 본 적이 있는 성인이라면 누구라도 공감할 것입니다. 무릎이 깨져도 아프다는 감각 대신 우리는 수치심을 먼저 받아들입니다. 넘어진 성인을 목격한 사람들은 놀라면서도 우스꽝스럽다고 생각합니다. 넘어진 게 내가 아니라 다행이라고 안도합니다. 그런데 놀라운 건, 갑작스럽게 교통사고를 당한 피해자도 같은 반응을 보인다는 것입니다. 범퍼에 받혀 허공으로 떠올랐다가 아스팔트 위에 내팽개쳐지고서도 벌떡 일어나 괜찮다고 손을 내저으며 군중들의 시선으로부터 사라지는 경우는 드물지 않습니다. 보험사기를 노린 고의적 피해가 아니라면 말입니다. 운전자가 억지로라도 피해자를 병원에 데려가지 않았을 때, 피해자로부터 뺑소니 혐의로 고발당하게 되는 사례가 적지 않은 까닭입니다. 선량한 인간의 마음은 어떤 사고가 발생했을 때 자기 잘못이라고 먼저 느낍니다. 그러한 자책은 타인의 시선에 노출될 때 수치심으로 자각됩니다. 사회 안에서 살아가는 인간에게 수치심은 통점痛點보다 우위에 존재합니다. 신체접촉이 없는 성추행은 경찰이 와도 증거가 없고 구급차가 출동할 일도 없습니다. 그래서 성추행은 여성들이 일상적으로 당하는 부당함이 되기 쉽습니다. 성추행이나 성폭력이 악질적인 범죄인 이유는, 외상을 입히지 않더라도 시간이 지날수록 피해자의 마음속에 깊은 내상을 입힌다는 것입니다. 그러한 경험은 성인이 된 후 사랑하는 사람과 기쁘게 나누어야 할 성에 대해 부정적 편견을 남기기도 하고, 인생 전체를 망가뜨리기도 합니다. 피고인 은강주는 소녀였던 당시, 아무도 도와주지 않았던 경험을 통해 남자도, 어른도, 타인도 믿지 못하게 된 게 아닐까, 스스로를 의심했습니다. 분명 그랬을 것입니다. 그러한 잠재적 피해의식은 내가 아니면 아무도 나를, 내 딸을 지켜주지 못한다는 위기의식으로 그를 내몰았던 것입니다. 피해자는 원고의 행위 앞에서 무방비하게 노출된 딸을 지키겠다는 생각밖에 없었습니다. 어린 소녀였던 자신을 누구도 지켜주지 않았지만, 딸은 자신이 지켜줘야만 한다는 책임감이 그 순간 피고를 강렬히 지배했던 것입니다."

변호인에게 털어놓은 경험은 사실이었다. 하지만 강주가 그보다 먼저 털어놓았던 이야기는 애숙의 주점에서 겪었던 치욕스러운 기억이었다. 중년의 사내들이 혹은 송두섭처럼 늙은 남자들이 슬쩍슬쩍 어린 소녀였던 강주의 치마 밑을 더듬었다. 화들짝 놀라 소리치며 일어서면 그들은 재미있다는 듯 껄껄 웃었다. 수치심에 붉어진 얼굴을 하고 울며 주방으로 뛰어 들어갔지만 애숙은 어린 애한테 짓궂게 장난하지 말라고 할 뿐, 그들과 한 자리에 어울려 술을 마시며 웃고 이야기했다. 결코 그런 엄마가 되고 싶지 않았다고, 그런 의식이 밑바닥에 있었던 것 같다고 강주가 말했지만, 변호사는 고개를 저었다. 주점에서 일했던 경험은 논점을 흐릴 수 있으며 심지어 강주에 대한 신뢰성을 감소시킬 뿐이라고 증언과 변론에서 냉정하게 제외시켰다.

최종 판결을 내릴 재판부를 기다리는 동안, 검사와 변호인의 최후 진술을 되새기던 강주는 조금 전까지 숨이 막힐 것 같던 긴장과 기대를 내려놓았다. 강주가 송두섭에게 행한 범행은 부정할 수 없는 사실이었다. 그로 인해 송두섭의 남은 인생이 결박당한 것은 강주의 생각에도 잔혹한 일이었다. 검사의 말대로, 송두섭은 그의 미래를 그의 의지대로 살 수 없게 된 것이다. 어쩌면 그가 행한 일에 비해 가혹한 결말일지도 몰랐다.

모든 건 강주의 선택이었다. 오늘 이 자리에 서게 된 것은 송두섭을 대관령에서 단죄하지 못하고 지속적으로 타협해온 결과였다. 출판기념회에서 이성을 잃고 저지른 행위에 대한 법적 판결 또한 강주가 감당해야 할 몫이었다. 여기에 생각이 미치자 강주는 어떠한 법의 처벌을 받는다 해도 억울하지 않을 것 같았다. 항소는 하겠지만 그래서 법이 허락하는 한의 감형을 받기 위해 노력은 해야겠지만, 누구도 탓할 마음은 생기지 않았다.

재판 과정 내내 흘러가는 대로 자신을 맡겨두었던 강주는 스스로 생각하고 판단하고 추스르며 자신을 일으켜왔던 본래의 은강주로 돌아온 것 같았다. 어떤 결과를 얻든 당당하게 내 몫으로 받아들이리라. 비로소 조여들었던 가슴을 넓게 폈다. 맥박도 호흡도 차분해졌다. 변호사와 판사와 운에 맡겨놓았던 운명이 다시 강주의 손에 고스란히 쥐어진 것 같았다.

"모두 자리에서 일어서 주십시오."

마침내 법정 경위의 구령이 들렸다. 재판장과 배석판사가 입장해 착석했다. 방청객도, 강주도 일어났다가 자리에 앉았다. 곧 피의자 은강주의 이름이 불렸다. 강주는 의자에서 일어났다. 재판장이 판결문을 읽어 내려갔다. 법 전문 용어로 채워진 판결문은 길고 난해했지만, 강주가 이해하고 정리해서 받아들일 수 있는 내용은 몇 줄 되지 않았다.

"원고 송두섭에게 심각한 상해를 입힌 피고인 은강주의 폭행은 과도

한 반응으로 인정되나 준비된 흉기가 없었고 사건 후 조사과정에서 정신적 공황상태가 증명된 바, 고의적 살인 미수로는 판단되지 아니한다. 또한 원고는 유사한 행위를 한 전례가 여러 차례 있고, 정신질환인 오.시.디.O.C.D 진단을 받았음에도 지속적인 치료를 유지하지 않은 책임이 있다. 하여 신체를 접촉한 성폭행은 아니더라도 성에 대한 관념이 형성될 나이의 자녀를 보호하려 했던 모성과 피해자 가족이 처벌을 원하지 않는다는 점, 무엇보다 피고인이 초범인 점을 고려해야 한다는 데 재판부는 합의했다. 이에 재판부는 본 사건이 사회에 미칠 경중을 간과하지 않되 법의 형평성과 엄정함에 입각하여 다음과 같은 판결을 내린다. 피의자 은강주를 징역 6월에 처한다. 단 1년간 그 집행을 유예한다."

판결문 낭독이 끝나자 강주는 다리에 힘이 풀려 의자에 푹 주저앉을 뻔했지만, 재판부가 퇴장할 때까지 꼿꼿이 서 있을 수 있었다. 무죄판결이었다면 더 좋았겠지만, 유예 기간 중 특정 사고 없이 시간이 경과하면 유죄 선고가 없었던 것이 되는 것이라고, 변호사 또한 집행유예를 예상했었기에 실망하지 않았다. 무엇보다 강주는 이제 집으로 돌아갈 수 있었다. 다시 물결이를 가슴에 안아볼 수 있었다.

크리스마스이브, 광화문역 출구를 빠져나오자 노점상들이 성황을 이루고 있었다. 뜨거운 김이 올라오는 어묵과 떡볶이, 튀김을 파는 리어카마다 여의도 벚꽃놀이 축제라도 즐기러 나온 것 같은 젊은이들이 추위를 녹이며 먹고 웃고 이야기했다. 그들 뒤로는 영문처럼 보이도록 가슴팍에 알파벳을 새긴 '스피드 하야' 티셔츠와 꺼지지 않는다는 LED 촛불을 판매하는 장사꾼들, 산더미처럼 쌓아놓은 즉각 퇴진 표어를 행인들에게 나누어주거나 대통령 탄핵 촉구 스티커로 길바닥을 도배하는 사람들이 보였다. 세종문화회관 쪽으로 내려가자 크레인에 높이 매단 스피커에서 "참 슬픈 세상에 살고 있네요."라고 말하는 어느 여자 가수

의 목소리가 들렸다. 그녀의 장송곡 같은 노래가 끝나자 정부와 시국을
비판하는 남자의 목소리가 쩌렁쩌렁 광장에 울려 퍼졌다. 다시 노래가
들리고 또다시 비난과 구호가 이어졌다. '청소년이 앞장서서 헬조선을
갈아엎자.'는 플래카드가 나부꼈고, 물결이보다는 두서너 살 많은 고등
학생들이 짧은 스커트 교복을 입은 채 영하의 차가운 날씨에도 길바닥
에 하염없이 주저앉아 있었다. 저러면 여자애들 냉해질 텐데 하는 생각
은 강주만의 근심인 듯, 행사를 마치자 촛불을 켜든 사람들은 자신들의
주장을 외치며 도로를 점거하고 행진을 시작했다. 유모차에 어린아이를
태우고 나온 젊은 부부와 팔짱을 끼고 걷는 연인들이, 해외 관광객들이
걸음을 멈추고 카메라에 시위 장면을 담기도 했다.

어둠이 내리고 있었다. 강주는 촛불을 든 시위대가 광화문 광장을 빠
져나가는 걸 보고 나서 덕수궁 대한문 쪽으로 걸음을 옮겼다. 시청역 쪽
으로 다가갈수록 인파는 다시 많아졌고 정수라의 오래전 노래 '아, 대한
민국'이 흘러나왔다. 촛불집회와는 비교도 할 수 없을 만큼 장비는 열악
해 보였지만 탄핵무효, 국회해산을 주장하는 외침이 점점 크게 들렸다.
젊은 층이 주류를 이루고 있던 광화문 광장과 달리 촛불 대신 태극기를
흔들고 있는 그들의 연령층은 폭이 넓었다. 예순이나 일흔, 그보다 훨씬
높은 연령대의 노인들도 많이 보였다. 전쟁을 치르고 가난을 이기고 경
제발전의 주역으로 힘들게 살아온 시대의 선배들이었다. 그런데 저들이
다시 나라를 지키겠다고 이 추운 겨울, 태극기를 흔들며 거리로 나오게
한 힘은 무엇일까. 강주는 멀찌감치 서서 그들을 바라보았다.

재판정을 오가며 구치소에서 여름과 가을을 보내는 동안 강주가 없어
도 세상은 건재한 듯 보였지만, 넉 달 가까이 사회는 꽤 시끄러웠던 모양
이었다. 면회를 하고 돌아온 재소자들의 입을 통해 비리나 혐의가 드러난
것이 없는데도 일부 세력이 법과 원칙을 무시하고 대통령의 무조건적
하야를 요구하고 있다는 것을, 그것이 민심이라는 미명 하에 '그년 내가

받아버릴 거야.' 하고 호언장담했다던 어느 정치인을 위시하여, 야당 여당 할 것 없이 국회가 탄핵을 가결시켰다는 소식을 듣긴 했지만, 강주는 수감되어 있는 동안 세상 어떤 일에도 흥미와 관심을 둘 수 없었다.

집으로 돌아와서야 무심히 틀어놓은 텔레비전에서 여러 가지 의혹을 이유로 탄핵을 서두르거나 근거 없음을 주장하며 무효를 주장하는 이들을 보았고, 주말마다 광화문 광장으로 나와 촛불을 들고 하야를 촉구하거나 태극기를 흔들며 탄핵을 반대하는 시민들의 모습을 보고서야 사태의 심각성을 깨달았다. 만약 여성이 아니었다면 달랐을까 하는 목소리도 곳곳에서 들렸다. 대통령의 얼굴과 발가벗긴 몸을 붙여놓은 패러디 그림들이 광장에 전시되는 인격 살인도 서슴지 않았다. 단두대로 목이 잘려 피가 철철 흐르는 대통령의 얼굴 모형을 장대에 꽂아 높이 치켜들고 웃는 사람들, 고위 정부 관리들의 잘린 목의 모형으로 어린아이들에게 공차기 놀이를 시키는 이벤트, 그런 아이들을 보고 잘 한다, 잘 한다, 웃으며 박수치는 부모와 어른들.

구치소에서 강주가 생각을 멈추려고 했던 여러 가지 이유 중의 하나는, 경찰서에서 조사받을 때와는 달리, 시간이 지날수록 송두섭을 공격하던 순간이 새록새록 선명해지기 때문이었다. 충격적인 상황에서 물결이에 대한 보호 본능이 이성을 놓치게 했다는 것을 스스로 인정하면서도 송두섭을 죽여 버리고 말겠다고 또렷이 의식하고 있었음을 기억하기 때문이다. 강주가 공격한 건 송두섭만이 아니었다. 얼음덩어리를 집어 들고 달려가 숨도 쉬지 않고 그의 머리를 가격했을 때, 그의 사타구니에 얼음을 박아 넣던 순간 눈앞에 휙휙 지나간 건, 어서 와요, 대관령에서 뻔뻔하게 소리치며 산을 오르던 송두섭만이 아니었다. 주점에서 치마를 들치고 허벅지를 더듬던 사내들이었다. 넌 내 거야, 외치던 성욱이었다. 아직 젊은데 외롭겠어, 사무실에 찾아와 희롱하던 시인이었고, 법대로 하고 싶으면 한번 해 보던지, 하고 이죽거리던 사기꾼 저자였다. 죽어! 죽어버려! 그들의 얼굴이 떠오를 때마다 강주는 손이 시린 줄도 모르고, 깨진 얼음조각에 손이 배어 피가 흐르는 줄도 모르고 찌르고 또 찌르며 이를 악물고 소리쳤다. 구치소 벽에 기대 앉아 눈을 감을 때마다 내 안에 그렇게 잔인한 본능이 있었던 것일까, 고개를 저어 부정하면서도 강주는 두려웠다. 그 순간 혹시 폭력의 쾌락을 느꼈던 것은 아닐까. 폭력의 희열을 강렬히 맛보았던 것은 아닐까. 그런 생각이 미치면 강주는 소스라치듯 놀라 몸을 떨었다.

법이 너그러워서는 아니었다. 법은 냉정하고 이성적이었다. 사기든 폭행이든 심지어 살인죄를 저질렀다 해도 유죄 판결을 받기 전까지 모든 용의자는 무죄추정원칙의 혜택을 받았다. 송두섭이 거의 식물인간 상태로 누워 있었는데도 불구하고 구치소에 있는 동안 강주 역시 유무죄의 판결을 기다리는 미결수였을 뿐, 죄인으로 인격을 매도당하지 않았다. 만약 그런 사례가 있다면 인권침해로 얼마든지 이의를 제기할 수 있다는 것도 그곳에서 배웠다.

가혹한 것은 법이 아니라 사람들이었다. 집행유예를 받고 돌아와 몇 달간 방치해둔 출판사 홈페이지에 들어가 보았을 때 강주는 경악했다. 사람들은 법의 판단을 기다리지 못했다. 언론에 난 기사 몇 줄을 보고는 모든 걸 다 안다는 듯, 강주를 단죄하기 위해 손가락을 몇 번 터치해서 홈페이지에 찾아들어왔다. 그 중에는 놀랐겠다고 위로하거나 억울하겠다고 연민하거나 송두섭 같은 사람이 새 정치를 한다는 게 말이 되느냐며 조롱하는 글도 있었지만, 대부분은 출판사 대표인 강주에 대한 비난 일색이었다. 돈에 얼마나 환장했으면 그런 인간의 자서전을 낼 수 있는가, 하는 비판은 비교적 이성적이고 점잖은 것이었다. 한번 눈감아 줬다면서, 자업자득이다, 이혼녀라던데 남자 거 오랜만에 보니까 좋았니, 잘라서 가지려고 했던 거 아냐, 죽이지 못해 아쉽지? 찌를 때 손맛은 좋았겠네, 다음에는 칼로 확실하게! 널 강간한 것도 아닌데 남의 인생을 망쳐놓고 속이 시원하냐, 늙은 네가 아니라 어린 딸을 좋아해서 서운했던 건가. 눈에는 눈. 이에는 이, 네 보지도 확 찢어놓을 거다……

　게시판은 본 적도 들은 적도 없는 욕설로 뒤덮여 있었다. 이런 글을 쓸 수 있는 사람들은 어떤 얼굴을 하고 있을까. 살인미수 혐의를 받았던 강주는, 그래서 구치소에서 같은 방을 쓰는 사람들이 무서워했던 게 자신이라는 걸 알았으면서도 세상이, 사람이 무섭다는 걸 새삼 깨닫고는 가슴이 저려 한동안 마음을 추스르지 못했다. 온몸에 소름이 돋고 솜털이 곤두섰다. 인터넷 악성댓글을 보고 자살하는 연예인의 소식을 들을 때는 왜 그렇게까지 해야 했을까 안타까울 뿐이었지만, 상상했던 고통의 두 배, 세 배 더 생생하게 불쾌감과 자괴감을 느낄 수 있었다. 사람의 마음이 기회만 있으면 잔혹해진다는 걸 몰랐던 것은 아니었다. 누군가 담벼락에 쓰레기 하나를 버리기 시작하면 그 담장 밑은 곧 쓰레기 처리장이 되고, 몸과 마음에 장애를 가진 사람을 만났을 때 누군가 킬킬 웃기 시작하면 전염병처럼 아무런 죄의식 없이 비웃게 된다. 저 자가 죄인이다, 누군가 손가락질하며 소리치는 순간, 사람은 개인이 아니라 광기에 빠진 군중이 되어 돌을 집어던지는 것이다.

　홈페이지를 채운 수백 개나 되는 댓글들을 읽고 떨리는 손으로 댓글들을 하나하나 지우다가 강주는 멈추었다. 잠시 생각하던 강주는 다시 마우스를 손에 잡고 설정에 들어가 홈페이지를 단번에 폐쇄시켜버렸다. 그동안 만들었던 책들의 목록이, 정성들여 썼던 편집자 후기가, 강주가 만든 책이, 신문에 방송에 간간이 소개되었을 때 옮겨다 놓았던 기사 자료들이 공중분해 되듯 한순간에 사라졌다. 아쉬울 것도 후회될 것도 없었다. 비로소 가슴을 쓸어내리며 강주는 숨을 쉴 수 있었다.

　구치소 안에서의 생활은 어떤 면에서는 속 편했다. 돈을 어떻게 벌어야 한 달을 살 수 있을까, 고민하지 않아도 먹여주고 재워주었다. 삶과 미래와 물결이에 대한 걱정은 구치소 담장 밖에 있었다. 법이 자유를 구속한 순간부터 강주는 시시포스처럼 매일매일 굴러떨어지는 인생의 수레바퀴를 밀어 올릴 필요가 없었다. 물결이는 성욱이 데려갔고 유무죄는 판사가 결정해줄 터였다. 판결을 기다리는 동안 강주는 생활의 모든 책임과 의무에서 벗어나 있었다. 하지만 집행유예로 풀려난 순간 어떻게 살아야 할까, 강주는 물결이를 데리고 살아갈 걱정을 다시 시작해야 했다. 그제야 자유가 곧 책임이라는 말의 의미를 알 것 같았다. 법이 되돌려준 자유란 다시 걱정하고 염려하고 책임져야 할 삶의 무게였다. 내가 나를 먹이고 재우고 스스로를 책임져야 하는 인생의 엄중한 의무였다.

"엄마. 다시는 나 보내지 마. 보내지 마. 엄마."

강주가 구치소를 나올 때, 성욱과 그의 아내가 물결을 데리고 마중을 와주었다. 차에서 뛰어내려온 물결이는 강주의 가슴에 폭 안겨서 간절하게 말하고 또 말했었다. 하지만 물결이는 당장 학교에 다녀야 했고 겨울방학을 한 뒤 강주에게 돌아올 수 있었다. 봄이 오면 다시 엄마랑 살자고, 그때 다시 전학을 시켜주겠다고 강주가 거듭거듭 약속을 하고서야 물결이는 안심하고 성욱과 함께 돌아갔다. 성욱의 아내는 물결이가 강주에게 돌아가더라도 정기적으로 자신들에게 보내라고 제안했다. 진심으로 물결이를 원하지 않는다면 지금이라도 아이에게 솔직하게 말하라고 강주가 말했지만 성욱은 단호히 말했다.

"물결이, 내 딸이야."

물결이가 가족이란 풍경 속에서 웃고 있는 모습이 흐뭇하게 상상이 되었다. 물결이도 썩 싫지는 않은 것 같아 다행이었다. 그러나 괜찮다고 아무리 마음을 쓸어내려도 어쩐지 모든 걸 빼앗긴 것 같아 강주의 마음은 허전하기만 했다.

강주는 시청 광장 도로와 인도 사이에 차벽을 만들고 있는 경찰버스들을 둘러보았다. 거리마다 차도마다 질서를 유지하기 위해 야광색 유

니폼 상의를 입고 굳은 표정으로 무리지어 서 있는 의무경찰들을 바라
보았다. 스무 살 안팎의 그들은 소년이라고 해야 할 만큼 앳되어 보였
다. 눈앞에 당장 폭력시위는 보이지 않았지만 수많은 사람들이 모이는
자리였다. 일촉즉발, 군중들 사이에서 어떤 위험한 사태가 불현듯 벌어
지지 않는다고 누구도 장담할 수 없었다. 불과 몇 달 전만 해도 차벽을
쓰러뜨리고 버스를 불태우고 어린 경찰들을 끌어내리는 시위가 있었다.
17년 전, 영우도 저들처럼 시위현장에 얼어붙은 듯 서 있었다고, 격렬
해진 시위대와 맞서야 했다고 동건이 찾아와 말했었다.

"17년 전 한 대학에서 북한 소재 대학과의 자매결연식이 있었어요.
그때 정부는 보안법을 위반한 행사로 판단하고 전경과 의경들을 투입
했지요. 대학생들의 시위는 격렬했어요. 시위대가 던진 화염병으로 전,
의경 여러 명이 부상당했지요. 그때 쇠파이프를 맞아 쓰러진 친구가 17
년 동안 식물인간 상태로 투병하다가 얼마 전 결국 세상을 떠났어요.
영우와 함께 장례식장에 다녀왔어요. 영우하고 저도 그때 엄청 두들겨
맞았지요. 전 다리가 부러졌거든요. 겉으로 보면 멀쩡해 보이지만 비가
오면 지금도 몸 여기저기가 쑤셔요."

동건이 말하고는 씁쓸하게 웃었다.

집행유예를 받은 뒤 세실을 통해 동건이 강주에게 연락을 해온 건
집으로 돌아와서 이틀이 지났을 때였다. 강주는 알아차리지 못했지만
최종판결 받을 때 방청석에서 세실과 함께 지켜봤다고 했다. 집 앞에
있는 햄버거 가게에서 마주 앉은 동건은 어색하게 한참을 망설이다가
오래전 시위대 이야기를 시작으로 강주가 차마 묻지 못하던 영우의 소
식을 전해주었다.

"시위하다 부상당하고 물대포를 맞고 눈 뼈가 함몰되어 죽었다는
사람은 영웅이 되지만, 시위를 막다 죽으면 개죽음이죠. 의경들은 시위
하는 사람들한테 말대꾸도 하면 안 돼요. 맞서 싸우면 영창 가죠. 오직

방패 하나만 들고 있을 수 있을 뿐 공격을 할 수 없게 되어 있거든요. 요즘 보니까 물대포도 못 쏘게 한다던데, 그럼 우리 후배들은 맞아 죽으란 말인지."

동건의 얼굴이 어두워졌다. 눈빛만으로도 쏘아 터뜨릴 것처럼 앞에 둔 음료수 잔을 힘주어 노려보았다.

"그 인연으로 의가사 제대를 하고 둘이 살길을 모색하다 바리스타 공부를 하게 된 거죠. 하지만 나보다 더 운이 나빴던 것은 영우였어요. 눈앞에서 시위대가 던진 화염병이 터졌거든요. 몸에 불이 붙은 동료들처럼 화상을 입지는 않았는데 파편이 눈에 들어갔어요. 그때부터 안경을 쓰게 된 거에요. 처음엔 가벼운 부상인 줄 알았는데 카페를 운영하면서 알았어요. 시력이 점점 나빠지고 있다는 걸요. 그리고 정기검진 결과 실명하게 될 거라는 판정을 받았던 게 3년 전이었어요."

"실명?"

강주가 되물었다. 동건이 고개를 끄덕였다. 강주가 어떤 말을 해야 할지 모른 채 시간을 거슬러 더듬어갔다. 영우가 청혼했을 때였다. 희망에 부풀어 있을 때 예상치 못한 결과를 받고 영우가 얼마나 절망했는지 모른다고, 동건이 전해주었다. 강주는 그제야 프러포즈를 덤덤히 철회하던 영우의 당시 반응과 점점 짙어지는 안경과 어색하던 원색의 안경테를 이해할 것 같았다. 당장이라도 뛰어가 안경 속 희미해져가는 그의 눈을 들여다보고 싶었다. 그가 얼마나 힘겨웠을지 당장 달려가 가슴으로 안아주고 싶었다.

"안면도에 가기 전, 수술을 하겠다고 결정했어요. 시신경이 거의 다 손실되어서 시력이 무척 낮아진 상태였거든요. 성공 가능성은 낮았지만 그 녀석에게는 마지막 희망이었지요. 더 늦어지면 그나마 수술 기회도 없다고 했어요. 사거리 안과 의사가 추천을 해주었어요. 아, 마키아토라고 알고 계신다고 하더군요. 그 친구가 은사에게 영우를 소개했거든요.

외국에서 초빙된 세계 최고 권위자인데 마키아토가 유학할 때 은사였대요. 박사님도 영우를 검사해 보고 기꺼이 시도해보고 싶다고 했죠."

강주는 다시 맥이 풀리는 것 같았다. 동시에 영우와 이미 끝난 사이라는 것을, 무관한 인연이라는 걸 인정하면서도 마키아토를 떠올리는 것만으로도 본능처럼 뜨겁고 칼날처럼 날카로운 질투가 끓어올랐다.

"그럼 영우 씨는 지금?"

강주가 입술을 살짝 깨물고는 떨리는 마음으로 물었다.

"강주 씨 일 터진 거 모르는 상태에서 영우는 계획대로 수술을 받았어요."

동건이 말하고는 입을 일자로 꾹 다물었다. 무슨 의미인지 강주는 읽을 수 없었다.

"수술은 잘, 된 거죠?"

"'음…… 네……. 잘 되었어요."

동건이 말하고는 희미하게 미소를 띠며 고개를 끄덕였다. 그의 대답을 듣고 마음을 졸이던 강주도 하아, 안도의 숨을 내쉬었다. 입술을 깨물고는 괜히 동건처럼 고개를 크게 주억거렸다.

"남의 일에 끼어드는 건 아닌 것 같아서 그냥 모른 척하려고 했는데 강주 씨한테 알려주어야 한다고 세실이 고집을 해서, 이렇게 왔어요."

동건이 말을 마쳤다. 한번 찾아가 보라고 했다. 반가워할 거라고 했다. 영우와 강주가 마지막으로 어떻게 헤어졌는지 모르는 것 같았다. 소식 알려주어 고맙다고, 시간 내어 가보겠다고 했지만 강주는 집으로 돌아오는 길에, 서로의 눈을 바라보던 마키아토와 영우의 모습을 떠올렸다. 수술이 잘 되었다면 두 사람도 잘 될 터였다. 강주가 끼어들 이유는 없었다.

크리스마스이브였다. 광화문과 시청 앞은 그들이 원하는 세상을 소망하는 사람들의 함성과 열기로 뜨거웠지만, 오직 자신들의 미래에만 관심이 있는 연인들은 다만 평화롭게 손을 잡고, 유리창 불빛이 따뜻한 식당마다 마주 앉아 식사를 하고, 소주든 와인이든 커피든 잔을 나누며 서로를 축복했다.

강주는 오후 늦게 목적도 없이 샤워를 하고 화장을 하고 옷을 챙겨 입은 뒤 무작정 집을 나섰다. 영우에게 달려가고 싶은 마음은 간절했지만, 올리브 언덕을 멀리 안고 방향도 없이 빙빙 돌다가 지하철을 타고 달려온 곳이 광화문과 시청 앞 광장이었다. 그러나 우뚝 솟은 시청 앞의 크리스마스트리도, 반짝이는 불빛을 둘러싼 많은 사람들의 소망도 강주의 눈과 귀에는 하나도 들어오지 않았다. 강주는 사람들과 멀리 떨어진 가로등 그늘 밑에 숨어 건너편 경찰버스 앞에 방패를 들고 무표정하게 서 있는 의경들을 바라보았다.

더 이상 내 사람이 아니더라도 영우가 겪었을 상처와 외로움을 위로해주고 싶었다. 강주가 쓰다듬어 줄 수 없었던 지난 17년의 고통을, 사랑한다고 생각했으면서도 상상도 하지 못했던 3년간의 두려움을, 강주는 멀리서라도 안아주고 싶었다. 마치 그를 가슴에 품듯 강주는 두 팔을 교차해 자신의 양팔을 쓰다듬었다. 행복하길. 밝은 눈으로 오래오래 사랑하는 사람과 행복하길. 추운 겨울, 자신들의 미래가 어떻게 될지 모른 채 의무를 다하느라 몇 시간씩 꼼짝도 못하고 세상을 지키고 서 있는 저 수많은 어린 영우들을 바라보는 강주의 가슴 가득, 따뜻한 물결이 잔잔히 일렁이고 있었다.

구치소에서 돌아오면 몇 날 며칠 죽은 듯 잠을 잘 것 같았는데 오히려 불면증에 시달렸다. 광화문에서 돌아온 밤에도 침대에 누워 몇 번 뒤척이던 강주는 항복하듯 일어나 대청소를 시작했다. 장롱 속에, 서랍 속에, 책상 밑에, 싱크대 아래 던져놓았던 것들을 끌어내어 대형 쓰레기봉투에 꾸역꾸역 밀어 넣었다. 출판사 사무실로 쓰던 방에서 사용하던 집기들도 끌어내서 버렸다. 오피스텔에 사무실을 마련할 때 재활용

센터에서 싸게 구입했던 조립식 책상과 의자들이었다. 샘플로 한 권씩 남겨두었던 강주가 만들었던 수십 권의 책들과 쌓아두었던 원고자료들도 미련 없이 내다버렸다. 조립을 풀어 해체한 책상을 소형 카트와 기울어진 의자에 나눠 싣고 혼자서 끙끙대며 끌고 나오는 걸 초소 안에서 지켜보던 경비가 쏜살같이 뛰어나왔다. 작은 체구에 깡마른 경비는 불법으로 버리는 게 있는지 깐깐하게 살펴본 뒤 재활용 처리비 만 오천 원을 내야 한다고 말했다.

"참, 1103호 사모님이시죠?"

2만 원을 주고 거스름돈은 음료수라도 사 드시라고 강주가 말했을 때, 그러면 안 된다고 손사래를 치던 경비는 문득 생각났다는 듯 물었다.

"한참 안 보이시던데 인터폰도 안 되고. 해외여행이라도 다녀오셨나 봐요."

무슨 이야기를 하려는 걸까, 간편한 실내복 위에 스웨터만 걸치고 나온 강주는 발이 시렸다.

"이사를 간 건 아닌 것 같아서, 보관하고 있었지요. 잠깐 기다리세요."

경비가 부리나케 초소에 들어갔다가 상자 하나를 들고 나왔다. 늦은 밤, 가로등이 멀어서 글씨가 보이지 않았다. 엘리베이터를 타고서야 발신자를 알아본 강주는 고개를 들었다. 거울 속 자신의 모습을 물끄러미 바라보았다. 집으로 들어와 잠시 망설이던 강주는 커터 칼을 찾아 상자를 뜯었다. 그날 아침, 홈쇼핑으로 주문했던 고급 언더웨어 세트였다. 세트별로 개별포장 되어 있었다. 상자마다 금색 리본이 달려 있었다. 차마 만져보기도 아까울 만큼 처음 가져보는 고급 브라와 팬티는 화면에서 볼 때보다 소재도, 디자인도, 컬러도 훨씬 아름다웠다. 마치 산타클로스가 보내준 크리스마스 선물 같았다. 양파를 썰 때처럼 눈이 아렸다. 강주는 펼쳐보지 않았다. 입어보지도 쓰다듬지도 못했다. 차마 보면 안 될 것을 본 것처럼 아니, 누구에게도 보여주고 싶지 않은 보물을 혼자만 간직한 사람처럼, 상자를 속옷 서랍 깊숙이 밀어 넣었다. 낡은 속옷들로 덮고 상자를 꼭꼭 숨겼다.

이른 오후, 강주는 자전거를 끌고 집을 나왔다. 바퀴에 바람이 빠져 있었지만 자전거포까지는 그런대로 타고 갈 수 있었다. 인연 잘못 만나면 사람이든 사물이든 외로운 거라고, 주인아저씨의 잔소리를 몇 마디 듣고 나서야 새것 같아진 자전거를 타고 강주는 모처럼 한강을 달렸다. 영우를 처음 만났던 그 길을, 이렇게 좋은 걸 왜 지금껏 모르고 살았을까 소리치다 넘어져 함께 깔깔 웃던 그 자리를 강주는 휙휙 스쳐 지나갔다. 그를 만나기 전엔 자주 넘어져서 팔다리에 멍투성이였지만, 이제는 혼자 달려도 넘어지지 않았다. 그때는 봄이었는데, 그때는 여름이었는데, 혼자 달리는 겨울, 뺨이 시릴 뿐이었다. 강주는 너무 멀리 가지 않았다. 이제는 돌아갈 힘을 남겨둘 줄도 알았다. 브레이크를 잡지 않고도 적당한 지점에서 반대편에서 오는 자전거가 있는지 살펴본 후 부드럽게 유턴을 할 줄도 알았다.

아파트 단지를 빙빙 돌다가 강주가 달려가 멈춰 선 곳은 기어이 영우의 카페 '올리브 나무 우거진 언덕'이었다. 보고 싶은 건 아니라고, 하지만 아주 안 보고 살 이유는 없는 거라고, 지금까지 그랬던 것처럼 친구로 지내자 먼저 손 내밀어 악수를 청하면 되는 거라고, 강주는 달리는 내내 다짐했었다. 그러나 거짓이었다. 마지막으로 강주가 보낸 문자 메시지처럼 과거의 자리마다 서 있는 영우에게 외친 말은 보고 싶어요, 한 마디였다. 아무리 고개를 저어 부정하려 해도, 그에게서 끝내 듣지 못했으나 듣고 싶은 고백 또한 보고 싶어요, 뿐이었다.

자전거를 카페 앞에 세운 강주는 심호흡을 크게 했다. 일부러 입가에 웃음을 크게 머금고 힘껏 출입문을 밀었다. 찰랑, 문에 매달린 종소리가 맑게 울렸다. 실내에는 크리스마스 캐럴이 낮게 흐르고 있었다. 적지 않은 손님들이 테이블을 차지하고 있었다.

"어서 오세요."

그러나 영우는 보이지 않았다. 강주를 반긴 건 낯이 익은 아르바이트 직원이었다.

"사장님은 결혼식에 가셨어요. 커피 드릴까요?"

카운터 앞에 서서 매장을 서운하게 둘러보는 강주의 마음을 안다는 듯, 직원이 먼저 말했다. 자전거 페달을 밟으며 수없이 눌러왔던 마음이 순식간에 중심을 잃고 휘청거렸다. 가슴이 미어지는 것 같았다. 기운이 쏙 빠져나가 다리가 후들거렸다.

"아, 그렇구나."

강주가 허둥거리며 목도리를 풀고 장갑을 벗고 패딩코트의 지퍼를 내리며 말했다. 오늘이구나, 오늘 그들은 결혼했구나. 두 뺨이 화닥화닥 불에 덴 듯 뜨거웠다. 겨울바람을 맞아 차갑게 식었던 얼굴이 더운 실내로 들어온 탓이라고, 강주가 장갑을 주머니에 쑤셔 넣은 다음 차갑게 언 두 손으로 얼얼하도록 양 볼을 문질렀다.

"오실 때 됐어요. 잠깐 기다리세요."

다른 손님의 주문을 받고 커피를 내리던 직원이 무심히 시계를 쳐다보며 말했다. 얼굴을 감싸 쥐었던 강주가 멀뚱 직원을 쳐다보았다.

"안과 선생님 결혼식이니까 사진 찍을 일은 없다고, 축의금 내고 밥만 먹고 오신댔어요."

그가 말하며 커피 잔을 챙겨 손님에게 건넸다. 얼이 빠진 것 같은 강주를 흘낏 쳐다보던 직원이 머리를 갸웃거렸다.

"아, 모르시는구나."

그가 혼잣말처럼 중얼거렸다. 강주는 자신이 무엇을 모르는지, 그가 무엇을 알고 있는 것인지 알 수 없었다. 그래서 어떤 질문을 해야 하는지도 알 수 없었다.

찰랑, 그때 종소리가 울리고 출입문이 열렸다. 바람 한줄기와 함께 영우가 들어오고 있었다. 말쑥하게 양복을 차려입은 그의 모습은 낯설었다. 처음 보는 무지갯빛 화려한 테를 가진 짙은 색 안경을 썼기 때문만은 아니었다. 이발도 새로 했는지 어느 때보다 단정하고 핸섬해보이기 때문도 아니었다. 그가 손에 들고 있는 흰색의 가느다란 지팡이 때문이었다. 그가 지팡이로 차근차근 바닥을 더듬어 카운터로 들어가고 있었다.

강주는 그제야 카페를 빙 둘러보았다. 시설물도, 인테리어도 가구들도 조금씩 달랐다. 카운터에 놓인 메뉴판에는 점자가 함께 표기되어 있었고, 새로 생긴 책꽂이에는 일반 책과 함께 점자책들이 꽂혀 있었다. 부딪쳐도 다치지 않도록 테이블과 의자의 모서리는 둥글고 매끄럽게 손질되어 있었다. 그리고 바닥에, 카운터와 테이블과 화장실과 출입문으로 인도하는 노란색 점자 블록이 세심하게 설치되어 있었다. 그제야 강주는 자전거를 세워놓고 들어올 때 출입문으로 연결되는 점자 블록이 인도와도 이어져 있었다는 것을 깨달았다. 다녀오셨느냐고 직원이 그를 맞았다. 말씀드릴까요? 입술만 벙긋거리며 강주에게 물었다. 강주가 가만히 고개를 가로저었다. 대신 소리 나지 않게 빈 테이블을 찾아 의자에 앉았다.

영우는 스태프 사무실에 들어가 양복 상의를 벗고 넥타이를 푼 뒤 검은 앞치마를 깔끔히 두르고 나왔다. 혼자 힘들지 않았느냐고 직원과 이야기를 나누었다. 출입문이 열리고 젊은 여자와 남자가 함께 들어왔다. 익숙한 듯 영우와 인사를 나누고, 여자가 라테 두 잔을 주문했다. 직원의 도움을 받지 않고 그는 주문을 받고 계산을 하고 벨을 건네주었다. 커피 머신으로 가서 정확히 커피를 내리고 밀크를 데우고 수없이 반복하며 손에 익혔을 예민한 감각으로 라테를 만들어냈다.

"맛있게 드세요."

"와, 그려주신 고양이가 너무 귀여워서 못 마시겠어요."

쟁반에 놓인 두 잔의 라테를 보며 여자가 탄성을 질렀다. 환하게 웃으며 다음엔 강아지를 그려주겠다고 말하는 그의 얼굴에는 그동안 한 번도 본 적 없는 평온이 담겨 있었다.

"방금 결혼식에 다녀왔는데요. 신부가 얼마나 이쁘던지 신랑 입이 늘어진 런닝구처럼 헤 벌어졌더라고요."

손님과 이야기를 주고받는 그의 음성이 조곤조곤 들렸다. 호들갑스럽거나 과장된 목소리는 아니었지만, 전에 없이 넉살 좋게 농담도 건넬 줄 아는 영우를 보며 그는 불행한 게 아니라고, 불운하지 않다고 강주는 생각했다. 놀라고 당혹스러웠던 강주의 마음은 그의 미소를 따라 잔잔하게 가라앉았다. 수술이 잘 되었다고 동건이 말한 건 어쩌면 저 미소 때문이 아닐까, 강주는 생각했다.

1시간 넘게 그가 일하는 모습을 바라보았다. 강주는 의자에서 일어났다. 그는 바르게 서 있을 뿐 카운터 너머 그녀가 다가가고 있는 줄은 알지 못했다. 강주는 일부러 빙 돌아 출입문 앞으로 가서 문을 안으로 당겼다 놓았다. 찰랑, 종소리가 맑게 울렸다.

"어서 오세요."

영우가 반갑게 인사했다. 강주가 카운터 앞에 섰다. 그 순간 강주는 거짓말처럼, 영우의 변화를 알 수 있었다. 후각인지 청각인지는 몰랐으나 강주가 앞에 있다는 걸, 그는 분명 느끼고 있었다.

"아메리카노 한잔, 초코컵케이크 하나 주세요."

강주가 떨리는 목소리로 말했다. 영우는 기도하는 사람처럼 조용히 서 있었지만 놀란 것 같았다. 하지만 검은 안경 뒤에 감추어진 그의 눈은 이내 미소 짓고 있었다. 그 미소는 반가움이었고 기다림이었다. 그리고 그리움이었다. 그가 침착하게 계산을 하고 주문 벨을 건넸다. 돌아서서 익숙하게 그러나 어느 때보다 신중하게 머신을 작동시켰다. 유리진열장 문을 열고 순서를 헤아린 뒤 정확히 초코 케이크를 꺼내 접시에 담고 쟁반에 올렸다. 영우가 벨을 눌러 강주를 불렀다.

"보고 싶었어요."

강주가 말했다. 그의 대답을 듣고 싶은 건 아니었다. 그를 지켜보는 내내, 이 말만은 꼭 하고 가야겠다고 생각했다. 그러지 않으면 평생 후회할 것 같았다. 그가 더 이상 강주를 사랑하지 않는다고 해도 두렵지 않았다. 그에게 따로 사랑하는 여자가 있다고 해도 상관없었다. 꼭 하나 두려운 게 있다면, 솔직히 마음을 전해보지도 않고 평생 그리워만 하며 사는 것이었다. 유치장에서도 구치소에서도 절망해선 안 된다고, 다시 일어나야 한다고 강주를 다그친 건 물결이었다. 하지만 숨을 쉬고 들이쉴 때마다, 눈을 감고 뜰 때마다 그리웠던 건, 하루하루 견디게 해주었던 건 단 한 사람, 영우였다. 그 마음을 전하고 싶었다. 이제 아무런 후회도 없었다. 하지만 소리 내어 말하고 나니 왈칵, 눈물이 쏟아질 것만 같았다. 강주가 서둘러 커피와 케이크가 담긴 쟁반을 들고 돌아섰다.

"강주 씨."

영우가 불렀다.

"보고 싶어요."

영우의 목소리가 나직하게 떨리고 있었다. 강주는 돌아서지 못했다. 대신 입술을 꼭 깨물었다. 가슴 가득 따뜻한 햇살이 비쳐드는 것 같았다. 강주는 눈이 부신 듯 두 눈을 꼭 감았다 떴다. 맞은편 벽에 레터링 되어 있는 글자들이 뿌옇게 흔들렸다. 왜 이곳이 '올리브나무 우거진 언덕'인지 강주는 비로소 알 것 같았다.

겨울은 반갑다고, 손을 잡고 다정하게 흔들더군.
그래서 내 손은 지금 퍼렇게 얼어 있지.

내가 존중하는, 전혀 반갑지 않은 손님, 겨울을
그냥 혼자 앉아 있도록 내버려 두고

잘 달려야지.
잘 달리면 겨울로부터 도망갈 수 있어.

발에서 열이 나도록 달리면
생각이 더워지도록 달리면
바람이 잦아든 곳,
나의 올리브 나무 우거진 언덕,
햇볕 바른 양지에 이르게 되지

그곳에서 나는 킬킬대.

나는 열심히 달려서 열이 화끈화끈 나는 발로
나의 올리브나무 우거진 언덕 여기저기를 뛰어다니지.
햇볕이 내려 쪼이는 올리브나무 우거진 언덕 구석에서
나는 노래 부르고.
모든 연민을 조롱해*

미온

　무엇이 남았는가는 중요하지 않았다. 무엇을 남길 것인가 고민할 필
요도 없었다. 생의 목적이란 어쩌면 지금 여기 존재하는 것으로 충분한
것이었는지도 몰랐다. 삶이란 너그럽기 그지없어서 모든 걸 허용해 주
었다. 걸어도 되고 달려도 되고 웃을 수도 있고 울 수도 있었다. 오래전

---

* '올리브나무 우거진 언덕'은 니체의 〈짜라두짜는 이렇게 말했다〉(박성현 역)에서 인용.

아담에게 금기된 것이 선악과 하나였듯이, 존재에게 허락되지 않은 유일한 금기는 돌아보는 것뿐이었다. 뒤돌아보는 행위는 지금, 여기를 의심하기 시작했다는 증거였다. 현재에 대한 명백한 반역이었다. 모자란 대로, 부족한 대로 이생을 살면 그뿐, 원망이든 후회든 그리움이든 시선이 닿을 수 없는 곳까지 손을 뻗어 움켜쥐고 싶은 과욕, 낱낱이 파헤쳐 그 실체를 까발리고 싶은 집요한 의심을 생은 허락하지 않았다.

과거를 향한 응시는 포기해야 했을 것이다. 결핍조차 생의 한 부분임을, 본래 비어 있어야 할 여백을 채우려는 욕망임을 인정해야 했을 것이다. 고개를 돌리는 순간 현재를 놓치고 만다는 것을, 희미하게나마 생을 채워주었던 만족과 행복이 사라져버린다는 것을 미온은 몰랐다. 희미해진 흉터의 기원을 더듬기 시작하면 망각의 강으로 흘려보냈던 고통의 기억이 재생된다. 그러고 나면 현실은 끝이다. 아무렇지 않게 반복되던 삶은 물에 빠진 소금기둥처럼 녹아내리고, 손에 쥐고 있다고 믿었던 눈앞의 빛은 과거의 시간 속으로 무참히 빨려 들어가 버린다. 소설을 쓸 때 앞으로 밀고 나가는 대신 지난밤 써둔 것을 읽게 되면 한 줄도 쓰지 못하고 같은 부분만 반복해서 고치고 퇴고하다 결국 파일 자체를 없애버려야 하는 지경에 이르는 것처럼, 불안해도 두려워도 의심스러워도 무지한 채 앞으로 나아가야 했다. 돌아보는 순간 파국은 예정되어 있다는 것을 알면서도 왜 멈출 수 없었던 것일까.

특실 병상에 누워 있는 장석훈 회장의 잠든 얼굴을 바라보던 미온은 의자에서 일어나 창밖을 내다보았다. 시간을 거슬러 과거에 도착했다면 과거가 현재가 되는 것이 아닐까. 그렇다면 경험을 통해 조금 더 지혜로워져서 돌아온 과거의 이 자리, 현재가 되어버린 여기, 과거에서부터 새로 시작해야 하는 것이 아닐까.

멀리 칼날처럼 반사된 한강의 푸른 수면 위로 햇살이 별빛처럼 반짝거렸다. 강변도로에는 나침반을 장착한 듯 조금의 머뭇거림도 없이 자신들의 목적지를 향해 직진하는 자동차들이 쉴 새 없이 달리고 있었다. 숨 막힐 듯 뜨겁던 여름이 가고 겨울이었다. 장 회장의 입원과 윤재의 불안, 강주의 재판을 지켜보는 사이 가을이 있었을 텐데 미온의 기억에는 남아 있지 않았다.

"서옥임의 작품이 맞다."

그날 장 회장은 순순히 자인했다. 피가 흐르는 미온의 이마를 떨리는 손으로 짚어주던 그는 병원에 먼저 가보자고 서둘렀지만 미온은 손을 내저었다. 좁은 우리에 갇힌 들짐승처럼 불안해하며 사무실 안에서 펄펄 뛰는 윤재를 두고 갈 수는 없었다. 미온의 고집을 이기지 못한 장 회장은 운전기사를 불러 자동차에 구비되어 있는 구급상자를 가져오게 했다. 그 사이 화장실에 간 미온은 거울을 들여다보았다. 이마에서 흐르던 피는 멈추었지만, 3센티미터쯤 찢어진 살이 벌어져 있었다. 아무래도 꿰매야 할 것 같았다. 주변의 피를 대충 닦아낸 뒤 사무실로 돌아와 소독을 하고 임시방편으로 밴드를 붙여두었다.

"김지형의 유작으로 출판을 고집한 건 나였다. 얼마나 좋은 소설인가보다는 얼마나 팔릴 것인가가 중요했으니까. 소설가의 미망인이라 한들 옥임은 무명작가였을 뿐이었다. 베스트셀러를 만들기 위해 더 큰 스캔들과 논란이 될 이슈가 필요했지. 그래서 지형의 문체나 위작 논란을 일부러 키운 건 나였다. 문단과 대중 사이에서 시끄러워질 거라는 내 예상은 적중했지. 광고효과는 충분했다. 옥임이 찬성했느냐고? 그럴 기회도 없었지. 원고를 받아 읽어본 뒤 대중에게 팔리겠다고 판단한 내가 혼자 결정한 거였으니까. 책이 나오고 보도 자료가 뿌려지고, 서점에 나간 뒤에야 알렸지. 처음엔 받아들이지 못했지만 어쩔 도리가 없었을 거야. 그 뒤 그 문제에 대해 한 마디도 원망하거나 토를 단 적 없었어. 김지형이 벌어놓은 돈이 많았던 것도 아니고, 혼자 아이를 키우려면 돈이 필요했으니까."

장 회장은 이미 준비해온 것처럼 서둘지는 않았으나 더듬거리지 않고 이야기했다. 너무 완전한 변명이어서 미온은 그의 말이 전부 다 진실은 아니라는 걸 알았다. 명백한 거짓이나 완전한 진실보다 거짓과 진실이 반반 뒤섞여 있을 때 거짓을 증명하기 힘들었으므로, 거짓과 진실의 경계는 구분할 수 없었다.

아무런 정보가 없던 윤재는 문학관 개관식 날 아침, 베가가 김지형의 작품이 아니라는 그 사실 하나만으로도 감당하기 어려웠을 것이다. 문제가 될 줄 알았다면 문학관을 시작하지 말았어야 하지 않느냐고, 타자기든 원고든 내놓지 말아야 하지 않았느냐고 윤재가 장 회장의 결정을 원망했다. 그리고 이 모든 걸 밝힌 미온에게 누구보다 화가 나 있었다.

"밝혀지리라고는 생각지 못했다. 나조차 나의 죄를 잊고 살만큼 오래전 일이었으니까."

장 회장이 말했다. 윤재도 미온도 장 회장도, 한동안 말이 없었다. 개관식은 1시간 앞으로 다가오고 있었다. 개관 테이프 커팅식이 있기 전까지는 건물 안으로는 들어올 수 없도록 외부인의 출입을 금지하고 있었지만, 주차장과 문학관 마당에 준비해둔 식장에는 하나둘 사람들이 모여드느라 창밖은 소란해지고 있었다.

"윤재야."

먼저 입을 연 것은 장 회장이었다.

"진실을 밝히거라."

그가 말했다. 윤재의 눈이 커졌다. 도저히 감당해낼 자신이 없는 겁먹은 표정이 역력했다.

"무엇을 밝히란 말입니까? 언론은 죽이려고 들 거예요. 갈가리 찢을 거라고요. 주식은 폭락할 거고. 우리 출판사에서 나온 다른 책들까지 모두 신용을 잃을 거예요. 재고가 쏟아져 들어올 거고 독자들은 외면할 거라고요."

장 회장은 공포라 할 만한 윤재의 말을 묵묵히 듣고 있었다.

"진실을 밝히면 처음엔 생고기를 발견한 굶주린 개처럼 물어뜯으려 하지. 그게 두려워서 많은 사람들이 거짓에 거짓을 보태는 거야. 하지만 그들이 모르는 게 있단다. 진실은 요염하질 않아. 지혜로운 80대 노파 같다고 할까. 그래서 사람들은 이내 시들해지지. 그리고 잊는 거야. 그 렇게 아무 일도 없었던 것처럼 원래 자리로 돌아간단다. 그게 진실의 힘이다."

"저 많은 사람들 앞에서 아버지가, 우리 출판사가 거짓말을 했다고 밝혀야 한다는 거잖아요. 아들인 제가 아버지의 잘못을 일러바칠 수는 없어요."

윤재가 주먹을 움켜쥐고 자리에서 벌떡 일어났다.

"사람들에게 재미는 좀 줘야지. 물고 뜯을 개껌 같은 거 말이야."

장 회장 역시 사태를 가볍게 보고 있는 건 아니었다. 머리가 아픈지 잠깐씩 관자놀이를 누르거나 간간이 뒷목을 주물렀다. 하지만 윤재를 안심시키려고 여유로운 듯, 일부러 큰소리로 껄껄 웃었다.

"아버지는 아들을 낳고 아들은 아버지를 밟고 넘어서는 것, 그게 역 사다. 나의 시대는 끝났어. 그러니 내가 오른 가장 높은 능선을 밟고 올 라서거라. 나는 거짓으로 시작했지만 너는 진실 위에서 너의 새로운 시 대를 열면 되는 거야."

장 회장의 말에 윤재가 그럴 수 없다며 강하게 고개를 저었다.

"거짓으로 지키려 한다면 또 얼마 동안은 버틸 수 있겠지. 하지만 진실을 밝혀야 할 시간에 다시 부딪치고 만다. 그때는 눈덩이처럼 감당 할 수 없을 만큼 더 크고 무거워져 있겠지. 무엇보다 그때는 네가 아니 라 네 아이가 그 짐을 져야 할지도 모르지 않겠니. 이 거짓을 네가 끝내 야 하는 이유다."

장 회장은 윤재를 어떻게 하면 움직일 수 있는지 정확히 알고 있었다. 윤재는 자신의 아이를 생각하는 순간, 장 회장이 그렇듯 자신이 그 짐을 져야겠다고 결심한 게 분명했다.

"너는 그동안 잘 해왔어. 그러니 두려워 말고 앞으로 나아가거라."

장 회장이 마지막 쐐기를 박듯 윤재에게 자신감을 불어넣었다. 윤재는 잠시 혼자 생각해 보겠다며 깍듯이 인사하고 사무실을 나갔다. 그런 윤재를 장 회장이 한 번 더 불러 세웠다.

"내 죄를 네가 지게 해서, 미안하구나."

자애로운 아버지의 눈빛이었다. 잠시 돌아본 윤재는 입을 굳게 다물었다. 아버지에게 그리고 회사의 사주에게 존경의 의미를 담아 그는 고개 숙여 다시 인사한 뒤 문을 닫고 나갔다. 회의실로 들어간 윤재는 식이 시작될 때까지 한 시간가량 밖으로 나오지 않았다.

회장은 역시 사업가였다. 윤재에게 하는 말 한 마디, 그에게 보이는 표정 하나도 허투루 하지 않았다. 곤두박질하지 않고 회사를 살려낼 수만 있다면, 윤재를 기업인으로 일으킬 수만 있다면, 죽음마저 감당하겠다는 확고한 결의를 미온은 읽을 수 있었다.

"모든 걸 희생해서라도 지키고 싶은 게 내 핏줄이란 말이다."

언젠가 장 회장이 했던 말이 떠올랐다. '그럼 나는?' 미온은 불쑥 터뜨리고 싶은 질문을, 하지만 목구멍 안으로 깊이 끌어내렸다. 폐관을 선언해야 할 개관식을 앞둔 자리에서, 그의 몰락이 예정된 시간 앞에서 철없는 아이처럼 떼를 쓸 수는 없었다. 무엇보다 윤재와 장 회장이 감당해야 할 이 모든 불운이 모두 자신 때문인 것만 같은 상황도 감당하기 힘들었다.

장 회장의 차를 타고 나가서 이마의 상처를 꿰매고 돌아왔을 때 개관식이 시작되고 있었다. 가을의 문턱이었지만 햇볕은 뜨거웠다. 차양을 친 마당에는 초대받은 지역의 유지들과 정치인들, 기자들 그리고 눈에 익은 문인들이 자리하고 있었다. 권 여사도 보였고 유황도 기대가 된다는 듯, 슬쩍 손을 흔들어보였다. 그리고 뜻밖에도 준경이 있었다. 그가 초대받았다는 게 이상한 건 아니었다. 그가 초대에 응하리라고는 생각하지 못했을 뿐이었다. 참석하지 않는 게 상식이고 미온에 대한 당연한 배려라고 믿고 있었다. 공연히 배신감이 들었다. 하지만 아무렇지 않은 척, 간단히 눈인사를 건넸다.

3층에서 내려다보고 있는 장 회장의 그림자가 언뜻 유리창에 비쳤다. 식이 시작된다는 안내 방송이 있고 난 뒤 윤재가 옷매무새를 가다듬고 단상으로 올라왔다. 미온은 사람들과 좀 떨어져서 윤재를 지켜보았다. 한 시간 전 아버지 앞의 연약한 아들이던 윤재의 모습은 찾아볼 수 없었다. 미온이 알던 의젓한 윤재로 돌아온 그는 침착하고 냉정했다. 그는 잘 훈련된 후계자였고 기획실장이었으며, 이미 한 기업을 책임지는 대표였다.

먼 길 초대에 응해준 귀빈들에 대한 예절 바른 감사의 인사를 먼저 하고 얼마나 의욕적으로 문학관을 준비해왔는지, 짧지만 진솔하게 이야기했다. 그리고 오늘 아침 익명의 제보자로부터 알게 되었다며 충격적인 사실들을 털어놓았다. 〈베가의 연인〉은 지형의 작품이 아니며 그의 아내 서옥임의 작품이라는 것, 그녀가 동료작가 경은혜의 작품을 모티프로 쓴 장편소설이었다는 것을 밝혔다. 베스트셀러를 만들기 위해 김지형의 작품으로 둔갑시켜 출판했다는 것을 아버지 장석훈 회장이 인정했다고 말할 때, 윤재의 음성은 약간 상기되었지만 얼굴에는 거짓을 고백한 자의 홀가분함이 엿보였다.

"아버지를 대신해서 아들인 제가 진심으로 사죄드립니다."

윤재가 머리 숙여 아버지 시대의 과오를 인정하며 대신 용서를 빌었다. 허리를 깊이 꺾어 머리를 숙였다. 미온은 돌아보지 않았지만 사람들은 놀라고 웅성거리고 탄식하고 분노했다. 기자들이 질문을 쏟아냈고 윤재는 자신이 알고 있는 한 간단히 답변했다. 결국, 사기였지 않느냐고, 출판사가 수십 년 독자를 우롱한 거라고 누군가의 입에서 욕설이 터지기 시작했다. 장 회장이 직접 나와 사과해야 하지 않느냐는 질문도 나왔다. 그 역시 사실을 인정한 뒤 충격이 크다고, 병원으로 옮겨드려야 할 상황이라고 윤재가 다시 한번 이해를 구했다. 미온이 3층을 다시 올려다보았을 때는 창가에서 물러났는지 장 회장의 그림자는 보이지 않았다. 유황은 만족스러운 듯 보였고, 권민자는 착잡한 듯 어두운 표정으로 이내 자리를 떴다.

"모든 비난은 아버지와 출판사를 대신하여 제게 주십시오. 무엇보다 작가에 대한 비난은 삼가 주셨으면 합니다. 그는 출판사의 권력에 항거할 수 없는 무명작가였습니다. 지금처럼 인터넷이나 개인의 폭로가 힘을 가질 수 있는 시기가 아니었습니다."

불민하고 수치스러운 자리였지만 윤재는 나약하지 않았다. 풍요로움 속에서 실패를 모르고 자라 세상을 모른다고 얕본 적도 있었지만 윤재는 강했다. 어려움을 이겨내고 장 회장보다 더 크게 출판사를 키워내리라, 미온은 그를 신뢰할 수 있을 것 같았다. 문학관은 일단 폐관하도록 할 것이며, 지역 발전에 도움이 되는 방법을 모색하여 차후 계획을 발표하겠다는 이야기를 끝으로 윤재가 단상을 내려왔다. 사회자가 유감을 덧붙여 표명한 뒤 별관에 마련된 연회장에 음료와 식사가 준비되어 있다고 안내를 했다. 사람들은 소란한 중에도 더위를 피해 연회장으로 하나둘 들어갔다. 미온은 혼란을 뒤로하고 본관으로 들어갔다. 아무것도 몰랐으면 차라리 좋았지 않았을까. 미온은 복원된 지형의 서재 앞에 서서 생각했다.

"당신이군요."

본관은 외부인이 들어오지 못하도록 금지 구역 표시가 되어 있었지만, 미온을 따라 들어온 것 같았다. 깜짝 놀라 목소리를 따라 고개를 돌렸다. 처음 보는 얼굴이었지만 누군지 알 것 같았다. 식이 시작되기 전,

준경 옆에 앉아 있던 여자. 그의 아내였다.

"한번은 보고 싶었어요."

머리끄덩이라도 붙잡을 기세였지만 암사자처럼 품위를 내려놓지는 않겠다는 의지가 확고한 태도였다. 위엄을 가장한 목소리는 분노로 떨리고 있었지만 입가에 미소 또한 잃지 않았다.

"이혼하길 기다리고 있나요? 그 사람 아내가 되고 싶은 거예요?"

여자는 에두르지 않고 자신의 영역을 침범한 미온을 향해 으르렁거렸다. 아내라는 자리를 가진 여자의 우월감이었다. 경멸하고 있다는 것을, 비웃으며 조롱하고 있다는 것을 알려주고 싶은 것이라고, 미온은 생각했다. 아내란 이름이 주는 권력으로 채찍이라도 휘두를 수 있다는 걸 증명하고 싶어 하는 그녀의 의도를, 미온은 기꺼이 존중해주고 싶었다.

"그런 일 없어요. 오래전에 끝났어요. 아니, 시작한 적도 없어요. 그 사람은 날 사랑한 적 없거든요. 이상하게 들리겠지만, 당신을 지키기 위해 잠시 방황했던 것뿐이에요. 나도 그 사람을 사랑하지 않았던 거 같아요. 그걸 알면서도 한동안 만났던 건, 다만 게을렀기 때문이지요. 새로운 누군가를 찾는 게 귀찮았거든요. 아마 내 외로움을 사랑했던 것일지도 모르겠네요."

다소곳하지도, 나긋하지도, 미안하다고도 말하지 않는 미온에게 그녀는 분명히 적의를 드러내고 있었다. 사랑하지도 않았으면서 날 상처 낸 거니? 묻고 싶은 건지도 몰랐다.

"한동안 떠나 있을 거예요. 그리고 앞으로 다시는 그 사람 만날 일 없어요."

전시실을 먼저 나가려다 말고 돌아선 미온의 입에서 툭, 튀어나왔다. 어디로 떠날 생각 같은 걸 해 본 적 없었다. 하지만 어떻게든 그와 무관함을 증명하고 싶었다. 그녀를 안심시키고 싶었다. 아니, 준경과의 인연에서 기어코 빠져나가고 싶었다.

'그 사람이 사랑하는 건 당신이에요. 당신이 끝까지 포기하지 않는다면, 그는 영원히 당신과 함께할 거예요. 그 사람은 과거에도 당신 것이었고 현재에도 미래에도 당신 거예요. 당신이 생각하는 것보다 그에게 당신은 훨씬 더 중요한 사람이거든요. 당신이 모든 권리를 다 가졌어요. 그러니 불안해하지 마세요. 빼앗겼다고도 생각하지 말아요. 가끔 고래가 수면 밖으로 나오는 것처럼, 잠시 숨을 쉬었던 거예요. 그는 당신에게 화를 내지 않았겠죠? 당신에게 소리 지르는 일도 없었겠죠? 발에 모래주머니를 매달고 모래밭을 달리며 훈련하는 선수들처럼, 그는 그렇게 단 한시도 자신의 발목을 풀어주지 않았을 거예요. 자신을 끝없이 억압하고 짓누르지 않으면 허공으로 날아올라 풍선처럼 터져버릴까 봐 두려웠던 거죠. 하지만 내게 왔을 때 잠시 그 모든 걸 풀어놓았어요. 그는 내게 그 모든 짓을 했거든요. 화를 내고 소리를 지르고 제 성질을 이기지 못해 욕을 하기도 했어요. 심지어 울기도 한 걸요. 내 앞에서 그는 가면을 벗고 감정의 민낯을 토해냈어요. 그렇게 잠시 가벼워졌다가 다시 모래주머니를 챙겨 당신에게 돌아갔던 거예요. 당신이 동정해야 할 사람이 있다면 그건 당신이 아니라 나예요. 만약 이 관계가 세상에 드러난다고 해도, 사회적으로도 당신은 이해와 동정을 받을 수 있지만 나는 그렇지 않을 테니까요. 당신과 나, 두 사람 중 승자는 당신이라고요. 당신이 강자예요. 그러니 스스로를 가여워 말아요. 당신이 그를 버리지 않는 한, 그는 당신을 떠날 수 없어요. 그래도 듣고 싶다면, 미안해요. 내 외로움이 당신을 외롭게 했다면, 사과할게요.'

사실, 미온이 말하고 싶은 건 진실이었다. 그녀의 등을 진심으로 쓰다듬어 위로해주고도 싶었다. 붙잡을 수 없는 삶을 움켜쥐고 싶어 하는 그녀의 손에 무엇이라도 꼭 쥐여 주고 싶었다. 하지만 진실은 그녀를 더 힘들게 할 터였다. 그래서 미온은 거짓을 말해야 하는 것일지도 몰랐다. 진실을 말할 수 없어서 미안하다고 말하고 싶었던 것일지도 몰랐다.

그것이 미온이 그녀에게 보일 수 있는 최대한의 예의였다.

전시실을 나갔을 때 준경이 서 있었다. 어디부터 들었는지 알 수 없었다. 미안한 것인지 화가 난 것인지 그의 참담한 눈빛을 어떻게 표현해야 할지도 알 수 없었다. 미온은 아무 말 없이 그를 외면한 채 엘리베이터를 탔다. 그 어느 때보다 준경이 원망스러웠다. 왜 이렇게 나를 치욕스럽게 만드는 것일까. 어떻게 아내까지 데려와 모욕을 줄 수 있는 것일까. 미온은 어금니를 악물었다. 장 회장과 옥임도 이런 관계였을까. 윤재 엄마에게 옥임도 이런 수치를 경험했을까. 가슴이 미어터지는 것 같았다. 미온은 알아야 했다. 두 사람의 관계에 대해 장 회장에게 물어야 했다. 그렇게 치욕스런 관계에서 태어난 게 나인 거냐고, 미온은 물어야 했다. 미온은 엘리베이터에서 내려 사무실로 뛰어 들어갔다. 장 회장의 모습이 보이지 않았다. 어디로 갔을까. 다시 나가려는데 소파 아래 삐죽, 잘 닦여 반짝이는 그의 구두가 보였다. 가슴이 쿵, 내려앉았다. 사무실 바닥에 죽은 듯, 장 회장이 쓰러져 있었다.

'살려줘.'

촛불처럼 꺼져가는 목소리가 희미하게 들리는 것만 같았다. 석훈이 현관문을 열고 집 안으로 들어갔을 때, 옥임은 서재 손잡이를 꼭 붙잡고 문밖에 주저앉아 있었다. 석훈이 문을 열고 방에 들어가려 했지만 벌떡 일어선 그녀가 가로막아 섰다. 머리는 산발이 된 채 깨진 입술에서는 피가 말라붙어 있었고, 얼굴도 목도 손목도 붉게 부어올라 있었지만, 들어가려면 날 죽이고 가라, 결사 항전하는 마지막 병사처럼 옥임의 눈빛은 단호했다. 서재를 막아선 그녀가 들쳐업고 있던, 한 돌도 되지 않은 미온은, 배가 고픈 것인지 얼굴이 빨갛게 되도록 악을 쓰며 울어대고 있었다. 석훈은 어찌해야 할지 몰라 그대로 주저앉고 싶었다. 언제나 그랬듯이 술에 취해 입에 담지 못할 욕설을 퍼붓고 협박하는 지형의 전화를 받고 빗속을 뛰어온 그의 눈에 펼쳐진 풍경은, 잔혹한 적군이 한바탕 짓밟고 지나간 전쟁터 그대로였다. 부엌은 싱크대에서 손이 닿는 대로 집어던진 사기그릇과 유리그릇의 파편들로 발 디딜 틈이 없었고 거실의 가구들과 집기들도 쑥대밭처럼 쓰러지고 넘어져 멋대로 나뒹굴고 있었다. 문이 열려 있는 옥임의 방도 그랬다. 앉은뱅이책상은 뒤집어져 있었고 그녀가 애지중지하는 타이프라이터도 바닥에 내동댕이쳐져 있었다. 원고들은 허공에서 뿌려진 듯 방바닥 여기저기 흩어진 채였다. 벌써 몇 번째였다. 지형은 믿지 않았다. 술만 마시면 인사불성이 되어 미온이 옥임과 석훈의 아이라는 걸 자백하라며 법석을 피웠다.

"미온아."

창가에 서서 당시 장면을 눈에 본 듯 생생하게 그려보던 미온이 이름을 부르는 소리에 놀라 뒤를 돌아보았다. 장 회장이 잠에서 깨어 눈을 뜨고 미온을 바라보고 있었다.

"오늘이지?"

그가 물었다. 침상 옆으로 다가간 미온이 네, 하고 대답했다.

"물을 좀 다오."

장 회장이 몸을 일으키려 했다. 미온은 휠을 돌려 침대 머리맡을 편하도록 세워주고 컵에 물을 따라 그에게 건네주었다. 혈압으로 쓰러졌던 장 회장은 지난 몇 달 입원과 퇴원을 반복하며 몇 번의 위기가 있었지만 서서히 건강을 회복해가고 있었다. 그 사이 윤재가 걱정했던 대로 SG출판그룹의 주식은 하락했고 언론과 문화계는 온갖 악평과 비난을 쏟아부었으며, 독자들의 항의도 거세게 빗발쳤다. 이사회는 장 회장이 모든 책임을 지고 물러나는 것으로 사태를 수습하길 원했고, 윤재는 안팎으로 언론과 여론의 뭇매를 온몸으로 감당해야 했다.

하지만 장 회장의 예상대로 석 달쯤 지나자 더 이상 물고 뜯을 게 남아 있지 않아 버려진 **뼈다귀**처럼, 소문은 잦아들었고 바람은 가라앉았

다. 비난이 수그러들자 아버지는 잘못했지만, 그 죄를 아들에게 씌울 수
는 없지 않은가, 연좌제는 가혹하다는 동정론이 고개를 들었다. 윤재가
적극적으로 앞에 나서서 해명하고 여론을 주도하며 회사 방침을 과감히
개선해 나갔다. 그러자 사주의 아들이라는 꼬리표를 들추어 그의 능력을
인정하지 않았던 사원들까지 회사를 살려야 한다는 목소리에 힘을 실었
다. 그를 지켜보던 외부의 시선도 건실한 기업인의 자질이 충분하다는
의견이 지배적이어서 출판사는 차츰 제자리를 찾아가는 중이었다.

장석훈 회장은 그 모든 파도 뒤에 서 있었다. 건강 때문이기도 했지
만 결코 윤재를 대신해 앞으로 나서지 않았다. 정작 사과해야 할 사람
이 아들 뒤에 숨었다는 비난을 일부러 자초한 것이었다. 그건 윤재에게
자신을 밟고 올라설 역전의 기회를 주기 위한 전략이기도 했고, 아들에
대한 강한 신뢰이기도 했다. 그는 모든 여론과 소문에 귀 닫은 채 중병
을 핑계로 모처럼 병실에서 휴식했다. 그리고 어느 정도 기력을 회복한
어느 날, 장 회장은 자신의 아내도 윤재도 없을 때 미온을 불러 그토록
알고 싶었던 진실에 대해 말해 주었다.

"은혜다. 경은혜."

휴대폰 앨범을 열어 아무도 모르게 오랫동안 간직해 왔던 사진을 보
여주며 장 회장이 말했다. 유황의 사무실에서 본 크리스마스 파티 사진
이었다. 똑같은 날, 똑같은 장소, 똑같은 구도의 사진이었지만, 지형과
석훈 사이에 앉아 있는 여자는 옥임이 아니었다. 긴 생머리에 선이 가
늘었던 옥임의 젊은 시절과 달리, 짧은 커트 머리에 검고 또렷한 눈매
를 가진 그녀는 도톰한 입술을 크게 벌리고 환하게 웃고 있었다. 활달
하고 적극적인 성격을 짐작게 하는 미소였다.

"그 사진 안에 네가 있단다."

장 회장이 말했다. 무슨 뜻일까, 미온은 자신을 바라보는 장 회장의
눈빛을 보는 순간, 넋이 나간 것처럼 사진을 다시 내려다보았다.

"내 생에도 꼭 한 번, 사랑이 있었단다. 그날 그 모임에 가기 전, 은혜가 내게 말해 주었어. 크리스마스 선물처럼 아기가 왔다고. 그녀도 나도, 얼마나 행복했는지 모른단다."

장 회장은 오래전 기억을 더듬어 이야기를 해주었다. 자기는 한 중견 정치인과 지금은 이름조차 지워진 영화배우 사이에서 태어난 숨겨진 아들이라고 했다. 호적에는 오르지 못했지만 아버지가 모른 척 한 건 아니었다. 하지만 그의 도움을 받으며 살 생각도, 인연을 계속할 생각도 없었다. 문학을 좋아하면서도 경영을 전공했던 그는 혼자 성공해 보겠다고 출판사를 시작했다. 그때 지형을 만났고 옥임을 만났고 그녀의 소개로 경은혜도 만났다. 착하고 따뜻한 사람이었다고 했다. 출판사는 매달 적자였고 월세도 다달이 밀릴 정도로 가난하던 시절이었지만, 아이를 가졌다는 걸 알고 그들은 세상을 다 가진 듯 행복했다. 결혼식을 올리지는 못했으나 혼인신고도 했다. 하지만 가난과 행복은 오래 가지 않았다. 투자자를 모으고 특색 있는 저자를 찾아 야심차게 출판한 책들이 반품으로 돌아왔다. 자금이 막혀 부도 위기에 몰린 것도, 만삭의 경은혜에게 닥친 교통사고도 고의였다는 증거는 없었다. 하지만 장 회장은 지금도 자기 아버지를 의심한다고 말했다. 사랑하는 여자는 죽고 아버지에게 인생을 붙잡힌 석훈은 갓 태어난 아기를 어찌하면 좋을지 알 수 없었다. 아이까지 죽을까 봐, 그것이 가장 두려웠다고 했다. 석훈은 더 이상 반항하지 않았다. 자포자기하듯 항복했고 아버지의 권유대로 지금의 아내와 결혼했다. 그리고 경은혜의 죽어가는 몸에서 꺼낸 미온을 키우겠다고 나선 건 옥임이었다.

"금춘화와 함께 있는 지형을 찾아갔을 때 옥임은 속이지 않았다. 나와 은혜의 아이라고 말했지. 널 데리고 가서 보여준 거야. 이쁘지 않느냐고, 함께 아이의 부모가 되어주자고 간절히 원했던 거였어. 그는 허락할 수밖에 없었을 거야. 그래서 돌아왔지. 옥임은 모든 게 잘 되었다

고 생각했어. 나도 그에게 가서 무릎 꿇고 고맙다고 했단다. 내가 할 수
있는 일은 다 하겠다고 약속했지. 옥임은 널 무척 사랑했어. 〈오작교〉
를 더해 소설을 쓰기 시작했던 것도 너 때문이었단다. 은혜의 작품에
자신의 소설을 더하는 것으로 두 엄마의 사랑을 너에게 전해주고 싶다
고 했어. 소설가의 아내로 사는 것에 만족했던 옥임이 다시 소설을 쓰
기 시작한 거지. 아마도 옥임은 그렇게 가슴으로 널 직접 낳고 싶었을
거다. 한 글자 한 글자, 소설을 써 내려가면서 뱃속에 열 달을 품듯, 진
짜 너의 엄마가 되어가고 있는 중이었어. 그때가 자신의 인생에서 가장
행복한 시기였다고, 두고두고 말했단다. 그런데 사내란 이상한 동물이
지. 내 핏줄이 아니면 물어 죽이는 게 수컷의 본능이니까. 만약 그에게
다른 자식이 있었다면, 자신에게 훨씬 더 너그러울 수도 있었을 거다.
하지만 그는 아이를 낳을 수 없다는 걸 수치스러워했어. 열등감만큼 자
기 파괴력이 강한 칼은 없다는 걸 그를 보고 알았어. 그는 나와 옥임
사이를 끝없이 의심했어. 진짜 그렇다고 믿었던 건 아니었을 거야. 그렇
게라도 자신의 결핍을 옥임의 부정으로 상쇄시키고 싶었던 것 같아. 더
구나 자신은 쓰지 못하는 장편을 옥임이 쓰고 있다는 걸 알았을 때부터
그는 거의 미친 것 같았어. 끔찍한 전쟁이 시작되었지. 아이가 울어서
쓸 수 없다고, 타이프라이터 소리가 시끄러워 집중이 안 된다고 온갖
핑계를 대며 옥임을 괴롭혔어. 술에 취하면 내게 전화를 해서 입에 담
을 수 없는 욕설을 퍼부었지. 네가 내 딸이라는 걸 세상에 폭로하겠다
고, 내 아내에게 알리겠다고 번번이 협박했어. 달려가 보면 언제나 참
혹한 전쟁터였다.”

　　장 회장은 이야기를 하며 목이 탄다는 듯, 몇 번이나 물을 마셨다.
그리고는 수십 년 전 그날의 마지막을 고통스럽게 털어놓았다.

　　“옥임은 그날, 모진 마음을 먹고 있었던 것 같아. 다시는 반복하고
싶지 않았을 거야. 나는 옥임을 밀쳐내지 못한 채 어찌해야 할지 몰랐

어. 분명 그리 긴 시간은 아니었을 거야. 1분이었는지 10분이었는지 모르겠구나. 살려줘, 그의 목소리가 들리는 것 같았어. 나는 더 이상 참지 못하고, 그녀를 밀쳐낸 뒤 방으로 뛰어 들어갔어. 지형은 얼굴이 하얗게 바래서 의자에 늘어져 있었어. 빈 소주병이 두세 개 뒹굴고 있었는데 비린내가 진동할 만큼 바닥은 온통 피바다였지. 몹시 취해서였을 거야. 동맥을 제대로 찌른 거였어. 지금도 나는 그 사람이 정말 죽고 싶어 했다고는 믿을 수 없다. 가늘게 숨을 쉬고 있었다는 생각이 들어. 모르겠다. 입을 달싹이며 마지막 힘을 다해 살려줘,라고 말했던 것 같기도 해. 그 목소리를 문밖에 서 있는 내내 들었던 것도 같다. 하지만 그는 아무 말도 하지 않았을 거다. 칼이 너무 깊게 들어가서 애초에 희망이 없었다고 의사가 말했거든. 생각해 보면, 그의 목소리를 들었을 리가 없어. 네가 아주 큰 소리로 계속해서 울고 있었으니까. 하지만 지금도 그때를 생각하면 지형의 목소리가 들리는 것 같다. 살려달라고, 그때 문밖에서 망설이던 짧은 시간에 대한 죄책감 때문이었을 거다. 그 순간, 나도 끝내고 싶었으니까."

모든 이야기를 끝낸 장 회장은 너무 늦게 말해서 미안하다고 했다. 하지만 미온은 이해했다. 삶이, 세상이, 모든 사람들이 자신을 외롭게 한다고 생각했었다. 하지만 정작 미온 자신이 이 모든 혼란과 고통과 죽음의 원인이었다. 훨씬 일찍 알았다면 그만큼 견디기 수월했을 거라는 생각은 들지 않았다.

"네 탓이 아니다. 내 탓이었지. 너에겐 누구도 결코 채울 수 없는 외로움이 있었어. 누구도 닿을 수 없는 빈자리가 있었지. 너는 누구에게도 깊이 마음의 뿌리를 내리지 않더구나. 그런 너를 볼 때마다 가슴이 주저앉았다. 죽은 엄마의 뱃속에서 나오는 순간부터 너는 본능적으로 알았던 것 같아. 그게 늘 아팠다. 만약 나라도 너를 품고 살았다면, 네가 진작 너의 뿌리를 알았다면 은혜처럼, 네 엄마처럼, 너도 밝게 웃을 수 있었을까. 모르겠다. 무엇보다 겁이 났어. 네가 날 원망하고 다시는 안 본다고 하면 어쩌나. 무서웠다."

장 회장이 말했다. 식어가는 엄마의 자궁에서 세상으로 나오는 순간을 무의식은 기억하고 있었던 것일까. 미온은 순간 오싹, 소름이 끼칠 만큼 서러워졌다.

"그럼 〈베가의 연인〉은 왜?"

미온이 서러움을 털어내려는 듯 화제를 돌려 물었다.

"소설은 그가 죽고 나서 2년 뒤에 완성됐어. 지형의 이름으로 하자고 한 건 옥임이었다. 작가로서 자신의 이름을 포기하는 건, 괴로운 일이었을 텐데도 옥임은 전면에 나서고 싶어 하지 않았지. 은혜와 거리가 너무 가까웠으니까, 혹시라도 〈오작교〉가 수면 위로 떠오르면 너와의 관계가 드러나는 걸 겁냈을 거야. 경제적으로 어렵기도 했어. 출판사는 그때 윤재 외할아버지가 부도를 막아준 뒤 재정을 쥐고 있어서 나조차 자금을 어쩌지 못하는 형편이었거든. 베가를 김지형 이름으로 출판한 뒤 그 다음 이야기는 지난번 말한 그대로였단다. 출판사가 큰 것이 전적으로 베가 때문이라고 할 수는 없었지. 다만 그렇게 많이 팔렸던 책으로 보이도록 홍보했던 거야. 물론 그것이 기반이 되어 장인의 손에서 벗어나는 계기가 되어준 건 사실이다. 그리고 문학관은, 작가라는 이름을 잃은 옥임을 위해 내가 지어주고 싶었던 거였단다. 널 낳아준 은혜의 〈오작교〉를 위해서이기도 했고. 그러니까 〈베가의 연인〉은 두 엄마가 너에게 주는 선물이었고, 문학관은 내가 그 두 엄마에게 바치는 보답이 되길 바랐다고 할까. 왕비를 위해 지은 타지마할처럼 말이다. 그래서 지형이 아니라 작품에 포커스를 맞췄던 거였다. 세상은 모르더라도 언젠가는 너에게 말해줄 생각이었어."

장 회장은 이야기를 모두 마쳤다. 아무것도 몰랐더라면 좋았을까. 그랬다면 이 모든 걸 망치지 않았을까. 미온은 그동안 알고 있던 부모의 존재가 전혀 다른 사람으로 바뀌는 충격보다 자신을 우울하게 지배했던 유령으로서의 지형, 그 유령만을 붙잡고 사는 줄 알았던 옥임 그리고 옥임과 석훈 사이의 풀리지 않는 관계를 오해했던 혼란의 중심이 자신이었다는 데 더 마음을 추스를 수 없었다.

이야기를 끝낸 장 회장은 이제라도 미온의 존재를 모두에게 밝히고, 자신의 아내와 윤재에게도 알리겠다고 했지만 미온은 반대했다. 윤재의 엄마는 물론 심지어 윤재조차, 미온이 혈연으로 엮이는 걸 바랄 리 없었다. 미온은 누구의 운명에도 간섭하고 싶지 않았고 자신으로 인해 그 무엇도 뒤집어지길 원하지 않았다. 때로는 거짓이 필요했다. 어떤 진실이 누군가에게 상처가 될 때는 감추는 것도 진실이었다.

"잠깐 얼굴만 뵙고 가려던 거였어요."

물을 한 모금 마신 장 회장이 건네준 컵을 받아 테이블에 내려놓은 미온이 말했다. 시계를 보며 의자에 내려놓았던 코트를 걸치고 백을 집어 어깨에 멨다. 도망가듯 서두르는 미온을 물끄러미 바라보던 장 회장이 입술을 달싹이다가 어렵게 말을 꺼냈다.

"손을, 잡아 봐도 되겠니?"

그러나 미온을 향해 차마 손을 내밀지는 못했다. 미온은 그를 가만히 바라보았다. 한 시대를 살아온, 그래서 이제는 퇴장을 기다리는 노인이 혈육의 사랑을 기대하고 있었다. 미온은 한 발을 떼고 그에게 다가가 손을 내밀었다. 한때는 세상을 움켜쥐었던 큰 손, 그러나 이제는 마르고 주름진 그의 손등 위에 미온은 자신의 손을 살포시 포개었다. 연약하지만 따뜻한, 처음 느껴보는 아버지의 체온이었다.

"다녀올게요. 건강하세요."

그의 손등을 두어 번 가볍게 두드리고 나서 미온이 아랫입술을 깨물었다. 아버지라고는 차마 말하지 못했다. 장 회장이 고개를 끄덕였다. 눈에 그렁그렁 맺혀 있던 굵은 눈물이 끝내 그의 두 뺨 위로 흘러내렸다.

크리스마스와 새해 휴가를 해외에서 보내려는 여행객들로 인천공항 출국장은 어느 때보다 북적였다. 저 많은 사람들은 어디로 가는 것일까. 트렁크를 부치고 나서 벤치에 앉아 여권과 티켓을 챙기던 미온은 데스크 앞에 서 있는 사람들을 쳐다보았다. 초등학교 저학년 두 남매를 둔 부부였다. 허용된 무게를 초과한 것 같았다. 큰 트렁크 두 개와 아이들 것까지 하나씩 열고 부시럭부시럭 물건들을 꺼내 펼쳐놓았다. 뒤에 줄을 서 있는 사람들은 지루한 표정으로 그들을 지켜보고 있었다. 꾹꾹 눌러 담았던 트렁크를 열자 생활의 자취들이 꾸역꾸역 밀고 나왔다. 아내는 담요들을 꺼내고 남편은 옷가지를 덜어내도 도무지 해결이 안 되는 모양이었다. 이민을 가는 건 아닌 것 같은데 잠시 떠나면서 뭘 저리 바리바리 쌌을까. 하지만 이내 깨달았다. 떠난다고 삶이 끝나는 것은 아니었다. 기침하는 작은아이에게 먹여야 할 감기약과 큰아이 방학 일기와 휴가를 가서도 잊지 말아야 할 부모님 안부전화와 내일 신을 양말과 구두를 고스란히 안고 떠나는 것이었다. 이곳을 떠나도 저곳에서 삶은 또 시작되고 이곳의 생활과 연결지어 저곳에서도 계속 살아가야 하는 것이다.

미온에겐 아무것도 없었다. 개인 보관창고를 빌려 맡겨둔 것은 2층 방에 있던 몇 박스의 책이 전부였다. 여행 가방에 챙겨 넣은 것 말고는 옷도 가구도 집기들을 모두 처분했다. 집을 팔고 그랜저도 팔았다. 돌아와서 어디에서 어떻게 살게 될지는 생각하지 않았다. 냉장고에 모아두었던 소주는 하나하나 뚜껑을 열어 개수대에 쏟아 버렸다. 문학관에 다녀온 후 준경이 이혼했다는 소식을 유황이 문자로 전해주었지만 아무런 감흥도 없었다. 준경도 미온을 염두에 두지 않았을 터였다. 두 사람은 서로에게 빛으로만 남았을 뿐, 영원히 사라져 세상에 존재하지 않는 별이었다.

장 회장이 말해준 진실은 뜻밖에도 미온에게 안도감을 주었다. 아무것도 모르면서 유령이라고 불렀던 지형도 따뜻한 피가 흐르던 사람이었다는 것을, 간절하게 살고 싶어 했던 나약한 인간이었다는 것을 알고 나자 꺼려하던 마음이 사라졌다. 무엇보다 죽은 엄마의 몸에서 태어났다는 걸 알게 되고 처음엔 서러웠지만 용한 점쟁이가 지난 삶을 족집게처럼 알아맞힌다고 느낄 때의 위안처럼, 혹은 저명한 정신과 의사와 상담하면서 세상에 태어나 처음으로 자신이 이해받고 있다고 느낄 때의 안도감처럼, 삶이 수반해온 지독한 결핍의 정당성과 필연성을 미온은 아주 간단히 납득해 버렸다. 정말 어처구니없게도 아무런 거부감 없이 죽음을 가르고 태어난 운명을 당연하게 받아들였던 것이다. 모든 의문이 단번에 풀리는 후련함이 미온을 충만하게 했다. 옥임과 석훈이 그토록 채워주고 싶어 했던 빈자리를 과거의 시간에서 튀어나온 퍼즐조각들이 스스로 제자리를 찾아 그림을 완성했다. 삶의 거대한 나무를 지탱시키는 것은 꽃이 아니라, 열매가 아니라, 땅 밑에 음습하게 깊이 뻗어간 뿌리와 그 뿌리에 기생하고 있는 보기 흉하지만 저마다 살아가고 있는, 그 모두인지도 모른다.

집의 새 주인은 은퇴한 노부부였다. 집은 낡았지만 조금만 손보면 될 것 같다며 그들은 집을 마음에 쏙 들어 했다. 무엇보다 지붕까지 뒤덮은 담쟁이넝쿨이 있는 집 마당에서 정원을 가꾸는 노후의 꿈을 이루게 되었다며 기뻐했다. 미온은 그들에게 옥임이 정원을 가꿀 때 쓰던 연장들과 잔디 깎는 기계를 선물로 남겨주었다. 하지만 그들이 무엇보다 흡족해한 것은 파라솔이 달린 정원 테이블이었다. 봄에도 여름에도 가을에도 겨울에도, 새순이 돋는 것을 보며, 우거진 장미넝쿨 향기를 맡으며, 익어가는 붉은 감을 쪼는 까치와 눈이 내리는 모습을 바라보며 마당에서 차를 마실 거라고, 그들은 행복하게 서로를 바라보았다. 늘 쓸쓸하기만 했던 집이 제대로 주인을 만난 것 같았다. 이 집이 기쁨을 줄 수도 있구나, 계약서에 도장을 찍던 날 미온은 그 집에서 처음으로 행복했다.

집을 팔고 받은 돈은 남김없이 장 회장에게 돌려주었다. 미온이 데려온 아이라는 걸 모르게 하기 위해 서둘러 이사한 집이었고, 당시 장 회장이 어렵게 마련한 돈이었다. 미온이 아무런 부담 없이 쓸 수 있는 돈은 〈베가의 연인〉으로 받은 인세뿐이었다. 아주 큰돈은 아니었지만 얼마간 일하지 않고 여행할 만큼은 되었다. 옥임이 인세를 모아 유일하게 목돈을 들여 샀던 그랜저를 팔 때 가장 망설였다. 차를 사고 나서야 운전을 배운 옥임이 혼자 멀리 떠났던 기억은 없었다. 직접 운전해서 미온을 데리고 멀리 여행을 한 기억도 없었다. 그랜저는 옥임의 꿈이었다. 마당에 우두커니 서 있는 차를 바라보며 자유롭게 떠나는 것을 꿈꾸었을 것이다.

사람들은 만나고 헤어지고 떠나갔다. 떠나는 사람은 밝게 웃으며 미련 없이 손 흔들고 떠나지만, 남은 사람은 떠나는 사람의 뒷모습을 오래오래 지켜보았다. 떠나는 이는 아직 만나지 않은 미래의 세상을 바라보며 설레고, 남겨진 사람은 빈자리를 바라보며 쓸쓸하기 때문이다. 그러나 미온에게는 떠나는 설렘도, 뒷모습을 지켜봐 줄 사람도 없었다. 아무도 배웅해 주지 않는 떠남, 아무도 기다려 주지 않는 출발, 아주 떠나는 것도 아니지만 공연히 쓸쓸해졌다. 미온은 흠, 하고 입을 앙다물며 마음을 추스르고는 가방을 챙겨 의자에서 일어났다. 그때 전화벨이 울렸다.

"어디야?"

로움이었다.

"공항."

"공항 어디냐고?"

"응?"

미온은 두리번거리고는 '카운터 F'라고 말했다. 전화가 툭 끊겼다.

미온은 영문을 몰라 어깨를 으쓱 올렸다 내렸다. 설마? 두리번거렸다. 그때 누군가 오른쪽 어깨를 콕 찔렀다. 돌아보니 아무도 없었다.

"단순하긴."

몇 년 후면 마흔인데도 개구쟁이처럼 미온의 왼쪽 어깨 뒤에서 로움이 히죽 웃으며 서 있었다.

"웬일이야?"

"친구가 멀리 떠난다는데 혼자 보내냐. 우리 우정이 얼마친데."

로움이 콩, 미온의 이마에 꿀밤을 먹이며 말했다.

"어, 여기, 왜 그래?"

다섯 바늘이나 꿰맨 이마의 흉터를 처음 본 로움이 놀라 물었다. 아무것도 아니라고, 아프지도 않다고, 곧 없어질 거라고 미온이 이마를 문지르며 말했다.

"너 멀리 가서도 맞고 다닐까 봐 걱정된다."

로움이 한심한 듯, 그러나 정말 걱정스러운 듯 미온을 쳐다보았다.

한 달 전쯤 로움이 전화를 했었다. 잠을 자다가 깨어 그의 이야기를 듣는 것도 오랜만이었다. 잠결에 하품을 하며 시계를 보니 새벽 두 시였다.

"나 술 사러 밖에 나왔어. 맨발로 나왔는데 발 시려죽을 거 같아. 겨울인 걸 까먹고 있었어. 잠깐만 기다려봐."

로움의 목소리가 사라지더니 뽀득뽀득, 소리가 들렸다.

"눈 밟는 소리 들려? 좋지? 야, 김미온. 너 이런 친구 있어? 눈 밟는 소리 들려주는 친구 없지? 없지?"

로움이 음하핫, 뿌듯하게 웃었다. "눈 와?" 부스스 일어나 창밖을 내다보았다. 첫눈이 펄펄 쏟아져 내리고 있었다. 로움은 슈퍼마켓에서 술을 사서 집으로 들어가기까지 그동안 있었던 일을 이야기했다. 여자 친구가 새로 생겼다고 했다. 결혼하자고 자꾸 조른다고 했다. 하면 되지 않느냐고, 하나 마나 한 소리를 했는데, 로움의 대답은 지금껏 들은 말 중 가장 놀라운 것이었다.

"다영이 이제 열일곱 살인데? 고2야."

기가 막혔다. 이제 겨우 열일곱 살짜리가 뭘 알아서 결혼을 한다고 할까. 그러나 춘향이도 줄리엣도 모두 그보다 훨씬 어렸다는 걸 생각해 보면, 열일곱 살이기 때문에 그만큼 진실할 수밖에 없을 것도 같았다. 하지만 로움은 이런 걸 어떻게 고민이라며 끌어안고 있는 것인지 미온 의 머리로는 도무지 이해가 되지 않았다.

"알아. 내가 미친놈이라는 거. 그런데 어떡해. 애가 중3 때부터 날 따라다녔거든. 그때 프러포즈를 하기에 하도 맹랑해서 대학 가면 만나 주겠다 했어. 그런데 고등학교 다니면서도 그 마음이 한결같은 거야. 공 부도 대학도 다 싫대. 그 아인 나만 바라봐. 나랑 결혼해서 이쁘게 사는 게 꿈이야. 집에는 학교 간다고 나와서 매일 우리 집에 왔어. 나 없어도 현관 앞에서 쭈그리고 앉아 마냥 기다려. 일요일엔 아침부터 오고. 친구 도 없고 취미도 없어. 그 아이에겐 내가 전부야. 그런데 지난주에 가출 했다고 가방 싸 들고 왔어. 받아들일 수밖에 없었어. 이 나이에 내가 어 디 가서 그런 맹목적인 사랑을 받겠나 싶어서."

미온은 놀라 벌떡 침대에서 일어났다. 잠이 확 깼다.

"그래서 지금 집에 있다고?"

"응. 나랑 살 거래. 저 애가 싫다면 나도 굳이 들여보내고 싶진 않아. 꼭 공부하고 대학 가야 하는 거 아니잖아."

"그래서 어쩌려고?"

"도망가서 살까 생각 중이야. 제주도에 친구가 있으니까 거기 가 볼까?"

미온은 웃음이 나왔다. 하지만 소리 내지는 않았다. 적어도 그 순간 만은 로움이 진심이라는 걸 알 수 있었다. 아내가 있는 남자를 사랑했던 자신과 스무 살이나 많은 남자를 사랑하는 어린 소녀가, 아내가 있으면서 미온을 찾은 준경과 미성년자를 사랑한다며 데리고 있는 로움의 차이가 무엇인지 미온은 말할 수 없었다.

"제주에서 뭐 하려고?"

"나는 농장에서 귤 따고 다영인 바다에서 굴 따고. 그렇게 살지 뭐."

로움이 킥킥 웃었다.

"음악 일은 거기서도 할 수 있을 거야."

"다영이는 어려서 철없다고 하고, 그런데 넌 어른이잖아."

"내가 틀린 거니?"

"옳고 그른 걸 말하자는 게 아냐. 하지만 이건 지구인의 해결방식은 아니야."

"지구인이 다 옳은 건 아니잖아. 날 사랑하는 사람에게 그 사람이 원하는 걸 해주고 싶을 뿐이야."

"그게 사랑이야?"

"그 아이가 날 생각하며 힘들어하는 걸 보면 가슴이 너무 아파. 내가 뭐라고 그 애 마음을 아프게 하나, 날 이렇게 좋아해 주는 아인데. 고맙고 미안해. 이런 게 진짜 사랑 아닐까."

"생각하는 게 어쩜 둘이 그렇게 똑같니."

"친구야. 구박하지 말고 힘내라고 말 좀 해줘. 나 정말 힘들어."

"그래서, 어디까지 갔어?"

"그런 건 중요하지 않아."

"중요해. 혹시 선 넘었으면 불법이니까."

"지구인처럼 말하지 좀 말고."

"한 대 팰 수도 없고. 고발할 수도 없고. 너, 정말 사랑해?"

"응."

"그럼 미성년자 풀릴 때까지 걸리지 말고 기다렸다가 합법적일 때 결혼해서 데리고 살아야지 뭐."

미온은 화가 날 것 같았다. 자신의 일만으로도 머리가 터질 것 같은 때였다. 그래서 미온은 간단히 결론지었다. 하지만 6개월도 가지 못할 거라는 것을, 다영이 또한 로움의 종착역이 될 수 없다는 것을 미온도 로움도 잘 알고 있었다. 무엇보다 어린 다영이가 더 큰 세상으로, 머잖아 제 또래 남자에게로 훨훨 날아가리라는 것은 자명한 일이었다.

"그런데 로움. 난 왜 네가 행복한 것 같지 않니?"

"너한테 전화한 이유가 바로 그거야. 다영이는 귀엽긴 한데, 내가 꼭 유치원 보모 같아."

로움은 몇 분 더 궁싯거리며 하소연을 하다가 발이 시려서 더 이상은 안 되겠다며 엘리베이터를 타고는 전화를 끊었다. 그 뒤 다시 통화를 한 건 이틀 전이었다. 집을 텅 비우고 침대 하나와 트렁크만 두 개 남겨둔 밤이었다. 로움의 목소리는 시무룩했다.

"다영이 집에 갔어. 걔네 부모님 쳐들어와서 한바탕 전쟁 치렀지 뭐. 난 도둑놈, 파렴치한 놈, 죽일 놈 되고. 다영이랑 다시는 안 만나겠다고 각서 쓰고 지장 찍어 보냈어. 그런데 너까지 가면 어떡해. 나 쓸쓸해 죽을 거야."

"곧 이쁜 여자 친구 생길 거야."

"그거랑은 달라."

"일 년에 우리 통화 한 다섯 번쯤 했니?"

"그게 중요한 게 아니지. 너 그거 알아? 사랑하는 연인이란 몸이 맞는 사람들이 아니라 말이 맞는 사람들인 거야. 그런 의미에서 미온, 너는 영원히 내 연인인 거야."

로움이 또 크게 웃었다. 그렇게 시시한 이야기를 조금 더 하다가 전화를 끊었다. 설마 로움이 공항까지 나오리라고는 생각하지 못했었다.

"미온."

시간이 되어 여권을 챙겨 들고 출국장으로 들어가려 할 때 로움이 미온의 이름을 불렀다.

"네가 알고 경험한 게 세상 전부라고 믿는 건 바보야. 자신과 맞는 사람이 없다는 걸 어떻게 알아? 이 세상 남자를 다 만나 본 거 아니잖아. 모든 남자가 다 너를 아프게 한다고 단정 짓고 자신을 가두지는 마. 지구에 좋은 사람이 얼마나 많은데. 너에게 계속 기회를 줘. 지구에 사는 동안 우린 쉬지 않고 사랑해야 하는 거야. 좀 아프면 어때. 좀 상처 나면 어때. 가슴이 아프다는 건 외계인들은 모르는 소중한 경험인 거잖아."

로움은 진지하게 말했다. 그리고 두 팔을 활짝 벌렸다. 미온이 빙긋 웃었다. 그리고 그의 가슴에 안겼다. 로움이 토닥토닥 미온의 등을 두드린 다음 짓궂게 머리를 마구 헝클어뜨리듯 쓰다듬었다.

"난 늘 여기 있어. 그러니까 언제든지 돌아와. 또 안아줄게."

그가 미온을 놓아주며 천진하게 웃었다. 미온이 고개를 끄덕였다. 로움이 떠나는 미온을 향해 열심히 손을 흔들어주었다. 배웅 나온 친구가 있어서, 기다려주겠다는 친구가 있어서, 그래도 돌아올 이유가 하나라도 있어서 미온은 웃으며 떠날 수 있었다.

'지금 내가 가진 것은 3층 작은 방, 푸른색 시트가 덮인 1인용 나무 침대와 책상과 의자, 바다로 난 창이 전부야. 아니, 눈이 시린 푸른 하늘과 뜨겁지만 부드러운 태양, 머리카락을 헝클어뜨리는 바람, 밤새 턱 앞까지 밀려왔다가 아침이면 멀어지는 바다, 풍풍, 생명이 살아 숨 쉬는 갯벌 그리고 맹그로브 나무에 묶인 염소가 메에에 부르는 노래까지 모두 다 내 거라고 할 수 있을지도 모르겠구나.'

책상 위 작은 스탠드를 켜고 노트북을 열어 메일을 쓰던 미온은 딜리트 키를 눌러 지금껏 쓴 문장을 조르륵 지웠다. 밖에서는 사람들의 왁자한 웃음과 이야기 소리가 유쾌하게 들려오고 있었다. 접시에서 망고를 한 조각 포크로 찍어 먹은 미온은 다시 키보드를 두드리기 시작했다. 창밖의 어둠이 깊어질수록 파도 소리가 가까이 다가서고 있었다.

'가난한 나라, 가난한 마을 사람들은 일하고 싶어도 일거리가 없어. 그래도 아침이면 눈을 뜨고 또 하루를 시작하지. 어떤 사내는 뜨거운 햇빛을 피해 그늘 밑에서 온종일 빈둥거리고 어떤 사내는 여행객을 호객하며 과일주스를 팔아. 스쿠버다이버를 돕는 일을 하거나 배를 타고 고기를 잡으러 나가는 사내라면 운도 능력도 좋은 걸 거야. 억척스러운 아낙들은 미처 썰물을 따라가지 못해 웅덩이에 갇힌 물고기를 건져 올리고, 가재를 잡고, 조개를 캐지. 학교에 가지 않는 어린아이들도 갯벌을 돌아다니며 양동이에 소라를 주워 담아. 그들의 하루 치 식량이야.

나도 매일 아침 부지런한 모나와 그녀의 딸 엔젤이 주방에서 아침식사 준비하는 걸 도와. 요리라고는 해본 적 없지만 이제는 혼자서도 아침상은 차려 낼 수 있게 되었어. 시장에서 사 온 모닝 롤과 식빵을 접시에 담고 노른자가 깨지지 않게 달걀 프라이를 부치고, 베이컨을 바삭하게 굽고, 신선하게 갈아 낸 망고주스와 상큼한 레몬소스를 곁들인 야채 샐러드를 식탁에 차리는 거야. 내가 준비한 음식을 맛있게 먹고 스쿠버다이빙을 하러 배를 타고 나가는 사람들을 보면 누군가를 위해 음식을 만드는 것도 즐거운 일이구나, 뿌듯해져. 그런 나를 화들짝 불러 깨우는 건, 빨리 아침을 먹지 않으면 치워버릴 거라고, 보통의 엄마들처럼 협박 아닌 협박을 하는 모나의 커다란 목소리란다. 손님들이 나간 뒤 리조트 식구들이 모여 아침을 먹고 설거지를 마친 뒤 엔젤이 룸 청소하는 것까지 돕고 나면, 오전 나의 일과가 끝나. 오후는 내내 자유시간이야. 카메라와 노트를 들고 나가서 평범한 여행객이 되는 거지.

어깨가 드러난 원색의 원피스에 챙이 넓은 모자를 쓰고 리조트를 나서면 모래사장에서 놀고 있던 세 살짜리 동네 꼬마 제제와 한 살 위 누나 얍얍이 기다렸다는 듯이 달려와서 '하이.' 하고 인사를 건네. 온종일 바닷가에서 노는 제제는 낡은 티셔츠 하나만 달랑 입고 있는데 언제나 내 시선을 끌기 위해 작고 야무진 손으로 물구나무를 서는 시늉을 하지 뭐니. 이 어린 총각이 엉덩이를 하늘 높이 들어 올리고 티셔츠가 주르 륵 얼굴을 덮으면 딸랑딸랑, 종소리처럼 해맑게 웃는 거야. 그 모습이 하도 귀여워서 나도 깔깔 소리 내어 웃으면, 그게 좋아서 부끄러운 줄 도 모르고 자꾸자꾸 물구나무를 서. 그럼 나는 또 웃고 제제는 또 물구 나무를 서지. 얍얍이 매일 아침 하나씩 선물해주는 예쁜 조개껍질은 책 상 위에 놓아둔 작은 상자를 넘치도록 채워주고 있단다.'

커튼이 기분 좋게 나부꼈다. 낮에는 더웠지만 밤마다 창문 넘어 불 어오는 바닷바람은 기분 좋게 서늘했다. 미온은 메일을 계속 써 내려갔 다. 떠난 뒤 처음으로 강주에게 보내는 소식이었다.

'그곳을 떠나온 지 벌써 1년이구나. 처음엔 서유럽과 동유럽의 관광 지를 찾아다녔지만 언제부턴가 사람들이 살아가고 있는 모습에 시선이 머물렀어. 어느 나라든, 어느 도시든, 내가 살던 곳과 똑같이 그들도 살 아가고 있다는 것을 깨닫는 데는 오래 걸리지 않더구나. 어디를 가도 신문이나 뉴스에서는 국민을 위해 일하는 건지, 사리사욕에 눈이 멀어 있는 건지 구분이 되지 않는 정치인들이 상대를 비방하고 싸우는 기사 가 연일 쏟아져. 기업인들은 내수시장을 넓히기 위해 경쟁하고, 세계시 장으로 나가기 위해 발이 아프게 뛰어다니지. 우측통행을 하는 도시가 있는가 하면 좌측통행을 하는 도시가 있고, 여기에서 통용되는 법이 저 곳에서는 불법이 되는 일들도 있지만, 남에게 피해가 되지만 않는다면 무엇도 틀린 게 아니었어. 자신들에게 어울리는 법과 규칙을 찾아 충돌 하지 않게 하려는 약속일뿐. 그러나 아무리 안전한 장치와 완전한 법을 자부하는 도시라 해도 불법과 비리와 폭행과 살인이 벌어지는 것은 똑 같아. 고급 주택이 늘어선 거리의 가로수도, 아담한 정원에 피는 장미 넝쿨도, 뒷골목을 비추는 가로등 불빛이나 좁디좁은 아파트에 줄줄이

널린 빨래들도 바람이 불 때마다 깃발처럼 생을 펄럭거리는 거야. 어디에나 아이들은 천진한 얼굴로 뛰어다녔고, 연인들은 잠시의 진실이나마 사랑을 했지. 사람들은 간혹 큰소리로 싸우기도 했지만 자주 웃고 함께 밥을 먹고 나란히 길을 걸었어. 나는 담장 밑이나 나무 그늘에 기대서서 먼 타국에서 날아온 이방인의 시선으로 그들의 생을 그림처럼 바라보곤 했어.

가급적이면 육로로 여행할 수 있는 루트를 찾아다녔던 것인데 어느 날 지도를 펼쳐보고 깨달았어. 인천공항에서 떠나 서쪽으로 날아갔던 내가 유럽에서 터키로, 인도로, 태국으로 그리고 베트남으로 그렇게 동쪽으로 동쪽으로, 원래 출발했던 내 자리로 돌아가고 있었다는 걸. 그때 알았어. 도망친 게 아니라고 생각했는데 도망쳐 버렸다는 것을. 아주 멀리 왔다고 생각했는데 한 발자국도 멀어지지 않았다는 것을. 그리고 내가 있던 그 자리로 다시 돌아가고 싶어 한다는 걸. 하지만 바람일 뿐, 나는 아직 준비가 되지 않은 것 같아. 아직도 나는 모르겠어. 무엇을 피해 여기까지 도망쳐온 것일까.'

미온은 다시 손을 멈추었다. 단절되었다고 생각했지만 생은 고스란히 연결되어 있었다. 소설이나 다이어리 원고만 열겠다고 다짐했지만 노트북을 켤 때마다, 휴대폰을 열 때마다, 미온이 떠나며 굳게 닫아둔 삶의 문이 덜컹덜컹 열렸다. 장석훈 회장과 송두섭이 건강상의 문제로 출마를 포기한 것으로 보도된 이후, 보궐 선거는 젊은 후보들로 치러졌다. 그를 계기로 국회의원 피선거권 나이 제한이 젊어져야 한다는 문제가 다시 대두되기도 했다는 뉴스를 검색으로 읽었다.

법적 근거가 없는 국정농단이라는 말장난으로 인격살해한 후 아무런 혐의나 증거도 없이 파면시키고, 유죄판결도 없이 현직 대통령을 감옥에 가둔 이후 한국은 정치적, 이념적 소용돌이에 휘말려 그 어느 때보다 혼란한 시기였다. 예술가들을 탄압한다며 블랙리스트를 내세워 탄핵 사건에 맹렬히 앞장섰던 작가협회는 민주주의를 회복했다며 자찬하고 자축하는 내용의 단체 메일을 꾸준하게 보내왔다. 제목만 훑어보면서도 술자리마다 태평성대가 찾아왔다며 축배를 들고 있는 작가들의 모습이 보이는 것 같았다. 동시에 미온은 그들이 좀 가여웠다. 비판하고 성토할 대상을 제거하고 나면 찬양만 해야 하는 세상이 온다는 걸, 그러지 않으면 살아남을 수가 없다는 걸, 그들은 알고 있을까. 그리고 문단 내 성추행을 폭로하는 미투(me, too) 사건이 연이어 터졌다. 작가와 작가들 사이의 문제는 언론에서 다루는 정도로 덮이는 것 같았지만 작가와 작가 지망생들의 사건은 법정으로 넘어갔다. 낯익은 이름들이 회자되었고, 그 가운데 유황은 유죄판결을 받았다. 그리고 준경, 그는 교수직과 문학반 강사 자리를 잃었다. 미모의 수강생이 혼인빙자간음죄로 고소했다가 합의 후 취하한 결과였다. 지금은 어디 작은 출판사에서 편집자로 일을 한다던가.

미온이 답장을 하지 않는데도 강주는 이따금 메일로 소식을 전해왔다. '올리브나무 우거진 언덕'이라는 아름다운 이름을 가진 카페에서 지인들의 축복을 받으며 결혼식을 올렸다는 것도, 그녀의 몸에 새로운 생명이 건강하게 자라고 있다는 것도 알려주었다. 강주가 처음으로 쓴 장편소설을 어찌해야 좋을지 모르겠다고 메일을 보내왔을 때 미온은 답장 대신 윤재를 연결시켜 주었다. 등단 과정이나 문학상을 수상하지 않은 무명작가의 작품이지만 편집실의 엄격한 회의 후 출판을 결정했다는 반가운 소식도, 출간을 기다리는 강주의 설렘도 알고 있었다. 그리고 〈베가의 연인〉은 옥임의 이름으로, 요절한 친구 경은혜를 추모하며 그녀의 단편을 단초로 완성된 장편이라는 편집자의 해설과 함께 새롭게 판형을 바꿔서 출판되었다. 문학관은 강원도 여인들이 짜던 강포를 기념하는 장소로 변경, 개조되었고, 지역 여성들을 위한 문화센터와 카페가 함께 운영되고 있는데 반응이 좋다는 소식도 윤재가 전해 주었다.

'더 이상 떠날 수도 없고, 아직은 돌아갈 수도 없어서 잠시 멈춘 곳이 지금 이곳, 바닷가 작은 마을이야. 스쿠버 다이빙을 하는 사람들이 운영하는 비치리조트에 머물고 있어.'

미온은 다시 메일을 적어 내려갔다. '다이빙을 할 생각 같은 건 없었지. 바다 가장 가까운 숙소여서 머물렀을 뿐. 그런데 리조트 주인이자 다이버 강사인 롤리팝이 하루는 나를 설득했어. 물은 생명의 근원이고 우리 몸의 7할이 수분이고 지구의 70퍼센트를 차지하고 있는 게 바다라고. 그러니 죽기 전에 바다에 들어가 보지 않으면 세상의 30퍼센트만 경험하고 가는 것이라고. 그래도 망설이자 "너 작가라며? 세상을 보기 위해 여행 중이라면 도전해야 하는 거 아냐?" 그가 내 자존심을 건드렸어. 발끈하는 성질은 아무리 멀리 떠나도 달라지지 않나봐. 결국 나는 세상의 70퍼센트를 보고 말겠다는 오기로 수영도 할 줄 모르면서 스쿠버 다이빙을 배웠단다. 하지만 고작 바닷속 5미터 아래로 들어가는 데도 호흡 조절과 수압에 적응하는 훈련이 필요했어. 익숙한 코 호흡을 멈추고 입으로 숨을 쉬는 것도 쉽지 않더구나. 슈트와 오리발과 웨이트와 공기통, 내게는 20킬로그램의 장비를 착용해야 하는 것부터 문제였지. 그래도 일단 바다로 들어가면 거짓말처럼 몸이 가벼워졌어.

뭍과 물은 전혀 다른 세상이었어. 푸른 물결 너머로 붉은 산호 밭이 펼쳐져 있고 불가사리와 작은 물고기들이 헤엄치고 있는 세상은 상상했던 것보다 훨씬 아름다웠어. 컬러 화보집에서 보던 아네모네피시가 말미잘 사이로 숨바꼭질을 하고 라이언피쉬, 트럼펫피쉬, 프로그피쉬들이 헤엄쳐 다니는 거야. 물고기의 이름은 육지에 있는 어떤 것과 얼마나 닮았느냐에 따라 정해지나 봐. 어쩌면 인간이 그렇게 이름을 지어서 아네모네처럼, 사자처럼, 트럼펫처럼, 개구리처럼 닮게 되었을까?

그러던 어느 날, 숙소에서 15분쯤 배를 타고 작은 섬으로 나가 다이빙을 할 때였어. 보트를 흔드는 바람이 갑자기 거세졌는데 처음으로 뱃

멀미를 했어. 체감온도 역시 여느 때보다 차갑게 느껴졌지. 컨디션이 무너지자 수중의 압력 차이에서 오는 불균형 때문에 힘이 들었어. 높은 산에 오르면 귀가 먹먹해지는 것처럼, 적응하지 않고 바닷속에 깊이 들어가면 귀가 찢어질 것처럼 아프거든. 롤리팝이 다시 올라가겠느냐고 수신호로 물었지만 포기하고 싶지는 않았어. 고집을 부린 보람은 있었지. 정말 엄청난 정어리 떼였어. 검은 먹구름이 밀려오는 것 같았어. 수십만 개의 세포들이 하나의 몸처럼 움직이듯 휙, 휙, 단번에 방향과 모양을 바꾸며 매번 새로운 장관을 연출해내는 거야. 포식자에게 덩치가 크게 보이기 위해 몰려다니는 것이었지만, 일사불란하게 훈련된 매스 게임을 보는 것 같았어. 그러다 천적인 참다랑어가 다가오면 순식간에 대열이 해체되었다가 또다시 하나의 거대한 생명체로 눈 깜짝할 사이 조립되는 거야. 소리는 들리지 않는 비명과 아우성이었을 테지만.

일행들은 모두 그들의 군무에 넋이 빠져 있었어. 그런데 내 옆을 스쳐 가는 무언가가 있었어. 커다란 거북이였어. 뭍에서는 느리지만 물에서는 얼마나 빠르게 헤엄치는지 몰라. 그런 거북이가 마치 따라오라는 듯 미끄러지듯 유연하게 내 옆을 스쳐 지나가고 있었던 거야. 나는 손에 잡을 듯 거북을 따라갔어. 저 무거운 몸이 날개도 지느러미도 없이 어떻게 바다를 능숙하게 헤엄치는 것일까. 상상해봐. 손을 뻗으면 등에 손이 닿을 만큼 가까운 거리를 두고 거북이와 함께 바다를 헤엄친 거야.

그러다 알았어. 롤리팝이 보이지 않는다는 걸. 나는 방향도 일행도 잃은 거였어. 무서웠기 때문이었을 거야. 참을 수 없이 몸이 떨리고 속이 매스꺼워졌어. 호흡은 자꾸 짧아져서 눈앞에 물방울은 쉴 새 없이 뿜어져 나왔지. 그 순간 어떻게 해야 하는지 하나도 기억나지 않았어. 오직 물 밖으로 올라가야 한다는 생각만 났어. 하지만 내 몸은 발아래 까마득한 어둠 속으로 가라앉고 있었지.

무언가 잡기 위해 허우적거렸지만 아무것도 없었어. 어딘가에 있을 사람들에게 살려달라고 소리치고 싶었지만 그럴 수도 없었지. 부력조절을 해야 하는데 숨이 엉켜서 호흡을 할 수도 없었는데 마스크를 조절하려다가 그만 안경에 물이 차오르기 시작한 거야. 물을 빼는 건 아주 간단한 기술인데 허둥거리느라 그것조차 할 수가 없었어. 나는 체념하듯 고개를 들었어. 저 멀리, 파란 수면으로 쏟아져 내리는 햇살은 너무 멀어서 영원히 손이 닿을 것 같지 않았지. 아른거리는 햇빛이 점점 희미해지고 있었어. 그때 얼마나 두려웠는지 몰라. 이 바다 어딘가에 처박혀 죽게 될 거라고, 영원히 내 몸은 발견되지 않을 거라고 생각했어. 하마터면 나도 모르게 비.시.디.B.C.D의 조절기에 손을 대고 누를 뻔했단다.

그 순간 교육받을 때 들었던 어느 여자의 이야기가 떠올랐어. 그녀도 미숙한 다이버였는데 함께 들어갔던 버디를 놓치고는 당황해서 안전상승 절차를 밟지 못했던 거야. 허둥거리다 빨리 바다 위로 올라가고 싶은 마음에 디플레이트 버튼을 누르고 로켓처럼 튀어 올랐지. 짧은 시간 빠르게 부풀어버린 폐는 수면 위로 떠오르는 순간 압력을 견디지 못하고 터지고 말았어. 입으로 울컥 피를 토해놓고 죽은 거야. 스물두 살이었다. 다이빙 사고는 비행기 사고만큼이나 드물지만, 그래서 매우 안전한 레저스포츠이지만, 한번 일어나면 치명적인 거라고, 그 여자 이야기를 들려주며 롤리팝이 몇 번이나 주의를 주었던 게 기억났어.

버튼을 누르지는 않았지만 숨을 쉬지 못하던 나는 허우적거리며 계속 가라앉고 있었어. 마스크에 차오른 물 때문에 눈도 제대로 뜰 수도 없었는데, 바위틈에 어렴풋이 무언가 꿈틀거리는 게 보였어. 지푸라기라도 잡으려는 심정이었을 거야. 나도 모르게 손을 뻗었지, 그 순간이었어. 누군가 내 손을 탁 잡아챘어. 롤리팝이었어. 그가 나를 잠에서 깨우듯 흔들었어. 그는 서둘지 않으면서도 손짓으로 마스크의 물을 빼라고 지시하고 부력을 조절해주고 몸이 가벼워질 수 있도록 허리의 웨이트를 벗겨냈어. 그를 보자 안심이 되었지. 겨우 정신을 차리고 마스크의 물을 빼고 호흡을 되찾을 수 있었어. 눈을 뜨고서야 내가 손을 대려던 게 무엇인지 알았어. 건드리면 손가락을 순식간에 끊어내기도 한다는, 턱이 억센 곰치였다는 걸 알고 아찔했지.

롤리팝이 내 목을 끌다시피 출수 지점으로 데리고 올라갔어. 빨리 물 밖으로 나가고 싶었지만 그럴 수는 없었어. 공기탱크로 호흡하면 몸 속에 질소가 축적되고 그걸 빼내지 않으면 감압병으로 죽을 수도 있거 든. 그래서 수심 아래에서 정해진 시간, 들이마신 질소를 완전히 소모 시키고 나가야 하는 거야. 나처럼 많은 초보 다이버들 때문에 부러지고 깨진 산호 밭 위에서 나는 쓰러지다시피 누워 기다렸어. 바람이 더 심 해졌는지 수면 아래까지 파고가 심했어. 나는 물결을 이기지 못하고 이 리 뒹굴고 저리 뒹굴어야 했지. 롤리팝은 안 되겠던지 다시 2킬로그램 의 웨이트를 채워주고 초조하게 지켜봐 주었어. 저체온증으로 몸은 떨 리고 머리는 깨질 것 같고 속은 울렁거렸지. 저 위, 어지럽게 흔들리는 햇빛만이 나의 희망이었어. 손을 뻗으면 만질 수 있을 것 같은 햇빛을 다시 볼 수 있다면…… 마침내 시간이 되었다고 롤리팝이 신호했어. 만세를 외치듯 나는 오른손을 머리 위로 쭉 뻗고 있는 힘을 다해 핀 킥 을 하며 수면 위로 솟구쳐 올랐어. 그렇게 다시 물 밖으로 나가 코로 마음껏 숨을 들이쉬었어.

강주야.

나는 한 번도 내가 살고 싶어 한다고 느낀 적이 없어. 죽으면 어때, 쉽게도 생각했지. 하지만 얼마나 오만하고 어리석은 자만이었는지 이젠 너무 잘 알아. 지금도 눈을 감으면 어두운 바다 밑으로 아득히 가라앉 던 순간이 생각나. 그날 바다에서 내가 얼마나 죽음을 두려워했는지, 얼마나 살고 싶어 바동거렸는지. 그때 알았어, 나는 살아서 발버둥을 쳐본 적이 없다는 걸. 누구도 사랑한 적이 없다는 걸. 간절히 꿈꾸지 않 았다는 걸. 세상이 나를 아프게만 한다고 원망하느라 한 번도 내 스스로 끌어안아 본 적이 없다는 걸 말이야. 다시 뭍으로 올라가서 진짜 살아보고 싶었어. 사랑하고, 꿈꾸고 싶었어.

농담이라도 죽고 싶다거나 죽어버릴 거라고 말하는 건 거짓이야. 생명에게 영혼만이 아닌 육체가 함께 있다는 건, 섣부른 죽음으로부터 정신을 보호하려는 고도의 전략일지 몰라. 지금 같아서는 두 번 다시 바닷속으로 들어갈 수 없을 것 같아. 지구의 30퍼센트도 다 보지 못했는데, 아니, 발로 딛고 선 이 좁은 땅에서조차 코로 숨을 쉬면서도 휘청거리느라 제대로 살아본 적이 없는데, 세상의 70퍼센트를 살아보겠다는 건 내겐 너무 엄청난 욕심이었던 거야.

배에서 내려 마침내 해변에 올라섰을 때, 나는 쓰러지듯 대자로 뻗었어. 그리고 하늘을 향해 크게 웃었지. 살아 있다는 게, 숨을 쉰다는 게 그토록 즐겁고 신나는 일인 줄 처음 깨달았던 거야. 그 뒤로 바다에 들어간 적 없어. 언젠가 다시 무겁고 낯설지만 진부한 일상을 마음껏 헤엄치게 할 무언가 절실하게 필요하다고 느껴질 때면 그때, 그 바다가 그리워지겠지.

그 일이 있기 전에는 가보고 싶은 곳이 많이 남아 있었어. 무엇보다 이곳을 떠나 남태평양의 캐롤라인 섬에 가서 새해 일출을 맞이할 생각이었지. 1995년 이후, 지구에서 해가 가장 먼저 뜨는 곳이 된 섬이거든. 섬나라 키리바시의 대통령이 시간을 하루 앞당겨버린 덕이야. 날짜변경선 왼쪽에 있던 다른 섬들과 시간을 통일해버린 거야. 그 결과 세상에서 제일 늦게 해가 뜨던 나라에서 가장 먼저 일출을 볼 수 있는 섬이 된 거지. 하지만 그곳에 가는 계획은 그만두었어. 그날 바다를 빠져나왔을 때, 내가 다시 마주한 오후의 태양이 내 남은 생의 첫 일출이었다는 것을 알아버렸거든. 내가 기다리는 태양이, 내 눈 앞에 떠오른 해가 내게는 가장 빠른 일출인 거야.'

"미온! 미온!"

그때 밖에서 모나가 큰 소리로 미온의 이름을 부르며 재촉했다. 밖에서는 누군가 기타를 치고 노래를 부르는 소리가 들리고 있었다. 몇몇은 춤을 추는지 리듬을 타는 경쾌한 발자국 소리가 미온의 귀에까지 들렸다. 웃음소리도 기분 좋게 날아왔다. 미온은 잠시 글쓰기를 멈추고 곧나가겠다고 소리친 뒤 다시 몇 줄을 서둘러 적었다. 노란 스탠드 불빛이 책상 위 노트북과 휴대폰, 얍얍의 조개상자를 비추고 있었다.

'모나가 빨리 나오라고, 안 나오면 내 케이크 다 먹어버리겠다고 소리치고 있어. 이곳 리조트에서도 손님들과 해피 뉴 이어 파티를 열고 있거든. 너도 가족들과 행복한 시간을 보내고 있겠지? 나도 언젠가는 돌아가게 될 거야. 내가 멈추었던 그곳, 그 시간에 도착해서 처음으로 꿈을 꿀 거야. 아직 쓰지 못한 소설을 쓰고, 사랑할 거야. 그렇게 내 삶을 다시 시작하게 되겠지. 해피 뉴 이어. 너의 행복을 소망한다. 세상 어디에 있든, 새해 아침 가장 먼저 떠오를 너와 나의 태양을 축복하며.'

메일 쓰기를 마친 미온은 전송을 눌렀다.

"미온! 미온! 미온!"

이번엔 모나보다 더욱 재촉하는 엔젤의 목소리가 가까이 들렸다.

"가요. 가요. 가요."

노트북을 덮고 의자에서 일어선 미온이 망고 접시를 들고 노래하듯 방을 나갔다. 바람과 파도 소리가 커튼을 흔들었다. 노란 스탠드 불빛이 책상 위 작은 액자를 비추었다. 오래전 두 장의 크리스마스 사진에서 잘라 편집한 한 장의 사진 속에 나란히 앉은 네 사람, 지형과 옥임, 은혜와 석훈이 사람들 속으로 총총 뛰어 들어가는 미온의 뒷모습을 바라보며 흐뭇하게 웃고 있었다.

작가의 말

체리 이야기

　얼마나 오래 태양 아래 서 있었을까. 살갗이 발갛게 익을 때까지 그녀는 자신이 누구인지 알지 못했다. 하늘은 가끔 흐렸고 하루의 반은 어두웠으며 이따금 비를 뿌렸다. 구름에 가려 있을 때조차 하늘이 푸르다는 걸 알게 된 것은 세월이 한참 지난 뒤였다. 나뭇가지에 날아와 지저귀는 새소리도, 발아래 흘러가는 물소리도 그녀를 위한 노래임을 알지 못했다. 꽃들이 하얗게 만발할 때도 그것이 자신을 기다리는 아우성인 줄 깨닫지 못했다. 마음에 새겨진 기억은 불에 델 것 같은 땡볕과 가슴이 쩍쩍 갈라지는 목마름. 천둥과 번개가 포악하게 몰아치는 밤이면, 그녀는 조그맣게 웅크리고 앉아 몸을 떨었다. 왜 태어난 것일까. 왜 이토록 아프기만 한 것일까. 그녀는 생각하고 또 생각했다. 짙은 어둠과 시린 밤을 견딜 수 있었던 것은, 아침 해가 떠오르면 나뭇잎 끝에 보석 같은 이슬이 피어나리라는 희망 때문이었다. 그러나 이슬은 언제나 바라보는 순간 사라졌다. "슬퍼하지 마. 끝은 바로 시작이란다." 그녀의 두 뺨에 눈물이 흘러내릴 때, 대지에 뿌리내린 나무가 그녀의 어깨를 토닥이며 말했다. "네가 기억할 테니까. 이슬은 너의 일부가 된 거란다." 지나던 바람도 후우, 향긋한 숨을 내쉬며 잠시 멈춰 그녀의 등을 다독였다. "듣고 보고 경험하고 느낀 것들이 너를 만든단다. 그러니 바라보고 기뻐하렴. 귀 기울이고 감사하렴." 햇살도 그녀의 머리를 쓰다듬었다. "너 자신을 완성할 수 있는 건 오직 너 자신뿐이란다." 강물도 그녀의 귀에 속삭였다. 그날 이후 얼마나 많은 밤과 낮, 그녀는 생각하고 골몰했을까. 아프다고 포기하면 안 된다고, 손을 놓는 순간 끝이라고, 그러니 도망치지 않겠다고, 이곳이 아닌 또 다른 세상으로 자연이 보내주는 날까지 견뎌내겠다고 입술을 깨물던 날들. 그렇게 뜨거운 햇볕과 비바람을 견디고 어둠과 두려움을 이겨낸 어느 날, 그녀는 비로소 자신이 누구인지 깨달았다. 동시에 어제와는 다른 존재가 되었다는 것을 알았다. 작지만 붉은, 안과 밖이 똑같은 빛깔과 단단함 속에 감춰진 달콤함. 그리고 씨앗 하나를 옹골차게 품은 마음. 여자라는 이름의 열매.

레몬 이야기

태양을 닮은 황금빛이 자랑스러웠을 뿐, 그는 자신이 무엇이어야 하는지 고민한 적 없었다. 이따금 거센 해풍이 몰아쳤지만 어금니 악물고 버틸 수 있었다. 모진 밤이 지나고 아침이 오면, 잔잔하게 일렁이는 바다가 깊고 푸른 이야기들을 선물처럼 들려주었다. 아득히 뻗은 수평선은 머나먼 세계를 꿈꾸게 했고 햇살로 반짝이는 물결은 때때로 쓸쓸해지려던 마음을 어루만져주었다. 세상에 부러운 건 없었다. 바다를 바라보며 그는 하루하루 자랐다. 그러나 돌아보면, 자신의 겉과 속이 다르다는 것이 그를 혼란스럽게 했다. 헤아릴 수 없는 욕망의 분신이 그 안에 조각조각, 너무나 많다는 걸 스스로 받아들이기까지 얼마나 오랜 시간이 필요했던가. 세상은 그 사실을 알지 못하는 것 같았지만, 알면서도 모르는 척 하는 것일지도 몰랐다. 그도 소리 내어 불평한 적 없었다.

입 밖으로 불안과 불만을 발설하는 순간 약자가 된다는 걸, 세상에서 도태된다는 걸 아무도 가르쳐주지 않았지만 그는 본능적으로 알 수 있었다. 말하지 않고, 표현하지 않고, 혼란과 욕망을 속으로 다지고 안으로 움켜쥘수록, 그는 밑바닥에서부터 차오르는 강렬한 힘을 느꼈다. 누군가를 상처 내려던 것은 아니었다. 다만 매일매일 강해지는 힘을 어떻게 써야 하는지, 어떻게 조절해야 하는지 알 수 없었다. 가까이 다가왔던 마음들은, 그래서 쓰리고 아팠을 것이다. 하지만 그게 나인 걸, 미안해야 하는 것인 줄 그는 몰랐다. 나를 이해 못하는 네 탓이지, 오히려 원망하기도 했던가. 강한 게 이기는 것인 줄 알았고 이기면 세상을 다 가질 수 있다고 믿었다. 그러나 자신 때문에 고통으로 일그러지는 누군가의 얼굴을 보는 일은 그에게도 상처였다. 그의 강함이 타인의 고통이 되고 다시 그의 상처가 되는 악순환이 반복되는 동안, 모두가 떠났다. "너는 왜 너 자신을 믿지 못하니? 진정한 힘은 자랑하지 않아도 사라지지 않는단다." 홀로 남겨진 그에게 바다가 말했다. "힘을 과시하고 싶다면 너는 아직 강하지 않은 거야." 높이 일어선 파도도 이야기했다. "함께할 때 행복해진다는 것을 배워야 해." 높은 파도가 부딪쳐 와도 묵묵히 말이 없던 바위가 나직이 말했다. "너를 조금만 양보해. 그러면 세상이 너의 가치를 알게 될 거야. 모두가 너를 사랑하게 될 거야." 바다는 춤추듯 파도를 일렁이며 속삭였다. 양보와 행복이라니. 사랑이라니. 약자의 변명과도 같은 항복 선언이 아닌가. 그는 어둠 속에 돌아앉아 침묵했다. 밀물과 썰물이 교차하며 얼마나 오랜 시간이 흘렀을까. 타인을 밀어내는 힘이란 강한 것이 아니라 고집이었다는 것을, 감동시키지 못하는 힘이란 약함을 포장하기 위한 폭력일 뿐이었다는 것을 그는 어렴풋이 알 것 같았다. '내 자신을 믿지 못했던 거야.' 그는 깨달았다. 그 순간, 어둡던 마음이 환해졌다. 비로소 그는 자신이 무엇이어야 하는지 알 것 같았다. 향기롭되 깊은 속을 내보이지 않는 바다처럼, 태양처럼 둥글고 환한 마음속에 수많은 생명과 꿈을 품은, 남자라는 이름의 열매.

칵테일을 위하여

칼은 멀리서 날아와 베기도 하지만 주머니에 넣어두었던 칼이 자신을 찌르기도 한다. 의도하지 않았어도 손에 쥔 칼이 가까운 사람을 찌를 수도 있다. 그러나 타인의 칼보다 자신의 칼이 더 자주 스스로를 상처 낸다는 것을 사람들은 인정하려 하지 않는다. 꼭 싸워야 할 때가 아니라면, 손에서 칼을 내려놓아야 한다. 꼭 싸워 이겨야 할 사람이 아니라면 주머니 속의 칼을 꺼내놓아야 한다. 대신 가까운 사람의 손을 잡아야 한다. 다가와 눈 맞추는 사람과 이야기하고 노래하고 춤춰야 한다. 영원하진 않을지라도 그와 그녀가 함께 하는 밤, 얼굴이 붉어지고 체온이 따뜻해지고 생명이 돋아나는 마법. 어둠이 걷히고 아침이 오면 다시 남남이 될지라도 그들이 서로 사랑했다는 기억은 남은 인생에서 기다리고 있을지 모르는 외로움을 쓰다듬어줄 것이다. 모두가 섬처럼 혼자 살아가지만, 가끔은 서로의 어깨에 기대어 어둠을 이기고, 더운 입김을 나누며 추위를 견디는 일, 서로의 상처를 쓰다듬어주는 일은 인간이 인간에게 해줄 수 있는 가장 따뜻한 선물이니까. 어쩌면 그 하루가 평생이 되기도 하고, 가끔은 순간이 영원이 되기도 하지만, 두 번 다시 만나지 못한다 해도 한 번 사랑은 지워지지 않는 기쁨. 누구도 원망 없이, 누구도 후회 없이. 그러나 먼저 자신을 사랑하는 법을 배워야 한다. 자신의 힘을 사랑하는 그와 자신의 가치를 믿는 그녀를 위해, 수많은 사람들 중에서 기적처럼 만나 지금 이 순간 함께 춤추는 그 여자와 그 남자를 위해 건배!

그리고 〈체리레몬칵테일〉을 출판해 주신 비봉출판사와 소설 속 그
와 그녀를 만나고 사랑에 잠시 취하게 될 당신을 위해 또 한 번 기쁘게
건배!

2018년 겨울
김규나